TV DRAMA SCRIPTWRITING: KNOWLEDGE AND TECHNIQUES

电视连续剧编剧知识与技巧

张险峰　编著

ZHEJIANG UNIVERSITY PRESS
浙江大学出版社
·杭州·

图书在版编目(CIP)数据

电视连续剧编剧知识与技巧 / 张险峰编著. — 杭州：
浙江大学出版社,2023.6

ISBN 978-7-308-23797-0

Ⅰ. ①电… Ⅱ. ①张… Ⅲ. ①电视剧－编剧 Ⅳ.
①I053.5

中国国家版本馆 CIP 数据核字(2023)第 086527 号

电视连续剧编剧知识与技巧
DIANSHI LIANXUJU BIANJU ZHISHI YU JIQIAO

张险峰　编著

策划编辑	李　晨	
责任编辑	李　晨	
责任校对	胡佩瑶	
封面设计	春天书装	
出版发行	浙江大学出版社	
	(杭州市天目山路 148 号　邮政编码 310007)	
	(网址:http://www.zjupress.com)	
排　　版	杭州晨特广告有限公司	
印　　刷	杭州杭新印务有限公司	
开　　本	787mm×1092mm　1/16	
印　　张	21.25	
字　　数	453 千	
版 印 次	2023 年 6 月第 1 版　2023 年 6 月第 1 次印刷	
书　　号	ISBN 978-7-308-23797-0	
定　　价	65.00 元	

前　言

写电视连续剧肯定是有技巧的,关键是得有人凭实战经验把它总结出来,并形成文字,付梓成书,如此方有助从事此项工作的人们少走弯路。国内优秀电视剧很多,优秀编剧也不少,但关于电视连续剧的编剧知识与技巧方面的书,却是凤毛麟角。仅有的几本,要么过于学术,不具实操性,要么年头久远,论点、论据等早已跟不上当今时代的发展。

党的二十大报告中提出:"讲好中国故事、传播好中国声音,展现可信、可爱、可敬的中国形象。"①国家广电总局印发的《全国广播电视和网络视听"十四五"人才发展规划》指出:将统筹做好重点领域人才队伍建设,包括新闻舆论人才队伍、文化艺术人才队伍、科技创新人才队伍、国际传播人才队伍、经营管理人才队伍等。

变化的时代需要变化的节奏,面对令人眼花缭乱、日新月异、层出不穷的电视连续剧作品,理论界也该奋起直追,勇当引领实践、指导创作的排头兵。

近些年,国内开设影视专业的高校如雨后春笋般遍地开花,迅猛发展。教师、学生都需要一本好的教材做参考,以便教师可以言之有物地教,学生可以有的放矢地学,教学相长,互通有无。编写教材可以为培养影视行业全流程共通人才靶向施策、精准突破贡献力量,实在是一件造福社会的好事。

为此,在总结自己多年创作经验的基础之上,结合自己的教学成果,我编写了这本《电视连续剧编剧知识与技巧》,以此献给全国影视专业的高校教师、学生及广大编剧朋友们,希望能对大家的学习和创作有所帮助。

---

① 习近平.高举中国特色社会主义伟大旗帜　为全面建设社会主义现代化国家而奋斗——在中国共产党第二十次全国代表大会上的报告[R].北京:人民出版社,2022:46.

1

本书共分上、中、下三篇。上篇,对电视连续剧的艺术特性、表现规律等做了系统化和理论化的梳理;中篇,从技巧的角度,结合作者的创作实际,对电视连续剧创作中所涉及的各种问题,如人物与人物关系的设置、情节主线与副线的埋设与交织、戏剧矛盾冲突的安排与凸显,以及结构、布局、台词、动作、悬疑等,做了深入而又细致的讲解和分析;下篇,附录了一些案例,以再次印证和强化上篇与中篇所建构的叙事理论。

本书所选例证,多为思想主题深刻、艺术手法精湛、经过了市场和艺术的双重考验,且在观众中拥有较好口碑的作品,如大家耳熟能详、津津乐道的电视连续剧《暗算》《潜伏》《大明宫词》《北京人在纽约》《人民的名义》《隐秘的角落》等,另外本书也有意识地向重大革命历史题材靠拢,选取了《长征》《共产党人刘少奇》《大决战》,以及本人的拙作《重庆谈判》等。在此也借本书出版的机会向这些电视剧的编、导、演职人员等致敬。

由于时间仓促,加上本人水平有限,本书难免有不完备之处,也势必存在着这样或那样的错误,希望广大读者理解、见谅,并真诚地向我提出来,以便有机会再版时予以改进。

本书的写作得到了浙江横店影视职业学院领导王兆青、孙薇、杨剑、杨伟策,编导同仁陆佳琳、沈大春、冯文等的大力支持与帮助,浙江大学出版社的责任编辑李晨老师也为本书的出版花费了大量精力,在此一并谨致谢忱。

张险峰

2023 年 6 月 9 日

目录 CONTENTS

上篇：知识

第一章　电视剧与电影、戏剧、文学、电视的关系 ………………………… 3

　　第一节　电影观念如何影响电视剧 …………………………………… 4

　　第二节　戏剧观念如何影响电视剧 …………………………………… 8

　　第三节　文学观念如何影响电视剧 …………………………………… 13

　　第四节　电视观念如何影响电视剧 …………………………………… 17

第二章　电视连续剧的故事与画面 ………………………………………… 21

　　第一节　电视连续剧重故事轻画面 …………………………………… 21

　　第二节　人是电视连续剧创作的核心 ………………………………… 28

　　第三节　学会为演员"量身定编" ……………………………………… 31

　　第四节　重视对文学的改编与移植 …………………………………… 36

第三章　电视连续剧的声音 ………………………………………………… 43

　　第一节　电视连续剧里的人声 ………………………………………… 43

　　第二节　电视连续剧里的音响 ………………………………………… 61

　　第三节　电视连续剧里的音乐 ………………………………………… 63

　　第四节　声与画结合的三种形式 ……………………………………… 68

第四章　电视连续剧的时间与空间 ………………………………………… 78

　　第一节　电视连续剧是时空结合的艺术 ……………………………… 78

　　第二节　电视连续剧时空的表达方式 ………………………………… 80

　　第三节　时空自由对编剧的意义 ……………………………………… 89

第五章　电视连续剧与蒙太奇 ··· 99

第一节　蒙太奇的定义及分类 ····························· 99

第二节　叙事类蒙太奇举例 ······························· 102

第三节　表现类蒙太奇举例 ······························· 130

第四节　编剧如何运用蒙太奇 ····························· 138

第六章　电视连续剧的题材、类型、流程、格式 ················· 140

第一节　电视连续剧的题材 ······························· 140

第二节　电视连续剧的类型 ······························· 149

第三节　电视连续剧的制作流程 ··························· 156

第四节　电视连续剧剧本的格式 ··························· 160

中篇：技巧

第七章　创意与故事　大纲与分集 ······························· 171

第一节　电视连续剧的创意 ······························· 171

第二节　电视连续剧的故事 ······························· 181

第三节　大纲和分集提纲 ································· 186

第八章　人物与品质　关系与设置 ······························· 190

第一节　电视连续剧如何塑造人物 ························· 190

第二节　电视连续剧主角应具有的品质与经历 ············· 197

第三节　如何设置人物与人物关系 ························· 202

第九章　结构与布局　扩散与凝聚 ······························· 207

第一节　电视连续剧的结构 ······························· 207

第二节　电视连续剧的布局 ······························· 213

第三节　电视连续剧的线索 ······························· 221

第十章　系扣与解扣　紧张与悬疑 ································· 226

　　第一节　电视连续剧的伏笔与照应 ····················· 226

　　第二节　电视连续剧悬念的种类 226

　　第三节　写好悬念的几个小窍门 241

第十一章　台词与动作　场面和段落 ························· 245

　　第一节　写台词的注意事项与原则 ····················· 245

　　第二节　写好剧中人物的动作 259

　　第三节　写好电视连续剧的场面 265

　　第四节　写好电视连续剧的段落 271

下编：案例

案例一　电视连续剧《横渠先生》的创意 ················· 297

案例二　电视连续剧《水木清华》第一集剧本 ············· 309

后　记 ··· 329

上篇

知识

第一章　电视剧与电影、戏剧、文学、电视的关系

说起电视剧，大家都不陌生，然而，要给其下一个科学而又精准的定义，却非易事。原因在于："'电视剧'这个名称并不是世界各国所通用的，而是我国电视界自行确定的，那还是在 1958 年直播《一口菜饼子》①的时候，当时编导者们感到这种电视小戏在电视台的演播室里直播，有演员表演，经过多机拍摄和镜头分切的艺术处理，通过电子传播手段传达给电视机前的观众收看，而这全部的艺术活动又都同时进行，它既不同于舞台剧的转播，也不同于电视故事片的播放，而是一种全新样式的电视文艺节目，叫它什么好呢？经过商讨，人们叫它电视剧了。"②

理论上，在上述这段话里，电视剧的概念已被初步界定，包括但不限于"有演员表演""经过多机拍摄和镜头分切的艺术处理""通过电子传播手段传达给电视机前的观众收看"，以及它"既不同于舞台剧的转播，也不同于电视故事片的播放，而是一种全新样式的电视文艺节目"等。

但这还不够，若想更深一步探知电视剧的艺术特性及其表现规律，为其作出精准定义，还应将其放在国际视野中，通过横向坐标来找准它的定位。

那么国际上是怎么称呼并定义电视剧的呢？"在美国，人们把这种按照电影方式录制的电视片叫作'电视电影'，把按照戏剧模式拍摄出来的电视片叫作'电视戏剧'；在苏联，人们把电视剧通通叫作'电视故事片'；在日本，人们则又通通叫它是'电视小说'。"③

为什么电视剧会有这么多称呼？为什么一个在电视上播放的文艺节目却被冠以了"电影""戏剧""小说"等名称？在某种程度上，这说明了电视剧与电影、戏剧、小说、电视之间存在着密不可分的联系。事实上，大家也都承认，电视剧的创作实践，正是受到了来自电影、戏剧、小说（文学）、电视这四种艺术形式的观念的影响。

---

① 1958 年 6 月 15 日，北京电视台以直播形式播出了《一口菜饼子》，可视为中国电视剧的开端。
② 曾庆瑞：《电视剧原理（第一卷·本质论）》，北京：中国传媒大学出版社，2006 年，第 13 页。
③ 曾庆瑞：《电视剧原理（第一卷·本质论）》，北京：中国传媒大学出版社，2006 年，第 13 页。

第一节　电影观念如何影响电视剧

电视剧无论从哪个角度来看,都脱胎于电影,因此称其为电影的姊妹艺术再恰当不过。在创作手法上,它几乎完全吸取了电影的叙事手段,例如用镜头分解动作,剪辑组成时空段落,辅以声音效果来塑造人物、交代剧情等。同时,它也和电影一样,需要特定的设备和人员制作、发行及放映。因此,从大的方面看,它与电影并无区别。也正因为如此,许多电影导演转行拍摄电视剧,以及电影编剧转行创作电视剧本时,几乎不必做任何角色及行业上的转换,而直接以自己熟悉的电影观念来执导和创作即可(请注意,在此我们讨论的是大的方面,从小的方面论,两者还是有很多区别的)。

说得再具体些,电视剧和电影都是用视听语言叙事。这是一套不同于其他艺术要素的语言系统,这一语言系统由各种视觉元素和听觉元素构成,这些元素依据人的现实视听认知规律进行组合,完成叙事任务。

电视剧和电影艺术的视觉语言元素包括:作为作品内容属性的人物、时代和自然环境;作为作品画面属性的色彩、光影、景深、构图,以及场面调度、镜头运动等。所有这些视觉语言元素,都是电影和电视剧艺术在视觉层面上进行艺术表达、含义呈现的必要手段。

电视剧和电影艺术的听觉语言元素包括人声语言、音乐和音响等,这些听觉语言元素是这两门艺术在听觉层面上的呈现工具。

在电影和电视剧的制作过程中,编导者及剧组其他部门的工作人员会一起努力,按剧本或影片所要表现的主题思想,充分地运用上述视觉元素和听觉元素,将其有逻辑地、艺术化地组织、剪辑在一起,最终呈现给观众。

这些构成形式与方法可理解为视听语言的语法,又称蒙太奇。

蒙太奇是法语 montage 的音译,原是建筑学的一个术语,意为构成和装配,引申在电影上就是剪辑和组合的意思。其功能有二:一是体现为把画面组成完整故事的叙述功能和结构功能;二是体现为一种广义的修辞手段和艺术阐释方法,即可使拍摄的画面呈现出内在的思想意义和审美意义。

蒙太奇既是电影艺术的表现手法,也是电视剧艺术的表现手法,两者在这一手法的运用方面并无大的差异。

为了更直观地说明上述问题,我们来看两个具体的案例。

第一个,是电影《赤壁》[①]剧本片段。

---

① 吴宇森、陈汗、郭筝、盛和煜等编剧,吴宇森执导,梁朝伟、金城武、张丰毅、张震、胡军、中村狮童、林志玲等主演的电影,分为上、下两部,分别于 2008 年 7 月 10 日和 2009 年 1 月 7 日上映。

新野城门外 晨 外

新野城已被曹军攻陷,城门楼上大火焚烧,浓烟盖天。

城下,一个浑身中箭的士兵对着镜头踉跄跑来,几名曹军骑兵追上他,凶狠地举起长矛,将他搠死……

镜头拉开,新野军民尸横遍野……

数名曹军用长矛及刀刺死一些在地上垂死挣扎的刘军伤兵。

赵云领着数十名残余部将,骑着快马从城门冲出,向城侧撤退。与此同时,城楼上曹军把"刘"字帅旗砍倒,换上"曹"字旗,顺势把"刘"字旗丢出城下。

赵云刚好飞奔而至,一手刚好抓着坠下的"刘"字旗,护着旗继续往城外飞奔,曹军追赶不及。

……

村庄 上午

糜夫人靠着土墙喘息着。

她身边是一口枯井。

怀里的阿斗突然大声啼哭起来。

糜夫人连忙解开衣襟,想让阿斗含住乳头。

但是还没来得及,两名曹军骑兵便持着长矛冲上前,胁迫着夫人。

在曹军中厮杀的赵云一眼发现,便立刻快马冲了过去,就在曹军骑兵欲以矛刺死夫人和阿斗之际,赵云以马撞翻了曹兵乙的马,兵乙摔下,被自己的马压死,赵云顺势一记回马枪刺中曹兵甲的脖子,兵甲自马屁股倒翻摔下。

赵云下马插枪,快步走向糜夫人。

糜夫人:赵将军!

赵云一见,急奔两步,跃过土墙,拜倒在地。

赵云:末将救护来迟,请夫人恕罪!

糜夫人:(流泪道)能够见到将军,阿斗有命了!(看着怀里的阿斗)可怜他父亲飘荡半世,只有这点骨血。将军若能让他们父子相见,我死也无憾了!

这时,赵云赶忙接过阿斗,冷不防一队曹兵从后冲破栅栏而出,挥刀袭击赵云,赵云回身夺刀,削死曹兵。与此同时,另一曹兵举矛欲刺向赵云胸膛,几乎刺及阿斗,赵云立时转身以躯体保护阿斗,背上挨了一戳,随即顺势杀开曹军。

糜夫人惊愕间见赵云怀中阿斗不停哭泣,心痛如绞。

赵云边战边向糜夫人喊话。

赵云:夫人,快请上马!

糜夫人正欲上马,马匹却被曹兵拍走,且一刀削中夫人至井旁。

赵云见状大骇,急忙上前解救糜夫人,然而更多曹兵从烟雾中冲出袭击,赵云身中多刀，仍奋力杀敌。

已负伤的糜夫人见赵云兼顾母子二人十分吃力，为了不连累赵云，复在曹军胁逼之下，一头投入枯井。

赵云大惊，一把没抓住，只留了半截扯断的裙衫在手中……

赵云：（大恸，拜倒井旁）夫人！

耳听得马蹄声越来越近……

赵云忙从地上抱起阿斗，只见小家伙兀自冲着他笑哩！

赵云忍不住亲了阿斗一下，撕下衣袖，仔细将他缚在胸前。

大批曹兵涌上前，赵云悲愤地怒杀曹兵，且战且走之际，一队曹兵于燃烧的檐篷下袭击赵云，赵云一刀刺死一曹兵，使之落马。

赵云随即纵身上马，抽剑砍死另一曹兵，往村口飞奔而去……①

第二个，是电视连续剧《三国演义》②剧本片段。

当阳桥头

张飞立马于桥上，见赵云拍马而来，高声吼着：赵子龙！你为何反我哥哥？

赵云：我寻不见二位夫人与小主人，四处寻找，因此落后，何言我反？

张飞：若不是简雍先来报信，我今见你，怎肯甘休？还不快过来！

赵云：主公现在何处？

张飞：只在前面不远！（认出甘夫人）嫂嫂，受惊了。

赵云：糜子仲保甘夫人先行，待我再去寻找糜夫人与阿斗。

说完，勒马急驰而去。

张飞怔住。

……

赵云再次冲入敌阵，疾马如飞，迎面一曹将夏侯恩，手提铁枪，背着一剑，引数十名骑兵跃马而来。

赵云并不答话，拍马挺枪直冲而去；交马只一回合，便把夏侯恩一枪刺倒，顺手带过夏侯恩背上的宝剑。赵云将宝剑出鞘，只见寒光闪闪，剑把上有金嵌"青釭"二字。

赵云大喜，独白：曹操有宝剑两口，一名"倚天"，一名"青釭"，得此剑乃天助我也。端详片刻，插剑提枪，复向敌阵杀去。

一群百姓缩在草丛间，赵云飞马而过，百姓望见赵云，大叫：赵将军！救救我们！

---

① 此剧本片段由本书作者根据完成片整理。

② 杜家福、朱晓平、叶式生等编剧，王扶林总导演，蔡晓晴、张绍林、孙光明、张中一、沈好放等导演，孙彦军、唐国强、鲍国安、吴晓东、陆树铭等主演的84集大型古装历史题材电视连续剧，改编自中国古典名著《三国演义》。

疾驰而过的赵云闻声猛然勒住马，马腾空而起。

赵云：可曾看见糜夫人及公子？

百姓：夫人抱着孩子。腿上受了伤，行走不得，在前面墙缺内坐着。

赵云忙勒住马头，大声道：你们往东去，张将军正在桥头迎候！说完，一拍马，奔向前边而去。

破院内

糜夫人怀抱阿斗，坐于墙下枯井旁啼哭。

赵云：赵云在此，夫人吃苦了。（急下马伏地而拜）。

糜夫人：得见将军，阿斗有命矣。可怜他父漂泊半生，只有这点骨血。将军可护持此子，让他得见父面，我死而无憾！

赵云：夫人受难，赵云之罪也！请夫人上马，云自步行死战，保夫人冲出重围。

赵云说着要去扶糜夫人。

糜夫人：不可！将军岂可无马！此子全赖将军保护，我已重伤，死何足惜，望将军速抱此子前去，我不能拖累将军。

说罢，糜夫人紧抱阿斗，失声痛哭。远处传来呐喊声。

赵云：追兵已至，请夫人速速上马。

糜夫人哽咽不成声：我委实难行，休得两误。

赵云：既见夫人之面，而不能保全夫人，赵云有何面目复见主公，请夫人快快上马！

糜夫人不语，脸紧贴着阿斗小脸，泪水串串落下。

马蹄声渐渐清晰，四处喊声震天。

糜夫人挣扎几下未起，遂跪于地，将阿斗捧至赵云面前：此子性命全在将军身上。

赵云泪流满面接着：快请夫人上马。

一群骑兵从破墙外急驰而过，赵云一惊，奔至墙边探望。此时，糜夫人轻理几下乱发，伏地朝东几拜，往前紧爬几步。

断墙边，赵云边望外边说：夫人，快快上马。未见动静，回转身来，糜夫人已投井自尽。

赵云大惊："夫人！"泪水涌出，滴在阿斗红嫩的脸颊上。

又一队骑兵从墙外冲过。

赵云抹去泪水，解开勒甲绦，放下掩心镜，将阿斗包进怀里，跪于井旁三拜，起身行至墙边。赵云将断墙轰地一声推倒，看看阿斗，再看看枯井，感慨万分，尔后跨上战马，疾驰而去。[①]

上述两个片段讲述了同样的情节。比较两个片段即可看出，电影剧本与电视剧剧

---

① 杜家福、朱晓平、刘树生等编剧：《三国演义：中央电视台八十集电视连续剧〈三国演义〉文学剧本》，成都：四川人民出版社，1994年，第571—572页。

本,至少从视听语言叙事层面看,并无大的不同,基本一致。

首先,这两个剧本片段都由若干个镜头组成(剧本的每一自然段可理解为一个待拍摄的镜头)。其次,编剧在创作(设计)镜头时充分运用了视觉元素和听觉元素,无论是电影《赤壁》中的"城门楼上着火焚烧,浓烟盖天。城下,一个浑身中箭的士兵对着镜头踉跄跑来,几名曹军骑兵追上他,凶狠地举起长矛,将他搠死⋯⋯",还是电视连续剧《三国演义》中的"将断墙轰地一声推倒,看看阿斗,再看看枯井,感慨万分,尔后跨上战马,疾驰而去"等,都给观众以直接的视听感受。最后,这两个剧本片段都运用了蒙太奇,正是蒙太奇,把单个的镜头组织成完整的故事,并且显现出一定的思想意义。

有关蒙太奇与电视连续剧剧本的关系,我们会在本书第五章专门展开阐述。

第二节　戏剧观念如何影响电视剧

戏剧对电视剧的影响也是显而易见的。电视剧和戏剧一样,也是一种靠演员表演来进行审美展示的艺术,其在剧情方面讲究强烈的戏剧矛盾冲突,讲究人物和场景的集中,讲究误会与巧合手法的运用,讲究靠戏剧冲突推动剧情。另外,电视剧和戏剧都十分重视台词的作用,台词在剧中占有很大的比重。

说到戏剧,就不得不提曹禺先生的《雷雨》,那是中国戏剧史上非常成功和典型的一个案例。该剧人设虽然简单,但矛盾深刻;场景虽不复杂,但剧情曲折动人。剧作家擅长在血缘关系和家庭关系中寻找对立关系,通过对立矛盾的人物来表现冲突,深挖主题。该剧台词隽永、密集,强而有力。认真学习《雷雨》,有助于我们了解戏剧创作的真谛。

我国的电视剧,从它产生的那一刻起,就与戏剧结下了不解之缘。历经50多年的风雨坎坷,直至今天,电视剧不仅从来没有像电影一样喊出"与戏剧离婚"或"丢开戏剧的拐杖"[1]这类口号,相反,它始终与戏剧骨肉相连、血脉相通,从里到外都具备了戏剧的因素和品质。

早期的电视剧,如《一口菜饼子》,实际上就是在舞台上或演播室内演出的话剧。当时由于受到制作技术条件的制约,不得不采用现场直播的方法。也就是说,播映前,演员们往往要反复排练,几部摄像机也在摄像师的操纵下同时拍摄,化妆、置景等都早已在拍摄前完成。拍摄时,现场除表演区外,要保持绝对的安静,除了演员说的台词及动作所造成各种声响外,不允许收录任何杂音。

---

[1]　20世纪80年代,张暖忻、李陀发表了《谈电影语言现代化》一文,提出:"世界电影艺术在现代发展的一个趋势,是电影语言的叙述方式(或者说是电影的结构方式)越来越摆脱戏剧化的影响,而从各种途径走向更加电影化。"他们这一主张是多年来首次较为全面地对中国传统电影形态提出的挑战,集中反映了新时期伊始,一群锐意革新的中青年急切吸收西方电影理论及其实践成果而超越中国传统电影的意向。

20世纪90年代初,随着《渴望》①《皇城根儿》②等电视连续剧的成功拍摄及顺利播出,一种被称为室内剧的电视剧应运而生。所谓室内剧,是指在室内搭景,采用多机拍摄,同期录音并当场切换,在一个场次中以连贯表演的方式同步完成的电视剧。无疑,室内剧显现出更多的戏剧特征。

在这之后,很多电视剧在拍摄时为了降低成本、节约时间,以更高的产量、更快的速度、更短的周期出品集数更多的电视连续剧,开始追求与室内剧特性相仿的室内性。所谓室内性,是指这类电视剧不注重让观众欣赏多变的外景地风光,而是通过时空的高度集中、丰富紧张的人物关系,以及极富个性特点的动作和对话等,突出展示主人公多舛变化的人物命运,这照样能获得极强的艺术效果。

更有甚者,电视剧类型中的情景喜剧的创作,如观众熟知的《我爱我家》③《家有儿女》④《闲人马大姐》⑤《炊事班的故事》⑥等,则完全遵循着戏剧美学的原则来创作,几乎可以视作戏剧的电视版。

《我爱我家》一剧,演员的表演区域就是一座舞台,舞台下方还专门设置了观众坐席,拍摄采用三点包围或更多机位的方式,表演、观看、录制同步进行,演员可以一气呵成地表演而不必顾虑动作、台词被镜头分解或打断,同时还可以与现场观众互动,很容易营造出强烈的剧场演出和观赏的效果。

为了更好地说明戏剧与电视剧的渊源关系,我们来看两个具体的案例。

一个是戏剧《商鞅》⑦剧本片段。

栎阳　秦宫
士卒甲、士卒乙立左右
士卒、太祝官、祝欢、五医生、甘龙上
甘龙:太祝官。
祝欢:五医生。
士卒:公孙大人到。

---

①　李晓明编剧,鲁晓威、赵宝刚执导,张凯丽、李雪健、黄梅莹、孙松、蓝天野等主演的50集电视连续剧,该剧通过两对年轻人复杂的爱情经历,揭示了人们对爱情、亲情、友情以及美好生活的渴望。

②　赵大年、陈建工编剧,赵宝刚执导,许晴、王志文等主演的30集京味室内电视连续剧。

③　梁左编剧,英达执导,宋丹丹、文兴宇、杨立新、梁天、关凌等主演的120集室内情景喜剧,讲述20世纪90年代北京一个六口之家和他们的邻里、亲朋丰富多彩、绚丽斑斓的生活。

④　臧里、臧希、李建宏等编剧,林丛导演,宋丹丹、高亚麟、杨紫、张一山等主演的三部共367集室内情景喜剧,讲述两个离异家庭结合后发生在父母和三个孩子间的各种有趣故事。

⑤　梁左、梁欢、满昱编剧,英达、林丛、娄乃鸣执导,蔡明、李建华、虞梦等主演的267集室内情景喜剧,讲述一位普普通通的退休女工马大姐的日常生活。

⑥　徐君东、陈保生、陈满秋、赵建潮编剧,尚敬执导,洪剑涛、范明、周小斌、沙溢、姜超、毛孩等主演的68集军旅喜剧,该剧通过发生在六位年轻炊事兵身上的一件件鲜活小事,演绎绚丽多彩的军营生活。

⑦　姚远编剧,陈新伊执导,尹铸胜主演的经典话剧,讲述战国时期秦国改革家商鞅的故事。

公孙贾上

祝欢、甘龙（齐）：公孙大人。

士卒：赵良博士到。

赵良上

公孙贾、甘龙、祝欢（齐）：赵博士。

赵良：公孙太师，甘医生，太祝官。

甘龙：赵博士，卫鞅是个什么人，搞得这样兴师动众啊？

赵良：哦，他原是魏相国公叔痤的家臣。

祝欢：噢，原来是个家臣！

公孙贾：据说此人入秦已有三年？

赵良：是的。他曾两次觐见国君，劝说国君以帝王之道，平治天下，谁知国君听着听着就睡着了。

众：哈哈哈……

公孙贾：那这一次？

赵良：想必是切合了国君的心意。

公孙贾：（心中生疑）那定是你赵博士引荐的喽？

赵良：哪儿，哪儿，我哪儿有此机缘。是景监，景大人。

甘龙：……一个太监！哈哈哈……！可笑！

公孙贾：唉！可悲！

祝欢：公孙大人，（示意）景大人来了。

景监兴冲冲地从内宫拿着一块坐垫上

赵良：景大人。

众：景大人。

景监：哟！各位大人早都在此了？

公孙贾：连景大人都为国家这样操劳，我等岂能怠惰？

景监：为国尽心而已。

公子虔暗上

公孙贾：（傲傲地）国君对他这样赏识，那全凭景大人的慧眼喽！

甘龙：嘿嘿，可叹秦国降到这样地步，要治国兴邦还要请个魏国人来。

景监：哎呀，赵博士，我倒忘了，甘医生是哪国人的后代啊？

甘龙：……我的祖先早已来到了秦国！

景监：哦，你没有忘了根本呐！（在众目睽睽之中，将坐垫放下了）

甘龙：（恼羞成怒）那是自然。有根本之人别忘根本。无根本之人跟我还谈什么根本？

景监：（泰然地）这要谢我祖上积的德。要是我留着这根本，却生下一群无用的酒囊饭袋，倒还是不如不要这个根本的好！

景监下

甘龙：这，啐，一个阉人，他靠着国君的宠幸，竟敢这样藐视老臣！这还成什么朝廷，像什么国家？

公子虔：（声不高，却威严）住口！

众肃然

赵良：虔公子。

甘龙：太傅大人。

众：虔公子。

公子虔：这个地方是国之宫阙，议政之朝堂，竟敢这样喧哗！国君登基未久，乃年轻贤明之君王，刚要开拓疆土，振作国威以承先君宏愿。诸位老臣理应尽忠履责，鼎力辅佐才是。你们竟然就以这样的非分妄言以对在天的先君？

众哑然

公子虔：刚才我在内廷，见过卫鞅客卿。所谈所论，令我深为叹服。强秦之法不可不听，孔老夫子说过"后生可畏"。诸位都是两代老臣，使秦国强盛，是我们共同的心愿。

甘龙：虔公子德高望重，老臣宾服。

公孙贾不满地瞪了甘龙一眼[①]

另一个，是电视连续剧《大秦帝国之裂变》[②]剧本片段。

栎阳　甘龙府书房　夜　内

杜挚正嚷嚷着什么

甘龙淡漠地转悠着

一老仆走进：禀报大人，孟、西、白三将求见。

甘龙蓦然回身：谁？孟、西、白？

老仆：正是。

杜挚摇头：孟、西、白，怪也！

甘龙目光闪烁思忖

杜挚："这孟、西、白，来烧上大夫冷灶？"

甘龙一挥手："家老，请他们进来。"

杜挚低声："西乞弧是宫室护卫，莫非有新消息？"

甘龙冷冷：少说，多听。

孟、西、白三人大步走进，一拱手：见过上大夫！

---

① 此剧本片段由本书作者根据演出实况录像整理。

② 孙皓晖编剧，黄健中、延艺执导，根据孙皓晖同名小说改编，侯勇、王志飞、高圆圆等主演的51集古装历史剧，主要讲述了战国时秦国经过变法由弱转强的历史。

甘龙慈颜亲切：三位大将来得正好，老夫正欲讨教。请坐，上茶。

三人入座，一个身着补丁衣裙的女仆上茶

须发灰白的孟坼一拱手：上大夫何事？我等定然效力！

甘龙：安葬田常，孟、西、白三府均有捐物，老夫业已请准君上褒奖。

精瘦的白缙烦躁摇手：不说不说！早知今日，捐个鸟！

甘龙正色：敬贤褒节，国家正道。将军何有此说？

西乞弧神秘低声：秦国要变！上大夫不知道？

甘龙摇头：年年月月，秦国哪天都在变。

西乞弧摇手：不一样！那个卫鞅被国君请到书房，连说三天三夜，期间任谁都不见！我当班护卫，车英小子竟不许我进入政事堂区域巡视！国君与卫鞅说的甚，谁也不许打听！如此神秘兮兮，能没事？后来我一查，事大了！国君要起用卫鞅，要大折腾，要变法！

孟坼一拱手：兹事体大，愿闻上大夫高见。

甘龙思忖，默然无动于衷

杜挚疑惑：西乞弧将军，你找谁查的，消息可靠么？

西乞弧冷笑：这也是你问的？

杜挚面红耳赤，尴尬地嘿嘿干笑

白缙颇有嘲讽：上大夫树大根深，拿得稳也。

甘龙淡淡一笑：要说树大根深，只怕无人能比孟、西、白三族。

孟坼：上大夫领国二十余年，不怕一朝变天？

甘龙：三位将军想听，老夫便说几句实在话。君上招贤纳士，为的是富国强兵。既然富国强兵，无论是要变法，还是要新政，都在情理之中也。事情刚刚开始，我等都该与君上同心。当初求贤令说得明白，秦国要恢复穆公霸业。而恢复穆公霸业，必然得推行先君新政。只要君上以先君为楷模，整肃吏治，推行新政，以图恢复穆公霸业，谁都应该拥戴。

西乞弧：人家说的不是先君新政。是甚？对，深彻变法！

白缙：哼！穆公霸业？人家也一个字没提！

甘龙摇头：老夫不听说辞，不看架势。

孟坼：若是人家动真格，当真大折腾，又将如何？

甘龙摇头：老夫以为，不会。

白缙：上大夫如此笃定？

甘龙摇头：老夫以为，不会。

孟坼思忖，突然站起：上大夫是说，只要背离先君新政，我等便不能坐视！

甘龙摇头：老夫是说，君上不会背离先君新政。

西乞弧烦躁：好好好，那就往下看。告辞！

三人大步出厅[①]

---

① 此剧本片段由本书作者根据完成片整理。

　　从上述两个片段中可看出,电视剧本与戏剧剧本在本质上也并无大的不同,尤其是在戏剧思维方面,更是一致。

　　何谓戏剧思维? 其核心元素是什么? 简言之,就是戏剧冲突。戏剧冲突又来自戏剧关系。《暗恋桃花源》[①]里的老陶和春花以及春花和袁老板,组成了一个表面轻松实则紧张的三角人物关系;《我爱我家》里的傅老和邻居老胡之间也存在着互不服气、明争暗斗的关系。这些都有机地推动了情节的发展,吸引着观众津津有味地看下去。同样,在戏剧《商鞅》和电视连续剧《大秦帝国之裂变》中,在有关商鞅变法的反对者的几场戏里,也蕴含着即将如惊雷般爆发的冲突,为后来的车裂惨剧打下了坚实的根基。

第三节　文学观念如何影响电视剧

　　当今世界,视觉文化兴起,传统的文字的阐释功能和表现功能越来越受到来自影像和图像的"排挤",过去曾高居象牙塔中的文学艺术也日渐式微,不得不把审美的主导地位拱手让给了影视。

　　这种情况导致文学自身的独立品性有了松动、滑坡的迹象,还有了沦为影像附庸的嫌疑。最典型的例证,便是有许多过去写小说的或搞纯文学的创作者,如今耐不住"寂寞",摇身一变,也跟着潮流"触电"去了;"或者俯首称臣,沦为电影文学脚本的文学师,或者以电影的叙事逻辑为模仿对象,企图接受电影的'招安',又或者以种种语言或叙事企图冲出重围,却不幸跌入无人喝彩的寂寞沙场……文学的黄昏已然来临"[②]。

　　文学的黄昏真的来临了吗? 是不是真的如部分学者所说,在现代科学技术的冲击之下,文字早晚一定会被图像替代,而文学也一定会走向终结呢?

　　结论恰恰相反。影视的兴起,不仅不意味着文学的没落,而且还昭示着文学在另一层面的繁荣与复兴,文学艺术的本质没有变,变化的只是形态和样式。

　　为什么这样说? 因为影视也是文学作品的一种呈现方式。为什么剧本又被称为"电影文学剧本"或"电视剧文学剧本"? 其中的"文学"二字,已经直白无误地说明了编剧提交的剧本本身就是一个文学作品,只不过传统的文学是一种经由文字的传达,作用于读者头脑的想象艺术,而"影视文学"则是将所有表现的内容一概转化为视觉形象和听觉形象,并直接诉诸人的感官而已。

　　有人对此提出异议,说中国的影视剧本,之所以被冠以"文学"二字,乃因受了苏联的

---

　　①　赖声川编导的话剧,讲述"暗恋"和"桃花源"两个剧组,都与剧场签订了当晚彩排的合约,争执不下,不得不同时在剧场中彩排,遂成就了一出古今、悲喜交错的舞台"闹剧"。

　　②　朱国华:《电影:文学的终结者?》,《文学评论》2003年第2期。

影响,苏联的电影剧本,都叫"电影文学剧本",而其他国家的剧本是没有"文学"二字的,所以,电影和电视剧本与文学没多大关系。

此言谬矣。无论剧本是否冠以"文学"的名称,都不影响其为文学作品这一事实和实质。说得再直白些,文学是个大家庭,小说、诗歌、散文、戏剧剧本、戏曲剧本、电影剧本、电视剧剧本等,都是这个大家庭中的一员,尽管它们之间有这样或那样的区别,但因"生活在同一个屋檐下",必然存在着很多共有的规律和特征。譬如,不管是写小说,还是写电影剧本,抑或写电视连续剧剧本,都要有丰富的生活积累,都只能写自己熟悉的、有独特感受的生活,都必须有统领全作的主题思想,都必须塑造出栩栩如生、呼之欲出的人物,都要结构完整、风格统一,等等。也就是说,文学的这些共性,是这个家庭中的任何一个成员都不能不遵从的,电影文学、电视剧文学当然也不例外。我们承认它有独属于自己的个性,但首先要遵从的是文学的那些共性。

正因为此,电影文学也好,电视剧文学也好,它们都是继抒情文学、叙事文学、戏剧文学等传统文学类型之后出现的又一种文学类型,兼有影视与文学的双重特性,并在二者的交互渗透中将文学的叙事因素与影视的造型因素有机地融合为一体,其具体的书面形式就是电影剧本和电视剧剧本。

既然电视剧剧本属于一种发展中的新型文学形式或文学类型,就要求编剧在创作中,既要用电视的方式思考,又要用文学的方式来表达。编剧要时刻牢记,电视剧是一种用电视手段完成的文学作品,文学剧本是整部剧的基础,这不仅仅因为它是全剧创作的第一道工序,更重要的在于它是导演再创作的依据,是未来电视剧成败的前提。一些电视剧的艺术水平不高,根本问题就在于剧本的文学价值不高;一个好剧本可能会被某个导演拍成一部平庸的电视剧,但一个思想、艺术质量都很低的剧本,即使交到一个一流导演的手里,也不可能拍成一部出色的电视剧。

我们来看一个精彩的案例,在小说《三国演义》第三十三回《曹丕乘乱纳甄氏　郭嘉遗计定辽东》中,罗贯中是这样写的:

却说曹操统领众将入冀州城,将入城门,许攸纵马近前,以鞭指城门而呼操曰:"阿瞒,汝不得我,安得入此门?"操大笑。众将闻言,俱怀不平……

操既定冀州,亲往袁绍墓下设祭,再拜而哭甚哀,顾谓众官曰:"昔日吾与本初共起兵时,本初问吾曰:'若事不辑,方面何所可据?'吾问之曰:'足下意欲若何?'本初曰:'吾南据河,北阻燕、代,兼沙漠之众,南向以争天下,庶可以济乎?'吾答曰:'吾任天下之智力,以道御之,无所不可。'此言如昨,而今本初已丧,吾不能不为流涕也!"众皆叹息。操以金帛粮米赐绍妻刘氏。乃下令曰:"河北居民遭兵革之难,尽免今年租赋。"一面写表申朝;操自领冀州牧。

一日,许褚走马入东门,正迎许攸。攸唤褚曰:"汝等无我,安能出入此门乎?"褚怒曰:"吾等千生万死,身冒血战,夺得城池,汝安敢夸口!"攸骂曰:"汝等皆匹夫耳,何足道哉!"褚大怒,拔剑杀攸,提头来见曹操,说:"许攸如此无礼,某杀之矣。"操曰:"子远与吾旧交,故相戏耳,何故杀之!"深责许褚,令厚葬许攸。……①

而电视剧《三国演义》在表现这一段时,编剧从文学和电视双重角度出发,将之改编成了如下一场重头戏。

冀州城外　袁绍墓　日

袁绍的新坟

哀乐声中,白幡高悬。伞盖之下,只见曹操骑于马上,亲率众人前来祭奠袁绍

远远的,尘埃起处,只见许褚纵马赶上,追上曹操后报告:丞相! 我已奉命,率将士连夜将城中淹死之尸首掩埋,城门外高悬奠旗。

曹操点点头,下马,一步步朝袁绍墓走来

许攸得意地:许将军辛苦!

许褚"哼"了一声,理也不理,随曹操向袁绍墓走去

许攸气恼地:你等无我,安能进入此城?

许褚站住怒曰:我等千生万死,身冒血战,夺得城池,你安敢夸口!

许攸于队后骂道:你等匹夫,何足道哉!

……

"咚"的一声,许攸的人头被扔在曹操面前

许褚:丞相,许攸无礼,我已杀之。

曹操睁开眼,看着面前许攸的人头,极平静地:子远与我旧交,常相戏耳,何故杀之? 厚葬。

转身向墓:昔日我与本初共同起兵时,本初曾问我"若事不济,方面何所可据?"我问之曰"足下意欲如何?"本初曰"我南据河,北阻燕、代,兼沙漠之众,南向以争天下,庶可以济乎?"我答曰"我任天下之智力,以道御之,无所不可。"说罢,曹操抬起头,眼含泪水面对袁绍墓说道:"此言仿佛如在耳边,而本初已亡,我不能不为流涕也!"说完,竟呜咽有声,纵怀大哭起来。

随即下令:河北居民遭兵革之难,尽免今年租赋。

身后众人叹息

曹操立起:许褚,将沮绶、审配、辛评及河北义士的灵牌摆上!

许褚:是!

曹操:袁谭、袁尚、袁熙,只顾兄弟相残,丢城弃土,实属不肖子孙! 曹洪,将他们的灵牌也摆上!

曹洪:是!

---

① 罗贯中:《三国演义》(上),长春:吉林出版集团有限责任公司,2009 年,第 173 页。

曹操：陈琳！

陈琳：在！

曹操：把你当年写的檄文拿出来！

陈琳双手颤抖着，缓缓展开檄文：是。

曹操：念！

陈琳抬头看着曹操，深知此命不可违：司空曹操，祖父中常侍曹腾，与朝廷宦官，并作妖孽，饕餮放横，伤化虐民；父曹嵩，乃乞丐携养，因脏假位，贿赂权门，窃盗鼎司，倾覆重器。操承劣遗丑，本无懿德，更兼狡诈，好乱乐祸……

许褚等武将终于听不下去，许褚怀抱沮绶等人灵牌"扑通"跪下，叫道：丞相！……别念了！

"丞相！"许褚身后，跪下一片。

曹操：为何不念？念！当年此文传至许都，我方患头风，卧病在床，此文读过，毛骨悚然，一身冷汗，不觉头风顿愈，才能自引大军二十万，进黎阳、拒袁绍，与其决一死战。真乃檄文如箭！……此箭一发，却又引得多少壮士尸陈沙场，魂归西天。我曹操不受此箭，壮士安能招魂入土，夜枕青山！星光殷殷，其灿如言，不念此文，操安能以血补天哉！

一番话，说得众将呜咽起来。

曹操昂然站立于袁绍墓前。

陈琳见了，顾不得泪水横流，朗朗有声地读了起来：幕府为除凶逆，提剑挥鼓，发命东夏，收罗英雄，弃瑕取用……

陈琳读檄文声中，许褚恭敬地将河北义士的灵牌在袁绍墓前一一摆好……曹洪像插树枝一样，将袁氏几兄弟的灵牌也插在袁绍墓前。

陈琳：……故遂与曹操同咨合谋，授以禅师，谓其鹰足之才，爪牙可任……而操遂承咨跋扈……

陈琳的檄文声中，可见香烟袅袅，烟雾中是一排灵牌；透过灵牌，是袁绍之墓。

曹操率众跪下再拜，其情也虔。

陈琳手执檄文，不时眼观曹操，仍在念着：恣性凶忒，残害贤善，污国害民，毒施人鬼！历观载籍，无道之臣，贪残酷烈，于操为甚！

陈琳的檄文声，伴着呼天吼地的风声在天空中回响，继而，完全被风声所代替。①

无疑，这一大段的改编是相当成功的，它充分尊重了文学和电视的双重特性。首先，它强化了场景的视听效果，新坟前，哀乐声中，白幡高悬，再加上许褚放的河北义士的灵牌以及曹洪插的袁氏几兄弟的灵牌，配以陈琳念檄文的声音，使本场戏庄重、威严而又哀戚。其次，这段改编凸显了人物性格。许褚杀许攸，曹操只是"睁开眼，看着面前许攸

---

① 杜家福、朱晓平、刘树生等编剧：《三国演义　中央电视台八十集电视连续剧〈三国演义〉文学剧本》，成都：四川人民出版社，1994 年，第 472—474 页。

的人头,极平静地:'子远与我旧交,常相戏耳,何故杀之?厚葬。'"体现出他早已对其厌恶,知其死,心中暗喜,表面却又不得不装出一副遗憾与无奈的样子,而对铸成大错的许褚,也并不似小说般"深责",只是问了一句"何故杀之"了事。这是一种建立在人物性格基础之上的再创造。最后,曹操突然叫陈琳拿出当年写的讨曹檄文,在袁绍墓前念,更是将曹操奸诈、诡异、令人捉摸不透的心理表现得淋漓尽致。而"陈琳的檄文声,伴着呼天吼地的风声在天空中回响,继而,完全被风声所代替"一句,极具影视特色,不仅将本场气氛推至最高潮,还营造出声震长空、余音袅袅的意境和效果,使观众在深感震惊之余,也对曹操其人也有了更新和更深刻的认识⋯⋯

第四节　电视观念如何影响电视剧

虽然电视剧深受电影手法及戏剧、文学等观念的影响,但从本体来论,它还是属于电视的。它孕育于电视这个母体,属于电视节目的一个分支,因此,就很自然地具备了电视所拥有的一些特点,并与电影、戏剧、小说等形成了若干或大或小的不同之处。

一、电视剧的栏目性

从电视角度衡量,电视剧应属于某个电视栏目中的一档节目。所谓栏目,是广播电视机构制作播出内容的基本组织形式,也是其作为媒介平台传播内容的主要形式和构成单元,其核心特点是按时间段划分节目单元,按时间顺序播出节目内容。

在我国,播放电视剧的栏目多为电视剧场,比如"午间剧场""晚间剧场""星夜剧场"等,还有"阳光剧场""青春独播剧场""雄风剧场""女性剧场"等,直接定位于不同年龄、不同性别等的差异化受众。

电视剧的栏目化特征决定了电视剧应具有统一的片头、片尾、规格和包装形式,以及定期、定时播出等特征。

在我国,广电总局规定了电视剧每集时长为45分钟,其中片头、片尾占时约3分钟,剧中内容占时约42分钟,超过或少于这个时间都属于技术不规范、不标准。

电视剧的栏目化也对电视剧的编剧提出了较为具体的要求,在一些影视公司面向编剧的约稿合同中,经常会见到这样的交稿要求:编剧交付至资方的文稿,各版剧本每集字数应不少于13000字,每集场次应不少于35场,每集剧本所写内容要达到可供拍摄45分钟以上的容量等。

二、电视剧的随意性

电视剧审美传播和接受的终端是家庭。家,作为世俗生活的中心,赋予了电视剧审美活动浓郁的世俗化、娱乐化色彩,也造就了电视剧的随意化特征。

一般来讲,电视剧的观赏环境是每个家庭的客厅。所谓电视剧的随意性,是指观众在家里的客厅中收看电视剧时,始终处于一种随意观看,不受时间限制的状态,有很大的不确定性。遥控器攥在观众的手里,观众可以随意地凭喜好选择自己喜欢看的频道(或剧集),这就对电视剧的编剧提出了更高的要求——首先,为了吸引观众,应该把故事讲得更加富有戏剧性;其次,要认真研究创作主体和欣赏主体的关系,以达到最终的叙事目的;最后,要明确电视文化是一种大众文化、消遣文化,因此作品要接地气,不可写过于难懂的艺术作品。那些表现日常生活的题材,也就是人们在生活中可以经常遇到、容易投射自我、产生共鸣的作品,才应是电视剧创作的主流,也是电视剧创作需汲取的最丰富的灵感源泉。《都挺好》[①]《乔家的儿女》[②]《贫嘴张大民的幸福生活》[③]《娘亲舅大》[④]《情满四合院》[⑤]等剧的热播,在观众中引发巨大反响,就很能说明这一点。

三、电视剧的连续性

电影在电影院放映,戏剧在剧场演出,特殊的场合决定了其必须考虑观众的耐受度,因此有了对时间的限制和要求。国际上,电影的标准长度是 120 分钟,一出戏剧也大致如此。而电视剧则不然,它可以用很长的时间来完成一个故事情节甚至是一个历史时期的叙述。而观众会随着电视剧的节奏,在一个相对长的阶段里,享受该剧带给自己的各种审美感受。

当然,电视剧的长,是以连续剧的方式来体现的,具体到某一集,时间并不算长,45分钟,学生上一节课的时间,仿佛中国的长篇章回体小说,需以章或回的形式来做隔断。

中国古典章回体小说的特点,是将一个完整的故事分成几十甚至上百个章节、回目来讲述,每一章(回)一般会包括一至两个核心情节,在本章(回)中进行充分的渲染、铺设、描写及发展。这样,每一章(回)在情节上就具有了相对的独立性和完整性;各章回之间在内容、情节上的叙述,或是相当紧密,或是稍有延宕,或是以章回的转换之处作为下一阶段情节内容的转换点,这些处理都相当圆润、自由。尤其是为了保持章节之间的连贯,以吸引读者持续阅读,章回体小说还会在前一章节的结尾处有意设置一个悬念,留在下一章回中进行解答——"欲知后事如何,且听下回分解",这样就在各章回之间建立

---

① 王三毛、磊子编剧,简川訸执导,姚晨、倪大红、郭京飞等主演的 46 集电视连续剧,改编自阿耐的同名小说,讲述苏明玉从小不受家人待见,长大成人后却回报家庭的故事。

② 未夕编剧,张开宙执导,白宇、宋祖儿、毛晓彤、张晚意等主演的 36 集电视连续剧,根据未夕的同名小说改编,讲述了乔家的 5 个孩子,在 30 年艰苦的岁月里彼此扶持、相依为命的故事。

③ 刘恒编剧,沈好放导演,梁冠华、朱媛媛、霍思燕、潘粤明等主演的 20 集电视连续剧,讲述北京大杂院里平民百姓的普通生活。

④ 孟婕编剧,习辛执导,唐曾、黄曼、张铎、刘希媛主演的 56 集电视连续剧,讲述地震中失去双亲的佟家三兄弟,含辛茹苦,把大姐留下的孤女抚养成人的故事。

⑤ 王之理编剧,刘家成执导,何冰、郝蕾等主演的 46 集电视连续剧,讲述 20 世纪 60 年代到 90 年代间,发生在北京四合院里的情感故事。

起了较为紧密的关联,吊足了读者的胃口。

事实上,电视连续剧除了遵循戏剧文学"开端—发展—高潮—结局"的普遍的情节结构模式之外,也更多地借鉴了长篇小说,尤其是章回体小说的这种篇章结构方法。电视连续剧的每一剧集,也跟章回体小说一样,有一个或多个相对独立的小情节;在每集的结尾,往往会设计一些新的变化、新的矛盾,以期通过制造的悬念,挑起观众的期待,以保证观众对该剧的持续收看。

这样的例子不胜枚举。著名的谍战剧《潜伏》①的第一集,讲述抗日战争结束前夕国、共、日三方的对立,关系错综复杂。一天,在执行抓捕亲共人员任务时,军统外勤余则成突然发现自己深爱的未婚妻左蓝与林怀复等激进人士关系甚密。左蓝的突然出现,让负责监听后发信号的余则成一时犹豫,以至于放走了目标人物"孟先生",使任务落空。虽然事后他能够自圆其说,但这一切却被他的顶头上司吕宗方识破。

某处 日 外

吕宗方:(问余则成)那个电话你能听到内容吗?

余则成:听得到声音,听不清说话。

吕宗方:(盯着余则成)你撒谎了。

余则成:(有些慌张)我? 撒谎?

吕宗方:对,你没有吗?

余则成:科长,八年前我只是个穷学生,您把我带进军统,指导我为抗日大业效忠,愚生心里始终奉您为船头夜灯,从不阳奉阴违。要说撒谎,我对别人撒过,但对您从来没有过。

吕宗方:(老辣地)你是第一时间发出的信号吗?

余则成:(掩饰)开始我是听到林怀复叫孟先生,但我不能确定,想再听一会,更有把握,接着那个电话就进来了。

吕宗方:(凝视着)你同情中共?

余则成:(慌乱)没有。

吕宗方:张名义死前向我汇报过,说你篡改监听记录,林怀复一伙传递拥共传单的事,被你在记录中删除了。

余则成:(解释)不是删除,是我觉得没有汉奸嫌疑,不重要,没有记下来,科长。

吕宗方:你是我带起来的,永远都是。我是想提醒你,别自作聪明。

余则成:我没有,我一直忠心耿耿心向党国……

吕宗方:(挥了挥手,口气缓和下来)口号还是留到"四·一"大会上喊吧。我问你,你

---

① 姜伟编剧,姜伟、付玮导演,孙红雷、姚晨、祖峰、沈傲君等主演的30集电视连续剧,改编自龙一的同名短篇小说,讲述内战期间,中共地下党余则成潜伏在国民党军统内部,和组织上派给他的假妻子翠平一起同敌人做斗争的故事。

跟那个左蓝是不是已经谈婚论嫁了?

　　余则成:(愣)您都知道?

　　吕宗方:别忘了参加青浦特训班的时候,你的登记表上怎么写的,你是有妻室的人。

　　余则成:(苦着脸)科长,那表是您亲手给我填写的,妻室的事都是假的,是随便写的,您最清楚啊。

　　吕宗方:那时候是假的,现在就是真的了,梁处长已经询问我了。

　　余则成:(惊讶)询问什么?

　　吕宗方:家有妻室,结交露水红颜。

　　余则成:那不是什么露水红颜,我们真是……

　　这时一个特务跑来,在吕宗方耳边嘀咕几句。

　　吕宗方:(紧张)戴老板?……(然后点着余则成)莫把家法当儿戏。

　　说完离开了。[①]

　　这一段真可谓风云陡起,危机四伏,而这一情节,恰被安排在了第一集的结尾处。观众想知道余则成下场如何,自然会在下一集播映时,屏气凝神地看下去。

　　从以上分析可以看出,电影、戏剧、文学、电视四种观念对电视剧的影响是巨大的,也是十分广泛的。同时,这四种观念在电视剧中也是同时并存、相互渗透的,并不存在某部电视剧只受其中一种观念的影响而不受其他观念影响的情况。只不过针对具体作品而言,有时这种观念占了上风,有时那种观念成了主流,这都是十分正常的现象。也正是因为这种现象,电视剧才呈现出百花齐放、争奇斗艳的美学特征。

---

①　姜伟、华明:《〈潜伏〉创事纪》,广州:南方日报出版社,2008年,第8—9页。

第二章

电视连续剧的故事与画面

在上一章里,我们分析了电视剧和电影、戏剧、文学、电视的关系,目的是想给电视剧画像,借以界定电视剧本身。那么,究竟什么是电视剧? 什么是电视连续剧? 可以从两个大的方面来把握:一是故事,二是画面。

所谓故事,指的是电视剧的主题、人物、情节、结构、语言等,这属于文学范畴。所谓画面,是指光影、色彩、构图、场面调度,乃至镜头剪辑所造成的节奏和情节冲击力等,另外也包括美术造型、演员形体动作的造型等,这属于影像范畴。

而电视剧的艺术特性,就游走在这两个范畴之间,因此,电视剧最简洁、最通俗的定义便是:用画面讲故事的艺术。

更科学、更精准的定义是:所谓电视剧,是指一种运用现代电子摄录手段和戏剧表演手段,以视听语言为表达方式,专门在电视或网络视频等平台上播映的,或虚构或纪实的叙事艺术。

所谓电视连续剧,是电视剧的一种,指"长度在 3 集和 3 集以上,分集播出,主要人物和情节有一定贯穿性的电视剧样式。其中,3~8 集称为中篇电视剧,9 集和 9 集以上称为长篇电视剧"[①]。

第一节 电视连续剧重故事轻画面

在电视剧中,尤其是在电视连续剧中,故事和画面哪个更重要? 是像电影那样两个都重要,相辅相成、并驾齐驱、不可或缺呢,还是可以一个为主,一个为辅?

答案是后者。这是因为,电视剧说到底是一种叙事的艺术,在叙事与画面的天平上,无疑叙事占有较大的比重,也就是说,本质上它就是一个讲故事的工具。而画面,或者说

[①] 仲呈祥:《中国电视连续剧的诞生》,《中国广播影视》2018 年第 8 期。

造型,不过是讲故事所用的一个手段而已。

在这一点上,电视剧与电影略有不同。电影在追求本体的道路上一度走得很远,对叙事和造型的并重成为它的基本追求。比如,在电影《我的父亲母亲》①中,导演张艺谋为了凸显作品的视觉张力及情感基调,独具匠心地强化了影片的色彩和色调,色彩在他的手中成了一种总体象征和表意的因素,从而起到了烘托环境、表现主题、塑造人物形象的作用。

观众看《我的父亲母亲》时,感受最深的便是片子中间部分像散文和诗的意境,人美、物美、事美、镜头美;而片头与片尾却又是绝对的写实,光是自然的,物是真实的,演员是非职业的。换句话说,这个故事是用回忆的方式展开述事,用今天现实的朴素与过去的浪漫进行对比。因此,影片理所应当地被分成了两个部分:现实的部分,主要描写死亡和葬礼;回忆的部分,主要写爱情,而且不必写实,其中有回忆也有想象,它表现的是儿子对亲生父母的美好印象与想象,还有人们对生命本身的赞美与肯定。

在这部影片中,张艺谋颠覆了传统,用黑白色表现现实部分,而用彩色表现回忆部分,这一手法非常有创意,也十分独到,它恰与本片主旨吻合,那便是"葬礼是对生命终结时的最隆重的祭奠,爱情是生命成熟时的最灿烂的升华"②。张艺谋对色彩做的这种大胆的处理,显示出画面几乎成为他在艺术形式上最主要的追求。

在张艺谋的另一部享誉全球的电影《红高粱》③中,电影造型的精巧也很突出。《红高粱》的故事情节虽然也很吸引人,但给观众留下更深印象的是那鲜亮的光彩,简练饱满的构图,静止与动态的对比,无边无际的高粱地,黄土弥漫的土围墙,火光、水汽冲天的酒坊,逆光拍摄、如雕塑般挺立的人物群像等,所有这些,都成了隐喻原始生命力蓬勃旺盛和热烈张扬的符号④。

第五代导演⑤黄建新的处女作《黑炮事件》⑥也是如此。片中,黄建新以风格化的影像来深化故事的荒诞味道——高饱和色调的纵深走廊、对称构图的会议室、巨型的机器、硕大的钟表、或红或黄或绿的大面积色块,看似严整的画面却让人感到十分压抑。该

---

① 鲍十编剧,张艺谋执导,章子怡、郑昊、孙红雷等主演的电影,根据鲍十的小说《纪念》改编,以诗和散文化的风格讴歌爱情、家庭和亲情。

② 鲍十:《纪念》,《中国作家》1988 年第 1 期。

③ 莫言、陈剑雨、朱伟编剧,张艺谋执导,姜文、巩俐、滕汝骏等主演的电影,改编自莫言 1986 年发表的两部中篇小说《红高粱》和《高粱酒》。1988 年,该片获得第 38 届柏林国际电影节金熊奖,成为首部获得此奖的亚洲电影。

④ 这里涉及电影符号学相关理论,所谓电影符号学,是指把电影作为一种特殊符号系统和表意现象进行研究的一个学科。它运用结构语言学的研究方法分析电影作品的结构形式,基本上是一种方法论。

⑤ 第五代导演指 20 世纪 80 年代从北京电影学院毕业的年轻导演,代表人物有张艺谋、陈凯歌、田壮壮、黄建新、霍建起等。

⑥ 李唯编剧,黄建新执导,刘子枫、高明、杨亚洲等主演的电影,改编自张贤亮的小说《浪漫的黑炮》,讲述了赵工程师为寻找一枚丢失的黑炮棋子而闹出一场大误会的荒诞故事。

片常被评论界拿来与安东尼奥尼的《红色沙漠》①相比，因为两片揭示的都是个体在环境中的异化。两片也都在色彩上做了主观的改造，而这也正是黄建新相比同类导演来说走得更远的地方，他让国产电影开始具有了现代性的思考，而不是一味地回溯传统文化。

事实上，在叙事与画面的比重关系问题上，中国电影，尤其是 20 世纪 80 年代的第五代导演执导的电影，甚至出现了严重向画面偏斜的倾向。他们打着"先锋派""纯电影""抽象电影""实验电影""哲理电影""现代派""新浪潮"等旗号，主张电影"淡化情节，强化画面"。因此，陈凯歌、田壮壮、吴子牛等导演的早期作品，如《黄土地》②《孩子王》③《猎场札撒》④《晚钟》⑤等，主观性、象征性、寓意性都特别强烈，与传统意义层面上的"讲故事"渐行渐远。

《孩子王》参赛法国戛纳电影节时，曾被戏谑地评为"金闹钟奖"。何谓"金闹钟奖"？实际上是记者在无聊中想出的主意，即电影节哪个影片最沉闷，无情节、无故事，能让记者们睡着，需要一个闹钟来提醒，则颁发给这部影片一个"金闹钟奖"。很不幸，"桂冠"戴在了《孩子王》头上。

田壮壮的《猎场札撒》在淡化情节方面走得更远，以至于专家们都惊呼说看不懂，幸亏荷兰的著名导演尤里斯·伊文思⑥为他抱不平，才使该片通过了审查。然而田壮壮在第二年拍摄的电影《盗马贼》⑦，伊文思是真的看不懂了，田壮壮接受采访时对新闻记者说，他的电影是拍给下世纪观众看的。此言一出，评论界和观众一片哗然，声讨声不断，时至今日，田壮壮的作品仍是水清无鱼、曲高和寡，究其原因，恐怕还是与其轻叙事、重造型有关。

可以说，第五代导演的这些标新立异的主张，以及他们的大胆创新与实践，对中国的电影观念产生了不小的影响，极大地促使其进步。虽过程中有偏颇，但正是在第五代导演们的集体努力下，中国的银幕上才出现了真正意义上的现代电影，这是不争的事实。

---

①　意大利导演米开朗基罗·安东尼奥尼于 1964 年拍摄的剧情片，由莫尼卡·维蒂、理查德·哈里斯主演。讲述了现代工业文明之下一个名叫吉莲娜的女子的精神状态和混乱的内心。导演在该片中简化甚至舍弃叙事和戏剧冲突，创造性地用色彩和色调来传达人物情绪，营造影片氛围。色彩在影片中似乎不只是自然色的再现，而是具有了主观性、情绪性。

②　张子良、柯蓝编剧，陈凯歌执导，王学圻、薛白主演，改编自柯蓝的小说《深谷回声》，是第五代导演横空出世时最具代表性的作品之一。

③　陈凯歌、万之编剧，陈凯歌执导，谢园主演，根据阿城的同名小说改编，讲述中国"十年动乱"期间，一位云南的插队知青被抽调到农场中学教书，因没有按教学大纲及课本内容教而被解职的故事。

④　田壮壮于 1999 年执导的一部以蒙古族文化为背景和题材的电影，敖特根巴雅尔、巴雅尔图、拉喜、色旺道尔吉等主演。

⑤　吴子牛、王一飞编剧，吴子牛执导，陶泽如、孙敏主演，讲述了 1945 年日本投降后，八路军某排 5 名战士与濒临死亡的 32 名日本士兵对峙的故事。1989 年，该片获柏林国际电影节银熊奖评审团特别奖。

⑥　尤里斯·伊文思（1898 年 11 月 18 日—1989 年 6 月 28 日），荷兰导演、编剧、制作人，他把中国视为自己的"第二故乡"，曾任"中央新闻电影照制片厂"顾问。

⑦　张锐编剧，田壮壮导演，才项增仁、旦枝姬主演，讲述了 20 世纪 20 年代藏族贫苦牧民罗尔布为生活所迫，以盗马为生的故事。

然而,把第五代导演所倡导的诸如"淡化情节、强化画面"等观念用于电视剧,却完全不可取,为什么? 原因有三。

首先,电视剧的荧屏是凭借电子扫描显现图像的。尽管目前电视机的生产水平日新月异,像素也越来越高,但跟电影银幕比,它的解像力、清晰度等,还是有不小的差距。

其次,电视机多在家中摆放,屏幕大小不一。前些年是 21 英寸①、29 英寸唱主角,近几年以 55~70 英寸居多,但这些大小都远无法与一个 27.13 平方米的电影银幕的图像效果相媲美。再加上电影观赏距离为 7~30 米,导致同样的实体在电视屏幕和电影银幕上的影像产生悬殊。比如,一个人物头部的特写,在 17 英寸的屏幕上看和现实生活中人的头部大小相近,放在普通电影银幕上看大概会放大 16 倍。

最后,观众看电视剧,是处在一种轻松、随意的状态下,有时候,他们是在一边干家务或一边与客人(家人)闲聊,一边收看、收听电视剧,这就决定了电视剧唯有靠多舛曲折的人物命运、百转千回的情节设置、环环相扣的矛盾纠葛等方能使观众集中精力看下去。在这种情况下,若电视剧大谈淡化情节,以及在画面上追求所谓的"影像本体",其结果可想而知。

综上,电视剧更喜欢靠情节和故事来打动人心,而电影所追求并热衷于表现的画面造型功能,以及富有意味和视觉冲击性的蒙太奇段落等则退居其次。换言之,在一部电视剧中,观众关心的焦点是人物、人物关系和人物命运等,而不是画面构图、镜头运动、镜头组接、光影效果、蒙太奇段落等。只要故事里的人物及人物命运充满变数,情节跌宕起伏,就能使观众魂牵梦萦,如痴如醉。相反,若画面很讲究,构图很饱满,镜头很流畅,却没把故事讲好,便成了舍本逐末、缘木求鱼。

已故的日本"东京放送"制作局局长、著名电视导演,被称为 TBS(东京电视台)电视剧初创期功臣的大山胜美先生,1986 年受中国电视艺术家协会邀请,在和夫人(著名演员渡边美佐子)一起来中国讲学时,也明确谈到了以上观点。他认为电视屏幕画面小,全景和远景在小屏幕上表现力弱,清晰度差,观众不易浏览清楚,同时缺乏爆发力和冲击力,所以要尽量少用。而电影银幕大,清晰度高,适宜用全景和远景表现规模宏大的场面,营造雄伟壮阔的气势。这是电影的优势,同时也是电视剧的劣势,因此,电视剧应该扬长避短。

用电影《大决战》②和电视剧《大决战》③做一个对比,便能清晰地说明以上这一点。

"电影《大决战》的一大特色是气势磅礴、规模宏大的战争场面。当时没有数字特效

---

① 1 英寸=2.54 厘米。

② 《大决战》是中国人民解放军八一电影制片厂拍摄的关于解放战争时期三大战役的系列电影,分为《大决战之辽沈战役》《大决战之淮海战役》《大决战之平津战役》三部共 6 集,《大决战之辽沈战役》和《大决战之淮海战役》分别于 1991 年上映,《大决战之平津战役》于 1992 年上映。三部电影以宏伟逼真的气势再现了解放战争中三场决定性的伟大战役。

③ 黄剑东编剧,高希希执导,唐国强、王劲松、刘涛、苏青等人主演的 49 集重大革命历史题材电视连续剧。

合成技术,只能靠真人实景拍摄。为了真实还原当年战场情景,摄制人员和参拍部队、群众演员走遍祖国万里山河,拍摄区域北起黑龙江、南至苏皖平原、东起黄渤海、西至陇海铁路。其中,有多处震撼人心、万人以上的战争大场面。如:我军围歼国民党廖耀湘兵团的战役,华野攻打双堆集敌军百辆汽车围成阵地的大兵团冲锋,平津战役中我军胜利会师天津金汤桥,等等。这些场面均采用直升机航拍,用镜头铺陈开雄奇壮观的历史画卷,成为代表中国电影摄制高水平的经典之作。"[1]

除了各种战争场面,电影《大决战》的许多镜头也很讲究艺术效果和震撼性。比如第一部《大决战之辽沈战役》的第一个镜头。

清晨,在陕北的黄土高坡上,一个披着旧军大衣的身影正大步地朝坡顶走去,在他的身后,留下了一串深深的脚印……终于,他到达了坡顶,这个人正是中共中央军委主席毛泽东。只见他双手叉腰,迎着朝阳,眺望着远方冰冻的黄河。这时,黄河的冰开始慢慢地裂开,并发出隆隆的响声。[2]

再比如第三部《大决战之平津战役》的最后一个镜头。

国歌声中,毛泽东披着大衣正在攀登着长城八达岭,他在八达岭上停下了脚步,遥望东方,只见一轮红日冉冉升起,这预示着新中国即将诞生,中国人民将从此站立起来。[3]

这两组镜头,既有极强的寓意性,又有极高的艺术性。第一组镜头,毛泽东独自登上山坡,迎着朝阳,眺望远方的黄河。这时候黄河开始破冰,势不可挡,喻示着当时逐渐明朗的格局,新中国的成立、人民的胜利已是势不可挡;而最后一个镜头,毛泽东走上长城,眼前依然是一轮红日升起,却已是"为有牺牲多壮志,敢教日月换新天"[4],一切已大有不同,这个镜头也和开头的那组镜头形成了首尾呼应。

更重要的是,它采用既重造型又重叙事的电影语言,将电影艺术的魅力又一次一览无余地展现在观众面前。

然而,电视剧《大决战》在这方面就不免有些捉襟见肘了。拿战争戏来说,虽然有几个特定的局部战役如塔山阻击战、天津战役等,无论是人物、场景、烟火、器械等都有超高的制作水准,可圈可点,表现不俗,但总的来看,与电影相比还是逊色许多。整部剧中,国共双方关于"大"和"决战"的场景出现得并不多,有几场本该是气势恢宏的场面,也被拍成了只有百余人战斗的小场景,另有一些大的历史背景,则干脆用黑白历史影像资料片

---

①　明振江:《鸿篇巨制书写解放战争的大决战》,《人民日报》2021 年 6 月 17 日,第 20 版。
②　此剧本片段由作者根据完成片整理。
③　此剧本片段由作者根据完成片整理。
④　引自毛泽东诗《七律·到韶山》。

来代替了。因此,有苛刻的观众戏谑地评论,这不是三大"战役",而是三大"战斗"。

确实,不论是120多万人的辽沈战役,还是130多万人的淮海战役,在历史上都是规模很大的战役。电视剧将"战役"拍成"战斗",也难怪招致观众的不满。

但话说回来,这也是由电视剧的特色所决定的,在小屏幕上再现大银幕的那种机械化部队征尘滚滚,汽车阵绵延不绝,东北野战军铺天盖地的骑兵冲锋,华东野战军、中原野战军潮水般冲击敌阵等,一不太可能实现,二也没这个必要,若真这么拍了,耗费大量钱财物力不说,在小小的荧屏上也未必能达到想要的效果。所以,电视剧《大决战》的导演"放开大道,占领两厢",在写好"高层战略对决"这个叙事主线的同时,将更多的笔触对准了对小人物的塑造,这样做是对的,也符合电视剧的艺术特性。

电视剧《大决战》在塑造小人物,尤其是虚构的小人物上,是下了一番功夫的。片中,从最初英勇牺牲的武雄关,到逐渐转变的战士房天静,再到当了几次逃兵的乔三本,以及在国统区被抓了壮丁的青年学生林稚文——每个人的命运都有转折、有起伏、有头尾,看似毫无关联,实则形散神聚,多条线索最终汇聚成一条主线,借以体现全片想要传达的主旨,即普通人为什么选择了中国共产党,又为什么选择了中国共产党领导的人民军队。

就这样,电视剧《大决战》在既肯定领袖层、高级军事将领等在这场"大决战"中发挥作用的同时,也力图通过士兵和平民角色的大量出现与穿插,从侧面来表现时局,表现战争。

拿乔三本举例,他原本就是一个穷苦人,内心善良,老实本分,靠表演二人转养家糊口。可是时局和命运使然,让他成了国民党军队中的一个小兵,因看不惯国民党的腐败、官兵不平等而遭到长官毒打,愤然当了逃兵。回老家后他听说母亲和两个妹妹被逼死,又去替亲人报了仇。后来,他加入了解放军,可是在残酷的军事斗争中,他又一次选择了退缩,成为一名逃兵。直到与王翠云相遇后,他的思想有了大的改变,懂得了自己最想要保护的人是谁,也明白了拼命的目的和意义。最后,在遭遇强敌时,他毅然决然地选择单独留下来,保护了我军物资安全,却最终壮烈牺牲,彰显了他的忠诚与英勇。至此,这个有着些许人性缺点,但最终成长为平民英雄的角色被编剧完美地塑造了出来,不仅与伟人的光辉历史交相呼应,也让观众更加深刻地意识到,历史也同样由人民书写、创造并推动。

再比如剧中的王翠云,为了寻找未婚夫,带着一群妇女"闯关东",九死一生来到东北战场,却目睹了未婚夫武雄关的壮烈牺牲,这更加激起了她对国民党反动派的仇恨。之后,她当护士,搞土改运动,虽然一开始遭到当地农民的排斥、误解,但最终还是获得了农民的认可、欢迎与拥护。电视剧《大决战》通过对这些小人物性格的勾勒刻画,生动地表现了他们的精神与意志,对全剧起到了推动作用,不仅让观众从中感受到人民群众的力量,从而达到情感共振的效果,还有力地推进了剧情,使得主线更加饱满丰富。

在这里要特别加以说明的是,电视剧连续剧重叙事轻画面,并不意味着不追求画面的艺术性,相反,在很多优秀的电视连续剧里,导演和摄影、美术、照明、演员等人员通力合作，共同发挥聪明才智，创造了一个又一个既能营造环境和氛围，又能抒发诗意特性的画面，达到了极佳的艺术观赏效果。

比如2020年火爆一时的12集网剧《隐秘的角落》①，在这方面就做得相当出色，无论是严谨的取景构图，还是如油画般的色彩碰撞，都给人以不亚于电影大片的视觉享受。

影片男主角张东升害死岳父母后，装出一副无辜与悲伤的表情，继续以"好丈夫、好女婿"的形象示众，装模作样地在岳父母的葬礼上忙前忙后。当棺椁入土，导演有意识地安排了一个由墓内向墓外拍摄的仰视镜头，将观众和虽然知道真相，却永远无法讲出真相的"骨灰盒"置于同一个视角，随着泥土一点点落下，真相被掩埋，而下一个受害者——张东升的妻子——和凶手处于同一画框中，真是令人不寒而栗，印象深刻！

《隐秘的角落》一片还多处利用镜子，以折射角色心理，剖析其双重人格。比如，张东升在杀害岳父母和自己的妻子后，几次站在镜前，摘下头套，露出已谢顶的脑袋，在镜中认真审视自己；而朱朝阳在自己同父异母的妹妹晶晶坠楼后，也透过镜子对自我进行了审视。虽然编剧在晶晶是不是被朱朝阳推下楼的这一问题上并没有给出明确的答案，但这个镜像画面给了观众联想与暗示。

再比如电视连续剧《文成公主》②第七集"日月山口"那场戏。"在画面造型上，创作者在构造上很讲究线、形的单纯化、抽象化，讲究利用空间变形的拍摄技巧。文成公主直立于山顶也罢，跪在山石之上也罢，画面简洁，构图平稳，正面、正侧面的仰拍，人物显得高耸入云，傲立天际。还有色彩的基调都是雪山的白，苍天的蓝，树草的绿，衣着的淡紫，单纯清淡，这些元素，都显得庄严和崇高。至于，利用摄影技巧，人为地改变了公主其人和远近群山等等物象的比例关系，夸张了前景与背景之间的对比，更用大仰角作更明显的变形，以及用长焦距镜头使空间平面化，压缩了公主人物形象与周际景物之间的距离感，造成另一种变形空间，凡此种种，都创造了非同寻常的内心的视觉意象，对视觉产生了极大的冲击力……非常强烈地表现了庄严和崇高的主观情绪……"③

作为靠影像讲故事的艺术，画面在其中的重要作用不言而喻。按理说，画面与叙事在比重上不应偏废，不应分出高低，但对于编剧来说，还是要强调故事高于一切，至于画面如何拍得唯美，如何拍得富有诗意，如何通过剪辑产生视觉上的冲击力，属于二度创作范畴，交给导演们处理便是。

①　胡坤、潘依然、孙浩洋编剧，辛爽导演，改编自紫金陈的推理小说《坏小孩》，讲述了沿海小城的3个孩子在景区游玩时无意拍摄记录了一次谋杀，由此展开冒险的故事。

②　谭力、黄志龙编剧，蔡晓晴执导，曹颖等主演的20集电视连续剧，讲述松赞干布与文成公主和亲这一动人的历史事件。

③　曾庆瑞：《电视剧原理（第一卷·本质论）》，北京：中国传媒大学出版社，2006年，第153页。

第二节 人是电视连续剧创作的核心

既然电视连续剧重故事轻画面,那么在创作时,编剧就应着力从故事(文学)的层面下功夫,包括但不限于以人为核心去创作,设置引人入胜的情节,并且在故事的讲述中,注重弘扬民族文化,张扬人格理想,构造美的世界等。

而其中最重要的,还是以人为核心去创作。

高尔基说过,文学就是人学,黑格尔也说人是艺术描写的中心领域,可见文学所关心、注意、描写、表现的中心对象是人;即使写动物,也通常是人化了的动物。文学是把人和人的生活当作一个整体,多方面地、具体地加以呈现,只有作家笔下的人物塑造成功了,作品才可能成功,从来没有过人物苍白而作品传世的先例。而要塑造出成功的人物,作家必须用心灵去写作。

一位翻译家经过考证,得出"文学即人学"这句话并不是出自高尔基之口,所以高尔基把文学叫"人学"这一命题并不存在。[①] 但也有人反驳说,第一,高尔基于 1928 年 6 月 12 日在苏联地方志学中央局的会议上,说他一生所做的工作并不是地方志学,而是人学,这可以说明高尔基是把"文学"作为"人学"看待的[②];第二,无论高尔基是不是说过文学是"人学",都不能否定文学是"人学"这一理论的正确。

为什么人会成为文学描写的中心呢? 这是因为,人是社会生活的主体,也是"社会关系的总和"[③],社会生活中的各种关系,各种矛盾和斗争,都是从人和人的关系中体现出来的,所以文学要反映社会生活就要写人,文学是以人的活动为内容的。

如此,电视剧作为文学的一个分支、一种特殊形式,在写作中,也要时时以人为中心,要把人、人物性格、人物命运放在剧本的中心地位来描摹,无论是体现主题、展开冲突、设置情节、处理场面、选择和运用细节、铺垫与渲染情感等,都要紧紧抓住人物。抓住了人物,也就抓住了电视剧创作的关键。

一些初学写作的人,不懂这个道理,片面地认为,只要把故事写得曲折、好看,作品就能取得成功,就能传世。此言差矣。试想一下,每年会出现数以千计的电视剧,然而,给观众留下深刻印象的有几部? 是不是好多都像石头投入水中一般,只激起一时的浪花,很快又销声匿迹? 这方面实在是有太多的例子,不胜枚举。

---

① 刘保瑞:《高尔基如是说》,《新文学论丛》1980 年第 1 期。

② 陈漱渝:《呼唤"人"回归文学——读钱谷融〈论"文学是人学"〉》,2019 年 10 月 11 日,https://www.whb.cn/zhuzhan/xueren/201910101293969.html,2023 年 5 月 10 日。

③ 马克思:《关于费尔巴哈的提纲》,中共中央马克思恩格斯列宁斯大林著作编译局编:《马克思恩格斯选集(第一卷)》,北京:人民出版社,1972 年,第 18 页。

谁不希望自己的作品有长久的生命力呢？谁不希望能写出一部传世之作,像陈忠实那样,百年之后,可以把《白鹿原》当成"垫棺作枕"①的作品呢？然而又是为什么,这么多的作品似泥沙般被时间的海水冲刷殆尽？关键之关键,就在于这些作品没能塑造出性格鲜明、栩栩如生、令人刻骨铭心的人物,当时看可能觉得不错,过后却不能耐人寻味。

好的作品中一定有让人刻骨铭心、经久难忘的人物,如《潜伏》里的余则成、翠平,《亮剑》②里的李云龙,《闯关东》③里的朱开山,《大宅门》④里的白景琦,《暗算之捕风》⑤里的钱之江等。正是由于这些人物的成功塑造,这些电视剧至今还保持着历久弥新的艺术魅力,成为难以逾越的经典。

而那些昙花一现式的电视剧又有些什么特点呢？很明显,那里边除了老一套的表现手法,虚假或者雷同的情节以外,没有一个真正称得上经典的人物。原因就在于这些电视剧的作者,只顾着把主要精力用于编纂脱离生活的离奇故事,制造夸张的情节,哪里还顾得上人物性格的塑造？

比如 2021 年 9 月播出的电视连续剧《刘墉追案》⑥,演员阵容不可谓不强大,题材不可谓不吸引人,然而播出没多久,就遭遇了滑铁卢,收视率严重下降。原因就在于,编剧没能把握住剧中几个主要人物如刘墉、乾隆、和珅的性格特点,将之写得苍白无力,同时也没能在剧情中建立起一套严谨的生活逻辑,导致全剧的许多情节都经不起推敲,再加上中间"注水"严重,一些历史常识也频出错讹,使之完全无法与 20 多年前风靡一时的同类题材作品《宰相刘罗锅》⑦相比。可见,观众的眼睛是雪亮的。

而冯小宁导演的《朱元璋》⑧则不然,编剧大家朱苏进创作的剧本内容扎实、深刻。他笔下的朱元璋,也被演员胡军演绎得入木三分,活灵活现。

---

①　20 世纪 80 年代的一个夏天,陈忠实住在长安县的一家旅馆里,为了写《白鹿原》,他每天去查阅县志和文史资料。一天晚上,陈忠实跟一位年轻作家把酒聊天。年轻作家问:"你到底想弄啥？"陈忠实的回答是:"我想在我死的时候有本垫棺作枕的书。"

②　都梁、江奇涛编剧,陈健、张前执导,李幼斌、何政军、张光北等主演的 30 集电视连续剧,讲述了李云龙历经抗日战争、解放战争、抗美援朝等多个历史时期,始终不改军人本色的故事。

③　高满堂、孙建业编剧,张新建、孔笙执导,李幼斌、萨日娜、小宋佳、朱亚文等主演的 52 集电视连续剧,讲述了从清末到"九·一八"事变爆发前,一户山东人家受生活所迫,背井离乡闯关东的故事。

④　郭宝昌编导,斯琴高娃、陈宝国、刘佩琦、何赛飞、蒋雯丽、杜雨露等主演的 40 集电视连续剧,讲述了中国百年老字号"百草厅"药铺的兴衰史,以及医药世家白府三代人的恩恩怨怨。

⑤　麦家、杨健编剧,柳云龙执导,柳云龙、陈数、王宝强、高明等主演的 40 集电视连续剧,改编自麦家同名小说,共分《听风》《看风》《捕风》3 个篇章,讲述了中国一批特殊情报工作人员鲜为人知的传奇故事。

⑥　成珂君、刘岩编剧,刘国彤导演,何冰、白冰、李乃文等主演的 30 集电视连续剧,讲述了乾隆年间山东省巡抚富国泰徇私枉法,借纳贡之机大肆敛财,致使山东十几处粮仓亏空,刘墉奉旨来到山东亲查此案,为民除害的故事。

⑦　秦培春、石零、张锐、白桦编剧,韩刚、张子恩导演,李保田、张国立、王刚、邓婕等主演的 40 集电视连续剧,讲述了乾隆年间刘墉与和珅之间发生的一系列斗智斗勇的故事。

⑧　朱苏进编剧,冯小宁执导,胡军、剧雪、郑晓宁、鄂布斯等主演的 46 集电视连续剧,讲述了朱元璋从乞丐布衣到开国皇帝的传奇一生。

在谈到《朱元璋》剧本的创作时，朱苏进这样讲："……我并不喜欢朱元璋这个人，虽然说作为一个布衣天子，他非常不容易，15 年打下天下，29 年治理国家，但一样也有许多的缺陷和毛病。打天下，他靠的是一个'义'字，可治理天下时他竟向这些'功臣'展开了无情的杀戮。他的性情如此凶悍，手段如此残忍，刑罚极其严酷，光死法就多达 20 多种。创作越深入，对这个人物越是爱恨两难……于是我努力说服自己：一个建立伟大王朝的开国君王，他身上肯定有着很多卓绝的品质，肯定有他可爱的一面，否则他不可能建立一个长达近 300 年的王朝。如果我找不到可敬可爱之处，不是那帝王太丑陋，而是我太无能！就这么着，总算让自己的心灵慢慢进入他的命运，慢慢嗅出我所熟悉的人性气息。"[1]

在创作过程中，朱苏进感觉最难的是如何传神地描绘出朱元璋的个性。"拘泥于史料，可能会写出让历史学家满意的电视剧，但不会好看。""我只能靠猜想和感情的期待去慢慢接近他。帝王戏要好看，就一定要为精明强干的圣君'生造'一些瑕疵，但又不能走得太过了，不然那些严酷的东西会伤害收视率。所以我保留了朱元璋言谈举止的农家本色，他是从底层来的，他称自己为'咱'，你很难蒙蔽他，一亩地产多少粮他是一清二楚的。到了晚年，朱元璋失明了，但我觉得他眼睛看不见，心里仿佛更明亮了。奏折放在哪个抽屉，太监走路的细碎的步子都瞒不过他。"[2]

确实，在最后一场戏中，朱苏进写朱元璋在晒太阳，一直晒到日头西斜，他觉得有点冷，他把一个太监叫过来，太监轻声地说："皇上，太阳下山了。"朱元璋却说："叫太阳站着。"太监不敢违抗，于是观众就听到一声传一声、在空气中缭绕的"叫太阳站着！"这段是虚构的，但凸显了朱元璋的个性。

而今，创作时的纠结成为远去的记忆，回头审视朱元璋这个历史人物，朱苏进对他多了一份"好感"。"我笔下的朱元璋，王者的威严和华丽是主要的，我希望这个带有朱氏风采的朱元璋，能够丰富当下影视作品的帝王形象和帝王人性。""有些人会指责我有'美化'朱元璋之嫌，在书中我也确实没有对朱元璋的残暴做渲染，这一方面是因为电视剧不适宜表现血腥的场景，另一方面在我看来，真正恐怖的不是杀人的场景而是杀人的意境，他已经到了用眼光杀人的地步，在剧中我重点了展现他的这一特质。"[3]

由此可见，如果编剧希望自己作品的艺术生命相对长久一些，除了努力地从生活中发现独特的人，写好人物的性格、命运以外，别无他路可走，也别无他法可寻。

---

① 傅小平：《朱苏进：〈朱元璋〉让我"恨爱两难"》，《文学报》2008 年 8 月 28 日，第 3 版。
② 傅小平：《朱苏进：〈朱元璋〉让我"恨爱两难"》，《文学报》2008 年 8 月 28 日，第 3 版。
③ 傅小平：《朱苏进：〈朱元璋〉让我"恨爱两难"》，《文学报》2008 年 8 月 28 日，第 3 版。

第三节　学会为演员"量身定编"

电视剧重故事轻画面的艺术特性,决定了其更适合靠演员形神兼备、出神入化的表演来打动人心,这就凸显了演员在电视剧中的功能和作用。那么,编剧在创作电视剧时,需不需要有为某位演员写剧的意识? 也就是要为某位演员"量身定编"呢?

答案是:需要。

一、演员在电视剧中的地位

演员在电视剧中的地位越来越重要。在部分观众心目中,演员甚至超过了编剧和导演;演员对收视效果影响巨大,有著名演员参与的作品,其作品市场号召力会更高、更强。

观众看电视剧,很少关注是谁编的,是谁导的,而只关注由谁来演。这主要是因为一部好的电视剧,其情节内容、思想内涵都是通过剧中人物,也就是演员扮演的角色体现的,观众在关注人物命运的同时,自然也会自觉或不自觉地关注扮演人物的演员。演员如果演得好,惹人爱怜或遭人憎恨,就会成为街谈巷议的热点人物,成为褒贬的中心目标。

《玉观音》[①]成就了孙俪;《宫》[②]捧红了杨幂;王宝强出道后,虽然凭借剧情片《盲井》[③]获得第 40 届台湾电影金马奖最佳新演员奖,也出演过冯小刚导演的电影《天下无贼》[④],但真正让广大观众记住他的,恐怕还是电视剧《士兵突击》[⑤]和《我的兄弟叫顺溜》[⑥]。

姚晨更是其中经典一例,如果说《武林外传》里她还只是个配角,到了《潜伏》里,她饰

---

① 海岩编剧,丁黑执导,孙俪、佟大为、何润东等主演的 27 集电视连续剧,讲述了缉毒女警察安心如何从一个单纯普通的女孩子最终成长为一名打入贩毒集团内部的坚强战士的故事。

② 于正编剧,李慧珠、黄俊文执导,杨幂、冯绍峰、何晟铭、佟丽娅等主演的 39 集电视连续剧,讲述了现代少女洛晴川,偶然间穿越到清朝,经历一番"宫心计"和男女情爱之后,回到现实,更加懂得珍惜当下的故事。

③ 李杨编剧、导演,王宝强、李易祥、王双宝等主演的电影,改编自刘庆邦的小说《神木》,讲述了两个不法之徒利用私人煤窑害人赚钱的故事。

④ 王刚、林黎胜、张家鲁、冯小刚编剧,冯小刚执导,刘德华、刘若英、葛优、王宝强等主演的电影,讲述了一对扒窃搭档在一趟列车中为了实现一个名叫傻根的民工"天下无贼"的愿望,与另一个扒窃团伙展开了一系列明争暗斗的故事。王宝强在片中饰演傻根。

⑤ 兰晓龙编剧,康红雷执导,王宝强、陈思诚、张译等主演的 30 集电视连续剧,讲述了农村出身的普通士兵许三多的成长历程,他不抛弃、不放弃,最终成为一名出色的侦察兵。

⑥ 朱苏进编剧,花箐执导,王宝强、张国强等主演的 26 集电视连续剧,改编自朱苏进的同名长篇小说,讲述了愣头愣脑的小兵顺溜在炮火的洗礼下成长的故事。

演的翠平则让她声名大噪,家喻户晓。再往后,她主演的《都挺好》等,更是使其一步一个台阶,直至迈上了演艺的高峰。

张一山是通过多年前热播的情景喜剧《家有儿女》被观众熟知的,然而随着时间似潮水般流逝,他渐渐淡出了人们的记忆。而 2016 年,一部名叫《余罪》①的电视剧在网络首播,刚播出半个月点击率就超过了 4.5 亿,并获得良好口碑。张一山也因为在剧中成功饰演了一名刚从警校毕业就进入贩毒团伙做卧底的警察而重回大众视野。

2023 年年初,一部名为《狂飙》②的电视连续剧火爆荧屏,该剧主旨是打击犯罪、打击黑恶势力及其保护伞,观众在对其精彩的剧情设计、生动的人物形象、深刻的思想内涵赞不绝口的同时,更是被高启强的扮演者张颂文的演技深深折服,一时间,张颂文的知名度和热度迅速攀升。

张颂文的走红不是偶然的,宝剑锋自磨砺出,梅花香自苦寒来。多少年来,他矢志不渝,忍得住清贫和寂寞,认真对待演戏,反复钻研、磨炼演技,可谓台上一分钟,台下十年功,如此才迎来了一举成名。

在《狂飙》中,张颂文扮演的高启强原本是一个在菜市场卖鱼的小商贩,因为一次打人事件得到警察安欣的帮助,借助和安欣的关系,狐假虎威满足自己的欲望,在一系列意外事件后被卷进了与黑恶势力沾边的是非之中,在对"钱"与"权"的追逐中迷失自己、越陷越深,从一个卑微渺小的鱼贩变成了当地涉黑组织的头目。

张颂文演这个角色,可谓拿捏适度,收放自如,自然顺畅,浑然天成。试举一例,《狂飙》里有一个细节是高启强招待人时,顺手在鱼缸里撩起水洗手。这个动作是他作为鱼贩常年观察生活、体验生活的必然结果。有人说,光是这一个动作,就足以让观众相信,他是在市场里卖了半辈子鱼的摊主。

再比如,在与黑社会谈判时,张颂文设计了这样的细节:表面看似镇定无比,背在椅背后的右手却忍不住地抖动,因为他是误打误撞借用了警察安欣的威慑,狐假虎威,早晚有一天会被人识破,所以背后的手表现出他紧张的心理,而表面的镇定又向观众展现他极强的心理素质。

正因为电视剧重视演员,演员也在电视剧中起着不可替代的重要作用,有著名演员参与的作品拥有更高、更强的市场号召力,所以为某位演员"量身定编"也就成了编剧写作时必须要做的事。

---

① 沈嵘、张仕栋等编剧,张睿执导,张一山、常戎、吴优、张锦程等主演,由爱奇艺、新丽传媒、天神娱乐联合出品的悬疑犯罪网剧,讲述了警校学生余罪成为卧底期间遇到的各类惊险事件。

② 中央电视台、爱奇艺出品,留白影视、中国长安出版传媒联合出品,中央政法委宣传教育局、中央政法委政法综治信息中心指导拍摄,徐纪周执导,张译、张颂文、李一桐、张志坚、吴刚等主演的 39 集反黑刑侦剧,讲述了以一线刑警安欣为代表的正义力量,与黑恶势力展开的长达 20 年的生死搏斗故事,通过群像叙事,展现扫黑行动中的黑白较量和复杂人性。

二、为明星写作

为明星写作在好莱坞已成为一种机制。正如悉德·菲尔德①在他那本著名的《电影剧本写作基础》里所说:"70 年代当我在西尼莫比尔制片厂工作时,我的老板弗瓦德·赛德向我提出的关于一个剧本的第一个问题就是'剧本讲的是什么?'第二个问题是'由哪位明星来演?'那时候,我的回答总是一样:保罗·纽曼②、史蒂夫·麦克奎恩③、克林特·伊斯特伍德④、杰克·尼科尔森⑤、达斯汀·霍夫曼⑥、罗伯特·雷德福⑦等人(现在可能是汤姆·克鲁斯⑧、汤姆·汉克斯⑨、基努·里维斯⑩、马特·达蒙⑪等人)。这样他就满意了。你写剧本不是为了糊墙的。我想,你写出来就是希望能卖得出去。要做到这一点,你需要一个片名,一位明星,尤其是在当今的市场。"⑫

悉德·菲尔德还说,当你写一个剧本时,你是在为某个人写,为某个明星,某个"银行肯花钱投资的"人。⑬

《故事:材质、结构、风格和银幕剧作原理》⑭一书的作者罗伯特·麦基⑮,也和悉德·菲尔德持相同的观点。2014 年,麦基到中国讲学交流,当被问到"您是否受过邀请,帮演员量身定做过剧本"这个问题时,他这样回答:"我鼓励自己学编剧的学生,在创作的时

---

① 悉德·菲尔德,著有美国最畅销的电影编剧理论著作,他的《电影剧本写作基础》自 1982 年首版以来已被译成 16 种语言,并被世界 250 多所大学用作教材。

② 美国著名演员,主演过《骗中骗》《金钱本色》等影片。

③ 又译史蒂夫·麦奎因,20 世纪六七十年代著名的好莱坞硬汉派影星,主演过《巴比龙》《李小龙传奇》等电影。

④ 美国著名演员、导演、制片人,执导并主演过《百万美元宝贝》《不可饶恕》《骡子》等电影。

⑤ 美国著名演员,主演过《飞越疯人院》《闪灵》《母女情深》《蝙蝠侠》等电影。

⑥ 美国著名演员,主演过《毕业生》《克莱默夫妇》《雨人》等电影。

⑦ 美国著名演员,主演过《骗中骗》《了不起的盖茨比》《走出非洲》等电影。

⑧ 美国著名演员,主演过《碟中谍》《雨人》《壮志凌云》《生于七月四日》等电影。

⑨ 美国著名演员,主演过《阿甘正传》《费城故事》《拯救大兵瑞恩》等电影。

⑩ 美国著名演员,代表作品为《黑客帝国》。

⑪ 美国著名演员,主演过《心灵捕手》《谍影重重》《天才雷普利》等电影。

⑫ 悉德·菲尔德:《电影剧本写作基础》,钟大丰、鲍玉珩译,北京:世界图书出版公司北京公司,2012 年,第 67 页。

⑬ 悉德·菲尔德:《电影剧本写作基础》,钟大丰、鲍玉珩译,北京:世界图书出版公司北京公司,2012 年,第 61 页。

⑭ 不同于其他流行的讲述银幕剧作手法的专著。麦基以 100 多部影片作为示例,从基本概念入手,不仅精辟地阐释了标准的三幕戏剧结构的奥妙,而且还揭开了非典型结构的神秘面纱,指出了每一种类型的局限性,强调了主题、背景和气氛的重要性,以及人物和人物塑造作为一对相对概念的重要性。

⑮ 罗伯特·麦基定期在洛杉矶、纽约、伦敦和其他欧洲城市举办"故事结构"讲习班。他身为电影艺术博士及富布赖特奖学金得主,创作有无数的电视和电影剧本作品。

候,把角色想象成心目中最理想的演员。比如,你觉得这个角色最理想的演员是斯特里普①的话,你就想象为斯特里普来演。即便最终来演这个角色的不是斯特里普,但她会很感激,因为你写作的时候,是为这么一个水准的演员写的。以前有'片场制',现在已经消失,专门为演员写的情况少了。以前是片场来给编剧下任务,让他为赫本②这些演员来写一个剧本,而现在……所有的演员全是独立的,不属于任何片场。现在好莱坞的做法是搞一个最有潜力的演员排名名单。制片人根据这些排名从上开始找,第一个不行,就找第二个……"

中国的影视剧行业正一步步与世界接轨,菲尔德和麦基的主张同样适用于中国的影视界,编剧为演员"量身定编"既是编剧创作剧本时的一条必由之路,也是一个国家影视工业走向成熟的标志之一,具有文化和产业的双重意义。

三、编剧为某位演员"量身定编"可以使人物更加富有艺术感染力

我们这里提到的为演员量身定"编",包括两种情况。一种情况是,编剧在创作前,制片方或策划班底就已经与某位演员就出演该编剧创作的剧本中的某个角色达成了口头或书面的协议,故指令编剧在写作中,要多多考虑这位演员的表演风格和特色,这样更能有的放矢、事半功倍地打造这位演员及这个角色;另一种情况正如麦基所说,是编剧在创作的时候,把角色想象成心目中最理想的演员。这样剧本完成后,可能由该演员出演,也可能非该演员出演,但无论其出演与否,这个角色身上必然有该演员的痕迹,或者拖曳着其长长的影子。

相对于第一种,第二种情况在编剧写作时更常见。事实上,由于电视剧产业的火爆,电视剧演员常年处在一种档期饱满的状态。任何一个制片方,想让某位演员来演,至少要提前半年与其协商,且还不一定能顺利谈成并签约。在演员无档期的情况下,或者演员因不喜欢这个角色而婉拒的情况下,再或者酬金方面达不到一致的情况下,制片方自然会想到去找替代者。中国的影视剧演员,被按照戏曲的门类分成了生、旦、净、末、丑几类,生又分老生、小生,旦又分为花旦、青衣、刀马旦等。《闯关东》的男主角,如果不是李幼斌,也可换成陈宝国、陈道明,因为他们都属于生类;《潜伏》的女主角,如果不用姚晨,也可换成闫妮或佟丽娅等,因为她们都属于旦类。这一点,又和麦基所说相似,"搞一个最有潜力的演员排名名单。制片人根据这些排名从上开始找,第一个不行,就找第二个……"

无论以上哪种情况,都有助于编剧在创作时使笔下的人物化抽象为具象,"活"起来,"动"起来。

为什么要使任务化抽象为具象?

---

① 指梅里尔·斯特里普,美国著名电影明星,凭《克莱默夫妇》《苏菲的抉择》《廊桥遗梦》等多次获奥斯卡金像奖最佳女主角或提名。

② 指奥黛丽·赫本,英籍著名电影女演员,主要作品有《罗马假日》《龙凤配》《修女传》《蒂凡尼的早餐》《谜中谜》等,1999年被美国电影学会评为"百年来最伟大的女演员"第3名。

　　前文说过，编剧创作的剧本，属于文学的一种特殊形式，因而其笔下的人物，就必然和小说、散文或其他叙事文学形式里的人物一样，是抽象的，不能"明白如画"，而只能间接地"启示"，需要读者在阅读时经过思维再造，幻化出形象来，所以才有了"一千个读者就有一千个哈姆雷特"的说法。

　　然而这个抽象得必须思而得之的虚像一旦经过了某位演员的演绎，拍成了某部影视剧，它就立刻消除了读者想象的权利，呈现出一个具体得不能再具体的形象。

　　就仿佛哈姆雷特一旦由劳伦斯·奥利佛①来扮演，观众再想起哈姆雷特时，满脑子全是劳伦斯·奥利佛的长相一样；《白鹿原》②里的白嘉轩、鹿子霖，由于被张嘉译和何冰成功地演绎，观众再去读小说时，也会把书中的形象联想成他俩的模样。

　　而编剧写剧本，写的就是实实在在的具象。因此在构思的时候，要时时刻刻站在摄影师或摄像师的立场和视点展开艺术想象。他的眼前或脑海中应该总是挂着一个银幕或一个荧屏，银幕或荧屏里演绎的是以人为主体的生活内容。而人，未来是一定是由某一位具体演员来饰演的。如此，假如编剧在创作时，如果能提前把笔下的人物投射到他所认为的最理想的某位演员身上，无疑会使这个人物变得极为具象，不仅其长相、造型，甚至其走路的姿势、说话的腔调、脸上的表情以及衣着服饰等，就都有了具体可参照的目标，这就仿佛是给本已天马行空的编剧又添上了一副能飞的翅膀，使他得以在艺术这个浩瀚而又蔚蓝的天空尽情翱翔。

　　电视连续剧《龙珠传奇之无间道》③的女主角李易欢就是编剧李亚玲为演员杨紫量身定"编"的。在李亚玲的心目中，李易欢是一位单纯、耿直、大大咧咧的前朝公主。李亚玲表示，她在创作这个角色时一直没找到合适的人选，直到看到了《战长沙》④中的杨紫。"她之前是演喜剧出身，眼神也很有灵气，让我想到当初饰演黄蓉的翁美玲的那双灵动的眼睛，所以我后面的剧本就开始按照杨紫创作角色。"⑤杨紫接手出演这个角色后，李亚玲还说"从我这个角度，我还是非常庆幸的。因为易欢就是杨紫，完全可以本色出

---

　　① 劳伦斯·奥利弗(1907年5月22日—1989年7月11日)，出生于英国伦敦，英国导演、制片人、演员，1948年凭借自导自演的莎翁影片《哈姆雷特》获得了奥斯卡最佳导演提名、奥斯卡最佳男主角奖和奥斯卡最佳影片奖。

　　② 申捷编剧，刘进执导，张嘉益、何冰、秦海璐、刘佩琦、李洪涛、戈治均、雷佳音等主演的77集电视连续剧，改编自陈忠实荣获茅盾文学奖的同名长篇小说。以白鹿村为背景，讲述陕西关中平原上白鹿两大家族祖孙三代之间恩怨纷争的故事。

　　③ 李亚玲编剧，朱少杰、周远舟执导，杨紫、秦俊杰、舒畅、茅子俊、斯琴高娃等主演的90集电视连续剧，讲述了明朝公主李易欢偶遇微服私访的康熙，两人历经相知相许，但最终难敌家国仇恨的阻挡，决定相记于心相忘于世的故事。

　　④ 吴桐、曾璐编剧，孔笙、张开宙执导，霍建华、杨紫、任程伟、左小青等主演的32集电视连续剧，讲述了湖南人民面对日本侵略者无所畏惧，勇于抛头颅、洒热血，一心报国的壮烈故事，还原了湖南长沙的"文夕大火""焦土政策"等一系列历史事件。

　　⑤ 张赫：《杨紫定情剧，创意来自〈鹿鼎记〉》，《新京报》2017年5月10日，第C01版。

演"①。

同样,《远大前程》②里的齐林也是总编剧陈思诚为袁弘量身定"编"的。这个角色,善良但懦弱,偏执又无能,最终走上黑化的道路。复杂的角色给了演员巨大的表演空间,也给了袁弘突破自己表演模式的可能。

四、精湛的演技

精湛的演技不但可以让编剧笔下的人物栩栩如生,还能提升整个电视剧的水平。必须承认,演员在演技上是有一定差异的。好的演员一出场,浑身都是戏,就仿佛《新三国》③里陈建斌扮演的曹操,举手投足间莫不透着王者与奸猾之气。他的雄才伟略、他的礼贤下士、他的大气、他的残酷、他的多疑,都被陈建斌演到位了,真是酣畅淋漓,俨然一个乱世枭雄附了身。

再比如,唐国强在老版《三国演义》里演活了诸葛亮青年时的英姿勃发、游刃有余和胸藏百万大军,也演绝了老年时的鞠躬尽瘁、逆天改命和明知不可为而为之;既演出了诸葛亮初出茅庐时的自信和洒脱,也演出了他舌战群儒时的睿智与霸气,更演出了其暮年时的鞠躬尽瘁、死而后已。

明白了演员对于一个电视剧所起的作用,编剧在写剧本时,就更应对演员进行仔细甄别,要选那些演技上乘、素质修养高的演员来出演自己笔下的人物(或想象由其来演),而不要选那些演技低下的"流量明星"及所谓的"小鲜肉"等,如此方能使自己的作品在竞争激烈的电视剧市场站稳脚跟,并有可能脱颖而出,一鸣惊人。

第四节　重视对文学的改编与移植

相对于历史悠久的文学艺术,电影和电视实在是太年轻了。因此,影视艺术的发展需要得到历史悠久的文学的滋养。优秀的文学创作可以为影视作品提供坚实的故事基础、深刻的思想内涵、鲜明的人物性格、独特的表现手法等,如改编手法得当,就能传神地传达出原作的风貌,甚至还可能超越原作。

---

① 张赫:《杨紫定情剧,创意来自〈鹿鼎记〉》,《新京报》2017 年 5 月 10 日,第 C01 版。

② 陈思诚、陈雪、周航、杨蕊、李林编剧,谢泽、陈熙泰执导,陈思诚、佟丽娅、袁弘、郭采洁等主演的 48 集电视连续剧,讲述了洪三元与一群想要改变旧时代动荡不公现状的有志青年,为了民族和命运的变革,一起谋划国家远大前程的故事。

③ 朱苏进编剧,高希希执导,陈建斌、于和伟、陆毅、何润东、倪大红等主演的 80 集电视连续剧,根据罗贯中创作的长篇章回体历史演义小说《三国演义》改编,讲述了从东汉末年群雄割据,到官渡之战、赤壁之战后三国鼎立,再到司马家篡魏后天下归晋的故事。

正因为此,世界影视发展史出现了一个有趣的现象,即凡是经典的、优秀的影视作品,大都根据文学作品——尤其是小说改编而来。改编,成为影视创作的重要来源之一。

1902 年,法国导演乔治·梅里爱的电影《月球旅行记》①问世,这是全球第一部科幻电影,剧情取材于儒勒·凡尔纳的小说《从地球到月球》和赫伯特·乔治·威尔斯②的小说《第一次到达月球的人》。梅里爱采取神话剧的传统风格,表现了一群天文学家乘坐炮弹到月球探险的情景。之后,在西方,根据大仲马、雨果、莎士比亚、狄更斯、海明威、托尔斯泰等作家的作品改编而成的影视作品,如《基督山伯爵》《悲惨世界》《哈姆雷特》《雾都孤儿》《安娜·卡列尼娜》等,开始轮番上映,层出不穷。

中国影视的改编历史也很悠久,在默片时代,就有《空谷兰》③《玉梨魂》④等,改编自鸳鸯蝴蝶派的文学作品;进入有声时代后则更多,仅以编剧夏衍为例,就有根据茅盾小说改编的《春蚕》⑤《林家铺子》⑥,根据罗广斌、杨益言小说《红岩》改编的《烈火中永生》⑦,以及根据鲁迅同名小说改编的《祝福》⑧等。

进入新时期,电影对文学的改编更加方兴未艾,一些优秀的作品如张艺谋执导的《红高粱》《菊豆》⑨《大红灯笼高高挂》⑩《秋菊打官司》⑪《我的父亲母亲》《归来》⑫《金陵十

---

① 由乔治·梅里爱自编自导,拍摄于 1902 年,是梅里爱戏剧式电影的代表作。

② 赫伯特·乔治·威尔斯(1866 年 9 月 21 日—1946 年 8 月 13 日),英国著名小说家、新闻记者、政治家、社会学家和历史学家。他创作的科幻小说对该领域影响深远,如"时间旅行""外星人入侵""反乌托邦"等都是 20 世纪科幻小说中的主流话题。

③ 张石川导演,明星影片股份有限公司于 1925 年摄制的默片。

④ 1924 年由张石川、徐琥执导的电影,讲述了何梦霞与玉梨相爱,玉梨病逝,其子由筠倩抚养,最后筠倩带着鹏郎找到梦霞,两人生情相爱的故事。

⑤ 程步高导演,1933 年出品的一部影片,这部影片在电影史上第一次将新文学作品搬到银幕上,实现了电影和新文学的结合。

⑥ 夏衍编剧,水华执导,谢添主演的剧情片,于 1959 年上映,以 1931 年的中国江南某小镇为背景,通过小工商业者的挣扎生存和林老板一家的命运,展现了当时整个社会尔虞我诈、"大鱼吃小鱼、小鱼吃虾米"的黑暗现实。

⑦ 夏衍编剧,水华执导,赵丹、于蓝、张平、项堃等主演的剧情片,于 1965 年在中国上映,讲述了重庆解放前夕,以江姐、许云峰等为代表的中共地下党员,在狱中保守党组织秘密,同敌人展开顽强斗争的故事。

⑧ 夏衍编剧,桑弧导演,白杨主演的电影,通过祥林嫂一生的悲惨遭遇,反映了辛亥革命以后中国的社会矛盾,深刻地揭露了地主阶级对劳动妇女的摧残与迫害,揭示了封建礼教"吃人"的本质。

⑨ 刘恒编剧,张艺谋、杨凤良执导,巩俐、李保田、李纬主演的电影,改编自刘恒的小说《伏羲伏羲》,讲述了 20 世纪 20 年代,青年女子菊豆在嫁给染坊主杨金山后,因不堪忍受性无能的丈夫虐待而爱上丈夫的侄子天青并生下一子天白,最终酿成人伦悲剧的故事。

⑩ 倪震编剧,张艺谋执导,巩俐、何赛飞等主演的电影,改编自苏童的小说《妻妾成群》,讲述了民国年间一个大户人家的几房姨太太争风吃醋,并引发一系列悲剧的故事。

⑪ 刘恒编剧,张艺谋执导,巩俐、雷恪生、刘佩琦、戈治均等主演的电影,改编自陈源斌的小说《万家诉讼》,讲述了农村妇女秋菊为了向踢伤丈夫的村长讨说法,不屈不挠逐级上告的故事。

⑫ 邹静之编剧,张艺谋执导,改编自严歌苓小说《陆犯焉识》,陈道明、巩俐、张慧雯等主演的电影,讲述了知识分子陆焉识与妻子冯婉瑜在大时代际遇下的情感变迁故事。

三铗》①，以及陈凯歌执导的《霸王别姬》②《孩子王》，吴子牛执导的《欢乐英雄》③《阴阳界》④等，都是根据小说改编创作而来。以至于有评论者说，第五代导演的电影作品在很大程度上，骨子里流淌的是别人的血液。

电视剧更是如此，《四世同堂》⑤改编自老舍的同名小说，《蹉跎岁月》⑥《孽债》⑦改编自叶辛的同名小说，《夜幕下的哈尔滨》⑧改编自陈玙创作的同名小说，《平凡的世界》⑨改编自路遥的同名小说，《白鹿原》改编自陈忠实的同名小说，《大江大河》⑩改编自阿耐的同名小说，《零炮楼》⑪改编自张者的同名小说，还有根据四大名著改编的同名电视剧《红楼梦》⑫《三国演义》《水浒传》⑬《西游记》⑭等，浩如烟海，数不胜数。

可见，影视和文学虽属不同的媒介形式，但其天然的亲缘关系却是毋庸置疑的。优秀的文学作品不但为影视提供了良好的故事基础，还提供了独特的艺术视角和对社会、

---

① 刘恒、严歌苓编剧，张艺谋执导，根据严歌苓同名小说改编，克里斯蒂安·贝尔、倪妮、佟大为等出演的电影，讲述了 1937 年被日军侵占的中国南京，在一个教堂里互不相识的人们之间发生的感人故事。

② 李碧华、芦苇编剧，陈凯歌执导，改编自李碧华的同名小说，张国荣、巩俐、张丰毅领衔主演的电影，围绕两位京剧伶人半个世纪的悲欢离合，展现了对传统文化、人的生存状态及人性的思考与领悟。

③ 司马小加编剧，吴子牛执导，陶泽如、徐守莉主演的电影，于 1988 年上映，根据司马文森小说《风雨桐江》改编，讲述了中共地下工作者蔡老六回到闽南清源村开展革命斗争的故事。

④ 司马小加编剧，吴子牛执导，申军谊等主演的电影，于 1988 年上映，根据司马文森的小说《风雨桐江》改编，是电影《欢乐英雄》的续篇，讲述了蔡老六牺牲后，许三多、许大姑团结上木和下下木的群众共同对敌，与国民党反动派展开殊死搏斗的故事。

⑤ 林汝编剧、执导，邵华、郑邦玉、李维康、周国治、李婉芬等主演的 28 集电视连续剧，于 1985 年播出。

⑥ 叶辛编剧，蔡晓晴执导，郭旭新、肖雄、赵越、李龙吟、丛林等主演的 4 集电视连续剧，讲述了柯碧舟的生活、工作和情感故事。

⑦ 叶辛编剧，黄蜀芹总导演，赵有亮、严晓频、王华英等主演的 20 集电视连续剧，讲述了 5 个孩子从西双版纳到上海寻找自己多年前返回上海的知青父母的经历。

⑧ 分 1984 版和 2008 版，1984 版由刘国明编剧，任豪、邵宏来导演，王刚、林达信、迟重瑞、陈剑飞、曲学延等主演，由中国电视剧制作中心、电视剧艺术委员会、青岛电视台联合录制；2008 版由高光编剧，赵宝刚执导，陆毅、李小冉、三浦研一等主演，由华夏视听环球传媒（北京）股份有限公司出品。

⑨ 温豪杰、夏蔚、葛水平编剧，毛卫宁执导，王雷、佟丽娅、袁弘、李小萌等主演的 56 集电视连续剧，讲述了在面对现实压力和人生抉择时，兄弟俩依旧坚守最初梦想和对爱情执着追求的故事。

⑩ 袁克平、唐尧编剧，孔笙、黄伟执导，王凯、杨烁、董子健等主演的 47 集电视连续剧，讲述了 1978 年到 1988 年间，在改革开放的大背景下，以宋运辉、雷东宝、杨巡为代表的先行者们在变革浪潮中不断探索和突围的浮沉故事。

⑪ 张栩编剧，何群执导，邢佳栋、于震、郭金杰等主演的 30 集电视连续剧，以抗日战争为历史背景，讲述了中原大地上贾寨和张寨两个村落围绕着"炮楼"的修建和抗日斗争展开的残酷而又真实的抗战史。

⑫ 周雷、刘耕路、周岭编剧，王扶林导演，周汝昌、王蒙、周岭、曹禺、沈从文等多位红学家参与，摄制于 1987 年，由陈晓旭、欧阳奋强、张莉、邓婕等主演的 36 集经典古装电视连续剧。

⑬ 由中央电视台与中国电视剧制作中心联合出品，杨争光、冉平根据元末明初施耐庵的同名小说改编，张绍林执导，李雪健、周野芒、臧金生、丁海峰、赵小锐、杨猛等主演的 43 集电视连续剧。

⑭ 由中央电视台、中国电视剧制作中心出品，戴英禄、杨洁、邹忆青共同编剧，杨洁执导，六小龄童、徐少华、迟重瑞、汪粤、马德华、闫怀礼等主演的 25 集古装神话剧。

历史、文化的理解方式。影视可以从文学这里获得取之不尽、用之不竭的创作源泉。也正是在文学甘泉的滋润下，影视艺术的生命力才如花朵般绽放，且日益旺盛。

因此，重视文学、重视对文学的改编与移植，就成了编剧在创作电视剧时要优先考虑的事情，而改编文学作品也成了许多编剧必须掌握的重要技能。

一、改编的方法

(一)移植

移植指一种忠实于原著的改编方法，即直接在银幕（或屏幕）上再现一部文学作品，很少做大的改动。多数电视连续剧在改编时都采用了这样的写法，如之前提到的《四世同堂》《白鹿原》《夜幕下的哈尔滨》等。

(二)节选

节选指从一部作品中，选出相对完整的一段，予以改编。电影多用这种方法，如节选自长篇小说《林海雪原》的《智取威虎山》①和节选自《三国演义》的《赤壁》（上、下）等。电视连续剧因篇幅长，很少用节选的方法。

(三)取材

取材指改编的作品虽与原著近似，但也做了不小的改动，要么只保留了原著的基本情节、基本人物、基本故事，要么只保留原著的概念和精神。比如电视连续剧《潜伏》，改编自龙一的同名小说。原著不长，但"假夫妻"的基本故事已经成型，编导姜伟在这个基础上加了很多新情节，极大地拓展了原著的内容。

(四)颠覆

这种改编，颠覆了原作的思想主题，有时甚至到了面目全非的地步。比如：姜文根据尤凤伟的小说《生存》改编的电影《鬼子来了》②就是明显一例；还有周星驰主演的改编自古典名著《西游记》的电影《大话西游》③，居然加入了爱情因素，讲述了孙悟空和紫霞仙子之间的一段凄美的爱情故事。电视连续剧中，比较有代表性的是《清平乐》。原著小说主要讲富康公主与太监怀吉的爱情，作者将爱情在现实、权力面前的无奈写得入木三分，也时刻牵动着读者的心。但在改编时，这条线却被弱化了，原因在于，该剧的主创认为，现代人思想即使足够开放，也依然会觉得这样的事情不可思议，倒不如转移笔触，更加关注政治、文化等大格局。

---

①　有两个版本，均改编自曲波的长篇小说《林海雪原》，一个是 1967 年被确定为八个样板戏之一的现代革命京剧，另一个是 2014 年由徐克执导，张涵予、梁家辉等主演的战争片。

②　姜文、史建全、述平、尤凤伟编剧，姜文导演，姜文、姜宏波、香川照之等主演的电影，讲述了一个发生在抗日战争期间，挂甲台农民与虎谋皮，终遭毁灭的悲剧故事。

③　刘镇伟编剧、导演，周星驰任制片人并主演的电影系列，由《大话西游之月光宝盒》和《大话西游之大圣娶亲》两部电影组成，讲述了一个跨越时空的悲喜交加的爱情故事。

(五)复合

复合指将几部作品合而为一,用来体现编导的意志。比如,电影《红高粱》根据莫言1986 年发表的两部中篇小说《红高粱》和《高粱酒》改编,而电视连续剧《红高粱》[①]也是复合了《红高粱》《高粱酒》《高粱殡》《狗道》《奇死》等五部小说的故事。

除以上五种方法外,改编方式还可以列出很多,但总的来看,不外乎两类——忠实于原著的改编和不忠实于原著的改编。很难说哪一类是最合适的,只要有助于揭示全剧的主题,塑造出鲜活且典型的人物,构置出精彩耐看的情节,选哪类都可以。

二、改编时需注意的事项

(一)保留并发扬光大原著的文学特性

影视改编文学作品,首先要强调原作仍然占据着主导地位,其文学特性保留与否,是否发扬光大,是评判一部影视作品改编成功与否的标准之一。换言之,影像文本若想改编成功,就要和原作有精神的共鸣和沟通,这样才能成为令人信服的作品。

(二)要清楚地看到两种艺术形式间的差异

文学,是语言的艺术,是以文字为媒介来表现情感和再现生活。而影视是视听艺术,是通过直观的画面和声音冲击来传达观念、塑造情节和人物。文学和影视既相同,又不同,认真研究两者间的差异、关系和规律,才能在写作时做到驾轻就熟和游刃有余。

悉德·菲尔德说得好,"'进行改编'意味着'从一种媒体搬到另一种媒体',改编(adaptation)的定义,就是要通过在结构、功能和形式上作出某种改变使之能适合新的媒体。"[②]因此,"从实质上讲,你还是在创作一个独创的电影剧本,因而你必须以独创的方式来探讨它"[③]。

拿《红楼梦》的改编为例,小说《红楼梦》中有大量的心理分析和抽象叙述的段落,这些段落对小说美学来说是合理的,却不宜于拍摄。因此必须改换叙述方式,代之以简练的、富于造型性和动作性的、可见的剧本语言。无法取代的部分,则只好舍去。[④]

再比如,"'黛玉入都'在原小说里只是'登舟而去','有日到了都中'等几句话,但在剧本中就必须有黛玉在船上吃药、乳母王嬷嬷和小丫鬟雪雁随行服侍、贾雨村在另一条船上的活动等具体细节,以及对贾雨村的志满意得起隐喻作用的船头劈浪行进、衣襟随

---

① 赵冬苓、管笑笑、潘耕、巩向东编剧,郑晓龙执导,周迅、朱亚文、黄轩等主演的 60 集近代传奇题材电视连续剧,讲述抗日战争时期,山东高密大地上,一群农民用生命谱写的一段关于爱与恨、征服与被征服的充满生命力的故事。

② 悉德·菲尔德:《电影剧本写作基础》,钟大丰、鲍玉珩译,北京:世界图书出版公司北京公司,2012年,第 237 页。

③ 悉德·菲尔德:《电影剧本写作基础》,钟大丰、鲍玉珩译,北京:世界图书出版公司北京公司,2012年,第 241 页。

④ 周雷、刘耕路、周岭:《红楼梦:根据曹雪芹原著改编》,北京:中国电影出版社,1987 年,第 8 页。

风飘拂等。这些并不是多余的蛇足,而是交代人物关系、展示人物性格、揭示人物心理、铺叙故事以及造成真实的时空感觉的需要"①。

(三)正确处理忠实与创造的关系

名著一般指具有较高艺术价值和知名度,且包含永恒主题和经典的人物形象,能够经过时间考验经久不衰,被广泛认识以及流传的文字作品。将文学名著改编成影视剧,最难把握的,莫过于忠实与创造的关系。过于忠实,束缚了编剧的手脚;大胆创造,又极可能造成观众不买账,这就存在一个度的平衡把握问题。

总体来看,名著的改编还是应本着忠实为主、创造为辅的原则,这是因为:(1)原作之所以为名著,意味着其在思想艺术方面均已达到顶峰,如果改编者任意删改,很有可能会损坏或降低原作真实完美的艺术形象、深刻的思想内涵等;(2)名著中的人物形象、故事情节等,早已深入人心,在读者心目中留下了极其深刻的印象,如果改编者任意改动,变化他们在整个艺术作品中的位置及作用,观众往往很难接受;(3)名著的风格、情调和意境等,也深为读者欣赏和熟悉,若加改编或破坏,观众也同样难以接受。

但忠实只是相对的,依样画葫芦绝不可能是好作品。在对名著改编时,如果原作是美味的苹果,那经过编剧的改编,形式上也应发生革命性的变化,成为另外一种美味的水果。这就需要在以下几方面下功夫:(1)根据影视剧长度的要求,对原作进行适当增删;(2)改变结构及时空等,使其更符合影视剧的形式;(3)运用视听语言而非其他文学语言讲故事;(4)在不损伤原作水准的基础上,适当地改编,使之更合情、合理、合意。

(四)提出问题、研究问题、解决问题

电视连续剧《红楼梦》在改编前,几位编剧进行了以下思考。

首先确定了一个改编原则,就是"忠于原著"。然而,要具体落实这个原则,就远不是一件很容易的事了。

譬如,小说是供阅读的,而电视剧本是供拍摄用的,怎样才能巧妙地完成从小说到电视剧本的形式转换?

再如,对于一部百万余言的小说,改编时肯定要做适当剪裁,怎样才能做到"适当"?小说是章回体,电视剧本分集结构时,怎样重新调整情节布局?

再如,小说中先后出场的人物有四百多个,怎样根据观众的"认同"心理予以删并?

再如,对于小说中的大量诗词曲赋,读者可以前后翻阅,"以红注红";也可以利用各种工具书查明词语、典故;剧本如何处理这个问题? 小说中对话较多并且文、白间用,改编时如何不失原韵地适当删减并使之口语化?

除此以外,改编《红楼梦》还有一个极其特殊的问题:今传本《红楼梦》共一百二十回,

---

① 周雷、刘耕路、周岭:《红楼梦:根据曹雪芹原著改编》,北京:中国电影出版社,1987年,第9页。

其中前八十回系曹雪芹所作,而后四十回为另手续作。那么,"原著"的概念应当怎样明确?①

因此,该片编剧"忠于原著",谨慎地对待上述问题,在思考、讨论上花费的时间和精力,远比落笔时多得多。

最终,他们采取了一种"注释式"的改编方法,即"根据原著的含义、形象、灵魂,根据那一历史的、具体的环境以及那种社会的和心理的制约条件"②,在认真研究的基础上,精心打磨,创作出了一部完整的、可供拍摄的、相对原著来说较新的电视剧本。

然而依据此剧本拍摄的电视连续剧,在改编方面,仍然受到不少非议。"一些论者认为,电视剧《红楼梦》'前三十集过于拘泥原著,有点像活动的连环画,图解原著的成分太多。……特别是刚刚开始的几集,由于故事头绪纷杂,人物众多而又面孔差异不大,所以使一般观众很难入戏,甚至有相当多的观众在观看了几集之后还说不上谁是谁,影响了观众的欣赏效果。'其实让人难以摸清头绪的还不只是最初几集。例如在第 22 集中,电视剧按照原著的安排,突然离开主线索和几个主要的副线索,集中描写了探春主持家政后大观园里的纷纷扰扰:芳官使性,春燕挨打,蔷薇硝风波,鸡蛋羹事件,玫瑰露冤案……一波未平一波又起,黛玉、宝钗无暇露面,宝玉退居二线成为无关紧要的配角,而那些事件的'主角'们芳官、春燕、五儿、司棋、柳嫂,乃至芳官的干娘、春燕的亲妈、林之孝家的、秦显家的、莲花、绣桔……有几个观众能够分清她们的身份面目呢?除了对《红楼梦》极熟悉的,又有几个能看明白这些事件的来龙去脉呢?"③

可见,改编并非易事,也有一定的艺术规律可循。关键之关键,在于编剧既要吃透原作,还能时不时地从原作中跳出来,俯瞰以及审视,并能进行既忠实又创新的重新构思,更要有利于塑造人物、揭示主题。

---

① 周雷、刘耕路、周岭:《红楼梦:根据曹雪芹原著改编》,北京:中国电影出版社,1987 年,第 5 页。
② 周雷、刘耕路、周岭:《红楼梦:根据曹雪芹原著改编》,北京:中国电影出版社,1987 年,第 7 页。
③ 苗棣:《电视艺术哲学(上编)》,北京:北京广播学院出版社,1997 年,第 249 页。

第三章 电视连续剧的声音

在第二章里，我们探讨了电视连续剧的故事与画面谁更重要的问题，得出的结论是：电视连续剧重故事、轻画面。如此，就又带来了一个新的问题：对画面的不重视，是不是也意味着可以对声音不重视呢？

答案是：错。电视连续剧可以轻画面，但绝不可轻声音。

为什么不能不重视声音？要想准确地回答这个问题，我们先从声音在电视剧中所起的作用讲起。

和电影一样，声音在电视剧中也可以分三类，即人声、音响和音乐。所谓人声，主要是指人物语言，也就是对白、独白、旁白及叙述性的画外音等，另外还有喘息声、呼吸声，以及群众场合中的嘈杂人声、交谈声等。所谓音响，是指场景环境中所发出的各种声音。比如：来到火车站，你会听到火车发出的汽笛声及车轮碾轧铁轨的声音；来到学校，你会听到教室里传来学生的琅琅读书声，也会听到老师的粉笔在黑板上写个不停的声音；在一些动作影视剧中，你会听到刀枪剑戟碰在一起时的金属鸣响；来到树林，似乎静谧，但很快，你可能就会因听到一声野兽的嚎叫而吓得夺路而逃。所谓音乐，是用来表达人的内心世界和影片节奏的，它在体现作品的主题思想、抒发情感、渲染气氛等方面，都有十分重要的作用。

这样说来，声音的这三种应用在电影和电视剧中没有什么大的不同，但事实上，它们还是有着各自的方法和侧重点。

第一节 电视连续剧里的人声

人声主要指人物语言。和电影一样，电视剧中的人物语言除了要交代人与人之间的关系、推动剧情的发展、揭示主题思想外，还用来对人物性格和感情进行描述。但在实际使用中，电视剧中的人物语言同电影里的人物语言相比，还是呈现出许多不同的艺术特征，主要表现为以下几点。

一、多而满

在电影中,人物语言往往显得干练、浓缩,甚至省略、跳跃,追求少而精;而电视连续剧则不然,人物语言多,交代性强,讲究过程的完整,注重逻辑关系,甚至有时会让你感觉到啰唆,就仿佛遇到了"话痨"一般,追求的是"多而满"。

比如,在电视剧中,我们经常可以见到以下的场面。

甲办公室　日　内
甲坐在办公桌前正在办公,外面有人敲门。
甲:请进。
乙进屋
甲:有事?
乙:……(讲事)
甲:好,我知道了,你出去吧。
乙关门走出

这种把一个人进门、出门的动作完整地予以交代,而且和画面略显重复的"请进""出去"之类的人物对话,在电影中是很少见的,然而在电视剧中却司空见惯。观众对此不仅不反感,还给予了足够的理解和耐心。

为什么? 这依旧是由电影和电视剧略显差异的艺术特性导致的。拿法国戛纳电影节的获奖短片 *SINGS*[①] 举例,片中的男女主人公从头至尾没说一句台词(人物语言),其交流完全靠写在纸上的"符号",剧中的一切情感纠葛、心理暗示,以及误会、巧合等全部用画面来体现,这说明在电影中仅凭画面的蒙太奇组接,就可以完成叙事。

另一方面,一部电影的长度大致在 120 分钟左右,故事的时间和播放时间往往是不对应的[②],这可以理解为"变量"对应"定量"的关系,因此就得对台词(人物语言)进行精简和压缩。在这种压缩率很高的情况下,在保证空间展示居于主导地位的前提下,电影就应尽可能地减少人物的对白,而让视觉部分或蒙太奇组接为观众提供更多的东西。

正如英国著名电影理论家欧纳斯特·林格伦所说:"在电影中……画面和声响不是同等重要的。通常有声电影中的视觉部分是比较重要的,因为总的说来,它表现更多的东西。这是毫不足怪的事,因为视觉在我们的感官中是最重要的,通过我们的眼睛,我们

---

① 澳大利亚 2008 年的微电影,讲述了一个名叫杰森的男青年通过纸上所写的各种"SIGNS"(符号),与对面写字楼的女孩相识并相爱的浪漫爱情故事。

② 只有一部电影例外,那便是由美国克莱默斯坦利电影制作,联美影业发行的 85 分钟西部影片《正午》。卡尔·福尔曼编剧,弗雷德·金尼曼导演,加里·库珀、格蕾丝·凯利、托马斯·米切尔等主演,于 1952 年 7 月 7 日在美国上映,讲述了一名小镇警长在无法寻得助手的情况下,只身对抗 4 个前来报仇的恶徒的故事,追求故事时间和放映时间的同步。

可以比通过耳朵更了解和熟悉周围的世界……有声电影中使用对话是应该考虑这个事实的。"[1]

所以,那种把电影剧本写成通篇都是对话,像话剧剧本的写法,是不符合电影的美学特征的。从根本上讲,电影(故事片)应该尽量抑制对话,人物间的对话应尽量避免和视觉内容重复,能用形象传达的信息一般不用对话表达,因为那会极大地减弱电影的运动性。

然而电视剧就不一样了,前文说过,由于电视画幅小,观众大多是在自家客厅观看,过分运用远景、全景等景别镜头展示宏大场面,以及运用视觉感极强的蒙太奇段落来进行叙事等,不但达不到预期效果,有时还会适得其反,造成浪费。相反,如果把塑造人物性格、推动故事情节发展的重任落在"人物语言"的肩上,则会事半功倍,效果明显。正因为此,在一部电视剧中,尤其是电视连续剧中,对台词(人物语言)的依赖程度非常高。

我们仔细观察便会发现,在一部单集时间长度为 45 分钟的电视连续剧中,人物的台词几乎能占到 30 分钟以上,也就是说,台词占了全剧的大部分。而电视剧中的人物形象之所以栩栩如生、性格鲜明,故事线索之所以脉络清晰、交代有序,很大程度上就是因为剧中的人物语言写得完整细腻。

比如,电视连续剧《大明宫词》[2]的第一集第3—4场。

通往大殿的甬道　白天　外景

武则天:御医,御医。

御医:臣在。

武则天:我怀了几个月了?

御医:到月头就十二个月了。

武则天:人说十月怀胎,我为什么还生不下来?是你无能还是我无能?

御医:这……不是您、我能控制得了的。

武则天:那是谁的意思?老天爷?你是说,老天爷跟我作对?

御医:……臣不敢!

武则天:那是怎么回事,整个御医房都是像你一样的草包吗?

御医:古书上说,出此情况,不外乎两例:要么您怀的是大福大贵,要么……

武则天:怀的是个妖孽?你听着,我赐你一旨,如生下来果真是个妖孽,你就一剪子结果了她的性命,毫不留情,懂吗?

御医:臣遵旨!

武则天:王伏胜,抬我进宫!

---

① 欧纳斯特·林格伦:《论电影艺术》,何力、李庄藩、刘芸译,北京:中国电影出版社,1979 年,第 102 页。

② 郑重、王要编剧,李少红、曾念平执导,陈红、归亚蕾、赵文瑄、周迅等主演的 40 集电视连续剧,以武则天与太平公主这一对母女一生权力和情感的矛盾争斗为主线,讲述了一个充满传奇色彩又饱含人生力度的故事。

一行人匆匆地穿行于后宫长长的走廊里,向被幽禁在茫茫雨雾中的勤政殿疾行……

大明宫勤政殿　白天　内景

传令官:皇后到!

随着传令官的声音,皇后一行人急匆匆地穿过跪伏在地上的群臣,高高在上,背身而立的李治惊异地转过身。

李治:皇后,你怎么来了?

武则天从王伏胜背上下来,苍白的脸上浮出一丝灿烂的笑意。

武则天:我听说皇上有难处,臣妾愿助一臂之力!

李治:胡闹!你怀有身孕,怎么还这么毛毛躁躁?一旦着凉伤了胎气,你就不怕孩子有个好歹吗?再说,这是朝臣议事重地,无折是不可上殿的,你连这点规矩都不懂了吗?下去!

武则天:臣妾恰恰是有一折相奏,而且恰恰是关于我腹中的婴儿。

武则天微笑以对。

李治:孩子出事了?御医,孩子怎么了?

武则天:臣妾请圣上从速发兵,以缓边境燃眉之急!

武则天说罢随即跪下,重臣皆惊异地侧脸望着武则天。

李治:什么?不是你讲御医说孕期应避免战事,滋养胎气吗?不是你求我先不要发兵,尽量避讳血光之色吗?

武则天:不错,臣妾是说过。但陛下可曾想到边关生灵涂炭,现在有多少怀孕的母亲正在遭受蛮人的践踏,有多少新生的婴儿正惨死在胡人的剑下?您可曾想到一旦突厥得势,长驱直入,李唐江山将会遭到怎样的创伤?陛下的英明又将会遭到怎样的伤害?而一旦我母女成为昏君之妻、庸君之女,那健康长寿又有何意义?你我又将如何面对祖宗的灵魂?国事为大,家事为小,忠孝不能两全,这是自古的真理。对皇室更不应例外,我腹中之子,与大唐基业相比,轻如鸿毛。我诚请陛下念我盼子之心,恕我一时疏忽国事之罪,也请各位忠烈栋梁原谅我一时的妇人心境,陛下,对于您给予我母女的深刻爱怜,我感激涕零,就请您在此赐予我母女一个机会,来报答您的恩情!十月怀胎,我这已是第十二个月了,如今孕期已过,就请陛下大胆发兵吧。我想您未来的女儿也一定会赞同您今天的英明决断!

李治:媚娘……说得好,媚娘!传旨:命安西都护裴行俭,为定襄道行军大总管,即刻发兵,讨伐突厥。另转告出征将士,你们不仅仅是为大唐山河而战,你们是在为大唐的皇后而战,为大唐未来的公主而战!我未降世的女儿等待着你们得胜还朝的歌声,出征吧!

裴行检:(激动)谢皇上隆恩!不灭突厥誓不为人,皇后深明大义,臣代表出征众将士祝皇后及公主母女平安!请受老臣一拜!

武则天疲惫地微笑,含情脉脉地注视着李治。

李治:谢谢你,媚娘!

武则天终于体力不支,晕倒在大殿之上。[①]

这两场戏,台词多不说,还很冗长,尤其是武则天请李治发兵的那一番话,洋洋洒洒几百字,演员仅说完就长达一两分钟之久,这在电影中是很难想象,也是很难表现的。

多数情况下,电影追求的是如下这样的画面组接和人物语言。

内景 贾维德的藏身屋 浴室 夜晚
浴室装潢豪华。大理石墙面,金色的水龙头。有一只手在浴缸里摊开成百上千的卢比钞票。浴室门外传来重重的捶门声和狂怒的喊叫声。
贾维德(画外):萨利姆!萨利姆!

内景 演播室 后台 夜晚
一片黑暗。接着,隐约出现几张脸。在暗淡的灯光中,一些模糊的身影来回走动。
画外:十秒预备。十、九、八、七……
普瑞姆:你准备好了吗?
沉默。一只手有点粗鲁地摇动一个肩膀。
普瑞姆:我问你准备好了吗?
贾马尔:准备好了。

内景 贾维德的藏身屋 浴室 夜晚
捶门声继续。还有含糊的印地语祷告声。手枪的反光。一只手把弹膛拉开,装了一粒子弹,弹膛啪嗒一声合上。
画外:……三、二、一。
普瑞姆预备,掌声预备……
突然,浴室门被撞开,一阵噼啪的枪击声响起,一片白光……

内景 演播室夜晚
……我们回到演播室,枪击声变成热烈的掌声。
画外:开始,普瑞姆。
演播室的光线骤然明亮。有两个人走上台。欢呼声、音乐声响起。站在台上的是十八岁的印度小伙子贾马尔,他似乎被吓呆了,很想转身逃走。不过他的肩膀被面带微笑的主持人普瑞姆·库马尔牢牢抓住。
普瑞姆:欢迎来到《谁想成为百万富翁》!(掌声更加热烈)请用热烈的掌声欢迎今晚的第一位参赛者——来自我们孟买的小伙子!

---

① 郑重、王要编剧:《大明宫词》,北京:人民文学出版社,2010年,第2—4页。

在雷鸣般的掌声中,普瑞姆领贾马尔在嘉宾席上就座。

普瑞姆(在贾马尔耳边低语):该死的,笑啊。

贾马尔勉强挤出一丝笑容。

忽然,不知从哪里冒出来的一只手,狠狠掴了贾马尔一记耳光。接着又是一耳光……血从贾马尔的嘴角流出来。

内景　警察局审讯室夜晚

演播室的灯光不知不觉间变成审讯室里电灯泡刺目的强光。贾马尔的双臂被反绑在一起。

斯里尼瓦斯警员:姓名,混蛋。

斯里尼瓦斯警员用一只手扯住贾马尔的头发,把他的脑袋向后拉,强迫他直视电灯。

斯里尼瓦斯警员:你的姓名!

贾马尔:贾马尔·马利克。

不知不觉间我们又回到……

内景　演播室　夜晚

《谁想成为百万富翁》的节目现场。

普瑞姆靠在椅背上,像在家里一样自在。贾马尔坐在他对面,神色呆滞。

普瑞姆:贾马尔,先自我介绍一下吧。

镜头推近贾马尔的脸部。没有任何预兆,贾马尔的头被摁进水里。

内景　水桶　夜晚

我们从水桶底部往上看,看到一张快要溺死的男人的脸。他的脑袋拼命摇晃。然后,贾马尔的脑袋再次被拉起来,他大口吸气。镜头对准贾马尔的眼睛。

贾马尔(画外):我在朱胡的一家呼叫中心工作。[①]

比较一下就会发现,电影中的人物语言和电视剧的人物语言确实存在着很大的差别。那么,作为电视剧编剧,在创作电视剧剧本时,就要认真研究并把握电视剧人物语言的这一特点,做到有的放矢、对症下药。

二、个性化

无论是文学、戏剧,还是电影、电视剧,人物语言均应该做到个性化。所谓个性化,是

---

① 代辉:《影视剧创作实务》,重庆:重庆大学出版社,2019 年 2 月,第 150－152 页。此片段选自奥斯卡获奖电影《贫民窟的百万富翁》开场部分,该片由英国导演丹尼·博伊尔执导,根据印度作家维卡斯·史瓦卢普的作品《Q＆A》改编。

指人物语言应该是人物性格的自然流露,它应该符合人物的身份、地位和教养,能充分表现各种不同人物的性格特征。

人的性格不同,说话的内容和方式也就不同。优秀的人物语言一定是建立在对人物性格高度熟悉的基础上。它一定是这一性格特定的产物。我们要求写人物语言时设身处地,第一条就是要置身于人物性格。正如鲁迅先生所说,"穷人绝无开交易所折本的懊恼,煤油大王哪会知道北京捡煤渣老婆子身受的酸辛,饥区的灾民,大约总不去种兰花,像阔人的老太爷一样,贾府上的焦大,也不爱林妹妹的"①。这不仅仅是由阶级差异所决定,还取决于两人差之千里的性格。焦大生活在底层,说出的话自然是粗鲁直白的,如"每日偷狗戏鸡,爬灰的爬灰,养小叔子的养小叔子"之类,而林妹妹则不然,娴静时如娇花照水,行动处似弱柳扶风,说出话来,自然也是口吐莲花,字字惹人怜。

在这方面,电视连续剧《潜伏》做得非常好,我们且看该剧第三集女主人公翠平如何出场,以及编剧展现她的性格特征时,都用了哪些极具个性化的人物动作和语言。

　　乡村公路路口　　日　　外
　　一辆马车停在路口处,翠平靠在车帮边打盹,手头端着一个冒着烟的烟袋。
　　赶车人在喂马。
　　余则成的车从远处过来。
　　余则成紧张地观察前面的情况。
　　马奎开着车还在瞎聊:老弟在重庆玩过不少女人吧。
　　余则成看着前方,突然喊:停。
　　马奎急忙刹车:怎么了?
　　余则成激动:是他们,怎么在这?
　　他快速地开门下车。马奎也急忙跟了下来。
　　余则成快速走到马车边看着打盹的翠平:翠平。
　　翠平睁开了眼睛,先看到马奎,又看到余则成,二人对视。
　　马奎观察每个人。
　　翠平一时不知道谁是她的男人,眼神在两人之间徘徊。
　　余则成急忙:你怎么在这等呢,下来吧。
　　翠平确认了余则成,慢悠悠地缠着烟袋荷包:小五子说的那个地方没有了,不知道怎么等你。
　　马奎上前热情地:还好,这还遇上了。
　　余则成:你说什么地方没有了?
　　翠平揽着个包袱下车:我哪懂?
　　余则成上来扶着翠平下车。

---

①　鲁迅:《鲁迅杂文全集》,郑州:河南人民出版社,1994年,第382页。

翠平甩开手：不用，信上说的那个地方没有了。

赶车人：九十四军那个接待处没有了，我们没地方等你。

翠平磕打着烟袋，不高兴地指着赶车人：让他赶车到天津，他就是不去。

赶车人不敢大声：草不够，太远了。

余则成高兴地要接翠平的包袱：幸亏我眼尖看见你们了，走，上车。

翠平倒了把手，余则成没接到。

翠平回头对车夫：你回去吧，别忘了帮我妈圈羊。

马奎一直在观察。

余则成看到赶车的人在弯腰收拾马槽，衣角处露出匣枪的枪把，余则成立即拽着他的衣服：小老弟，路上注意点。

赶车人快速转身，他立即明白了，拽了拽衣角，"哼"了一声，拉马掉头。

余则成拉起翠平的手，翠平有些慌乱，但还是顺从了。

马奎：弟妹，第一次出远门吧。

翠平"唉"了一声，看余则成：这大哥咋称呼呀。

乡村路上　日　外

车里，余则成和翠平坐在后面。

余则成介绍：这是我们行动队的马队长。

翠平有些兴奋，左右张望着：哦，马队长，马队长一看就是有本事的人，能驾洋车。

马奎笑：弟妹，这不算什么，你家老余也会驾。

翠平看着余则成：真会？

余则成：会，好学。

翠平感触：头回坐这家伙，四个轮子的就是稳，马队长，我驾一会好吧。

马奎大笑。

余则成觉得有些别扭，他悄悄捏了捏翠平的手：别瞎说，这不是马车。

马奎还在笑，余则成：我说吧，你们准会笑话我的。

马奎：不是不是，我是笑弟妹这脾气，第一次坐汽车就敢开。

余则成用眼神制止翠平。

翠平不说话了。

马奎从反光镜里观察后面的两人。

余则成对马奎：你太太读了不少书吧。

马奎：上海的学堂一直办得好，她读了七八年吧，嗨，女人读书没什么用，能生孩子养孩子就行了。

这时，翠平突然对着车外大喊：狗日的，鬼子。

余则成吓了一跳，急忙看车外。

马奎也意外。

路边一辆抛锚的军车，一国军持枪站在一边，几个日本兵在车边修车，一面日本旗奄拉在车窗边。

余则成回头严肃地瞪了翠平一眼：那是战俘。

翠平觉得自己失态，使劲闭上了嘴。

马奎好奇：弟妹见过鬼子？

翠平不敢说话，使劲点头，"嗯"了一声。

余则成圆场：我们老家易县反扫荡的时候去过鬼子。

马奎：哦，对对，易县，中共那个……那个有一仗在易县打的……还上过《中央日报》，几个人跳悬崖那个，那叫什么山……

翠平没忍住：狼牙山。

马奎：对对，狼牙山，狼牙山五烈士，弟妹知道得不少呀。

余则成脸色已经不好看了。

翠平没有注意，继续：其实没有都成烈士，还有个活的。

这时她看见了余则成的强烈的目光，突然收住了嘴。

路边小店　　日　外

余则成、翠平、马奎下车朝小店走来。

马奎叫喊：二子哎，有羊汤吗？

小二：热的，长官。

马奎很高兴：把桌支外边来，有下水吗？

马奎跟小二进了小店。

余则成放开了翠平的手，凝视翠平。

翠平：我话多了，对吧。

余则成：对。

伙计在门外支桌，马奎出来：不错，弟妹羊汤能吃吗？

翠平点头，接着返身朝车走去。

余则成喊：翠平。

翠平没有反应，继续走。

余则成提高嗓门：翠平。

翠平"咯噔"一下停住，回头看着余则成傻笑：怎么了？

余则成：你干什么去？

翠平比画着：车上，包袱里有大饼，掰开扔羊汤里。

马奎上来对无奈的余则成：弟妹这性子，过瘾。

三人在吃饭，每人面前是一个巨大的碗，碗里面是冒热气的羊汤。

马奎学着翠平把饼掰碎,放进汤里:好吃。

这时翠平打了一个响嗝,吓了他俩一跳。

翠平噎着了,脸涨得通红,捏着喉咙。

余则成急忙给她拍后背:小二,来碗水。

翠平使劲咽着。

马奎真诚地:弟妹,慢着,日本人打走了,以后天天可以喝羊汤。

翠平点头,突然又是一个响嗝。

余则成埋怨地看了翠平一眼。

翠平揉着肚子:吃多了。

乡村公路　日　外

翠平坐在车里,一脸不舒服。

余则成:怎么了?

翠平呼吸急促:恶心。

余则成有些不满:老马,停车吧,她肯定是晕车。

车停在路边,余则成扶着翠平下车。

翠平急忙推开余则成,往路边呕吐起来。

余则成不禁眉头紧锁,不情愿地上前给翠平敲背。

马奎过来:第一次坐车,不适应。

车内

三人上车。

马奎回头问翠平:好些吗?

翠平点头,看着车外:羊汤大饼……可惜了。

余则成差点没背过气去。①

　　电视连续剧《潜伏》之所以好看,其中一个主要原因就在于剧中的人物写得活灵活现、栩栩如生,尤以男主人公余则成和女主人公翠平塑造得最为成功。翠平本是女游击队队长,却被派到余则成身边与他假扮夫妻,这本身就充满了戏剧性。没有文化的翠平到天津后闹了不少笑话:"驾"汽车、骂鬼子、抽旱烟,不会用洗手间、只会找"茅房",还有内衣外穿、垒鸡窝、藏手雷等……吴敬中说她"蠢得挂相",官夫人笑她"土得掉渣",大嗓门、坏脾气、粗鲁的翠平实在让搭档余则成感到头痛,然而这个人物的出现却为这部沉重的谍战剧注入了幽默轻松的元素。她的性格之所以鲜活和她的形象之所以突出,很

　　①　姜伟、华明:《〈潜伏〉创事纪》,郑州:南方日报出版社,2008年,第55—58页。

大程度上就是靠这些充满个性化的动作和语言展现的。

三、口语化

所谓电视剧的人物语言口语化,是指电视剧中的人物语言要从根本上接近生活中的谈话语体,要尽量长话短说,用短句,不用或少用倒装前置句,不用生僻词,要采用被大众普遍认同的讲话方式和语言,不必太书面、太文雅、太隽永等。

电视剧的人物语言之所以要追求口语化、生活化,与其系大众化、通俗化的艺术有关。我们知道,电视剧的观看环境大多是在家庭里的客厅,表现的多是婚恋、家庭、伦理之类的世俗题材,这就要求其人物语言要适合家庭氛围,要有亲切感、真实感,要多采用贴近观众生活的笔触,以及用平视而不是用俯视的视角等。如果语言不通俗,过于文雅、书面,甚至费解、难懂,就会拉远与观众的距离,也会让观众感觉剧中所蕴含的那种美感过于沉重,也过于陌生。

电视剧的人物语言既要做到口语化,还要有随意和即兴的特征,也就是说,编剧在写人物台词时,可以有意识地将与主题有关的、对于塑造人物性格有鲜明表现意义的语言,与一些表面上似乎可有可无的语言混杂在一起,句子结构可以不完整,逻辑关系也可以不严谨,却反映了真实而又自然的生活场景。

比如电视连续剧《五星大酒店》①开场的这一段。

银海市　早晨
蓝色的天幕,晴朗如洗。

在无数摩天大厦的背景下,一片由老旧屋顶涂染出来的老城区显得色泽深沉。从这个角度观摩这座名叫银海的古城,沧桑之感油然而生。

小巷　一个小院的门口　早晨
大雨过后,安静的小巷湿漉漉的,雾气缠绕,少有行人。

一个声音传来:"近吧?"

一个矮胖的男子带着一个年轻人走到小院的门口。古旧的院门没有门板,只有两堵黄白色的砖墙。整条空寂的小巷都延伸着这种褪了色的旧墙。

矮胖男子三十多岁,相貌平平,穿着一件俗气的横格 T 恤,一条大短裤和一双凉鞋看上去有些肮脏。年轻人则是一个二十一二岁的小伙子,背着一只学生用的书包,穿着朴素干净,仪表清秀而又不失纯朴。

---

① 海岩编剧,刘心刚执导,张峻宁、郑柔美、牛萌萌、曹曦文、李泰、李崇霄等主演的 32 集电视连续剧,讲述了潘玉龙与韩国时代公司新任董事长金志爱、女友汤豆豆及法律顾问杨悦之间一系列的爱情纠葛的故事。

小院内　早晨

他们进了院子。

矮胖男子:这儿多安静啊……

在这个幽静的院子里,一座老旧的两层木楼犹如古董一般在雾中沉默。楼上有条凹字形的回廊,一条狭窄的楼梯直通回廊的中央。

楼下破旧的屋门上,封条销蚀得只剩下两道红印,年轻人往门缝里探头探脑,矮胖男子便解释了一句:没人,不知道是哪个单位的库房,不过从没见人来取过东西。

矮胖男人已经上了楼梯,年轻人东张西望地跟了上去。

矮胖男人:小心点。

年轻人仰望楼梯,楼梯年代已久,扶手上泛着油光和裂痕。很陡,很窄,在两人的脚下令人生畏地吱嘎作响。

矮胖男人:这边。

楼梯的出口正对着二楼的正房,一扇老式的双开门吸引了年轻人的目光。年轻人跟着矮胖男人沿着回廊向左边走去,他们拐了个弯,来到回廊的尽头。矮胖男人停了下来,把准备好的钥匙插进厢房房门的锁眼。

矮胖男人的目光指向梯口的正房:这儿啊,就这么一户邻居,父女俩。爸爸是个写诗的……

可能锁有点生锈,矮胖男人拧了半天终于打开:女儿……也挺好,可漂亮呢!

年轻人跟着进门。矮胖男人把灯拉亮,屋子狭小的轮廓立刻显现出来。屋里色调昏暗,陈设简单:一张床,一个书桌,一个破衣柜,和同样破旧的屋子倒是很配。

矮胖男人得意地:怎么样,家具都是我自己打的,十多年了,一点都没变形。

年轻人摸了一下桌子,摸了一手浮土。

矮胖男人:好久没人住了,打扫一下就行。

年轻人走到窗边,艰难地把尘封已久的窗子打开。

矮胖男人凑到窗前,自我感慨:视野多开阔啊。

这里地势居高,仰可看到碧蓝耀眼的天空,俯可一览檐瓦如浪的旧城,但年轻人的视线却直接投向了正对楼梯的那间大房。大房古朴的双开大门,与他的窗子成九十度斜角。站在这个窗前,可以看到几乎整条回廊,还可以看到楼梯,看到不大的院子和院外半截空寂的小巷。

年轻人转过身来:再便宜点行吗?

矮胖男人:再便宜肯定不行了,我是看你在咱们学校念书,所以开口就报了最低价,你不就是图个安静吗?我告诉你,整个银海市没比我这儿更安静的了。而且这房子还是个古董呢,可有年头了。这种房子,文化人和老外都喜欢,听说这一片老房子马上就要申报国家级的历史文化遗产了,房价马上就涨!

年轻人:一百,怎么样?

矮胖男人:一百!这样的房一百?你给我找个来,我租!

年轻人：那……那我再看看其他地方吧。

矮胖男人：那你再说个价。

年轻人：我顶多……只能出一百二。多了实在承受不了。

矮胖男人摇头：一百二？你们学生宿舍四个人一间还一百三一个月呢，在这儿你一个人单住……这样吧，一百五，你也别再跟我磨了，行不行？

年轻人：我只能承受一百二。

矮胖男人：就差三十块钱！这地方多安静啊！离学校又近……这样吧！你也别啰嗦了，我也别啰嗦了，一百三！一百三，行了吧？再少，你上别处吧。

年轻人……那，一百二十五行吗？

矮胖男人：嗨！你这孩子，斤斤计较这五块钱干什么，怎么跟个老娘们似的……

年轻人：您看我是学生，您也不缺这五块钱是吧。

矮胖男人大概实在烦了：一百二十五？

他摇头摆手：我看你真是半个二百五！行行行，算我支援希望工程了。

年轻人马上把背包卸下来，从包里往外掏钱。

矮胖男人补充：说好啊，交半年。①

　　仔细分析这段对话，就会发现它呈现出鲜明的生活化、口语化、通俗化、真实化的特点。首先，这些对话很自然，也很随意，经常出现缺少句子成分和语无伦次的情况，其中的"小心点""这边"等，虽然简短，也可有可无，却增强了环境的真实感和亲切感。其次，对话还常常表现出生活口语中那种无定向性，比如东拉西扯等，使场面显得更加活泼与生动。

　　当然，我们说电视连续剧创作要追求口语化、生活化，也并不意味着要毫无选择地照搬生活口语，有时，我们还要考虑片种的风格特征和人物的独特个性等。

　　比如电视连续剧《大明宫词》里的人物语言，就呈现出典雅高贵、神秘瑰丽、行云流水一般的诗意风格，这与其主题系表现宫廷里的情感与权力斗争是分不开的。宏大的主题决定了宏大的叙事，也决定了其语言必然与宫廷模式相辅相成、不可分割。

　　再比如，电视连续剧《暗算》之《捕风》里的人物语言，也呈现出鲜明的诗化和警语化的风格。《捕风》讲的是 1931 年，由于被叛徒出卖，上海地下党遭到重创，党中央派特使前往上海，准备重建地下党组织，但敌人破译了有关这一行动的情报。敌人张网以待，主人公钱之江心急如焚，急于送出"取消特使行动"的密电，却和另外几个国民党的破译人员一起被软禁了起来。从南京来的代主任通过手段卑劣的连续审查，基本确认钱之江就是代号为"毒蛇"的共产党潜伏特工，但就是找不到证据。就在"若找不出'毒蛇'则把软禁人员一律枪杀"这一"南京密令"生效的前夜，两个不同信仰的人之间有了以下的一段经典对白。

---

① 此剧本片段由本书作者根据完成片整理。

　　会议室不再是森严的开会,而像是一个周末的 party。会议桌上铺上了洁白的桌布,上面有红酒、香槟,还有不少的冷餐盘子,已经有些杯盘狼藉了。

　　黄一彪不知从哪里找来了一个电唱机,放着诸如《曼丽亨尼》之类的曲子。他此时更像个侍者,在负责放唱片。显然酒过三巡,好几个人都有了些许醉意。这时候,似乎没有了等级,没有了对立,连一帮小特务都敢上来给代主任敬酒,或者嘻嘻哈哈地要和唐一娜干杯。

　　代主任:"弟兄们辛苦了,过了明天晚上,我好好放你们的假。"他一仰脖,先干为敬了。

　　特务们拼命地鼓掌。

　　唐一娜拨开和她干杯的特务,醉眼蒙眬地来到代主任面前,拍了一下他的肩膀,道:"代主任,谢谢……谢谢你给我们提供了一顿最后的晚餐。"

　　代主任:"不是每个人都是最后,也许你唐小姐就不是。"

　　"你是非要逼我们中的一个人一定做犹大……你真好……真的……我才发现……刚刚发现……但也不算迟……不迟……　　"

　　她话音未落,汪洋在一旁唱起了京剧,他吼了几嗓子,像是《铡美案》,然后径直朝代主任冲了过来,朗声说道:"代主任就是好,谁说他不好了? 不好他能给我们好吃好喝的,不是饯行酒饯行饭是什么? 免得到了阴间,人生地不熟,一时半会儿没饭吃,饿肚子。这人做不成了,但也不能做饿鬼。"

　　黄一彪听见了,叫了起来:"汪洋,对你来说是饯行宴,对我们来说可是提前的庆功酒,别那么消沉,人生不如意者十有八九,高兴点儿……怎么能辜负了这良辰美酒呢……看看人家童副官……那才叫作今朝有酒今朝醉,不管何日君再来……"

　　只有钱之江旁若无人地坐在那里,他端着酒杯,绅士般地慢慢品着……

　　代主任的眼睛,始终看着钱之江。隔着人群,钱之江一举酒杯,冲他微笑了一下:"大幕就要落了……"

　　代主任端着酒杯过来:"遗憾的是,谢幕的是我,不是你。"

　　钱之江:"生命的序曲是几声的哭泣,而终结却只是一声叹息。今朝谢幕是你,来日不知何人? 不过人生得意须尽欢,朝如青丝暮成雪。人唯一真正拥有的是当下,是此时此地,所以我还是先为你鼓掌了。"

　　"谢谢。你太悲观了,虽说条条大路通罗马,但钱总是何等卓越之人,大可不必一条道走到黑。你可以跟我去南京,蒋委员长太需要你这样的人才了。"

　　"人的饮食主食五谷,辅食蔬菜,兼有肉类。却以长江为界,南人喜米,北人好面;前者口清,后者味重。广东客家人爱好煲汤,山西老西儿喜欢吃醋。你我的祖籍南辕北辙,所以吃不到一起的人,难进一个门。"

　　"你的意思是道不同,不相为谋,我生是党国人,死为党国鬼,你与我道不同,那你是何道?"

　　"同是吃饭,国人用筷子,洋人用刀叉,此人和彼人,不都一样是人吗? 难道你我之间竟有一个人不是人?"

"钱总过于能言善辩,三寸不烂,巧舌如簧。我真希望能有一个机会,你我就谈吃喝玩乐。"

"民以食为天。代主任有所不知,我钱某人生来就好吃,娶的老婆能做一桌好菜,拴住了我的胃,又怎能拴不住我的心?说起吃,我推崇菜有五味、五色、五香之说。世界由金、木、水、火、土构成,此为五行,菜的色、香、味亦然。五味:酸、甜、苦、辣、咸;五色:红、黄、蓝、白、黑;五香:茴香、花椒、大料、桂皮、丁香。另外,吃不光是为填饱肚子,解口腹之欲,还可以食补、食疗,五谷为养,五果为助,五畜为益,五菜为充。人生无大事,吃就是大事。"

"钱总可谓天文地理,谈古论今,无所不知,无所不通啊,我自叹弗如。我是真舍不得你,孤掌难鸣,没了你,我就再也听不到这种响声了。"

"谁笑到最后,谁才笑得最好。全世界的黑暗,也不足以影响一支蜡烛的光辉。我不言败,因为大幕还未落下;而你过早叫喊胜利,却可能孤独面对舞台,座位下无人喝彩。"

"其实我心里已经知道你是什么人了,只是我无法证实。我遗憾造物主让我们成为敌人,而不是同志,只能各为其主。"

"我是什么人?你是什么人?爱欲之人,犹如执炬;逆风而行,必有烧手之患,这是你。而我,生来死往,像一片云彩,为太阳的升起,宁肯踪影全无。我无怨无悔,心中有佛,所以即便是死,也是如凤凰一般涅槃,是烈火中的清凉,是永生。"

代主任:"好口才!钱之江,那我告诉你,即便大幕拉上,我也绝不会让你曲终人散。这个世界离开你,我会孤独,我会一览众山小,我会高处不胜寒。所以你不光不能离开,我还要你坐在舞台的下面,为我喝彩。"

钱之江:"那我们都拭目以待。"

"不见黄河不死心。"

"不见棺材不掉泪。"

二人碰杯。①

可以看出,钱之江和代主任之间的对话很不生活,采用的是一种半书面半口语的语言。但这是没错的,因为它与全剧凝重、庄严、悲壮的风格相吻合,也与钱之江和代主任的性格相契合,所以,既不显得突兀,也不显得别扭,相反,朗朗上口的特殊音韵,可以传诵的警句格言,极大地提升了该剧的艺术品格,也很好地塑造了剧中人物的性格。

这番对话可谓精彩绝伦,既顺畅通达,又针锋相对。钱之江引经据典,谈古论今,东拉西扯中,每句话都意味深长,既表达了对革命事业的无比忠贞,也表达了和国民党反动派"道不同,不相为谋""宁为玉碎,不为瓦全"的坚定决心;而代主任也不是个等闲之辈,在这之前,他设下了一个又一个的陷阱、关卡,目的就是要让钱之江这个"毒蛇"现身。

---

① 麦家、杨健:《暗算》,北京:作家出版社,2006年,第471—473页。

可以说,钱之江作为笼中之鸟,只要稍有不慎,就会被对方一举拿下,暴露身份不说,更重要的是情报就再也送不出去了。好在代主任调查、讯问直至展开猫捉老鼠的"游戏",都被钱之江坦然自若地、充满智慧地一一应对并且破解,于是就到了这场最后的晚餐,也到了最后摊牌的时刻。

仔细回味两人的对话,你会发现这真是一场惊心动魄、淋漓尽致的较量和厮杀,既是心理战,也是血雨腥风的搏斗。钱之江置之死地而后生,在强敌面前从容镇定,既表现出修养的"慧根"之深,也让人感到他的沉稳能经得起任何惊涛骇浪的拍打。而自命不凡的代主任,也终于在钱之江的沉稳与智慧面前败下阵来,发出了黔驴技穷、无计可施的叹息与哀号。

这段戏和这段两人间的对话,也抛却了之前大多剧中描写国共两党人物时所采用的程式化的手法,既不丑化,也不美化,它把国产电视剧对国共两党的人物刻画提高到了一个新的高度。也难怪《暗算》能拔得当年(2005 年)的收视头筹,并深深地影响了之后的《潜伏》《悬崖》等谍战剧,成为谍战剧的经典,至今少有超越,实在是实至名归。

四、广播性

我们在前面已经探讨过电视剧和电影、戏剧、文学、电视等的关系,其实,还有一门艺术与电视剧之间的关系不容忽视,那便是不太为人重视的广播剧。

所谓广播剧,"是指通过广播电台播送,根据听众只能凭听觉进行欣赏的特点,主要以播音员或者配音演员参加演出,以人物对话和解说为推动剧情发展的主要手段,纯粹通过声音音乐和音响效果营造戏剧化冲突,给听众塑造想象的人物形象和故事趣味的戏剧形式,通常也被称为放送剧、音效剧或声(音)剧"[1]。

正因为广播剧具有缺乏视觉形象化的特点,所以在很长的一段时间里,尤其是在影院日趋火爆、电视机取代收音机进入家庭之后的日子里,不得不处于一种不温不火、无人问津的尴尬位置。但这并不意味着广播剧的一些艺术特征不会对电视剧产生影响。恰恰相反,电视剧从早于它诞生的广播剧[2]这里学会了不少东西,包括但不限于:(1)人物塑造需个性化;(2)故事叙述和解说串联需口语化;(3)故事和情节表现要动作化;(4)配乐要动人心魄,富有特色,要营造出波澜起伏的效果,以增加艺术感染力;(5)音响及音响效果要经过设计,既要处理得逼真,又要有助于塑造环境、塑造人物和强化剧情等。可以毫不夸张地讲,作为综合艺术的电视剧,把广播剧的这些特色照单全收,且发扬光大了。

在广播剧所有艺术特色中,"听"的元素是电视剧最重视的,这与电视剧的传播终端是家庭有关。在家庭里,观众的心态是相当随意的,经常是在边吃饭、边聊天、边做家务

---

① 项仲平、张忠仁:《广播电视文艺编导》,杭州:浙江大学出版社,2014 年,第 83 页。

② 世界上第一部由电台录制的广播剧是 1924 年英国广播公司播出的《危险》。而世界上的第一部电视剧《花言巧语的人》则产生于 1930 年。

的情况下看电视,这就决定了观众的目光不会时时盯在屏幕上。而视线短暂地离开,之所以对观众理解剧情不会造成太大的障碍,就是因为电视剧里有大量的声音可以作弥补,这就要求电视剧艺术的生产不能轻视听觉因素。

如此,可得出结论,电视剧虽然是用视听语言讲故事的艺术,"视"在其中起着很重要的作用,但"听"同样起着很重要的作用,某种程度上,甚至超过了"视"的作用。

电视剧从广播剧这里还学到了另一"长处"。我们知道,由于广播剧是一种只能靠听的叙事艺术,视觉方面便成了其短板。为了弥补没有视觉手段的弱点,广播剧就会经常在剧中穿插必要的解说词,以帮助听众了解内容,解释事件的发展和表现人物丰富的内心世界等。电视剧继承和发展了广播剧的这一特征,经常是既以画面叙事,又兼有语言解说。

比如电视连续剧《潜伏》第一集第 25 场,就有大段的旁白做解说,目的就是最大限度地帮助观众掌握剧情,达到如同收听广播一样,不看也能了解剧情前因后果的效果。

餐馆　日　内

余则成独自坐着。

(旁白:抗战爆发那年,北平日军向宋哲元提出"哀的美敦书"的时候,余则成正在北平读书。满腔报国热情的他,当即就随二十八军上了战场。南苑一战,他目睹了佟麟阁阵亡。北平陷落后,他与流亡学生南下上海。那时吕宗方正奉戴笠的指示,从青年学生中发展特务,经过挑选,他带领余则成进入了青浦特务训练班,参加了所谓的"革命"。在填写入学登记表时,吕宗方自作主张,在婚姻一栏里给余则成写上了已婚,妻子余王氏,祖籍河北易县,跟余则成同乡,按照吕宗方的解释,这样写给人感觉稳定,容易得到上峰的信任。他没有想到,当时随手写下的那几个字,现在竟给他和左蓝的婚姻带来致命的麻烦。)

左蓝来了:怎么了,自寻烦恼还是忧国忧民呀?

余则成:没有,怎么这么高兴。

左蓝拿出一张《新华日报》:挣钱了,今天我付账。

余则成看着报纸:我看中国之革命,你翻译的。

左蓝笑着点头。

余则成皱眉:翻译这样的东西,会进黑名单的。

左蓝:人家外国人都看得清清楚楚,为什么我们中国人还假装天真,真以为日本战败就是和平到来呀。

余则成爱怜地看着她:这些不是我们庶民百姓想的事,日本人完蛋了,革命就成功了,我们结婚生孩子过日子,将来谁知道什么样呀,国共谁当家还能不让我们生孩子呀。

左蓝:那也得想想孩子以后活在什么世道呀。美国已经攻占硫磺岛了,重庆现在在干什么,延安在干什么?

余则成担心地:你是同情共产党,还就是共产党。

左蓝笑:无党派人士,哎,你们电信行能弄到电台吗?

余则成惊:你要电台干什么?[①]

再比如电视连续剧《平凡的世界》中,也穿插着大量的旁白和解说。

白雪覆盖的黄土高原。

(旁白:那是一九七五年二三月间,一个平平常常的日子,细蒙蒙的雨丝夹着一星半点的雪花,正纷纷淋淋地向大地飘洒着。时令已快到惊蛰,雪当然再不会存留,往往还没等落地就已经消失得无踪无影了,黄土高原严寒而漫长的冬天看来就要过去,但那真正温暖的春天还远远地没有到来……)

原西县城 雪 日 外
字幕:一九七五年 惊蛰 陕西省黄原地区原西县城

(旁白:在这样雨雪交加的日子里,县城的大街小巷倒也比平时少了许多嘈杂,在半山腰的县立高中的大院坝里,此刻却自有一番热闹的景象。)

县立高中 雪 日 外
字幕:原西县县立高中

钟敲响,学生纷纷从教室、宿舍跑出,在院子里排成几队打饭。

孙少平却躲在很远的地方,胳膊肘夹着一个搪瓷碗,表情复杂地望着热闹的打饭景象。

学生打饭。

一个牌子上写着——甲菜:三角,肉,土豆白菜粉条

另一个牌子上写着——乙菜:一角五分,土豆白菜粉条

再一个牌子上写着——丙菜:五分,清水白萝卜辣子汤

孙少平远远地望着。

男同学甲:看嘛看嘛,亚洲非洲欧洲嘛。

同学们:什么意思啊? 说什么呀?

男同学甲:那白馍馍嘛就是欧洲,黄馍馍嘛就是亚洲,这黑馍馍当然是非洲了嘛。

男同学乙:快笑死了。

众人打了饭,纷纷离开,操场上只剩下不多的几个人了。

侯玉英:(望望四周,喊)高一一班的,还有谁没打饭的?

孙少平依然踟蹰着不敢上前。

侯玉英:"哪个穷小子,吃这么差的主食,连五分钱的丙菜都买不起。"(离开了)

---

① 姜伟、华明:《〈潜伏〉创事纪》,广州:南方日报出版社,2008年,第9—10页。

（旁白：孙少平上这个学实在是太艰难了，家里头能让他这样一个大后生，不挣工分白吃饭，让他到县城来上高中，这已经实在是不容易了。少平知道，现在家里头的光景已经接近崩溃，所以在眼前的环境中他是自卑的，虽然在班上他个子最高，但他总感觉自己比别人都低一头，而贫困又使他过分自尊……）[①]

这些旁白和解说，在电视连续剧中的作用是巨大的，既串联了整个剧本的主线，也介绍、说明了剧情发展的时间、地点、时代背景，连接剧情和介绍人物内心感受等，而缺少了这些，剧情就会显得单薄，也会导致剧情不连贯。

第二节 电视连续剧里的音响

声音的第二个元素是音响。生活中的音响无时不有，无处不在，是人类重要的信息源。在影视作品中，音响是感知存在、发展、变化而得出结论的依据，具有让观众身临其境，扩大画面空间，表现不同时代、不同空间感觉，体现速度感、重量感，以声写情等作用。

电影十分重视对音响的运用，也将其特性发挥到了极致。混音师可在一段几分钟的打斗画面下输出近1800条音轨，而大多数人可能并不会意识到一部电影里竟然会存在这么多的声音。

我们来看陈凯歌获戛纳电影节金棕榈奖的影片《霸王别姬》的开头和结尾，也就是段小楼和程蝶衣于"文化大革命"结束后首次联袂演出前走台的那一场戏，就铺了好几层声音。第一层声音是剧场管理员和段小楼以及程蝶衣的对白；第二层是管理员、段小楼和程蝶衣在剧场里走路的声音；第三层是剧场管理员开灯时发出的略显夸张的、浑厚的声响；第四层是剧场内本身空旷、深邃的环境声；第五层是京剧《霸王别姬》的所有管弦乐器和打击乐器的伴奏声；第六层是那把让虞姬"从一而终"的剑掉在舞台上的声音；第七层是剧场外有歌队在唱《五星红旗迎风飘扬》的声音，虽然很远、很轻、很弱，可还是能清楚地听到。

再比如张艺谋的电影《金陵十三钗》开头的那场戏，在雾气和硝烟弥漫中，唱诗班的女孩们在拼命奔跑，此时既有人物沉重的喘息声、错乱的脚步声，也有路边火苗往上蹿的滋滋声，急促的、或远或近的马蹄声，以及滚烫的子弹从湿漉漉的雾气中划过时发出的"哧"的声响，还有子弹接二连三地落下时溅起泥土的声音等。这些声音，有很强的方位感、距离感、层次感、运动感，以及临场感和立体感，它们和画面一起，将观众带入了紧张而又危险的处境……

---

① 此剧本片段由本书作者根据完成片整理。

无论你是否留意，这些经由录音师细致设计的丰富音响都可能在不知不觉间重构你的情感体验，完成更深刻的意义再造。

电影如此重视音响，与其艺术特性有关。观众在影院看电影，即使是坐在最前排的座位，距离屏幕至少也有五米远，周边的空间也很大，因此就需要放大声效。一方面，为使观众有身临其境的感觉，电影要不断更新并展示最新的录音和声音还原技术，包括杜比减噪设备（Dolby noise-reduction processes），以及电影院中四或六音轨的音响设备等。可以这么说，现在的一部电影若想吸引更多的观众，其中一个必备条件便是得有数字音效（digital sound）。正因为此，自 20 世纪 90 年代起，全国甚至全世界的电影院为了迎接新时代的挑战，都纷纷将音响系统做了整体升级。如今观众进电影院，在享受视觉盛宴的同时也会得到美妙的听觉享受，声音忽左忽右、忽远忽近、忽前忽后、忽上忽下，真是酣畅淋漓，前所未有。另一方面，一些优秀的电影，尤其是有着极高艺术水准的电影，其录音师、拟音师等在设计音响时，都不是简简单单地模拟自然声，重复画面上已出现的事物，而是把音响当作一种艺术元素纳入作品中去，成为艺术创作的一种特有的表现手段。

比如 20 世纪 30 年代的《桃李劫》[1]，就可以称之为我国第一部真正意义上以有声电影手法创作的影片，音响第一次成为中国电影的一种艺术元素。为什么这么讲？过去中国的有声电影都是机械地用声音来配合画面的，而此影片中大段的音响处理不再是割裂于主干之外的陪衬，而是与叙事有机地结合为一体。比如陶建平在工厂费力工作时传来的各种机器冰冷的挤压声；他在工头办公室内行窃时发出的粗重而又急促的喘息声；还有当他将儿子遗弃在育婴院门口时，婴儿的啼哭与背景的风雨声融于一处；等等。这些声音，都已经超出了单纯图解的作用，增加了特定情景的真实性和感染力。特别是在影片结尾，当陶建平被执行枪决的时候，沉重的脚步声和铁链声、枪声与画外的毕业歌结合起来，产生了更加强烈的艺术效果，撼动了每一个观众的心灵。

遗憾的是，电视剧跟电影相比，在音响方面的追求差了很多，既没有电影音响的立体效果，也很少把音响当艺术元素来使用。这有两方面的原因：一是受到经济因素的制约——毕竟电视剧的拍摄、制作成本要远低于电影；二是受到了播出介质和播出载体的限制——至少到目前为止，大多数电视机的音响系统还都是双声道，消费者若想听环绕立体声，就得单独再安装一套家庭影院系统[2]，然而即便是安装了该系统，也只能播放效果极佳的 DVD、LD 格式的电影，对于 rm、MP4 格式的电视剧来说，并不适用。

不过，这种情况也不是一成不变的，我们有理由相信，随着时代的发展、科技的进步、制作成本的降低、消费者需求的变化，电视剧的声像技术也会向电影级水平迈进。正如

---

① 《桃李劫》是应卫云、袁牧之编剧，应云卫执导，袁牧之、陈波儿主演的电影，于 1934 年 12 月 16 日在上海金城电影院首映，讲述了一对接受过良好教育的知识青年，由于坚持自己的本性与原则，在社会上失意、反抗、挣扎最终被彻底吞噬的悲剧故事。

② 因为影院等场所的专业声道——5.1 声道需要硬件支持，即音响数目功能以及 5.1 声道解码器，同时，5.1 声道作为一个高音质声道，音频数据流比较大，不是普通数字电视能带得起来的，所以需要专门配置。

以前电影用胶片、电视用录像带,而今天电影、电视机都改用数码摄影机拍摄一样,电视和电影的区别正在逐步减小,目标也变得越来越一致,那就是给观众提供极佳、极美的视听享受。到了那时,编剧在写剧本时,恐怕就更得重视音响在剧中所起的作用了。

电视连续剧《都挺好》里的音响运用得很好,剧中有一场戏是讲苏明成接到电话,合伙人告诉他投资失败了,苏明成跑到工厂看到所有合伙人都在争吵,顿时感到崩溃。为了烘托当时的气氛,声音效果跟随演员表演的节奏,把环境声和争吵声做虚化处理,音色慢慢变闷,同时为苏明成的特写镜头加上耳鸣的音效,让观众更确切地感受到苏明成处在极度崩溃的边缘,引导观众进入苏明成的内心世界。如此一来,设计的音效充斥于四周,让观众彻底沉浸在故事情节之中,不仅营造出真实的感受,还大大增强了故事的感染力。

《都挺好》结尾的音响也有不错的特殊设计。除夕之夜,父亲苏大强再度意外走失,苏明玉焦急寻找,终于在老宅巷子里找到苏大强。彼时父亲的意识已回到数十年前,他手握一本习题集,表示是给还在上学的小明玉买的,而苏明玉曾经就是因为母亲不给她买这本习题集跟家里发生矛盾,离家出走。苏明玉看着意识不清的父亲痛哭不已,父女二人携手回家。这场戏结束时的画面是父女两人牵手慢慢远去,而录音师、音效师有意弱化背景音乐,突出过年鞭炮声的气氛音效,目的是推动故事的情绪,烘托他们血浓于水的父女情感,让剧情达到全剧高潮并收尾。

第三节　电视连续剧里的音乐

声音中的第三个元素是音乐。音乐在影视剧中起着画龙点睛的作用,能为影(剧)片的局部或整体创造一种特定的气氛基调,从而深化视觉效果,增强画面的感染力。音乐无论是在背景、听觉、视觉还是在影视剧整体把握上,都举足轻重,不可小觑。

拿电视连续剧《神探狄仁杰》[①]举例,第一部第一集中有这样一场戏,金木兰的手下假扮突厥使团来到长安和大周议和,画面是长安百姓夹道相迎,武则天在大殿接见议和使团,还有大周朝廷设宴款待使团和庆贺的歌舞。画面中的场景很热闹,气氛也很热烈,可是音乐在突出喜庆的同时,也隐约夹杂着一种不安的因素。在突厥使团进大殿时,恢宏的音乐衬着长长的、低沉的和声;在突厥使团献舞时,本是喜庆气氛,所用的音乐不是乐音,而是噪音,加上重重的、与气氛极不和谐的和弦,给观众带来一种很矛盾的感觉,预示着即将到来的险恶与不测。

---

① 钱雁秋编剧、执导,梁冠华、张子健、吕中等主演的古装推理悬疑系列剧,共四部,主要讲述了唐朝武周年间大臣狄仁杰屡破命案的故事。

与其他音乐不同的是,影视剧的音乐具有片段性、不连续性和非独立性的艺术特征。也就是说,它们只为该剧的剧情内容服务,虽然一部电影或电视连续剧热播后,其音乐——尤其是主题曲,比如席琳·迪翁演唱的电影《泰坦尼克号》[①]片尾曲《我心永恒》、张信哲演唱的电影《宝莲灯》[②]片尾曲《爱就一个字》,以及韩磊演唱的电视连续剧《康熙王朝》[③]片头曲《向天再借五百年》等——也会如流行音乐般传唱开来,但总的来看,其作用和性质依旧是对剧情内容的诠释和附庸。

电影导演对音乐的创作是相当重视的,这是因为电影通常要在两个小时左右的时间里完成叙事,情节密集、信息量大,且场景、分镜丰富,因此往往要点对点地单独谱曲,量身定制,这样才能更好、更多、更准确地体现叙事性、戏剧性,以及多个瞬时场景的冲突。再加上观众大多是通过电影院的影音系统观看电影,高质量的回放设备要求更高水准的声音制作,所以电影配乐往往动态足、空间丰富、配器复杂,更具有独特性,制片方也舍得对此进行大的投入。

而电视剧中音乐的地位就不一样了,它远没有在电影中那么突出。前文说过,在电视剧中,揭示剧作思想、表达主旨很大程度上是由台词(人物语言)完成的,因此音乐在电视剧中的作用,就是如何更好地与台词相配合,以推动情节发展,同时塑造人物。再加上电视剧的时长往往很长,同质化的情景出现概率高,投资的金额比电影少,以及单位时间的预算低,因此电视剧的配乐往往呈现出"类""组"的特色。也就是说,电视剧的音乐往往会根据电视剧的剧情,设置几类(几组)主题,如浪漫、开心、悲伤、紧张、战斗、仇恨等,分别根据这些主题谱好曲子,然后像贴标签一般把这些音乐贴到对应的剧情中去即可,几乎没有戏剧性的处理,也不像电影对情绪把控得那么细腻。

比如电视连续剧《宰相刘罗锅》里的音乐,就很明显地分成了四类主题:第一类是表现皇权威武不可侵犯的音乐,主要用于皇帝出场及众臣上朝时;第二类是滑稽主题的音乐,主要表现刘墉的古灵精怪与和珅被戏弄之后的尴尬等;第三类是以阴险、狡诈为主题的音乐,主要用来刻画和表现和珅;第四类是爱情主题的音乐,主要用于刘墉的好友李静与苦命的银红之间的爱情故事等。

在影视作品中,音乐包括主题音乐、插曲、抒情性音乐、片头音乐、片尾音乐、情节性音乐等。

主题音乐是奠定整部影视作品基调的音乐。如电视连续剧《暗算》之《听风》的主题

---

① 詹姆斯·卡梅隆执导,莱昂纳多·迪卡普里奥、凯特·温斯莱特领衔主演的爱情灾难电影。以1912年泰坦尼克号邮轮在其首航时触礁冰山而沉没的事件为背景,讲述了穷画家杰克和贵族女露丝抛弃世俗的偏见坠入爱河,最终杰克把生存的机会让给了露丝的感人故事。

② 常光希执导的动画电影,讲述了沉香历尽艰辛拜师学艺,最终通过宝莲灯打败舅舅二郎神救出母亲的故事。

③ 朱苏进、胡建新编剧,陈家林、刘大印执导,陈道明、斯琴高娃等主演的50集电视连续剧,讲述了清朝康熙皇帝充满传奇的一生。

音乐就令人胆战心惊,而《神探狄仁杰》这部电视连续剧的主题音乐就是它的片头曲《长歌一曲》。

> "每次听到你,总是大风起;
> 每次看到你,却又惊雷起。
> 长烟落日山河壮,你在缥缈云里画里。
> ……
> 每次想起你,依稀枕边耳语;
> 每次见到你,铁马金戈箭雨。
> 荡气回肠千山外,悠悠在我心里梦里。
> ……
> 长歌一曲,好风好梦好歌好义气,
> 长歌一曲。"

从这段《长歌一曲》的歌词就可以看出,这部电视连续剧表现的就是狄仁杰身系李唐安危,总是能在危急关头挺身而出,在一番缜密的推断之后,找出事件的真相,使整个局势逆转,力挽狂澜的故事,突出并歌颂他临危不惧、勇于担当的气魄和勇气,还有为天下、为黎民百姓兢兢业业、鞠躬尽瘁、死而后已的精神。这首曲子作为该剧的主题音乐,总是在重要情节处或关键时刻出现,有机地深化了全片的主题。这首曲子的风格辉煌大气,正好符合狄仁杰大名鼎鼎、身份显赫的宰相地位。曲子的引子部分用低沉的弦乐奏出有些紧张和神秘的音乐,与全剧风格吻合;主旋律开始后,音乐先是轻轻地,然后渐渐变强,也正好映衬出狄仁杰在层层迷雾中抽丝剥茧、巧破悬疑的能力;最后的宏大气势则体现出破获奇案大案后的欣喜与愉悦,从中还能感受到主人公的从容与淡定。

插曲是影视剧进行中的音乐,通常是为某一场戏或某一场景而谱写,目的是抒发某一具体情节中人物的感情或描述某种事物。例如网剧《启航:当风起时》[①]里面就多处运用了插曲,有林子祥演唱的《谁能明白我》、孟佳演唱的《潇洒走一回》、王栎鑫演唱的《一盏灯》、袁野演唱的《燃烧的时代》等,这些插曲和剧情一起,既诠释了那个已然逝去的"我们的时代",挖掘出流动的画面中那些难以用视觉传递的情感,也深深地调动了观众的情绪。

抒情性音乐在影视剧中大量存在,主要用以刻画人物丰富的或充满矛盾的内心世界,揭示人物的内心寄托和心理变化,连接语言和深化语言中所表达的思想感情,以及加强影片的节奏等。

---

① 卓越泡沫等编剧,刘畅、马一鸣执导,吴磊、侯明昊等主演的 36 集网剧,改编自王强的小说《我们的时代》,讲述了 20 世纪 90 年代初期,以萧闯、裴庆华、谢航、谭媛为首的一群年轻人在时代浪潮下奋力逐梦、不断成长,一起书写热血青春的故事。

片头音乐是指用于片头字幕的音乐,它可以起到引入故事情节和预示影片基调的作用。片尾音乐是用于影片结尾的音乐,经常是对影片主题和基本情绪的概括和总结,或者是造成某种气氛、意境,使观众对影片的内容产生联想和回味。

相对于背景音乐的粗放化处理,电视剧在片头曲、片尾曲的谱写与制作上要精细得多,制片方不仅会花大价钱请一流的专家作词、谱曲,还会请专业歌手来演唱,这是因为片头曲、片尾是电视剧的门面,只有包装漂亮、引人入胜,才更能吸引观众看下去;同时也因为片头曲、片尾曲是对影视剧作品内容的一种高度概括和引领,是观众打开剧情的敲门砖,配以全剧精彩的画面片段,还会起到设置悬念、吊足观众胃口的效果。

情节性音乐是指直接参与到影视作品情节中的音乐,常出现在冲突中,直接影响情节的发展,是影片结构中不可缺少的组成部分。例如电影《莫扎特传》[①]的结尾,莫扎特已病入膏肓,却不得不在萨里埃里阴险的安排与催促下,艰难地用口述和哼唱的方式创作他的遗作《安魂曲》。《安魂曲》既推动了剧情发展,也有机地强化和渲染了莫扎特死前、死后悲怆的节奏和情绪。

再比如电视连续剧《暗算》之《捕风》中,钱之江和唐一娜在最后的晚宴上跳探戈时所配的舞曲,也和剧情浑然天成、交相辉映。

首先,在第二十七集里,钱之江和唐一娜就探戈的典故有过一番精彩绝伦的交谈。

在钱之江的房间,唐一娜还在叹气。

钱之江似乎想让她轻松起来:"小唐,你这么喜欢跳探戈舞,你能告诉我是为什么吗?"

唐一娜愣了一下,脸有些红:"……因为是和你跳。"

钱之江问:"你知道探戈的典故吗?"

唐一娜赶忙解释着,假装轻松的样子:"因为钱总你是我遇上的最好的舞伴。"

钱之江:"探戈是绝望里喷发出来的奔放,男人和女人永远风度翩翩,上身保持距离,脚下却是激烈无比的欲望。它快步向前,却又左顾右盼;眼神优美,传统中在跳的时候却要腰佩短剑,以防情敌。这就是它的典故,在刀尖上舞蹈,最残酷,也最浪漫。"

唐一娜情不自禁地:"这就好像你……"

钱之江把话岔开了:"什么像不像的?为了跳舞,我没少跟太太生气。她是麻醉医生,性子静,我要教她跳,她总不学,她说她喜欢看我跳,看来我这一生只能成为她欣赏的丈夫了。"

"被太太欣赏不好吗?"

"有这么一个故事,晏子的车夫当初执鞭时春风得意,不料他老婆不以为然,说晏子身不够五尺而为齐国丞相,你生得堂堂七尺之躯却为之御,不怕丢人吗?车夫之后便发

---

① 米洛斯·福尔曼导演,汤姆·休斯克、F.默里·亚伯拉罕主演的一部传记片,以倒叙的方式讲述音乐家莫扎特的一生,获第 57 届奥斯卡最佳影片、最佳导演、最佳男主角等 8 项大奖。

奋努力,终于成为大夫。"说着,他孩子气地笑了,"男人对世界的欲望都是因女人而起,所以我更愿意成为我太太的国王。"

唐一娜酸溜溜地:"我好羡慕你……太太……"①

之后,便有了最后的晚宴上华彩的乐章。

钱之江放下酒杯,笑了笑,突然上前去,一掀桌布,把会议桌上的东西全扫到了地上,然后站到了桌子上,又把唐一娜拉了上去。

黄一彪挑了一张唱片,放起探戈舞曲。

钱之江和唐一娜如从前一样,随着音乐,跳起了探戈。

唐一娜微微地闭上了眼睛,钱之江带着她,疾步向前。

唐一娜悄悄地流下一行泪。

如此狭窄的桌子上,钱之江同样甩头、转身、踢腿、旋转……

他手上的佛珠晃动。

代主任看着……

黄一彪看着……

童副官看着……

汪洋看着……

特务看着……

探戈中的钱之江和唐一娜如入无人之境,似乎完全沉浸在另一个世界里……②

这段舞蹈和音乐,既展现了钱之江高贵优雅的气质和笑对生死的气概,也展现了唐一娜在死亡前的绝望与最后的肆意。这是他们人生的最后一曲探戈,正如第 27 集的画外音所说,"这是父亲(钱之江)预知暴风骤雨来临之前的一次内心抗争,也是曾经沧海、阅世无数的他,最为外露的一次精神体现"。第二天,当太阳再次升起,钱之江已然死去,死之前,他将写有情报的佛珠吞到肚子里,用一种敌人完全想不到的方式将情报送了出去,令人拍案叫绝,可歌可泣。这段探戈残酷而又浪漫,也成为体现全剧主题的最好的外化形式。

综上所述,在电视剧中,声音起着交代背景、叙述剧情、刻画人物,以及弥补画面空缺等十分重要的作用,因此在剧本写作中,只许重视,不容忽视。但对于电视剧编剧来说,声音中的人声——也就是台词或人物语言——才是最关键的,而音响、音乐等,属于二度创作范畴,和第二章讲的画面一样,不必在一度创作时过细考虑,只需在剧本创作时

---

① 麦家、杨健:《暗算》,北京:作家出版社,2006 年,第 391 页。

② 麦家、杨健:《暗算》,北京:作家出版社,2006 年,第 473 页。

适当顾及，再交由导演、录音师、混音师、拟音师、音效师等在拍摄和制作时精心处理便是。

第四节　声与画结合的三种形式

在电影和电视剧中，声音和画面的结合呈现出三种形式，分别是声画合一、声画分离和声画对位。

一、声画合一

所谓声画合一，又称声画同步，是指画面中的形象及其所发出的声音同时出现、同时消失，两者节奏吻合。这是电影、电视剧在处理声音与画面时最简单，也无须解读的一种极其朴素的方式。

比如电视剧中某个人物在喝水，我们便听到了其喝水的声音；某个人物在说话，我们便听到了他讲的台词声，他不讲了，声音便随之停止或消失。

声画合一能够增强画面的效果，加深画面的表现力，使画面更加丰满，使情节的表达更加立体，但它也无法给观众带来更多画面之外的信息。

二、声画分离

所谓声画分离，又叫声画分立，是指画面中的声音和形象不同步，互相分离，或者说观众听到的声音和看到的画面不一致。

电影和电视剧之所以会采用声画分离的手法，多是出于特定的艺术需要。

例如重大革命历史题材电视连续剧《重庆谈判》①中，蒋介石连发三封电报邀请毛泽东赴重庆谈判一段，就是按声画分离的方式加以处理的。

重庆　国民党党部机要室　日　内
老式的发报机。
一位女发报员在熟练地发报。
随着一个个摩斯电码被敲出，滴滴滴滴发电报的声音响彻了云霄……
蒋介石：(O.S.)延安　毛泽东先生勋鉴：来电诵悉，期待正殷，而行旌迟送来发，不

① 本书作者编剧，陈立军执导，王霙、马晓伟、郭伟华、高明、车永莉等主演的40集重大革命历史题材电视连续剧。该剧讲述了1945年8月日本宣布投降，蒋介石三次电请毛泽东举行国共最高级会谈，毛泽东"为国家民族计"，冒险飞往重庆与蒋展开43天会谈，通过有理、有节的高超斗争艺术最终粉碎了蒋介石的阴谋，达成"双十协定"的历史故事。

无歉然。

延安　枣园　中共中央机要处　日　内
随着发报机发出的滴滴声响,机要处的电报工作人员正在紧张地接收着蒋介石来自重庆的电报。
蒋介石:(O.S.)朱总司令电称一节,似于现在受降程序未尽明了。查此次受降办法,系盟军总部所规定,分行各战区,均予依照办理,中国战区亦然,自未便以朱总司令之一电破坏我对盟军共同之信守……

重庆　德安里　蒋介石官邸　日　内
蒋介石一边踱步一边听吴鼎昌讲电报内容。
(后注:我们看到的是吴鼎昌在念他起草的电报内容,听到的却是蒋介石的声音。)
蒋介石:(O.S.)朱总司令对于执行命令,往往未能贯彻,然事关对内妨碍犹小。今于盟军所已规定者亦倡异议,则对我国家与军人之人格将置于何地……
蒋介石一边听,一边满意地点头。

延安　枣园　机要处　日　内
机要处的工作人员将电报译出,交给在一旁等候的机要处科长,科长看一眼电报内容,迅速出屋,拿电报跑向离这里不远的书记处小礼堂。
蒋介石:(O.S.)朱总司令如为一爱国爱民之将领,只有严守纪律,恪属守将令,完成我抗战建国之使命……

重庆　德安里　蒋介石官邸　日　内
吴鼎昌继续念电文。蒋介石在一旁听着。
蒋介石:(O.S.)抗战八年,全国同胞日在水深火热之中,一旦解放,必须有以安辑之而鼓舞之,未可蹉跎延误。大战方告终结,内争不容再有……

延安　枣园　书记处礼堂门口处　日　外
外屋,叶剑英接过机要科科长递来的电报,快步进到里屋。
蒋介石:(O.S.)深望足下体念国家之艰危,悯怀人民之疾苦。共同勠力,从事建设……

延安　枣园　书记处礼堂里屋　日　内
叶剑英进屋,将电报交给正围在军事地图前,听众将领汇报军事进展情况的毛泽东,毛泽东接过叶剑英递过来的电报,读着。
蒋介石:(O.S.)……如何以建国之功收抗战之果,甚有赖于先生之惠然一行,共定大计,特再驰电奉邀……

重庆　德安里　蒋介石官邸　日　内

蒋介石在吴鼎昌起草的电文上面签上了自己的字,盖上了签发的印章。

蒋孝镇敬礼,取走了夹着电报的文件夹。

蒋介石:(O.S.)则受益拜惠,岂仅个人而已哉!……

延安　枣园　书记处礼堂　日　内

蒋介石:(O.S.)……务恳惠诺为感。蒋中正哿。1945年8月20日。

毛泽东:(读完电报)老蒋又来了第二封电报,大家看看,议议吧。

周恩来:怎么?又在催了?

刘少奇:(从毛泽东手里接过电报,看了看,深有感触地)这个蒋介石,竟以最高统帅对部下的口气,将不许共产党受降的责任推到了美国人身上。很显然,他这是想用国家和民族利益的大帽子迫使咱们屈服啊。

周恩来:不得不说,老蒋是比较老谋深算,他利用人民渴望和平的心理,做了一次高姿态的表演。

任弼时:那,这重庆,主席是去好还是不去好呢?

话音未落,几个军区领导七嘴八舌地发了言。

邓小平:当然不能去,这明摆着就是鸿门宴嘛!

刘伯承:是啊,主席不能去,去了,就上了蒋介石的当了!

陈毅:蒋介石一面积极备战,一面又请主席去重庆谈判,这里头一定有个大阴谋!

彭德怀:主席,我也是这个意思。谈判可以,但请他蒋介石到延安来,我们保证他和西安事变时一样,有来有去!

林彪:是啊,谈不成不要紧,打仗战场上见高低!

陈赓:主席,你可不能动心啊……

众:是啊,是啊——(望向毛泽东)

毛泽东:(点燃一支烟,思索片刻,岔开了话题)去不去重庆的问题,先放一边,咱们还是回到刚才的话题,继续听取各战区的战况汇报吧。

仔细阅读这一大段戏,就会发现画面与声音成为完全独立的两个系统,彼此分离(立),同时,又在剧情逻辑的统一安排下,再次获得和谐与统一。

在谈到声画分离这一手法时,英国电影理论家林格伦是这样说的:"我们常常发现我们自己眼睛在看着一件事物而同时耳朵却在听着从其他方面来的声音。基于上述的这种事实,在一部影片中,使音响与画面从头到尾地保持配合绝不就是等于现实主义,它反而会产生不自然的效果。音响与形象的自由联合在一起,不仅更逼真地表现了生活,而且能使音响和形象不是简单地互相重叠,而是互相补充。"①

由以上几个案例可以看出,声画分立的形式,有三种作用。(1)可以以同一种持续进行的声音为纽带,把一系列表现不同场景、不同内容的画面组接起来,构成自成首尾的蒙太奇段落,也就是说,能衔接画面、转换时空,具有转场的作用。(2)突出了声音的作用,使它从依附于形象的从属地位解放出来,成为独立的艺术元素。(3)加强了声音同画面形象的内在联系,成为画面内容的有效补充,丰富了电影、电视剧的叙事手段,省略了一些不必交代的过程(比如不必再单独写蒋介石发电报给毛泽东的戏等)。

所以,在电影和电视剧中,声画分离不仅可以使用,而且是一种极其独到的声音与画面结合的方式。

三、声画对位

所谓声画对位,是指在电影、电视剧中,编导者出于一种特定的艺术目的,有意识地把各自独立的、有或没有直接联系的声音与画面有机结合起来,从而产生一种新的寓意,以便更深刻地表达电影或电视剧的内容和相应思想。

相对于声画合一和声画分离,声画对位是不太容易理解的,也是最不好掌握的,其要点有四:(1)一定是编导者出于一种特定的艺术目的;(2)一定是编导者"有意为之";(3)声音与画面是各自独立的、有或没有直接联系的;(4)这样的声音与画面结合以后,会产生一种新的寓意。

以陈凯歌导演的电影《霸王别姬》举例,片中出现了多个戏曲唱腔片段,有京剧《霸王别姬》《思凡》和昆曲《牡丹亭》等,应该说,这些戏曲片段都不是随意出现的,而是经过了编导者严格的挑选,用陈凯歌的话说,便是要"尽量借这些片段说明程、菊及段三人关系的变化"。事实上也确实如此,它们看似独立,观众却能从中领悟、引申出多种情节之外的含义。

如小豆子(程蝶衣)完成了由男儿郎到女娇娥的转变,来到张公公府上第一次出演虞姬,唱出了本片的主题唱词:"自从我随大王东征西战,受风霜与劳碌年复年年。恨只恨无道秦把生灵涂炭……"此时的唱词既可以理解为是戏中虞姬对霸王的真心道白,也可以想象成是对小豆子学戏、练戏的辛酸与血泪的隐喻。

菊仙准备嫁给小楼,来到戏院听小楼唱戏。台上,小楼对蝶衣唱的台词正是:"依孤看来,今日是你我分别之日了。"果不其然,当晚蝶衣与小楼分道扬镳,"从此,你唱你的,我唱我的"。至少在一段很长的岁月里,两人再无交集。

小楼与菊仙成亲当晚,感到绝望的蝶衣在袁四爷处唱的词是:"汉军已掠地,四面楚歌声,君王意气尽,贱妾何聊生?"此时,"汉军"成了菊仙(世俗生活)的象征。这个"汉军"让蝶衣肝肠寸断,有了自杀的念头。如果不是袁四爷适时地提醒("这可是真家伙"),没准蝶衣当时就命丧黄泉。

---

① 欧纳斯特·林格伦:《论电影艺术》,何力、李庄藩、刘芸译,北京:中国电影出版社,1979 年,第 99 页。

日本兵占领北平,蝶衣为他们演唱的是《贵妃醉酒》一段,其中的重点唱词是:"……啐,哪个与你们通宵?"而在之前的一段戏是菊仙和小楼的结婚大典,小楼竭力邀请蝶衣赴宴却遭蝶衣断然拒绝。这句唱词,恰到好处地象征了蝶衣难与小楼、菊仙共处的心境——"人生在世如春梦,且自开怀饮几盅。"

再比如,意大利电影《西西里的美丽传说》[①]中,小男孩儿看见自己心仪的女人去了一个隐秘的房间,似乎是与人幽会,内心十分痛苦,百无聊赖中,来到镇上的电影院看电影以打发时光。此时,他所看电影里的人物说出了这样的台词——"你骗了我"。很明显,这个台词(声音)是导演有意识地安排在这里的,说出了小男孩的心声。

在电视连续剧《重庆谈判》中,也多处可见使用声画对位的例子。例如第十九集的23场、24场和25场。

重庆　中央干部学校礼堂　夜　内

舞台上,重庆的厉家班正在演出全本的京戏《群英会》。台下,坐着毛泽东、蒋介石、彼得罗夫、罗申、周恩来、王若飞,以及王世杰、张群、邵力子、吴铁城、宋美龄等人。

鲁肃　(白)

都督为何命孔明前去劫粮?

周瑜　(白)

大夫,我杀孔明,岂不被天下人等耻笑?命他此去,必被曹操杀之,以除后患。大夫去至后面,听他讲些什么,速报我知。

鲁肃　(白)

得令。

(鲁肃下。)

周瑜　(白)

孔明吓,孔明! 此去必被曹操杀之,方去我心头之恨也。

(唱)(西皮摇板)

曹孟德领人马广聚粮草,聚铁山必埋伏大将英豪。诸葛亮此一去性命难保,这时我暗杀他何用钢刀?

一曲唱罢,蒋介石率先鼓掌,高声叫好。

毛泽东讳莫如深地笑笑,也礼貌地鼓起掌来。

蒋介石:润之啊,这个厉家班是民国二十五年由厉彦芝在上海创办的,成立后不久,赶上了抗战爆发,就由武汉乘船溯江而上,辗转湘、鄂、黔、滇、川各地,最后落户扎根在了重庆。

[①]　朱塞佩·托尔纳托雷执导,莫尼卡·贝鲁奇、圭塞佩·苏尔法罗等主演的电影,于2000年10月27日在意大利上映,通过少年雷纳多的视角,讲述了第二次世界大战时期的意大利西西里岛上的美丽少妇玛琳娜的故事。

毛泽东:听说了,一帮厉家的孩子,厉慧斌、厉慧良、厉慧敏、厉慧兰、厉慧森、厉慧福等,个个都很有出息,全成了名角儿。

彼得罗夫:确实唱得好啊。这出戏的名字叫《群英会》,我看,今天我们这么多人聚在这里,也是一场"群英会"啊!

毛泽东:大使先生对中国文化果然了解颇深,不过,在三国戏中,《群英会蒋干盗书》还不算最精彩的,

彼得罗夫:哦? 那什么才是最精彩的呢?

毛泽东:在我看来,最精彩的是孙刘联手,大破曹军之后,那周瑜小肚鸡肠,开始想各种办法谋害诸葛亮,结果呢,诸葛没害着,那周瑜倒搬起石头砸自己的脚,把自己给活活地气死了。

彼得罗夫:我知道,后来诸葛亮又去吊孝。

蒋介石拿手帕揩了一下额头的汗珠。

宋美龄:(注意到了,打开一把纸扇,一边对蒋介石扇着一边对蒋孝镇道)去,让他们把那风扇再开大点。

蒋介石:(冲彼得罗夫苦笑一下)重庆就这点不好,太热,受不了。

台上,戏已唱至中场——

周瑜　(白)

吓,哈哈……

(唱)(西皮摇板)

曹孟德差蒋干千差万错。

鲁肃(唱)(西皮摇板)

周都督用计谋神鬼不觉。

周瑜(唱)(西皮摇板)

这件事天下人我都瞒过。

鲁肃(唱)(西皮摇板)

怕只怕瞒不过南阳诸葛。

(周瑜、鲁肃同下。)

众热烈鼓掌。

蒋介石:(征求彼得罗夫和毛泽东意见)我们休息一下?

重庆　中央干部学校礼堂的一间休息室　夜　内

蒋介石、彼得罗夫、毛泽东等在一间休息室小憩。

蒋介石:(故意当着毛泽东的面问彼得罗夫)大使先生,我要问您一个问题啊,之前政府说要送军队到大连,你们以大连为商业港之理由拒绝了,那假如国府的部队登陆营口、葫芦岛和安东,你们又会是一种什么态度呢?

彼得罗夫:这个,根据条约,我们不反对。

蒋介石:好,很好,非常好,早就该这样嘛。

毛泽东在一旁笑着。

蒋介石:润之啊,你可能还不知道吧,东北行辕已经在上清寺开始办公了,我这么做,也是想节省一点时间嘛。毕竟,东北的民众离开祖国的怀抱已有十四年,我们得早日让他们回归啊!

毛泽东:委员长日理万机,为国事操劳,连看个戏也不得闲,我毛润之是钦佩有加啊!

蒋介石:我听说了,在军令政令统一方面,润之还是不肯让步。

毛泽东:谈判的事,还是在谈判桌上说吧,我们今天只说戏,不说公务。

蒋介石:也好,也好啊,那,咱们就接着看戏?

厉彦芝:毛先生,您是贵客,这下半场演什么,就请您点吧。(递上戏单)

毛泽东:谢谢厉老板。(接过戏单,看看,思忖片刻)那就来个《林冲夜奔》吧,(对彼得洛夫)这也是一出好戏啊,林冲明明当着八十万教头,可就是被高俅所不容,把人逼急了,就上梁山造反去了。

蒋介石:(尴尬地笑着)这个戏好,这个戏好,男怕《夜奔》,女怕《思凡》嘛,(对厉彦芝)厉老板,把你们看家的本领都使出来吧。

厉彦芝:委员长,毛先生,你们就擎好吧!

重庆　中央干部学校礼堂　夜　内

一阵锣鼓开场,《林冲夜奔》开始了。

林冲(唱)〔折桂令〕

实指望封侯万里班超,生逼做叛国黄巾,做了背主黄巢。恰便似脱鞲苍鹰,离笼狡兔,折网腾蛟。救国难谁诛正卯?掌刑罚难得皋陶。似这鬓发萧萧,行李萧条。此一去博得个斗转天回,高俅! 管叫你海沸山摇。

毛泽东看到妙处,热烈鼓掌。

蒋介石却面色铁青,不露声色地望了观众席中的戴笠一眼。

戴笠暗自点头,似一切都在其掌握中。

本场讲述的是重庆谈判中,蒋介石提出三原则,遭到以毛泽东为首的中共代表团的坚决反对,谈判陷入僵局。蒋介石动了杀心,戴笠趁机提供行动方案,打算在毛泽东看戏时动手。蒋介石有心同意方案,却又担心国内外舆论对己不利,犹豫再三,故选周瑜道白"诸葛亮此一去性命难保,这时我暗杀他何用钢刀?"而毛泽东早已看穿这一切,可谓洞若观火,深知其色厉内荏,坚信玩火者必自焚,故对彼得罗夫笑曰:"在我看来,最精彩的是孙刘联手,大破曹军之后,那周瑜小肚鸡肠,开始想各种办法谋害诸葛亮,结果呢,诸葛没害着,那周瑜倒搬起石头砸自己的脚,把自己给活活地气死了。"而林冲"此一去博得个斗转天回,高俅! 管叫你海沸山摇"一段,又或明或隐地表明了毛泽东要与国民党反动派斗争到底的坚定决心和意志。

由此可见,运用声画对位,确实可以表达出新的含义,如讽刺、对比、批判、象征、隐喻、类比等。

(一)讽刺、对比、批判

声画对位是可以产生讽刺、对比与批判的意义的,这样的例子在电影、电视剧中比比皆是。例如,在电影《苦恼人的笑》①中有这样一段戏,记者给打碎花瓶又撒了谎的小女儿讲"狼来了"的故事,画外是他讲故事的声音,画面却是报纸出版发行的情景。当声音讲到孩子撒谎自食其果的结尾时,画面表现的是报纸无人问津的情形。这里的声音和画面是完全分立的,但二者对位结合起来却产生一种讽刺性的比喻,也表达出主人公矛盾的心理。

影片《枫》②中,林彪声嘶力竭的讲话声和载满红卫兵的飞驰的列车的画面对位,引发了观众的联想:一群天真的青年,被林彪和"四人帮"一伙驱上了为他们火中取栗的"战车"。

在意大利著名的新现实主义电影《德意志零年》③的结尾,就有这样一段画面:映入观众眼帘的是遭盟军轰炸后变成一片废墟,到处是残垣断壁的柏林城,耳朵里听到的却是战前希特勒扯着尖嗓子发表演讲的声音。在演讲中,希特勒信誓旦旦地向人民许诺,要给大家幸福安宁的生活,然而,结局如何? 导演罗西里尼有意识地将这样的画面与声音进行对位组合,揭示出希特勒欺骗老百姓的真面目,显示出极强的讽刺性和对比性。

美国著名电影导演斯皮尔伯格执导的电影《辛德勒的名单》④中,有一场表现大屠杀的场面,凶残的德军士兵疯狂地向着犹太人开枪扫射,屋里屋外、楼上楼下,血肉横飞,一片狼藉,场面惨绝人寰。有一个军官,也许是杀人杀累了,坐下来优雅自得地弹起了犹太人遗留在家里的钢琴,琴声优雅,手指如飞。两个愚蠢而又无知的士兵被其吸引,走来观看。其中一个问:"您弹的是谁的曲子? 是巴赫吗?"旁边那个士兵自以为是地摇头答道,"不,是莫扎特"。其实,哪里是巴赫或莫扎特,纳粹军官弹的分明是肖邦的曲子,而肖邦是哪里人呢? 波兰人。大屠杀又发生在哪里呢? 波兰的克拉科夫。肖邦作为波兰著名的作曲家,为人类文明做出了非凡的贡献,而这位纳粹军官弹着文明的曲子,干的却是屠杀人类、屠杀文明的勾当。编导有意识地选取这首曲子,就是为了创造一种极具讽刺

---

①　杨延晋、薛靖编剧,杨延晋、邓逸民执导,李志舆、潘虹主演的电影,于 1979 年上映,讲述了在"四人帮"实行文化专制的年代里,诚实的记者傅彬不愿说假话,但又不能保持沉默,因此陷入了无边的苦恼之中的故事。

②　郑义编剧,张一执导,王尔利、涂中如等主演的电影,讲述了学生情侣卢丹枫和李红钢各自参加了势不两立的"红旗"派和"井冈山"派,在变幻莫测的"大革命"中变成了敌人的故事。

③　罗伯托·罗西里尼执导,埃德蒙·默施克主演的电影,讲述了战争给人民带来的灾难,使儿童产生心理畸形的故事。

④　史蒂文·斯皮尔伯格执导,连姆·尼森、本·金斯利、拉尔夫·费因斯、艾伯丝·戴维兹等主演的电影,改编自澳大利亚小说家托马斯·肯尼利的同名小说,讲述了一名身在波兰的德国人辛德勒,在第二次世界大战时雇用了 1100 多名犹太人在他的工厂工作,帮助他们逃过被屠杀的劫难。1994 年,该片获得了第 66 届奥斯卡金像奖的多个奖项。

和批判的力量。

印度电影《摔跤吧，爸爸》①里，也有不少声画对位的巧妙应用。比如，姐姐和妹妹训练十分艰苦而又不能理解父亲为什么要这样做时，背景音乐出现，曲调欢快，歌词则充满了讽刺：为了完成你的梦想／为什么要如此折磨我们／剪掉我们的头发／叫我们怎么抬得起头／他是剥削者吗／为何如此对待自己的女儿／我们还是孩童／不该被掠夺走童年……这些歌声与画面有机地结合起来，表达了孩子们的心声。

(二)象征、隐喻、类比

声画对位还可以产生象征、隐喻、类比等意义。比如在电影《霸王别姬》的最后，菊仙因不堪"文化大革命"批斗上吊而死，段小楼发现后，痛不欲生，发出一声哀号。程蝶衣听见后忙上前安慰，却被段小楼一把攥住，两人扭打在一起，一边打一边嘴里发出犬吠般的声音。本该是人发出的声音，却被处理成了狗叫，这就是隐喻——隐喻"文革"期间互相批斗的严酷现实，就仿佛疯狗般互咬，你揭发我，我揭发你，全然没了理智。

在印度电影《三傻大闹宝莱坞》②中，也有绝妙的声画对位——以兰彻为首的三兄弟，挑战"病毒"主任的权威，大闹课堂，还在主任家院门口撒尿以泄愤。"病毒"主任怒不可遏，将老三拉加召到办公室，逼着他招认这一切"恶行"全是由老大兰彻在幕后指使。拉加不愿意出卖朋友，却又难逃自己被学校开除的噩运，走投无路之际，只好跳楼自杀以求解脱，好在大难不死。在这段紧张激烈的情节中，导演有意识地运用了一个独特的声音——每天下午二时，"病毒"主任要卧床休息七分半钟，期间他的仆人要给他刮脸，而他还要利用这七分半钟的时间欣赏西洋歌剧——于是随着"病毒"主任躺下，我们听见了普契尼歌剧《蝴蝶夫人》中巧巧桑咏叹调《晴朗的一天》里的最后两句。再看此时的拉加，内心正翻腾不已，他想到了一心盼着自己毕业以改换门庭的父亲，也想到了操劳一生、节衣缩食供自己上学的母亲，更想到了假如出卖朋友，对不起自己的良心不说，今后又将如何做人……拉加百般挣扎之际，"病毒"主任在一旁却泰然自若，优哉游哉，因为他有十足的把握，拉加一定会服软，妥协。为什么他这么肯定？原来《晴朗的一天》里最后两句唱的是——

你就在一旁瑟瑟发抖吧，
我有足够的耐心等下去。

很明显，歌词与画面做到了完美对位，与其说是"病毒"主任欣赏的歌剧，不如说是他

---

① 尼特什·提瓦瑞执导、阿米尔·汗、萨卡诗·泰瓦、桑亚·玛荷塔、法缇玛·萨那·纱卡等主演的电影，讲述了曾经的摔跤冠军辛格培养两个女儿成为女子摔跤冠军，打破印度传统的励志故事。

② 根据印度畅销书作家奇坦·巴哈特的小说《五点人》改编而成的印度宝莱坞电影，拉库马·希拉尼执导，阿米尔·汗、马德哈万、沙尔曼·乔什和卡琳娜·卡普等主演，采用插叙的手法，讲述了三位主人公法罕、拉加与兰彻间的大学故事。

内心所思的象征和隐喻。

至此，我们讲完了在电影、电视剧中，声音与画面是如何结合的。需要特别指出的是，电影对声画合一、声画分离、声画对位等手法的运用早已到了信手拈来、炉火纯青的地步，而电视剧，除了在声画合一方面运用得中规中矩以外，鲜有声画分离和声画对位的设计。这固然与电视剧在声音运用方面比电影简单、粗放有关，也与编剧在写作时不重视画面与声音的结合形态有关，在此希望引起大家的注意与重视，也希望编剧们今后能创作出更多声音与画面完美结合、寓意深远的好作品。

第四章

电视连续剧的时间与空间

第一节　电视连续剧是时空结合的艺术

传说，当年希腊人为了夺回绝世美人海伦，举兵围攻特洛伊城，十年攻不下。最后他们听从了智者奥德修斯的主意佯逃，并在城外留下一匹腹内埋伏有精兵的木马。特洛伊人看见木马，想把它移到城内。老祭司拉奥孔拼命阻拦，说不要中了希腊人的诡计。他的这番忠告触犯了众神要毁灭特洛伊城的意志，神便派来两条巨蛇，把拉奥孔父子三人活活缠死。

德国文艺批评家莱辛认真地研究了16世纪在罗马发现的拉奥孔雕像，并以这段史诗为蓝本，在他的文艺理论著作《拉奥孔》中，提出了著名的诗画异质论。

在莱辛看来，所有的艺术，按照模仿生活的基本形式，都可以归结为不同质的两大类别：诗和绘画。这里的诗指包括戏剧在内的各种文学，绘画指一切造型艺术。两类基本艺术形式的根本差异在于：诗的艺术是在时间上展开而在空间上"成点"；绘画的艺术则是在空间上展开而在时间上"成点"。所以，人们一般把诗称为时间艺术，把绘画称为空间艺术。

之所以说诗的艺术是时间上展开而在空间上成点，在于它是一种"线式表现法"，即每一瞬间只能写那么一点，同时发生的整个场面必须分解为许多点，再通过拉长时间写出逐个点。例如在刘慈欣获科幻小说最高奖项雨果奖[①]的小说《三体》[②]里，这样描写一

---

① 雨果奖（Hugo Award），正式名称为"科幻成就奖"（The Science Fiction Achievement Award），是为纪念"科幻杂志之父"雨果·根斯巴克，由世界科幻协会（World Science Fiction Society，简称 WSFS）所颁发的奖项。此奖项自1953年起，每年在世界科幻大会（World SF Convention）上颁发。雨果奖和星云奖是科幻文学领域的国际最高奖项，被誉为"科幻文学界的诺贝尔奖"。

② 《三体》是刘慈欣创作的系列长篇科幻小说，由《三体》《三体2：黑暗森林》《三体3：死神永生》组成，讲述了地球人类文明和三体文明的信息交流、生死搏杀及两个文明在宇宙中的兴衰历程。其第一部经过刘宇昆翻译后获得了第73届雨果奖最佳长篇小说奖。

个名叫"三体"的游戏。

这时,巨大的欢呼声从人海中爆发。汪淼抬头一看,太空中正方形星阵中,每颗星体的亮度都在急剧增加,这显然是它们本身在发出光来。这光芒很快淹没了天边的晨曦,一千颗星体很快变成了一千颗小太阳,三体世界迎来了辉煌的白昼。大地上的人们向着天空都高举双手,形成了一望无际的手臂的草原。三体舰队开始加速,庄严地移过苍穹,掠过刚刚升起的巨月顶端,在月面的山脉和平原上投下蔚蓝色的光晕。欢呼声平息了,三体世界的人们默默地看着他们的希望在西方的太空渐渐远去,他们此生看不到结局,但四五百年后,他们的子孙将得到来自新世界的消息,那将是三体文明的新生。[①]

可以看出,作者对这个游戏的场面是逐点写出来的,先写"太空中正方形星阵中,每颗星体的亮度都在急剧增加",再写"这光芒很快淹没了天边的晨曦,一千颗星体很快变成了一千颗小太阳",又写"大地上的人们向着天空都高举双手,形成了一望无际的手臂的草原"以及"三体舰队开始加速,庄严地移过苍穹,掠过刚刚升起的巨月顶端,在月面的山脉和平原上投下蔚蓝色的光晕"等。而读者要获得完整的形象,就得按照时间的推移,随着阅读的每一个字,在脑海中先出现局部的形象,在读完整段文字之后再获得游戏场面的整体形象,而最终形象的获得还是要靠读者自己的想象去构成。正如"一千个读者就有一千个哈姆雷特",《三体》的一千个读者脑海中浮现出的游戏场面,可能会有一千个不同的具体模样。这一方面说明读者接受文学形象要靠语言文字在范畴上的积累,另一方面也说明诗(即文学)就是在时间中展开的艺术。它的长处在于能表现事物运动发展的过程,而它的弱点在于缺乏具象。它只是以形象性的语言做桥梁,具象还要靠读者自己在脑海里完成,所以有人把文学称为间接的二度体验的艺术。

与时间艺术"线式表现法"不同,空间艺术是"面式表现法"。它的领域是瞬间,优点是可以在一个时间里把整个场面同时托出,缺点是不能表现出形象在时间中的运动和发展。

比如,被誉为"体育运动之神"的古希腊雕塑《掷铁饼者》,选取的正是铁饼出手前一系列动作中恒定的瞬间状态,运动员右手握铁饼摆到最高点,全身重心落在右脚上,右膝弯曲成钝角,左脚趾反贴地面,整个形体具有一种紧张的爆发力和弹力。和雕塑《拉奥孔》一样,米隆的这件作品也为捕捉运动中的瞬间形象提供了范式,为后世的雕塑家创造千姿百态的运动形象所效法。但是,尽管它可以创造出"最能产生效果的……可以让想象自由活动的那一顷刻"[②],却不能表现运动的过程。

然而,电影、电视剧作为全新的综合艺术,得以在时间和空间上同时充分展开。电影克服了诗在空间方面和绘画在时间方面的局限,兼有文学和造型的表现力,把诗那种在

---

① 刘慈欣:《三体(纪念版)》,重庆:重庆出版社,2017年,第181页。

② 莱辛:《拉奥孔》,北京:人民文学出版社,1979年,第18页。

发展中描写的形式（叙事性）和绘画那种空间描写的形式（呈现性）结合起来,成为一种时空复合体。银幕上不但可以一览无余地表现出整个场面,而且能够通过镜头的移动,场次的转换,将时间系列转为空间结构,从而形成电影在空间的推移中通过运动表现时间的独特叙述方式。而电视剧作为电影的姊妹艺术,则完全延续了电影这一艺术特性。

第二节　电视连续剧时空的表达方式

一、电视连续剧时间与空间的表达方式

电视连续剧的时间表达方式大致可分为三种:一是电视连续剧的播放时间,二是电视连续剧外在的生活时间,三是电视连续剧内在的生活时间。

所谓电视连续剧的播放时间,也就是某部电视连续剧播放或观众收看所需要的时间。一般而言,国内电视连续剧的长度因受国家广播电影电视总局(以下简称国家广电总局)的标准限制,为每集 45 分钟,若是 40 集的电视连续剧,长度即为 1800 分钟;国内网剧的时间也基本遵循这一标准,但相较宽松,例如《隐秘的角落》第一集的时长为 80 分钟,后续各集长度不等,有 50 分钟一集的,也有 37 分钟一集的。对于观众而言,电视剧或网剧的播放时间并无多少实质意义,而对于编剧来说,这一时间却极其重要,因为它决定了编剧在每集剧本中要讲述的故事的容量。

所谓电视连续剧外在的生活时间,是指剧情开始到结束的这段时间,也可称之为剧中史时间。这一时间可能很短,也可能很长,如电视连续剧《暗算》之《捕风》讲述的就是主人公钱之江收到 3A 级电报后几天之内发生的事,而电视剧《汉武大帝》[①]则从汉景帝削藩开始讲起,一直到汉武帝驾崩才结束,横跨了汉代长达六七十年的历史。

所谓电视连续剧内在的生活时间,是指剧中人物从出生到剧开始的这段时间,也可称之为剧前史时间。在这一时间中,人物主要是通过台词或者闪回来追述自己的过去及交代故事的背景,如日本电视连续剧《血疑》[②]中,父亲大岛茂向女儿幸子提起当年的事情,幸子这才明白原来自己的亲生父亲不是大岛茂,而是男友光夫的父亲相良英治;她与光夫是同父异母的亲兄妹,是不可能结合的。在网剧《启航:当风起时》中,裴庆华的母亲极力反对裴庆华经商,也是因为多年前发生的一件事情。1974 年的冬天,裴庆华的

---

① 江奇涛编剧,胡玫执导,陈宝国、焦晃、归亚蕾、陶虹等主演的 58 集电视连续剧,讲述了汉武帝刘彻在位 54 年的统治历程。

② 日本东京广播公司于 1975 年播出的日本电视连续剧,由濑川昌治、国原俊明、降旗康男执导,山口百惠和三浦友和主演,讲述了幸子在父亲的研究室受到生化辐射,患上血癌,需不断换血,而幸子的特殊 AB－RH 血型又引出了她的身世之谜,并由此演绎出一幕幕感人肺腑的动人故事。

父亲因为倒卖烟煤被抓去农场改造,得了肺结核,没多久就死了。裴母心痛不已,要裴庆华在父亲坟前发誓这辈子老老实实做人,绝不染指生意。然而长大后的裴庆华不但下了"海",还做得风生水起,自然惹母亲生气,于是就有了前史与剧中史的碰撞,母亲气愤地从北京回了山东老家,当裴庆华追来时,竟被母亲挡在门外。

如果说,电视剧外在的生活时间(剧中史时间)相当于顺叙的话,那电视剧内在的生活时间(前史时间)则相当于补叙、插叙和倒叙。前史时间能有效地丰富电视剧人物的背景材料,讲清人物和事情的来龙去脉,使剧中史时间里发生的一切人和事都可以得到合理的解释。而剧中史时间又是对前史时间的有效揭示,因此,两者相辅相成,互为补充。

与电视连续剧的时间分三种有所不同,电视连续剧的空间只有一种,那便是剧情演出时所处的场所,也就是故事发生的地方。但这种场所会呈现出两种不同的性质:一是偏于写实的再现性空间,二是偏于写意的表现性空间。

所谓偏于写实的再现性空间,就是指还生活之本来状态。比如,你的剧本写的是家庭题材,那就多写客厅、卧室、院子、街道等,而这些客厅、卧室、院子、街道也应该是我们生活中的真实模样,可能会有一些美化,可能会有一些改造,但总体上不应该违背真实的生活。同理,如果你写的是战争题材,那就多写指挥所、战场、宿营地等,这些同样也要求做到真实。

所谓偏于写意的表现性空间,是指这些空间既给观众以真切之感,又超越了纯粹模仿而具有象征、隐喻的意义。换言之,这类场景大多经过了创作者的审美选择,隐含着创作者对特定语境的精心把握。

比如电视连续剧《北京人在纽约》①中,多次表现了纽约街头一个黑人敲鼓的场面,这成了贯穿全剧的一条暗线,也成了最有意义的隐喻和象征:低沉的时候,王起明呆呆地看着人家敲鼓,从对方的乐天安命中悟到了自己该选择一个怎样的人生;忙碌的时候,王起明无暇理睬黑人,而黑人却鼓声依旧;得意的时候,他点一支烟塞到黑人嘴里,黑人点头致谢,却并不停下有节奏的鼓声。纽约就是一个这样的城市,一旦踩上了"鼓点",就得不停歇地一直奋力跳下去,直到曲尽人终散。

再来看电视连续剧《长征》②中湘江血战之后的战场描述:长长的浮桥上,倒着一具具血肉模糊的红军战士遗体,江水早已染成了红色,岸边硝烟未散,战旗在风中燃烧,一匹孤独的战马正在找寻生死与共的主人。需注意的是,导演此时有意识地将牺牲在阵地上的无数红军战士遗体处理成虚化的背景,而将失去主人的战马当成空间主体,以映衬它的悲哀与孤独,这一场面的美学价值是极其深刻的——面对一条条血肉之躯,马且

---

①　李晓明、郑晓龙、李功达、冯小刚编剧,郑晓龙、冯小刚执导,姜文和王姬主演的中国第一部境外拍摄电视连续剧,讲述了一批北京人在纽约奋斗与挣扎的生存故事,于1994年1月1日播映。

②　王朝柱编剧,金韬、唐国强执导,唐国强、刘劲、陈道明、王伍福、杨猛等主演的24集电视连续剧,表现中国共产党领导中国工农红军在逆境中战略转移,完成了震惊世界的二万五千里长征的过程,生动刻画了毛泽东、周恩来、朱德等老一辈无产阶级革命家"挽狂澜于既倒"的雄才大略,弘扬了不畏艰难险阻、不怕流血牺牲的革命英雄主义精神。

悲痛,何况人乎?!由此,《长征》这部电视连续剧的艺术魅力及对空间的高超处理可见一斑,其确实做到了"用'史'搭骨架,用'真'做骨髓,用'情'填血肉,用'美'当血液,用'理'塑灵魂"[①],不愧是以革命英雄主义和革命理想主义为精神主导,具有高尚美学追求和人生哲理探究的史诗性作品。

二、电视连续剧时间的延长与缩短

1925 年,苏联电影大师谢尔盖·爱森斯坦执导了经典影片《战舰波将金号》[②]。其中第一部分"人与蛆"中有这样一个场景:吃晚餐的时候,一个水兵读着盘子上的铭文"上帝赐给我每天的食物",联想起军官克扣饷银,并让士兵们吃已经发霉长蛆的食物,不禁怒火上升,攒足力气摔碎盘子,并打翻了给军官摆好的桌子。

这个象征性的情节在结构和主题上都十分重要,因为爱森斯坦在银幕上延长了视觉时间。一般情况下,打碎一个盘子只要 2 秒,爱森斯坦却没有按实际时间,用一个镜头记录这个动作,而是代之以影片的时间,把从不同角度拍摄的 9 个镜头加以剪辑,这 9 个镜头表现动作的不同阶段,相互又有重叠,这样打碎盘子所需要的时间则比实际打碎一只盘子需要的时间长。这种技法标志着生活与艺术的区别。

至于影片第四部分"敖德萨阶梯",和水兵打碎盘子那场戏一样,爱森斯坦又一次把实际时间扩展为影片时间,以便突出沙皇军警屠杀包括老弱妇孺在内的俄国人民的血腥暴行。《战舰波将金号》热映后,有好事者专门跑到敖德萨阶梯处做了试验,结论是一般人跑下敖德萨阶梯需 1~2 分钟,若后面有士兵追赶,且枪声大作,恐怕几十秒就可作鸟兽散。然而在本片中,人们用了将近 7 分钟才走下阶梯,因为爱森斯坦在这场屠杀的全景中不断切入孤立的细节行动。比如:一位父亲抱着受伤的儿子向军警求饶,军警却开枪使之死于非命;一位母亲推着婴儿车,母亲被枪杀之后,婴儿车自阶梯之上往下滑落,最后倾覆。

爱森斯坦自此开拓出蒙太奇剪辑的一个功能:延长时间。而延长时间的作用则是为了用夸张的手法强调生活中的某些事件,渲染、烘托人物的情感世界等。只有通过长时间的递进,影片的情绪才能到达高潮。

爱森斯坦之后,又有多个导演在延长时间方面有了优异的表现:电影《阿凡达》[③]里灵魂树的倒下,是若干镜头的积累;而电视连续剧《借枪》[④]的最后一集,熊阔海枪杀加藤

---

① 中国电视剧导演工作委员会编:《中国电视剧·导演阐述(第一卷)》,北京:文化艺术出版社,2013年,第 2 页。

② 尼娜·阿加疆诺娃编剧,谢尔盖·爱森斯坦执导并参与编剧的一部向俄国 1905 年革命 20 周年献礼的影片,讲述了海军波将金号战舰为反抗沙皇残暴统治起义的故事。

③ 詹姆斯·卡梅隆编剧并执导,萨姆·沃辛顿、佐伊·索尔达娜和西格妮·韦弗等人主演的科幻电影,讲述了地球人杰克与潘多拉星球上的纳维人相识相爱并共同保卫家园抗击地球侵略者的故事。

④ 林黎胜编剧,姜伟执导,张嘉益、罗海琼等主演的 30 集电视连续剧,讲述了抗战时期,天津中共特科行动组组长除掉日本宪兵司令加藤的行动失败,中共地下党员熊阔海在进退维谷的情境之下刺杀顽敌的故事。

的那场戏,加藤中弹后并非马上倒地,而是被处理成多个角度、多个镜头的组接,缓慢地倒下,这让观众十分解恨,对熊阔海有勇有谋、大义凛然的民族气节和精神也表示出深深的敬佩。

影视时间不只可以对现实时间和表现加以延长,还可以对现实时间和表现进行缩短。在斯坦利·库布里克的电影《2001年漫游太空》①中,上一个画面是百万年前的一只猿猴将工具抛向空中,下一个画面就已经是2001年太空中的一艘宇宙飞船,仅仅两个画面,就完成了从陆地到太空、从史前到现代的转换。再比如,姜文的作品《阳光灿烂的日子》②用一个双手抛书包的动作和一个双手接书包的动作组接,就让剧中的"马小军"瞬间由童年步入青年。同样,意大利电影《天堂电影院》③中,失明的阿尔弗雷多用手在小托托的脸上一抹,童年的小托托就长大成青年的托托。

相比于上述几部影片,意大利电影《美丽人生》④在时空转换上的技巧更加令人拍案称绝——基多大闹朵拉与未婚夫的婚礼,骑着高头大马与朵拉从饭店回到自己的住处,这才想起忘了带钥匙,于是又拉又踹,急于想把门打开,在一旁看着好笑的朵拉漫步走进旁边的花房。基多终于打开了锁,却不见了心上人,忙跟着也去了花房。此时镜头推上去,待基多在花房深处彻底消失后,又随刚刚从花房里走出来的约舒亚徐徐拉出,框入院内正在等候约舒亚的基多和朵拉。而约舒亚一声清脆的"爸爸妈妈"的叫喊,让我们明白,虽然这个镜头不长,也没有做任何蒙太奇切割,但时间却已是四五年之后,基多和朵拉不但结了婚,还有了一个可爱的儿子。

电视剧中也不乏这样的例子,韩国电视连续剧《蓝色生死恋》⑤开场时还在医院育婴室,然而镜头再转换时,那两个不小心被护士调换床位牌的孩子已长到了青春期。而电视连续剧《庆余年》⑥中,镜头从坐在深宅大院门口呆呆地等红甲骑士的小范闲起幅,一边缓缓升起,一边来了个360°大环摇,在框入电闪雷鸣、云蒸霞蔚的天空和站在对面楼上的蒙眼守护者后,再摇回到深宅大院门口,范闲依旧呆呆地坐着,却已长大成一个英

---

① 斯坦利·库布里克执导,根据科幻小说家亚瑟·克拉克小说改编的美国科幻电影,于1968年上映,被誉为"现代科幻电影技术的里程碑"。

② 姜文的导演处女作,改编自王朔的小说《动物凶猛》,夏雨、宁静、陶虹、耿乐等出演,讲述了"文革"时的北京,一群生活在部队大院里面的孩子,在耀眼的阳光与遍地的红旗中间,度过自己的青春的故事。

③ 意大利导演朱塞佩·托纳多雷执导,菲利浦·诺瓦雷、萨瓦特利·卡西欧等主演的剧情片,讲述了主人公托托喜欢看电影,在胶片中找到了童年生活的乐趣,后来远离家乡成为了一名电影导演的故事。

④ 罗伯托·贝尼尼执导,罗伯托·贝尼尼、尼可莱塔·布拉斯基、乔治·坎塔里尼等主演的电影,讲述了一对犹太父子被送进了纳粹集中营,父亲利用自己的想象力扯谎说他们正身处一个游戏当中,最后父亲让儿子的童心没有受到伤害,自己却惨死的故事。

⑤ 由尹锡湖执导,宋慧乔、宋承宪、元斌领衔主演的韩国电视连续剧,讲述了主角间错位的命运和纠葛的情感。

⑥ 王倦编剧,孙皓执导,张若昀、李沁、陈道明、吴刚、李小冉等主演的电视连续剧,改编自猫腻的同名小说,讲述了一个有着神秘身世的少年范闲,自海边小城初出茅庐,历经家族、江湖、庙堂的种种考验、锤炼的故事。

俊的青年。

三、电视连续剧时间的取消或省略

除延长和缩短时间外,电视连续剧还有一种常见的时间处理方式,就是取消时间,也可以理解为时间的省略。

比如,影视剧中要讲一个人从北京出发,坐高铁到上海,如果将整个过程完整展现出来,可能会花费五至六个小时的时间,然而在影视剧中,导演为了遵循"有话则长,无话则短"的原则,也为了不让观众觉得无聊,就会取消或省去其中不必要的时间段落。时间被取消或省略后,也许只需要十几秒就能让观众看完全过程。

镜头 1:北京南站,××检票上了开往上海的高铁。(约 4 秒)
镜头 2:高铁在京沪线上风驰电掣。(约 3 秒)
镜头 3:上海虹桥站,××从车站里走出,上了一辆出租车,出租车驶向市区。(约 5 秒)

卓别林在 1915 年 4 月上映的电影《流浪汉》[1]更能说明这个问题,这个电影只用三个镜头便交代清楚了其他导演可能会用许多镜头才能讲清楚的事情。第一个镜头,监狱大门外,一个看守走出来,在墙上贴了一张通缉令;第二个镜头,一个瘦高个子的男人在河里游完泳上岸,发现他的衣裤不翼而飞,放在原地的竟是一套囚犯服;第三个镜头,在一个火车站站台上,一个小个子的流浪汉穿着对于他的身材来说明显过于肥大的上衣和裤子迎面走来。仅仅用这三个镜头就将事件的缘由讲得清清楚楚,不得不说电影时间的取消与省略在其中起到了极大的作用。

再比如电视剧《雍正王朝》[2],有如下一段。

养心殿

康熙望着跪在地上前来陛辞的胤禛,徐徐问道:"胤禛,知道朕为什么派你去赈灾吗?"

胤禛始一愣,继而答道:"因为儿臣在康熙四十三年办过赈灾的差使。皇阿玛,儿臣举荐三阿哥胤祥随同前往,请皇阿玛恩准。"

康熙默然片刻,问道:"为什么?"

胤禛:"康熙四十三年,胤祥曾和儿臣一道办理赈灾,做事勤勉,忠心可嘉。"

康熙踌躇了片刻,勉强答道:"好吧。就让胤祥随你一同前往。"

胤禛大声应道:"是!"

---

① 查理·卓别林执导,查理·卓别林、埃德娜·普维恩斯等主演的电影,讲述了落魄街头的流浪汉查理心地淳厚善良,偶然遇到了一个农民的女儿,在其帮助他们的过程中,发生了意想不到的事情。

② 二月河、刘和平编剧,胡玫执导,唐国强、焦晃、王绘春、杜雨露等主演的 44 集电视连续剧,演绎了雍正皇帝一生的风雨经历。

康熙：“你这一向还在念佛吗？”

胤禛：“每月的初一、十五斋戒念佛。平日心绪烦扰的时候，念念《金刚经》和《普门品》。”

康熙：“嗯。”接着，把握在手里的佛珠举了起来，“带着它，时时记住，百万灾民在等着你救命。”

胤禛急忙上前双膝跪下，双手捧过佛珠。

佛珠的特写。

一阵木鱼声从远方传来，渐近渐响……

接着，像是无数人在呻吟，又像是诵经的声音，从远方传来，渐近渐响……

那串佛珠竟自己转动起来，渐转渐大，最后占据了整个画面……

扬州城郊　　城隍庙外　　入市口

转动的佛珠化成了沉重滚动的牛车辘辘。

牛车上，一具具灾民的死尸摞得像小山般高。“啪！”又一具死尸被扔在“尸山”上面。装满死尸的牛车沉重地滚动着碾去。一辆空着的牛车又沉重地滚动着碾来。

随着抬尸人起伏的节奏。一具具尸首又渐渐越摞越高。

镜头摇开：车道两旁躺满了呻吟着的灾民。

“得得”的马蹄声传来，几名便服行装的汉子牵着马走了进来——他们竟是风尘仆仆的胤禛、胤祥和几名侍从。

突然，他们听到了一阵撕心裂肺的女孩的哭声。一齐停住了脚步。

不远处的路旁，一个黄瘦的女孩正扑在一个死去的老人身上大声哭喊：“不！不！别拉走我娘！别拉走我娘！”

站在旁边的几位抬尸的汉子停住了手，一齐望着远远站着的一个官府差吏。

那差吏皱着眉头焦躁地说道：“钦差大臣这几天就要到了，所有的尸首都要拉到火化场去化掉。”

远远望着的胤禛和胤祥不禁对视了一眼。几个抬尸人又走近那老人的尸首……①

很明显，胤禛和胤祥等接受康熙的指派后，由北京前往江南灾区的这一时间和过程被取消了，这样做无疑会使故事节奏更紧凑，矛盾冲突也会更集中。

四、电视连续剧时间的前进和后退

我们知道，生活中的时间是顺向流逝的，就仿佛东流的河水，一去不回，所以孔子才站在岸边，发出“逝者如斯夫，不舍昼夜”的感慨。然而影视剧在表现时间的流逝方面，却可以做到与真实生活完全不同，不仅可延长、可缩短、可取消或省略，还可突破现实时间

---

① 刘和平、罗强烈：《雍正王朝》，海口：海南出版社，1999年，第13—14页。

的顺向流逝,自由地组合过去、现在和未来。

正因如此,许多影视作品,都再现过某个人物对往事的回忆,或表现对未来生活的憧憬。比如电视连续剧《都挺好》的结尾,讲述大年初一这一天,苏明玉终于回归到苏家。她站在门口,想起了小时候母亲抱着她的情景,不禁感慨万千。一切的仇怨似乎都已经烟消云散,唯有充满着苦辣酸甜的回忆留了下来。好在新年的炮声响了,烟花在天空四射,老宅家门上挂好了灯笼,也贴上了春联,一切都预示着全家将迎来一个"挺好"的明天……

也有一些影视剧,编剧脑洞大开,利用影视在表现时间上享有高度自由这一特点,大做时间旅行方面的文章,或回到过去,或访问未来,汪洋恣肆,天马行空。当然这首先要归功于科幻小说鼻祖之一的赫伯特·乔治·威尔斯,在他的小说《时间机器》①中,人类乘坐时间机器,既可驶向未来,又可归返过去,自小说问世以来,这种跨越时间界限的旅程便成为科幻文艺作品的一种结构模式,它离奇生动,引人入胜,开拓了人类想象力的新界域,也成为影视剧争相表现的内容。

国外有关时间旅行的电影有罗伯特·泽米基斯导演的"回到未来"②系列,詹姆斯·卡梅隆的"终结者"③系列、《时间机器》④和《环形使者》⑤等。电视剧方面,有美国的《时间旅人》⑥、韩国的《九回时间旅行》⑦等,都很出色。

国内有关时间旅行的作品一度也很流行,出现了不少类似于《寻秦记》⑧《庆余年》这样的佳作。但与国外时间旅行影视剧有所不同的是,国内时间旅行剧多是回望过去,很少放眼未来;再就是主人公旅行时也很少乘坐时间机器之类的高科技工具,而全凭一个梦,或一阵风、一片云之类,就可以轻而易举地"穿越"到中国古代某个朝代。这一方面说

---

① 赫伯特·乔治·威尔斯创作的中篇小说,首次出版于 1895 年,讲述了时间旅行者发明了一种机器,能够在时间纬度上任意驰骋于过去和未来。

② 美国科幻电影系列,共有三部,分别上映于 1985 年、1989 年和 1990 年。由罗伯特·泽米基斯执导,迈克尔·J.福克斯、克里斯托弗·洛伊德等出演,赋予时间旅行新的想象力,剧情惊险刺激,对白幽默风趣,令人回味无穷。

③ 美国著名科幻电影系列,讲述了现实与未来世界、人与机器人之间的斗争。

④ 西蒙·威尔斯执导,盖·皮尔斯、萨曼莎·穆巴、杰瑞米·艾恩斯、奥兰多·琼斯等主演的动作科幻片,于 2002 年 3 月 4 日在美国上映。改编自赫伯特·乔治·威尔斯的同名科幻小说,讲述了一位狂热的科学爱好者为了挽救横死的未婚妻,便研制出时光机,并乘着时光机穿梭时空的故事。

⑤ 莱恩·约翰逊执导,布鲁斯·威利斯、约瑟夫·高登-莱维特、艾米莉·布朗特等出演的电影,讲述了一名职业杀手专门为大型犯罪集团杀死那些从未来穿越过来的目标,但是这一天,这名杀手发现下一个要干掉的目标是未来的自己。

⑥ 亚历克斯·格雷屋斯执导的美国浪漫科幻剧,由凯文·麦克基德、格雷琴·依高夫、穆恩·布拉得古德、里德·戴蒙德等主演,讲述了旧金山一名普通的报纸记者丹·维萨无意中卷入时间旅行的故事。

⑦ 宋载正编剧,金炳秀执导、李阵郁、赵伦熙主演的电视连续剧,讲述了失去哥哥的男主人公获得 9 支能回 20 年前时光的神秘的香之后,开始展开一系列曲折离奇时间旅行的故事。

⑧ 中国首部穿越电视剧,改编自黄易同名小说《寻秦记》,主要讲述了 21 世纪的香港 G4 精英项少龙穿越时空回到 2000 多年前的战国时代,寻找秦始皇的故事。

明了中国的科幻土壤十分贫瘠,文学及影视只能尴尬地在既不够"科"也不够"幻"的困局中徘徊;也说明了中国电视剧受资金的掣肘,还无法拿出更多的预算来营造想象中的高科技的未来,因此大多去中国上下五千年的浩瀚历史中寻找支撑此类题材的素材。故这类题材的电视剧与"科幻"二字无缘,顶多属于"魔幻"或"玄幻"。

魔幻也好,玄幻也罢,穿越题材电视剧已成流行趋势早已是不争之事实。认真研究一下电视连续剧《想见你》①讲述的故事,有助于了解此类题材的特点,也有助于了解为什么这一新颖的题材会赢得观众的喜爱。

黄雨萱永远记得,当王诠胜第一次跟她告白,跟她说他喜欢她,要她当他女朋友的时候,黄雨萱反问了他一个问题,为什么他会喜欢她? 那时的王诠胜,就只是带着一切该是如此的笃定微笑,回答了她一句"因为打从我第一眼看到你的时候,我就知道,我喜欢你"。黄雨萱记得很清楚那一天,是 2011 年的夏末,她升上大学二年级的第一天,那一年的她和他,都是十九岁。

陈韵如永远记得,当李子维第一次跟她开口说话的时候,她坐在唱片行的柜台后,一边顾店,一边准备明年的大学联考,随着旋律,一个人默默地读着书。那一天店内,正在播放的歌曲,是伍佰在 1996 年推出的专辑《爱情的尽头》里的第六首歌"LAST DANCE"。陈韵如记得很清楚,那一天,是 1998 年的夏天,她的最后一个高中暑假,那一年的她和他,17 岁。

2019 年的现在,因为接受不了王诠胜离开的现实,走不出对他的思念,黄雨萱试图用一款可以找到世界上另一个自己的 App,找到一个与王诠胜相似的男人,不料在 App 中,却看到了一个长得与自己非常相似的陈韵如。

1998 年的过去,陈韵如从昏迷中醒来,在她昏迷的这几天,她做了一个好长好长的梦,梦里的她,名字叫作黄雨萱。穿越是一切悲剧的来源。②

可见,穿越题材的玄妙处之一就在于,观众无法理清一个有头有尾的时间线。在一般认知中,时间是线性的,过去、现在、未来是有着清晰的先后顺序的;但穿越就像处于莫比乌斯环中,时间是绵延的、相互渗透的,过去、未来相互交织,互为循环。像这样按人类的意愿改变时间,可以说是人类最大、最古老的一个科学幻想。陶渊明在《桃花源记》中描绘的"山中数日,世上千年"的图景就是这样一个幻想的境界,而《西游记》中孙悟空到天宫,七日后回到花果山,他的猴群已子孙满堂,也是这样的一个幻想情境。但是,把改变时间顺序同人物命运、事件结局等叙事因素紧紧联系到一起,还是到了现代的科幻影

---

① 简奇峯、林欣慧编剧,黄天仁执导,柯佳嬿、许光汉、施柏宇等主演的都市奇幻悬疑爱情剧,2019 年 11 月在中视首播,讲述了分别在 1998 年和 2019 年的男女主人公们,通过一盘磁带穿梭时空,找寻彼此爱情的故事。

② 《想见你》:只有你想见我的时候,我们的相遇才有意义[EB/OL],2020 年 2 月 7 日,https://baijiahao.baidu.com/s? id=16597049067763503020&wfr=spider&for=pc,2023 年 5 月 1 日。

视中才屡见不鲜并且方兴未艾的。

穿越题材的玄妙处之二在于,穿越之后的主人公在异时空中总会面临不同时空环境的差异、交错与碰撞,这就会产生极强的戏剧感与情节张力,也会制造出很强的喜剧效果,导致笑料频生。

穿越题材的玄妙处之三在于,穿越是一种可以让创作者放开束缚、一展身手的故事题材,它的故事模式决定了其类型的变化多端:穿越到古代,可以与历史、武侠、探险、言情等元素融合;回到现在,又可以紧密地贴近世俗的生活;假如前进到未来,就包含科幻的元素,可以最大程度地发挥想象力,穷人类幻想之极致。

正因为此,国内穿越题材电视连续剧自《寻秦记》发端,历经近 20 年嬗变,从最早敲边鼓的位置过渡到今天的登堂入室,从刚开始的散兵游勇到今天题材扎堆、撞车、同质。无论怎样,"穿越剧"现已被正式命名为一种新的电视剧创作类型,因此值得电视剧编剧们重视并在创作中予以新的尝试。

五、电视连续剧空间的压缩与组合

当我们谈到电视剧空间的压缩与组合,必须先要了解以下两个概念:再现空间和构成空间。

所谓再现空间,是指影视剧的空间是对现实空间的再现。众所周知,电影、电视剧是在摄影技术的基础上发展起来的,具有高度的逼真性。影视画面能够具体地再现现实空间,细致地展示人物环境,在平面的银幕上构成立体的空间感。换言之,假如有台摄影机跟着某人在一座房屋内移动,此时这座房屋的内部结构、装修布置等就都会通过摄影机的"眼睛"呈现给观众。

所谓构成空间,是指影视空间虽接近于现实空间,但两者又不尽相同。这是因为,在实际生活中,空间是延绵不断、无边无际的,可是在影视里却截然不同。摄影技巧的发展,使得影视从剧场内固定视点的束缚中解放出来,产生了多景别、多视点,扩大了影视的视野,特别是蒙太奇的产生,使影视彻底地突破了现实空间与剧场空间的局限。影视空间不仅可以延伸、压缩,而且可以自由转换,甚至还可以突然切割、跳跃。如此,假如将一系列记录着现实空间的片段经过选择、取舍和集中后重新进行组合连接,就会构成新的影视空间。它既有真实感,又区别于现实空间,是一种独特的银(荧)幕空间。

比如,库里肖夫就进行过著名的"创造性地理"蒙太奇实验,他把一张巴黎版画的远景镜头、一对年轻人抬头注视的镜头、一个教堂的仰摄镜头、一个普通走廊的镜头、两个年轻人走路的镜头相接在一起,就在苏联境内成功拍摄了一对年轻人重返巴黎的镜头片段。

也就是说,这几个画面其实是分开来拍摄的,但当这些画面组合到一起时,却能给人带来整体的感觉。显然,这些画面创造了一个虚拟的整体空间。而这个不曾存在的、被创造出来的空间就是"构成空间"。

构成空间的另一个含义是影视空间可以对现实空间加以压缩。以从北京南站到上海虹桥站为例,在现实生活中,我们可能得先出家门,再搭乘公交或出租车到北京南站,进候车室,检票,上车,行驶于京沪线,中间可能经停天津、济南等地,才能到上海虹桥站。可是,影视空间可以压缩现实空间,只需要两三个镜头就可以完成。上一个镜头表现人物进北京南站,下一个镜头就可以直接表现人物从上海虹桥站走出来,中间的大段过程完全可以省略。这与前面讲过的时间取消或省略实际上是一回事。

事实上,当我们谈论影视的时间时,往往与空间不可分割,而当我们谈论空间时,又与时间密不可分。在电影、电视艺术中,时间随着空间的伸缩而流动,空间也随着时间的延续而变化。它们互相依存,彼此渗透。影视世界本来就是一种特殊的时空复合体。

第三节　时空自由对编剧的意义

通过前两节的分析可以看出,电影和电视剧是一种可以任意创造时间和空间的艺术。它既可以对现实的时间作延长、缩短、取消、压缩等创造性的处理,还能把过去和未来、现实和回忆,通过顺序、交错等方式组接在一起;它既能为我们展示真实存在的空间,也可以表现完全虚构的空间。在创作者手里,影视的时空是可以自由而随意变换的,它是一种可以任意操控和拼接的元素。因此,如何巧妙地组织和运用时间和空间,是影视剧创作中无法绕过的问题,也必须引起编剧的重视。

一、电视剧既可采取顺序时空结构叙事,也可采取时空交错结构叙事

影视剧的结构,按时空顺序来分,大体可分为两种:顺序时空结构和时空交错结构。

所谓顺序时空结构,是指这类剧作结构的特点是按照动作的时间顺序叙述剧情。换言之,就是从头到尾地讲故事。大多数的电视连续剧,例如本书中提到的《潜伏》《雍正王朝》《都挺好》《启航:当风起时》《战长沙》等,都属这类结构。

所谓时空交错式结构,是指这类剧作结构的特点是不按照动作的时间顺序依次排列场面,而是打乱场面发生的时间顺序,再以某种逻辑把它们组织起来。之所以让人感觉时空交错,乃是用倒叙时空、插叙时空等手法和以梦境、闪回等场面来回穿插的原因。

这种结构的特点,有些像鱼肉吃尽后剩下的骨头,中间一根贯穿头尾,其余骨刺密密麻麻插入其中;又仿佛孩童喜欢吃的冰糖葫芦,那些插入进来的闪回、梦境、幻觉等,就好比是一个个的红果,被一根像竹签子似的动作线串(组织)在一起。

在所有时空交错结构的剧本中,中间这根似竹签般的动作线是严格按照时间顺序的基本逻辑发展的。这条线的起点即为全剧的开始,这条线的终点即为全剧的结束。它的作用是用来组织插进来的不同时空场面。如此,我们可以把这条处于组织者地位的动作线所处的时空叫作组织时空,而把那些似红果般被组织和穿插到正时空里来的时

空,叫作插入时空。

相对而言,采取时空交错结构叙事的电视连续剧,数量并不是很多,但也并非极少,比如海岩的电视连续剧《玉观音》就是从男主人公杨瑞(佟大为扮演)在加拿大时讲起,之后他回国,在去往云南的火车上,开始回溯自己与女主人公安心的认识、交往,借以表现和平年代"缉毒战争"的紧张、复杂与险恶的主题。

而海波编剧的重大革命历史题材电视剧《共产党人刘少奇》[①],也是从1961年刘少奇回家乡湖南宁乡炭子冲开始讲起,中间不断穿插刘少奇儿时及长大后的回忆。

老宅门前屋场　日　外

九满朝着家奔来,扬着手中的一张纸,刘寿生在后面慢慢走着,一会儿就拉开了距离。

九满一路呼喊:娘,娘,九满有学名了,朱五阿公送了九满一个学名。

听见呼喊,六姐兴奋地:看样子,朱五阿公是收了九满当学生了。

鲁氏:那极好,只要能读书就好啊。

九满跑近,将纸递给了鲁氏。鲁氏打开纸条,上面写着"刘渭璜"三个字。

鲁氏:这是什么?

九满:这是先生送给九满的学名,叫"刘渭璜"。

六姐疑惑:渭璜? 什么意思啊?

九满:我也不清白,先生说等我长大些自然就明白了。

鲁氏:那你要好好读书,早些自己弄清白。

九满:对了娘,先生说还要扎两个火把……

鲁氏:火把? 扎火把做什么?

九满:先生说明天一早要……

鲁氏正疑惑时,刘寿生走进。

鲁氏:到底怎么回事,这伢子嚷嚷着要扎火把。

刘寿生:收是收下了,不过这朱五阿公也怪,说是明早让我们把伢子喂饱,再扎两根火把,寅时三刻的时候他来接九满。

鲁氏:这我可不懂了,寅时,天还未亮呢?

刘寿生:所以要扎火把嘛。而且这第一堂课不是在学堂,说是要上山。

鲁氏、六姐异口同声:上山?

双狮岭　夜　外

月近西沉。

---

① 海波编剧,嘉娜·沙哈提执导,赵波领衔主演,侯京健、宋佳玲、徐百慧主演,由中央电视台、中共文献研究会、湖南省委宣传部、湖南和光传媒有限责任公司等单位联合出品的46集重大革命历史题材电视剧,讲述了刘少奇闯县城、省城、皇城和国门"四道乡关",矢志找寻救国真理和建设新中国道路最终寻得"实事求是、每求真是"八字真经的故事。

黑漆漆的双狮岭有两颗火星闪烁。

双狮岭山腰　夜　外
透过密林,只见两团火向上移动……
字幕:双狮岭
渐渐看清两支火把,并听见一老一少的喘息……
先是朱五阿公拽着九满向上攀爬……
后来是九满拽着朱五阿公……

双狮岭山顶　黎明/晨　外
天光微现。
朱五阿公和九满爬上最高的一块巨石,双双趴在石头上暴喘……
好一阵,朱五阿公缓过来,看看天边:还、还好……总算没误事……
九满:阿、阿公……到底……要做什么事?
朱五阿公冲着东方:"看……看着……"
九满望去:看、看什么?
朱五阿公:快、快啦……
天边,晨光渐渐明亮……
东方,渐渐喷出彩霞……
一条地平线渐渐清晰。
朱五阿公拉着九满一同爬起:来了,来了,看……
九满:阿公,是看日出吗?
朱五阿公:不是,看那儿,看那儿……
朱五阿公迎着晨风,庄严地指着:伢子,看见天地间的那条线了吗?
九满望着。
朱五阿公:那可是挑得天下粮米的扁担哦!
九满惊奇地望望朱五阿公,望望天边。
朱五阿公:人哪,若能闯得四道乡关,寻得四字真经,便能得此扁担,填饱天下百姓的
肚皮。
九满:阿公,要闯哪四道乡关?
朱五阿公:县城、省城、皇城、国门。
九满:那四字真经呢?
朱五阿公:阿公只能告诉你第一个老实的"实",诚实的"实",真实的"实"字,其他的
字,要你自己去找。
九满点点头,久久望着天边的地平线……
(动画)地平线泛出一道金光,真的如同一根天大的扁担。

九满终于领悟这开蒙第一课的意义,他挺挺瘦小的胸脯,稚嫩而坚定地回答:朱五阿公,九满看见了。九满长大后,一定一定,一定会找到那根扁担的!

朱五阿公牵着九满的手,立在巨石上,晨风微拂,霞彩笼罩,师尊、学子通体煌煌……

(O.S.)在湖南宁乡的双狮岭上,8岁的九满伢子上了开蒙第一课,并终生铭记着这位名叫朱赞庭的开蒙师祖。55年后,早已闯出所有乡关,找到并实践着"真经",已成为国家主席的刘少奇,又因为百姓缺米,回到故乡探求良策,再入朱五阿公的屋场时,师尊已去。

朱家祠堂正堂(1961年)　夏　日内
(O.S.)63岁的刘少奇背影,向旧桌上一幅朱五阿公的小小画像肃立,深深鞠躬……
字幕:1961年5月8日
站在一侧的,只有王光美、湖南省公安厅厅长李强和朱五阿公的儿媳朱五嫂。朱五嫂已近80岁。

刘少奇礼毕:(深沉地)朱五阿公虽说只是晚清的一个秀才,但他满腹经纶,教过我许多做人、做事的道理,他老人家是个了不起的乡夫子。

刘少奇转身,拉起朱五嫂的手:五嫂子,这两年我们的工作没做好,让大家饿饭,对不住了。

刘少奇从王光美手中取过一些东西,放在朱五嫂手里:这里有些糖和饼干,还有一点点钱,您老多多保重,我们会很快渡过难关的。

朱五嫂眼圈湿润:难为九先生还记挂这里。

字幕:朱五嫂

刘少奇:怎么敢忘?忘了,到地底下朱五阿公要打板子的。不是阿公的板子厉害,我怎么会在他老人家手里仅仅发蒙了一年?

光美夫人惊愕:啊?你是被打跑的?

刘少奇笑笑。

朱家祠堂正堂(1907年)　夏　日内/外
朱五阿公用戒尺轮流打着一个胖伢子(周祖三)和一个细伢子的手心:还忘得忘不得?! 忘得忘不得……

两个伢子的尖叫中,戒尺每响一声,九满和其他伢子就吓得缩一下脖子。

天井内,朱五嫂边纺纱边怜悯地朝堂厅望。

朱五阿公停下:接着背! 你先!

细伢子噙着泪,吭吭哧哧:子曰:"君子怀德,小人怀土;君子怀刑,小人怀……",小人怀……,小人怀……

朱五阿公:蠢货! 你!

胖伢子开始背:子曰:"君子怀德,小人怀土;君子怀刑,小人怀……",小人怀……,小人怀孕?

伢子们哄堂大笑。

朱五阿公拿着戒尺猛敲桌子,伢子们吓得收了声。

朱五阿公:趴下!

两个伢子趴在讲桌边。

朱五阿公的戒尺朝伢子的屁股猛打:一对蠢货! 一对蠢货……

两个伢子嚎哭,朝天井呼喊:五嫂子救命……,五嫂子救命……

朱五嫂奔到堂前:公爹……,要、要不,轻、轻些个……

朱五阿公:你走开!

九满伢子蹙眉看着。

老宅父母寝屋　夜　内

鲁氏惊问:什么? 你不让满崽跟朱五老爹读书了?

刘寿生吸着水烟:嗯。

九满噘嘴站在寝屋中央,垂着脑袋。

鲁氏:朱胡子再霸蛮,打人再凶,可从来没打过满伢子。是不是,乖崽?

九满低声:是,朱五阿公,还有朱五嫂,待我极好的。

刘寿生:那也不能再去,朱胡子是老虎教书。

鲁氏:何解?

刘寿生:你没见过吗? 那些棍棒底下长大的后生,要么是狼,要么是羊。

鲁氏:那……那不读书了?

刘寿生:谁说不读了,去别家读,明日去罗家塘。

九满委屈地看着父亲。

朱家祠堂天井　晨　外

朱五阿公看着九满,笑着说:你家爷老子讲得没错,阿公的脾气是臭得很。

九满愁眉不展,回头看了一眼身后提着腊肉、熏鱼的刘寿生。

朱五阿公正色:寿生老弟,我这乡野书匠,肚皮里的货不过三砵两碗,喂不大人的,渭璜是块读书的料,要送就送他多走几家,各处的书要都读一读才好。

刘寿生默默地点了点头。

九满泪眼婆娑地望着朱五阿公,趴在地上磕了三个头:感谢阿公开蒙之恩,渭璜一定好好读书,不辜负阿公的期望。

朱五阿公愣怔了好一阵,哈哈大笑:乖崽,乖崽,好好读书哦。

九满:嗯。

九满起身,走了。

刘寿生提着腊肉、熏鱼在前。

九满伢子背着书篼、垂着脑袋在后,父子俩默默走着……

(O. S.)躲开朱五阿公的板子,九满伢子的开蒙之路变得更加奇特,听从了朱赞庭告诫的父亲,几乎一年便会命九满更换一家学馆,先是罗家塘和月塘湾,接着是洪家大屋……①

由上片段可以得出结论:电视连续剧既可以采用顺序时空结构叙事,也可以采用时空交错结构叙事。至于究竟采用何种结构叙事,取决于故事本身和风格,也决定着剧本水平的高低。

二、电视连续剧应尽量采取顺序时空结构叙事

我们主张,除非十分必要,电视连续剧剧本的创作要尽量采取顺序时空结构叙事,而不要采取"时空交错"的结构,有以下几点原因。

第一,顺序时空结构以时间为轴线,以事件的自然发展进程作为叙事顺序,有很强的因果关系和逻辑关系,情节高度集中、完整,有头有尾,有明显的开端、发展、高潮、结局的进程,这是简便、常规又"大众"的结构方式,也符合中国绝大多数观众的观赏心理。

第二,从电视剧播放环境看,电视剧的日常性、家居性、随意性使得观众观看电视剧的"专注性"与观看电影、戏剧等判然有别。过于交错的时空、碎片化的叙事,会"把观众一会儿从现在拉回到过去,一会儿又从过去拉回现实,破坏了结构的连贯性……冲击了观众的视觉注意力"②。最终很可能会导致观众因抓不住头绪而弃剧,这也从另一个侧面说明了顺序时空是电视连续剧最合适的结构方式。

第三,电视连续剧的容量很大,可以写一个人的一生,如《汉武大帝》,也可以写时间较长的历史事件,如《长征》《太平天国》③,还可以表现一个家族的大事,如《大宅门》,以及一个王朝的兴衰,如《雍正王朝》,等等。这些电视连续剧的时间跨度都很长,按顺序时空讲述会更加有条理、有逻辑。

第四,正是由于电视连续剧采取了顺序时空的叙事结构和连续播放的形式,才延长了观众对情节发展的期待,从而刺激了观众的观看欲,促使其一集一集地看下去。

三、电视连续剧采取时空交错结构叙事时需注意的几个方面

以上所说的只是一般情况,出于剧情内容和风格特征的需要,电视剧也是可以采取时空交错结构的。在一部剧作中,倒叙时空和插叙时空如果能与现实时空交错得当,也能取得一定的效果。20世纪80年代,根据梁晓声长篇小说《今夜有暴风雪》改编的同名

---

① 此剧本片段由作者根据完成片整理。

② 赫尔曼:《电影电视编剧知识和技巧》,朱角译,何振淦校.北京:文化艺术出版社,1983年,第94页。

③ 张笑天编剧,陈家林执导,高兰村、张志忠、杨童舒、孙飞虎等主演的48集电视连续剧,讲述了太平天国运动由金田起义、永安建制、转战两湖、定都天京、北伐西征,逐步发展壮大,又经过杨韦事变等一系列内讧,元气受损,直到天京陷落,一步步走向灭亡的历史。

电视连续剧①轰动一时,因采取了交错的结构,获得了业界内的一致赞赏;而美国电视连续剧《越狱》②以兄弟二人的越狱过程为线索,在涉及一些人和事时,也会回溯交代其前史,同样为人津津乐道。

2023 年热播的以扫黑除恶为主题的电视连续剧《狂飙》,也是将时空打乱,一会儿讲 2000 年,一会儿讲 2006 年,一会儿又讲 2021 年。看似形散,其实神聚,每一个年份围绕一个核心事件展开,分别是凶杀案、征地纠纷和指导组办案。3 个年份,3 条时间脉络,汇聚成一代人的命运轨迹。

那么,电视连续剧在采取时空交错结构叙事时需注意哪些问题和方面呢?

(一)使用倒叙时空、插叙时空时不能破坏全剧的连贯性

如前所述,电视连续剧的连贯性要求情节似河流一般连续不断地向前流动,从开始到结束,如此才会满足观众对"即时"感的要求。而倒叙或插叙中断或延宕了这一过程,很有可能会破坏全剧的连贯性,这是不可取的。

我们以曾在优酷平台"悬疑剧场"栏目播出的网剧《失踪人口》③为例,来说明这一问题。

《失踪人口》讲述了 2015 年 8 月 26 日,川滇线上一辆客运大巴发生车祸,掉进了河谷,除 6 名乘客"幸存"外,其余全部"遇难"。而这 6 名幸存者被一股看不见的神秘力量隔绝在了这荒无人烟的河谷。令人感到奇怪的是,这河谷的河水居然像大海一样,也有潮汐——早上 7 点涨潮,由河谷下游流向河谷上游;晚上 7 点退潮,由河谷上游流向河谷下游,每次持续一小时。

他们不得不开始自救。而在自救的过程中,他们接连遭遇神秘事件,每个人物的过去也被一一揭露。

歌星李翘,深爱着她的初恋男友乔林,换来的却是欺骗和背叛。她本想跟乔林一刀两断,可是乔林却突遇车祸死亡。乔林临终前说的最后一句话是"我们结婚吧",这句话给了李翘沉重的打击,以至于她狠心决定和现任男友周军分手,坐上这辆大巴车,想从感情的世界里抽身。

陶自友是个小偷,一次和朋友大军入室行窃时被主人发现,他们为了自保,威胁主

---

① 孙周导演,任梦、杨青青等主演的 40 集电视连续剧,以知青大批返城为历史背景,讲述了北大荒某建设兵团接到知青返城的文件后,遭到团长强行扣押后发生的一系列故事,着重表现了兵团战士在残酷的自然环境中屯垦戍边、献出自己青春甚至宝贵生命的壮举,成功塑造了曹铁强、刘迈克、裴晓芸等知识青年形象。

② 保罗·舒尔灵编剧,葛·艾坦尼斯等执导,温特沃思·米勒和多米尼克·珀塞尔等人主演的剧情悬疑电视剧,讲述迈克尔为了救被人陷害入狱的哥哥林肯,计划越狱并成功逃脱,在逃亡生涯中再次入狱,最后收集证据以求脱罪的过程。

③ 王瑞新编剧,王瑞新、史成业联合执导,吕боров来、刘畅、陈小纭、陈昊宇等主演的 12 集悬疑科幻网络剧,讲述了一场特大车祸过后,6 名幸存者被困神秘河谷,在寻求出路的过程中经历了超自然现象,惊觉自己已成为现实世界中的"失踪人口",在困局中逐渐揭开了河谷的惊天秘密的故事。

人不要报警,但是主人没听他们的,不久他们被警方通缉。他们两个气不过,就密谋设计一场车祸将主人撞死。不料在实施方案的过程中,陶自友心生不忍,改了主意,原来那个主人是他内心喜爱无比且经常出钱打赏的网络女主播,于是就在套牌车撞向女主播的一瞬间,他一打方向盘,女主播获救了,对面的车却遭了殃,而对面车里坐着的,正是李翘与她的前男友乔林。乔林死了,大军也死了,陶自友趁着李翘昏迷独自逃跑,一番内心的痛苦挣扎后,他决定逃回家乡,从此安静本分地过日子。

户籍警察邹志明,表面上看起来生活幸福美满,实则内心憋屈困顿。工作是靠家里关系安排的不说,顶头上司居然是自己的岳父,这简直压得他喘不过气。郁郁不得志时,他好不容易得到了一次借调到缉毒队出任务的机会,他费尽心思与毒贩周旋,骗得对方的信任。然而就在即将实施抓捕时,在一条仅300米,3分钟就能走完的巷子里,毒贩却突然消失了。他一直认为是自己把事情搞砸了,却不知这一切源自神秘力量。

幸存者中,更神秘的是医生卢敏,因为她本不该是这副样子。2015年,卢敏已经是一个中年女子,在一个研究所的医务室工作。她的前夫不断地来纠缠她,喝醉酒时,甚至还拿她当"人肉沙包"打。她对他又惧又怕,却没有办法。之所以忍气吞声,是因为她"耽误"了他。卢敏的男友徐卫红离开研究所后,她不得已嫁给了前夫,但没有爱的婚姻注定是场悲剧。凑合着过了许多年,她依然忘不掉徐卫红而选择了离婚。她跟前夫真诚地聊过后不久,前夫就死了,出租车从河底被捞出。满怀愧疚的她选择了自杀来摆脱一切,意外的是,她居然没死成……她醒来时惊奇地发现,时光在她身上倒流了,她由中年变回到了20岁出头。

马鸿信自称是报社记者,发型飘逸,慌乱中跟其他人走散,消失在上游拐角处。

还有奇怪的眼镜男刘长青,他似乎知道这一切会发生,能熟练喊出每个人的名字,仿佛能判定人的生死,还能预测未来。李翘本想从他身上打听到更多的事情,他却被一股神秘力量拖入水中,很快就消失得无影无踪。

就这样,歌手、小偷、警察、医生、记者,因一场偶然的车祸困在了一起。但随着剧情推进,你却又发现,原来偶然中含着必然——所有人的命运其实早就已经被安排好了,一切始于探测暗黑物质的"行者号"卫星发射成功的那一天。那一天发生了很多事,而6位幸存者的命运也因此被捆绑在一起。

终于,他们慢慢认清了事情的"真相":这个河谷是因为探测暗黑物质的"行者号"卫星发射而形成的,在这个领域里时间混乱、交错、神秘。几个幸存的人进入了这个神秘的河谷中,也就等于进入了另外一个时空。他们没办法出去,时空外的救援人员也没有办法进入。

不得不说,剧本对每个人物及其背后的故事写得还是非常饱满的,也写出了每个人迥然不同的内心困境,比如有人陷于再也见不到爱人的伤感,有人怀着无法说出口的愧疚,有人心心念念被自己搞砸的世界……

但是,问题在于,为了充分交代剧情,塑造人物的现在与过去,全剧采取了时空交错的结构,不断在过去和现实间来回跳跃,以至于给人极其"错乱"的感觉。再加上很多地方逻辑不通,伏笔也未得到应有的解扣与呼应,更导致剧情支离破碎,完全没了连贯性。

由此可见,用时空交错结构叙事,存在不小的风险,至少在电视连续剧层面,编剧在创作时应谨慎使用。

(二)使用倒叙时空、插叙时空时不应破坏悬念

悬念源自心理学,亦称"紧张",指由疑虑而产生的期待心理。在电视剧中,尤其是在电视连续剧中,悬念是造成戏剧性紧张,"使观众的注意力持续不断"[①]的重要手段。不仅惊险剧、推理剧中常用悬念,其他题材的电视连续剧也常把悬念当作吸引观众注意力的有效武器。

有关悬念,我们放在本书的中篇单独讲解,现在先谈使用倒叙时空和插叙时空不得破坏悬念的问题。

在电视连续剧具体的创作实践中,有时编剧为了让剧情更合理一些,往往要用一些倒叙和插叙来补充说明某些必要的人物关系、情节事件、前因后果等,这本无可厚非,问题在于,若倒叙或插叙的时刻没选好,把它放在了剧情最紧张、悬念最强烈的时候,其结果可想而知,全剧的紧张感、悬疑感必会大打折扣,这是极不可取的,也是极其错误的。

这方面,电视连续剧《借枪》做得很好。拿最后一集举例,"砍头"行动,也就是刺杀加藤的行动一定会取得成功,这是观众都能猜得到的结果,但它完成的过程最让人揪心。编剧为了交代清楚刺杀的每个细节,将本集分成了两部分:前一部分用顺序时空叙事,花了大约 20 分钟的时间描述整个行动,设置最后的悬念。当身负重伤且身陷图圄的熊阔海猛地掀开蒙在身上的白布,翻身从床上坐起,拔出手枪,向着加藤连连射击的场面出现时,观众既感震惊,又非常解气,同时也产生疑问,枪是从哪儿来的? 熊阔海如何在最后一刻,将剧情反转,取得了刺杀行动的最后胜利? 后一部分开始采用倒叙,又用了近 20 分钟,以回放的方式揭晓悬念。原来一切早在熊阔海的掌握中,一切都是精心安排好的。熊阔海最终以大智慧、大果敢,正气凛然,视死如归,成功逆袭。整个过程紧张、惊险、刺激,环环相扣,步步惊心。故事发展"一步一个套",可谓惊心动魄,令人欲罢不能,酣畅淋漓!

反过来,假如编剧在熊阔海杀加藤前就展开倒叙,无疑会使剧情变得像个泄了气的皮球,观众也会因过早知情而弃剧。

由此可见,电视连续剧在使用倒叙和插叙时,一定要精心组织,巧妙安排,要恰逢其时,恰到好处,如此才能取得好的效果,反之效果则必被削弱。

(三)要处理好倒叙时空、插叙时空和全剧高潮及节奏的问题

电视连续剧情节的长短,既取决于人物性格的发展和矛盾冲突的深化,也取决于情节本身所蕴含着的情感韵律。换言之,与小说的情节不同,电视连续剧中的情节有着明显的节奏感。一部电视剧是否能够吸引人,固然与该剧的题材、情节、人物,以及演员表

---

① 赫尔曼:《电影电视编剧知识和技巧》,朱角译,何振淦校.北京:文化艺术出版社,1983 年,第 50 页。

演等因素密切相关,同时也与其节奏有关。

表面上看,电视连续剧的节奏似乎十分简单,但要真正把握好,又是个十分复杂的问题。

节奏的根本是紧张与松弛的交替。在电视剧中,编导应根据作品中的戏剧冲突和人物的情感状态,运用电视艺术的各种表现手段,在蒙太奇句子或段落里形成或动或静、或快或慢、或长或短、或强或弱的跳动韵律,并通过观众的生理感知,进而作用于观众的审美情感。

说起来容易做起来难,初学电视剧写作的人常感到的困难便是,写某段剧情时往往不知道该在什么地方收笔。有时会觉得某个场景写得过长,对话太多;有一些场景对话太少,情节没能充分展开。这就是因为作者对剧本的节奏把握还不能做到了然于心,写作时自然就无法做到游刃有余。

如何准确把握剧本的节奏,我们放在下一篇做专门讲解,这里先讲使用倒叙时空和插叙时空时该如何注意把握其与全剧高潮、节奏之间的问题。我们的建议是:如果一定要用倒叙或插叙,则最好将其放在剧情节奏相对舒缓的时刻,而不要将其放在剧情高潮时。这是因为,高潮正是剧中各种矛盾冲突集中爆发的时刻,它本身就具有一种刻不容缓的前冲力,如果在这时候插入倒叙时空或者插叙时空,就会削弱动作的力度,导致节奏延缓,从而破坏了全剧的艺术感染力。

当然,任何事物都不能绝对化,对倒叙时空和插叙时空的使用也是如此。在具体的创作实践中,出于某种特殊的艺术考虑,违反常规使用倒叙和插叙也是可以的,关键是要注意处理好以上诸问题。

第五章　电视连续剧与蒙太奇

第一节　蒙太奇的定义及分类

一、蒙太奇的定义

电影、电视剧依靠画面来讲述故事。因此，一部电影或电视剧拍摄完毕后，导演会根据剧情及艺术风格的需要，精心选择前期所拍摄的画面，后期将其流畅自如、浑然天成地组接在一起，这个过程称为剪辑。

说到剪辑，就不得不提电影、电视剧必然用到的蒙太奇。

"蒙太奇"是一个舶来词，它源自法语，是法文 montage 的音译，原为建筑学术语，意为构成、装配。后来这个词被用在电影创作中，意思是对画面进行拼接、组接，通过拼接和组接能够让两幅画面产生它们本身所不具有的含义。

如今对蒙太奇最科学、最精准的定义是：在电影或电视剧创作中，根据主题的需要、情节的发展、观众注意力和关心的程度，将全片所要表现的内容分解为不同的段落、场面、镜头，分别进行拍摄和处理，然后再根据原定的创作构思，运用艺术技巧，将这些镜头、场面、段落，合乎逻辑地、富于节奏地重新组合，使之通过形象间相辅相成和相反相成的关系相互作用，产生连贯、对比、呼应、联想、悬念等效果，构成一个连绵不断的、有机的艺术整体。这种构成一部完整的影片的独特的表现方法，称为蒙太奇。

下面是苏联著名导演、蒙太奇论的主要创始人弗谢沃罗德·普多夫金引用的一个典型的蒙太奇创作实验的例子，同样是三个镜头，采取不同的组合方法，就会产生不同的效果。

镜头一：一个人在笑。

镜头二：一把手枪直指着。

镜头三：同一个人的脸上露出惊惧的样子。

按上述顺序组接镜头，观众感到的是那个人的怯懦和恐惧。

假如改变一下这三个镜头的顺序呢？

镜头一：一个人的脸上露出惊惧的样子。

镜头二：一把手枪直指着。

镜头三：同一个人在笑。

如此组接的镜头，观众可以感受到——那个人是一个勇敢的人。

普多夫金非常重视这种顺序的调整，他甚至因此认为单个的镜头本身是没有什么价值和意义的。而另一位著名的蒙太奇大师、苏联的电影理论家兼导演爱森斯坦也持同样的观点。在爱森斯坦看来，"两个蒙太奇镜头的对列不是二数之和，而更像二数之积……"[①]什么叫作"二数之积"呢？苏联电影艺术家罗姆解释得好——"把两个镜头连接起来，有时可以产生这两个镜头本身所没有包含的第三种意义，同样地，把画面和声音配合，也可能产生这种新的意义。"[②]

匈牙利著名电影理论家贝拉·巴拉兹也曾举例说明过这一道理。他说，一个人走出一间屋子，接着我们看见室内乱七八糟，紧接着是一个特写，表现鲜血正从椅背上滴下来。这三个镜头告诉我们这里刚发生过一场格斗，走出去的那个人打伤了另一个人。无须再看格斗过程和受伤者，我们完全可以想到这是怎么回事。巴拉兹最后总结说："镜头的组接，能使我们感受到镜头里看不到的东西。"[③]

这告诉我们一个十分浅显同时又十分重要的道理：电影、电视剧编剧不仅要善于创造出有视觉性的画面，还要学会并善于把画面和画面，或画面和声音相组接，用以产生出"第三种意义"来，以使观众从镜头中明白自己能够看到或看不到的东西。

可见，电影、电视剧的编剧为了使自己写在稿纸上或敲在电脑里，以文字形式呈现的艺术形象，能和将来出现在银幕上的艺术形象一致，就必须掌握处理生活素材的这一方法。只有熟练并自如地掌握了蒙太奇手法，才能称得上是一个合格的电影或电视剧编剧。

这是因为，蒙太奇不仅是电影、电视剧剧本连接生活片段材料的工具，也是连接一个个"场面"、一个个"段落"，甚至整部影片、整部剧的最行之有效的工具。

事实上，这里探讨的是蒙太奇和电影、电视剧剧作结构的密切关系，普多夫金对此有着深入而精准的论述。

在谈及蒙太奇是"处理素材的方法"时，普多夫金这样说："一部电影总是分成许多的片段（更正确地说，电影就是由这些片段构成的），因此，一个电影剧本也是分成许多片段的。整个镜头剧本要分作若干段落，每个段落又分作若干场面，而最后，场面本身则是由许多从不同角度拍摄的片段构成的。一个真正能用来拍摄的电影剧本，必须具备电影的这个基本特性。编剧在纸上对于素材的处理，必须和这些素材在银幕上出现时完全

---

① 谢尔盖·爱森斯坦：《爱森斯坦论文选集》，尤列涅夫编注，魏边实、武函卿、黄定语译，北京：中国电影出版社，1962年，第349页。

② 罗姆：《电影剧作讲话》，裴未如等译，北京：中国电影出版社，1958年，第31页。

③ 贝拉·巴拉兹：《电影美学》，何力译，邵牧君校，北京：中国电影出版社，1979年，第124页。

一致,这样才可以精确地说明每一个镜头的内容以及它在一个段落里面的地位。将若干段落构成一个片子的方法,就叫蒙太奇。"①

普多夫金还说:"场面的蒙太奇结构把分散的片段构成场面,但每个片段只应当把观众的注意力集中于对动作极其重要的因素。片段并不是可以随便构成场面的,它们的次序应该和一个假想的观察者(最后就是观众)的注意力的自然转移相一致……"②

在谈到蒙太奇如何组成段落时,他说:"各个场面组合起来便构成整个的段落。段落是由各个场面剪辑而成的……一个电影剧本是由许多段落构成的……各个段落连接起来所具有的连贯性,不只是依靠把观众的注意力简单地从这个地方引到另一个地方。而且还要由构成剧本基础的剧情的发展来决定。"③

从现代意义上看,影视艺术中蒙太奇的含义不仅包括将许多拍摄下来的镜头组接起来的技巧手段,而且还作为一种思维方式存在于影视创作的观念之中,它贯穿于从构思、选材直至制作的全过程,是影视艺术构成形式和方法的综合,也是创作者从高层次把握创作风格、运用创作技巧的出发点。

二、蒙太奇的分类

蒙太奇作为电影美学中最重要的概念,历来是电影大师们研究最多的课题。在电影发展的不同阶段,人们对它有着不同角度的解释,正所谓众说纷纭,莫衷一是,以至于到了今天,它仍然被看作一桩"难断的公案"。

同样,蒙太奇的分类,历来也众说纷纭。匈牙利的电影理论家巴拉兹归纳了八种类型:思维蒙太奇、隐喻蒙太奇、诗意蒙太奇、寓意蒙太奇、理性蒙太奇、节奏蒙太奇、形态蒙太奇、主观蒙太奇;普多夫金分了五类:对比蒙太奇、平行蒙太奇、比拟蒙太奇、交替蒙太奇、主题蒙太奇;爱森斯坦则主要强调杂耍蒙太奇和理性蒙太奇两类。

以上分法都有道理,但过于烦琐。为便于使用及记忆,本书把蒙太奇分为以下两大类,每大类中再分出若干小类。

(一)叙事类蒙太奇

叙事类蒙太奇也叫外部描写类蒙太奇,是蒙太奇最基本的形式。主要用于讲述故事,展示事件,探索并确定同一现象的各个方面和细节之间的明显联系。这种展示,有时通过镜头与镜头之间的关系,有时通过段落与段落之间的关系,从而使得客观生活的各个片段成为一个有意义的整体。这种叙述方法所遵循的基本规范,就在于客观事件的连续顺序。这种连续可以是时间的,也可以是因果的。

---

① 弗谢沃罗德·普多夫金:《论电影的编剧、导演和演员》,何力译,北京:中国电影出版社,1980年,第40—46页。

② 弗谢沃罗德·普多夫金:《论电影的编剧、导演和演员》,何力译,北京:中国电影出版社,1980年,第44页。

③ 弗谢沃罗德·普多夫金:《论电影的编剧、导演和演员》,何力译,北京:中国电影出版社,1980年,第44页。

(二)表现类蒙太奇

表现类蒙太奇也叫思想类蒙太奇或思维类蒙太奇。这种蒙太奇有着一定的叙事作用,但更重要的是起着一种理性作用,即内部分析作用。它通过前后不同画面或段落的相互冲击,造成对比、象征、隐喻,从而引起联想,旨在向观众传达某种思想、情感或意境等。

下面章节当中,我们分别对叙事类和思维类蒙太奇作举例说明。

第二节 叙事类蒙太奇举例

在叙事类蒙太奇手法中,以下几种类型会经常被用到。

一、呼应式蒙太奇

所谓呼应式,即我们常说的"说曹操,曹操到"的连续形式。上一个镜头说到谁的名字,下一个镜头即出现这个人;上一个镜头说到某个地方,下一个镜头便是这个地方。它不仅可以呼天唤地,还可以呼事唤物,甚至于呼风唤雨。

呼应式蒙太奇在电影或电视剧结构里,能起到前呼后应,让剧情简洁明快的作用,给人一种流畅自然的感觉。

如陆川导演的影片《寻枪》①中,就不乏这样的例子:马山丢了枪,魂不守舍,儿子马冬提示他"你会不会把枪丢到姑妈的婚礼上了?"马山嘴里刚重复地念叨了"婚礼"二字,镜头就马上切到妹妹马娟的婚礼场面;还有,当老树精质问马山"你敢怀疑我? 老子在战场上救了你一命"时,镜头马上切至战场上的激烈战斗场面。接下来,当老树精问马山:"知不知道去哪里(找枪)?"马山回答:"白宫!"此时镜头一转,表现的正是马山用拳头敲"白宫"(周小刚家)大门的画面。

南斯拉夫影片《瓦尔特保卫萨拉热窝》②开头一场戏里,也有两处精妙地运用了呼应式蒙太奇。一处是敌方军官讲"上校冯迪彼斯已经到达萨拉热窝",接着便是萨拉热窝的俯拍全景,随着一声画外音,上校冯迪彼斯入画。第二处,上校冯迪彼斯对中校彼索夫说:"据我所知,瓦尔特就在附近这一带活动!"话音刚落,"轰隆"一声巨响,一座大桥飞上了天,游击队员从树林里跑了出来,一个队员叫道:"快跑! 瓦尔特!"这样一来,人物出场

---

① 陆川编剧、导演,姜文、宁静等主演的电影。电影讲述了警察马山一夜梦醒后,发现自己的枪不见了,而丢失的枪里面有三颗子弹。于是,马山开始走上了一条不寻常的寻枪之路。

② 南斯拉夫波斯纳电影制片厂出品的一部战争片,讲述了游击队长瓦尔特凭借个人出色的谋略与众多英勇的游击队员成功挫败敌人阴谋的故事。

不用通名报姓,既介绍了人物,又转换了场景,剧情也有了变化,并省略了其间一切不必要的过程,显得爽利而紧凑。

电视剧《伪装者》①开场没多久,也运用到了呼应式蒙太奇。

车上

明楼:(对正在驾驶车的明诚)干得漂亮!

明诚:他恐怕也没有想到,有人会在香港对他下手。

明楼:有的时候真想找个机会,自己动手。

明诚:原田熊二已经开始着手调查您这几年的行踪了,幸亏我们下手快。(递给明楼一个文件包)

明楼:(看明诚递给他的包里的材料)查得够仔细。

明诚:好在是,原田熊二一个人对您进行的秘密调查。

明楼:不会是他一个,他是受命于人。

明诚:谁?

明楼:南田洋子。

明诚:特高课?

明楼:或许还有一个人一直在默默地关注着我——汪—曼—春。

特工总部76号

汪曼春:报告南田课长,我在电讯处发现有人秘密拍摄了军用密码本。

南田洋子:重庆分子针对新政府官员的暗杀行动,一分钟都没有停止过,共产党的情报网在上海搜集了大量军事和经济情报,现在,就连你们76号侦听处也混入了双方的情报人员,你告诉我,哪里还是安全的地方?

汪曼春:南田课长,我向您保证,从今以后76号绝对不会再出现类似情况,电讯处的六名组员昨天晚上已经被全部枪决了。

南田洋子:全杀了? 我听说他们当中有一个转变者。

汪曼春:没有转变者。

南田洋子:你什么意思?

汪曼春:制造一个冒充的转变者为我所用。

南田洋子:怎么讲?

汪曼春:对外宣称,此人已经叛变了。这个重要位置上的人叛变,一方面会引发国共双方情报机构的混乱,有人会撤出上海,另一方面我想利用这个转变者,到处假装搜捕

---

① 张勇编剧,李雪执导,胡歌、靳东、刘敏涛、王凯等主演的48集电视连续剧,以抗日战争中汪伪政权成立时期为背景,通过上海明氏三姐弟的视角,讲述了抗战时期上海滩隐秘战线上国、共、日三方殊死较量的故事。

抗日分子,引发他们的锄奸行动,一旦他们动手,就是我收网的时候。……①

在第一场戏的结尾,明楼一字一顿地提到汪曼春的名字,下一场戏,汪曼春似听到他呼应一般出场。

在重大革命历史题材电视剧《重庆谈判》中,也多处使用了呼应式蒙太奇。

重庆　嘉陵江边的码头　夜　外

一艘轮渡缓缓靠岸。张澜随众乘客下船,早已在岸上等候的黄炎培、鲜英、傅斯年、沈钧儒等一见,忙迎上前去。

黄炎培:表老——

张澜:任公——孟真——秉甫——特生——

张澜与众人紧紧握手。

(字幕:中国民主同盟主席　张澜)

黄炎培:表老,听说了吧? 日本乞降了。他们无条件地接受了《波茨坦公告》,向中美英苏四大国低头认输啦!

(字幕:民盟主要发起人　黄炎培)

张澜:(激动得老泪纵横)我说船还未上岸,就听得这重庆城锣鼓喧天,鞭炮齐鸣,汽笛声大作,还有探照灯做回应,就想,莫非这陪都又多了一节日不成? 看来,这一天是该成为节日,成为全中国人民引以为傲、扬眉吐气的节日啊!

黄炎培:是啊,多少年了? 啊,数数,自甲午年起,中国被日本欺压了五十二年,"七·七"之后,中国开始全面抗战,又经过八年又三十三天,这若干年来,中国人民的牺牲真是不可估计。今天,中国是胜利了,这胜利是中国上千万人的血汗换来的。我们是应该好好庆祝庆祝!

众人热烈鼓掌。

鲜特生:(上前接过张澜手中的行李箱)表老,有话回家说吧?

张澜:好,回家!(大步往前走,走没几步又定住)对了,举国欢庆之时,蒋委员长这会儿在做什么? 有无与民同乐,有无发表什么重要讲话啊?! 还有,延安呢? 有谁知道延安的情况,他们这会儿是不是也知道日本乞降的消息啦?

延安　杨家岭　毛泽东居住的窑洞　夜　内

油灯花跳跃着,在墙上映照出毛泽东与女儿李讷正亲昵的身影。

李讷:(稚嫩、生涩地伏在毛泽东怀中,念着桌子上昨天的一份名为《对日寇的最后一战》的声明)由于……苏联这一行动,对日战争的时间将……大大缩短。对日战争已处在最后阶段,最后地……战胜日本……爸,这三个字不认识。

---

① 此剧本片段由作者根据完成片整理。

毛泽东：(把目光从看的线装书上移开，看了一眼李讷手指的地方)侵略者。

李讷：……侵略者及其一切走狗的时间……已经到来了。在这种情况下，中国人民的一切抗日力量……应举行全国规模的反攻，密切而有效力地……

毛泽东：配合。

李讷：配合苏联及其他同……同盟国作战……爸爸，这是你昨天写的？

毛泽东点头。

李讷：这场仗我们就要打赢了，是吗？

毛泽东：赢是一定的，但还需要时间，日本军国主义是不会甘心他们的失败的，要走的路还很长，要做的事还很多，今后还会有流血，还会有牺牲啊。

李讷：不懂。

毛泽东：会懂的，等你再长大一点，就全懂了。

话音刚落，外面响起一阵密集的枪声。李讷吓得一下子抱紧了毛泽东的脖子。

李讷：爸，我怕——

毛泽东：(安慰着李讷)莫怕，莫怕，(高声喊着)武龙！——

武龙：(快步进屋，敬礼)有！

毛泽东：哪儿打枪？为什么打枪？

武龙：报告。听声音好像是美军驻延安观察组那边。至于为啥打枪，(挠头)这个……我马上派人去打听。(欲走)

毛泽东：(思考着，表情放松下来，唤住了武龙)哦，不用打听了。去，你去把少奇、老总他们叫来，(对李讷)来，娃娃，我们去找件最新最漂亮的衣裳换上好不好？

李讷：爸爸，是要过年吗？那，是不是还要吃糖？

毛泽东：(笑，将李讷抱起)要吃，要吃，吃好多，一颗接一颗，甜得蛀了牙。

李讷：为啥啊爸爸，到底有啥好事啊？

毛泽东：好事，当然是好事啊，若我没估计错了的话，这一定是中国人民全面抗战的结果，加上美国扔原子弹，苏军又出兵东北，日本撑不住了，抗战胜利大局已定，到了该庆祝的时候啦！

门帘一掀，朱德、刘少奇、周恩来、任弼时等出现在门口。

朱德：主席说得没错，是到该庆祝的时候了。就在刚才，日本国发出了乞降照会，观察组的美军朋友从电台里听到了这一消息，在组长包瑞德的提议下，正以集体朝天鸣枪的方式，庆祝这场来之不易的胜利呢。

毛泽东：(炫耀地对李讷)爸爸说什么来着？爸爸说什么来着？(将李讷放下来)好，好啊，他们庆祝，我们更得庆祝，走，叫上延安百姓，全体联欢，延河水边，宝塔山下，来个大游行！

延安　夜　外

延河水边，宝塔山下，狂欢的农民把自己的白羊肚毛巾摘下来，缠到木棒上，蘸上油点燃,学生们把棉被中的棉絮掏出来,也缠成火把,火把的海洋映红了半边天。

具有陕西特色的大鼓和腰鼓队极为壮观,鼓声淹没了沿着河畔游行而来的人们的呼喊声。

一群卖水果的街头小贩,把水果抛向人群,高声呼叫:吃胜利果了! 胜利果不要钱!

毛泽东、朱德、刘少奇、周恩来、任弼时等和群众一起打着腰鼓,扭着秧歌,满脸兴奋。

在这三场戏中,先是张澜在第一场结尾处问到延安,第二场就自然切换到了延安的场景;而第二场结尾毛泽东提到延河水边,宝塔山下,第三场就自然而然地转换到了这一场景。这些皆为呼应式蒙太奇的妙用。

二、对话式蒙太奇

所谓对话式蒙太奇,是指把不同或者相同的人物、不同地点、不同时间的话语如若同时、同地般地连接起来的手法。

这一手法首先在奥逊·威尔斯的电影《公民凯恩》[①]中得到了广泛的应用。记者汤姆逊阅读赛切尔的回忆录时,切入了这样的闪回画面:银行家赛切尔面对着琳琅满目的礼物,对一旁站着的十岁左右的小凯恩说:"好,查尔斯,祝你圣诞快乐。"孩子回答说:"圣诞快乐。"然后赛切尔的声音接下去说道:"也祝你新年幸福",但这时,凯恩已经二十五岁了。再比如,苏珊在她简陋的住所中为凯恩弹琴的镜头,切入另一个镜头:她仍在弹那首曲子,却换了一架钢琴,换了一处上等公寓,凯恩为她鼓掌……接着切入一群人在鼓掌,这是里兰正在为凯恩竞选拉票。里兰说:"只有一个人能使本州的政治免受党魁的罪恶控制……我指的就是斗争中的自由战士、工人们的朋友、本州的下一任州长查尔斯·福斯特·凯恩,他参加这次竞选的……"此时换场,切入会场悬挂的凯恩头像宣传画的特写;摄影机向下摇拍,现出凯恩正在向另一群民众作演讲,他接着里兰的讲话说:"……唯一的目的……是指出并揭露党魁的政权机器的欺骗行为和不法行径。"

在徐静蕾执导的国产影片《我和爸爸》[②]中,也有这样的例子。住了三年监狱,好不容易出来见到了女儿的爸爸,在大街上一见女儿便激动地问:"几年不见,你都长成大美人了,(伸出双臂)抱抱,抱抱行吗?"接下来,是在一个餐厅,徐静蕾扮演的女儿一脸严肃地说:"不行!"这两句话好像有逻辑,有关联,然而,后面的回答却是父亲想喝一瓶啤酒,女儿说"不行",至于抱抱行不行,已不是本场聊及的事情了。

在电视连续剧《重庆谈判》中,也多处可见对话式蒙太奇手法的绝妙应用。

---

① 奥逊·威尔斯导演,奥逊·威尔斯、约瑟夫·科顿、阿格妮丝·摩尔海德、多萝西·康明戈尔等主演的电影,以一位报业大亨孤独地在豪宅中死去为序幕,围绕他临死前说出的"玫瑰花蕾"一词,讲述了他一生不平凡的经历。该片于1941年5月1日在美国上映,获第十四届奥斯卡金像奖七项提名,最终获得最佳原创剧本奖。

② 徐静蕾自编、自导、自演的剧情片,叶大鹰、姜文参与演出,于2003年9月10日上映。影片讲述了失去母亲的小女孩儿在父亲身边长大成人的一个另类故事。

重庆 德安里 蒋介石官邸会议室 晨 内

蒋孝镇：委员长到！

早已在此等候的众文官武将齐刷刷起立。

一旁的桌子上，一男一女两个速记员也跟着起立，男的叫钱江，女的叫黎莉莉。

蒋介石：（走到会议桌最前方中间的位置坐下，看了戴笠一眼）你先说说，南京那边是个什么情况？

戴笠：情况不是很乐观。据报，冈村宁次虽然收到了日本乞降的消息，却拒绝投降，希望继续进行作战。他甚至公开发表讲话说，"本官决意率吾百战百胜'皇军'之最精锐部队，抱全军玉碎之决心，誓将骄敌击灭，以挽狂澜于既倒！"

字幕：国民政府军事委员会调查统计局副局长 戴笠

陈诚：军方也截获了同样的情报，据称，冈村宁次已下令，将"陆海军兵力向山东东部集结，打算以烟台、青岛为根据地，形成独立占领区"。

字幕：国民政府军政部部长 陈诚

陈立夫：在日本本土，陆相阿南也一意孤行，发表了一篇《告将士书》，表示要血战到底。

字幕：陈立夫

张治中：（愤怒地）猖狂！死到临头，竟还敢垂死挣扎、负隅顽抗！

字幕：国民政府政治部主任 张治中

张群：文白兄不必生气，螳臂当车，自不量力。在日本本土，两颗原子弹已将广岛、长崎夷为平地，在东北，苏军已经打到了长春，冈村宁次就是再蹦跶，也是秋后的蚂蚱，难逃死亡的命运。

字幕：国民政府四川省省长 张群

何应钦：我们还是说说中共吧。谁知道延安现在是个什么情况？

字幕：陆军总司令 何应钦

戴笠：我知道。据报，毛泽东听说日本乞降后，很是兴奋，不但从杨家岭搬到了枣园去住，还嫌自己的桌子不够大，干脆把一张乒乓球台支起来开始办公。从昨天到现在，他不停地找各大首脑谈话，布置任务，起草命令。他是如此忙碌，以至于连吃饭的时间都抽不出来，饿了，就随手抓几把桌子上警卫员为他准备的干粮和水果嚼上两口……

陈立夫：（不耐烦地）讲主要的！

戴笠：（既不满又不敢发泄地白了陈立夫一眼，继续讲下去）两天内，他以延安总部朱德总司令的名义，起草，发布了十几道发至各战略区的命令，中心议题是让华北、华中和华南各中共领导的军队迅速前进，收缴日伪武器，接受日军投降，并命令在冀热辽军区的军队配合苏军作战，迅速深入东北。

"砰"的一声响，众人一惊，齐齐望去，才发现是蒋介石的文明棍掉在了地上。

蒋介石弯腰去捡，手却抖抖索索未能成功，蒋孝镇一见忙上前代劳，却被蒋介石一把推开。

蒋介石:东北?他也盯上了东北?

延安 枣园 日 外

毛泽东:(正与大家展开语重心长的对话)进军东北的思想,我可不是现在才有的,早在去年11月,也就是咱们中共中央六届七中全会主席团会议上,我就说过中国的国土,蒋介石到哪里,我们就到哪里。还要准备几千干部到满洲去。今年5月,开"七大"的时候,我也几次强调,要准备20到30个旅,15万到20万人,脱离军区,将来开到东北去。大家都还记得吧?

吕正操:哪能忘呢?主席的话言犹在耳。

朱德:是啊,我也不止一次听老毛说过,东北极重要,有可能在我们的领导下。有了东北,我们即有了胜利的基础。后来,选举中央委员会时,(一指万毅和吕正操)之所以把你们几个选成中央候补委员,就是因为主席说了,得加强东北的力量。要有东北地区的同志当选才好。

万毅和吕正操互望一眼,笑了。

字幕:滨海军区副司令员兼滨海支队支队长 万毅

字幕:晋绥军区司令员 吕正操

毛泽东:我之所以盯住东北,是因为这个地区有丰富的资源和完整的工业体系,更重要的是,蒋介石在东北也没有统治的基础,谁捷足先登,谁就取得了下一步的战略主动权。

万毅:报告主席。我的部队已做好了各项准备工作,待山东局面一定,烟台、威海拿下来,马上渡海。

毛泽东:好嘛,目前你们去,只是打先锋、探路,随后中央还要组织在延安的干部分批到东北。到东北干什么呢?当然是要配合苏联红军的作战。苏联红军现在已占领了整个东北,他们是我们的同盟军,因此,只要,也必须和他们联合起来,中国的革命就会大有希望,离成功也就指日可待。

万毅、吕正操:(立正,敬礼)是!

上一场结尾处蒋介石提到:"东北?他也盯上了东北?"下一场毛泽东对手下同志们道:"我之所以盯住东北……"就仿佛是回答蒋介石的话似的,造成了上一场与下一场仿佛同场、同地的感觉。这样的组接,确实会使得人物、场景、事件等转换流畅、自然、紧凑、干练,而且充满了技巧性。

三、平行式蒙太奇

平行式蒙太奇也叫并列式或交替式蒙太奇,特点是将同一时间、不同空间内发生的各场戏,按照剧情发展的逻辑顺序平行表现,交替切换,造成气氛,加强悬念。这种蒙太奇手法的基础,在于各个空间场景严格的同时性和最终的统一性。

还是以电视连续剧《重庆谈判》举例,第二十四集第 15－24 场,说的是毛泽东这天在市里办完事,乘车回红岩村,却不知特务们已在半路上埋伏下来,打算行刺;与此同时,我军潜伏在敌人内部的地下工作者钱江获知了敌人的阴谋,骑摩托车迅速赶来,打算舍身营救;早就对钱江有所怀疑的特务头子步瑞新,也向埋伏地赶来;而在离埋伏地不远的地方,《大公报》记者李芷兰和她的男友摩恩正在你追我赶地骑马赛技……

重庆　市区前往红岩村的道路　日　外
钱江骑摩托车风驰电掣地赶往特务电话里所说的三岔口方向。

重庆市区前往红岩村的三岔路口　日　外
特务们或坐车,或在车外站立,在梁浩川的带领下,一个个荷枪实弹,严阵以待,摆出了一副要"制造车祸"的架势。
特务甲:队长,待会儿真的撞吗?
梁浩川:(啪地给他一巴掌)开会的时候,你耳朵里塞棉花啦?

重庆　市区通往红岩村的道路　日　外
步瑞新和特务也在驱车前往红岩村。
特务:也没准钱处长有别的公干。
步瑞新:少废话,开快点!

重庆　桂园　日　外
毛泽东、周恩来等人结束了一天的办公,从楼里走了出来。宪兵司令张镇上前敬礼。
张镇:周主任,回红岩村吗?
周恩来:回红岩村!
张镇一声令下,训练有素的宪兵们也纷纷上了各自的车。
车队驶出桂园,通过了第一和第二道封锁线,向红岩村方向开去。
车队离开,张治中的手枪排战士长舒了一口气,放松下来。

重庆　市区前往红岩村的道路　日　外
钱江骑摩托车风驰电掣地赶往特务电话里所说的三岔口方向。

重庆市区前往红岩村的三岔路口　日　外
特务们或坐车,或在车外站立,在梁浩川的带领下,一个个荷枪实弹,严阵以待,摆出了一副要"制造车祸"的架势。
梁浩川:任务,我又重复了一遍,这回都听明白了没有?
特务:听明白啦!

重庆　市区通往红岩村的道路　日　外

步瑞新和特务也在驱车前往红岩村。

步瑞新：抄小道，快！

重庆　市区前往红岩村的道路　日　外

宪兵护送的毛泽东的车队也正驶往红岩村。

山上　日　外

李芷兰和摩恩在比赛骑马。

李芷兰：（骑在马上，显得英姿飒爽，冲后面的摩恩喊）（英语）来追我啊，来追我，看我们谁先到那个山顶，驾——

摩恩：（英语）我不会输给你的，驾——

两人展开了激烈的角逐，李芷兰马术显然比摩恩技高一筹，摩恩被甩在后面，奋勇地追赶着。

可以看出，以上四条情节线的展示，用的就是平行式蒙太奇。

四、交叉式蒙太奇

表面上看，交叉式蒙太奇和平行式蒙太奇差不多，都是将同一时间、不同地点发生的两条或数条情节线迅速而频繁地交替剪接在一起，其区别在于最后几条线是否汇合在一起。不汇合的是平行式蒙太奇，而汇合在一起的则是交叉式蒙太奇。

交叉式剪辑技巧极易引起悬念，造成紧张、激烈的气氛，加强矛盾冲突的尖锐性，是掌握观众情绪极为有力的手法，惊险片、恐怖片和战争片中常用此法营造追逐和惊险的场面。

平行式蒙太奇和交叉式蒙太奇都源自美国导演大卫·格里菲斯，他在 1909 年拍摄的影片《小麦的囤积》①中，让故事同时在三个地点平行进行——乡下麦田穷苦农民的生活、面包店的生意、股票经纪人的办公室，而且三个故事线里的人物和情节完全没有交叠。这部影片里对穷人和富人的平行剪辑，对蒙太奇技术的发展有所启发，在后来格里菲斯名作《党同伐异》②中就有它的影子。

于 1916 年拍摄的《党同伐异》包括四个片段："基督受难""圣巴戴莱姆教堂的屠杀""巴比伦的陷落"和"母与法"。其中"母与法"这个故事根据美国斯泰罗工人罢工事件编写而成，描写工人因反抗资本家而罢工，结果惨遭集体枪杀。有一个青年工人因失业而在纽约流浪并加入了小偷集团，后在爱人的帮助下想改邪归正，但小偷团伙不放过他。

---

① 格里菲斯于 1910 年拍摄的一部描写资本与农民的短片。

② 大卫·格里菲斯导演，丽莲·吉许、梅·马什主演的电影，于 1916 年 9 月 5 日在美国上映，讲述了四个不同历史时期的故事。

一次，一名盗匪在威胁青年的爱人时被枪杀，结果青年被误认为杀人凶手，被判处绞刑。当他被押上绞刑架后，他的爱人发现了真凶，便急告州长，但州长已乘火车离开。她乘车追赶，于是银幕上出现了你追我赶的交替镜头——火车疾驰，骑车追赶，犯人被押上绞刑架。镜头速度越来越快，气氛也越来越紧张，最后赦免令终于赶在执行前最后一分钟送到。

在这一段落中，格里菲斯充分采用了交叉剪辑的手法，将发生在不同地点的交叉动作交替切入，摆脱实际时间的束缚，打破传统戏剧叙述原则，创造了真正符合电影艺术规律的叙事时空，达到了惊人的效果，成为电影史上有名的"最后一分钟营救"，这种手法至今仍在电影和电视剧中广泛使用。

如果说，上文《重庆谈判》第二十四集第15－24场是平行式蒙太奇的运用，那接下来的第25－36场就是交叉式蒙太奇的典型运用了。

重庆　市区前往红岩村的道路　日　外
步瑞新和特务的车里
特务：（向前一指）看，毛泽东的车队。
果然前面不远处，是宪兵护送的毛泽东车队。
步瑞新：抄小路，到他前面。
特务扭转方向盘，驶向一条更崎岖、更窄的山道。

重庆　三岔路口对面的山上　日　外
钱江爬上山顶，以山石为掩护，向对面三岔口望去，就见对面——
特务们或坐车，或在车外站立，一个个荷枪实弹，严阵以待，已摆出了一副要"制造车祸"的架势。
而远处，尚未见毛泽东的车队到来。
钱江长舒一口气，打开小木箱，取出里面的狙击步枪，填了子弹，瞄了瞄特务车里的司机，又将两颗手榴弹放在身旁。
一切准备停当。片刻过后，远处传来了汽车驶来的声音，钱江探头向声响处望去——就见毛泽东的车队在视野中浩浩荡荡地出现了。

重庆　三岔路特务们所在的地方　日　外
梁浩川：来了，来了！都给我上车。
特务们纷纷上车。

重庆　三岔路口对面的山上　日　外
钱江将手榴弹盖拧了下来。然后，再次将狙击步枪瞄准了特务车里的司机。只等特务车一发动，就开枪。

111

重庆　市区开往红岩村的公路　日　外

步瑞新的车抄小道,正风驰电掣地驶向三岔路方向。

突然,步瑞新的余光扫见了停在山脚下的钱江的摩托车。

步瑞新:停——停——

特务:(急踩刹车)怎么啦?

步瑞新:倒回去,倒回去。

特务挂倒挡。

车迅速后退,在摩托车附近停了下来。

山上　日　外

李芷兰兴奋地指着山下的公路,那里,毛泽东的车队正浩浩荡荡地驶过。

李芷兰:(英语)看,毛先生的车!

摩恩:(英语)毛先生到现在还不回延安,他可真勇敢!

李芷兰又向远处眺望,突然,远远地,似闪过一个人的影子,倏忽而过了。

李芷兰:不对啊……

摩恩:怎么了?

李芷兰:(英语)一个人,一晃不见了,很像石疙瘩。

摩恩:(生硬的中文)怎么可能? 你是出现幻觉了。

李芷兰:(英语)也许吧……

重庆　市区开往红岩村的公路　日　外

毛泽东的车里

周恩来:主席,又忙了一天,闭上眼睛休息会儿吧。

毛泽东:(放下手里正在看的线装书)好,还真是有点累了。

毛泽东闭上了眼睛。

车队离三岔口的位置越来越近了。

重庆　三岔路口对面的山上　日　外

毛泽东的车队就要驶过三岔口了。

钱江做好了战斗准备。

他的手放在狙击步枪的扳机处。

狙击枪瞄准了驾驶舱里手握方向盘随时打算"撞"向毛泽东乘坐的车的特务。

旁边的手榴弹也都拧开了盖。

毛泽东的车队正驶过三岔口的主路。

然而,将车停在不远处岔路上的特务们并不见任何动作。

钱江感到十分困惑。

毛泽东的车经过了最危险的地段。

特务们还是不动。

毛泽东的车队越驶越远,直至在远处消失不见了。

钱江困惑地把手榴弹的盖拧好,又将长枪放入木箱。

他刚起身,身后传来了步瑞新的声音——

步瑞新:别动!

钱江愣住了——

步瑞新和特务一左一右地出现在他身后,把手枪的枪口对准了他。

步瑞新:钱处长,不得不佩服你,狡兔三窟,手法多样。居然潜伏在了我们的心脏里。

钱江不语,思忖着。

步瑞新:难怪延安的参谋汇报说,上午蒋委员长吃了什么饭,下午没准这菜谱就放在了毛泽东的桌子上。

钱江依旧不语。

步瑞新:厉害,确实厉害,共产党真是无孔不入啊,不过,你最后不还是栽在我手里了吗?(见钱江在审时度势)反抗是没有用的,别忘了四周全是我的人,今天这行动就是针对你的,局长设的局,你还真钻了套。把手举起来,乖乖地跟我走吧。

钱江无奈,举双手一步步地往山下走,一边走,一边等待着反击的绝佳时机。

步瑞新拿枪对着他,特务则手提着那个放狙击长枪的木箱,两人站在钱江的身后,和钱江保持着一定距离,往山下走。

离山脚越来越近了。

钱江:(突然一指前方)看——

步瑞新下意识地一抬头,钱江猛地扑向步瑞新,趁其不备,死死攥住了他手中的枪。

步瑞新:(挣扎着,手却不听使唤,喊特务)还愣着干什么?开——开枪!

特务忙扔下木箱,打算掏怀里的枪,然而,晚了,枪刚掏出来,还未对准,钱江就捏着步瑞新的手扣动了扳机。

"砰砰"两声枪响过后,特务应声倒地。

重庆　三岔路口特务所在的地方　日　外

听到枪声,特务们议论纷纷。

梁浩川:哪儿打枪?

特务乙:好像是山对面。

梁浩川:走,去看看!

众特务纷纷向山对面跑来。

山上　日　外

李芷兰:(勒住缰绳,让奔跑的马停下来)(英语)你听到什么没有?

摩恩:(英语)好像是哪儿在打枪?

李芷兰:(英语)走,去看看!

摩恩:(英语)芷兰,等等,(骑马冲到前面护住李芷兰)你在我后面。

摩恩在前,李芷兰在后,向着枪声方向策马奔驰。

重庆　三岔路口对面的山上　日　外

步瑞新和钱江在地上翻滚、搏斗着,手枪被扔在离他们不远的地方。

步瑞新几次想去抓枪,却都无法得逞,同样,钱江也想去抓枪,步瑞新也几次没让他成功。

突然,步瑞新抓住了钱江的一个破绽,一个鹞子翻身,起来,重新把地上的枪捡起,对准了钱江。

步瑞新:妈的,老子本想要活口,可你在逼我!

说罢,冲着钱江就要开枪。

千钧一发之际,身后突然冒出一个浑身烧得到处都是疤痕的人,举起一块石头,狠狠地向着步瑞新脑袋砸去。

步瑞新猝不及防,被砸倒在地,看清了砸他的人是遍体鳞伤的石疙瘩。

步瑞新:(气息奄奄地)你……你……你还活着?

石疙瘩:俺活着,跟着你,就是怕你这狗再咬人!

步瑞新举枪欲打,石疙瘩上前夺下枪,二话不说,"砰砰砰",将子弹射进了步瑞新的胸膛!

步瑞新头一歪,死去了。

钱江:你是?

石疙瘩刚要说话,远处传来了特务们打枪的声音和向这里跑来的声音。

梁浩川:(O.S.)快!快!抓活的,别让他跑了!

形势十分危急。

石疙瘩:(对钱江)别问俺是谁,俺也不想问你是谁,但俺知道你跟他不是一伙儿的,快走,走啊!俺掩护你!

钱江犹豫着拿起自己的木箱。

石疙瘩:走啊,快走!(不容分说,一把将钱江推下山去)

钱江顺山坡滚下,正滚到自己的摩托车旁。

特务们发现了石疙瘩。

特务乙:在那儿呢!

特务丙:是那个山西人!

梁浩川:想不到这小子还活着,给我上!(啪啪打过去两枪)

石疙瘩一边拿手枪和特务们对射,一边向另一处山麓处跑去,成功地将敌人引到了远处。

钱江见敌人走远,骑摩托车迅速离开了。

山上　日　外

李芷兰:(看见了正被特务们追赶的石疙瘩)天哪! 真的是他!

摩恩:他还活着?

李芷兰:(喊)疙瘩——(策马追去)

石疙瘩正和特务们对射着,听到李芷兰的喊声,一走神,梁浩川将一发罪恶的子弹射入了他的胸膛。

石疙瘩倒地。

石疙瘩眼前出现了幻觉,一个长相甜美的女人,一边向他微笑着,一边向他伸出手去,仿佛要拉他一把……(高速摄影)

石疙瘩:(也伸出手去)杏芬……

特务们上前,石疙瘩挣扎着又想开枪,特务们不容分说,"砰砰砰"又补了几枪,然后上前确认人已死掉,这才悻悻地离开了。

李芷兰和摩恩骑马赶到这里,下马,飞快跑向石疙瘩遇难的地方。

李芷兰:(抱着石疙瘩的尸体)疙瘩,疙瘩,你醒醒,你醒醒啊——

石疙瘩却早已没了呼吸。

李芷兰:(悲痛万分)疙瘩,疙瘩啊!

天空,一声炸雷响过,大雨倾盆而下……

五、物件式蒙太奇

物件式蒙太奇,就是把两个或几个空间通过某一物件自然而有机地连接起来。比如在姜文的电影《阳光灿烂的日子》中,童年的马小军将书包拼命地扔上天空,书包掉下来,被一双手接住时,童年的马小军已长大成青年的马小军,而连接这一时空的就是一个物件——书包。斯皮尔伯格的电影《辛德勒的名单》中,最明显的物件式蒙太奇段落出现在辛德勒从纳粹集中营往自己工厂"捞"人那场戏,漂亮的打火机、高档的烟和烟盒、腕上戴着的高级手表,有机地串起了辛德勒、斯坦、高拔以及被"捞"出来的雅各长老、机智的小男孩儿、普曼夫妻等所处的空间,手法独特,给人极其深刻的印象。

电视连续剧《重庆谈判》中,也不乏物件式蒙太奇的巧妙应用。

重庆　印刷厂　日　内

老式滚筒印刷机印刷着一份份《新民报》。报纸上赫然印着大字标题:《致国共两党的公开信——张澜》。

重庆　街道　日　外

报童甲:(沿街叫卖)卖报卖报,张澜发表致国共两党的公开信!

报童乙:(沿街叫卖)卖报卖报,民盟呼吁两党公开谈判内容!

重庆百姓纷纷驻足买报、阅读、议论。

钱江:买报。《新民报》《华西晚报》各一份。

报童:好哩。(把报纸给钱江)

重庆　德安里　国共谈判会议室　日　内

张群:(将报纸拍在桌子上,悻悻地)又是这个张表方!

邵力子:哎,话不能这么说,表老此时发表这文章,对解决问题很有利啊!

张群:可对总裁是压力,我担心老头子又要发火了。

王世杰:是啊,这张表老公开信一发表,跟着鼓噪的可有不少啊,柳亚子、谭平山、章乃器、王昆仑不说,连委员长的把兄弟冯玉祥也从幕后跳到前台来了。

张群:这说明什么?说明党内外思想极其混乱,委员长顶着来自各方面的压力,他的日子也不好过啊!

重庆　德安里　蒋介石办公室　日　内

蒋介石:(拍着手中的报纸)"今日商谈内容,应随时公诸国人,既收集思广益之效,更可得国人共商国是之实",这什么意思?还有这柳亚子的,什么"现在所谓国是问题,绝对不是国共双方的问题"这又是什么意思?很明显嘛,第三方已经被中共收买,他们和共产党一唱一和,目的就是想逼着我签和平协议!哼,我决不上他们的当!还有,这种反动文章,你们居然不审查,就让各报大肆刊登,谁同意的?(对陈布雷)你这管宣传的,为什么不管一下?难道我这儿不是重庆是延安吗?!

陈布雷:总裁,这不是您说的吗?毛泽东在重庆期间,舆论的尺度可以适度放宽,造成一点自由的迹象给美国和苏联看。还有,这新闻检查制度,不是也被取消了嘛。

蒋介石:这个……这个……那也不能把报社当厕所,什么屎啊尿的都往里面泼!

陈布雷:卑职这就组织人马,立刻对中共的宣传进行反击。

蒋介石:反击反击——我们不能总让他们牵着我们的鼻子走!为什么不能把工作做到前头?为什么总是这么被动?为什么就没有人未雨绸缪?

张群:总裁,依我看,这第三方如此关切国共谈判,无非是想政治上多拿一点分,在未来的政府里占上几个席位,不必过多理会。至于商谈内容该不该公布嘛,我倒觉着公布出来也未必对我们不利。中共抱残守缺,公然对抗政令、军令统一,划疆而治不说,还坚持保留自己的军队,传出去,国民不理解,第三方也不会赞成,何乐而不为?

蒋介石:(满意地点点头)那就公布出去,借力打力,张澜不是想从中浑水摸鱼吗?毛泽东不是想借第三方的力量向我施压吗?那就让人民来当裁判吧!人民……哼,人民,想起来了,他不是口口声声唐宗宋祖,秦皇汉武,从不把人民放在眼里吗?布雷先生,你马上组织一批人马写文章,以评论这首词的名义,批判毛泽东的帝王思想,要让全国人民都知道,他毛泽东来重庆可不是和谈的,他是另有企图的!

在以上几场戏中，连接场与场的物件是报纸，为物件式蒙太奇手法的运用。

六、积累式蒙太奇

积累式蒙太奇指将一系列性质相同或相近的镜头连接在一起，通过不断地叠加产生的积累效应，树立一个主题或渲染一种情绪。

积累式蒙太奇在电视剧中，尤其是电视连续剧中比较常见，比如在 87 版电视剧《红楼梦》中，写英莲丢了，甄士隐在大街小巷寻找她时就用了这一手法。

甄家堂屋
猛然"哗啦"一声，房门大开，娇杏气喘吁吁地跑进来："老爷！ 太太！ 街上人都说咱们家小姐丢了！"
士隐和封氏"唉"地站起："啊？！"

十里街　夜
士隐在人群中跌跌撞撞地向前挤，凄厉地叫喊着"英莲！ ——英莲——"但声音完全被节日欢乐的喧闹声吞没……
士隐跷足四望，但见万头攒动……
士隐蹲身四顾，但见万足纷沓……
士隐惶急哭丧的脸……
人群中男男女女喜悦欢笑的脸……
士隐的眼里滚出泪来……
人群中看百戏的男男女女欢呼起来……
士隐咧着嘴喊着英莲，但听不见声音……
人群把士隐挤到大街一侧，又把他挤到路旁积了水的阳沟中……
几团焰火呼啸腾空而起……
人群仰望着五颜六色的焰火，欢呼雀跃……[①]

电视连续剧《重庆谈判》中以下几段，也运用了积累蒙太奇的手法。

山道　雨　日　外
大雨滂沱中，国民党部队在快步行进。

机场　日　外
一架架美国军用飞机积极备战，这架起飞，那架降落，将一批又一批装备精良的国

---

① 周雷、刘耕路、周岭：《红楼梦：根据曹雪芹原著改编》，北京：中国电影出版社，1987 年，第 23 页。

民党兵运至各地。

码头　日　外

江边停着十几辆美国军舰,岸上,国民党兵正蜂拥着登船。熙熙攘攘,嘈嘈杂杂,乱成一团……

在上一段中,"士隐跷足四望,但见万头攒动……""士隐蹲身四顾,但见万足纷沓……",以及"士隐惶急哭丧的脸……"等,都是同一性质,表现相同内容;下一段中,虽然场景略有不同,但也都是讲国民党在抓紧运兵,积极备战,讲的是同一性质,相同内容,故称其为积累式蒙太奇。

七、音响式蒙太奇

这是一种通过某种音响,将两个不同空间连接起来的方法,在电影和电视剧中也比较常见。比如电视连续剧《潜伏》开场:

空镜　山城重庆　日　外
字幕:重庆 1945 年 3 月

阁楼　日　内
余则成的手在调试监听设备的音量旋钮,耳机中出现了林怀复说话的声音。
林怀复:(O.S.)……据我所知,参加旧金山会议的代表,蒋介石早就内定了,有宋子文、顾维钧、王宠惠、胡适等八个人。多无赖的决定呀,怎么能没共产党的代表呢?别说这是国际事务了,就在袍哥帮会里做这种过河拆桥的事,也会有人骂娘的,不仗义嘛。
余则成一边听一边记。
窃听设备的连线,从设备后面顺着墙壁往上,然后进入顶层缝隙,在缝隙里延伸。

林怀复家　日　内
连线经过缝隙,进入林家的吊灯,这是安装窃听器的地方。
六七个中年激进人士在听。
林怀复:周恩来跟赫尔利说过代表团必须要有中共的人,而且很具地体提出了要周恩来、董必武、秦邦宪三人参加,他们置之不理。周恩来给王世杰的信里措辞很强烈,说中共坚决反对此项分裂之举措。
人物甲开玩笑:周恩来给王世杰写信的内容你都知道呀,小心《中央日报》又要说你造谣了。
林怀复:造谣的是他们,我的话都是有根据的,政府上层我也有关系。我林怀复打探消息的能力不比那些军统特务差。

阁楼　日　内

余则成听到"军统特务"四个字后,摘下了耳机,若有所思。

这时,外面传来一声枪响,余则成急忙到窗前张望。

林怀复家　日　内

林怀复等人也听到了枪声,来到窗前张望。

大街上　日　外(主观)

几个人在惊慌地跑着。

阁楼　日　内

余则成从窗前思考着回到监听设备边,烦闷地拿起耳机接着听。

林怀复:(O.S.)抗战胜利在即,国共关系处在一个十字路口,许多人面临新的抉择。

甲:(O.S.)是呀,前不久我外甥在津浦战役中率部起义,投向了共产党。家人诧异,眼看就要过好日子了,为什么要投共呢? 我说,越是这时候,越能看出人心的向背,过去的年轻人认为只要抗日,就是革命,而现在不一样了,抗战胜利后,年轻人如何看待革命,就很难说了,国共之间必须做出一个选择。

余则成听着深有感触。

这时,传来敲门声,余则成起身开门,门口是来接班的张名义。

余则成回身收拾自己的记录:你迟到了,幸亏吕队长没来查班……随后就是"扑通"一声,余则成回头看,张名义已经倒在门口,背后有中弹的痕迹和一片血迹。

余则成大惊,立即掏出手枪,上前张望门外,然后把张名义拖进来,关上门:张名义,出什么事了? 张名义。

张名义奄奄一息:……李海丰要……叛逃……

余则成:李海丰? 什么人?①

再比如电视连续剧《重庆谈判》中的一段:

南京　陆军中央军校大礼堂　日　外—内

镜头从表情庄重的何应钦脸上徐徐拉开,这是 1945 年 9 月 9 日的上午,南京,国民政府受降仪式即将在这里举行。

(字幕:1945 年 9 月 9 日,南京　中央军校大礼堂)

此时,中外各观礼人员均已依席次坐定。礼堂正中央的长桌为我军受降席,中间坐着的是何应钦,其左为海军上将陈绍宽、空军上校张廷孟,其右为陆军上将顾祝同、中将

---

① 姜伟、华明:《〈潜伏〉创事纪》,广州:南方日报出版社,2008 年,第 3—4 页。

萧毅肃。其正中置一个时钟与一套中国文具。

赫尔利坐在外国来宾席。

对面一较小的长案为日军投降代表席,席后立严肃士兵12名。

自大营门至大礼堂,每隔10步,竖有各盟国国旗。旗与旗之间,立有持新式武器之卫兵1名,肃立警戒。

时钟显示,现在是上午8点58分。

围观者众。一个记者正站在警戒线外,挤在人群中,扯着嗓子,对着麦克风声嘶力竭地做着现场的直播报道。

记者:现在,是8时58分,国民政府受降仪式马上开始,我在现场看到,日本受降代表已经走过来了,他们分别是日本中国派遣军总司令官冈村宁次、驻华日军总参谋长小林浅三郎、副总参谋长今井武夫等,一共7人……

镜头摇至礼堂门口前的通道,冈村宁次、小林浅三郎、今井武夫等7人在中方代表的引领下步入礼堂至规定之位置,以立正姿势面向受降席居中端坐的何应钦,行45度鞠躬礼。

何应钦:(表情严厉地)坐下。

冈村宁次等在中方代表对面的小方桌后就座。

重庆　桂园二楼　毛泽东办公的房间　日　内

毛泽东、周恩来、王若飞等围聚在一个收音机旁收听着受降大典的实况。

收音机里记者的声音:(O.S.)政府之所以把受降的时间选定在9月9日上午9时,是因为这是中国人民的"三九良辰",现在,在经过了5分钟的记者拍照摄影后,受降仪式正式开始,首先,由中国派遣军日军总参谋长小林浅三郎……

南京　陆军中央军校大礼堂　日　内

中国派遣军日军总参谋长小林浅三郎向何应钦呈递日方授权证明,随后萧毅肃将投降书交给小林,小林再交给冈村宁次,冈村宁次起立,鞠躬,接过小林递过来的投降书开始阅读。

记者的声音继续:(O.S.)……向何应钦将军呈递日方授权证明,随后萧毅肃将军将投降书交给日本中国派遣军总司令官冈村宁次……

重庆　黄山蒋介石别墅　日　内

蒋介石、宋美龄也在收听收音机里的广播。

收音机里记者的声音:(O.S.)……冈村将投降书签字盖章之后,复由小林递呈何应钦将军签字,再由萧毅肃将军将日军留存的投降书、中国第1号命令和命令受领证陆续交给冈村……

南京　陆军中央军校大礼堂　日　内

何应钦正襟危坐,看着正在阅读并签字的冈村宁次。

冈村宁次签字的手微微颤抖着。

签字盖章毕,冈村宁次复将降书等交给小林,小林接过投降书,走到何应钦所在桌前,微鞠一躬呈递。

何应钦欠身拿取,又把腰板再次挺直,接过投降书。

何应钦:退席——

冈村宁次等再次向何应钦鞠躬,离开了会场。

何应钦:(面向全体,大声地)我宣布——日军在华投降签字仪式,已经历史性地胜利完成了!

词毕,全场掌声雷动。

翻译将此话翻译成英文,又是一阵雷鸣般的掌声。

礼堂外,目睹了这一幕的记者激动地对麦克风:"这是中国历史上最有意义的一个日子,这是14年抗战艰苦奋斗的结果……"

重庆　黄山蒋介石别墅　日　内

广播里的声音:(O.S.)……饱经战祸痛苦的南京市民同胞,他们的亲人曾罹受日军震惊中外的大屠杀,之后,他们又忍受了8年的铁蹄践踏。值此抗日战争胜利,再见阔别数载的汉家衣冠,喜迎祖国健儿的胜利归来,其欢欣鼓舞和热烈兴奋之情,达于极点……

蒋介石:(猛地起身,关了收音机,兴奋异常地对宋美龄)走,走吧!

重庆　桂园二楼　毛泽东办公的房间　日　内

广播里的声音:(O.S.)……宇宙伟大,人类不灭!而正义是必胜的!甲午战争以来,中国受日本侵略压迫历51年,中国被压迫得喘不过气来,日本把中国每个人的脸都抹黑了,逼得全中国无路可走。中国既已抗战,又把中国的领土大部占据,烧杀淫掠,为所欲为,现在如何?50年的威风一旦如此,试问日本可曾想到多行不义必自毙?日本帝国主义者今天自食其果报了!

毛泽东:(把收音机关掉)好,好啊,日本帝国主义者今天自食其果报了!武龙!武龙?!——武龙哪里去了?

王炳南:您忘了,您让他去请柳亚子先生了。

毛泽东:哦,对,对,还说要给我画像呢,龚澎,快,帮我化化妆。

在上一段戏中,连接各场的是耳机里发出的声音,下一段戏中,连接各场的是收音机里发出的播音员的声音。

在此需要说明并提请注意的是,不能把音响式蒙太奇和对话式蒙太奇混同起来,两者虽然都是通过声音转换场景,但对话式必须借助说话人,而音响式却是只闻其声。

八、心理蒙太奇

心理蒙太奇又叫主观蒙太奇,是根据人物的主观视线和内心活动,将两个画面或场景组接起来的方法。它主要用来表现剧中人物的所见所感、目击对象、回忆、幻觉、思考、想象等。心理蒙太奇是描写人物心理的重要手段,在剪接技巧上多用交叉、穿插等手法,其特点是画面和声音形象的片段性、叙述的不连贯性和节奏的跳跃性,声画形象带有剧中人强烈的主观性。

比如,电视连续剧《共产党人刘少奇》第一集一开场,就写到了刘少奇对自己童年的回忆。

刘家老宅　日　内一外

青山绿水,花明竹翠。

刘家老宅坐落其中,门前有清澈的池塘,屋后是山峦。

字幕:1961年　湖南宁乡　炭子冲

老宅书房里,一位戴着帽子的老人深情地看着屋子里的每一个物件,爱惜地抚摸着。

老人拿起手边的书,往事似乎浮现在眼前,老人陷入了沉思。

这时,王光美走进书房,来到刘少奇身旁。

王光美轻声地:少奇,乡亲们听说咱们回来,都在外面等着见你呢。

刘少奇从思绪中抽回,放下了手中的书。

刘少奇回头看着王光美:噢,乡亲们都来了啊,那是要去见一见的。

刘少奇走出书房,王光美跟在他的身后。

刘少奇走过老宅天井。

刘少奇走过老宅酒房。

刘少奇走过堂屋。

刘少奇走出大门,愣住了。

刘家老宅的堂屋前,全都站满了乡亲们。

乡亲中老老小小,都穿着破旧的衣服,勉强可以遮体,他们手里抱着或拖着的娃娃,全都面黄肌瘦。

刘少奇看着这一幕动容了,眼中泛泪。

刘少奇有些哽咽:乡亲们,我已经将近40年没有回家乡了,很想回来看看,回来了,却看到乡亲们的生活很苦,是我们工作没做好,我在这里跟大家说一声对不住了。

在场的乡亲们也愣住了,他们没想到刘少奇作为一名国家主席,竟会讲出这样的问候辞,乡亲们全呆住了,都肃穆起来,怔怔地听着。

刘少奇接着说:我们的工作搞成这样,中央有责任,要向乡亲们承认错误,犯了错误不要紧,要紧的是认识错误,改正错误,改正得慢不好,死而不改更不好。我希望乡亲们能跟我说说心里话。

一名站在前排的、老学究模样的老人:主席啊,这些年,共产党帮助老百姓打倒了列强,赶走了日寇,成立了新中国,日子是越过越有希望了,我们相信共产党,一定会让全国人民吃饱饭的。

众人:是啊,是啊。我们相信党。

老人:其实,今日我们来只是想告诉主席,只要党在,我们就跟着党走。

乡亲们淳朴的眼神,真诚的回答,触碰到了少奇的内心深处。

刘少奇动容:谢谢乡亲们还愿意跟我讲心里话,说明你们还信任我,信任我们的共产党。我是农民的儿子,知道饿肚子是什么滋味,所以我这一辈子努力做的事,就是让人民吃饱饭,让我们的孩子和他们的下一代,再也不要体会饿肚子的滋味。我坐在国家主席这个位置上,惦记的就是你们的小日子。让你们过上幸福的日子,就是我们共产党人最大的心愿,虽然我们现在遇到了很多的自然灾害,在面对这些问题时也有经验不足的地方,但是我相信只要我们在毛主席的领导下,在党中央的领导下,日子总会一天天好起来的。

说完,这位63岁的老人,脱下帽子,露出了满头银发,对着乡亲们恭恭敬敬地鞠了一躬。

一时之间,鸦雀无声。乡亲们没有想到这位63岁的主席,竟会对百姓脱帽鞠躬。

但下一刻,乡亲们反应过来,如雷的掌声爆发了。

王光美在一旁跟着乡亲们热烈鼓掌,眼中饱含感动的泪水。

乡亲们全都往上迎,扶起了刘少奇,刘少奇起身,两眼已是通红。

刘少奇:谢谢乡亲们,谢谢。

刘少奇看着眼前瘦骨嶙峋的少年,轻轻地抚摸着少年的头。

刘少奇满怀歉意:天下哪一个父母不希望自己的儿女能吃饱饭啊,孩子,这几年苦了你们了。

少年天真地:刘爷爷,我们以后会吃饱饭的对吗?

刘少奇激动:会的,一定会的。刘爷爷向你保证!

刘少奇:乡亲们,我这次回乡调查,就是来解决你们吃饭的问题,让百姓吃饱饭,是我一生都关心的事情,想当年,虽然那时我还小,但为了这事,我也结结实实哭过一场呢。

刚才老学究模样的老人:这事我听说过,当年还成了我们炭子冲的奇事呢。

少奇听见此语,望着远方,思绪万千。

一个声音由远及近传来"九满伢子哎——回屋呷饭啰——"

空境　老宅堂屋　日　外

(延续上场画外音)鲁氏的呼唤声:九满伢子哎——回屋呷饭啰——

堂屋的木桌上摆着米饭、烧菜和碗筷。

鲁氏将最后一道菜端上木桌。

鲁氏听九满没有回应,只能朝外走去。

老宅堂屋门口　　夏　日　内一外

42岁的鲁氏在围裙上擦着手,向远处呼喊:九满——爷娘的乖乖崽欧——回屋头呷饭啰——

字幕:鲁氏　刘少奇之母

门前的水塘波光粼粼。

屋后的竹山葱茏。

字幕:湖南宁乡　炭子冲

(O.S.)鲁氏的声音温馨悠长:九满伢子哎——

……①

再比如《红楼梦》第一集"葫芦僧判断葫芦案"一场,就不断切入贾雨村对葫芦庙小沙弥及英莲的回忆。

应天府大堂

大堂上方悬着一块青地金字大匾:"明镜高悬"。

皂隶重行分立阶下两侧,吏典、属官序立阶上。

贾雨村绯袍金带,面南高坐。

阶下跪着一个四十来岁的仆人模样的人,正在申诉:"……那天我家小主人买了个丫头,不想是拐子拐来卖的。这拐子先已得了我家的银子,又悄悄地把丫头卖给薛家,我家小主人知道了不依,去找拐子索取丫头。无奈这薛家原是金陵一霸,倚财仗势,指使着众豪奴,竟把我家小主人打死了。凶身主仆已经都逃走了,无影无踪,只剩了几个局外之人。小人告了一年的状,竟无人做主。望大老爷拘拿凶犯,剪恶除凶,以救孤寡,我家小主人在阴间也感戴大老爷的恩德!"说罢,哭着连连叩首。

雨村听完,又拿起案上的状纸看了几眼,拍案大怒:"天下竟有这样放屁的事! 打死人命就白白让他跑了!"

案边立着的一个门子向着雨村使眼色。

雨村没注意,依旧怒气冲冲地:"把凶犯族中人拿来拷问!"说着从签筒中拿起一根签子就要掷下。

那个门子咳了一声,引起雨村注意。

门子示意雨村不要发签。

雨村觉出其中必有文章,举签的手慢慢落到原处,签子终于没有掷出。

他又看了那门子一眼。门子不动声色地站着,莫测高深地望着雨村。

雨村犹豫地:"退堂……"

---

① 此剧本片段由本书作者根据完成片整理。

雨村私室

门子向前请安：“老爷一向加官进禄，八九年来，就不认得我了？”

雨村狐疑着：“面善得很，只是一时想不起来了。”

门子笑着说：“老爷真是贵人多忘事，把出身之地竟也忘了。老爷不记得当年葫芦庙的事了？”

雨村不禁一怔，眯着眼睛细细打量着这门子的模样……

（闪回）葫芦庙门外，细雨蒙蒙。小沙弥把包袱递给雨村。雨村接过包袱背上，撑起破油纸雨伞。小沙弥招手……

雨村认出眼前这个门子就是当年葫芦庙的小沙弥。

雨村忙携起门子的手笑道：“哎呀，想不到原来是故人！坐，坐。”

门子不敢坐。

雨村：“老话说：贫贱之交不可忘。况且这又是私室，哪有不坐的道理？”

门子这才斜欠着坐在一把椅子上。

雨村：“你什么时候干了这个？”

门子叹了口气：“葫芦庙在老爷走后第二年就烧了。我从庙里出来，无处安身，就留了发，干上了这个营生。”

雨村点点头：“方才你不让我发签，其中有什么文章？”

门子关切地：“老爷荣任到这一省，难道就没抄一张本省的‘护官符’么？”

雨村莫名其妙：“护官符？”

门子：“这还了得！不知道这个，官怎么能当得长远？如今凡是做地方官的，都有一个私单，上面写的是本省最有权有势、极富极贵的大乡绅名姓，各省都一样；倘若不知道，一时触犯了这样的人家，不但官爵，只怕连性命还保不成呢！所以叫作‘护官符’。”说着从靴筒里摸出一张“护官符”递上。

雨村接过，递即读出：

> 贾不假，白玉为堂金作马。
>
> 阿房宫，三百里，住不下金陵一个史。
>
> 东海缺少白玉床，龙王来请金陵王。
>
> 丰年好大雪，珍珠如土金如铁。

门子凑过去，指着护官符：“这贾家，是当年宁国公、荣国公之后；这史家，是保龄侯尚书令史公之后；这王家，是都太尉统制县伯王公之后；这薛家，是紫薇舍人薛公之后，现领内府帑银行商。这四家连络有亲，一损俱损，一荣俱荣，互相扶持照应的。今天这个案子，告的就是这上面说的‘丰年好大雪’的薛家，凶犯名叫薛蟠，人称‘呆霸王’。也不单靠这上面的三家，薛家的世交亲友在京在外省的很多。老爷要拿人，拿谁去？”

雨村：“哦？你大约也知道这凶犯躲的方向了？”

门子：“躲？老爷真的以为薛蟠躲了？实对老爷说吧，人命官司在他只不过是儿戏，最多不过花上几个臭钱，没有不了的。”

雨村强笑笑:"这么说,案情你全知道了?"

门子得意地:"不瞒大人说,凶犯薛蟠我知道,死鬼冯渊我也知道。还有这被拐卖的小丫头,老爷猜是谁?说起来她家还是老爷的大恩人呢。"

雨村一愣。

门子:"她就是葫芦庙旁住的甄士隐老先生的小姐——英莲!"

雨村愕然:"英莲?就是当年甄老先生抱的那个小姑娘?"

(闪回)甜美、可爱,颈上挂着一个紫色玉制的菱形饰物不停地晃动的英莲。

门子:"没错,就是她!老爷还记得小姑娘眉心那块胭脂计吧?到如今模样也没大变,小的一眼就认出来了。"门子叹口气:"那是老爷离开葫芦庙的第二年元宵节……"

雨村摆摆手:"我全知道了……你且说这场官司如何判断才好?"

门子笑道:"老爷当年何其明决!今天怎么反成了没主意的人了?小的听说老爷补升到应天府,靠的是贾府之力,这个案子里的薛蟠就是贾府政老爷夫人的亲外甥,老爷何不顺水推舟,作个整人情,了结此案,日后也好和贾府人见面。"

雨村一本正经地:"我贾某人蒙皇上隆恩,正当为朝廷尽忠竭力,怎么可以徇私情而废公法?"

门子冷笑:"老爷说的何尝不是大道理,但在如今的世上是行不通的。岂不闻古人说:大丈夫相时而动;又说:趋吉避凶者为君子。若是照老爷说的办,不但不能报效朝廷,怕的是连自身也保不住,还请老爷三思。"

雨村低头思忖片刻,才说:"依你说该怎么办?"

门子笑着站起来:"小人已想出一个极好的主意",凑到雨村耳边耳语,断续可听见:"……暴病身亡……老爷只说善能扶鸾请仙,乩仙批示……凤尊相逢……得了无名之病,被冯渊鬼魂追索而死……"

雨村摇头:"不妥,不妥……"[1]

九、错觉式蒙太奇

错觉式蒙太奇是一种欲擒故纵的表现手法。上一个镜头故意暗示出下一个镜头,结果却来个其实不然。在冯小刚的电影《不见不散》[2]中,由葛优扮演的刘元极力邀请徐帆扮演的李清加入自己新开的旅行社,李清使劲摆手拒绝,刘元不容分说,说明天我等你电话,接下来电话果然响了,观众想当然地以为这是李清要告诉刘元自己来还是不来公司上任的电话,哪想到话机那边的李清已经走马上任,成了旅行社的副总,此时打电话是为了公司的其他事情。如此一来,就在事件上给观众造成一种错觉,并且利用观众心理上的反差取得了一种出乎意料的艺术效果。同样,在冯小刚的另一部电影《非诚勿

---

① 周雷、刘耕路、周岭:《红楼梦:根据曹雪芹原著改编》,北京:中国电影出版社,1987年,第44—47页。

② 冯小刚继电影《甲方乙方》在全国电影市场上广受欢迎后,于1999年再度推出的贺岁电影。

扰》[1]中，也有错觉式蒙太奇的妙用。舒淇扮演的女主人公想让葛优扮演的男主人公陪自己去见情人，葛优一连说了几个不去，以至于舒淇怒目相向地问："你到底去不去？"葛优还是回答说："不去！"然而，接下来的镜头却是葛优走在了舒淇的身后去见她的情人，又一次在情节安排和画面组接上"戏弄"了观众。

十、相似蒙太奇

所谓相似性蒙太奇，就是指前后两个镜头，依其某个相似之处加以连接的方法。它可以是形体的相似、动作的相似、心理内容的相似，也可以是物件的相似、音响的相似、色彩的相似，还可以是画面内在结构的相似。比如烈火中化出一面火红的战旗，哗哗流淌的大米化出奔泻的瀑布，无数火把化出满天红霞，一声惊恐的呼喊接上火车的汽笛声，奔跑者的喘息声接上火车机车的喷气声，等等。

继续以笔者的作品电视连续剧《重庆谈判》为例。

桂园　日　内
张治中进屋，夫人洪希厚迎上前来。
洪希厚：怎么只有你自己？不是说毛先生要住咱家吗？
张治中：去见孙夫人了，可能过会儿就会来。
洪希厚：哦，那我赶紧让他们再收拾一下，然后我们就离开。
张治中：（望望屋子里的陈设）已经收拾得很好了，就无须再劳动了吧？（攥住洪希厚的手）这些天，你辛苦了。
洪希厚：我这点辛苦算啥？关键是一纯，你真的想好了，让他留在这儿？
张治中：怎么？又开始舍不得了？
洪希厚：我哪里是舍不得？我是害怕。真要是……
张治中：放心吧，什么也不会发生，委员长把张镇的队伍给调来了，那可是宪兵司令部驻重庆直属特高组领导的特务宪兵。
洪希厚：你不说这些还好，说了这些我倒更害怕了，这不明摆着是要打仗的架势吗？
张治中：怎么会？毛先生来是为了和平，委员长请他也是为了和平。
洪希厚：这么说和平的希望很大？
张治中听了这话，一时竟无言可答，一屁股坐在毛泽东来时坐的那个沙发上发起了愣。
佣人上前，奉上一杯刚沏好的茶。

重庆　两路口新村3号　宋庆龄寓所　日　内
镜头从一只冒着热气的精致茶杯拉开，梳妆台前，宋庆龄正在试着宋美龄给她从美

---

① 冯小刚执导，葛优、舒淇、范伟、胡可等主演的爱情片，讲述了秦奋一夜暴富后揣着家底开始征婚旅程的故事。

国带来的各样新潮的衣服。

宋美龄：怎么样？喜不喜欢？是不是很合体？不喜欢？那这件呢？我觉着这件更能衬出你的高贵与典雅。

宋庆龄沉稳地笑着，并不表态。

宋美龄：我就知道，这些引不起你的兴趣，那你瞧这个——（猛地打开一个精致的糖盒，嘴里哼着贝多芬《命运交响曲》的乐调）当(3)—当(3)—当(3)—当(1)！

宋庆龄：（果然兴奋起来）橡皮糖？五美分一份的橡皮糖？你回皮德蒙特了？

宋美龄兴奋地点头。

宋庆龄：（急切地）老亨特的杂货店还开着？他还在人世吗？他的窗玻璃上是不是还像过去那样布满了斑斑点点的粘蝇纸？货柜里的东西是不是也还跟以前一样？

显然，宋美龄的礼物将她带回到了童年在美国小镇上学时的时光。

宋美龄：（不语，看了宋庆龄半天，才微笑着）有没有意识到，现在的你，才是我真实的阿姐模样呢？……

宋庆龄：（不好意思地笑笑）过几天，我们一起去看看大姐吧。抗战期间，她多次发表演讲，让大家买抗战发行的美金公债。可那个不争气的姐夫，让她没吃着肉还惹了一身臊，心情一定好不了。

宋美龄：这事，我也听说了，我也正想着跟大姐见面安慰安慰她呢。要不这样吧，过两天，让中正请客，把他们一家子请到林园，咱们搞一次兄弟姐妹的大聚餐好不好？

宋庆龄不语。

宋美龄：你要是不想去林园，咱就去黄山。中正为你建的云峰楼别墅，都竣工好几年了，你还没去住过呢……话说回来，这黄山官邸司务长的手艺可赶不上林园的，每次煎牛排都弄得干巴巴的，一点新鲜味也没有。不过也没啥，换掉他，我亲自下厨就是了。正好向你们展示一下我的厨艺。

宋庆龄：你是知道的，对吃什么，我并不特别在乎。

宋美龄：在乎的是去不去我家，对吧？姐姐，你说你这又是何苦？我们是一母同胞，就算各自政见不同，在一起吃顿饭有什么不可以？

宋庆龄依旧不说话。

宋美龄：你要是担心外界说三道四，我们就秘密进行，就算有哪个小报记者偷偷发了报道，中正一句话，各家报刊也会马上删个一干二净的。

宋庆龄：是啊，他有这个能力，他总是不让人民说话。

宋美龄：阿姐——你又来了，怎么从你嘴里说出的话，总是带着一股浓烈的共产党味道呢？

宋庆龄：小妹不爱听，也可以不跟阿姐交往啊。反正我们都已经大了，也都有了各自的家。

宋美龄：姐姐——不跟你交往我跟谁交往？在咱家，属你我走得最近，你可是我的偶像。当初，在孙先生和你的婚事上，全家上下一片反对声，唯有我是支持你的，可见阿姐在小妹心里的分量；还有，后来我之所以嫁给中正，还不就是因为受了你的影响？

宋庆龄：男怕入错行，女怕嫁错郎。爸妈以前是这样对我们讲的吧？

宋美龄：不管你说什么，我都爱他。也许，最早我们的结合是出于利益或如外界所说的投机，可现在，他已成为我生命中不可分割的一部分了。

宋庆龄：是啊，没有你，他也许会坏得更多。

宋美龄：姐姐——共产党就一定好吗？曾经有一批记者到了延安，回来后兴奋地向我汇报他们在延安的所见所闻，而我，只是静静地看着窗外东流而去的长江，等这些记者兴高采烈地全部讲完后，才慢慢转过身去，对他们说道，我相信你们在延安的所见所闻，乃至给我所讲的都是真的，但即使全部都是真的，我也只告诉你们一句话，那就是延安的共产党人，还没有真正尝到权力的滋味。

宋庆龄：（沉默片刻）蒋夫人要是没其他的事，就先请回吧，待会儿，我要见一个重要的客人。

宋美龄：我知道你要见谁，我也知道他来拜访你是为了什么。你可以称呼我为蒋夫人，也可以向我下逐客令，但我临走之前，还是希望阿姐好好地掂量掂量，有些话，该说的说，不该说的不说；有些事，该做的做，不该做的不做；有些态，该表的表，不该表的不表。

宋庆龄：（冷冷地）什么时候，小妹长这么大了？说起话来，有点像妈妈。（起身）

王安娜适时走进，摆出一副送客的架势。

宋美龄悻悻地起身，不甘心地离开了。

宋庆龄站到窗口，望着宋美龄的车远去，表情复杂地陷入沉思中……

在本段戏中，连接上下两场戏的是两只冒着热气的茶杯，连接的技巧利用的就是两者之间的相似性。

十一、果因蒙太奇

在国产电影《疯狂的石头》[①]和国外电影《赎罪》[②]中，出现了一种令人颇感新奇、手法独特的蒙太奇手法，具体特征为：将同属一个空间的一个事件，先交代出结果，再从多个角度进行时间上的回溯，以说明导致"结果"的"原因"，这里称其为果因蒙太奇。

比如，《疯狂的石头》中两车相撞的那个段落，小偷的黑皮斧头准备砸向前来检查他们证件的交警的脑袋，突听不远处传来"轰"的一声响，两车相撞，交警骑摩托前去查看现场，解了他们的围；镜头一转，秦秘书飞扬跋扈地在墙上挥洒"拆"字，也是听到身后传来

---

① 宁浩导演的黑色喜剧片，郭涛、刘桦、徐峥、黄渤等出演，讲述了某濒临倒闭的工艺品厂在推翻旧厂房时发现了一块价值连城的翡翠，不料国际大盗麦克与本地以道哥为首的小偷三人帮都盯上了翡翠，他们与工艺品厂保卫科的科长包世宏展开了激烈的攻防战。

② 乔·怀特执导，詹姆斯·麦卡沃伊、凯拉·奈特莉主演的影片，改编自获得过普利策文学奖的同名小说，讲述了第二次世界大战期间一对身份迥异的恋人因13岁少女的一个误会，在战火中阴差阳错造成悲剧的唯美爱情故事。

"轰"的一声巨响,回头一望,宝马车惨遭"重庆长安"碰撞。镜头再转,老包和小军在悠闲练车,闲聊间前挡玻璃被砸一大洞。两人下车,找出祸首是空中的缆车扔下来的易拉罐。老包仰脖怒骂完之后,转身发现忘记拉手刹的车子正快速顺坡下滑。惊恐的二人猛追。最后的场景就是老包与秦秘书对峙交涉,交警在一旁主持。至此,同一件事,不仅因果交代完毕,还将叙事变得像猜谜般充满乐趣。

除以上一段外,小偷团伙去罗汉寺第一次偷盗,以及结尾处道哥骑摩托车撞上猛然打开的汽车门的情节等,也都运用了果因蒙太奇。

电视连续剧《伪装者》第二集,明楼因为担心着被军统"绑架"了的明台,和阿诚考虑要尽早将明台营救出。结果阿诚率先行动了,装作运送补给的车开进军统训练营,直奔明台正洗澡的浴室,一番打斗后,来人亮出身份,说是要救明台走,明台未置可否。本场到此结束,接下来,在训练营门口,王天风拦住了前来营救明台出训练营的车,仔细搜查,却没看见明台。此时镜头回溯,浴室里,明台告诉营救他的人说,他要靠自己逃走。"果"由此交代了"因",观众这才搞明白。

第三节　表现类蒙太奇举例

与叙事类蒙太奇讲究前后画面的因果关系不同,表现类蒙太奇注重的是前后画面的并列关系。也就是说,表现类蒙太奇通过并列画面的组接,进而产生一种视觉的冲击力,以达到表达思想或情感的作用。

换言之,表现类蒙太奇是以镜头序列为基础,通过相连镜头,在形式或内容上相互对照、冲击,从而产生单个镜头本身所不具有的丰富含义,其目的在于激发观众的联想,启迪观众的思维活动。

具体来讲,表现类蒙太奇主要有对比式、隐喻式、象征式、联想式、思想式、抒情式等表现方式。

一、对比式蒙太奇

对比式蒙太奇就是把两种截然相反或根本对立的人、事、物、音响、色彩等连接在一起,互相衬托,造成强烈的对比。具体到创作过程中,创作者多使其镜头素材或片段之间在形式或者内容上呈现出对立状态,从相反的角度表现相同的主题,并且使主题给观众留下更加深刻的印象。

比如,在斯皮尔伯格的影片《辛德勒的名单》中,一条线表现犹太商人被赶离富裕的家,住到了空间狭窄、肮脏的纳粹集中营里;另一条线表现辛德勒鸠占鹊巢、舒服地躺在犹太商人家柔软的床上,两者间构成了鲜明的对比。

同样,如果把我国唐诗"朱门酒肉臭,路有冻死骨"拍成两组不同的画面并列剪切罗列的话,也会产生对比效果,不仅有强烈的感情色彩,还能表达一种明确的思想含义。

大卫·格里菲斯的《小麦的囤积》也是对比式蒙太奇的典型例子——资本家为了牟取暴利提高了小麦价格,致使面包的价格也翻了一倍。结果种小麦为面包提供原料的农民自己连面包都买不起了,而资本家们却在奢华的宴会上觥筹交错。在该片中,格里菲斯将资本家奢华的宴会、面包店买不起面包的农民们、农民们辛苦地在土地上播种小麦的画面交叉在一起进行平行剪辑,产生了强烈的对比效果,极具批判和讽刺的意义。

在电视连续剧《重庆谈判》中,也可见对比式蒙太奇的例子。

重庆 特园 餐厅 日 内

"啪"的一声,酒杯被重重地掷于桌上,杯里的酒溢了出来。

张澜:(气愤地)你说什么?蒋介石任命周佛海、任援道接管了上海、南京?

沈钧儒:不只这俩,华北的门致中,乃至臭名昭著的东陵大盗孙殿英等,也都颁布了任命书。

张澜:想不到啊,真是想不到。那周佛海,本是汪伪政权二号大汉奸;任援道呢,是汪伪政府第一方面军的司令;其他几个,如门致中、孙殿英等,也都是中华民族的败类,他们本该在战后受到严惩,如今却能摇身一变,由万人唾骂的汉奸,变成了国军的先锋。蒋先生这么做,真是什么脸面都不顾了。

黄炎培:说来说去,不就是怕与共产党和人民争地盘吗?去年的豫湘桂战役,国府部队全被日本人赶到了大西南。而延安呢,却始终坚守在抗日的最前线。如今日本投降了,蒋委员长就是想下山摘桃子,也是鞭长莫及,不如人家,占尽了天时地利。没办法,才想出这一损招吧?

傅斯年:招是损了点,但作用不小。就拿北平和天津来说吧,由于日伪联合,加上国府的地下军也投入了战斗,集中重兵守城,中共指挥的军队连连受挫,不得已撤出了市区。这俩城市算是保住了。

张澜不高兴地看了傅斯年一眼。

沈钧儒:据我所知,这幕丑剧的始作俑者,是军统头子戴笠。

左舜生:不错,我也听说了,在戴笠一手导演下,周佛海在日本乞降的当天就发电报给蒋介石说,我保证可以守住上海和京沪附近的地区,但请你给我公开封一个官职以便于指挥。

黄炎培:显然,他的真实的隐藏意思是:一旦你公开封了我的官儿,今后就不能以叛国罪来惩治我,那我以后的安全就得到了保障。

沈钧儒:据说,周佛海的电报来了之后,蒋介石开始很为难,觉着给这么一个人封官,在全国人民面前无法交代。然而此时戴笠建议说,如果不给周佛海封官儿的话,那他就不会尽力替你守住上海,上海就很有可能被共产党占领。蒋介石无奈,经过考虑后,还是答应了这一荒唐的请求。

张澜：荒唐？我们看着荒唐，他可不一定这么认为。这位蒋主席为了保住党国的利益，一向是什么事都可以做得出来的。全然不考虑这么做，一，大大破坏了我国立国的纪纲，二，大大损伤了中华民族的正气，三，还丧失了我国作为五强之一的国家体统。

黄炎培：蒋介石这几道命令一下，等于说给抗战胜利的中国制造了一个个乱象：正面战场上，一片和平，国民党军在日军合作和伪军欢迎下，迅速开进各大城市和各交通要道；原先的敌后战场上，却仍然是战火连天，日军和伪军联合坚守在过去的炮楼和工事里，抵御着共产党军队的反攻，并等候着政府军队的到来，中国大地上外战和内战交织在一起，真可称之为天下奇观啊。

张澜：这不行！我们民盟不能就这样听之任之，袖手旁观，我们得亮出我们鲜明的反对态度，（对鲜英）特生，取纸笔来！

鲜英：（看了看满桌新上的饭菜，以及围桌而坐的黄炎培、傅斯年、沈钧儒等人，面露难色）表老，还是先吃饭吧，这可是您的欢迎宴啊！

沈钧儒：是啊，表老，先吃饭吧，等吃完饭再写也来得及。

张澜：国家成了这个样子，内战充满危机，现在，就是摆出再好的珍馐佳肴，你们说，我……我能吃得下吗？！

黄炎培：表老，消消气，有一个好消息刚刚传来，中共聂荣臻的部队正在向张家口挺进，所到之处，所向披靡，张家口很可能会被中共的军队占领。

沈钧儒：哦？有什么特殊的意义吗？

傅斯年：你该不会是指土包子从此进了城吧？

黄炎培：（不满地白了傅斯年一眼）拿下张家口，就意味着取得了前往东北的跳板，意味着从此中共的部队就可以跟占领东北的苏联红军连成一片，而中共的军队和苏军一旦联手，想大家都明白这意味着什么，他们的力量会迅速壮大起来。

傅斯年：不尽然吧。来自国府内部的消息说，《中苏友好同盟条约》就要签订了，里面有极其不利于中共的条款。

左舜生：什么条款？

傅斯年：一旦条约签订，苏联政府承诺完全断绝与中共的关系，不再向他们提供任何援助与支持。

鲜英：啊？那毛泽东的部队今后岂不就成了孤军作战？

张澜：这个条约现在进展到哪一步了？

傅斯年：条款谈得差不多了，只是还没有签，宋子文、王世杰还在苏联，正与苏联的外交部部长莫洛托夫继续磋商呢。

左舜生：既然这条约对国府十分有利，那为什么还不赶紧签呢？

傅斯年：听说，条款中包含不少有损国家主权的内容。例如承认外蒙独立，苏军将在大连、旅顺建立一个长期驻军的军事基地，等等。

左舜生：要这么说，这条约确实不能签。

苏联　莫斯科　宋子文寓所　日　内

蒋经国：(拿一电报进屋，对屋里坐着的宋子文和王世杰道)父亲来电，让我们马上签署《中苏友好同盟条约》。

字幕：蒋经国

王世杰：你说什么？他不是也认为其中的许多条款无法接受吗？怎么突然态度又变了？

字幕：国民政府外交部部长　王世杰

宋子文：签吧，听委员长的，这也是为了国家的大局。

字幕：国民政府行政院院长　宋子文

王世杰：什么大局？条约签了，东北的权益，就完全给了苏联，这实际上是不叫占领的占领。

宋子文：那又怎么样呢？苏军已经进占了东北，签了，还可以保证三个月以后撤出来，不签，倒有可能长期驻军。

王世杰：可东北的铁路、大连，就全交给他们管理了。那本是我们该得到的权益啊。

宋子文：不错，可斯大林说了，如果是这样的话，你们为什么不自己把日本人打败呢？换句话说，在德国投降后，他又该如何向他的同志们解释，在中国的土地上，为什么需要苏联的军人们流血呢？

王世杰：(沮丧地)你说得这么有理有据，那为什么是我而不是你在这个条约签字呢？你又为什么在这个条约签订之前辞掉外交部长的职务，由我来替你背负这万斤之重担呢？

宋子文：雪艇兄啊，你必须明白，这个条约最大的好处就是可以用来对付中国的共产党，这么说吧，委员长已向我保证，他本人对中苏条约及其后果将负完全责任。那你说，我俩再坚持，还有任何意义吗？

王世杰沉默不语。

蒋经国：要不，我再跟父亲谈谈？

宋子文：算了，没用的，(对王世杰)雪艇兄啊，值此中苏情势紧张之际，本身之毁誉问题我们就不要再过多考虑了，好吗？！

王世杰无奈地、狠狠地一拳砸在墙上挂着的一幅油画上。

那油画是《阿芙乐尔巡洋舰》。

在这两场戏中，民盟成员坚决主张反对签署《中苏友好同盟条约》的态度与蒋介石为了打内战，不顾国家与民族的利益，公然强迫王世杰、蒋经国等签署《中苏友好同盟条约》的行径，做了强有力的对比，也鲜明地表达了作者的立场和态度，很自然地，会在观众心目中引发憎恨、厌恶等情绪。

二、隐喻式蒙太奇

隐喻式蒙太奇常以镜头、音画间的有机组合来含蓄地揭示事物间的隐喻关系,往往借助于不同事物间的某种相似点来实现这种隐喻比附。经典的例子如普多夫金的《母亲》①一片中将工人游行示威的场面与春天河水解冻的画面组接起来,以此喻示革命运动如解冻春水般势不可挡。

查理·卓别林的《摩登时代》②开始的镜头里,先是羊群拥挤在一起走过,紧接着是一大群工人拥挤着走进工厂,也是巧妙地对那个"机械化"的变态社会的深层隐喻。

隐喻式蒙太奇将巨大的概括力和极度简洁的表现手法相结合,具有强烈的情绪感染力。

需要说明的是,在使用隐喻式、象征式等蒙太奇时,一定要注意尽可能地使前后画面有着情节上和环境上的联系,把故事的某个有机部分提高为含义深远的隐喻,而不要仅仅为了制造比喻,随意安排一个画面,把一个肤浅的、生硬的比喻硬贴在影片或电视剧里面。

三、象征式蒙太奇

将某一具体事物和另一具体事物并列,用以表现出这一事物的某种意义,称为象征式蒙太奇。

我们常常在一些影片或电视剧中见到:用暴风骤雨表现人的激动或愤怒的心情,用高山、青松象征英雄精神的不朽,用鲜花象征爱情和幸福,用涌动的海水表现人的欲望等。这些都可视为象征式蒙太奇的实例。

比如,在贝纳尔多·贝托鲁齐的著名电影《末代皇帝》③中,有这样一场戏:行将就木的慈禧对小溥仪说,"我立你为嗣皇帝,继承大清的皇帝。你……就要成为天子了",之后便停止了呼吸。此时,影片将两个特写镜头组接在一起,一个是小溥仪把手指放在嘴里注视慈禧,另一个则是有一双手把夜明珠塞入慈禧半张的嘴里。这种镜头组合,把充满着童真却要踏上皇位的小溥仪和已经走进坟墓的慈禧连接在一起,象征着小溥仪又将步入新的历史轮回。此类蒙太奇思维通过简单的镜头表现了难以直言的深意。

四、联想式蒙太奇

这种蒙太奇形式是一种抽象的形式,此时的蒙太奇不再是叙事的手段,而是表达某

---

① 普多夫金 1926 年执导的剧情片,讲述了尼洛夫娜和儿子巴维尔为革命牺牲的故事。

② 查理·卓别林导演并主演的一部经典喜剧电影,讲述了美国 20 世纪 30 年代经济萧条时期,工人查理在工厂干活、发疯、进入精神病院的故事,这一切都与当时的经济危机给人们带来生存危机有着密切的联系。而在艰难的生活中,查理和孤女相濡以沫,场面温馨感人,焕发着人性的光辉。

③ 贝纳尔多·贝托鲁奇执导,尊龙、陈冲、邬君梅、彼德·奥图等主演的传记电影,讲述了中国最后一个皇帝爱新觉罗·溥仪从当上皇帝开始到最终成为一名普通公民之间横跨 60 年的跌宕一生。

种思想,这种蒙太奇的重点在于引导观众思考并使之产生结论。比如在爱森斯坦著名的影片《战舰波将金号》[①]中,当起义的水兵向沙皇军官的总部敖德萨剧院开炮时,银幕上出现三个大狮子的短暂镜头,第一只狮子在沉睡,第二只在苏醒,第三只起身站立。单独看,每个镜头内容是"中性"的,但它们的组合,给了我们一只狮子吼着跳起来的感觉,引导观众理解影片所要表达的思想:沉睡的俄国人民醒了,他们起而反抗沙皇政府的残酷暴行。

五、抒情式蒙太奇

抒情式蒙太奇是一种在保证叙事和描写的连贯性的同时,表现超越剧情的思想和情感的手法。它的本意既是叙述故事,亦是绘声绘色的渲染,并且更偏重后者。

在电影和电视剧中,观众最常见、最易感受到的抒情式蒙太奇,往往是在一段叙事场面之后,切入的象征情绪、情感的空镜头。如苏联影片《乡村女教师》[②]中,瓦尔瓦拉和马尔蒂诺夫相爱了,马尔蒂诺夫试探地问她是否愿意永远等待他,她一往情深地答道"永远!"紧接着画面中切入两个盛开的花枝的镜头,它本与剧情无直接关系,但却恰当地抒发了人物的情感。

再比如电视连续剧《暗算》的结尾,当写到钱之江用生命换来了斗争的胜利,党的秘密会议胜利召开,宁沪杭三地的地下组织再次迎来了发展壮大的勃勃生机时,作者不失时机地切入了这样的画面。

滔滔的黄埔江水,时间在江面上闪着波光,千帆穿梭,来来往往……[③]

这就是典型的抒情式蒙太奇。

六、镜头内部蒙太奇(纵深式蒙太奇)

这里我们先介绍一下法国电影理论家安德烈·巴赞与德国电影理论家齐格弗里德·克拉考尔联合倡导的与蒙太奇唱对台戏的长镜头理论。

首先必须承认的是,当我们在看到蒙太奇的优越性的时候,也应当看到它的局限性。它确实有一种人工的痕迹,有时不免会破坏时间和空间的真实关系,有着作假的可能。

---

①　谢尔盖·爱森斯坦执导,亚历山大·安东诺夫等人主演的一部向俄国 1905 年革命 20 周年献礼的影片,讲述了敖德萨海军波将金号战舰起义的历史故事。

②　苏联儿童电影制片厂于 1947 年出品的一部剧情片,讲述了一名平凡的乡村女教师不平凡的精神。

③　麦家、杨健:《暗算》,北京:作家出版社,2006 年,第 478 页。

比如,影片《十月》①中表现孟什维克代表居心叵测的发言时,插入了弹竖琴的手的镜头,以说明其"老调重弹,迷惑听众"或讥讽其"说的比唱的还好听"。这说明爱森斯坦极力倡导的蒙太奇是一种更注重理性、更抽象的蒙太奇形式。为了表达某种抽象的理性观念,其往往会硬切进某些与剧情完全不相干的镜头。

安德烈·巴赞对此提出了尖锐的批评,他说:"库里肖夫的蒙太奇、爱森斯坦的蒙太奇或阿贝尔·冈斯的蒙太奇都不是展现事件,它们都是暗示事件。无疑,他们的蒙太奇构成元素至少有大部分是从他们力求描述的现实中取得的,但影片的最终含义更多取决于这些元素的组织安排,而不是取决于这些元素的客观内容……也就是说,它是一个抽象的结果,而任何一个具体元素都未预先包含这些新意。同样可以想象,一些年轻姑娘加鲜花盛开的苹果树是表示希望,这类组合不胜枚举。但是它们都有一个共同特点,即通过隐喻或联想来提示概念。于是,在真正的电影剧本(即叙述的最终实体)与未经加工的影像之间,插入了一个附加物,一个美学的'变压器'。含义不在影像之中,而是犹如影像的投影,借助蒙太奇射入观众的意识。"②

由此,巴赞得出结论,"人们一再对我们说,蒙太奇是电影的本性,然而,在上述情况下,蒙太奇是典型的反电影性的文学手段"③,"若一个事件的主要内容要求两个或多个动作元素同时存在,蒙太奇应被禁用"④。

巴赞之所以强烈反对蒙太奇,是因为在他看来,蒙太奇"尽管每一个画面都是具体的,却只有叙事的价值,而没有真实性的价值"⑤,也就是说,蒙太奇虽然做到了叙事的真实性,但它对空间与时间进行大量的分割处理,破坏了"感性的真实"。相反,"长镜头"的目的在于"记录事件",它"尊重感性的真实空间和时间",要求"在一视同仁的空间同一性之中保存物体",这才是最为可取的。

那么,巴赞的长镜头理论究竟包含哪些内容呢?

巴赞从照相本体论出发,强调电影的真实。在他看来,电影的真实首先是时空的真实,电影要表现"未经组织的"真实的空间和时间,特别是"空间的真实"。

为了保持空间的真实,巴赞特别注重镜头调度,尤其是长镜头的运用。他认为只有长镜头才能够既保存客观存在的时空连续性,又具有充分协调镜头内部组织的能力。他还特别强调景深镜头的调度现象,指出景深镜头的空间更为完整、真实并且不失其内在的多义性,观众在这个空间中有更多的自由去感受和选择。

巴赞希望电影工作者认识到电影画面本身所固有的原始力量,他认为,解释和阐明

---

① 1927年为纪念十月革命十周年而拍摄的纪录风格影片,片中群众角色很多为当时参与十月革命的被压迫的无产阶级群众。脚本参考了美国记者里德的新闻体纪实著作《震撼世界的十天》。此片和《战舰波将金号》《罢工》一样,同为爱森斯坦20年代探索蒙太奇剪辑的代表作。

② 安德烈·巴赞:《电影是什么?》,崔君衍译,北京:文化艺术出版社,2008年,第60页。

③ 安德烈·巴赞:《电影是什么?》,崔君衍译,北京:文化艺术出版社,2008年,第51页。

④ 安德烈·巴赞:《电影是什么?》,崔君衍译,北京:文化艺术出版社,2008年,第54页。

⑤ 安德烈·巴赞:《电影是什么?》,崔君衍译,北京:文化艺术出版社,2008年,第54页。

含义固然需要艺术技巧,但是通过不加修饰的画面来显示含义也是需要艺术技巧的。

所有这些,构成了巴赞"场面调度"的理论,也有人称其为"景深镜头"理论或"长镜头"理论。

齐格弗里德·克拉考尔非常赞同巴赞的理论,因此他成为另一位长镜头美学学派的代表人物。他在著作《电影的本性》中写道:"电影按其本质来说是照相的一次外延,因而也跟照相手段一样,跟我们的周围世界有一种显而易见的近亲性。"[①]也就是说,电影的本性是什么呢?是纪录和揭示具体的现实。

长镜头与蒙太奇如此对立,看上去又都很有道理,也正因为此,才形成了分庭抗礼的两大电影美学学派。那么,我们该如何看待这两种不同的观点,这两种观点又究竟孰优孰劣,孰是孰非呢?

首先,我们承认,蒙太奇是有作假的可能,但如巴赞、克拉考尔等所言,完全否定蒙太奇,推崇景深镜头、连续拍摄等也有片面性。

比如,批评蒙太奇论者把单镜头看成是无意义的,这就很值得商榷。任何一部电影必然有大量的意义不完整的镜头,但其与其他的镜头连接起来后就具有了比较明确的或完整的意义。镜头是独立的,又是相互依存的,即使是系列镜头,也不能离开总体的内容与形式而成为完整的艺术存在。

其次,不能因为对景深镜头、连续拍摄等的偏爱,就放弃蒙太奇所能取得的构成电影空间、电影时间的便利。景深镜头、连续拍摄的作用是巨大的,但也有它的局限性。景深镜头不能摆脱画面的框子,不像眼睛那样不受框子的限制,而且有透视问题的干扰。人物处在不同的层次上,远近事物的尺度就不同,所以就要用场面调度来配合,最终"照相本性"还是要受到人的干预。而长镜头也不过是利用了场面与摄影机的调度来代替蒙太奇组合,以实现画面的范围和内容的更替,所以长镜头与蒙太奇两者之间并无本质上的绝对分歧,这也正是有人把这种手法称作"镜头内部蒙太奇"或"纵深式蒙太奇"的原因。

镜头内部蒙太奇不仅具有生活化和真实性的特点,而且还具有叙事的完整性和统一性,更能精准地体现电影作品的风格与主旨。比如电影《云水谣》[②]中表现王晓芮在西藏与远在美国的姑姑王碧云视频聊天时,镜头先是拍摄在酒吧二楼的一对新人举办婚礼的场景,热闹无比,随后缓缓下降至一楼,再向电脑屏幕上王碧云苍老的、悲伤无比的脸上推移。这一乐一悲,将王碧云的不幸衬托得更加不幸。她本该拥有这一切的幸福,可是她所拥有的只是孤寂的一生。再比如《汤姆叔叔的小屋》[③]中,在小天使伊万拉着汤姆去看他的"小宫殿"时,摄影机从唱歌的汤姆和陶醉在歌声中的小伊万身上很自然地

---

① 齐格弗里德·克拉考尔:《电影的本性》,邵牧君译,北京:中国电影出版社,1981年,第3页。

② 刘恒编剧,尹力执导,陈坤、徐若瑄、李冰冰主演的电影,讲述了在历经20世纪60年大时代动荡背景下,一段跨越海峡、至死不渝的坚贞爱情。

③ 德国1965年出品的电影,改编自美国斯托夫人所著小说《汤姆叔叔的小屋》,讲述了一名忠心维护主人的黑奴汤姆的遭遇。

摇向湖水中洁白如玉的簇簇荷花,也构成了一个没有剪切的隐喻式蒙太奇。

电视剧中也不乏长镜头使用的绝佳例子,例如电视连续剧《衡山医院》[①]的开场,镜头从空中一路前行,既俯瞰了上海的十里洋场,领略了那里的风云际会,还让观众跟随着镜头穿过街景,走进酒吧,把目光聚焦到正在那里用三寸不烂之舌哄骗富家大小姐的男主人公身上。中西结合的建筑、贫富差距的现实以及拆白党的花招等,并不分切,全在其中,真是磅礴大气,流畅自如,一气呵成。

由此可见,一味地排斥蒙太奇或一味地排斥长镜头都是不可取的,在创作实践中,我们真正应该做的是执其两端折其中,好的汲取,坏的摒弃,一切为作品的内容和品质服务。

第四节　编剧如何运用蒙太奇

由前三节的内容可以看出,蒙太奇的应用给影视创作注入了无尽的生气和活力。在影视作品的放映过程中,它引导着观众对蒙太奇结构实现从分析到综合、从部分到整体的自觉的艺术思维活动,并给观众留下无尽的想象空间,使平常的画面组合成无穷的、具有深刻内涵的影视作品。

正因为此,每一个电影或电视剧的创作者,都必须懂得并熟练使用各种蒙太奇手法,如此才能展现创作者的功力,使作品拥有长久的生命力。

对于电影或电视剧的编剧来说,掌握蒙太奇,是要掌握它的实质,并非要在电影或电视剧剧本中注上"平行蒙太奇"或"思想蒙太奇"之类,而是要熟练地将它们运用到自己创作的电影或电视剧剧本中去。这与在剧本中不必注明"中景""近景""推拉摇移"等景别、摄法是同样的道理。

可能有编剧会说,我只需会讲故事就可以了,蒙太奇这样的手法交给导演和后期的剪辑师去处理便是。这个想法是错误的。从之前所举的例子中可以看出,一部电影或一部电视剧剧本,实际上就是一个个蒙太奇句子或一个个蒙太奇段落。而不懂蒙太奇,就仿佛学语言不会语法就写不出好句子、好文章一样,创作不出好的影视作品。

正如普多夫金所说:"虽然编剧不必去规定要拍什么和如何拍,也不必去指明要剪辑什么和如何剪辑等,但是如果他懂得并且能够考虑到导演工作上的可能性和特点,他就能给导演提供可用的素材,因而使他能够创作出一部用电影的手法表现出来的

---

①　崔斯韦、李青编剧,董志强执导,秦俊杰、涂松岩、孙铱、孙爽、刘子赫、奚美娟领衔主演的 34 集谍战题材电视连续剧,讲述了上海滩小开马天明意外以留洋医生蔡里昆的身份藏身于衡山医院,在险象环生的斗智斗勇中,逐渐成长为一个深晓民族大义的男子汉,最终战胜恶徒,完成组织交予的任务,同时也为自己洗清冤屈的故事。

影片。"①

这就是说,一个成熟的电影或电视剧编剧向导演提供的,应该是运用影视思维写作的电影或电视剧剧本。然而放在具体的创作实践中考量,却会发现事实大多不是如此,有些编剧并非在用影视思维,而是在用文学思维写剧本。

什么是影视思维?什么是文学思维?这一切与蒙太奇又有什么关系?

其实这是个老生常谈的问题,在本书的第一章,我们就谈到过电影或电视剧编剧的思维和文学家、戏剧家要有所不同。具体来讲,文学家用文学语言去叙述,戏剧家要注意人物的台词与动作,这些可称之为文学思维;而电影或电视剧编剧在创作时,则要在眼前或心中时时挂一个银幕或屏幕,所写的一切都应该是能在这个银幕或屏幕上呈现的,这就是我们所说的影视思维。

电影或电视剧编剧还必须懂得"如何从无限丰富的生活素材中,发现和选择出那些通过画面(或镜头)的组接而能够清楚、生动地表现他的全部思想意图的形式和动作"②,而这种组接必然会用到蒙太奇。

所以,蒙太奇与电影思维的关系是极其密切的,某种程度上,电影思维就是蒙太奇思维,两者是可以画等号的。

电影或电视剧编剧要懂得电影思维,就要懂得各种类型的蒙太奇的不同性能,还要学会将其娴熟自如地运用到自己的剧本当中去。

最后还要说明的是,初学者要想真正掌握蒙太奇思维和蒙太奇手段,除了学懂理论之外,最好能实际参与一部电影或电视剧的实际制作全过程,从中了解自己用文字所表达的内容,未来究竟是否适合在银幕或荧幕上呈现。在这一过程中,编剧不仅要了解摄影机的运动、照明的变化、美术的设计、画面的构图、演员的表演、音响的选择等,更要了解后期镜头的剪辑。只有这样,编剧才能真正理解什么是影视的蒙太奇手段,什么是影视的蒙太奇思维,什么是在影视思维统领下创作出来的电影或电视剧剧本。这一步是很有必要的,会使编剧少走弯路,且事半功倍。

---

① 普多夫金:《论电影的编剧、导演和演员》,何力译,北京:中国电影出版社,1980年,第14页。
② 汪流:《电影编剧学》(修订版),北京:中国传媒大学出版社,2009,第64页。

第六章　电视连续剧的题材、类型、流程、格式

第一节　电视连续剧的题材

　　"题材"二字,历来有广义和狭义两种不同的概念。广义是指作为创作材料的社会生活的某些方面。例如:从不同行业层面考虑,可以将题材划分为工业题材、农业题材、军事题材、教育题材等;从历史层面考虑,可以将题材划分为当代题材、古代题材、近代题材等;从剧中主人公的性别、年龄以及剧本所服务的观众层面考虑,可将题材划分为女性题材、青春偶像题材、儿童题材等。狭义是指"编剧依据他对生活的观察、体验、研究和分析形成的创作意图,然后把生活素材加以选择、提炼、加工和改造后,纳入作品中去,使之成为作品表现的对象和组成部分的具体生活材料"[①]。例如,在众多的商业题材中,编剧独独选中了晋商这一领域,从而也就形成了描写晋商生存状态,展现一代代山西商人创业、立业、守业的艰辛历程,给观众传递社会正能量,弘扬社会主义核心价值观的晋商题材。

　　广义和狭义的两种题材概念是不能混为一谈的。前者更多地应用于剧本完成或影片拍摄完毕之后。比如国家广播电视总局在总结本年生产情况时,常会计算"今年拍摄了××部电影或电视剧,其中工业题材的××部,农业题材的××部……"这里运用的就是广义的题材概念。但这种宽泛的题材概念不适用于编剧的实际工作。这是因为,首先,一个编剧往往只能写自己熟悉的领域,而这一领域往往属于狭义的而非广义的题材;其次,即便是从广义的题材范围中选中了某类题材,于创作也没什么实际意义。例如

---

① 　刘一兵:《你了解这门艺术吗——电影剧作常识 100 问》,北京:中国电影出版社,1986 年,第 30 页。

《都很好》和《不惑之旅》①都属当代、都市类的广义题材，可是它们的内容和主题却相去甚远。

所以，编剧所谓"选材"中的题材概念应该是狭义的。这种概念较多地探讨剧作与生活的关系及剧作规律等方面的问题，例如民工婚恋题材、留守儿童题材、"失独"家庭题材、复仇题材、知青题材、帝王将相题材、宫斗题材等，而且这些狭义的题材通常在剧本进入写作之前就需考虑成熟，如此才能在写剧本时做到游刃有余。

不过，编剧若想选题正确，还是要对中国电视剧背景下广义题材发展的历史有所了解，对此我们简单做一个介绍和总结。

首先，我们把所有的广义题材归纳成以下几类：城市题材、农村题材、历史题材、军事题材、家庭伦理题材。

一、中国城市题材电视连续剧的发展历史、特点及现状

中国城市题材电视连续剧以城市生活和城市居民为主要表现对象，其内容包括展现异于乡村的都市生活形态、城市风貌、城市印象、城市风云变幻的历史等，同时彰显城市物质欲望，描写个体都市体验以及刻画各类市民形象等，总之是围绕凸显城市特点这一中心向不同层面展开，其本质与特色取决于所描写的城市的本质与特色。

随着时代的发展、社会的进步，城市题材电视连续剧也越来越繁荣，越来越完善。一些城市题材佳作如20世纪90年代的《渴望》《编辑部的故事》②《过把瘾》③《皇城根儿》《四世同堂》，21世纪的《儿女情长》④《咱爸咱妈》⑤《贫嘴张大民的幸福生活》《一地鸡毛》⑥《浪漫的事》⑦《当婆婆遇上妈》《都挺好》《乔家的儿女》《安家》⑧《启航：当风起时》《装

---

① 韩杰编剧、导演，陈建斌、梅婷领衔主演的40集电视连续剧，讲述了图书出版商马列文与教师简单历经波折、笑对生活的故事。

② 王朔、冯小刚编剧，赵宝刚、金炎执导，葛优、张瞳、侯耀华、吕丽萍等主演的25集系列情景喜剧，讲述了《人间指南》杂志编辑部里，6个编辑之间产生的令人忍俊不禁的人生故事。

③ 李晓明、黑子编剧，赵宝刚执导，王志文、江珊主演的一部8集电视连续剧，改编自王朔《过把瘾就死》《永失我爱》《无人喝彩》三部小说，讲述了方言与杜梅从相识、相爱、相斥、相离、相信，到最后再次相聚的故事。

④ 李云良、王平编剧，石晓华导演，奇梦石、王玉梅、奚美娟、张芝华、何政军等主演的22集电视连续剧，讲述了上海寻常人家的寻常故事，完整细腻而又真实朴素地还原了底层市民情感的原生态美感。

⑤ 赵韫颖编剧，韩刚执导，陈宝国、巫刚、赵奎娥等联袂主演的22集电视连续剧，于1995年播出。

⑥ 刘震云编剧，冯小刚执导，陈道明、徐帆、修宗迪等主演的10集电视连续剧。根据刘震云的两部中篇小说《单位》和《一地鸡毛》改编，讲述了小林在单位和家庭的种种遭遇和心灵轨迹改变的故事。

⑦ 藏希、藏里、王彦霞编剧，杨亚洲执导，彭玉、倪萍、朱媛媛、张延、石凉等主演的20集电视连续剧，讲述了一个父亲过早离世后，母亲一人面对3个女儿恋爱、结婚、生子、离婚又复婚等一系列生活变故的故事。

⑧ 六六、九枚玉、颜立维编剧，安建执导，孙俪、罗晋等主演的53集都市职场题材电视连续剧，讲述了安家房产中介在帮助客户安家之余，也见证了客户生活中的喜怒哀乐的故事。

台》①《情满四合院》等,都以都市市民的日常生活为背景,真实地再现了中国市民在时代和社会变迁下的种种生存状态和精神追求,赢得了广大观众的喜爱,并掀起阵阵收视热潮。

我们认为:一方面,城市题材电视连续剧创作的关键在于写好市民形象,这是因为市民是城市文化形象的主要承载者。把握市民的典型心态,写出他们的典型生活,表现其精神气质和文化内核是十分必要,也是十分有效的,这将大大提升城市题材电视剧的品位。另一方面,城市题材电视剧也要在挖掘历史文化资源,再现本土文化意象上下功夫。这是因为历史文化资源是一个城市文化品位的重要表现,是一个城市文化个性的生动写照,也是一个城市最独特的文化优势所在,所以展现这样的内容十分必要。

二、中国农村题材电视连续剧的发展历史、特点及现状

在中国,地域面积最广阔的是农村,人口最多的是农民,也正因为中国农民和农村在中国历史及现实中的重要地位,农村题材电视剧在我国电视剧创作和生产中始终处在极其重要的位置。我国第一部电视剧——1958 年播出的《一口菜饼子》,表现的便是中国农村的农民生活。1978 年 5 月 22 日,中央电视台播出的第一部电视单本剧《三家亲》②,也是描写农村生活的。在这之后,农村题材电视剧层出不穷,出现了不少佳作。仅以观众熟知的电视连续剧论,就有 20 世纪 90 年代的"农村三部曲"(《篱笆·女人和狗》《辘轳·女人和井》《古船·女人和网》③),以及《沟里人》④《趟过男人河的女人》⑤,还

---

① 马晓勇编剧,李少飞执导,张嘉益、闫妮领衔主演的 33 集都市情感题材电视连续剧,根据陈彦同名小说改编,讲述了以刁顺子为首的舞台搭建者生活中发生的酸甜苦辣的故事。

② 蔡晓晴首部个人执导的农村题材电视剧,也是新时期录制的第一部彩色电视剧,成为中国电视剧发展的标志性作品。

③ 韩志君、韩志晨编剧,陈雨田导演,田成仁、吴玉华等主演的现代农村题材电视连续剧。20 世纪 90年代初播出后引起较大反响。

④ 崔巍、冉平、郭国元编剧,张绍林执导的 4 集电视连续剧,讲述了一个山沟里的村民从军返乡后,排除困难,带领村民开山凿路的故事。

⑤ 陈中庆编剧,陈国军执导,李琳、董晓燕、张兆北、王海地等主演的 44 集电视连续剧,讲述了美丽善良的山杏深得同村年轻人喜欢,村治保主任儿子大宝非山杏不娶,而山杏却与下乡扶贫干部玉生相爱的故事。

有 2000 年以来的《三连襟》①《当家的女人》②《圣水湖畔》③《镇长》④《喜耕田的故事》⑤《大江大河》等。这些电视剧从不同的角度，以丰富的内容和多样化的表现方式，将中国农村的苦难、贫穷、变化、发展和繁荣——呈现在荧屏上，也将中国广大农民的命运变迁和心理嬗变——呈现，其表现内容也更加深入，美学风格和艺术形式亦渐趋丰富，表现视角更加多元。

"变化中也蕴含着不变，30 多年过去了，现实中和作品中的许多乡村，依然要面对脱贫致富这一'古老'的话题，而对乡村社会现实的批判和反思更是农村题材电视剧一以贯之的主题。在将这些永恒主题继续深入发掘的基础上，创作者亦应该大力开辟反思历史、守望家园等新的主题性领域，从而为农村题材电视剧的发展开辟新的表现视域，拓展农村题材电视剧的美学表现领域。而如何为农村题材电视剧的发展提供更多更好的契机，如何保持农村题材电视剧发展的良好势头，如何让农村题材电视剧进入良好有序的市场机制，将是创作者和理论者现在和未来共同面对的问题。"⑥

三、历史题材电视连续剧的发展历史、特点及现状

我国是四大文明古国之一，拥有上下五千年的辉煌历史。这样雄厚的、源远流长的历史背景给了电视剧取之不尽用之不竭的创作资源，因此我国以历史为题材的电视剧层出不穷。近年来，不仅有反映古代历史的电视连续剧如《大秦赋》《汉武大帝》《贞观之治》⑦《清平乐》⑧《朱元璋》《大明王朝 1566》⑨《努尔哈赤》⑩《康熙王朝》《雍正王朝》等，同

---

① 郝凌云等执导的 18 集电视连续剧，讲述了 3 个村子的党支部书记兼村委会主任孙天生、刘遄、石福（同时也是 3 个连襟）之间的性格冲突和情感纠葛。

② 周喜俊编剧，张晓春导演，王茜华、孙涛、蒋宝英、戈治均等主演的 18 集电视连续剧，围绕着女主人公菊香的曲折人生经历，透过几个家庭错综复杂的矛盾纠葛，展现了十一届三中全会给农村带来的巨大变化，进而揭示了中国农民在生存、生活、情感、观念上的变化。

③ 王永奇编剧，付百良执导，高秀敏、雷恪生、郭铁城等主演的以保护耕地为时政背景的 20 集农村题材电视连续剧。

④ 周一民、李鸿禾、杨勇编剧，范建会执导，潘粤明、王茜华、陈祉希、杨树泉主演的 18 集电视连续剧，于 2005 年上映。

⑤ 牛莲荣编剧并执导，林永健、王亚军、田孟原、褚栓忠、郝文婷主演的 19 集农村建设题材电视连续剧，讲述了在中央免征农业税的背景下，进城务工的农民喜耕田返乡种田的故事。

⑥ 仲呈祥：《中国电视剧艺术发展史》，北京：中国电影出版社，2014 年，第 116 页。

⑦ 阿城、孟宪实编剧，张建亚执导，马跃等主演的反映唐太宗贞观之治的 50 集历史题材电视连续剧。

⑧ 朱朱编剧，张开宙执导，王凯、江疏影等主演的 69 集历史题材电视连续剧，以北宋为背景，在风起云涌的朝堂之事与剪不断理还乱的儿女情长之间，还原了一个复杂而真实的宋仁宗。

⑨ 刘和平编剧，张黎执导，陈宝国、黄志忠、王庆祥、倪大红等主演的 46 集历史题材电视连续剧，讲述了嘉靖与海瑞的故事。

⑩ 俞智先、高原、刘恩铭编剧，陈家林执导，侯永生、王洪生、季明、邹宝琛主演的 16 集电视连续剧，讲述了努尔哈赤一生的人物历史传记电视剧。

时也有描绘近代史乃至现代史的电视剧如《走向共和》①《觉醒年代》②《长征》《武昌首义》③等。观看这些历史题材电视剧，可以让观众更加直接、直观、形象、生动地了解某一历史时段的状况，也可从中学习到相关的历史知识，掀起了一个个的收视热潮。

但历史剧有一个现象需引起重视，那就是至今仍众说纷纭的"戏说现象"。自1992年《戏说乾隆》④电视剧播出后，这一问题开始变得复杂化。因为它的出现，以及之后的《杨贵妃秘史》⑤《孝庄秘史》⑥《宰相刘罗锅》《神探狄仁杰》《大宋提刑官》⑦《开封府》⑧等一大批"戏说剧"的出现，颠覆了历史剧必须真实地反映历史的基本要求。试想一个历史剧不去表现真实的历史，又怎么能称之为历史剧？从这个角度来说，戏说类"历史"剧似乎不应该归于历史剧的范畴。然而，问题在于该类电视剧又的确是以某个历史时期中的某些历史人物及有关他们的一些事情为表现对象的，不称其为历史题材电视剧又称它什么呢？

学术界在一番难解难分的争论之后，终于向社会抛出了两种历史剧的分类方法，一是将历史剧和戏说类历史剧都统称为历史剧，但在此名目下又做了细分，传统意义上的历史剧称为历史正剧，而戏说类历史剧则称为戏说历史剧。二是原先的称谓不变，仅将戏说类历史剧称之为古装剧。

笔者赞同第二种说法，因为这是文化属性完全不同的两类文本。前者是现实主义创作方法在历史领域中具体运用的产物，从文本性质来说，它应该属于正剧。而戏说类电视剧则可归类于通俗电视剧。

正剧是要正写的，历史剧当然要以尊重历史为前提。但这并不等于说，历史剧都得写得似历史教科书一般严谨。即使被归到历史正剧中的《汉武大帝》《努尔哈赤》《康熙王朝》等，为了艺术的需要，也添加了不少虚构和加工的成分。比如，《康熙王朝》就设置了苏麻喇姑这样一个人物，她不仅是康熙的儿时玩伴、贴身侍从，最终还成为康熙的红颜

---

① 盛和煜、张建伟编剧，张黎执导，王冰、吕中、孙淳、马少骅、李光洁、杨猛等主演的59集电视连续剧，以史诗般的艺术笔触全景式地呈现了中华各民族人民推翻帝制、走向共和这一波澜壮阔的艰难历程。

② 龙平平编剧，张永新导演，于和伟、张桐、侯京健等主演的43集电视连续剧，展现了从新文化运动、五四运动到中国共产党建立这段波澜壮阔的历史。

③ 李云亮编剧并执导，李诚儒主演的32集革命历史题材电视连续剧，讲述了从武昌起义开始到中华民国临时政府成立的"血雨腥风83天"，以孙中山为首的革命者推翻统治中国几千年的封建王朝后，却在缺乏统一思想和领导下，最后把革命的胜利果实拱手让给了旧军阀的故事。

④ 宋项如编剧，范秀明、李力安执导，郑少秋、赵雅芝、江淑娜等主演的41集电视连续剧，通过乾隆的3次微服出巡，描述了在探访民情、整治贪官的过程中，风流皇帝邂逅3位民间女子的爱情传奇故事。

⑤ 张建伟编剧，尤小刚执导，殷桃等主演的49集电视连续剧，讲述了杨贵妃的秘密后宫史。

⑥ 杨海薇编剧，尤小刚、刘德凯执导，宁静、马景涛、刘德凯等主演，根据清朝孝庄文皇后的生平而改编的38集历史古装题材电视连续剧。

⑦ 钱林森、廉声编剧，阚卫平执导，何冰、罗海琼、范伟等主演的52集电视连续剧，讲述了法医鼻祖宋慈破案的传奇故事。

⑧ 郑桦、沙枫编剧，郑桦执导，黄维德、张檬、甘婷婷等主演的58集电视连续剧，讲述了青年包拯挣脱腐朽的官场桎梏，智破重重的离奇迷案，将反腐斗争进行到底的故事。

知己。正是有了这样一个虚构的人物,全剧情节才变得更加复杂,人物也写得更加立体。再者,某种程度上,"所有的历史,都是当代史,所有的历史剧,都应该是当代剧"。这句话的意思是,历史是今人写的,必然加入了今人对历史的理解。如果一部历史题材的戏剧,不能引发观众和读者对当下生活乃至自身命运的联想与思考,这样的历史剧也是没有现实意义的。所以,完全意义上的历史剧是没有的,只要不超越合理虚构的范畴,都是允许的。

但是,历史题材电视剧过度娱乐化,犯种种常识性的错误,乱编乱造、篡改历史就不可取了,这不仅是误导观众,更是摧毁历史真实性,扭曲人的思维。电视剧作为当代主流的艺术形式,有影响大、作用深的特点。对于大多数普通民众来说,欣赏电视剧是他们必不可少的活动,甚至可能是一部分人所有文化活动的总和。也恰恰是在这一点上,电视剧不能打着宣扬文化的旗号,走向反面之实,我们应当把历史题材电视剧当作思想资源、现实之镜,而不能仅仅视其为娱乐资源,这一点,编剧们要时刻牢记。

四、中国军事题材电视连续剧的发展历史、特点及现状

我们首先需要对军事题材进行界定,因为这直接涉及哪些作品可归类到其中的问题。

我们在这里所说的军事题材,可以泛指一切和战争、军事相关的领域,比如军队、军营、军人,比如非战争状态下,军营的日常生活和军人的军旅生涯等。换言之,它是对此前"战争文学"的发展与丰富,也大大拓展了 20 世纪 50 年代这一称谓的外延。

所谓"战争文学",是指"文化大革命"前十七年(1949—1966 年),作家"多以自己亲历的战争生活作为主要素材来进行文学创作……战争文学成了此一阶段军旅文学的主流……应该说,此一阶段是新中国战争文学的繁荣期,笼统冠之以'战争文学'也是比较恰切的和名副其实的"[1]。但 20 世纪 80 年代,突然崛起了以李存葆、朱苏进等人为代表的青年作家群体,"他们普遍缺乏战争经历,主要的描写领域是他们自己的军旅人生历程,即和平时期的军旅生活"。那么,再以"战争文学"命名这些作品显然不妥,"于是乎,'军事题材文学'出现了。'军事题材'当然包括'战争题材',当然也大于'战争题材'"[2]。

明晰了这样的概念,我们不但可以把直接描写战争的作品如《长征》《延安颂》[3]《红

---

① 朱向前:《农民之子与农民军人——阎连科军旅小说的定位》,《当代作家评论》1994 年第 6 期。

② 朱向前:《农民之子与农民军人——阎连科军旅小说的定位》,《当代作家评论》1994 年第 6 期。

③ 王朝柱编剧,宋业明、董亚春执导,唐国强、马晓伟、郭连文等主演的 40 集电视连续剧,主要反映中国共产党以毛泽东为核心的第一代领导集体的形成过程。

军东征》①《八路军》②《新四军》③《亮剑》④《历史的天空》⑤《永不磨灭的番号》⑥《战长沙》《大决战》等列入军事题材,还可以把表现和平时期军事演练、军营生活、军旅生涯的作品如《激情燃烧的岁月》⑦《DA 师》⑧《突出重围》⑨《导弹旅长》⑩《炊事班的故事》等列入其中,更可以把《潜伏》《借枪》《悬崖》⑪《暗算》《风筝》⑫这些反映幕后战争的谍战题材也包容进来。这样更能反映出我国军事题材电视剧的丰硕成果,也能让读者和观众一览军事题材电视剧创作的全貌。

应该说,战争题材的影视剧本身就具有激烈的矛盾冲突、敌我双方的生死较量、火爆的战争场面等看点,这也是此类题材深受广大观众欢迎的原因。而描写军旅生涯的作品,又鲜明地反映了当今时代。一些作品如《和平年代》⑬《父母爱情》⑭等聚焦军人的家庭生活、军队建设,表现出较明显的突破陈旧题材创作模式的意图。总之,电视艺术工

---

① 孙国强、孙涛、梁志宏编剧,张绍林执导,张铁林、姚刚、梁春书等主演的 30 集电视连续剧,主要反映 1936 年红军东征的历史。

② 王朝柱总编剧,宋业明、董亚春执导,王伍福、姚居德,唐国强等人主演的 25 集电视连续剧,着力表现中国共产党领导的八路军在全民族抗战中的英勇故事。

③ 赵琪、方雅森编剧,宁海强、张玉中执导,吴京安、冯国庆、刘之冰、张延主演的 26 集战争题材电视连续剧,以一位新四军中层军事干部黄江河的经历为主线,描写了新四军战史上所有重大历史事件。

④ 都梁、江奇涛编剧,陈健、张前执导,李幼斌、何政军、张光北等主演的 30 集电视连续剧,讲述了革命军人李云龙历经抗日战争、解放战争、抗美援朝等历史时期,军人本色始终不改的故事。

⑤ 蒋晓勤、姚远、邓海南编剧,高希希执导,张丰毅、李雪健、林永健、殷桃等主演的 32 集军事历史题材电视剧,贯穿了从抗日战争到拨乱反正时期长达 40 年的历史。

⑥ 徐纪周、冯骥、张磊编剧,徐纪周执导,王雷、姚芊羽等主演的 34 集抗战题材电视连续剧,讲述了"李大本事"带领着被他忽悠来的战友们组成了一支没有正规建制番号的县大队,在敌占区浴血抗击日寇的悲壮故事。

⑦ 陈枰编剧,康洪雷执导,孙海英、吕丽萍等主演的 22 集电视连续剧,讲述了一位军人对自己妻子终生不渝的爱与激情。

⑧ 王维、邵钧林,嵇道青,郑方南编剧,郑方南、石伟执导,王志文、许晴、巍子、陶慧敏、高兰村、吴冕、侯勇等主演的 22 集当代军旅题材电视连续剧,讲述了某军区为打赢现代条件下的局部战争而组建一支多兵种合成的数字化战役师的故事。

⑨ 柳建伟编剧,舒崇福执导,杜雨露、张志忠等主演的 22 集电视连续剧,讲述了一次例行军演时,"蓝军"不按常规出牌战胜了"红军",震动了军区上下,首长决定搞一次不事先预定胜负也不设导演部,直接凭实力决定胜负的真实军演的故事。

⑩ 张锐、徐剑编剧,谷锦云执导,陆剑民、储智博、冯国庆、许还山等主演的 18 集电视连续剧,讲述了中国导弹部队"东方旅"成长的故事。

⑪ 全勇先编剧,刘进执导,张嘉益、宋佳等主演的 40 集谍战题材电视连续剧。

⑫ 林宏、杨健编剧,柳云龙执导,柳云龙、罗海琼、李小冉等主演的 46 集电视连续剧,以潜伏于军统内部的共产党员"风筝"的人生与情感经历为主线,讲述了一个共产党情报员坚守信仰的故事。

⑬ 张波编剧,李舒、张前执导,张丰毅、尤勇等主演的 23 集电视连续剧,正面描写改革开放条件下部队建设以及军队与地方的关系。

⑭ 刘静编剧,孔笙执导,郭涛、梅婷、刘琳、任帅等主演的 44 集电视连续剧,讲述了海军军官江德福和资本家小姐安杰相识、相知、相爱、相守的 50 年爱情生活。

作者始终坚持军事题材的创作阵地,坚持积极弘扬时代主旋律,坚持以服务于提高军队战斗力的方向创作,经过了艰辛的探索、不懈的努力,摄制了一大批优秀的军事题材电视剧,使军事题材电视剧从 20 世纪 80 年代后期到 21 世纪以来,在百舸争流的电视剧舞台上呈现了一种无可替代的魅力。

五、中国家庭伦理题材电视连续剧的发展历史、特点及现状

家文化是中国文化最重要的组成部分,建立在家族血缘关系基础上的家庭伦理道德也一直是整个社会伦理的核心。随着时代的发展,社会面貌和人情世态在悄然发生着转变。市场经济环境下,原有的由血缘亲情主导的情感伦理关系中,自觉或不自觉地加入了许多由利益唱主角的不和谐的音符,也使传统文化道德产生了许多新的转变。在这种情况下,如何理性地看待并描写这种转变,以及如何站在普通百姓的视角写他们的喜怒哀乐,成为摆在电视剧创作者面前的又一道考题。最终,他们交出了满意的答卷。以家庭伦理、道德、情感关系、人情世故等为主要表现内容的家庭伦理题材电视连续剧,不仅对这种转变进行了全景式的文化展现,还充分地反映出社会面貌的变化和中国家庭伦理文化的发展,以及由此引发的家庭制度、伦理观念、道德意识等的嬗变。

20 世纪 90 年代,以反映城市居民家庭生活、情感生活为主的家庭伦理剧代表作品有《渴望》《过把瘾》《我爱我家》等,其中《渴望》可谓一部贴近百姓生活、贴近百姓心声的现实主义力作,它通过对刘慧芳这样的道德典型的塑造,客观上起到了扫除心中阴霾、唤醒对真善美的认识、重塑道德信心的现实作用。而《过把瘾》的男、女主角表现出的青春与爱的活力,也强烈地吸引了这一时期的年轻观众。《我爱我家》则以情景喜剧的方式,既给中国电视剧创作带来一种清新的力量,也给观众带来了发自肺腑、酣畅淋漓的笑声。

进入 21 世纪,家庭伦理代表作品更是争奇斗艳、层出不穷,其中影响力比较大的代表作品有《咱爸咱妈》《儿女情长》《嫂娘》①《一年又一年》②《搭错车》③《我的兄弟姐妹》④

---

① 王建军编剧,于敏、小岛执导,聂远、宋佳、佟大为等主演的 7 集电视连续剧,讲述了知青张敏的丈夫意外死于车祸及婆婆病逝后,张敏如何抚养丈夫的 5 个弟妹的感人故事。

② 李晓明编剧,李小龙、安战军执导,许亚军等主演的 21 集电视连续剧,将中国自改革开放 20 年来的种种变化呈现得淋漓尽致。

③ 欧阳琴书、李晓明编剧,高希希执导,李雪健、殷桃、李琳等主演的 22 集电视连续剧,改编自台湾同名电影,讲述了废品收购站哑巴职工孙力与养女阿美之间的故事。

④ 刘毅、李斌华、郎雪枫、胡蓉蓉编剧,俞钟执导,刘晓庆、李幼斌、杨恭如、何冰等主演的 20 集电视连续剧,讲述了一户幸福家庭由于变故,孩子失散,后终获重逢的故事。

《家有九凤》①《金婚》②《结婚十年》③《缘分》④等。

近几年,此类电视剧风头不减,佳作频频出现,《双面胶》⑤《娘亲舅大》⑥《情满四合院》《都挺好》《乔家的儿女》等,同样掀起了阵阵的收视热潮。

纵观这些家庭伦理剧,几乎一致性地呈现出以下几个鲜明的特点:首先,这些剧中的家庭都面临着生存困境,后来在剧中主人公及全家人的共同努力下,摆脱了困境,并在此过程中化解了原先彼此间存在的摩擦与矛盾,体现了浓浓的亲情。其次,这类家庭伦理剧不仅将镜头对准了平民百姓的世俗生活,还表现了处于社会底层的平民百姓坦然面对自己生存困境时所采取的一种不屈不挠、坚韧不拔、忍辱负重、安贫乐道的奋斗精神。再次,这些电视剧无一例外地都设置了一个体现传统美德的主人公,作为大众情感投射的欲望客体,例如《渴望》中的刘慧芳、《嫂娘》中的张敏、《情满四合院》中的傻柱、《贫嘴张大民的幸福生活》里的张大民等。这些理想化的主人公为当代社会的大众提供了一种精神上的榜样与慰藉。最后,此类电视剧多写情感扭曲的苦情戏,使观众为之感动,为之纠结并唏嘘不已。例如电视剧《我的丑娘》⑦中一个含辛茹苦抚养儿子长大,却换来儿子的无耻虐待,仍然一心想依靠"善"与"慈"来感化不孝子女的母亲;《乔家的儿女》中的大哥乔一成,好不容易将几个弟妹拉扯长大,但几个人的学业、婚姻、工作仍然让他有操不完的心,而他自己的两次婚姻以及羸弱多病的身体也牵动着这个大家庭的心。如此,看起来获得同情的是剧中人物,但实际上受到感染、得到转变,以及精神境界得到洗礼并升华的却是观众自己。这充分体现了中国家庭伦理电视剧重要的艺术价值。

---

① 高满堂编剧,杨亚洲执导,李明启、张英、朱媛媛、姜武、盖克等主演的26集电视连续剧,讲述了初妈妈含辛茹苦养大的9个女儿的故事。

② 王宛平编剧,郑晓龙执导,蒋雯丽、张国立主演的50集电视连续剧,讲述了年轻漂亮的小学数学老师文丽和重型机械厂技术员佟志的一生婚姻历程。

③ 许波编剧,高希希执导,陈建斌、徐帆、史可、洪剑涛、牛莉主演的20集电视连续剧,讲述了都市人婚后10年所发生的情感困惑、摔打磨砺、逐渐成长的故事。

④ 张险峰编剧,陈武建执导,吴若甫、陈瑾、张凯丽、盖丽丽等主演的22集电视连续剧,讲述了6个处在矛盾漩涡中的中年男女和他们的3个子女陷入一场情感和婚姻的大重组及大纠葛中的故事。

⑤ 滕华涛、六六编剧,滕华涛、程樯执导,海清、涂松岩、潘虹、李明启等主演的22集电视连续剧,讲述了上海姑娘丽鹃嫁给毕业后留在上海工作的东北小伙子亚平,传统的婆婆与丽鹃经常发生冲突的故事。

⑥ 孟婕编剧,习辛执导,唐曾、黄曼、张铎、刘希媛主演的56集电视连续剧,讲述了20世纪80年代北方鞍庆小城,在大地震中失去双亲的佟家三兄弟,含辛茹苦把大姐留下的孤女佟程程抚养成人的故事。

⑦ 单联全编剧、执导,张少华、江宏恩、侯天来等主演的26集电视连续剧,讲述了一个儿子从小就很怕别人知道他有一个丑娘的故事。

第二节　电视连续剧的类型

一、类型电影发展概述

在讲电视连续剧的类型之前,有必要了解一下类型电影的发展历程,一方面是因为电视剧与电影是姊妹艺术,两者有着密不可分的渊源,另一方面也因为电视剧的类型划分直接受到了电影的影响——某种程度上,电影有什么样的类型,电视剧也就有什么样的类型。

何谓类型? 类型是指根据不同的题材和技巧归结成的影片范畴、种类和形式,而类型电影是指按不同类型(或样式)的规定制作出来的影片。类型电影作为一种拍片方法,实质上是一种艺术产品标准化的规范。

类型电影最早在好莱坞兴起,后在好莱坞发展到顶峰。在类型影片的鼎盛时代,凡是不适应类型要求的题材和处理手法,均被视为有失败的风险。类型和票房也成为衡量创作者能力的尺度,创作者必须抑制个性的发挥,受制于一定的类型模式。因此在某种程度上,类型电影制约了艺术片的发展,所以也就有了反类型电影[①]的出现。

但另一方面,类型电影迎合了观众的欣赏趣味,攫取了高额的利润回报,在叙事时空和形式技巧方面,也总结出了不少可以借鉴的规律,因此值得加以重视并好好研究。

美国最早的类型片种类主要有喜剧片、西部片、歌舞片、犯罪片等,之后新的类型层出不穷,如今电影的类型可达百种之多,观众所熟知并喜爱的有科幻片、灾难片、爱情片、人物传记片、动画片、体育片、武侠片、侦破片、公路片、灵异片、战争片、史诗片、历史片等。

网上有一篇妙文,虽然本意是为搞笑,也有些荒诞不经,却也道出了不同类型电影的核心,有助于读者更好地理解电影的分类,故附录于此。

> 一个男孩赶到机场去追离他远去的心爱的女友——浪漫爱情片;
> 赶到机场时飞机刚好飞走,男孩望着天空暗自神伤——悲剧片;
> 愤怒的男孩无处发泄,拿起块石头向天空掷去——暴力片;
> 打中了飞机! ——喜剧片;
> 飞机玻璃被击碎了,准备紧急迫降——灾难片;
> 飞机在离悬崖两厘米处停住——惊险片;

[①]　所谓"反类型电影",就是对类型电影的反讽、超越、改写甚至破坏。例如《与狼共舞》就是对传统西部片的解构与反叛。

警察开始追捕肇事的男孩——警匪片；

在一番检查后发现飞机里隐藏着一颗已经启动了的定时炸弹——侦探片；

男孩非但没有被判刑，反而成了英雄——黑色幽默片；

因为男孩的"英勇"举动，女孩也原谅了男孩过去的一切，又回到了男孩的身边，两人拥抱在一起——爱情片；

他们抱在一起的时候发现其实那个女孩是那个男孩的姐姐——伦理片；

女孩全然不顾什么姐弟忌讳，仍然坚持自己的选择——先锋伦理片；

男孩隐约觉得这个结局自己曾经梦见过——悬疑片；

于是翻看从前的做梦记录，发现自己在做梦的那一晚曾写下一行字：不要相信！——恐怖片；

从飞机上生还的人全都行为怪异，国家安全局派出特工调查——间谍片；

用催眠术讯问的结果是他们是来自 22 世纪的观光客，来到 2022 年体验将要发生的核战现场——科幻片；

而原来的那班飞机上的乘客早已在男孩扔出石头之前就人间蒸发到另外一个空间去了——鬼片；

男孩决意殉情，于是也搭乘该航空公司的飞机升空——悲情片；

结果运气不好，飞机总也不掉下来，于是他在天上飞了 41 年——荒诞片；

下飞机的时候发现地面上已是一片废墟——灾难片；

于是他开始着手重建文明——史诗片！

……

不难看出，类型电影的商业色彩是十分浓厚的，它本身就是制片厂为了攫取利润最大化，对一些受观众欢迎的影片大量仿制的结果。按照美国电影学者詹姆斯·莫纳科的说法，"好莱坞全盛时代的巨头们经常关心的是他们所生产的影片的商品价值，他们宁愿生产互相相似的而不是互相不同的影片。结果，那些年代里生产的影片很少给人以独特之感。研究好莱坞，更多是从大量影片中归纳出类型、模式、惯例和类别，而不是注意每一部影片本身的质量"[①]。

一般认为，类型电影有三个基本元素。

（1）公式化的情节。如西部片的铁骑救美、英雄解围，强盗片的抢劫成功、终落法网，科幻片里的怪物出世、为害一时等。

（2）定型化的人物。如除暴安良的西部牛仔或警长、至死不屈的硬汉、仇视人类的科学家等。

（3）图解式的视觉形象。如代表邪恶凶险的森林、预示危险的城堡或城楼、象征灾害的实验室里冒泡的液体等。

---

① 邵牧君：《西方电影史概论》，北京：中国电影出版社，1982 年，第 31 页。

从艺术上说,这类公式化、概念化的东西是不可取的,然而"事实上,这并不一定使好莱坞影片变得比具有个人风格的电影更不令人感兴趣。事实上,因为这些影片是以如此巨大的数量在传送带基础上拍摄出来的,所以它们常常要比个人构思的、更有意识地追求艺术的影片更能反映出观众的兴趣、迷恋和道德标准"①。

类型片不仅是好莱坞电影的主要创作方法之一,而且它的影响已经遍及全球,世界上许多电影工作者都在借鉴此种模式生产自己的类型片。所以,研究类型片的特点是有普遍意义的,这同样适用于电视剧。

二、电视连续剧类型发展概述

电视剧类型脱胎或复制于电影类型,故我国电视剧自诞生伊始,就原搬照用了许多电影的类型模式。当然,其中有相同也有不同。总体看,中国电视剧类型呈现出系统性、民族性、时代性、市场性等几个明显特征。

(一)系统性

所谓系统性,是指电视剧类型一旦成形,这一类型的价值观念、审美取向、人物形象、情节编织、组织架构、观赏心理等方面就会有固定的表现方式,从而构成一个相对稳定的系统。比如武侠剧一定要追求武打动作元素与暴力美学,叙事上讲究复仇模式与江湖背景、儿女情长与江湖侠气。喜剧电视剧一定会具备三大要素:(1)喜剧题材,如以弱胜强、以小胜大等;(2)喜剧结构,巧妙的战胜方法;(3)喜剧性格,指无论是正面人物,或者是正面人物的对立面,或者是中间人物,都具备让观众发笑的性格。爱情模式的电视剧则遵循两个叙事模式,要么是一见钟情,要么是不打不相识,最终都是有情人终成眷属等。

(二)民族性

所谓民族性,是指此类电视剧类型中,剧中人物的生活、语言、服饰、行为方式等,体现出鲜明的中华民族心理、中华民族文化、中华民族传统、中华民族烙印的特征;而从叙事层面讲,此类电视剧也必须尊重民族的欣赏习惯和精神需求,深入挖掘民族心理,并以此作为自己的立足之本,只有这样,方有可能获得观众的普遍认可。

(三)时代性

时代在发展,生活在进步,电视剧必然会随着时代的发展而发展。比如,我国是农业大国,农民是最大的收视群体,农村题材的电视剧在中国电视剧的创作中占有重要的地位,但是随着改革开放的深入,农村与城市间的界限越来越模糊,一些介乎于城市与农村之间的新剧类型便应运而生——比如,《大江大河》用双线的方式,既讲了农村的巨变,

---

①　邵牧君:《西方电影史概论》,北京:中国电影出版社,1982 年,第 31 页。

也讲了都市艰难曲折的发展历程;而《外来妹》①《民工》②《生存之民工》③等,则直面城市打工的农民群体,拓展了反映生活的广度与深度。

(四)市场性

电视剧有商业上的目的性,一切都以市场性的需求为标准,即使是强调政治性和具有宣教作用的作品,也把收视效果当作一个衡量质量高低的目标。市场性使得电视剧不再把作品的美学价值和精神价值作为理想,而是把大众性、娱乐性、畅销性当作唯一的意义,把商品的交换价值和使用价值当作最主要的目的。

(五)地域性

中国类型电视剧除呈现以上特征外,还显现出浓郁的地域特征,被分为京派、海派、岭南派、关东派、西部派、山西派④或"东北风""西北风""齐鲁风""岭南风"⑤等,使中国的电视剧因地域的不同,呈现出风格迥异的类型。比如:京派类型有独特的京味语言风格,多表现过去的与当代的北京人的生活和心态变化;沪派类型则在体现上海人性格特征的同时,将视野放得更远、更宽,显现出国际大都市的不凡气度;而关东派的电视剧,则在寒气袭人的表象下,体现着东北人粗犷、豪爽、乐于助人的豁达性格;陕派则多将历史与现实衔接,着笔于文明与愚昧的冲突。而电视连续剧作品《格达活佛》⑥则属于藏派,它和《天路》⑦《文成公主》《西藏风云》⑧等作品一起,在展现瑰丽的异域风光和神秘的宗教文化的同时,也将笔触对准了藏族与汉族同胞和谐共处、团结友爱的现实生活与历史。

---

① 谢丽虹、成浩编剧,成浩执导,陈小艺、汤镇宗等主演的 10 集电视连续剧,讲述了 6 个从穷山沟赵家坳到广东港资公司打工的女性的命运。

② 陈枰编剧,康洪雷执导,范明、潘雨晨、陈思成、张译等主演的 20 集电视连续剧,讲述了鞠家父子两代人的打工遭遇,揭示着他们迷茫、艰辛、幸福和悲痛的心路历程。

③ 李晓兵编剧,管虎执导,陶泽如、马少骅、孙松等主演的 32 集电视连续剧,讲述了一群来自各地的农民工走进城市后所发生的爱恨交织、悲欢离合的故事。

④ 此分类参见吴素玲的《中国电视剧发展史纲》(北京广播学院出版社 1997 年出版)。

⑤ 此分类参见高鑫的《电视艺术学》(北京师范大学出版社 1998 年出版)。

⑥ 张芳辉、黄志龙、张险峰、陈鲁、杨韬编剧,杨韬、陈鲁、高林豹导演,多布吉、王伍福等主演的 20 集电视连续剧,取材于历史真实事件,讲述了著名爱国人士、中国共产党的忠实朋友格达活佛,在支持红军北上抗日和解放军进军西藏的过程中,为了民族团结和祖国统一不懈努力,最终慷慨赴难的故事。

⑦ 马继红、刘毅然、高军编剧,王文杰导演,丁勇岱等主演的 8 集电视连续剧,以青藏公路通车 40 年的历程为主线,通过一个家庭的悲欢离合和主人公命运的跌宕起伏,真实地再现了当年探路、修路的悲壮场面,以及发生在那"生命禁区"的许多催人泪下的感人事件。

⑧ 黄志龙、王声、徐永亮编剧,翟俊杰执导,刘永生、卢奇等主演的 25 集电视连续剧,讲述了 1950 年 1 月为粉碎西藏地方噶厦政府妄想分裂祖国的企图,中央政府与西藏地方政府经过艰苦谈判,签订了西藏和平解放"十七条协议"的故事。

三、电视连续剧几个主要类型概述

(一)伦理剧

顾名思义,伦理剧就是倡导和宣扬某种道德伦理观念的电视剧。这个在上文论及中国家庭伦理剧时已有涉及,在此不再赘述。

(二)言情剧

言情剧是讲述男女爱情的电视剧。如海岩就被称作"言情大师",其代表作品如电视连续剧《永不瞑目》①《拿什么拯救你,我的爱人》②《玉观音》等深受观众喜爱,并多次获奖。

(三)武侠剧

武侠剧是中国所独有的,一般表现代表侠义道的集团与代表旁门左道的邪派人物之间的斗争,因此往往容易组织起尖锐复杂的矛盾冲突,情节跌宕起伏,场面精彩、凶险,经技术处理后,更加令人眼花缭乱、目不暇接。代表作品有《射雕英雄传》③《笑傲江湖》④等。

(四)警匪剧

警匪剧是描写警察与匪徒之间斗智斗勇的故事,又叫涉案剧或公安剧,或突出激烈的打斗场面,或突出破案的过程,或表现法庭上的你争我夺,以及法律与感情之间的两难选择等,如《九·一八大案纪实》⑤《西安大追捕》⑥《破冰行动》⑦等。

(五)青春偶像剧

此类剧基本上以当代都市年轻人的生活为题材,观众定位为青少年群体,以年轻漂亮的演员,时尚华丽的服装、布景,浪漫迷人的情调,以及永恒清纯的爱情为基本特征。

---

①　海岩编剧,赵宝刚执导,陆毅等主演的 30 集电视连续剧,讲述了肖童为了欧庆春,主动要求充当警方内线,打入贩毒集团,历经曲折和磨难,最终配合警方将欧阳天贩毒团伙一网打尽的故事。

②　海岩编剧,赵宝刚执导,于娜、刘烨、印小天主演的 23 集电视连续剧,讲述了女模特罗晶晶与死囚龙小羽、律师韩丁之间的爱情纠葛。

③　有多个版本,比较有代表性的是由张挺、龚应恬、史航、兰晓龙编剧,鞠觉亮、王瑞、于敏导演,李亚鹏、周迅、周杰、蒋勤勤等主演,根据金庸同名小说改编的 42 集古装武侠题材电视连续剧。

④　有多个版本,比较有代表性的是由金庸、周错、陈育新编剧,黄建中、元彬导演,李亚鹏、许晴、苗乙乙、魏子、李解等主演,根据金庸同名小说改编的 42 集古装武侠题材电视连续剧。

⑤　李功达编剧,陈胜利执导,武和平等主演的 8 集电视连续剧,讲述了河南公安部门调集精兵强将,迅速出击,千里追踪,破获新中国成立以来全国最大的文物盗窃案,案犯无一漏网,被盗文物也全部完璧归赵的故事。

⑥　周力军编剧,唐敬睿导演,左运学、罗鹏、李德光等主演的 6 集刑侦题材电视连续剧,讲述了魏振海犯下数起重大命案后,西安警方苦苦追查,终将其擒获的故事。

⑦　陈育新、秦悦、李立编剧,傅东育、刘璋牧、李晋瑞执导,黄景瑜、吴刚、王劲松、任达华等主演的 43 集电视连续剧,讲述了两代缉毒警察不畏牺牲,冲破重重迷局,为"雷霆扫毒"专项行动奉献热血与生命的故事。

(六)校园剧

校园剧是指反映校园生活的电视剧,属青春偶像剧的一个分支,如《十六岁的花季》[①]等。

(七)情节剧

顾名思义,情节剧就是以情节见长的电视剧。其主要特点是戏剧情境险恶多变、矛盾冲突尖锐激烈、剧情发展中包含着大量偶然及巧合的因素,充满了紧张的戏剧场面。

(八)纪实电视剧

这种类型的电视剧一般有两种类型:一是以生活中的真人真事直接作为题材创作而成,没有任何虚构的成分;二是根据生活中某人的事迹经艺术加工改编而成,人物姓名及某些细节具有一定的虚构性。此类电视剧大多以新近发生的重大新闻事件为基础,充分地利用电视剧纪实性强的特点,追求生活原生态的真实再现,因此情节上并不刻意追求戏剧化,尽量减少人为编造的痕迹,表演自然、生活化,有时会大量采用非职业演员出演,语言也会采用地方方言。代表作品有《九·一八大案纪实》《西安大追捕》《莫斯科行动》[②]《任长霞》[③]《功勋》[④]等。

(九)古装剧

顾名思义,古装剧是以古代生活为题材的电视剧,由于其有深厚的传统文化做底蕴,又有海外市场,所以在我国一直畅演不衰,是深受广大观众喜爱的类型。

(十)行业片

行业片是指某行业为塑造本行业形象而拍摄的电视剧,一般由行业出资,带有很强的社会功利性,如《人民的名义》[⑤]《天地粮人》[⑥]《外交风云》[⑦]等。写作和拍摄此类电视剧最大的困难在于一方面要考虑出资方的宣传要求,另一方面又要尽可能地把这种功利

---

① 张弘编剧,富敏、张弘执导,吉雪萍、战士强、池华琼等主演的 12 集电视连续剧,讲述了白雪、陈非儿、欧阳严严和韩小乐等十六岁的少男少女在高中校园里的生活故事。

② 许阳、胡博编剧,张睿执导,夏雨、吴优、张志坚等主演的 31 集悬疑刑侦题材电视连续剧,根据 1993 年发生的"中俄列车大劫案"改编,讲述了当年许多"倒爷"在前往莫斯科淘金过程中,在火车上遭遇打砸抢,中国警察远赴莫斯科,在不亮武器和身份的情况下,将犯罪分子逐个击破的故事。

③ 革非编剧,沈好放执导,刘佳、白凡主演的 21 集人物纪实电视连续剧,根据任长霞同志的先进事迹改编,真实地再现了任长霞为民、亲民,以民为本、公证执法的光辉形象和崇高品质。

④ 郑晓龙总导演,毛卫宁、沈严、林楠、杨文军、康洪雷、阎建钢、杨阳、郑晓龙任单元导演,王雷、雷佳音、郭涛、黄晓明、蒋欣、佟大为、周迅、黄志忠主演,讲述了袁隆平等 8 位功勋人物的故事。

⑤ 周梅森编剧,李路执导,陆毅、张丰毅、吴刚、许亚军等主演的 52 集电视连续剧,讲述了当代检察官维护公平正义和法治统一,查办贪腐案件的故事。

⑥ 张华峰编剧,安建执导,李幼斌、张志忠、张小磊主演的 20 集电视连续剧,以粮食行业为背景,讲述了粮食人对社会的高度责任感和无私奉献的故事。

⑦ 马继红、高军编剧,宋业明执导,唐国强、卢奇、谷伟等领衔主演的 48 集历史外交题材电视连续剧,讲述了毛泽东、周恩来、刘少奇、邓小平、陈毅等无产阶级革命家在新中国外交事业上的故事。

性融化在剧情中,使它带有一定的艺术性。

(十一)重大革命历史题材电视剧

1997 年 7 月 31 日至 8 月 2 日,在重大革命历史题材影视创作座谈会上,广播电影电视部原部长孙家正在《关于重大革命历史题材影视创作的几个问题》的讲话中,对重大革命历史题材做了明确的阐释。

"影视创作的任务,是适应改革开放新的历史时期的需要,遵循历史唯物主义和影视艺术创作规律,反映重大历史事件和人物,塑造老一辈无产阶级革命家的光辉形象,再现人民群众在党的领导下,创造历史的伟大实践。重大革命历史题材的范围有着严格的界定,它主要包括:1. 反映 1921 年我党成立到新中国成立前,党所领导的革命斗争以及新中国成立后某些重大历史事件的;2. 描写担任或曾经担任党、国家和军队领导人生平业绩的;3. 描写的历史事件和人物是真实的而不是虚构的。"[①]

凡符合上述条件范围内的电视剧艺术文本,如本书已经提到过的《长征》《延安颂》《共产党人刘少奇》《大决战》《格达活佛》《重庆谈判》等,都是重大革命历史题材电视剧。

(十二)反腐剧

反腐剧是指以反腐败为题材的电视剧。这一类型电视剧的兴起与经济的高速发展、时代的迅猛变迁紧密相关。由于经济转型制度的滞后、监督体系的不健全,导致了腐败现象的滋生,而反腐败类型电视剧也应运而生。由于这一类型的电视剧多写复杂的人际关系、激烈的矛盾冲突、充满悬念的案情、与群众利益息息相关的大事小情等,故具有极强的可视性,深受百姓的支持与欢迎。

(十三)穿越剧

这一类型的鲜明标志是其剧情或多或少涉及时空穿越的内容和元素,其主题多围绕着改变历史的催泪爱情故事展开,可以肆意连接并游走在历史与现实两个时空。不过,在中国电视剧导演委员会上,国家广电总局电视剧管理司原司长李京盛指出,"穿越剧毫无历史观可言,整体思想内涵没有提升,只是好玩、好看、新奇、怪异,而人物设置更是天马行空,这类穿越题材对历史文化不尊重,过于随意,这种创作主张不足以提倡"。

(十四)魔幻剧

魔幻剧又可以称奇幻剧或者玄幻剧。在西方,这类剧集大多数是以骑士、魔法、剑、恶龙,或者法杖、飞行扫把、女巫、吸血鬼这样的西方传说为主,而在中国则是以古代传说的仙妖神魔为主要元素,往往和寻仙问道有关,所以兼有武侠元素,例如《女娲传说之灵珠》[②]

---

① 孙家正:《关于重大革命历史题材影视创作的几个问题》,《电视研究》1997 年第 9 期。

② 马广源编剧,蔡晶盛、李宏宇执导,钟欣潼、蒲巴甲、蒋毅等主演的 36 集电视连续剧,讲述了穿越千年之恋、人妖之恋以及兄弟姐妹互相残杀的悲壮故事。

《追鱼传奇》①《第八号当铺》②《仙剑奇侠传》③等。一些根据民间传说改编的,带有很强的神话及玄幻色彩的电视剧如《新白娘子传奇》④《济公》⑤《新白蛇传》⑥等也可归于此类。

第三节　电视连续剧的制作流程

一、电视剧有很强的集体性创作特征

电视剧和电影一样,是一门综合艺术,它凭借着先进的电视技术,兼备了戏剧、文学、广播、电视、绘画、雕塑、建筑、舞蹈等艺术形式的长处,也具备了将一切艺术中的各种因素——叙事与造型、声音与画面、时间与空间、戏剧性与写实性等最大限度地综合起来的可能性。这正是电视剧强大生命力之所在,也充分体现出电视剧有着很强的综合艺术特征。

既然是综合艺术,所综合的各艺术部门都必须有创作者参加,编剧、导演、演员、摄影、录音、美术、道具、服装、化妆、置景,以及剪辑、特效、配乐、合成等职能部门一个也不能少,众多的艺术工作者在一起创作,使电视剧的创作呈现出很强的集体特征。

那么,编剧在这一集体性和综合性的创作中处于什么地位呢?一部电视连续剧又是如何从剧本创作到前后期拍摄制作再到发行和播出的呢?

也许有人会认为,了解这些对编剧没什么用,可实际情况却是,不了解这些,就找不到进入影视圈的门径,也摸不准自己在一个电视剧组所处的位置,更学不会如何与导演、制片人、经纪人以及投资商、影视公司等打交道,如此,怎么能保证你的作品被采用?就算是被采用了,又如何能保证顺利拍摄并播出呢?

---

①　邓紫珊编剧,黄锦田、陈国华执导,赵丽颖、关智斌、白珊等主演的 36 集电视连续剧,根据明代传奇小说《鱼篮记》改编,讲述了书生张珍和鲤鱼精红绫的凄美爱情故事。

②　李晓苹、李旭敏编剧,陈俊良执导,杜德伟、天心、金沛辰、郑家榆等主演,共 3 部,讲述了一间隶属于黑暗世界的当铺的管理者韩诺和阿精之间的爱情故事,同时穿插几位典当者的经历。

③　黄浩然、钟正龙、邓立奇编剧,李国立、吴锦源、梁胜权、麦贯之执导,胡歌、刘亦菲、安以轩、刘品言、彭于晏等主演的 33 集电视连续剧,讲述了渔村的店小二李逍遥与女娲后人赵灵儿以及林家堡大小姐林月如等人之间的恩爱情仇,并联手消灭拜月教,拯救苍生的故事。

④　夏祖辉、何麒执导,赵雅芝、叶童、陈美琪等主演的古装神话剧,以玉山主人的《雷峰塔传奇》和梦花馆主的《白蛇全传》为蓝本改编,讲述了白素贞与许仙之间的爱情故事。

⑤　乔谷凡、钱实明、薛家柱编剧,张戈执导,游本昌、吕凉主演的 12 集电视连续剧,讲述了济公济困扶危、惩治强梁,经常用一些诙谐的小法术教训那些欺压百姓、鱼肉乡民的奸佞强霸的故事。

⑥　冯媛、蒋媛编剧,吉虹、王方允执导,孙骁骁、路宏等主演的 30 集电视连续剧,讲述了千年蛇妖白素贞渡劫失败后,在观世音菩萨的点化下,来到凡间寻找自己的尘缘的故事。

所以,作为编剧,在会写电视剧剧本的同时,也应该深入地了解电视剧的制作流程。正如著名编剧刘和平在一次接受媒体访问时所说:"……编剧也是要有师傅的,要以整个行业的制作流程为师傅,不然你只是流于字面,所以我特别赞成编剧跟组,一定要跟组。我从《雍正王朝》开始就跟组,到现场了解各个部门,请教他们是如何把文字转化为影像的——灯光为什么这样打?机位为什么挑这个角度?……如果能跟后期就更好了。跟一部片子的剪辑,包括配音、配乐。有时候我一天跑几个棚。后期剪辑我一定在,字幕也是我自己去审,一个成熟的、合格的、专业的编剧应该要这样做。很多编剧写了一辈子剧本,从来没跟过现场。职业编剧这些都不懂(写出来的剧本达不到拍摄要求),就不要怨天尤人了。"[①]

二、我国电视剧实行许可证及审查制度

作为精神产品,电视剧创作与其他文化精神产品一样,一直受到党和政府相关部门的严格管理,具体表现为我国的电视剧生产实行许可证制度和审查制度。其中许可证制度是国家管理部门对电视剧制作机构所设置的准入门槛,它从人员、设备、资金等方面规定了电视剧制作机构要想从事电视剧生产所必须具备的一些条件,例如"未经电视剧题材规划立项的剧目,不得投拍制作""未取得《电视剧发行许可证》的电视剧,不得发行、播出、进口、出口""禁止出租、出借、出卖、转让或变相转让电视剧各类许可证"等。

如果说许可证制度是对一个电视剧制作机构进行的长期、宏观的管理,那么对这些电视剧制作机构的每一次"生产"所进行的微观管理的制度,就是电视剧审查制度,包含电视剧拍摄前的审批立项以及对拍摄完成的电视剧进行审查等。

国家广电总局于2004年颁发的《电视剧审查管理规定》中明文指出,电视剧载有下列内容的,不予审查通过。

(1)反对宪法规定的基本原则的。

(2)危害国家统一、主权和领土完整的。

(3)泄露国家秘密、危害国家安全或者损害国家荣誉和利益的。

(4)煽动民族仇恨、民族歧视,破坏民族团结,或者不尊重民族风俗、习惯的。

(5)宣扬邪教、迷信的。

(6)扰乱社会秩序,破坏社会稳定的。

(7)宣扬淫秽、赌博、暴力或者教唆犯罪的。

(8)侮辱或者诽谤他人,侵害他人合法权益的。

(9)危害社会公德或者民族优秀文化传统的。

(10)有法律、行政法规和国家规定禁止的其他内容的。

一方面,许可证制度和审查制度是国家对电视剧制作机构的管理,是对所生产的电

---

① 《刘和平:如何才能成为一名好编剧?》,2017年8月11日,https://www.sohu.com/a/163836298_508310,2023年5月11日。

视剧总体制作水准的监控。另一方面,立项审批制还可以在全国范围内从宏观调控的层面上对电视剧的创作题材进行统一的规划安排,从而体现出一定的政策和舆论导向,同时还可以避免同类题材过多所造成的不必要的资源浪费。

三、电视剧的运作流程所需的几个阶段

一般情况下,电视剧运作流程需经过四个阶段:(1)前期准备阶段;(2)拍摄阶段;(3)后期制作阶段;(4)送审、发行及播出阶段。

(一)前期准备阶段

前期准备阶段也可称作剧本创作阶段,可分三个步骤。

1.寻找、选择、确立剧本创意和题材

获得题材有三个途径,分别是:(1)寻找能够改编成电视剧的小说或其他艺术形式,如报告文学、新闻、故事等;(2)自主策划,由影视公司的制片人和策划根据电视剧市场的需求来策划选题,然后由制片人来挑选合适的编剧并与之对接,洽谈下一步的创作;(3)购买编剧的原创剧本,也就是说,编剧创作出剧本,购片方在经过市场调研和艺术水准预判后直接购买。第三个途径分两种情况:一是原创的剧本非常优秀,也非常成熟,几乎不用做任何改动即可进入拍摄环节;二是原创剧本虽然优秀,但离拍摄仍有一段距离,需要编剧或资方另请的编剧做进一步的修改。

2.选择编剧

购买了相应文字作品的版权或者选好了题材、确立了创意,接下来要做的就是找一位优秀且擅长创作此类题材的编剧。要知道编剧也有差别,也有自己熟悉和不熟悉的领域。比如:有的编剧将农村题材写得风生水起,然而让他写城市题材却捉襟见肘,左支右绌;同理,一个擅长写都市题材的编剧,也不一定能写他所不擅长、不熟悉的军事题材或历史题材。

3.开始剧本创作

选好了编剧,签了约,就可以进入剧本创作了,这一过程也有三个阶段,分别是:大纲阶段、分集阶段、剧本阶段。也就是说,编剧写剧本应先从大纲着手,大纲定稿后,再写分集;分集完成后,再写剧本。这三个阶段缺一不可,固然有编剧可以跳过前两个阶段直接创作剧本,但从资方角度考虑,可能会存在失控、返工、浪费时间和金钱等诸多问题。

(二)拍摄阶段

剧本定稿后就可以开始第二阶段,也就是拍摄阶段的工作了,这一阶段主要包括以下几方面的工作内容。

1.酝酿阶段

该阶段包括剧本定稿、落实资金、选择合作方、确定导演人选、办理开拍许可证、酝酿开机的时间等。

2.筹备阶段

该阶段包括确定制片主任、制定预算、建组、搭班子、采景、置景、寻找演员、租赁器材、制作(或租赁)服装道具、签订合同等。

3.前期制作阶段

该阶段进行开机拍摄。在计划周期、预算额度内完成拍摄任务。

(三)后期制作阶段

拍摄阶段结束即进入第三个阶段——后期制作,这一阶段主要完成包括画面、声音、字幕、片头、片尾等的包装工作。

(四)送审、发行及播出阶段

第四阶段是送审、发行及播出阶段。在这一阶段,制片方将完成片报送至广电总局进行节目内容审查和修改,待取得发行许可证后,可通过多种渠道发行此剧,过程中包括协调客户关系、确定发行价格、签订播出合同、复制磁带、寄送、回款等。

四、编剧在电视剧中所处的地位及与各艺术部门的关系

在电视剧运作中,编剧属于主创人员,起着举足轻重的作用。其在摄制组中,主要与导演和制片方有直接联系。

(一)编剧与导演的关系

对于编剧来说,找到一个水平高而且配合默契的导演是十分幸运的,但在现实中,这种机会却是可遇而不可求。

一般来说,编剧与导演意见发生冲突时,占上风的往往不是编剧,而是导演。这个时候,编剧通常所面临的选择的是,要么按导演的要求把剧本修改出来,要么把剧本的修改权让出来,由导演或导演选定的人来改。

编剧与导演的合作既不要一味盲从,也不要固执己见。一味盲从,会被人认为没有主见,没有追求;固执己见,又会使自己陷入狭隘和被动的境地。编剧应该记住,艺术创作的灵感往往需要相互激发,但同时也应该清楚地意识到,影视是一门综合艺术,其最终成果主要是由导演和剧组成员一起来实现的,因此多听取导演的意见并无坏处。当然,前提是导演确实对此剧提出了真知灼见。

(二)编剧与制片方的关系

由于制片方考虑问题的重点往往不是片子的艺术水准及质量,而是拍摄成本和市场需求,因而在许多剧组,编剧方或导演方与制片方是一种既合作又存在矛盾冲突的关系。

刚出道的编剧,往往委曲求全,总是向制片方妥协,不敢坚持自己的意见,这样影片往往失去了艺术性和编剧的个性;也有另外一些编剧,过于坚持己见,不肯让步,导致剧本"流产"或"夭折"。这两种方法都是不可取的。

(三)编剧与其他部门工作人员的关系

前文说过,电视剧创作有很强的集体特征,换言之,当一个编剧被委托为某个项目写剧本的时候,就不再是自己一个人创作故事和人物,而变成了一个集体的创作活动。这个集体要求编剧在创作故事、角色、情节、节奏、构思、台词等时,要充分考虑到制片、策划、分销商、导演、美术、摄影、演员等人的意见。毋庸讳言,这些意见有的可能很中肯,很有见地,对编剧也很有启发,但有的也可能是完全从自己的利益角度出发,根本不考虑全剧的整体效果。遇到前者对编剧是大有裨益的,后者却会让编剧无所适从甚至恼火。

那么,编剧该如何去融入集体创作呢?在被资方雇用的过程中,怎么才能躲避种种陷阱,同时又让自己的创作更上一层楼呢?做到以下三个方面是极其重要的。

(1)多多听取大家的意见,择善而从。

(2)对不能接受的意见,做好解释工作,以说明己方的正确,从而理智地争取控制权。

(3)当发生严重分歧时,抱最好的希望,做最坏的打算,适当让步以取得最大的利益。

这里所说的严重分歧是指编剧方与他方的矛盾已上升到剑拔弩张、不可调和的地步,编剧应做好要么接受意见,要么中止手头的创作,由资方另请他人来创作的心理准备。我们的建议是,适当让步以争取有利于双方的最终、最大的利益。对于编剧来说,在一个有上百乃至上千人参与的影视创作活动中,剧本被提出不同意见也是再正常不过的事。

第四节　电视连续剧剧本的格式

职业编剧需要写出非常标准的剧本格式,才能获得资方及导演的初步信任。正如悉德·菲尔德在他的著作《电影剧本写作基础》里所说:"作为一个剧本审读人,我总是要找各种理由不读某个剧本。所以当我发现一个剧本格式不规范,我就会做出一个判断:这是个初出茅庐的新手写的。"[①]

那么,剧本的标准格式是怎样的呢?

电视连续剧剧本可分为三种:第一种是文学剧本,也就是由编剧提交给资方,供导演及摄制组拍摄用的最初的剧本;第二种是分镜头剧本,是导演将镜头细化后的工作台本,可作剧组拍摄的依据;第三种是实拍镜头记录本,是由场记负责完成的记录整个拍摄过程的剧本形式,主要为后期剪辑时提供依据,其形式与分镜头剧本近似,内容包括镜头顺序、景别、摄法、画面内容、台词、每个镜头的拍摄次数、每次拍摄的时间长度及效

---

① 悉德·菲尔德:《电影剧本写作基础》,钟大丰、鲍玉珩译,北京:世界图书出版公司北京公司,2012年,第197页。

果等。之所以有实拍镜头记录本,是因为在实际拍摄中,导演常常临时修改分镜头剧本,所以,只有实拍镜头记录本才能同拍成的剧片镜头相一致。

由此可以看出,编剧在创作时,只与文学剧本打交道,而基本与分镜头剧本和实拍镜头记录本无涉。所以,我们这里只论及文学剧本的格式。

首先,文学剧本要有场的概念,场要有时间和地点两个要素,也要有内景和外景之分。具体到剧本上如下所示。

1.熏风殿　白天　内景
(伴随着旁白)太平静静地躺在乳娘春的臂弯里,侧头望着从半合着的门缝中挤进的明亮风景。

2.后宫庭院　白天　外景
太平的主观视角。这是一个婴儿眼中快乐的艳阳天,光线成为风景的主角,庭院中的花匠们,各自拥抱着属于自己的一份阳光,步履轻盈地来回奔走,他们身体那被阳光强调的明快线条,赋予了朝阳某种更快乐和生动的形式。他们悟人的说笑,那声音仿佛是雨后盛行于长安的季风,遥远而干爽。[①]

其中,"白天""内景"也可简化为"日""内","白天""外景"也可简化为"日""外"。如果是夜戏,则相应改成"夜""内"或"夜""外"。

其次,文学剧本应标出场次序列,如是连续剧,最好按"集序列—场序列"的格式注明,目的是便于剧组拍摄。例如:

13—1福禄居庭院　秋　日　外
67 岁的刘少奇仰在躺椅里闭着双目,眼角涌着两行泪水……
刘少奇的怀里抱着鲁氏的画像。
字幕:四十年后
字幕:1965 年秋
坐在侧面的王光美含着泪,把一块手绢放在少奇手里。
刘少奇坐直,擦着泪吁出一口气。
王光美取过画像:这幅画像,就是那次见面画的?
刘少奇:是啊,宝珍原本想让我和母亲留一张合影的,但秘密工作的纪律不允许,就请人画了张像。想不到从那次分别,再也没见到母亲。我这辈子,太亏欠,太亏欠母亲了,连一天都没有照顾她……
刘少奇又落下泪来。

---

① 郑重、王要编剧:《大明宫词》,北京:人民文学出版社,2010 年,第 13 页。

王光美抚着少奇手臂。

刘少奇忍了良久:六年后,她老人家走了。那个周妹子,也在同一年去世了。

王光美把茶杯递给少奇:你和宝珍姐离开长沙,去了广州?

刘少奇:先去的上海,中央要我代理总工会委员长,去广州领导省港大罢工。后来又从广州到了武汉……

刘少奇呷了口茶:那是大革命高潮的顶点,我把六哥和秉真哥也喊了去,好一场大战啊!

刘少奇望着远处……

13-2 江汉关空场 冬 日 外

已有七八个月身孕的宝珍一手撑着腰,一只手拿着小旗,指挥十几个孩子唱《国民革命歌》:打倒列强,除军阀……

歌声中,穿着军服的朱舜华向三、五十民众演讲:工友们,市民们,伟大的国民大革命在国共两党合作下已席卷全国,我们的北伐军仅仅几个月,就从珠江打到了长江,打垮了一个个帝国主义撑腰的军阀,这是何等辉煌的大胜利啊!

附近,英租界的边沿布满沙包、电网和虎视眈眈的十几个水兵。

租界工部局官员边听翻译,边怒冲冲瞪着中国民众。

字幕:1927 年 1 月 3 日 武汉江汉关

朱舜华:事实证明,只要四万万中国人团结起来,任何的反动军阀、封建势力和帝国主义强盗,统统会被我们打得丢盔弃甲,被我们扫进历史的垃圾坑去!

工人、车夫、码头苦力和市民欢呼:好——好——

工部局官员:(英语)这是对我们大英帝国的侮辱,立即把他们赶开!

翻译:(英语)可他们是在租界外面。

工部局官员:(英语)噪声干扰了我们。

工部局官员挥了下手。

五六个印度巡捕跑向人群。

五六个水兵也直扑民众,挥舞着枪托、警棍:离开! 离开这里……

朱舜华:这是华人街区,你们无权越界干涉……

水兵军官:离开! 离开……

民众毫不退让:不离开! 这是我们的地方! 这是中国领土!

民众同水兵、巡捕扭成一团……

水兵的刺刀开始乱捅滥杀……

民众一个个倒下……

何宝珍:孩子们快跑! 快跑……

孩子们跑散。

朱舜华跑来:珍妹,快走!

朱舜华搀着宝珍逃离。

民众怒不可遏，抓起石块、扁担等物奋起还击……

水兵和巡捕被打得退回沙包……

工部局官员：(英语)准备射击！

水兵拉动枪栓……①

　　这里的13－1指的就是第13集第1场的意思，13－2指13集第2场，如果只写场序列号而不写集序列号，就会导致一部剧本(通常有30～40集)里有多个1场或2场，势必造成混乱。

　　再次，有些剧本格式要求在场景、时间、内外景后标明本场所涉及的演员，也有的剧本格式要求人物动作前加"▲"或"△"，以区别于对话。这样哪些是动作，哪些是台词，便使阅读者一目了然。② 比如：

树林　　日　　外

(人物：文俊、陈熙、庄大强、陈暖、朱婆婆)

▲文俊开路，庄大强殿后，陈熙姐妹居中。

▲树林中出现窸窸窣窣的声音，大家立刻站定。

文俊：什么人？

▲声音再次出现，庄大强紧张。

庄大强：那边。

▲声音又出现在另一个方向，文俊追过去，什么也没有。

▲一阵风吹过树林，树林摇曳，仿佛到处都有声音。

▲《月光光》的歌声响起。

朱婆婆：(O.S.)月光光，照地堂，虾仔你乖乖训落床，听朝阿爸要捕鱼虾罗，阿嫲织网要织到天光。

▲歌声飘忽不定，文俊环顾四周，找不到歌声是从哪里发出的。一个纸娃娃悬浮在空中。纸娃娃涂着鲜艳的腮红，笑容非常诡异。

▲陈暖害怕瑟缩在陈熙身后，庄大强躲到陈暖身后。

庄大强：(瑟瑟发抖)这什么玩意儿？

文俊：仔细看。

▲原来，纸娃娃不是悬浮，而是被一根渔线吊在树枝上。

庄大强：生孩子不叫生孩子，吓人啊。

▲庄大强气冲冲想过去，一脚踩中陷阱，向前栽倒进陷阱坑中。还好文俊拉住他的

---

①　此剧本片段由作者根据完成片整理。

②　这并非剧本格式的硬性要求，编剧在写作时可以采取这种格式，也可不采取这种格式。

后领。

▲庄大强的脸正对着坑底尖锐的竹签,差一丝丝就碰上。庄大强心脏漏了半拍,冷汗滴在竹签上。

▲庄大强被文俊拉起来。

庄大强:他奶奶的,哪个黑心王八挖的陷阱?

▲文俊开山刀投出,斩断系着纸娃娃的细丝。纸娃娃落地瞬间,好几支竹箭射出,离四人有一段距离。

陈熙:先装神弄鬼,又铺设了陷阱,搞了那么多机关。

文俊:看来有人铁了心要杀死登岛的人。大家跟着我的脚印走。

▲文俊当先,四人继续深入,离开这个地方。

▲一只衰老的手(朱婆婆),捡起地上的纸娃娃。

最后,具体到每场戏,编剧的工作是逐个按镜头写出这一场景中想表现的元素,重点是写人物的动作与台词。

什么是镜头? 镜头就是通过摄影机所看到的东西。而摄影机实际上代表的就是观众的眼睛,也就是说,观众想看什么,摄影机就应该拍什么。

场面是由镜头组成的。至于是单个镜头,还是一组镜头;是写如蒙太奇般单独意义的镜头,还是写巴赞和克拉考尔倡导的不间断的长镜头,这倒不是很重要。因为编剧写的镜头最终体现在片子里时,可能会有许多变化。比如,编剧写了一个描绘性的场面,如"太阳从东方的山顶冉冉升起",而导演可以用一个、三个、五个或者十个各种不同的镜头,从视觉上来获得"太阳从东方的山顶冉冉升起"的感觉;再比如下例,编剧写了一大串的镜头:

张三走进客厅。

拿起桌上的一个文件。

穿好外套。

在镜前正了正衣冠。

出门。

待片子拍毕,却发现,导演有可能用一个不间断的运动镜头就将这一切全部表现出来了。

需要补充说明的是,作为编剧首先应该记住,剧本是供导演和演员拍戏用的,属于一度创作,导演和演员在二度创作时肯定会有修改和发挥,因此要尽可能地给他们留下创作的空间。初学写剧本的人最容易犯的毛病就是在写剧本中的镜头时过于详细,以至于连什么样的景别,什么样的镜头运动方式,诸如"全景,摇、推、拉、升格、降格"之类也写出来,这其实是没必要的。因为即便编剧把每个镜头都设计得很周到,在技术处理上也的确很内行,导演还是可能不按照编剧的意图去拍摄,所以大可不必越俎代庖,多此一举。

一方面,我们之所以强调写场面时要重点写人物的台词和动作,是因为只有台词与动作才能被演员充分演绎,并能用于拍摄,更能达到塑造人物性格、交代剧情内容、营造戏剧矛盾冲突的目的。另一方面,"动作"在戏剧上的解释,并不局限于"活动的作为",同时也包含心理表现。唯这些表现,都是在"动"中表达。"动"是一切的活动,没有"活动",没有"动作",就不可称其为"戏"。

以下一段选自电视连续剧《白鹿原》,可视为电视连续剧剧本的标准格式。

28-13 村子祠堂 日 外

黑娃提着一个铁锤带着弟兄们大步走向祠堂,白兴儿耀武扬威在一旁轰着跟随起哄的孩子。

乡亲们纷纷从各家站出,惊奇地望着。

鹿子霖正扒着保障所的窗户偷瞧,黑娃走过时狠狠瞪了一眼。

鹿子霖慌忙关上窗,缩头蹲到墙根。

众人站到祠堂门口,黑娃眯起眼扫视四周,人群已经聚满。

黑娃深吸一口气,用力抢起锤头,"咣当"一声,乡亲们发出惊叫。

铁锁连同大门上的铁环一起掉到地上。

黑娃:(转身冷冷扫视)从今往后,白鹿原农协会就设在这里!

黑娃领头走进祠堂大门,放慢脚步。

(切入闪回)

小黑娃跪在院子里挨徐先生板子。

小黑娃躲在黑暗中目睹鹿三跪在白嘉轩面前求饶。

白嘉轩将笔硬塞到小黑娃手中,虎视眈眈地瞪着他……

黑娃提着锤子,目光落到乡约碑上,眼中冒火。

(切入闪回)

黑娃拉着田小娥恐惧地看着白嘉轩冷漠的眼神。

白嘉轩举鞭抽打石头,黑娃躲在墙角瑟瑟发抖。

白孝文轻蔑的目光瞥视黑娃。

黑娃大吼一声,猛地将锤子举到半空,用力往石碑砸去……

28－14　白家　日　外
几个老者跟随白孝文哭号着冲进。

老者：族长！族长啊！

白嘉轩正香美地吃着饺子。

白孝文：(哭)爸！祠堂完了！都被他们砸了,连乡约碑都碎了！

老者：(也哭)祖宗的牌位全扫在地上了！他们砸的砸踩的踩,糟蹋得不成样子。

白嘉轩：坐,都坐,吃完再说,死了也不能当饿死鬼不是。仙草,把饺子都盛上来。

众人面面相觑。

……①

在这一段里,几乎从始至终写的都是人物的台词和动作,即便是写黑娃的心理活动,也是用具象化的镜头来显示的,诸如“黑娃拉着田小娥恐惧看着白嘉轩冷漠的眼神”“白嘉轩举鞭抽打石头,黑娃躲在墙角瑟瑟发抖”等。

这里需要补充的是,编剧在描写人物动作时,不必写得太细,只需稍微提示或用粗线条勾勒就可以了,这是因为在实际拍摄时,演员经常会根据自己对角色的理解重新设计动作,剧本中设计得太细反而会限制演员的发挥。

除以上所述外,标准的电视连续剧剧本格式还需做到以下几点。

(1)在描写场面的各个镜头时,要让每个镜头单独成段。当然,这里的镜头是编剧认为的镜头,而不一定是现场拍摄或完成片里的镜头。

黑娃提着一个铁锤带着弟兄们大步走向祠堂,白兴儿耀武扬威在一旁轰着跟随起哄的孩子们。

乡亲们纷纷从各家站出,惊奇地望着。

鹿子霖正扒着保障所的窗户偷瞧,黑娃走过时狠狠瞪了一眼。

鹿子霖慌忙关上窗,缩头蹲到墙根。

这里的每一自然段都可视为一个镜头,而每一个镜头呈现的内容为一个自然段。

(2)描写人物所说的台词时,也要单独成段,其格式为——××(人物名)：×××××
××(所说的台词)。

白孝文：(哭)爸！祠堂完了！都被他们砸了,连乡约碑都碎了！

---

①　此剧本片段由作者根据完成片整理。

（3）如果人物说台词时有动作提示，则需用括号将提示部分括起来，以示与台词的区别。

黑娃：（转身冷冷扫视）从今往后，白鹿原农协会就设在这里！

（4）人物说台词时，只在人物名后加冒号（：）即可，不必加双引号（""），这点与话剧剧本相似，与小说、故事等有所不同，故须特别引起注意。[①]

白嘉轩：坐，都坐，吃完再说，死了也不能当饿死鬼不是。仙草，把饺子都盛上来。

以上介绍了电视连续剧剧本的格式，需要说明的是，格式是表，内容是里。相对于内容来说，格式居次要的地位。如果只掌握了格式，但剧本内容写得很糟糕，一样是一个差的剧本。内容若足够引人入胜，才会获得资方或导演的青睐，获得搬上荧幕受观众喜爱的机会。

----

① 关于电视剧本人物台词需不需加双引号的问题，并无一定之规，加也可，不加也可。一般情况是不用加的。

中篇

技巧

第七章　创意与故事　大纲与分集

第一节　电视连续剧的创意

电视连续剧的创作首先是从创意开始的。所谓创意,是指编剧及策划者对整部电视剧的总体构想,包括主题定位、人物设置、故事架构、运作方式等内容。其中主题定位、人物设置、故事架构等由编剧来写,其余涉及项目运作的部分多由策划者或制片人来写。

编剧写创意的目的是与制片人或导演进行沟通,使他们接受自己的创作构想;而制片人或导演在选择编剧和剧本时,也需要通过创意来了解作者的想法和实力。显而易见,编剧在得到导演或制片人对创意的首肯后再去创作剧本,会少走很多弯路,事半功倍。

电视连续剧创意的内容和写法并没有统一的规定,很多情况下都是因人而异。一般情况下,电视剧创意应包括以下几方面的内容。

一、对题材和题材价值的分析

观众选择看或不看一部电视剧,出发点就是看它是何种题材。年轻人喜欢看爱情题材;老年人青睐历史正剧;悬疑类的片子是大家都喜爱的,但谍战剧过于烧脑的情节设置也可能会吓跑一拨人。从制片人角度说,出资拍电视剧,最终是为了获取效益,因此须把观众的选择放在首要的位置考虑。拍什么题材、什么类型,往往参考的是观众的口味,所以选择大多观众接受、喜爱的题材至关重要,不可小觑也不容忽视。

目前我国电视剧运作方式分为政府运作和商业运作两种,前者注重社会效益,后者则注重经济效益。因此,编剧在做题材价值分析时就应该按照不同的运作方式区别对待——以政府运作为主导的电视剧,要着重于对其社会价值的分析,而商业运作的电视剧则应侧重开发其商业价值。

以下是两部电视连续剧的题材分析范例,分别对应了社会价值和商业价值。

范例一:《乡村第一书记》是著名作家忽培元以淅川县银杏树沟村等村的脱贫攻坚

实践为原型创作的现代农村题材小说,生动讲述了乡村第一书记如何团结、带领全村党员干部群众,把一个贫穷落后的偏远山村改造成生机勃勃的美丽乡村的故事。该小说自出版以来深受读者欢迎,《人民日报》、新华社、光明网等媒体对其进行了广泛报道。为礼赞建党 100 周年,××影业拟将其改编拍摄成 36 集电视剧,并在中央电视台播出。

范例二:该剧是中国第一部反映第二次世界大战时期,中国人民同世界人民一起与德国法西斯进行斗争,粉碎德国纳粹企图在上海建立集中营、阴谋杀害上海犹太人的,具有国际意义的反法西斯战争题材的连续剧。

该剧从一个鲜为人知的侧面深刻地揭露了德国纳粹在中国上海疯狂迫害犹太难民的政治目的和惨无人道的阴谋手段,以及在日本帝国主义铁蹄蹂躏下的中国人民,如何不畏强暴,不怕牺牲地与上海犹太人一起彻底粉碎"梅辛格计划"的动人故事。

该剧独有的视角和独特的故事,使其无论是在政治性上,还是在可视性和商业性上,都具有显而易见的优势。

该剧定位为 2005 年世界反法西斯战争胜利 60 周年献礼片。该剧的推出为世界性的反法西斯战争胜利 60 周年纪念活动增添了绚丽的一笔。

二、主题或中心思想阐述

主题,是一切戏剧行动的总纲,是对作品中要表现的主要矛盾、戏剧冲突和戏剧任务作出的概括。用悉德·菲尔德的话说,主题$=n+v$,其中"n"是名词,指一个人或几个人,"v"是动词,指去干一件事或几件事。[①]

有了主题,人物行动才会有方向。编剧也就清楚了电影(或电视剧)讲的是谁,以及他(她)要去干什么事。

所谓中心思想,是创作者在作品中探讨的问题,是作品背后的一种隐喻或表达,又叫主题思想,它由编剧的世界观、思想倾向性以及倾向性所引起的感情所指导。

要在作品中树立较高、较深刻、较鲜明的主题思想,编剧必须具备较高的政治思想水平,同时还要有能用形象来表达主题思想的较高的艺术水平,二者缺一不可。

一个剧本的创意应该包含对主题和中心思想的阐述。编剧应该向制片方或导演阐明剧本想要表达的思想,以及这种思想会对受众产生多大程度的影响等。

我们来看电视连续剧《乡村第一书记》中对其主题及中心思想的描述。

本剧讲述了白朗以抓党建为引领,带动村里的党员干部,逐步把一个贫困落后的山村改造成绿水青山、生态环保的生机勃勃的社会主义新山村,把一盘散沙的村民团结成乡村振兴生力军的故事。

本剧生动地展现了精准扶贫和乡村振兴这个时代命题和青年共产党人的奋斗与成

---

① 悉德·菲尔德:《电影剧本写作基础》,钟大丰、鲍玉珩译,北京:世界图书出版公司北京公司,2012年,第 18 页。

长过程,艺术地描绘了一批党员干部跌宕起伏的奋斗经历、爱情生活和心路历程。

本剧以写实和浪漫相结合的手法塑造了一大批鲜活而独立的人物形象,生动感人地揭示了"绿水青山就是金山银山"的真情实景,热情歌颂了当代青年党员干部无惧困苦、坚韧不拔的创新精神。

再来看电视连续剧《中流击水》[①]对其主题及中心思想的描述。

《中流击水》主要讲述 1919 年五四运动爆发到 1928 年井冈山胜利会师这十年间波澜壮阔的历史,全方位展现了为挽救民族危亡、探求救国道路,中国共产党从成立到探索,再到同中国实践相结合,找到适合中国国情的革命道路的艰辛历程,通过艺术的方式诠释了伟大的"红船精神"——"开天辟地、敢为人先的首创精神,坚定理想、百折不挠的奋斗精神,立党为公、忠诚为民的奉献精神"。

《中流击水》着力塑造的是毛泽东、李大钊、周恩来、陈独秀等老一辈共产党人的英雄群像,同时以红船为意象,描写它驶出南湖后,冲破急流险滩,最后驶向井冈山,找到中国革命正确航向的光辉历程。中国共产党带领中国人民走向革命和建设的伟大胜利是历史的选择,人民的选择。在"红船精神"的指引下,我们不忘初心、牢记使命,为实现中华民族伟大复兴的"中国梦"和"两个一百年"的奋斗目标奋勇前进。

可以看出,这些描述都是极其深刻的,也是富含思想性的,体现出编剧较高的政治思想水平和不凡的艺术水准。

三、项目亮点阐述

项目亮点也就是项目优势,是要写明相对于其他同类电视连续剧,这部剧的优势在哪里、特色在哪里、吸引观众的点在哪里,以及拟请谁来导、谁来出演等。

比如,电视连续剧《我爱轰炸机》[②]这样介绍自己的项目优势。

揭开轰 6K 的神秘面纱——远程奔袭、临空轰炸、突破岛链,传说中的"战神轰炸机"近在咫尺……

跟随王牌飞行员飞天掠地,耳中充斥着发动机的轰鸣,空中 360 度美景尽收眼底……

全天候飞行,看轰 6K 如何突破围追堵截,攻城略地……

我国首部表现轰炸航空兵部队战训生活的电视剧,全景式"围观"我国自主研发的

---

① 黄亚洲编剧,宋业明执导,王仁君、董勇、王志飞、马少骅等主演的 30 集电视连续剧,以"红船精神"为中心思想,讲述了中国共产党诞生、发展、壮大的历史进程。

② 王凯编剧,高进军执导,张晚意、富大龙、盖玥希等主演的 30 集当代飞行题材电视连续剧。

新一代战略轰炸机"轰6K",题材新颖独特,充满猎奇性与新鲜感。

看军人如何用"军事手段"谈恋爱,看飞行员如何"轰炸"爱情阵地。故事聚焦情感,讲述的仍是人和人之间的故事,以情感人,以情动人,有热血励志,也有浓烈的家国情怀,散发着浓郁的强国强军梦……

以小见大,以一名飞行员的成长,展现中国军人如何百炼成钢……

以点带面,表现空军飞行员履行使命实现自我之路,展现当代中国军人情感价值追求,以及新时代人民子弟兵昂扬的精神风貌……

电视连续剧《重庆谈判》的创意文案里,这样突出其项目亮点。

亮点一:《蒋介石日记》中蒋介石时沉时浮的杀心——当年蒋介石在重庆谈判中对如何对待毛泽东问题的反复考量——抓还是不抓,杀还是不杀?是重庆谈判后期蒋介石辗转反侧思考的问题。

亮点二:21世纪全部披露的大解密集中呈现——在第二次世界大战的大棋局上,展开极其复杂的博弈,这一博弈随着大量解密文件的发出,而在电视剧里呈现一个不一样的重庆谈判。

亮点三:群星荟萃的强大演出阵容——本剧聚集了强大的制作团队,王霙、马晓伟、郭伟华、车永莉、高明、姚刚、夏天、江涛、由利平等众多影视明星联袂奉上一出为新中国成立七十周年献礼的大片。

……

四、类型与风格定位

在一个完整的电视剧创意中,还应包括对本剧类型和风格定位的阐述。在这一部分中,编剧主要阐述的内容大致有:(1)电视剧属哪种类型,抑或属哪种混合类型?(2)电视剧的主体风格是什么,是正剧、悲剧还是喜剧或轻喜剧?(3)剧本中怎样体现出这种风格。

以下是网剧《锦绣河图》创意文案中有关类型和风格定位的描述,虽不够精练,但仍可借鉴。

《锦绣河图》项目定位古装悬疑爱情故事,保留了原著小说中推理悬案设计,人物塑造更为丰富饱满。全剧皆因一幅《锦绣河图》开始,有人为它杀人,有人为它救人,有人为它窃国,有人为它守国。全剧围绕着破解因《锦绣河图》而起的一件件悬案,男女主人公的感情线也以此展开。本剧融古装、历史、悬疑、破案、爱情于一体，打造多对非官配CP①，比如童舒茶和千城，迎合当下观众喜好的多样性，剧中爱情与友情占较多篇幅，将当下的社会关系放到古装剧中展现，让观众更有共鸣。虽然是侦案戏，但剧中各位人物关系的展现会采用轻喜剧风格，让整体氛围不过于沉重压抑，更符合年轻群体的观影喜好。②

五、人物小传及人物关系设置

人物和人物关系设置是电视剧中两个至关重要的因素，人物写得好，人物关系又设置得合理，就会自然而然、顺理成章地推（演）出许多好戏，故这一部分内容是创意文案中不可或缺的。制片人或导演往往通过这一部分来判断剧本的价值和市场预期。

一般情况下，这一部分应包括以下几方面的内容：（1）人物外形（含年龄、性别等）；（2）人物的身份、职业、兴趣爱好等；（3）人物的性格；（4）人物与他人的关系；（5）人物的经历，在剧中的主要走向、情节、命运等；（6）人物必须交代的前史，比如人物的童年、曾经的恋爱，以及形成现在这种性格的原因、背景等。

至于人物小传要写多少，并无规定，有的很短，三五百字即可，例如：

秦朗，男，二十六岁，空军上尉，轰炸机飞行员，具有冒险精神，不拘一格，常想出些训练大纲之外的点子，对参加新型轰炸机改装志在必得，因与机长丰雷的观念时时相左而被排挤，几乎"沦落"为千年备份的打杂人员，又因久久不能走出"空中停车"的心理阴影，不能突破自己，飞行事业跌到谷底。最终，他凭着对理想的珍视与执着重返蓝天。

谈小雅，女，二十四岁，空军某电子对抗团作训参谋，空军中尉。端庄漂亮，略带柔弱，重情重义，热爱自己的专业，军校毕业后守诺坚持回到原部队，扎根基层。一心钻研轰炸机电子对抗技术，不慎卷入"间谍事件"。与秦朗从相厌到相悦，并与丰雷机组密切合作收获了战友间的情谊与事业，实现了自我的成长。

有的很长，例如：

张载，男，剧中年龄十五至五十八岁。北宋天禧四年（1020 年）生于长安（今陕西省西安市），名字出自《周易·坤卦》"厚德载物"。

三岁时，父张迪迁任涪州知州，全家同往。张迪爱民如子，勤政廉洁，深受百姓拥戴，却在张载十五岁时遭手下钱粮官高延年陷害去世。小小的张载自此担起照顾全家的重任。他和五岁的弟弟张戬及母亲陆夫人，在新结识的好友焦演的一路护送下，扶父亲灵

---

① "CP"是英文单词 couple 的缩写，作为名词有"夫妻""夫妇"的意思，而作为动词有"配对"的意思。网络中常出现"组 CP"的行为，指人们把漫画、小说或者电视剧中的不同角色，根据情节的发展或者自身的喜好进行配对，形成假想的夫妇、情侣或亲密的朋友。

② 引自网剧《锦绣河图》创意文案（内部资料）。

枢越巴山,奔汉中,出斜谷行至眉县横渠,遇土匪行不轨事,拔刀相助,主动出击,救下当地村民李运来的女儿红巾儿,并与之一见倾心。

因路资不足和前方发生战乱,无力返回故乡开封,张载在红巾儿、麦先生等横渠百姓的热情帮助下,将父亲葬于横渠南大振谷迷狐岭上,全家也定居于此,焦演则去参加了抗击李元昊的宋军部队。

当时李元昊的部队经常侵扰宋朝西部区域,宋廷向李元昊部"赐"绢、银和茶叶等大量物资,以换和平。这些事对"少喜谈兵"的张载刺激极大,张载二十一岁时,写成《边议九条》,向当时任陕西经略安抚副使、主持西北防务的范仲淹上书,陈述自己的见解和意见。

范仲淹在延州军府召见了这位志向远大的儒生。张载谈论军事边防,保卫家乡,收复失地的志向得到了范仲淹的热情赞扬,但范仲淹说:"儒者自有名教,何事于兵?"认为张载可成大器,劝他作为儒生不须去研究军事,而应去读《中庸》,在儒学上下功夫。

张载听从了范仲淹的劝告,回到横渠后,即开始按范仲淹所说,劳作之余,发愤读书,以图功名。

这年夏天,旱情严重,粮食减产,又闹起了蝗灾,百姓没了吃的,饥民数百万。

李运来家也断了炊,只好去求地主梁有嗣减免地租和契税。不料,梁有嗣非但不减租税,还趁火打劫,变本加厉,提出没钱没粮就拿红巾儿抵。李运来不从,官府以抗租抗税为由将其抓进大牢。红巾儿来向张载求助,张载去找梁有嗣,想通过言语感化他,不料,张载所讲的那些儒家思想、儒家言论、儒家故事对梁有嗣非但不起作用,还被其视若粪土。张载大败而归。

接下来,官府又与梁家沆瀣一气,以李运来签了女儿的卖身契为由将红巾儿押解进梁家,强逼成婚。李运来在牢里听说后,又急又气,头撞南墙,气绝身亡。红巾儿得知父亲已死,万念俱灰,用匕首捅死对她极尽污辱的梁有嗣,又放火烧了梁有嗣的家,然后加入了以张海、郭邈山为首的农民起义队伍。

这件事给了张载以极大刺激,自此开始考虑民生问题。

又过几年,张载弟弟张戬早于哥哥考中进士,被派往陕西蒲城当了县令。张载娶河南老家郭氏为妻。

这段时间,张载刻苦攻读《中庸》,仍感不满意。于是遍读佛学、道家之书,觉得这些书籍都不能实现自己的宏伟抱负,又回到儒家学说上来,经过十多年的攻读,终于悟出了儒、佛、道互补、互联的道理,逐渐建立起自己的学说体系。

庆历二年(1042年),范仲淹为防御李元昊部南侵,在庆阳府(今甘肃庆阳)城西北修筑大顺城,竣工后特请张载到庆阳,撰写了《庆州大顺城记》以资纪念。张载向恩师范仲淹讲了这段时间发生在他身边的不少事,尤其是红巾儿的遭遇,当讲到官府丝毫没有放松赋税的催缴,没有饭吃的农民只有两条路可走,要么逃荒,要么造反时,他问范仲淹该怎么办才好?范仲淹深思片刻,回答了两个字:变革!此话正说到了张载的心坎里。

不久,范仲淹奉调回京,开始推行庆历新政,张载一边积极参与,一边关注着红巾儿及其起义军的消息。

农民起义军失败,红巾儿被官军追杀,临死前,她将自己与起义军将领生的孩子托付给张载,张载视为己出,并为其起名张令。

张载弟弟张戬就任蒲城县令后,虽每日鞠躬尽瘁,宵衣旰食,却不见成效,一些作奸犯科之徒,投机取巧,变本加厉,越发猖獗。张戬不知该怎么办才好,就向哥哥讨教。张载带着新收的弟子吕大钧到了蒲城,从教化入手,深入剖析是非曲直、祸福利害,使人不犯法违令,未几,蒲城面貌一新。

庆历新政如火如荼之际,遭到反对派疯狂反击,范仲淹因被皇帝猜忌,不得已离开朝廷再赴陕西。张载与恩师再度见面,范仲淹对其谆谆教导,鼓励其参加科举考试,以继承他未竟的事业,走进庙堂,高举儒家的旗帜,为大宋继续立下稳固的根基。

张载从师命,参加考试,见考题居然是抨击庆历新政的《论朋党之害》,大为光火,大声说:"君子怎么可以为了高官厚禄背弃师门呢?"随即毅然决然地放弃了考试。

宋仁宗皇祐四年(1052年),范仲淹逝世,年六十四。张载第一时间赶到范府祭奠,并帮着范仲淹长子范纯祐料理后事。

范纯祐不满欧阳修为其父写的神道碑文中有"范仲淹生前,与当初把持朝政的吕夷简握手言和了"一句,与欧阳修产生争执。张载起初站在范纯祐一边,但经多方调查,深入思考,才觉欧阳修这么做是出于大局意识,是为江山社稷,遂替欧阳修说话,引起范纯祐不悦,欧阳修却对张载赞赏有加。

嘉祐二年(1057年),三十八岁的张载赴汴京(今开封)应考,时值欧阳修主考,张载与苏轼、苏辙兄弟同登进士。在候诏待命之际,张载受宰相文彦博和欧阳修支持,在开封相国寺设虎皮椅讲《易》,其间遇到了程颢、程颐兄弟。张载是二程的表叔,但他虚心待人,静心听取二程对《易》的见解,然后感到自己学得还不够。第二天,他对听讲的人说:"易学之道,吾不如二程。可向他们请教。"他的谦逊之风赢得了大家的一致赞赏。

殿试结束,张载留在京城,任著作佐郎,在此期间结识了司马光、邵雍等名士,又与陷害父亲的奸佞高延年不期而遇。高延年此时已由地方升至中央,任参知政事,并觊觎枢密使这一高位。

焦演自参加宋军,为大将狄青鞍前马后,征战各个沙场,为保大宋江山立下汗马功劳。这天焦演和狄青一起从广西平定侬智高叛乱回来,与张载见面并叙旧,第二天,张载听说,仁宗封狄青当了枢密使,可谓实至名归。

然而此举惹恼了以欧阳修为首的文官集团,一心想取代狄青自任枢密使的高延年上蹿下跳,利用水火等自然灾害,制造对狄青的谣言。

高延年所讲,本系无稽之谈,欧阳修却为其所惑,竟上书仁宗,欲革狄青之职。

张载不顾自己人微望轻,也不顾与欧阳修的师徒情谊,上书仁宗,先从自己的科学研究开始讲起,得出"天地有伦,四时有序。即使灾祸,也是由于气象变异造成的,完全不必跟君王大臣施政优劣结合起来"的结论,后又发出了"天本无心,我为天地立心!找到属于天地之间的一种自然规律,便人能胜天,人定胜天"的铮铮言语。

欧阳修气极，请仁宗贬黜张载，仁宗许，张载被裁撤著作佐郎一职，贬到陕西延州任云岩县令。

张载临离开京城前，知制诰王安石请张载吃饭。席间，两人对国家、对局势有很多共同认识，相谈甚欢，遂引为知己。

狄青被革职，张载被逐出京城，高延年如愿以偿当上了枢密使，难免得意忘形，酒后吐真言，既讲了自己如何迫害狄青，也交代了当初如何在涪州陷害张迪，焦演大怒，一刀将其捅死，不幸的是，自己也被高延年手下乱箭穿心。

张载在赴云岩上任的路上听到焦演死的消息，顿时悲痛万分，当即调转马头，要回京城为焦演收尸，然而此时夫人即将临产，其母陆夫人也担心他去了京城会遭高延年余党暗算，故拼命阻拦。张载却说，志不强者智不达，言不信者行不果，遂独自一人回了京城。此时焦演的尸体曝于闹市，高延年部下虎视眈眈，蠢蠢欲动，扬言报复。张载赶来，毫不畏惧，为焦演收尸，震惊京城，百姓无不为之感动落泪，纷纷加入了送葬的队伍中……

张载到云岩上任，其间，深感大宋江山已是矛盾四起，危机四伏，百姓流离失所，官员尸位素餐。他想搞农田水利建设，却得不到上面的支持，好不容易想甩开上面自己干，西夏的军队又来袭扰，真是四面楚歌，举步维艰。

几年后，云岩又大旱，请求赈灾的札子像雪片般递上去，全无回音，走投无路之际，面对全县三十万灾民，张载不得已强抢皇粮，犯下死罪。

行刑时刻，张载引颈待戮，当刽子手的鬼头刀即将砍下的时刻，他高声叫道："为生民立命，虽九死犹未悔！"

好在他的学生吕大钧及时赶到，将他救下。丢了官职的张载回到了横渠，在原崇寿院的基础上创办横渠书院，将全部精力放在教书育人上。

这段时间，他"俯而读，仰而思。有得则识之，或中夜坐起，取烛以书……"写下了大量著作，对自己一生的学术成就进行了总结，并亲自带领学生进行恢复古礼和井田制两项实践。

为了训诫学者，他作《砭愚》《订顽》训辞（即《东铭》《西铭》），书于大门两侧。

张载还与学生们买了一块地，按照《周礼》的模式，划分为公田，私田等分给无地、少地的农民，并疏通东西二渠"验之一乡"以证明井田制的可行性和有效性。

熙宁二年（1069年），神宗任命王安石为参知政事，推行新法，张载积极响应，然在实行过程中，发现新法存在弊端，便给王安石写信，谏言献策。

信还未寄出，皇帝圣旨下，王安石推荐张载到京城任要职，辅佐其变革。

张载到京城后，在与王安石及其同僚接触的过程中，更加相信自己的判断是准确的，于是不以物喜，不以己悲，不看别人脸色行事，更不考虑自己的荣辱得失，上疏宋神宗，站在思想和信仰的角度，深入剖析了变法的实质、成果及可能存在的风险，然后讲出了他最著名的四句话："为天地立心，为生民立命，为往圣继绝学，为万世开太平"，以此作为所有儒者奋斗的目标，前进的方向，跨越的标杆。

熙宁十年（1077年），神宗再次召张载回京任职。此时张载正患肺病，但他不愿错过施行政治理想和主张的机会,便带病入京,中途病重,在临潼与世长辞,享年五十八岁。

张载终身清贫,殁后贫无以殓。在长安的学生吕大钧闻讯赶来,与其他弟子一起,买棺成殓,护柩回到横渠。

……①

至于人物关系设置,在有的创意文案中,编剧会画人物关系图,以便更直观地展示。例如电视连续剧《小敏家》②这样做人物关系图,如图 7-1 所示。

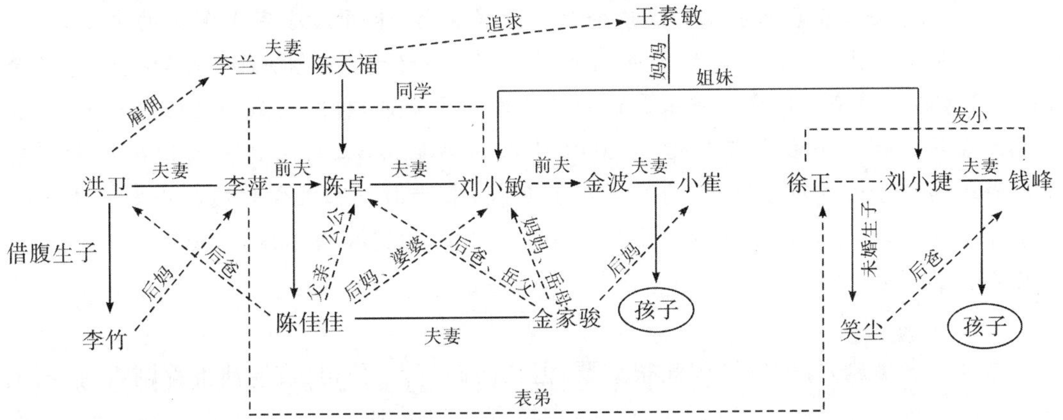

图 7-1　《小敏家》的人物关系图

六、剧情梗概

创意中最重要的部分是剧情梗概,又称故事梗概,就是用短短的几句话描述整个故事,这看起来就像《广播电视报》或视频网站里对某集或某部电视剧的内容介绍。无论是在报纸上,还是在电视预告中,甚至在电视网络和电视剧集的官方网站上,都有已播出的或将要播出的电视连续剧的剧情梗概可供参考。

比如,电视连续剧《父母爱情》的剧情梗概是这样写的:

青岛某海军军区,海军炮校丛校长和妻子杨涛为军官举办婚介舞会,两人一心想为大龄军官们解决个人婚配问题。海军军官江德福深受丛校长器重,在丛校长夫妇的引荐下,江德福在舞会上认识了年轻漂亮的安杰,并对她心生爱慕。而面对大老粗似的江德福,安杰却一点感觉都没有。由于安杰家庭成分不好,全家人屡次受到江德福的帮助,安杰渐渐发现了貌似粗犷的江德福其实是个机智、可爱的男人,她逐渐接受了江德福的感情,两人结为夫妻。江德福和安杰夫妻共同克服了出身的差异、文化程度的悬殊、生活环境的恶劣以及特殊时期的生存困境,抚养着五个孩子,共同走过了风风雨雨的几十

---

① 引自笔者创作的 40 集电视连续剧剧本《横渠先生》,内容描写北宋大儒张载辉煌的一生。
② 黄磊总编剧,汪俊执导,周迅、黄磊、唐艺昕等主演,秦海璐、韩童生、冯雷特别出演的 45 集家庭伦理题材电视连续剧。

年。孩子们长大成人，步入老年的江德福和安杰回首往事，觉得能携手度此一生是无比幸福的事情。

而电视连续剧《闯关东》的剧情梗概则这样写：

1904年，山东大地遭受洪涝灾害，匪患横行，饥殍遍地。朱家收到此前闯关东的父亲朱开山的信，让他们到东北的元宝镇汇合。朱家全家决定坐船从海路闯关东。历经九死一生，除了传文，朱家终于在元宝镇会合。为了生存，朱开山决定去深山的金矿挖金，受尽了金把头和土匪、官府勾结的各种磨难，朱开山终于成功携带一袋金子逃离了金矿，并用这些钱买房置地安顿下来。途中鲜儿与传文走散，传文也找到元宝镇全家团聚。朱开山在镇上开了一家朱记菜馆，受到当地人的刁难，以山东人特有的情义感动了对手。附近的甲子沟发现了煤矿，为了争夺采矿权，朱开山一家联合爱国志士与日本人展开了斗智斗勇，终于让煤矿回到了中国人手中。日本兵围攻哈尔滨，朱家三代人一起奔赴抗日的最前线。

作为一名编剧，好的剧本固然很重要，但在向制片人（公司）或导演推荐剧本时，篇幅较短的剧情梗概才是投名状和敲门砖，因为投资人和影视公司可能没有时间看剧本，而剧情梗概在这时就可起到抛砖引玉、窥一斑知全豹的作用。它既可以粗线条地展现人物关系及情节脉络，还能从某种程度反映出编剧对文字及整个剧情的概括能力。而制片人（公司）或者导演通过阅读剧情梗概，也能够了解到这是一个什么类型的故事，什么样的情节的走向，以及铺垫、危机、高潮、结局等重要环节的情况。所以，一个剧情梗概的好坏，往往直接关系到剧本未来的命运，编剧一定要重视并将之写好。

在撰写梗概的时候，要尽可能地接近故事的本质，阐明人物的动机，再配以恰如其分的矛盾冲突和情境，还要契合剧集本身的风格特点。

第二节　电视连续剧的故事

众所周知,一部电视剧成功与否,关键在于有没有一个"好的故事"。

"好的故事"的标准有哪些?首先是主题,其次是人物,再次是情节,最后是情感、细节、矛盾、冲突、蒙太奇手法运用、结构等。

理论好讲,操作上有难度,经常听到初学写作的人叫苦连天地抱怨故事该怎么编,如何才能编出好的故事呢?

以下几个技巧或许对你有帮助。

一、故事要有正确的主题价值观

好的作品是能够感染人、鼓舞人、改变人的。要做到以上几点,除了必要的艺术手段,最根本的是要有能够激励人心的、积极且正确的主题,这就需要编剧在作品中树立并传达正确的价值观念。

何谓"正确"呢?似乎很难界定,实际上又很容易界定,人类孜孜以求的或长远或短期的目标,如和平、进步、快乐、自由、民主、法治、公正、平等、博爱、互助、善良、仁慈、宽容、忠诚、守信等,都是正确的,反之,都是错误的。

对于电视剧故事而言,娱乐的属性固然重要,但故事本身的正面价值和丰富的人文内涵更为重要。纵观人类历史,凡能够被世人接受并且久远流传的故事,无一例外都具有正确的、积极的主题。比如观众熟知的黄飞鸿系列电影,始终贯彻以忠义为主的人生价值观。主人公黄飞鸿坚持这个信念,行走江湖,行侠仗义,而对手、坏人则反其道而行之。在正邪不两立的斗争中,戏剧矛盾冲突不断。而最终,一定是正义战胜邪恶,英雄凯旋。试想,假如坏人获得最后胜利,后果会怎样呢?所以,好的作品,一定会在弘扬真善美、鞭挞假恶丑上不遗余力,如此才能弘扬正能量,饱含大情怀。

当然,确立并传递正确的主题价值,并不意味着编剧要在自己的故事中一味地说教。一味地说教不仅会让观众失去观剧的趣味,也降低了作品的艺术品位。好的主题应该是暗含在人物性格和引人入胜的剧情之中,并潜移默化、润物无声地走进观众的心里。而一个编剧最乐于见到的,莫过于影片上映之后,观众或者影评人在争相议论剧中暗含的、并未直接说出来的内涵。

二、故事要有诱因

故事的情境中需要有一个诱因,也就是一个独特的前提,它可以使剧情生动曲折并且吸引众多的观众。如果诱因具备很大的故事潜力,这段故事就会拥有强大的市场潜质,并且很有可能被搬上银幕或屏幕。

故事中最好也最实用的诱因是意外事件。意外事件的发生,就仿佛平静的水面上突然投下了一块巨石,必然会激起千层万道的波和浪,而与事件有关联的人,也必定产生相应的反应和行动。不同的人物从自己的立场、观念等出发,会表现出各种相同或相反的态度,这期间冲突、碰撞在所难免,从而推动情节一路向纵深处发展。用罗伯特·麦基的话来说便是:"故事事件创造出人物生活情境中有意味的变化,这种变化是用某种价值来表达和经历的,并通过冲突来完成。"[①]比如:

(1)一个正常生活的家庭,突然母亲去世。(《乔家的儿女》《都挺好》)

(2)一个人,本与案件无涉,不料自己的妹妹突然死于非命……(《红色康乃馨》[②])

(3)三个小孩在山上游玩时,意外用相机拍下了一个谋杀场景……(《隐秘的角落》)

(4)地下党要在上海召开秘密会议,但敌人获知了这一情况,并布下天罗地网,我方潜伏人员想送出取消会议的情报,却被软禁了起来,其一举一动全在敌人的控制之中……(《暗算》之《捕风》)

(5)抗战胜利,蒋介石一边磨刀霍霍,一边向毛泽东发出赴重庆谈判的邀请,去还是不去呢?(《重庆谈判》)

(6)一个人,原是八十万禁军教头,过着安稳富足的日子。不料,某一天祸从天降,妻子被高官儿子看中……(《水浒传》)

三、故事要有正面主人公和反面主人公

以上每个诱因都使故事主干的发展有了令人兴奋的潜质,不过在当前的形势中,他们的故事情境还须树立一个主人公形象才能得以完美体现,而这个主人公一定要写得有血有肉,同时确定他或者他需要克服的矛盾冲突。在这一过程中,故事舞台的搭建也就完成,接下来好戏就该轮番上演了。

比如上文提到的《水浒传》里的林冲,正是在妻子被高衙内看上并调戏后,才有了发配沧州、鲁智深野猪林相救、火烧山神庙、夜奔梁山泊等一系列戏剧事件的发生。

除了正面的主人公,还要格外专注于对反面主角的研究。初出茅庐的新手大多在塑造出一个正面主角之后即止步,这是远远不够的,要知道营造戏剧性的要点在于着眼于与之对立的反面主角,即冲突的制造者。因此,当你观察生活,写构思提纲的时候,一定要精准地突出反面主角的行为、动机和欲望。

当然,这里所说的反面主角并非常规意义所指的"大坏蛋",而是各种麻烦的制造者,也就是阻挡主人公实现前进目标的那个家伙。比如电视剧《情满四合院》里傻柱是正面

---

① 罗伯特·麦基:《故事:材质、结构、风格和银幕剧作的原理》,周铁东译,北京:中国电影出版社,2001年,第41页。

② 陈心豪编剧,包福明导演,奚美娟、刘蓓、李强、张先衡、张恒主演的22集电视连续剧,以某钢铁企业集团巨额国有资产流失案侦破过程为背景,讲述了青年律师周若冰在妹妹徐晓晴被钢锭活活砸死后,揭开真相背后秘密的故事。

人物,许大茂就是处处与他作对的反面人物;《暗算》之《捕风》里,钱之江是主要人物,从南京专门来上海侦破此案的代局长就是与之唱对台戏的反面人物。

具有正面特点的人物和具有反面特点的人物之间的矛盾纠葛是举不胜举的。编剧只需找一本同义字和反义字的大辞典,其中就有取之不尽的素材,可供选择。编剧不妨试着用一对反义词,试着去写一个故事冲突。

四、故事要充满波折和冲突

故事好看主要是靠起伏变化,一般而言,故事情节越复杂就越具有观赏性。而电视连续剧的特性又使情节呈波浪状发展,所谓"一波三折""环环相扣"即是指此。用希区柯克的话说便是"一部影片的所有场面都不能停滞不前,而应该不断地向前发展,就像火车的轮子一个接一个地向前转动,或者更确切地说,好比齿轨火车沿铁路爬山,一个槽口接一个槽口地啮合上去……"[1]

电视剧《雍正王朝》便是如此,它以雍正继承帝位和推行新政为两条主线,贯穿了山西诺敏案、科场舞弊案、八王议政等戏剧事件。每个事件既独立又关联,用以衔接和强化的是康熙、雍正、八王爷、张廷玉、隆科多、年羹尧等人物的命运,显得波澜壮阔,高低起伏,形成了一种独特的叙事及观赏节奏。

五、故事要运用好偶然、误会、巧合等因素

波折性和冲突需要偶然、误会、巧合等因素做支撑。巧合是什么?简单地说,就是现实生活中发生的概率很小的误会与偶然。但就是这一误会与偶然,可以使故事中潜伏的矛盾很快爆发,并升格为冲突,从而大大提高故事的推进速度,形成令人欲罢不能的故事高潮。

我们来看关汉卿的名剧《窦娥冤》,当赛卢医要勒死蔡婆时,张驴儿父子适时出现,从虎口中救出了蔡婆;而当张驴儿去药店买毒药,想用毒药毒死蔡婆,强逼窦娥成婚时,卖毒药的不是别人,恰是赛卢医;由于张驴儿握有他的把柄,赛卢医不得不卖毒药给他;当张驴儿把毒药放入窦娥做好的羊汤时,恰巧蔡婆作呕,不想喝了,于是把羊汤让给了张驴儿的父亲,结果张驴儿的父亲死于非命;而当窦娥蒙冤屈死后,审查冤狱案卷的官员不是别人,正是窦娥当年上京赶考中举后的父亲,其中之巧合真可谓不一而足。

古希腊悲剧,索福克勒斯的名作《俄狄浦斯王》中,同样运用了"巧合"的艺术手法——俄狄浦斯为了逃避"杀父娶母"的悲剧命运,从科林斯城出走,来到的城邦忒拜正是他亲生父亲拉伊俄斯的国度;而当俄狄浦斯经过三岔路口与过路人发生冲突时,坐在马车上,后死于俄狄浦斯之手的不是别人,恰是他的亲生父亲拉伊俄斯……

莎士比亚也是运用巧合的高手,在他的名剧《罗密欧与朱丽叶》中,一对真心相爱的情侣,竟然分属于两个互相仇杀的家族,这个巧合的运用只是小试牛刀,最终悲剧的发

---

① 弗朗索瓦·特吕弗:《希区柯克论电影》,严敏译,上海:上海文艺出版社,1988年,第49页。

生则是由更多的误会、巧合及偶然来推动的。因为鼠疫,送信人被阻于城门外,长老的信未能及时送到罗密欧手中,罗密欧误以为朱丽叶真的死了,在悲痛中服下了毒药;而朱丽叶醒来后,发现爱人已死,悲痛万分中也殉了情。

可见,在剧本中,如果能适当使用"巧合""偶然""误会"等艺术手法,不仅能极大地丰富剧情,塑造人物,也会使剧本更加紧凑合理,并有利于完成最终的戏剧冲突。

六、故事要运用好悬念

希区柯克说:"悬念乃是吸引观众注意力最强有力的手段。"[①]悬念能使人产生好奇、不安、焦虑等情绪,从而使观众始终对剧情保持浓厚的兴趣。正因为此,电视连续剧的故事一定要重视对悬念这一艺术手法的运用,不仅在每集结尾处要留有悬念,吊观众的胃口,促使他们看下一集,每一集中间也必须用一系列有强烈视听感染力的悬念抓住观众,形成几分钟一个小高潮,十几分钟一个大高潮的叙事结构,引导读者或者观众渴望知道接下来即将发生什么事情。

悬念对于一个故事的重要性是显而易见的,对于一部电视连续剧的故事来说,更是起着举足轻重的作用,因此有必要做更深入的探讨,故我们在后面辟出专门章节来讲述。

七、故事应有不可预测性

在观众的眼里,剧情必须是新鲜且有趣的。对于编剧来说,最糟糕的事情莫过于写了一部剧本而观众说其中的剧情可以预料到,那这个剧本或情节还有什么存在的价值呢?因此编剧写故事,必须要有出其不意的地方和曲折的情节,这些都应该是观众无法预先料到的,意料之外的事因为来不及思考,故能瞬间抓住我们的注意力,当然也要考虑其合理性。合理性有两个方面的要求:一是人物性格、情节在故事前后要保持一致,不能有矛盾;二是故事情节不能违背生活逻辑、情感逻辑、思维习惯等。

那么编剧如何才能做到这一点,怎样才能设计出既在意料之外,又在情理之中,同时又出奇制胜的剧情呢?技巧是设计一些子目标,引导剧情发生转折,这样一来,剧情就变得不可预测了。

子目标又称子任务,指的是人物为了实现其主要目标而必须实现的次要目标。子目标和情节曲折之间有着紧密的联系。当剧中人物探讨自己的计划或者策略的时候,观众就明白了子目标与主要目标之间的关系。当一个子目标的实现并没有取得预期效果,无助于剧中人实现主要目标的时候,情节就出现了曲折。这个方法能够创作出出人意料的情节和不可预测的内容,许多经典的电影或电视剧都用到了这个方法。

如电视剧《三国演义》中,诸葛亮若想退曹,首先得联吴,所以才舌战群儒,之后又有草船借箭、借东风、火烧连营等一系列好戏的发生。

再比如电视剧《大宅门》中,白颖轩去詹王府为未婚的大格格看病,由于号出了喜脉

---

① 弗朗索瓦·特吕弗:《希区柯克论电影》,严敏译,上海:上海文艺出版社,1988年,第49页。

而马被杀、车被砸,白萌堂欲报复,却不直接出手,而是明修栈道,暗度陈仓,亲自去詹王府,明为赔礼,暗中为大格格下了安胎药。转年冬季,大格格果然生下一男一女双胞胎,白萌堂父子打上詹王府,令其赔车和马,詹王爷无奈只好赔偿,白家终于出了这口恶气,这也是子目标手法的妙用。

八、故事要有一定的容量和长度

电视连续剧由于似长篇小说,卷帙浩繁,其故事一定要有足够的长度和容量。似杜甫的《石壕吏》,仅仅写了一个诗人当晚借宿的故事,是不足以写成电视连续剧的,但如果将老翁、老妇一家子在安史之乱中的悲惨经历写出来,却很可能会聚沙成塔,集腋成裘,繁衍成篇。

故事长,就要有足够多的人物、足够多的情节、足够多的事件,以及足够多的时间。《大宅门》讲了白府三代人的恩恩怨怨,道尽了百年老字号的风雨与辛酸;《潜伏》从1945年讲到了1949年,而"谍战剧教父"柳云龙的作品《风筝》,则从1946年讲起,直到1976年。

故事长,还要求编剧对故事一定要有控制,不能早早结束,更不能一泻千里,要给矛盾冲突一个互相角力、斗争的回旋余地,要让冲突的力量在一点一滴的叙述中慢慢地累积,双方抵触、退让、妥协、反扑。只有冲突充分展开,才能使参与冲突的各色人物情感、性格不断发展碰撞,使事件向纵深发展,直至走向高潮和结局。

九、把写好的故事讲给别人听

故事写毕,为了检验其效果,可以先讲给身边的人听。在讲故事时,你可以添加细节、渲染气氛,模仿剧中人物语气、说话腔调等,总之要想办法把故事讲得生动些,让它变得妙趣横生,这样听众才有可能被你带入故事的情境。

在你讲故事时,可能会出现以下情况:(1)听众听进去了,而且听得津津有味,这几乎预示了你作品的成功;(2)听众虽然听进去了,但明显有许多问题要问,这说明你的作品还有很多的漏洞;(3)听众完全心不在焉,之所以没打断你的讲述,只是碍于情面或礼数,这说明你的作品创作失败,恐怕要推翻重来。

同时,你也要注意自己讲故事时的表现。在讲述某一部分情节时,是不是出现了磕磕绊绊、支支吾吾的情况?或者你自己是不是也有感觉茫然的地方?如果有,说明你的故事在这些地方还有瑕疵或者纰漏,需要做或大或小甚至颠覆性的修改。

总之,讲故事对写故事是很有帮助的,既可以使你发现故事的问题所在,也可以使你迅速地——有时就在讲的同时——找到修改或替代的最佳方案。

故事的写法是很多的,限于篇幅,在此只能提纲挈领、点到为止。对于初学剧本写作的人来说,还是要多看、多读、多写、多练,另外还要注重对故事素材的积累,素材多了,自然也就满腹珠玑,下笔如有神了。

第三节　大纲和分集提纲

一般来说,剧情梗概是很短的,字数多在 500～2000 字,但制片方肯定不会满足于这短短的内容,因此有的剧本合同会做出规定,除剧情梗概外,编剧还需提供剧本的大纲以及分集提纲。

大纲其实就是一部剧整个的故事提要,分集提纲则是对大纲更进一步的,以集为单位的细化。至于字数,则因情况而异。一般情况下,一部 40 集左右的电视连续剧,大纲应在 20000～30000 字,每集分集提纲的字数应在 2000～3000 字。按一集剧本字数 12000～15000 算,3000 字的梗概相当于编剧已经完成了本集剧本容量的四分之一或五分之一。

正因如此,有些编剧不喜欢写大纲及分集提纲,认为这是一种重复性的劳动,不如直接上手写剧本;还有些编剧认为大纲和分集提纲若写得过细的话,会在创作时受到约束,无法自由发挥。

但无论编剧喜欢与否,大纲和分集提纲都必须写,这是不容置疑的,原因有二:第一,制片公司的要求。制片人或导演需要通过阅读你的大纲及分集提纲来把控接下来剧本的创作质量。第二,指引写作的方向。在悉德·菲尔德看来,写剧本"唯一的方法就是知道你在做什么以及你将往何处去,你必须有一个路线图,一个向导,一个方向"[1],而大纲就可视为这个路线图、这个向导和这个方向。从这个角度说,有提纲肯定要比没有提纲好得多,因为创作会因此受到指引,效率自然会提高。另外,提纲对你形成的束缚实际上也远不像你想象中那么大,没必要认为你被提纲绑架了。你不是为提纲打工的,提纲是为你服务的,如果提纲被突破了,只要有利于故事,随时调整便是。切记,在篇幅为十几页左右的大纲中修改你的故事,总比在长达四五百页的电视剧剧本中修改故事要容易得多。

那么,怎样才能写好大纲或分集提纲呢? 以下几点可能会对初学者有帮助。

(1)写故事大纲,重在写出整体的故事性,叙述要流畅贯通

(2)写分集大纲,重在确定每一集的主要内容是什么,同时要有集的概念,还要注意集与集之间的逻辑关系和因果关系等。

---

[1] 悉德·菲尔德:《电影剧本写作基础》,钟大丰、鲍玉珩译,北京:世界图书出版公司北京公司,2012年,第 125 页。

（3）无论是大纲还是分集提纲，文字一定要简洁扼要，理清主要脉络，抓主要情节，少修饰，略细节，讲结果。

也就是说，大纲或分集提纲要从故事的基本线索、主要人物及人物之间的利害关系着手，重点讲他们之间发生了什么事，以及这事的结果，而不要沉湎于过程的描述。比如，你可以说"他们离婚了"，但不必说"他们从民政局门口出来，互相对望了一眼，然后凄凄怨怨地相互离开了"。还有，要抓主要情节，也就是能够严重影响到主人公命运走向的情节。

（4）突出主要人物的特色和个性。

前文已经说过，人物是电视剧创作的核心。故事本身是为刻画人物服务的。人物设计得好，如《亮剑》里的李云龙般有特色，或似《闯关东》里的朱开山般有个性，就会吸引资方及观众；反之，人物在剧情中无作为、少作为或性格不突出、不鲜明，以及偏离了主流价值观等，就可视为冒违背政治文化、思想道德方面的风险，某种程度上也是在挑战观众。

（5）整体故事要充满戏剧冲突。

大纲或分集提纲里的故事一定要充满戏剧矛盾冲突，这样才会使剧情跌宕起伏，引人入胜。而冲突的关键在于给剧中的主人公一个行动的理由，且这个理由应获得观众的关心及同情，同时主人公在行动时又会遇到各种各样的障碍，从而爆发或表面或内心的激烈冲突。比如在电视剧《情满四合院》中，编剧设计主人公傻柱有三个女儿，但都不是他亲生的，是养女，突然有一天，娄晓娥出现，还带来了他的亲生儿子，他将如何面对？该何去何从？一下子，便吊起了观众的胃口，也大大增强了大纲或分集提纲的可看性。

（6）避免犯以下的毛病。

①流水账。一件件事罗列下来，之间缺乏戏剧关联和冲突。比如：

这天早上，老王到早点铺吃早点，到单位的时候破天荒迟到了。老王去打开水时因心不在焉，手被烫伤了。老王想去医务室，见医务室门锁着，就又转身回办公室了。

②太琐碎。太着重于细节，忽略故事的整体性。比如：

高档的臻·未餐厅迎来开业八年以来最热闹的一天，餐厅老板夏文斌与餐厅主厨季昀将在此举行婚礼。此刻，餐厅大堂内宾朋满座、喜气洋洋，而餐厅厨房中却人心惶惶、如临大敌。主厨季昀正穿着婚纱来验收工作，她犀利的眼神扫过每一样婚宴菜品，容不得半点差错。服装师和化妆师跟在季昀身后，轮番上阵为其梳化妆容、披戴头纱。在自己婚礼上都争分夺秒、勤奋工作的女人，这世界上大概只有季昀了吧。

③缺少干货。看似洋洋洒洒，实则没有具体的故事，全是想法、概念和解释。比如：

警局，也是另一个"职场"。与他们的想象不同的是，"漳州110"的这些一线警察既不去侦办长期未结案件,也不跟权力派做悬案斗争,他们的日常就是接警出警,而更让他们没有想到的是,这些民警的"管辖内容"除了打击犯罪、调解纠纷外,还有一项叫"服务民众",而这项"服务"也绝不是只停留在"喊口号""做样子"上,他们的宗旨叫"有求必应"! 凌晨 3 点被犬吠吵醒,他们要去处理;深夜醉汉没钱打车回家,他们也要管,作为典型的"90 后",他们对眼前所面临的一切都在"忍耐",加之社会经验不足,老警察和新人菜鸟之间还时不时爆发点冲突,意想不到的麻烦一个接一个地到来……

④把台词及人物心理活动写入大纲。比如:

女孩哪能承受住这等深情,脸红着对夏至说:"我叫萧然,你呢?"夏至大手一挥,男子汉做好事哪能留姓名?"你还不留姓名? 我看你是狂得忘了自己姓甚名谁了吧!"周小渔气得差点当场晕厥。如果说周小渔前一晚还为冲动离婚而感到后悔,现在她已无比确信,离开夏至是她毕生最正确的决定。夏至不服,一口咬定他没做错。周小渔问夏至:"如果有一天你失去了现在的一切,你还能做到这么蛮横任性吗?"真是,一语成谶。

(7)写出故事中的情节点。

写大纲或分集提纲,重要的步骤是要写出剧本故事中的"情节点"。所谓情节点,是指"任何一个偶然事故、情节或大事件,它钩住动作并且把它转向另一个方向"[1]。这里的"它",指的是剧本结构图中那条从开始到结束的线,它本该是直的,但因为情节点的出现,变得弯曲,导致故事线呈波浪状向前发展。

在一个电影或电视剧中,情节点无处不在。可以这么说,只要是改变剧情或改变人物命运的事件,即可视为一个情节点。比如电视连续剧《鸡毛飞上天》[2]分集提纲的第一集:

义乌,陈金水在雪中捡着个婴儿,取名陈江河,小名鸡毛。陈江河从小就是调皮捣蛋的孩子王。陈金水带着村民出去换糖讨生计被扣,被批判为投机倒把。陈江河机智地将被扣村民救出,却因火烧公社惹来了更大麻烦,被迫离开了陈家村。陈江河火车上巧遇骆玉珠,两人不打不相识,两人以鸡毛换糖维持生计。一次遇民兵追赶,陈江河背着骆玉珠逃跑,让他发现了原来骆玉珠是个女的。

短短几百个字写了些什么? 实际上就是三个情节点:情节点一,陈金水捡了个婴儿,因为添丁了,家里从此发生了变化;情节点二,陈江河救出了村民,却被迫离开了陈家村,平静的生活被打乱了;情点节三,陈江河认识了骆玉珠,本以为是个男孩,哪想她是个女

---

① 悉德·菲尔德:《电影剧本写作基础》,钟大丰、鲍玉珩译,北京:世界图书出版公司北京公司,2012年,第 126 页。

② 申捷编剧,余丁执导,张译、殷桃、陶泽如等主演的 55 集电视连续剧,以陈江河和妻子骆玉珠的感情和创业故事为线索,讲述了义乌改革发展 30 多年曲折而又辉煌的历程。

的——两人关系转变了。

　　由此可见，写大纲，或者写分集提纲，就是要捋清故事中所包含的各个情节点，并将之择出来，写成故事。换言之，大纲或分集提纲重点描述的应该是一些事件，由于这些事件的出现，主人公及其身边人的生活发生明显的变化，并将剧情推向新的发展阶段。

第八章

人物与品质　关系与设置

第一节　电视连续剧如何塑造人物

有关人物在一部电视连续剧剧本中的重要性我们已经讲了很多,不再赘述,在此只讲塑造人物的方法和技巧。

一、写人物有三种方法

第一种是先有了想法,然后按照这种想法去创造人物。比如,想写辽沈战役中最惨烈的"塔山阻击战"①,这是个不错的想法;或者想写"明英宗夺门之变"②,这也是个不错的想法;再或者,想写"一个重组家庭的悲与欢",也不错。总之,你先要有个想法,人物随即也就自然而然地出现。如前者,不可避免会出现我方的指挥官和战斗英雄,如吴克华、胡奇才,以及敌方的指挥官侯镜如和阙汉骞等;中者,明英宗朱祁镇、明代宗朱祁钰是不可少的,文武大臣于谦、石亨等也必在其中;后者,可以展开想象虚构,但肯定会以重组家庭的成员为主人公,如再婚的丈夫、再婚的妻子、双方或一方的子女等。

第二种方法是创作一个人物,从人物身上产生出需求、动作和故事。

真的可以通过随意编造一个人物,便能找到他(她)的需求、动作和故事吗?

不妨试一试。笔者在一些影视学院给编剧班的学生讲授"剧作法"这门课时,经常采用这种方式。规则是——我问,他们抢答,谁答得最快,或谁回答的嗓门最大,便选谁的回答作为答案。于是学生积极参与,结果,屡试不爽。通常情况下,我们通过气氛热烈的提问及回答,不但能创作出一个有趣的人物,还能找出富有戏剧性的影视剧情节,甚至

---

①　解放战争时期,中国人民解放军东北野战军第四、第十一纵队等部在辽沈战役中,为保障主力夺取锦州,于辽宁省锦州西南塔山地区对增援锦州的国民党军所进行的防御作战。

②　又称南宫复辟,明朝代宗朱祁钰景泰时期,明代将领石亨、政客徐有贞、太监曹吉祥等于景泰八年(1457),拥戴被朱祁钰囚禁在南宫的明英宗朱祁镇复位的政变。

极具创意。

当然,这可能要花上几个小时。其中的大部分时间里,我们会像无头苍蝇般到处乱撞,找不到头绪,但有时候也会眼前一亮,豁然开朗,仿佛推倒多米诺骨牌一般,思路如决堤的大坝般一泻千里。

往往我们先从人物是男是女,多大岁数开始问起,慢慢地,一个完整的人物就会显现。比如,他(而非她)30岁,未婚,出生在农村,大学毕业后来某城市打拼,那么他的需求是什么? 有很多——急于找到自己的另一半;抓紧奋斗,想早一天实现财富自由;辛苦地创业,并渴望成功;想买一套属于自己的房子,以便在城市里立足……这些皆有可能。而这些可能的需求,就引出了他接下来所要采取的行动,会成为好的或一般的故事。例如,他是否为了达到目标,不择手段,耍尽阴谋? 又是否为了早日过上富足的生活,通宵工作,疲于奔命,却在目标即将达到的时刻身体亮起了红灯? 再或者螳螂捕蝉黄雀在后,自己为达到目的不择手段欺骗他人的同时,却不知不觉早已掉入他人精心挖好的陷阱?

总之,剧本的主题是动作和人物。我们已经有了人物,接下来就该去找动作,在不断地提问和思考中,让动作从人物中产生出来。

写人物的第三个方法,就是写生活中真实存在的人物。这些人物,或是推动历史进程的伟人,如汉武帝、孙中山、毛泽东等;也可以是各行各业的模范或典型,如焦裕禄、任长霞、钱学森等;还可以是叱咤风云的战斗英雄,如董存瑞、黄继光、杨根思等。总之,电视连续剧可以充分利用其连续叙事的特色,比电影、小说、报告文学等更加细致、全面地刻画这些人物的高大形象与丰功伟绩。也正因如此,人物传记题材电视剧才方兴未艾,层出不穷。

二、为所有的主要人物和次要人物写传记

无论用哪种方法,都需要为所有的主要人物和次要人物写传记,这是写剧本的第一步,也是打开剧本之门的第一把钥匙,且作为技巧和方法相当有用,因为它能使编剧了解作品的人物,而了解人物是极其重要的。试想,一个编剧,如果对笔下的人物处在一知半解的状态,如何能将之写得呼之欲出、栩栩如生呢?

为所有主要和次要人物写传记,必要时甚至可以模仿人物的口吻写,这不仅能让你进入人物的内心世界,还能让你达到用第三人称写人物传记时不可企及的境界。俄国著名作家屠格涅夫在写小说《父与子》时,就用了两年的时间替主人公巴扎洛夫写日记。他曾对另一位俄国著名作家奥斯特洛夫斯基说:"巴扎洛夫这个人折磨我到了极点,就是当我坐下来用餐时,他也往往在我面前出现。我在和人谈话的时候,就会想要是我的巴扎洛夫在场,他会讲些什么呢?"[①]结果,《父与子》和他的《前夜》等书一样,成了享誉世界的文学名著。

传记有助于进一步揭示人物的目标、动机、态度,发掘人物的幕后故事等,所有这一

---

① 梁允斌:《屠格涅夫的日记》,《世界文学》1979年第3期。

切对于我们理解人物行动的动机来说都是至关重要的。这个方法还能够强化人物对白,让人物说出的话更具有个人特色,比如他们说话的语气、节奏、方言和措辞等。

三、把人物生活的内容分成前史和剧中史两个部分

在写传记时,要把人物生活的内容分成前史和剧中史两个部分。前史是从人物出生到剧开始这一段时间内发生的,这是形成人物性格的过程;剧中史是从剧开始到剧结束这一段时间内发生的,这是揭示人物性格的过程。

可能有编剧认为,剧中史是很有必要的,写前史大可不必,以为它跟整个戏不发生关系。此言谬矣。正像我们之前提到的网剧《启航:当风起时》,如果不知道裴父在"文化大革命"期间含冤而死的前史经历,也就无法给予剧中裴庆华不愿下海经商,一心只想在研究所搞研究的情节以充分且合理的解释。同样,《潜伏》中女游击队长翠平在易县家乡成长的经历,虽无正面表现,却也无时无刻不与她到天津后的剧中史发生联系——比如练过功夫、枪法如神的翠平,不适应吃西餐、打麻将的官太太生活,闹出不少笑话,多次强烈要求离开,与余则成在生活细节和性格上也冲突不断等。

在写人物传记时,一切要从头开始,也就是从人物出生开始。比如,人物在哪年出生?是男是女?出生在哪儿?又是在哪儿长大的?在城市还是农村?如果是城市,是类似北上广深这样的大都市,还是类似辽宁葫芦岛、河北唐山、江苏苏州、甘肃天水、江西九江这样的地级市?他是独生子,还是有兄弟姐妹?如果有兄弟姐妹,那他是否出生在中国计划生育管理严格的时期?如果是,兄弟姐妹中的哪个是超生的,以及为了生这个(或这几个)孩子,父母亲有过怎样的遭遇?还有,在他的童年时代,他是怎么度过的?是幸福的还是不幸的?他与父母之间的关系如何?他又是个什么性格的儿童,是见了一泡马粪也依然开心的孩子呢?还是那个见了漂亮的自行车也会号啕大哭的孩子?[①]

你如果系统地从出生起阐述你的人物,就会看到一个有血有肉的人物在眼前形成。接下去,要追溯他的学生生活,直到大学毕业。然后问一下,他是结婚了,还是单身、丧偶、分居或离异呢?如果他已结了婚,那么他结婚多久并且和谁结的婚?他们的婚姻幸福吗?是甜美如蜜还是已到"七年之痒"的时期?他们是否希望自己的生活有所不同,是否希望做另一种工作,有另一种丈夫或妻子,或者是否希望自己变成另一种人呢?

总之,不断向自己提问题,不断寻求答案来解释,然后将之写成文字,这就是人物传记。

---

① 出自心理学的马粪效应,有一对性格迥异的双胞胎,哥哥是彻头彻尾的悲观主义者,弟弟则是个天生的乐天派。在他们8岁那年的圣诞节前夕,家里人希望改变他们极端的性格,为他们准备了不同的礼物:给哥哥的礼物是一辆崭新的自行车,给弟弟的礼物则是满满的一盒马粪。哥哥先拆开他那个巨大的盒子,竟然哭了起来:"你们知道我不会骑自行车!而且外面还下着这么大的雪!"正当父母手忙脚乱地希望哄他高兴的时候,弟弟好奇地打开了属于他的那个盒子——房间里顿时充满了一股马粪的味道。出乎意料,弟弟欢呼了一声,然后就兴致勃勃地东张西望起来:"快告诉我,你们把马藏在哪儿了?"

四、确定人物的需求与设置障碍

一旦你以人物的传记方式确定了人物的前史，你就可以进入故事的剧中史部分。

人物的剧中史部分发生在电视连续剧剧本的开始到最后的"剧终"之间，此时最重要的是确定人物的需求，也就是人物必须拥有某种自己非常渴望得到的目标，而且愿意为之奋斗。比如，电视剧《零炮楼》里的维和会长贾文清，他最大的目标是要把藏在贾寨和张寨的军粮藏好，同时还要尽最大可能地保护两村的百姓，为此他做了很多事情，包括但不限于跟炮楼里的鬼子虚以委蛇，同时为了民族大义，放下个人恩怨，和张寨的维和会长张亿仓并肩站在一起等。

在剧本或故事中，每个人物都应该拥有一个甚至多个真正的目标（需求），这种确定目标的渴望决定了他们的一切。因为这些目标需要有一个结局，所以可以推动故事发展。

一旦你确定了人物的需求，接下来的事情就是对这些需求设置障碍。而人物"确定需求—遇到障碍—克服障碍—实现需求"的过程，就赋予你的故事以一种戏剧性的张力，这正是观众为之兴奋的部分，也是一个好剧本不可或缺的内容。

障碍从何而来？初学者可能会感到棘手，其实，只要逐个分析人物生活的各种因素或各个组成部分，就会发现，以下三个方面最易产生障碍与冲突。

（一）人物争取戏剧性需求

比如，电视剧《借枪》中，主人公熊阔海要杀死恶贯满盈、手上沾满中国人鲜血的日本侵略者加藤，但这件事却不那么容易办到——他们需要周密的计划，需要有内线提供帮助，更重要的是他得有枪，甚至还得有钱，所有这些，都让熊阔海感到困难重重，也就成了他必须要克服的障碍。

（二）与其他人物之间的相互作用

人是社会的人，少不了要与其他人打交道，这就形成了彼此的作用及冲突。恰如《潜伏》中的余则成，深爱着左蓝，却不得不和组织派到身边的假妻子翠平相伴左右；特务队长马奎，早就怀疑余则成与共产党有染，但他又没确凿的证据，所以整天像条毒蛇一般在余则成身边吐着信子，嗅来嗅去，随时准备发出致命的一击；偏翠平又无地下斗争经验，导致余则成危机四伏，险象环生，无奈只好利用吴站长、陆桥山等和马奎的矛盾，先发制人，巧妙布局……

（三）人物内心的作用

人物在实现自己需求的过程中，除了要克服外在的障碍，有时还要克服来自内心的阻力。比如《都挺好》里的苏明玉离开家，表达的是一种反抗，但内心还是渴望亲情的。但她家人从苏大强到苏明哲再到苏明成，所做的事情实在太令人失望，赵美兰就更不必说了，何其的冷漠，何等的无情，于是苏明玉就常常处在是该出手相助还是该袖手旁观的矛盾心理当中。电视剧写出了这种矛盾与挣扎，也就写活了这个人物。

记住,你越能清楚地确定人物的需求,就越容易给这些需求制造障碍,这样就产生了冲突,有助于你创作一条紧张而富有戏剧性的故事线。

五、把人物的生活分三个部分来写

编剧在写作时,如能把人物的生活分为"职业的""家庭的""个人的"三个基本组成部分,也会对创造人物及铺设情节大有帮助。

所谓"职业的",是指你的人物以什么为生？他是从事什么工作的？是公司经理吗？是建筑工人吗？是流浪汉,是科学家,是大学生还是农民？

在剧本中,一个人的职业是非常重要的,它会直接派生出戏剧所需的情节及冲突。比如电视连续剧《奔腾年代》里的主人公常汉卿,其职业是电力机车工程师,所以剧情通篇围绕着他想造比螺旋桨飞机还要快的火车这一梦想和决心展开,而他的夫人金灿烂,职业是火车司机,自然也就在机车头试验方面大显了身手。

所谓"家庭的",主要针对的是人物的婚姻及情感状况。你的主人公是单身还是有伴侣？如果是孑然一身,那么他的单身生活如何？为什么单身？是有婚姻恐惧症吗？还是高压的社会让他结不成婚？再或者他是不是之前结过,后来又离了？抑或是处在热恋中？如果是已婚,那么是和谁结的婚？什么时候成婚的？他们的夫妻关系如何？是牢固的呢,还是岌岌可危？如果岌岌可危,又是什么导致？是有第三者插足吗？还是双方性格不合的原因？总之,故事是基础,情感是两翼,性格是血肉,只要处理好了这几者间的关系,人物就会变得非常立体,也非常真实。

所谓"个人的",是指独属于这个人的兴趣、爱好、个性、习惯等,比如某人有洁癖,某人大大咧咧,某人不修边幅,某人爱收藏,某人爱听京剧,某人爱健身等。电视连续剧《零炮楼》里的日本人斋藤,号称中国通,最迷的是中国古董,却又一知半解,不懂装懂,让贾文清钻了空子。在他离开前,还想着让贾文清送些古董给他,贾文清将计就计,答应再给他找一个,当晚在树林里约见斋藤。斋藤如约来到指定地点,贾文清假装挖到宝贝,诱其跳入坑中,随即和众人一起将其活埋,侵略者就这样死于非命。

六、写出人物的不同

人是有许多共同之处的,比如都希望被人爱,都希望世界永久和平,都希望得到他人的肯定,希望能成功、幸福和健康等。但人与人之间也有许多的不同,这些不同将彼此区分开来。

(一)观点不同

人人都有自己的观点,或者说人人都有独属于自己的世界观,观点就是我们怎样看待世界。你笔下的人物如果是父母,可能就有"父母的"观点;如果是学生,可能就会有"学生的"观点;如果是政界人物,一定常把官话挂在嘴边,比如情景喜剧《我爱我家》里让人忍俊不禁的老领导傅明。总之,不管你写什么人物,教授也好,企业家也好,工人、农民、知识分子、家庭主妇、罪犯、警察、医生、律师、富人、穷人……全都会表现出独特的个人观点。

《亮剑》里的李云龙的观点是什么？就是面对强大的对手,明知不敌,也要毅然亮剑,即使倒下,也要成为一座山、一道岭。《士兵突击》里许三多的观点是什么？不抛弃,不放弃。《情满四合院》里的许大茂的观点是什么？紧跟形势,见风使舵,浑水摸鱼,人不为己,天诛地灭。而《汉武大帝》刘彻的观点则是罢黜百家,独尊儒术,抗击匈奴,"明犯强汉者,虽远必诛"①。

(二)态度不同

所谓态度,是人物对当前情势的判断和下一步动作的内心基础。生活中我们经常会注意到,有人态度和蔼可亲,有人态度冷若冰霜;有人永远扬着高傲的头,一副七个不服八个不忿的样儿;有人永远谦恭卑下,见人忙点头,分手急鞠躬;还有的人,对待生活乐观而又积极进取;也有人终日悲观绝望,牢骚满腹……

电视剧《安家》里的徐文昌,就有一个好态度。无论是下属,还是客户,他都把他们当朋友、家人一样对待,这样他也积累了坚实的客户和忠心的下属。而电视剧《五月槐花香》②中,第一场戏就是邓婕饰演的茹二奶奶要趁老爷子死之前,夹带一点古董出府。之所以对老爷子的死持这种态度,是因为她是个受人欺负的大家族的小寡妇,既悔恨自己的前半生,又担心自己的后半生。

在电视剧中,有时根据剧情的需要,主、次要人物可能会有多个不同的态度,甚至会出现彼此矛盾的态度。比如《潜伏》中的余则成,随剧情的发展,显示出多方面、多层次的态度:态度一,既然置身于一个危机四伏、艰险内斗的环境,那就韬光养晦、装疯卖傻,有时故意作愚钝状,遇事绝不轻易出头;态度二,审时度势,用谈不上光明的手段把其他人玩弄于自己的掌心之中;态度三,他心中其实也有对谁都不能说的纯洁梦想;态度四,他爱的女人留不住,追他的女人他不爱,反而被迫跟一个语言粗俗、办事不计后果的女人困在一处,不过后来发现她内心干净,不乏可爱,尚能调教,于是渐渐改变了对她的态度……

(三)个性不同

所谓人物个性,是指人物在言行和内心活动等诸方面所表现出来的鲜明性格。这个好理解,前文也多次讲过,在此不再赘述。

(四)行为不同

在遇到事时,不同的人会采取不同的动作,而不同的动作揭示了人的不同性格。就好比鲁迅写孔乙己,"罩住茴香豆,排出九文大钱",就是一个值得好好品味的动作。"万般皆下品,唯有读书高",士农工商,读书人的姿势水平永远比你咸亨酒店的柜台伙计以

---

① 汉元帝时期名将陈元写给皇帝的奏折中的话。

② 邹静之编剧,张国立执导,张国立、张铁林、王刚、邓婕、苗圃等主演的32集电视连续剧,以民国为背景,讲述了发生在北京琉璃厂古玩街上三个男人和两个女人一生的恩恩怨怨,展示了老北京古玩业中的各色人等和故事,同时还穿插了有趣的文物知识。

及站堂酒客们高得多——至少孔乙己是这样认为的。

再比如一个人过马路,看到路边躺着一枚硬币——此时会怎么样呢?如果这个人满不在乎,飞脚将硬币踢开,双手插在口袋里,吹着口哨继续往前走,这是一种性格;又或者此人四下看看,弯下腰故意装作系鞋带,见没人注意,将硬币塞进袜口,然后再若无其事地离开,这也是一种性格;再比如,这个人走来,看见硬币,面露喜色,弯腰捡起来,尽管只是壹元钱,却仿佛捡到了民国时期的袁大头一般,把玩着,还吹了一口,放在耳边听声响,这又是一种性格。总之,行为向观众揭示很多东西,这些行为把人物性格变得彻底戏剧化。

上述所有的性格特征——观点、个性、态度、行为——在构成人物的过程中都是互相关联并且互相重叠的,这样你就有了选择的余地。你可以选用这些性格特征的全部或部分,也可完全不用。但是知道了它们是什么,你就能得心应手地掌握构成人物的过程。

七、把自己等同于笔下的那个人

据说,巴尔扎克写《欧也妮·葛郎台》,当写到高里奥老头子死的时候,自己也觉得大病在身,甚至要去请医生;而福楼拜写到《包法利夫人》里的女主人公魏玛服毒时,自己嘴里也满是砒霜味儿,他甚至这样说:"写书时把自己完全忘去,创造什么人物就过什么人物的生活,真是一件快事。如,我今天就同时是丈夫和妻子,是情人和他的姘头。我骑马在一个树林里游行,当着秋天的薄暮,满林都是黄叶,我觉得自己就是马,就是风,就是他们俩的甜蜜的情语,就是使他们填满情波的眼睛眯住的太阳。"[1]

汤显祖创作《牡丹亭》,写到杜丽娘殉情而死时,家里人突然发现他失踪了。后来在一个柴草堆中找到他时,他正满面泪光,悲痛不已。妻子问他缘由,他说杜丽娘要死了。陈忠实写《白鹿原》一书,写到田小娥之死时,喊了一声"大[2]呀",情绪难以控制,眼前一黑,竟差点晕死过去。

以上种种,都说明一个作家,无论是写小说、写戏剧,还是写电影、写电视剧,都应设身处地,将自己等同于笔下的人物,对之倾注感情,如此才能写好笔下的人物,并打动观众或读者的心灵。所谓"欲代此一人立言,先宜代此一人立心,若非梦往神游,何谓设身处地?无论立心端正者,我当设身处地,代生端正之想;即遇立心邪辟者,我亦当舍经从权,暂为邪辟之思。务使心曲隐微,随口唾出,说一人,肖一人,勿使雷同,弗使浮泛,若《水浒传》之叙事,吴道子之写生,斯称此道中之绝技。果能若此,即欲不传,其可得乎?"[3]说的就是这个道理。

---

[1] 朱光潜:《朱光潜美学文集(第一卷)》,北京:上海文艺出版社,1982年,第44页。

[2] 陕西方言,父亲的代称。

[3] 李渔:《李笠翁曲话》,北京:中国戏剧出版社,1962年,第36—37页。

第二节　电视连续剧主角应具有的品质与经历

塑造人物可以有很多不同的方法。有的编剧花费很长时间不断思索剧中的人物，当他们感觉人物在自己心中已"活"起来的时候，就会马上投入创作；还有些编剧会为了刻画人物的性格而列出一个详细清单；有的编剧把人物生活的主要元素写在一些卡片上；有的编剧则要画出人物的行动图；也有的编剧如前文所说，会把一线演员如陈道明、陈建斌、陈宝国、秦海璐、孙俪等当作其人物的样板；更多的编剧则会先写人物传记等。

只要有助于编剧塑造人物，任何方法都是可行的，问题在于这一过程还需进一步深入，那便是，如何创建一个能引起观众共鸣的主人公？

所谓共鸣，是指这个人物悲伤时，观众会和其一起哭；高兴时，观众会与其一起笑；命运多舛时，观众会为之揪心；走出险境步入坦途时，观众会情不自禁地长舒一口气，甚至会为之鼓与呼。

剧本的主人公若要同现实生活中的人产生共鸣，他应该言行如一，心理上、社会上、外形上都有丰满完整的人性特征。那么我们怎样才能塑造出这样一个积极而有力的正面主角呢？首先，他必须拥有某种自己非常渴望得到而且愿意为之奋斗的重要目标，但这还远远不够，要想让你的正面主角引起观众的喜爱与共鸣，以下几个品质恐怕是他（她）所必须具备的。

一、英勇

主人公必须英勇，这个不能打一丁点的折扣。观众只对英勇无畏的英雄感兴趣，那些过于胆怯且毫无自信的人，往往只能做这些英勇的主人公的陪衬和附庸。

电视连续剧《暗算》之《捕风》中的钱之江就很英勇，面对艰难险阻不仅睿智果敢、视死如归，还品格高洁、信念坚定；《借枪》里的熊阔海也很英勇，明知加藤不会出现在伏击地点，依旧持枪前往，最后为完成任务不惜献出自己宝贵的生命。

不只战争年代的剧本中的人物要显得英勇，写和平时期的剧本，哪怕是平淡的家庭剧，主人公也应该很英勇。比如《启航：当风起时》里的萧闯，当被陈家村的债主逼债时，并不畏惧，也没有选择逃跑，而是先想办法支开自己的兄弟张萍萍，再摆出一副"好汉做事好汉当"的架势；而《鸡毛飞上天》里的陈江河，小时候就胆量惊人，竟敢在村里人因投机倒把被抓的时候，点起一把火，转移民兵视线，然后带着大家一起逃跑。

记住，只有那些面对困难不退缩并勇于进取的人，观众才会时刻关注着他和他的命运。

观众虽然也乐意认同有缺点的人，但这些缺点并不包括缺乏勇气。如果剧本讲述

197

的是缺乏勇气的普通人、胆小的人、从未尝试过追寻梦想的人,他将无法赢得观众的青睐与尊敬。

每一部电视剧都有值得主人公想得到并为之努力的东西。在追寻这些特定目标的路上,主人公必须有足够的胆识承担风险,并让故事变得紧张且生动。

二、遭遇不公平

生活有时是不公平的。《奔腾年代》里的常汉卿一心想发明比螺旋桨飞机还要快的火车,却因时代风波和小人作祟,不仅被剥夺了工作的权力,还被打发去掏了近十年的厕所;《平凡的世界》里的田福军,是个有本事的人,却升迁无望,被贬到地区防疫站工作,而水平一般,只会拍马屁的高凤阁却平步青云,当了行署专员。若是换了观众,心中作何感想?没有什么比不公平更能激起观众的愤怒。

但对编剧来说,这是一个极好的契机——把主人公置于遭受明显不公平的境地,观众一定会深深为之鸣不平,并且可能会由剧中人物的命运联想到自己遭遇的种种不公正的待遇。

再没有比大仲马的小说《基督山伯爵》更恰当的例子了。爱德蒙·唐泰斯,法老号的大副,仅仅因为给拿破仑党人送了一封信,就遭到两个卑鄙小人和法官的陷害,被打入黑牢。不公平的伤害将主人公置于不得不出手的境地——任何一个观众看到这里,都会变得热血沸腾,盼着主人公能施展拳脚,报仇雪恨。

三、拥有本事(一技之长)

生活中,我们羡慕那些聪明睿智且有一技之长的人。比如京城出了案子,武则天就想到了"神探狄仁杰";而"神医喜来乐"①凭高超的医术,悬壶济世,药到病除,妙手回春;《暗算》之《听风》里的主人公阿炳,童年时代因为一场病,成了一个盲人,25岁的年龄,智力年龄却是个孩童。但他的耳朵格外灵敏,能听见各种细微的声音,进入701部队后,找到了不少敌台的频率。还有一些武侠片中的人苦练独门绝技,一旦成功,行走江湖,惩恶扬善,匡扶正义。

《那年花开月正圆》②里的周莹,是历史上真实存在的人物,她凭借着自己的智慧勇气和独创精神,将一个即将倒闭的家族企业发展成商业帝国,后因捐资助饷被慈禧封为"一品诰命夫人"。

记住,主人公只要有本事,就能引起观众的兴趣。而这个本事,将成为主角区别于他人的一个技能性标签,最终帮助其达成自己的目标。一个没本事的人是不能成为主角

---

① 周振天编剧,黄力加、江洪导演,李保田、梁丽、杜雨露、沈傲君等主演的35集电视连续剧《神医喜来乐》,以悬壶济世的民间郎中喜来乐的跌宕人生为主线,以戊戌变法的历史、红颜知己的恋情和同行冤家的相煎为支脉,描绘了在清末社会大背景下的小人物命运。

② 苏晓苑编剧,丁黑执导,孙俪、陈晓等主演的74集电视连续剧,以陕西省泾阳县安吴堡吴氏家族的史实为背景,讲述了清末出身民间的陕西女首富周莹跌宕起伏的人生故事。

的,如果真的是一个无能的主角,那他在剧中也必定会发展为有本事的人。

四、善良、正直、乐于助人

生活中不乏善良、正直、乐于助人的人,他们的事迹有可能轰轰烈烈,也可能润物无声,鲜为人知,但无论怎样,他们会感动你我。观众视他们为道德楷模,也暗自关心着他们的命运。

还记得中国台湾电影《搭错车》吗?中国大陆两次将之翻拍成了同名电视连续剧①,不为别的,就因为剧中的主人公哑巴有一颗善良的心,他与养女的命运令观众感动的同时也为之唏嘘。

《渴望》中的刘慧芳也是如此,在她身上完美地体现了中华民族劳动妇女的淳朴善良、勤劳贤惠的传统美德。

《情满四合院》里的主人公何雨柱,平常被人称作傻柱。为什么带一个"傻"字?是因为他常做好事,在世俗者的眼中,人们觉得这个人傻,太傻了,有便宜不赚,非但不赚,还常常献爱心,不遗余力地助人。

五、身处险境

假如故事开场,主人公就已身处险境,观众的注意力将会立刻被吸引。危险意味着即将来临的人身伤害或损失。至于在故事中用什么来代表危险,决定权掌握在编剧自己手里。

电视连续剧《风筝》的开场就风声鹤唳:军统抓到了中共地下党女党员曾墨怡,严刑拷打却得不到什么情报,便让以狡黠机智和心狠手辣闻名的军统王牌特工郑耀先将其枪毙,哪想郑耀先其实是潜伏在军统内部的共产党特工"风筝",自家人如何能杀自家人?可为了确保"风筝"像一把尖刀始终刺在敌人的心脏上,在关键时刻给国民党致命一击,郑耀先无奈只能忍痛取舍。结果他引火烧身,一些不明真相的地下党员纷纷行动起来,要杀了他为牺牲的同志报仇。顿时,郑耀先陷入极其危险的境地……

《悬崖》也是如此,党组织派顾秋妍和不认识的"丈夫"周乙在车站见面,说好的周乙戴一墨镜,不料在火车上,因为要抓一个"赤色分子",周乙的墨镜不慎跌碎,而特务头子高彬的墨镜却毫发无损。观众对此情节了然于心,而顾秋妍却茫然无知。车到哈尔滨,几个特务下车,果不其然,顾秋妍向戴着墨镜的高彬迎去。危险一触即发,观众好不揪心,幸亏周乙及时叫了一声"秋妍——",这才化解了危机……

六、遭遇突发事件

在较为平淡的故事中,生或死不是问题所在,主人公将要面临的危险可能是令人难

---

①　2005年,中国台湾电影《搭错车》被中国大陆第一次改编成同名电视连续剧,欧阳琴书、李晓明编剧,高希希执导,李雪健、殷桃、李琳等主演;2016年,再次被中国大陆改编成同名电视连续剧,张启敏、崔洁、郭澄骏编剧,罗灿然执导,马少骅、关晓彤等主演。

以接受的突发事件,这个我们在前文已经讲过,在此不再赘述。

七、努力

所有的努力都是为了让你遇见更好,电视剧里的主人公又何尝不是呢?

《问天》[①]讲述了1996年在"长三乙"发射爆炸、卫星返回失利等意外的接连打击下,一群青年航天科学家在老一辈专家的带领下,冲破重重障碍,努力攻破层层科研难关,获得一个又一个成功,不断谱写中国航天事业发展新篇章的故事。

《鸡毛飞上天》讲述陈江河、骆玉珠夫妻联手征战商海,带着孩子卖五金、卖百货,过五关斩六将,克服了诚信危机,赢得了市场信任,做出了属于自己品牌的商品,将传统零售业做到极致后又开始做互联网电商,最终通过自己不懈的努力,将生意铺向全世界的故事。

观众在意主人公是否努力。努力的人有一股上进的力量,在过程中,对自我不断超越能有效地推动故事不断向前发展。

八、执着

尼采有一句话说得好,"谁终将声震人间,必长久深至缄默;谁终将点燃闪电,必长久如云漂泊"。执着使主人公认定一个目标,并为达到这个目标不遗余力,这对于任何故事都是至关重要的。

《奔腾年代》里的常汉卿,为了新中国的机车事业,义无反顾、排除万难回到国内,为电力机车事业兢兢业业奋斗了一辈子。这个角色最让观众心动的是其对梦想的执着。为了事业,个人的发展、地位、安危都可以不要,几十年如一日,痴心不改,无怨无悔。

再比如《士兵突击》里的许三多,不够优秀,但很执着。草原五班的生活虽然枯燥,却可称为"孬兵的天堂"。然而就是在这样一个地方,许三多仍然是坚持每天早起,很认真地整理内务,跑步、队列等一切训练项目,他一样也没有落下。他也不会像其他人一样,为了打发时间做一些无聊的事情,而是自己一个人一点一点地修成了一条"许三多路"。他的执着告诉我们一个道理:不管是多么小的一件事情,只要你努力地去把它做好,就是对自己的尊重,也是对生活的尊重。

九、性格弧线

我们强调电视剧的主人公应具有以上优秀的品质,并不意味着要写高大全式的人物,相反,我们主张写出人物性格的发展史以及复杂状态,换言之,如果剧本开始时人物站在A的位置,那么在经过了一段时间后,他应该站在B或者F。这个过程可以用"性格弧线"一词来代替。

---

① 张立新、战宏、周游编剧,张蠡执导,凌潇肃、何雨晴、耿乐、吴健等主演的36集新时代航天题材电视连续剧。

　　高大全式的人物是不可取的,过于理想化的英雄不真实也不接地气,相反,如果能写出其性格的多个侧面及不足,而最终他克服了这些不足,变得完美和圆满,会更加受到观众的信任和欢迎。

　　电视连续剧《衡山医院》就是很好的例子,主人公马天明因家境窘迫在上海滩做"拆白党"谋生,不仅贪财,更毫无信仰,却在与蔡里昆等革命志士的相处中逐渐被感化,在险象环生的斗智斗勇中,逐渐成长为一名勇敢大义的革命者,最终战胜恶徒,完成了组织交予的任务。

　　电视连续剧《幸福还会来敲门》[①]中的主人公黄自立也是如此,他在经历事业、爱情的双重打击后跌入谷底,一度悲伤迷茫,浑浑噩噩,甚至成为派出所的"常客",但最终蜕变为一个敢于担当的成熟男人,并收获了浓浓的亲情和爱情,赢得了美好的人生。

　　性格弧线的另一特点是,人物在故事结尾与开始相比,有了显著的甚至是翻天覆地的变化,但从某种意义上讲,他或她仍保持着前后一致。这句话的意思是,人物的性格要有发展,要有改变,但要符合基本的逻辑,要令人信服。你不能让一个开头恶贯满盈的人在结尾摇身一变成为革命志士,同样,你也不能让一个开始有着美好品德的人在中间或结尾突然就变成恶棍。在电视连续剧中,性格弧线应该看起来真实自然并且能够自我实现,否则,性格就会与人物发生严重的背离。

　　以上我们介绍了电视连续剧主人公应该具备的一些品质与经历,需要说明的是,能引起观众共鸣的优秀品质还有很多,如睿智、富有正义感、嫉恶如仇、不好色、不贪财等,这些品质也可以帮助主人公赢得观众的支持,但千万不要忽略以上最基本的几点。不管写什么类型的电视剧,都要充分地使用这些品质。

---

　　① 周涌编剧,鄢钜执导,聂远、吴谨言等主演的44集电视连续剧,讲述医生黄自立在经历爱情与事业双重打击后,在民警方言的帮助下重拾信心、走出低谷,再次追求幸福的故事。

第三节 如何设置人物与人物关系

如何设置人物和如何设置人物之间的关系,这是一部电视连续剧剧本成功与否的关键和基础,也是编剧在构思时无法绕开的一道难题。

我们认为,在设置人物及处理人物关系时,考虑以下诸问题可能会对编剧有所帮助。

一、人物及人物设计要契合剧本所要表现的主题

每一个电视剧都有一个主题,蕴藏着深刻的思想。这个主题思想不是由编剧高喊出来的,而是要通过剧中人物、人物间的关系以及人物行为等自然而然地实现。譬如电视连续剧《人民的名义》要表现反腐的主题,就要让以候亮平、沙瑞金、季昌明、赵东来、陈岩石为代表的反贪集团阵营和以赵瑞龙、高育良、祁同伟、高小琴、陈清泉、刘新建为代表的贪污集团阵营同时亮相,很显然,仅凭主要人物候亮平一人是完成不了这个主题的,更不可能表现隐藏在全剧深处的"探悉政治生态现状,发掘其中的痼疾所在,并对不同政治选择背后的人生理念进行辨析,让人们在认识现实政治的同时反观人生,反思人性,反求诸己"的思想。

同样,在电视连续剧《潜伏》中,余则成是编剧竭力想表现的主要人物,但翠平、左蓝、晚秋、吴站长、马奎、李涯、谢若林这些或正面或反面的人物的存在,对于主题的强化同样起着不可或缺、举足轻重的作用。

二、人物及人物设计要契合剧本所呈现的风格与类型

电视剧是分类型的。不同类型的电视剧面对不同的观众和不同的市场,有着不同的叙事模式和不同的功能特征,对人物也有着不同的要求。商战剧的主人公一般都为商界精英或企业老板;反腐剧的主人公多为公、检、法、纪的官员;谍战剧的主人公多为机敏睿智、深藏不露的特工;偶像剧男主角大多英俊,女主角大多靓丽,否则难以具有偶像身份和气质;励志剧的主人公一般是"草根",目的是表现其如何逆袭;悲剧和正剧中的主人公多为好人,好人遭受不应该有的毁灭或痛苦,就是鲁迅先生所说的"将人生有价值的东西毁灭给人看"[1],更会引发观众的共鸣和同情。喜剧中的主人公一般也是好人,但一定要有明显的缺点,并且可以将这一缺点夸张到有悖常理的地步。

因此编剧在进行剧本创作的时候,首先要确定自己剧本的类型,然后再按照预定类型的要求设计剧中的人物及其关系。

---

[1] 鲁迅:《鲁迅杂文全集》,郑州:河南人民出版社,1994年,第62页。

当然，人物的类型化设计并不意味着要将笔下的人物变得模式化和套路化，这样的作品不会有长久的生命力，故编剧在设计人物时，千万不要墨守成规，亦步亦趋，而是要在充分了解和尊重电视剧类型特征及规律的基础上，努力做到有所突破和创新。

这方面电视连续剧《暗算》系列就做得非常好。它一反以往谍战剧中主人公多为有勇有谋的英雄这一套路，极力塑造了两个让观众耳目一新的"另类"：其中《听风》中的盲人阿炳，虽然在听力上天赋异禀，但在生活和感情方面却是个弱智白痴；其中《看风》里的数学天才黄依依，她破译密码不是为了什么高尚的理想，而是为了拯救一个与她有私情的男人。这么写，既写出了新意，也写出了复杂的人性。

三、人物及人物间要蕴含可以充分展开的冲突与矛盾

在设计电视连续剧中的人物时，一定要让人物与人物间蕴含可以充分展开的冲突与矛盾。这种冲突和矛盾既可以是情节导致的，也可以是人物性格差异导致的，还可以两者兼而有之。

比如，电视连续剧《父母爱情》里的男主人公江德福，就算是口袋里插三支钢笔，也不过是为了冒充知识分子，其骨子里永远摆脱不了农民的生活习惯，像早上不刷牙、饭前不洗手、睡前不洗漱之类；而女主人公安杰是资本家大小姐出身，打扮得体，说话文雅，还喜欢看文学名著，一心渴望得到如《安娜·卡列尼娜》中描绘的那般荡气回肠、罗曼蒂克的爱情。这两种性格碰撞在一起，自然会生出许多让观众忍俊不禁的好戏。

再比如，电视连续剧《奔腾年代》里，留学归来的常汉卿是严谨的傲娇学霸，而从部队转业的战斗英雄金灿烂则是豪迈直爽的保卫干部；常汉卿负责研发电力机车，金灿烂为他保驾护航。身份、背景、个性完全不同的两人，在相处中产生了妙趣横生的化学反应。

再来看电视连续剧《无悔追踪》[①]，它讲述的故事是，1949年10月1日，在开国大典的礼炮声中，老北京的百姓生活翻开了新的一页，土刀唐胡同也换了新颜。刚刚接管了旧警察局的派出所所长肖大力偶遇一个熟知兵器的教书匠冯静波，这引起了他的怀疑，从此开始了长达几十年的"无悔追踪"。在这部戏中，冯静波与肖大力之间，既有性格的矛盾，更有"追"与"逃"情节的对立，两者水乳交融，相得益彰，浑然天成。

四、人物与人物之间最好有双重或多重关系

电视连续剧人物与人物之间最好能有双重或多重的关系，这样可以有效地组织情节，并加强戏剧的张力。

曹禺先生的话剧《雷雨》是很好的例子，由同名话剧改编的同名电视连续剧[②]也延续了原有的多重的人物关系：周萍与四凤是情侣关系，同时他们又是同母异父的亲兄妹；

---

① 张策、史建全编剧，尹力执导，王志文、刘佩琦、孔琳、李冰冰主演的20集电视连续剧，讲述了年轻的派出所所长肖大力偶遇一个熟知兵器的教书匠冯静波，从此开始了长达40年的追踪与逃避的故事。

② 李少红执导，王姬、赵文瑄等主演，根据曹禺同名话剧改编。

周萍和繁漪是继子与继母的关系,同时他们又保持着不清不白的地下情人关系;周朴园和鲁大海是紧张对立的劳资关系,同时鲁大海又是周朴园前情人兼前佣人鲁侍萍的儿子,是周萍的亲弟弟,四凤的亲哥哥;而周萍的另一个弟弟,繁漪生的儿子周冲,与四凤是少爷和丫环的关系,同时又是追求者与被追求者的关系。多重且复杂的人物关系,因为鲁侍萍的到来痛苦地纠缠在一起。

有一点需注意,写电视连续剧配角之间的戏,不可以喧宾夺主。他们之间产生的剧情,不可以遮盖主角与配角之间的关系。否则,剧情就失去主干脉络,观众亦无主线可追随。

五、围绕事件来搭建人物关系

电视连续剧说到底还是要讲故事,而故事必以事件为重心,所以,围绕事件可以很好也很自然地搭建人物关系。比如,电视连续剧《莫斯科行动》讲述了1993年许多"倒爷"在前往莫斯科淘金的过程中在火车上遭遇打砸抢,中国警察奉命远赴莫斯科,在不亮武器和身份的情况下对犯罪分子逐个击破的故事。围绕这一事件,编剧很自然地建构起了相互对立的敌我双方阵营的形形色色的人物,构成了富有戏剧张力的人物体系。

六、人物要有存在的价值

生活中,我们每个人都有父母,还有爷爷、奶奶、姥姥、姥爷,以及兄弟姐妹;结了婚,会有岳父(公公)、岳母(婆婆)、大小舅子、七大姑八大姨。但是,在创作电视连续剧时,是不是需要把这些人物全部写进去呢? 我们的回答是:不一定。电视剧中的人物是否出场,要看其在本剧当中有无存在的价值,没有存在价值的人物不应进入表达作者意念的人物谱系。

网剧《启航:当风起时》便是如此,两个男主人公的家庭成员都不完整,萧闯被设计成了孤儿,裴庆华则被设计成只有母亲(父亲在"文化大革命"中含冤而死)。而裴庆华的女友谭媛,编剧只写了其父亲谭启章——他同时也是萧闯和裴庆华的上司——而对其母亲只字未提。其实也是出于同样的道理。

七、人物之间的关系要有转变和递进

电视连续剧中人物之间的关系不应原地踏步,停滞不前,应随着情节的发展而发展,随情节的变化而变化。比如从敌对到友好,从恋人到路人,从冷若冰霜到如胶似漆等,这样才会让观众觉得有趣。

比如,《潜伏》的编剧兼导演姜伟就曾这样谈及自己如何设计剧中的人物关系转变:"……余则成多面,翠平相对来讲单一。翠平的对手戏主要是跟余则成。它的一个难度在于,翠平也在成长变化,慢慢成熟。在这个漫长的过程中,她的成熟要有曲线。还要给她规定下来,大约在第八集她要接近一下余则成,第九集会爱上,最后在一起。我会把她的变化发展安排好,首先给她个人的成熟有个渐进的过程,其次是对余则成的感觉有个

渐渐的变化,从开始排斥到后来的那个变化。余则成对她的排斥、余则成对她的反应,一定是置后的,(节奏)一定要置后。"[1]

再比如,电视连续剧《情满四合院》里傻柱与秦淮茹的关系,也显现出多个变化、多个层次。起初,秦淮茹盯上傻柱,主要是为了伙食便利;接下来,她对傻柱有了感情;然而傻柱的心一会儿在秦京茹这,一会儿在葛老师这,一会儿又在娄小娥那里;娄小娥走后,她和傻柱终于走在了一起,两人拿出最大的诚意和最大的爱,回报了四合院的乡亲们。正当日子开始过得有滋有味,娄小娥突然再度出现,还给傻柱带来一个亲生儿子,这下,两人关系又起波澜……

八、人物设置要考虑电视剧的篇幅

电视连续剧因为集数长、容量大的关系,决定了其人物不可太少。除主要人物外,还应有多个次要人物。人物多了,繁衍出来的情节线索才有可能增多,容量和长度也才会得到保障;反之,若人物太少,很可能达不到一部电视连续剧所必需的篇幅和容量。

那么,一部电视连续剧究竟设置多少人物才合适呢?这个不可一概而论,还是要由剧情来决定。

拿电视连续剧《黑洞》[2]举例,片中极力塑造的一正一反两位主人公,刘振汉和聂明宇,一个是市刑警大队的大队长,另一个则是黑帮头目,但同时他们又是曾经患难与共的兄弟。此外,聂明宇的父亲是副市长聂大海,而聂大海曾经收养过刘振汉,对他有着养育之恩,这中间还夹杂着刘振汉的妻子及聂明宇的妹妹,关系复杂不假,但明显带有"人为编织"的痕迹。

所以,尽管复杂的人际关系和社会关系确实有利于编织剧中的矛盾和冲突,但对于编剧来说,剧中的人物关系更重要的是贵在自然。如果为了好写,故意把人物关系搞得很复杂,就可能弄巧成拙,这一点一定要力避。

九、建立人物的两极和三角关系

在电视连续剧中,人物关系无论多么复杂,都是以中心人物为原点和核心生成的,那么编剧在创作时就应该紧抓中心人物和他的冲突对象所形成的两极关系。比如《潜伏》中,潜伏在敌人内部的余则成和组织上派给他的妻子翠平之间,就构成了极具戏剧性的两极关系;《父母爱情》里的江德福和安杰,因出身不同、职业不同、性格不同、文化水平不同,也成了一对矛盾体;《亮剑》中的李云龙和楚云飞亦是如此,这样的例子,不胜枚举。

在主角和冲突者的两极关系基础上,还可以生成一种三角关系。比如在观众所熟

---

① 姜伟、华明:《〈潜伏〉创事纪》,广州:南方日报出版社,2008 年,第 440 页。
② 张成功、陆川编剧,管虎导演,陶泽如、陈道明等主演的 31 集警匪题材电视连续剧,改编自张成功的同名长篇小说,深刻揭露了繁荣经济背后的罪恶,展现出正义与邪恶的生死较量的一幕。

知并喜爱的电视连续剧《宰相刘罗锅》中,全剧的矛盾围绕着刘墉、和珅两人的争斗展开。刘墉无疑是正面角色,他是老百姓心目中的好官;和珅却是一个媚上欺下,玩弄权术的反面角色,他们之间需要一个仲裁者,于是拥有至高无上权利的乾隆皇帝就处在了三角形的顶端。有意思的是,这个裁决者一方面喜欢和珅的溜须拍马,一方面也需要刘墉的心系社稷,所以常常在两人之间"和稀泥",无法失掉这左膀右臂,试图寻找一个最优的解决方案。如此,人物之间因这三角关系的设置不再互不相干,而成为一个有机的整体。

此外,像《北京人在纽约》里的王起明、郭燕、阿春,《让爱做主》里的耿林、刘云、娄嘉仪,以及《奔腾年代》里的常汉卿、金灿烂、冯仕高,也是三角关系设置的典型案例。

不难看出,三角关系更易造成戏剧层面上的冲突与对立,故编剧们不约而同地钟情于"三角"。虽然,三角关系是个极致的讨巧技法,但也容易陷入"模式化""套路化"的泥淖,观众也早已看腻,因此希望大家在可能的前提下,尽量走出"三角地",去开辟独属于自己的艺术领域。

<table>
<tr><td>第九章</td><td>结构与布局　扩散与凝聚</td></tr>
</table>

第一节　电视连续剧的结构

电视连续剧最显著的审美特性就在于它的连续性。因为连续，它可以在一个相对长的时间里，讲述一个篇幅很长、体量很大、人物命运多舛、情节繁复曲折的故事，如此就对结构提出了更高、更细的要求，所以很有必要研究一下电视连续剧的结构类型。

总的来看，电视连续剧的结构大体可分为以下几种类型。

一、动作贯穿型

什么是动作？动作就是剧中人物有了戏剧性需求或想要达到的目标后，为完成需求或目标所采取的各项行动。

正如悉德·菲尔德在他名作《电影剧本写作基础》里所说："首先要明确人物的戏剧性需求。你的主人公想要什么？他（她）的需求是什么？是什么驱使他走向故事的结局的呢？"[①]悉德·菲尔德又提到"你的剧中人物的需求，为你的故事提供了一个目标、一个目的和一个结尾。而你的人物是如何达到或没有达到这个目标，则成为你的故事的动作"[②]。

电视连续剧《暗算》之《捕风》即是如此，开场没多久，观众就通过主人公钱之江之口明确了他的戏剧性需求。20世纪30年代初，国民党疯狂杀戮共产党，一时间整个上海滩血雨腥风。为重振上海地下组织的活力和威力，党中央派特使前往上海召开秘密会议。不料，出了叛徒，敌人张网以待，特使行动必须马上取消，然而唯一的知情者、主人公钱之江，却被国民党软禁在某处，他如何才能把情报传出去呢？

---

① 悉德·菲尔德：《电影剧本写作基础》，钟大丰、鲍玉珩译，北京：世界图书出版公司北京公司，2012年，第26页。

② 悉德·菲尔德：《电影剧本写作基础》，钟大丰、鲍玉珩译，北京：世界图书出版公司北京公司，2012年，第26页。

于是接下来所有的戏全都是围绕着钱之江如何送出情报去进行的。而其他人物的故事,如代号为"大白兔"的罗进,正焦急地等待着他的情报;代号为"公牛"的罗雪发现叛徒正在自己所在的医院治疗;代号为"飞刀"的人前往医院刺杀叛徒;"大白兔"万般无奈之际"绑架"了安在天等,这些都是围绕着钱之江的动作展开的。

《潜伏》导演姜伟的另一力作《借枪》也是如此,全剧紧紧围绕着一场刺杀行动展开。主人公熊阔海穷途末路,但杀掉加藤的痴心不改。为了完成这看上去完全不可能完成的任务,他要做各种行动前的准备,包括去借枪。不难看出,编导之所以铺设这在从前谍战剧中从未表现过的看上去也近乎不可思议的情节,其实就是想通过戏剧化的编织谱写一曲华彩而又亢奋的乐章。

所谓贯穿,是指整个剧中人物从开始动作到完成(或没完成)目标任务的整个历程,动作始终呈线性向前发展,中间虽会有波折,但终将到达终点。

比如,《暗算》之《捕风》中钱之江被软禁在小楼中,他必须机智、沉着,还要勇敢。于是我们看到,为了送出情报,他想出了各种招数,动用了各种不易被敌人怀疑的高超手段:先是,在敌人的眼皮底下向"耗子"扔出擤鼻涕的纸团,后"借刀杀人"除掉了制造白色恐怖、疯狂迫害共产党人的闫京生,还成功地转移了敌人对自己的怀疑;再接下来,利用童副官、汪处长、唐一娜、裘莉莉间的各种矛盾,尽情挑拨,将一个不大的小楼搞得六畜不安,鸡犬不宁;最后,将情报刻在佛珠上,吞入肚中,以遗体传递情报,真正做到了虽死犹生、死得其所。恰如他的台词:"心中有佛,即使是死,也如凤凰涅槃,是烈火中的清凉,是永生!"[①]

而《借枪》中的熊阔海,也如钱之江一般,到了人生最难的时候。当剧情生生地从"借钱"发展到"借枪",从"砍头暗杀"升格为决斗式昭告天下的"明杀",加藤并没出现而是派去一个替身时,主人公熊阔海走向败局似乎已是板上钉钉,至少事实看上去如此——虽然熊阔海逞一时之勇开枪将加藤的替身太田击毙,但随即陷入敌兵的层层包围和拼命追杀中,好不容易"逃"到医院治疗,哪想到裴艳玲又从背后"捅了自己一刀"——她出人意料地向加藤透露了熊阔海的行踪并道出了一个惊人的秘密。日本宪兵由此一举抓获了熊阔海并将他押送至火车站。日本人在站台上为加藤举办了盛大的欢送仪式,加藤耀武扬威地向群众和记者展示自己的"战利品",并宣布他将带着他的"战利品"——也就是躺在担架车上身受重伤的熊阔海,一起骄傲地去上海……正当观众为此扼腕叹息时,没想到的是,与加藤近在咫尺、躺在病床上本动弹不得的熊阔海却突然翻身而起,变魔术一般掏出手枪,在众目睽睽之下,连续扣动扳机,将不可一世的加藤击毙。"砍头行动"自此圆满结束,剧情迎来了出乎观众意料的绝妙结局,之后剧情回溯,观众才明白这一切全是源于熊阔海的精心设计……

从以上两例不难看出,写这种结构类型的电视剧,最重要的是找到并确立人物所要

---

① 麦家、杨健:《暗算》,北京:作家出版社,2006年,第681页。

达成的目标(需求或目的),之后要做的,便是在剧本开头设计一个麦基常讲的激励事件[①],这一事件逼着主人公必须行动起来;再往后,便是在人物向前行进的动作线上,不断为主人公设置各种各样的障碍,而主人公遇到障碍、克服障碍、战胜危机、取得胜利(或未取得胜利)的过程,就是全剧故事的核心所在。

由于动作贯穿型结构更多地借鉴了戏剧,故也有人将此结构称作戏剧式结构,其特点是:(1)一般以外部冲突为基础,构成贯穿始终的戏剧情节;(2)在时空处理上,多采用顺序式时空,按照事件发展的自然流程进行结构,虽然有时也有倒叙、插叙和补叙,有的中间也会切入回忆性的"闪回"镜头,但那都是局部性片段,在总体结构上,绝不打破向前发展的时间顺序;(3)在总体构思上,讲究布局的严谨完整,矛盾冲突的起承转合等,层次分明,脉络清晰;(4)故事连贯曲折,集中紧凑,环环相扣,有头有尾,悬疑性强,张力十足。

二、人物关系冲突型

也有一些电视连续剧,如《当婆婆遇上妈》《都挺好》《小敏家》等,呈现出不同于动作贯穿型的另一特征:剧中主人公并没有太明确的行动目标,因此也没有明确并贯穿始终的动作线,剧情大多是一些生活片段或生活侧面的组合,片段与片段之间也缺乏必然的因果关系,观众似乎也不太关心人物是否完成某项需求或达到某些目的。那这样的剧靠什么去吸引观众的注意力呢? 答案是:靠人物间构筑出的各种可以产生矛盾与冲突的关系。

前文已经说过,在设计电视连续剧中的人物时,一定要让人物与人物间蕴含可以充分展开的冲突与矛盾。这种冲突和矛盾既可以是情节导致的,也可以是由人物性格差异导致的,还可以两者兼而有之。

人是社会的人,少不了要和其他人打交道,因而就会构成复杂的社会关系和人际关系。即便是流落荒岛、孤身一人的鲁滨逊,作者也会安排他在漫长而又绝望的等待中与"星期五"[②]相遇。所以,你是学生,便会和教师、同学、家长等打交道;你是医生,就必然要和病人、病人家属以及医院同事等产生交集。在这个过程中,由于彼此间的性格、身份、地位、乃至文化修养等的不同,必然会产生各式各样的碰撞和矛盾,而这,恰是本结构类型所喜闻乐见的。编剧乐于在其中发现并强化这些矛盾,甚至不惜造成关系的尖锐对立,从而构成张弛有度的情节,以推动故事向着高潮和终点迈进。

那么这类作品是否会因为没有完整的贯穿始终的矛盾冲突和连贯的故事情节而导致结构松散呢? 答案是否定的,正如黑格尔在《美学》中所说:"由于剧中人物不是以纯然抒情的孤独的个人身份表现自己,而是若干人在一起通过性格和目的的矛盾,彼此发生

---

① 激励事件,通常也被称为催化剂,是指将主角推向故事行动的时刻、事件或决定。激励事件是故事弧线的关键,它不仅推动主角进入情节,制造冲突,设定目标,同时为角色的成长提供了发展路线。参见罗伯特·麦基:《故事:材质、结构、风格和银幕剧作的原理》,周铁东译,北京:中国电影出版社,2001年,第211页。

② 笛福著《鲁滨逊漂流记》中的人物,被鲁滨逊用救起他的日期命名。他是鲁滨孙的仆人,后和鲁滨逊一起回到了英国。

一定的关系,正是这种关系形成了他们的戏剧性存在的基础,这就使全部作品必然比较紧凑。"①

以电视连续剧《小敏家》举例,该剧的剧情是十分松缓的,叙事呈现出生活流的特征,但观众并不因此感到无趣,相反,还津津乐道和沉湎于剧中巧妙而又复杂的人际关系,以及由此人际关系所产生的各项因果联系、冲突和矛盾。

妈妈王素敏独自抚养两个女儿刘小敏、刘小捷长大。刘小敏离婚后与陈卓相识相爱相知。陈卓的前妻是李萍,李萍跟刘小敏是发小、同学和邻居。

刘小捷离婚后想再婚,心仪的对象叫徐正,是个青年才俊,而他的另一身份是李萍的表弟。

刘小敏的儿子金家骏高考失利,到北京复读,进了李萍和再婚丈夫洪业办的补习学校,恰和陈卓的女儿陈佳佳分到了一个班里。

剧中,刘小敏与陈卓恋爱也好,结婚也好,都不仅仅是两个人的事情,还要考虑小敏儿子金家骏和陈卓女儿陈佳佳的心情,以及刘小敏妈妈王素敏和追求王素敏的陈卓父亲陈天福的面子问题。

更棘手的是在这场恋爱中,陈卓的前妻李萍和小敏的前夫金波总会从中作梗,使本就混乱的关系变得更加难以应对。

不难看出,这样的人物关系,一经设置,哪怕编剧不刻意去编,剧情也会自然派生出多样的矛盾。毕竟,人一旦有了社会关联,也就有了诸如父母子女、兄弟姐妹、同学同事、上司下属、夫妻情人、新朋老友等的关系;这种关系也一定会推演出诸如男欢女爱、恩怨情仇、悲欢离合、忠诚背叛、生离死别等因果关联的大戏。而观众也乐得站在一个旁观者的角度,看剧中人物对打、互掐,并从自己的爱憎、立场、观点等出发,对其中的人物进行评判和臧否,或同情,或憎恨,或支持,或反对,直至看到最后,曲终人散,仍不满足,接着讨论,回味无穷。

三、平行交叉扭结型

电视连续剧《人世间》②采取的则是另一种结构形式,这部根据梁晓声同名小说改编的作品讲述了一个发生在虚构的东北吉春市光字片区的周家三兄妹及其他几位平民子弟近50年时间内跌宕起伏的人生故事,体量庞杂,线索众多,不可能同时表现,要有先后缓急。于是编剧就依靠蒙太奇的平行组接方式在各个故事之间交替表现、来回切换。具体手法是,讲一段周家老三周秉昆的故事,适当停下来后,再讲一段其他人如周秉昆的哥哥周秉义、姐姐周蓉、父亲周志刚等的故事。这种平行切换的叙述方式使得作者在刻画人物、表现更加广阔的社会内容方面显得从容不迫、游刃有余,也使剧作精彩纷呈,高

① 黑格尔:《美学》(第三卷下册),朱光潜译,北京:商务印书馆,1996年,第249页。
② 王海鸰、王大鸥编剧,李路导演,雷佳音、辛柏青、宋佳、殷桃、丁勇岱、成泰燊、萨日娜等主演的58集电视连续剧,根据梁晓声同名小说改编,以北方城市的一个平民社区"光字片"为背景,讲述周家三兄妹周秉义、周蓉、周秉昆等十几位平民子弟在近50年时间内所经历的跌宕起伏的人生故事。

潮迭起。

根据路遥小说《平凡的世界》改编的同名电视连续剧也是如此，采取了三线并进的叙述方式：第一条线索以弟弟孙少平为中心，反映由乡下到城市的青年在追求现代文明的过程中所遇到的各种矛盾；第二条线索以哥哥孙少安为中心，既写了极"左"路线给农村造成的贫困，也写了三中全会后双水村人奔富裕之路的艰难历程，揭示了改革大潮是任何人也阻挡不了的真理，还指出了农村改革中存在的一些隐患和危机；第三条线索时明时暗，通过田福军的升迁，展示了由村到县、地、省的政治斗争和路线斗争。总之，三条线索同时展开，平行发展，交替表现，时而扩散，时而凝聚，疏密相间，错综变化，共同反映出极其深刻的主题。

在电视连续剧中，平行交叉扭结结构是十分常见的，它有如下的特点：（1）全剧有多条线索，但分主次，主线占比较重，副线占比较轻，副线与副线间占比也不均匀；（2）主线、副线多呈平行状向前方展，人物命运各自为战，但有时也会在某处或某几处交叉、扭结、汇集；（3）无论线索是平行还是交叉，主、副线前进方向都一致，即都按时间顺序向前发展，最终达到共同揭示主题的目的。

四、单元故事型

电视连续剧有了人物，还要有事件，只有在不断出现的事件的裹挟下，人物的性格才会被突出，人物的命运才会被关注。

长篇电视连续剧不同于戏剧、电影，它的容量大、篇幅长，往往单纯讲一个故事不够，有时需要多个故事连接在一起来塑造人物、阐发情感、开展剧情。

例如40集长篇电视连续剧《大宅门》就是由很多故事构成的：白家与詹王府之间斗争的故事；白景琦在山东如何"空手套白狼"斗倒孙福田成就事业的故事；如何私娶黄春、杨九红的故事；如何与日本侵略者及汉奸周旋的故事等。

《长征》则以红军二万五千里长征的经历为线索，将广昌守卫战、瑞金斗争、奔袭湘江、渡乌江、遵义会议、强渡大渡河、飞夺泸定桥、爬雪山、过草地，终于突破敌人封锁成功会师等多个故事连接起来，全方位、多角度地展现了这一人类战争史上的伟大奇迹。

高满堂编剧的《老酒馆》①也由多个故事构成，如巩汉林饰演的杜先生，靠嘴皮子吃饭，人很机灵，口才一流，八面玲珑，然而"成也萧何，败也萧何"，最后被人割了舌头，从此再不能说话的故事；牛犇饰演的"老二两"，讲信用，讲原则，不贪任何小便宜，很好地给大家"上了一课"的故事；偷拿父亲房契，开办日本酒馆，整天做梦式地想着赚大钱，最后成了一个地地道道的败家子的贺义堂的故事；更有中共地下党组织成员谷三妹进入老酒馆之后，将老酒馆当作党的地下交通站，而后被陈怀海找回来的女儿小棉袄在谷三妹的影响下成了抗日交通员，最后壮烈牺牲的故事。

---

① 高满堂、李洲编剧，刘江导演，陈宝国、秦海璐、冯雷、刘桦、程煜、冯恩鹤等主演的46集电视连续剧，讲述了民国时期大连好汉街上一个叫山东老酒馆的小铺子掌柜陈怀海在老酒馆里谋生计、释大义的故事。

《暗算》由《听风》《算风》《捕风》三个故事构成。《神探狄仁杰》第一部由《使团惊魂》《蓝衫记》和《滴血雄鹰》三个小故事组成,第二部由《边关疑影》《蛇灵》《血色江州》组成,第三部由《黑衣社》和《漕渠魅影》两个故事组成。

《西游记》更典型,大闹天宫加上取经路上九九八十一难,一个故事连着一个故事,唐僧师徒四人一直贯穿始终。

不难发现,此类结构类型的特点是:(1)用主要人物贯穿全剧,串起一个又一个相对独立的故事;(2)故事呈现出单元特点,每个单元都有属于自己的开端、发展、高潮和结尾;(3)但单元的独立性是相对的,本单元故事与上一个单元或下一个单元的故事会在时间或逻辑方面产生密切的关联,有时也会混在一起讲,也因此不能将此结构类型等同于系列剧。

五、传记编年体型

这种结构类型脱胎于传记体小说,或者写一个人物的一生,或者写一段重要的历史。

一般而言,这种结构所写的人物,多以历史上真实的伟人、名人、有成就的人为主,如《孙中山》[①]《朱德元帅》[②]《彭德怀元帅》[③]《历史转折中的邓小平》[④]《共产党人刘少奇》《汉武大帝》《朱元璋》,以及《世纪人生》[⑤]所描写的董竹君等。情节紧扣主人公的事迹。

那么,虚构的传奇式人物或普通百姓可不可以采取这种结构来写呢?当然可以,也不乏成功的先例,如《金婚》里的文丽和佟志、《金婚风雨情》[⑥]里的耿直和舒曼、《亮剑》里的李云龙等,前提是他(她)得有"故事",还得是足以在相当长的历史阶段中打动观众的故事。

《金婚风雨情》即是如此,故事从1958年讲起,"28岁英姿飒爽的志愿军战斗英雄耿直与22岁的北京某医院的儿科大夫、美丽年轻的南方姑娘舒曼一见钟情。为与资本家女儿舒曼结婚,耿直不得不忍痛脱掉军装,放弃大好前程。年轻时,他们爱得热烈浪漫,领养儿子后虽矛盾重重,但大吵过后仍会和好如初;中年时,正处'文化大革命'后期,婚

---

① 张笑天编剧,沈好放执导,赵文瑄、朱媛媛、梁冠华等主演的20集电视连续剧,记述了伟大的革命先行者孙中山先生从1895年第一次武装起义到1925年北上,病逝于北京,近30年的革命生涯。

② 朱景和、鲁文浩、樊昊、胡三香编剧,郑克洪执导,王伍福、古月等主演的20集电视连续剧,讲述了朱德元帅戎马生涯传奇一生。

③ 马继红、高军、徐江编剧,宋业明执导,董勇、杨童舒、唐国强等主演的36集电视连续剧,以彭德怀的生平经历为主要内容,从平江起义、抗日战争、解放战争到建国后的抗美援朝、庐山会议,塑造了一个血性、正直、一心为民的彭德怀。

④ 张强、魏人、龙平平、黄亚洲编剧,吴子牛执导,马少骅、萨日娜等主演的48集电视连续剧,描述了1976—1984年邓小平的主要政治活动。

⑤ 唐颖编剧,金继武、葛晓英、谢晋执导,吕凉、李媛媛等主演,讲述了赫赫有名的锦江饭店的创始人女老板董竹君曲折而又多姿多彩的一生。

⑥ 王宛平、丁丁编剧,郑晓龙执导,胡军、周韵等主演的51集电视连续剧,讲述了一对门不当户不对的夫妻50年婚姻生活史。

姻疲惫的二人在唐山大地震中坚固了爱情,一座城市倒塌却成就了他们的倾城之恋;老年时,儿女成长及情感事业坎坷不断,令老夫妇耗尽心血,他们彼此关爱、相互支撑,度过了人生的艰难岁月。夫妻二人相濡以沫,不离不弃,最终牵手走进金婚”。

《历史转折中的邓小平》从1976年毛泽东同志逝世27天后开始写起,到1984年10月1日,邓小平在天安门城楼上检阅国庆游行队伍,游行队伍中的大学生自发地打出代表亿万人民心声的横幅“小平,您好!”结束,再现了小平同志于结束十年动乱后,深孚众望地再次出山,破除个人崇拜,推动“真理标准”大讨论,开展对“两个凡是”“两个估计”错误思想的批评,解放广大知识分子,恢复中断多年的高考,派留学生出国学习考察,领导和推动解放思想,指挥拨乱反正、平反冤假错案,推动全面改革开放,支持知青返城,推动农业改革、解放生产力,参与美日建交,与英国谈判香港问题,视察深圳特区,推动军队改革等一系列的政治经历。

由此可见,这一结构类型的特点是:(1)多以历史事件的时间顺序来组织全剧,观众看这种结构的电视剧,如同徜徉在历史的长河中,可以观赏到不同时间出现的不同事件和人物;(2)主人公在漫长的时间长河中,会有多个戏剧任务和目标,所以不会有贯穿始终的动作线,另外由于时间久远,沧海桑田,主人公身份转换频繁,所以也很难建立起从头到尾始终固定的人物关系;(3)虽然写较长的时间或历史,但也并非流水账般事无巨细、面面俱到,而是有所选择、有所提炼,以生活中的重要片段来组成故事。

以上罗列了电视连续剧几种常见的结构类型,需要说明的是,电视连续剧的结构形式决非仅有上述几种。要注意的是,结构只是形式,形式是为内容服务的,每一个剧作的具体内容决定着剧作家去选择、设计相应的结构形式。再有,结构类型也是互相包容、互相整合的。例如,《人世间》既可以将其归为单元故事型,也可以归为人物关系冲突型,还可以归为平行交叉扭结型,没必要非此即彼、故步自封。

第二节　电视连续剧的布局

剧作结构最重要的环节便是谋篇布局。其性质之重要,可相较于一座摩天大楼的设计图纸和坚实的地基。

故事总是要从头讲起,直至结尾。电视连续剧也是如此,它不可能静止在一个点上而不进行发展变化,这种发展变化也不会以直线前进的方式平铺直叙。多数情况下,电视剧的情节发展过程会明显地分为开端、发展、高潮和结局四个阶段,借用写文章的说法,也可形容为“起、承、转、合”四个字。

一、"起"（开端）

"起"，也就是故事的缘起。悉德·菲费尔德称之为"建置"（setup）[①]。他认为在这一阶段，编剧要做的工作是让观众明白三件事：(1)你的主人公是谁？(2)故事的戏剧前提是什么？(3)戏剧性的情境是什么？

让主人公早一点出场是对的，只有这样才会紧紧抓住读者或观众。试想，当一个剧的剧情进展到很深的地步了，主人公却始终不露面，剧情只是在一些配角当中展开，观众将会感到多么的失望与无趣。所以，悉德·菲尔德强调指出，你的主人公一定要在剧本的前十分钟出场。虽然他指的是电影剧本，但这同样适用于电视连续剧。

可能有人对此不以为然，说《大江东去》（2003年版）[②]里奉阳市长贺远鹏，直到第三集才出场。同样，《潜伏》里的翠平在第四集快结尾时才出场，也并未影响全剧的精彩与好看，这确实是强有力的反例。但别忘了，《大江东去》讲的是东北沈阳的"慕马"案[③]，"慕"（贺远鹏）的李幼斌虽出场晚了，"马"（沈培林）却早在第一集就已给观众留下了极其深刻的印象；而《潜伏》里的翠平虽然出场晚了，男主人公余则成却早在第一集第一场就已登场。也就是说，多位主人公中，至少应有一人尽早出场。

当然，让主人公早一点出场，并不意味着他一定要在第一场第一个镜头即出现。电视连续剧《大江东去》的开场，是从一个歹徒到一所中学劫持了一个女学生开始。歹徒、女学生、老师、同学等，都是该剧的次要人物，但这一突发事件成功地，也很自然地扯出了全剧的主要人物沈培林，以及后来成为他主要对手的罗一群等。同样，电视连续剧《九一八大案纪实》也是在盗贼们成功作案后，才引出武和平等一拨侦破此案的英雄。所以，主人公何时出现，除需早点介入外，一要由剧情内容决定，二要看他（她）出场时起不起关键的作用。只要主人公能在关键的时刻，带着故事、带着动能、带着性格、带着悬疑出场，就一定能调动起观众观影的积极性。

电视连续剧《老酒馆》里主要人物的出场，就很值得称道。大连好汉街上，人头攒动，人流如织，突然有人喊"救命啊"，众人随声望去，就见贺庆堂在前面拼命地跑，其父拿着鞭子在后面拼命地追。遇到官爷，本以为遇到救星，哪想官爷和稀泥，并不爱掺和别人家里的私事。无奈，贺庆堂只好继续狂奔，仓皇间差点与几个刚从深山老林里来的大汉撞个满怀。这几个大汉，穿皮衣戴皮帽，一个个看上去气度非凡。其中的一个，从腰间拔出一把利刃，瞬间就将贺老爷子挥在空中的鞭子截成了两段，见者顿时怵然。官爷职责所在，不得不问："刚来就动家伙什儿啊？怎么的？想立棍啊？"就见大汉中一人坦然答道：

---

①　悉德·菲尔德：《电影剧本写作基础》，钟大丰、鲍玉珩译，北京：世界图书出版公司北京公司，2012年，第89—109页。

②　王宁、徐光荣、戴雁军编剧，雷献禾执导，李幼斌、曹力、何政军等主演的26集电视连续剧，改编自沈阳"慕马"案，是继《大雪无痕》和《绝不放过你》后的"反腐打黑三部曲"终结篇，讲述了农民出身的奉阳市长贺远鹏本来有水平、有政绩，但是在失去了监督的权力面前渐渐异化，彻底堕落成了一个腐败分子。

③　指沈阳原市长慕绥新、沈阳市原常务副市长马向东腐败案。

"不敢,只想图个安宁。"寥寥数语,人物性格彰显,戏剧冲突陡现。观众既看到了主人公出场,也看到了主人公身处的险境,自然会屏气凝神,期待着剧情的进一步发展。

人物仅出场还远远不够,还要揭示戏剧的背景,也就是要让观众明白,你大概要讲一个怎样的故事。换言之,在开端部分,编剧除了要交代主人公是个怎样的人,什么性格,什么身份外,还要揭示其遇到了或可能会遇到什么样的棘手事。

《潜伏》里的余则成刚出场的时候,还只是军统里一个稍显稚嫩的外勤,他被派去监听亲共分子的秘密会议,不料诧异地发现自己深爱的未婚妻左蓝竟与林怀复等激进人士关系甚密。

高满堂创作的另一名剧《老中医》[①]的开场,主人公也在出场时身陷困局。雨夜,上海某大户人家病重的秦老爷在服了孟河医派翁泉海的药后突然死亡,秦家人将翁泉海告上法庭,虽然翁泉海坚称诊断无误、用药无误,但尸体横在那里,事实摆在那里,又如何逃得了干系?

以上两"起",都强而有力,编导采用一系列具有强烈视觉感染力的、令人兴奋的连续镜头,使观众迅速"入戏"。

至于戏剧性的情境,是指主人公所处的时代、地域、环境特色等。例如《历史转折中的邓小平》的开场,是在北京宽街的一个四合院里,这天晚上,雷电交加,大雨滂沱,屋里,邓小平一边细心地为瘫痪在床的大儿子邓朴方擦身子,一边语重心长地告诫夫人卓琳,这段时间要管住孩子们,不要让他们再四处乱跑,因为很有可能会出大事。话音刚落,画面一转,中南海里,华国锋、叶剑英、汪东兴等,正在秘密实施抓捕祸国殃民的"四人帮"的行动,一个伟大的新时代由此揭开了序幕。而观众也随着剧情的进展,被带回到了那个惊心动魄的过去,进入了主人公所处的风雨如晦的艰苦环境,既体会到了特殊时代下的阵痛,也看到了一轮挣脱黑暗即将喷涌而出的太阳,就要给苦难的大地带来光明。

二、"承"(发展)

开端过后,矛盾线纷纷建立,剧情随之"承"接上文,进入发展阶段,也就是电视连续剧的中间部分。在这一阶段,编剧应该展现剧中所有的对抗,以及随着故事推进,让对抗程度做到逐步升级。

换言之,这段时间编剧须完成的主要任务是:让开端部分建立的各条矛盾线展开较量,时而进攻、时而防守,时而推进、时而撤退,"运动与反运动,搏斗与反搏斗,上升和下沉,扣紧和放松"[②],线索间彼此纠缠,一会儿你占上风,一会儿他占上风,此消彼长、循序渐进地顺着故事的走向把剧情推向高潮部分。

---

① 高满堂、李洲编剧,毛卫宁执导,陈宝国、冯远征、许晴等主演的40集电视连续剧,以民国时期的上海为背景,由5个医案贯穿,讲述南京国民政府发布"中医废止案"后,中医翁泉海带领中医同仁共同抵抗中医废止案并保护中医这一民族瑰宝,遇到阻碍,却步步前行的故事。

② 约翰·霍华德·劳逊:《戏剧与电影的剧作理论与技巧》,邵牧君、齐宙译,北京:中国电影出版社,1961年,第223页。

这符合电视连续剧的创作规律,前边已多次讲过,电视剧的情节发展,就是一个连贯性的动作,犹如多米诺骨牌,一旦推倒第一张,第二张、第三张……第 N 张,便会相继推下去、倒下去,一泻千里。

电视连续剧《暗算》之《捕风》即是一例,钱之江将取消特使行动的情报写好后,通过秘密联络的方式传给了自己的下线"小马驹";"小马驹"收到情报,同样按秘密联络的方式传递给了自己的下线"耗子";接下来,"耗子"也如法炮制,将情报传递给了自己的下线"警犬";不料由于"断剑"的出卖,"警犬"身份暴露,不幸牺牲,那份"特使"情报也落入敌人手中;敌人马上意识到内部出了奸细,随即将包括钱之江在内的所有接触过密电的人全部软禁在了一栋小楼中……

以上内容可称之为全剧的"起",而钱之江在获悉自己精心策划的行动失败后,必须重整旗鼓另"开张",想方设法再次送出"取消特使行动"的情报,却因敌人的层层看押而举步维艰、困难重重的内容,则可视为全剧的"承"。

三、"转"(高潮)

在电视连续剧的发展阶段,矛盾双方彼此进攻,相互较劲,但谁也不占据绝对的优势,可以用"此消彼长"一词来形容,但到了高潮阶段,事情已经发生根本性的变化("转"),其中的一方在上一阶段已蓄积了足够的反攻的力量,即将发起大规模的反击,而对手也不可能乖乖地等着束手就擒,他们还要做垂死的挣扎,期冀着能通过拼死一搏,反败为胜,扭转乾坤,所以,高潮是矛盾发展的结果和顶点,是主要人物性格完成的关键,也是剧作中总悬念得以解决的时刻,因而也是观众最兴奋、最紧张,同时也是最期待的部分。

《暗算》之《捕风》的高潮戏,耐人寻味。纵然钱之江动用了各种手段,却还是逃离不了代主任的魔爪,眼看特使会议召开的时间临近,如果再不殊死一搏,定然会给组织带来难以挽回的巨大损失。无奈,钱之江采取了在代主任看来并不聪明的一招:装病;而七号楼外,"大白兔"也欲盖弥彰地"绑架"了钱之江的儿子。这坐实了代主任对钱之江的怀疑,谁是"毒蛇",至此已不言而喻。情报看来是无法送出去了,钱之江穷途末路,代主任洋洋自得,似乎已是胜券在握。孰料,第二天一早,钱之江死了,他的死顿时成为整个剧情的高潮和终结。观众在深感痛惜的同时,也在不停地追问,他为什么会死?死了还能送出情报吗?如果他是靠死来传递情报,那么情报最有可能是通过怎样的方式传递?总之,钱之江用他的死书写了全剧最为英勇也最为壮丽的篇章,也创造了一个出乎观众意料,却又合情合理的绝妙结局。

电视连续剧《借枪》也是如此,砍头行动正在紧锣密鼓地进行当中,却传来了对熊阔海不利的消息,加藤不会真的在日侨俱乐部出现不说,于挺也方寸大乱,尤其是女儿嫣嫣落入敌人手中,更是令熊阔海撕心裂肺。熊阔海绝望了,无疑,敌人此时已完全占据了主动权,即使他有九死不悔的抗日信念、处变不惊的心理素质,砍头行动也必败无疑。但这肯定不是观众想看到的结局。那么怎么办?他还有别的路可走,还有别的办法可实施吗？就这样，深谙观众观影心理的编导，用如椽的大笔，精心谋划着，设计着，一步步将观众带入了引人入胜的高潮和结局⋯⋯

可见，高潮是戏中冲突最为激烈的时刻，也是全剧的"戏核"，它在剧中占有最重要的地位，也只有具备这样一个精彩的段落，一部戏才有存在的意义和价值。

当然，也有的电视剧，高潮不像刚才所举的例子那般浓烈，而是波澜不惊的，这多见于生活流的电视剧，如之前提过的《小敏家》《都挺好》之类。但无论高潮戏写得平淡还是陡起，它都是不可或缺的。如果说剧情是一道菜，高潮则是一把盐，菜若是缺了盐，即使菜色看上去再怎么鲜美，吃下去都是寡淡无味。

四、"合"（结局）

高潮，是矛盾发展的顶点，也是矛盾双方最后的一次较量，这次较量之后，一切便成了定局，剧情也就进入了结局部分。

结局又被称为"合"，合者，结尾也。在这一部分，全剧所有矛盾和冲突都要得到解决。他赢了，最好的结局；他输了，悲痛的结局。总之要把所有的故事线都收尾，还要仔细检查，是不是还有没处理完的故事线？若有，一定要处理掉，若无法处理，就干脆回头把那条线删掉，不要给读者或观众造成不必要的困扰。

一部电视连续剧的生命是观众看到结尾处出现"全剧终"三个字时才完成的。写好一部剧的结局，对于完成戏剧效果，有着举足轻重的关系。假如"最后一瞥"给观众印象不好，那便是为山九仞，功亏一篑。

按照元代范德玑《诗格》里的说法，写诗作文"起要平直，承要春容，转要变化，合要渊水"。何谓渊永？深远、深长也。意思是文章的结尾要有韵味，或点明主题，或启发联想，或耐人寻味，这一说法同样适用于电视连续剧。

电视连续剧结尾的方法，不外乎以下三类。

一是封闭式结局：较量结束，分出输赢，悬疑解扣，尘埃落定，仿佛在全剧的终点打上了一个句号，这是一种平稳的收尾。

多数电视连续剧采取的都是这样的结尾，如《暗算》之《捕风》的结尾这样写道：

几名特务趁着夜色潜入七号楼，此刻正在房间的汪洋听到动静，刚想出门看个究竟，就被一枪打死。

童副官趁着夜色已经逃出了七号楼，却被一枪撂倒。

黑暗中，唐一娜吓得瑟瑟发抖："你别开枪⋯⋯别开枪⋯⋯我是唐司令的女儿。"

而疯了的裴丽丽毫不知情，她嘻嘻地笑着，道："大哥，开枪，快开枪呀，枪一响，人就像蝴蝶一样飞了⋯⋯飞了⋯⋯"

特务对唐一娜："跟我走。"

唐一娜恐惧地："不⋯⋯"

特务："快走，你逃命去吧。你这样的美人死了，老天爷会不开心的。"

走廊里,特务同伙叫嚷着朝这边过来,他一边倒着汽油,一边喊着:"干掉了没有?快走!我倒汽油了,房子马上要烧了。"

唐一娜吓得惊叫一声,把那个特务同伙引了进来。

特务同伙问:"怎么回事?还活着呢!快干掉她们!"说完,举枪先杀死了裴丽丽。

特务不等他把枪对准唐一娜,先一枪把他打死了,然后拉着唐一娜,踢开对门房间。

他把唐一娜从窗户放了下去。

特务对着油桶开了一枪,顿时火光熊熊而起。

代主任和黄一彪看着燃烧的七号楼……

代主任把密信递给黄一彪:"念一下。"

黄一彪念:"凡可疑者格杀勿论!"

"这么说,你还有一项艰苦的任务,把他也干掉。"

黄一彪问:"谁?"

"还能有谁?照我说的做,你现在给他家打电话。"

黄一彪哆哆嗦嗦地拿起电话。

刘司令家的电话响了。刘司令这个时候肯定不可能睡下,他正坐在沙发上长吁短叹。

黄一彪强作平静:"刘司令,我有重要情况向你汇报。你现在是不是在用代主任送你的电话接听……那里面有窃听器,现在你照我说的去做,这样就可以取消……你看电话底部……是不是有个黑色的开关……你把它关了……对,就是把它从左边拨到右边……"

刘司令小心地把开关从左边拨过来,结果一声巨响,被炸得粉身碎骨!

忙碌的医院,医生和护士,在穿梭,行走……

各色前来就医的病人,有已经骨折打着石膏的,有盖着毯子被担架抬进来的,有男有女,有老有少……

传来晚年安在天的画外音:事实上,这个医院是假的。为了在特务们极其敏感的眼皮底下召开会议,上海地下党设立了这个假医院,里面有医疗设备、医生和护士。代表们装扮成各色病人前来就诊,没有引起任何特务的疑心。相比国民党给钱之江召开的隆重的追悼会,共产党与会者不可能大张旗鼓,他们只能在钱之江的一张很小的遗像前,默哀了三分钟,对我党这位杰出的地下工作者致以崇高敬意。此会的胜利召开,使我党宁沪杭三地的地下组织再次迎来了发展壮大的勃勃生机。[①]

二是高潮式结尾:在冲突的顶点收尾,高潮与结局合二为一,一切都在高潮部分展现了,再也无须赘言。

---

① 麦家、杨健:《暗算》,北京:作家出版社,2006年,第477—478页。

电视连续剧《朱元璋》的结尾即是如此,朱元璋在太监们命令太阳停下的声声呼喊中死去,犹如豹尾,骤然一击,戛然而止,十分有力,取得了极其强烈的艺术效果。

三是开放式结尾:在高潮结束后,又提出一个新的问题,揭开一个新的冲突情境。如《潜伏》的结尾这样写道:

山坡　　日　外
翠平抱着孩子在眺望。
孩子的笑脸。
翠平的傻笑。

空镜
字幕:台北1950年　春

余则成新家　日　内
余则成把他和晚秋的结婚照挂在墙上,退回一步。
晚秋和余则成看着墙上的照片。
照片旁边写着:余则成、穆晚秋婚志,民国三十九年于台北。
照片上是两个灿烂的笑脸
晚秋和余则成看着,没有一丝笑容。
余则成看着,眼泪流了下来。[①]

这样的结局,没有观众意料中的解放天津、解放全中国后余则成与翠平重聚,而是潜伏的人继续潜伏下去,等待的人注定也要等待下去。既写出了斗争的残酷,也写出了在大的历史格局中每个人具体而微的命运,比大团圆更留余韵。

五、关于布局的其他几个问题

电视连续剧毕竟不同于传统的电影和戏剧,也不同于诗歌和文章,在谋篇布局上,虽然也遵循着"起承转合"的基本叙事规律,但也有许多独属于自己的艺术特色。

首先,是高潮出现的位置及出现的数量问题。

传统的电影或戏剧,高潮出现的位置大多在剧情的临近结尾处。数量一般也只有这临近最后的一次。

也就是说,传统的电影、戏剧里,所有主要的矛盾与冲突,都由最后的高潮来解决,而在影院或剧院里坐一两个小时的观众,由于保持着一开始就积累起来的情绪,极可能在高潮到来时产生微风震落叶的效果。

---

① 姜伟、华明:《〈潜伏〉创事纪》,广州:南方日报出版社,2008年,第425—426页。

电视连续剧则不同,由于篇幅长,播出时有间隔,如果只在最后几集处出现高潮的话,势必会因前面的戏过于平淡而提前倒了观众的胃口。所以,电视连续剧的高潮,不仅不能只有一处,反而应有很多处,要形成高潮迭起的局面,最好是每集都能形成若干或大或小的高潮,如此观众才会欲罢不能,保持连续观看的兴趣。

其次,电视连续剧在布局上还要顾及集或单元的概念。

电视连续剧是由若干集构成的,一集或若干集构成一个相对独立的故事单元(也就是上节提到的单元故事),具备完整的系统,因此,这一集或若干集中,也明显地会有"开端、发展、高潮、结局"四个阶段。

电视连续剧《狂飙》即是明显的例子,全剧有三个时间节点:2000 年、2006 年、2021 年。构成了相对独立的三个单元故事,可以概括成高启强萌芽—崛起—陨落的三部曲。除这三个单元故事遵循"起承转合"的创作规律外,该剧的每一单元也是如法炮制。比如第一单元,高启强受不了地痞欺压,与之打架,进了公安局,认识了安欣,之后狐假虎威,竟也摆出老大的派头,去当所谓的保护伞,渐成势力,这可视为本单元的"起";接下来,某天接了单,和唐家兄弟一起去教训徐雷,不料出了意外,将徐雷电死,徐雷的父亲徐江起了杀心,这可视为本单元的"承";危机四伏时,从《孙子兵法》中受到启发,不仅不跑,反而迎难而上,利用一个并不存在的录音笔,震慑住了徐江,又将司机的藏身地点报告给安欣,至此,徐江虽然困兽犹斗,但已是在劫难逃,这可以视为本单元的"转";接下来,徐江死了,公安内部的蛀虫曹闯也暴露了自己的真实身份,高启强否极泰来,娶了陈书婷为妻,还抱住了泰叔这条又粗又壮的大腿,安欣受到公安局内部表彰,同伴李响却在利益的诱惑下,一步步向着正义的对立面走去……这既可以视为本单元故事的"合",也可以视为下一单元的故事的"起"。总之,这三个单元层层递进,在道出京海二十余年黑恶势力非法生长与扫黑工作推进的同时,也揭示了邪不压正这一人类社会永恒的主题。

可见,电视连续剧不仅要写好整个剧的起承转合,还要写好每一单元的起承转合,每一单元的高潮戏与全剧最终的高潮戏是相辅相成的,不能为了全剧最后的大高潮而忽视或削弱前面此起彼伏的小高潮。

第三节　电视连续剧的线索

线索也就是我们常说的故事线索,通常意义上,它存在于所有的文艺作品中,电视连续剧自然也不例外。

一般文艺作品除有主线内容外,也会有副线(也可称辅线或支线)内容,电视连续剧因为篇幅较长,更需多线支撑,所以仅铺设一条或两条主线是不够的,有时还需要多条副线来补充。

电视连续剧的主线,可理解为电视连续剧故事发展的主要脉络,副线则可理解为这一故事发展的次要脉络,或者理解为整部剧主要发展线索中发生的分支线索。

也可以这么说,电视连续剧中主要人物经历的事件,即为全剧的主线;次要人物经历的事件,即为全剧的副线。

例如,在电视连续剧《零炮楼》中,贾寨的贾文清和张寨的张亿仓联手对抗日本鬼子的故事,就可视为全剧的主线;而贾文清的大哥贾文锦、二哥贾文柏和四弟贾文灿等在抗日期间的所作所为,则可视为全剧的副线。主线和副线或平行叙述,或交叉发展,有力地折射出了非常时期中华民族的生存状态及精神状态。

先来说第一个问题,一部电视连续剧,可不可以集中力量只写一条主线,而不写副线呢?

答案是:可以。而且也不乏成功的先例。

比如,张建伟编剧、尤小刚执导的电视连续剧《杨贵妃秘史》,剧情紧紧围绕着杨玉环的命运展开,全剧只有一条主要的、明确的故事线,那便是杨玉环多舛的命运。小的时候,父母双亡,后寄养在叔父家,饱受婶娘和堂姐妹的白眼,再往后,嫁入王府,成了寿王妃,不料,又鬼使神差地卷入了和皇上李隆基的感情纠纷中,好不容易入了宫,又和梅妃你争我斗,再往后,安史之乱,被迫逃亡,名义上香消玉殒,实际东渡日本,讲述了一段千古爱情悲剧。

再比如,电视连续剧《借枪》,全剧紧紧围绕着针对手上沾满中国人民鲜血的刽子手加藤开展"砍头行动"这一主线展开,先是特科行动组想除掉作恶多端的加藤,需要熊阔海手里那把勃朗宁小手枪。熊阔海把枪借给特科组组长老于,老于暗杀加藤的行动却失败了,还牺牲了好几位同志;于是老于又谋划了新的暗杀加藤的行动,需要在日租界担任翻译的飞龙来执行狙杀,熊阔海却想让飞龙先完成策反龟井的行动,两人意见不合,吵了起来。飞龙暗杀行动失败,壮烈牺牲,但他以自己的死为代价,除掉了一直怀疑龟井的特高课课长中村,保护了龟井的安全。接下来,新来的老潘再次实施刺杀加藤的计划,不料,他也失败了。牺牲前,老潘告诉熊阔海,组织一再要刺杀加藤,是因为加藤马上就要被调去上海宪兵队担任司令。加藤一去上海,潜伏在那里的我方一个高级情报小组就会被发现,所以上级命令天津城委特科,要不惜一切代价在天津除掉加藤。如此,除掉加藤的千钧重担就落在了熊阔海的肩上,虽然百转千回,但他不屈不挠,终于替组织锄了奸,光荣、悲壮地完成了任务。

从以上两例不难看出,电视连续剧只围绕一条主线展开情节是完全可行的,也完全支撑得起一部长篇电视连续剧对量的要求。关键在于,这条主线简单、明确的同时,一定要富于变化,充满波折,决不能平铺直叙地向前发展。

比如《借枪》里的"砍头行动",就是一波三折,充满变数。前面的情节就不再赘述了,单讲熊阔海接过铲除加藤的任务后,故事变得更加波谲云诡,引人入胜。先是熊阔海用激将法,在报上公开下战书,说加藤怕死。一贯以武士道自许的加藤被迫接受熊阔海的挑战,说大日本"皇军"是不怕暗杀的,他是一定要去日侨俱乐部的,怕的是熊阔海没胆量朝他开枪,暗地里加藤却把熊阔海的妻女抓起来,威胁熊阔海投降。宁死不屈的妻子牺牲了,女儿也落入魔窟。福无双至,祸不单行,龟田此时又送来了加藤不会在日侨俱乐部出现,来的只是加藤替身的情报,熊阔海至此已被逼到了无计可施的绝境,但这丝毫没能动摇他刺杀加藤的信心。经过周密计划,"砍头行动"再次开始了,而且取得了出乎观众意料,又在情理之中的成功……

再来说第二个问题,一部电视连续剧,可否安排两条甚至三条主线呢?

答案是:可以。也不乏这样的先例。

如四大名著之一的《红楼梦》以及根据该名著改编的同名电视连续剧就是由两条主线构成的:一条是宝、黛、钗的爱情婚姻悲剧,另一条是贾府由盛到衰的演变过程。这两条主线经纬交织,在封建贵族生活的背景上汇成鲜丽的画面,突出了反封建的主题。

同样,四大古典名著之一的《西游记》以及根据该名著改编的同名电视连续剧也由两条主线构成,只不过一条是明线一条是暗线。明线是唐玄奘在几个徒弟降魔除妖、尽心照顾下,西行求法,历经八十一难,终将真经带回东土,成就无量功德;暗线则以孙悟空为主角,讲述他由恶向善、由妖向佛的转变过程,也可以说是心路历程。

电视连续剧《伪装者》也采取了双主线结构,一条线索是明台被特务头子王天风绑架后训练成为优秀特工,后在与于曼丽到上海执行死间计划的过程中与中共地下党程锦云相爱,在对腐败的国民党绝望后加入了共产党,并与其兄明楼并肩作战;另一条线索则是明楼潜入汪伪特务机构内部,与汪曼春、梁仲春等人斗智斗勇。剧中,这两条线索或平行叙述,独立发展,或相互交织,紧密关联,主要原因在于编剧将明台、明楼设计成了兄弟,还在他们中间夹了一个姐姐明镜,如此便用"家"和"情"两字把他们联系在一起,也把两条线索并在了一起,在故事布局上可谓巧夺天工、匠心独运。

至于电视连续剧《平凡的世界》,前文已经说过,作者安排了三条主线,虽然田福军的线稍逊风骚,但孙少平、孙少安的线却是难分伯仲,并驾齐驱。

电视连续剧《人间正道是沧桑》①也有三条主线,杨立仁、杨立青、杨立华三人的前途命运,矢志奋斗,风风雨雨,互相交错、互相辉映、互相冲突,你死我活,又情深似海。

除内容需要外,有时,编剧为刻画栩栩如生的主人公的形象,也往往会分出两条情节主线来写:一条写事业,如主人公的职业、兴趣、爱好、工作等;另一条写感情,也就是爱情、亲情、友情等方面的折磨。

比如《潜伏》,一条线写余则成身为特工,发挥聪明才智,充分调动各种谍战手段,如声东击西、借刀杀人、请君入瓮、偷情报、杀叛徒、救同志等;另一条线写他和翠平被卷入同一战壕后的情感变化,并做到了细致感人,有细节、有力度、有层次,由此在谍战剧中独树一帜。

电视连续剧《鸡毛飞上天》也是如此,一条线写陈江河、骆玉珠夫妻联手征战商海,带着孩子卖五金、卖百货,过五关斩六将,克服了诚信危机、赢得了市场信任,做出了属于自己品牌的商品,将传统零售业做到极致时又做互联网电商,加入"一带一路"倡议的洪流中将生意铺向世界;另一条线写他们面临着感情上的抉择,夫妻关系的转变,亲人的离合,与子女的关系也伴随着商路的坎坷起起伏伏。双线交织,成功地演绎了一段跨越半个世纪、跌宕起伏的爱恨纠葛和商界传奇。

第三个问题,电视连续剧既然可以围绕着一条主线讲故事,那为什么还要安排副线呢?

首先,是出于容量的考虑,毕竟长篇电视连续剧是一个庞大的叙事系统,在一条主要的因果链贯穿始终的同时,也有必要添加一些副线来丰富故事情节。这就好比一棵大树,仅光秃秃地显示主干是远远不够的,主干之外,还要有相当丰硕的枝叶,如此才会使树显得美观、强壮、茂盛。

其次,也是为了达到"横云断山"的效果。所谓"横云断山",是指我国古典小说结构的一个重要技法,又称"横云断岭"或"横桥锁溪"法。这一手法的关键之处在于横、断(或锁)。意思是,作者在讲述贯穿的、较长的故事情节时,如果不想让读者觉得冗长累赘,产生阅读疲劳,就采取先暂时停止叙述主体事件,用别的故事隔断一下的方法,特点是似断似续,似断实连,节外生枝。

这一手法是金圣叹在点评《水浒传》时提出的,他说《水浒传》三打祝家庄情节复杂,故事很长,在两打祝家庄之后,"忽插出解珍、解宝争虎越狱事;又正打大名城时,忽插出截江鬼、油里鳅谋财倾命事等是也。只为文字太长了,便恐累赘,故从半腰间暂时闪出,以间隔之"②。

不难发现,这些事件的插入,与主体事件未必有着必然的内在联系,似续又连;这些插入的故事又都有相对的独立性,似横且断。这样做的结果,导致小说情节更加曲折跌

①　江奇涛编剧,张黎、韩晓军执导,孙红雷、黄志忠、柯蓝、张恒等主演的50集电视连续剧,讲述了杨家兄妹三人因政治信仰不同,从手足情深变成水火不容,最后天各一方的故事。

②　林乾主编:《金圣叹评点才子全集(第三卷)·水浒传评点(上)》,北京:光明日报出版社,1997年,第25页。

宕,富有变化,也投合了读者阅读的好奇心理预期。

电视连续剧也是如此,在讲述主线故事时,出于节奏、悬疑、延宕等的需要,暂时停止主体事件的叙述,插入副线故事以做隔断,也是最为常见的一种结构方法。

电视连续剧《开封府》即是典型一例。该剧的主线是青年包拯挣脱腐朽的官场桎梏,智破重重的离奇迷案,将反腐斗争进行到底,副线则是皇宫里身为枢密使的张德林与宰相王延龄的明争暗夺、钩心斗角。如果一味地讲主线,至少在相当长的一段时间里,观众看到的故事是:包拯生下来奇黑无比,摔了一跤,脑门上居然有了个月牙形状的口子;父母不喜欢他,二哥二嫂想害他,只有大哥大嫂护着他;大哥被官府杀害,在大哥的坟前,他暗暗立誓将来一定要为大哥申冤,后果然考取功名,成了开封府尹等。故事不可谓不有趣,但很难和当时险恶的宫廷斗争、复杂的矛盾局势等有机地串连在一起,于是作者采取了横云断山、平行叙述的方法。具体做法是:讲一会儿包拯出生的故事后,再讲一会儿皇太子出生的故事;讲一会儿包拯遭父母及二哥二嫂嫌弃的故事后,再讲一会儿被换成"狸猫"的皇太子被太监总管陈琳送出宫交由八贤王代为抚养的故事;讲一会儿包拯长大后结识了雨柔和端午两位姑娘,并与端午产生了爱情的故事后,再讲一会儿太子长大后被宋真宗接回宫内,而杀害皇子的真凶此时还未出现,导致险象环生的故事……总之,结构呈现出明显的"前进—打断—再前进—再打断—再前进"的格局,观众却并不觉突兀,相反,乐得在编剧的精巧编织下,看一出渐至高潮的大戏。

这种做法有两个原则需要遵守:一是在表现每个故事段落的时候要做到相对完整,不能盲目地打断一个故事的发展而插入另一个故事;二是在展示每个故事段落时要保证一定的时间长度,平行切换的频率不能太快。最好是一个人物的故事告一段落、走入低潮或缺乏吸引力的时候,再把另一条故事线提出来讲述,如此才能保持整个剧作的精彩度。

第四个问题,一部电视连续剧设多少条副线合适?

这个要跟电影比较着来讲。电影因为播放时间短、情节紧凑等原因,一般会死咬住主线不放,追求所谓的"一线到底"。人物写作上,也只写主要人物的完整成长经历,所以副线较少甚至缺失。

电视连续剧却不然,庞大的叙事体积决定了其除了要写出主要人物的完整成长经历外,还要写出若干配角的成长历程和人物变化。比如电视连续剧《小敏家》,除了刘小敏和陈卓以外,小敏的妹妹小捷、小敏的妈妈王素敏、小敏的儿子金家骏,以及小敏的前夫金波等,都有自己独立的诉求和人物变化发展,从而也就扯出了关于他们的多条副线。再比如电视连续剧《人世间》,在花大力气讲述周秉昆这条主线故事时,也或平行或交叉地讲述了周秉昆哥哥周秉义、姐姐周蓉等的故事。

所以,一部电视连续剧究竟设多少条副线合适,是无一定之规的,归根结底取决于剧情内容和人物设定。但有一点要说明的是,副线过多,必会喧宾夺主,让观众抓不住重点,所以,要有所控制,不可把网撒得太大。一般情况下,主线确定了之后,安排两至三条围绕主线跃动的副线,使全剧呈现多重的因果结构,主线和副线相互依存、相互促进,有时互为因果,触动一条引发另一条,不解决这一条就解决不了那一条,这种方式是十分有益也是十分合适的。

最后,讲一下主线与副线的作用以及在剧中应如何搭配的问题。

在电视连续剧中,主线承载着塑造主要人物形象,交代主要人物命运,暗含并揭示全片主题的任务,因此为全剧重中之重。副线是为主线服务的,主要作用是为主线故事中的矛盾冲突做侧面的渲染与铺垫。

既然一部电视连续剧由多个故事或多条故事线索构成,那么,多个故事或多条故事线索如何摆布、如何交织、如何关联,谁主谁次、谁轻谁重,以及如何你方唱罢我登场等,就成了编剧必须费尽心思思考的事情。毕竟,布局极为关键,它关系到故事的脉络和走向,更关系到未来成品的质量。

总的来看,电视连续剧的主线和副线呈交错推进、互相联结的态势,大故事里包含着小故事,主情节衍生着次情节,次情节反过来影响主情节,似一张密密麻麻的"情节网"一般,一波未平,一波又起,一浪推着一浪往前走,从而形成一个完整的故事情节链。

形式上,电视连续剧的主线与副线呈现的是一种"分散—平行—交叉—再分散—再交叉"的段落式布局,也可形容为"扩散—凝聚—再扩散—再凝聚"。就好比结绳或缠钢丝,主线故事在前进过程中,副线故事插进来,或与之平行前进,或与之扭结缠绕,使单线变双线,细绳变粗绳,此时可能又有一条副线加进来,再次与之形成或平行或缠绕的格局,线索再次加粗,最终达到一个共同的结局。

无论怎样,主次顺序不能丢。要时刻记住,主线故事是重点,副线故事是辅助,红花虽好,也要绿叶相扶,主线故事是红花,副线故事是绿叶。因此在创作中,要时刻突出主线的作用,不可让副线取代主线的位置。

主线是一定要向前发展的,并且要贯穿全剧的始终。副线也一样向前发展,但可以有两个不确定:一是出现的时间不确定,它既可能在剧开始时出现,也可能剧情进展到一定时刻再出现;二是结束的时间不定,它既可能在剧情全部结束时结束,也可能在剧情进展过程当中即完成了自己的使命。

比如电视连续剧《奔腾年代》,其故事主线是常汉卿和金灿烂相知相爱相依,共同研发电力机车;副线有好几条,其中一条是关于常汉卿同父异母哥哥周铁锤的——20世纪60年代初,周铁锤从河北乡下来到了机车厂,"文化大革命"时卖身投靠,成了造反派冯仕高的走狗,将常家搅了个鸡犬不宁不说,还成了机车厂漂亮的女播音员白曼宁挥之不去的梦魇。原来,新中国成立前,白曼宁因不堪一地主老财的羞辱,失手杀了人,逃亡路上被周铁锤所救,不料,这竟成为周铁锤要挟她的借口。无奈,白曼宁与周铁锤结了婚。没有爱的婚姻是痛苦而又无助的,但收养了女儿安生后,白曼宁却从一个拥有着美丽面貌却被命运一再蹂躏的柔弱女性变成了勇敢面对过去和现在的伟大母亲,而周铁锤在此过程中也有所改变,最终和冯仕高决裂,站到了正义和善良一边,也为常家和机车厂作出了应有的贡献。这条副线,就是在剧情进展到一半时才出现,剧情临近结束时才结束的。

第十章

系扣与解扣　紧张与悬疑

第一节　电视连续剧的伏笔与照应

一、伏笔与照应

先从电视连续剧《暗算》之《捕风》讲起,剧情刚开始没多久,编剧就预先埋设了这样一个情节:

钱之江家里,钱之江聚精会神地用左手临摹着桌上放着的一份手抄文件,见妻子罗雪进屋,忙道——

钱之江:"你快过来看看,我临摹得像不像?"

罗雪反复地端详:"像,太像了,完全像一个人写的。"

"我练有一个月了吧?"

"你现在写情报用的都是这个笔迹?"

"对,这样即使情报落入敌人手里,他们也绝对怀疑不到我的头上。不过,这只是我临摹他笔迹的一个次要目的,主要目的还是想借这个字,找个好机会,把闫京生这条恶狗给除了,为苏州河上的十几位同志报仇。"

罗雪眼圈一红,轻轻地:"大家都等着这一天呢!还有舞会上,闫京生就是在我的眼皮底下,杀了'大马驹'同志,那天他正好过二十七岁生日。"①

钱之江和罗雪谈到的闫京生,是一个心狠手辣,杀起共产党人眼睛都不会眨一下的恶魔,大家早就恨不得饮其血、寝其皮、食其肉,却一直苦于没有好的办法。

这件事讲到这里,也就按下不表了。接下来,钱之江在自己工作的上海警备区司令

---

① 麦家、杨健:《暗算》,北京:作家出版社,2006年,第324页。

部电讯处,看到了唐参谋译出的来自南京的一份加密电报。电报显示敌人已获知我党将派特使来沪开会的消息,并打算在会场四周布下天罗地网。情况紧急,钱之江马上通过既定的联络方式,将"取消特使行动,电台频率改到123456,毒蛇"的情报传递了出去。不料,由于叛徒出卖,收到此情报的"警犬"全家遇害,情报落入敌人手中。敌人意识到内部出了奸细,便将看到过南京密电的钱之江、汪洋、唐参谋、童副官等带到了壁垒森严的七号楼,想通过盘查审问的方式找出"毒蛇"是谁。早有准备的钱之江为了尽快脱身,故意将水搅浑,谎称闫京生也看过南京密电。敌人果然上当,被其牵着鼻子走,将闫京生也带到了七号楼。

闫京生到案后,敌人让每个被怀疑的人写下"取消特使行动,电台频率改到123456,毒蛇"几个字以核对笔迹。闫京生果然中招,他写的三份笔录和情报原件的字迹竟一模一样。这下,闫京生是跳进黄河也说不清了,当即被严刑拷打,死于非命。就这样,在钱之江的精准谋划与早有准备下,这个手上沾满共产党人鲜血的刽子手得到了应有的下场。

如何理解这一大段戏呢,从编剧的层面讲,钱之江模仿闫京生笔迹,是系扣,又叫伏笔,之后借"迹"杀人,是解扣,又叫照应。

所谓伏笔,就是对作品中将要出现的人或事,预先作出暗示或提示,到了适当时机予以呼应,以获得前后连贯、顺理成章、水到渠成的效果。

所谓照应,是指文章前后内容上的关照呼应。清代大戏剧家李渔在《闲情偶寄》中曾说:"每编一折,必须前顾数折,后顾数节;顾前者,欲其照应,顾后者,便其埋伏。"[1]清人毛宗岗评《三国演义》时也说:"善圃者投种于地,待时而发;善弈者下一闲着于数十着之前,而其应在数十着之后。文章叙事之法,亦犹是也。"[2]二人的见解都说明了照应之于文章的重要性。

对于叙事性艺术作品而言,设伏笔能够使得故事讲述得更为巧妙,在叙述效果上往往能够取得事半功倍之效。电视剧作为叙事性的文学艺术作品之一,自然也不会放过这一谋篇布局的重要手段,所以,在一些优秀的电视剧作品中,常可看到伏笔与照应这一叙事结构技巧的绝妙运用。

在电视连续剧《暗算》之《捕风》中,伏笔与照应的运用并不只有上述一处,相反,随处可见,贯穿始终。

比如,唐参谋与裴丽丽不睦,多次发生争吵,甚至斯打,唐参谋被软禁到七号楼后,出于泄愤的目的,反咬一口,说裴丽丽也看见过南京密电,裴丽丽随即也被带到了七号楼中。

再如,叛徒中弹,被送到了罗雪所在的医院。罗雪打电话给钱之江说:"那个人长了个六指……"若干场后,代主任为了试探钱之江是否是共产党的"毒蛇",将叛徒五花大

① 李渔:《闲情偶寄》,杜书瀛译注,北京:中华书局,2007年,第20页。
② 徐汉华主编:《写作技法词典》,西安:陕西人民教育出版社,1987年,第325页。

绑,悬在梁上,佯称要将其枪毙,实际是想逼着钱之江出手相救,暴露行踪,自投罗网;此时钱之江难辨真伪,心如刀绞,无所适从,恰在此时,注意到那人长了个六指,心里有了数,当即开枪,既送叛徒去见了阎王,也让代主任的阴谋落了空。

至于钱之江手里一直拨弄不停的佛珠,更是将伏笔与照应的应用达到了顶峰。他死后,尸体被送回住处。一个大悬念由此产生:钱之江死了,"取消特使行动"的情报如何送出? 难道剧情就这样草草结束,虎头蛇尾,无果而终? 不只观众怀有这样的疑问,钱之江的夫人罗雪,也一样陷入深深的困惑中,但很快,她从钱之江留给她的遗书中找到了线索,随即,佛珠这一伏笔的照应出现了。

突然,罗雪的目光落在钱之江的手腕上,发现那里空空如也。她顿时像醒过来似的,急切地问罗进:"你刚才有没有看见佛珠?"

罗进:"什么佛珠?"

"他手上的那串佛珠,从来不离身的。"

"没有。"

他四下找了找,也没有发现。

罗雪念叨着:"……佛在我心中……佛在我心中……"

罗进诧异地看着她。

罗雪目光落在钱之江的肚子上,决然地说:"佛珠一定在他肚子里,那上面有我们要的情报。"

罗进思量着。

罗雪又看钱之江留给她的遗书:"你看,他说,佛在我心中,我在西天等你相会……他绝不会随便说这句话的,佛珠一定在他肚子里,快,我们打开他肚子看看。"

罗进看着罗雪,像是被她这个念头吓坏了。

罗雪:"我相信他不会这么死的,我也不允许他这样死。"

老保姆正在厨房里"嘤嘤"地哭着。罗雪冲进来,对老保姆:"婆婆,刀给我。"

老保姆叫了起来:"太太,你要刀干什么? 天天还小呢,你不能狠心丢下他不管了……"

罗雪拿着一把刀回来。罗进不忍心看,把脸扭向一边。

罗雪蹲在钱之江的身边,一边解开纽扣,一边自言自语道:"之江,原谅我……我本来是我们医院最好的麻醉师,可是我手边现在没麻药……你疼吗……你疼就哭几声,你从来不哭,可能这辈子就出生的时候哭过吧……之江,我是麻醉师,可是却不能给你做麻醉……你怨我狠心吗? 你还记得那首诗吗? ……千山鸟飞绝,万径人踪灭。孤舟蓑笠翁,独钓寒江雪……你曾经跟我说,江和雪,是我们夫妻各自的名字,江上的雪,雪中的江……如果有一天其中一个人独自念这首诗了,就是另外一个已经去了……这么大的天地,白茫茫一片,没有了,什么都没有了……就剩下我一个人了……"

钱之江就这样被自己的妻子罗雪开膛破肚,在钱之江的肚子里,果然找到了那串佛珠,每一枚珠子上都刻下了他的"绝笔"。这是十万火急的情报! 这是价值连城的情报!

钱之江就这样用"生命和智慧",最终把情报传递给了组织。

佛珠已经洗干净了,"彩云"拿到台灯底下看,一个个佛珠上都刻有字。

罗进把它们拼成一句话:取消特使行动。新频率 1234567。毒蛇。[①]

二、伏笔与照应的作用

从以上所举案例不难看出,伏笔和照应在电视连续剧的创作中,至少有以下几大功用。

(一)构成桥段

电影、电视剧创作中,经常会用到"桥段"一词。"所谓'桥段',译自英语的'Bridge Plot'。'Bridge'的本义是'桥',引申义指'起桥梁作用的东西'和'过渡';'Plot'则有'情节''策划'等意思,主要是指一种叙事方式。"在电影和电视剧中,"不论是噱头也好,还是情节也好,故事要有转折、有发展,就要有'桥'将两个故事连接起来"。电影和电视剧里"情节安排的伏笔或抖包袱,乃至一个解决矛盾的办法、点子、主意、计策、方案等,都是桥段的表现载体"。[②]

比如,电视连续剧《奔腾年代》中,编剧设置了如下一段情节:如花似玉的厂播音员白曼宁,从来不敢到公共浴池当众洗澡,是因为身上有一道长长的伤疤,也暗含着一段鲜为人知的过去,这可以视为编剧埋下的一个伏笔,也可以称其为支撑桥梁的第一个桥墩;之后过了若干集,周铁锤从乡下到了江南机车厂,竟然想娶白曼宁为妻,众人都觉着不可思议,然而白曼宁竟然答应了,原因就在于周铁锤不仅了解她那段鲜为人知的过去,还是那段不堪回首的往事的当事人之一。他威胁白曼宁说如果不答应嫁他就将这秘密公布出去,这可以视为对前面伏笔的照应,也可以称其为支撑桥梁的另一个桥墩。一个桥墩是架不起桥梁的,两个或两个以上才可以。

再比如,电视连续剧《老农民》[③]中,十根金条也成了编剧高满堂精心设计的桥段:山东解放在即,工作组已经进村,老地主马大头担心家产会被清算,夜半时分,将家里的十根金条悄悄藏了起来,这天刚要告诉儿子金条藏在哪里,哪想话未说完,竟一命呜呼了,金条藏在哪儿便成了一个贯穿全剧的,既令牛大胆、马仁礼费解也让观众魂牵梦萦的谜。虽然"文化大革命"时期找到过一根,但另外九根却始终不知下落,直到最后一集,因为村里修路,这九根金条才在牛大胆家祖坟处"横空出世"。

---

①　麦家、杨健:《暗算》,北京:作家出版社,2006 年,第 476—477 页。

②　张险峰:《经典电影作品赏析读解教程》(第 4 版),北京:北京大学出版社,2020 年,第 205 页。

③　高满堂、李洲编剧,张新建、王滨、张开宙导演,陈宝国、冯远征、牛莉、蒋欣等人主演的 60 集电视连续剧,讲述了中国北方农村长达半个多世纪的故事。

(二)造成巧合

电视剧中不乏巧合的运用,但有的巧合过于唐突,观众会感觉自己受了愚弄,吐槽其为"狗血",但也有一些巧合,因为前面埋下伏笔的缘故,就变得顺理成章,水到渠成。

网剧《隐秘的角落》即是如此,正因为朱朝阳妈妈总是"加班"不在家,才导致朱朝阳接纳了无家可归的流浪儿严良和普普;正因为朱朝阳妈妈是六峰山的工作人员,才导致三个孩子选择了去那座山上旅游;正因为朱朝阳手上有爸爸给的相机,才在不经意间拍下了张东升将岳父母推下山的骇人一幕。

网剧《启航:当风起时》也一样,正因为裴庆华在深圳喝醉了,买错了恋人谭媛让他买的录有歌曲《巴比伦河》的磁带,才导致后面谭媛收到磁带带大家跳舞时当众出了丑,真是前有因、后有果。一条情节线确立了,若想引观众追究进展便要放出预告。作为预告的伏笔,又必然地与后来相关的结果吻合,由于观众对此早有印象,所以巧合出现时,也就理所应当了。

(三)制造反转

反转,也有人称之为"突转",指的是故事的发展突然向相反的方向转化。而转化一定是要有前提和铺垫的,这就凸显了伏笔的作用。

假如故事在没有伏笔的情况下凭空反转,或者采用非常低级的手段预设伏笔,不仅会引起观众的质疑,还会激起他们的反感。只有伏笔埋设合理,故事才能可信,观众才会充分享受剧情的跌宕。

比如,《借枪》里熊阔海突然开枪将加藤击毙,便是一次绝妙的反转,反转的理由在于前面做了多处既显又隐的伏笔铺垫;《暗算》之《捕风》也是如此,钱之江死了,情报却由吞进肚里的佛珠送出,真是"山重水复疑无路,柳暗花明又一村",伏笔与照应在此一起发力,使反转取得了极大的成功。

(四)设置悬念

悬念的形成,究其本质,就是"提出问题、延缓提供答案"[①]。在具体的叙事作品中,悬念的形成,无论是提出问题,还是延缓提供答案,常常会用到伏笔和照应。

关于伏笔、照应与悬念的关系,我们留待下一节再展开充分论述。

接下来的问题是,写伏笔和照应注意哪些方面呢?

首先,写伏笔一定要写照应,两者相辅相成,缺一不可,否则观众就会有"神龙见首不见尾"的感觉,剧本结构也会因此造成不平衡。"养兵千日,用于一时","不伏不应"是败笔,"只伏不应"同样也是败笔。所以契诃夫才道:"如果您在第一章里说,墙上挂着一支枪,那么在第二章或者第三章里它就应该用来射击。如果没有人去使用,那么它也就不

---

① 戴维·洛奇:《小说的艺术》,王峻岩等译,北京:作家出版社,1998年,第14页。

必挂在墙上。"①

其次,伏笔,贵在一个"伏"字。伏者,埋也,正因为前一情节因素出现时,后一相关情节因素还没显露,所以才埋伏起来以待出击。既然"埋",就要不动声色,不留斧凿痕迹,如风行水上,自然成文;要在没有看到"照应"前,貌似"闲笔"。又宛如下棋,落一妙招,看似声东,实在击西;看似指桑,实在骂槐;看似无谓,实则大有关系。恰如《暗算》之《捕风》中,观众多次看到钱之江手捻佛珠,却怎么也没能想到这个佛珠在最后扭转了乾坤。

再次,要保证伏笔和照应起到良好效果,还得让它们之间间隔的距离足够远。伏笔是情节发展的重要依据,埋设伏笔是一个"放长线、钓大鱼"的过程,观众在其间享受的是一种"因果循环"的观影体验。你不能刚埋下什么,紧接着翻到下一页就照应了,两者之间得有一个奇妙的时间差。当然,这个时间差也不能拉得太长,要时不时地提醒一下,三翻四抖②,否则,就有被观众忘记的可能。

最后,要重视细节和道具的作用。细节、道具等叙事元素在伏笔和照应方面所起的作用是显而易见的,比如《隐秘的角落》里,朱朝阳等人在登山过程中用相机意外拍到了张东升的杀人证据,一个相机串联起了张东升和朱朝阳的命运。《潜伏》中,余则成每次离开家时,都要在门后撒一层薄薄的香灰,后果然发现有人不请自入;翠平几次把手雷拿出来都被余制止,但最后突围还是靠了这个手雷;翠平垒的鸡窝本来被余则成当成了笑柄,但最后能够把"黄雀行动"的名单送出去还是靠了这个鸡窝。另外还有《暗算》之《捕风》里的佛珠,这些对特定事物忽断忽续的描写,为情节的发展埋下伏线,使故事的来龙去脉、前因后果自然而又合乎逻辑,从而形成此呼彼应、首尾贯通的艺术整体,既增添了剧作的生活品质、丰富了人物形象,也推动了剧情的发展,锦上添花。

第二节　电视连续剧悬念的种类

电视剧,尤其是电视连续剧,因播放时间较长的缘故,必须做到引人入胜,而剧情是否引人入胜,是否能让观众欲罢不能,关键在于悬念的设置。

所谓悬念,一言以蔽之,是编剧利用观众(对剧本而言是读者)关切故事发展和人物命运的期待心情,在剧作中所设的悬而未决的矛盾现象。

按照美国戏剧理论家乔治·贝克的理解,悬念就是"兴趣不断向前延伸和欲知后事如何的迫切要求,无论观众是对下文毫无所知,但急于探其究竟;还是对下文作了一些

---

① 谢·尼·休金:《契诃夫二三事》,安东·契诃夫《淡淡的幽默:回忆契诃夫》,倪亮、杨骅、严梅珍译,上海:上海译文出版社,1991年,第677页。

② 曲艺术语,相声组织包袱的手段之一,指相声表演时,经过再三铺垫、衬托,对人物故事加以渲染或制造气氛,然后将包袱抖开以产生笑料。

揣测,但渴望使其明确,甚至是已经感到咄咄逼人,对即将出现的紧张场面怀着恐惧——在这些不同的情况下,观众都可谓是处在悬念之中,因为,不管他愿意不愿意,他的兴趣都非向前直冲不可"①。

世界公认的悬念大师阿尔弗雷德·希区柯克则用更加直白、更加浅显的例子讲述了他对悬念一词的理解,他指出"两个人走进一个屋子,坐下来谈话,突然桌子底下有个炸弹爆炸了,这个过程提供给观众的不过是十五秒左右的惊栗罢了。相反,如果在他们走进屋子前,观众事先看到有一个凶手进屋将炸弹藏在桌子下面,且这个炸弹十五分钟后将要爆炸,接下来两个人走进屋子却没有发现炸弹,仍然若无其事地坐下来谈话。那这"第二种情况,我们给观众足足十五分钟的悬念"②。

在西方,最早开启戏剧悬念研究先河的是亚里士多德,在他的重要著作《诗学》中,他专门论述了"惊奇""发现""突转"等与悬念手法有关的问题。中国古代的叙事艺术(小说和戏曲等)理论著作中,虽无专门的"悬念"一词,但所谓的"结扣子""卖关子",以及李渔在《闲情偶寄》中提到"收煞"的要求,认为戏曲应该"令人揣摩下文,不知此事如何结果"③等,实际探讨的也都是有关悬念的内容。

悬念给作品——小说也好,戏剧也好,电影也好,电视剧也好——制造了一种吸引人的、捉摸不定的感觉。读者(观众)不知道后事如何,便要继续读下去,看下去,直到找到答案为止。从这个角度说,悬念比其他任何元素都更能影响作品即时的阅读和观赏体验,它是构成作品的本质,也是对其他元素完美的补偿。所以,悬念是十分重要的,每一个编剧都应该对其引起重视并要学会熟练设置悬念的技巧。

可能有人会这样认为,悬念只是在侦探剧、惊险剧、推理剧等情节性很强的影视剧里才会广泛使用,而在其他题材的影视剧中,如家庭伦理剧、青春偶像剧、言情剧、苦情戏等,则很少出现。其实不然,悬念存在于各种戏剧类型中,只要在剧情进展过程中,观众能产生一定程度的不安、好奇、焦虑和间接的同情等戏剧性因素,即可视为悬念在起作用。

因此,悬念有多种,但大致可分成两类:一类是与情节有关的,可称之为情节悬念;另一类是与人物命运有关的,可称之为命运悬念。其余还有性格悬念、心理悬念、细节悬念、镜头悬念、声音悬念、期望式悬念、突发式悬念等小的类型。

一、情节悬念

顾名思义,情节悬念是一种站在创作者的立场,从情节安排的角度来建构悬念的技巧,它常以紧张冲突带来的"危机"或"突然转折"为手段,造成作品情节大开大合、曲折回环的情势。

---

① 乔治·贝克:《戏剧技巧》,余上沅译,北京:中国戏剧出版社,2004 年,第 189 页。
② 弗朗索瓦·特吕弗:《希区柯克论电影》,严敏译,上海:上海文艺出版社,1988 年,第 51 页。
③ 李渔:《闲情偶寄》,杜书瀛译注,北京:中华书局,2007 年,第 94 页。

　　情节悬念多见于惊险样式的影视剧,其基本特点是引导观众对情节设置出的各个疑点不断产生疑问,从而推动故事向前发展。例如一些描写破案题材的影视剧,往往先从一个人被杀或发生某一个案件开始,这就立即建构了诸如"被害者是谁?""被盗(抢)走的都是些什么东西?""谁是凶手?""谁是此案的犯罪嫌疑人?"等悬念。这些悬念牵扯着观众紧张地追踪情节进行判断,而编剧却出于"挑逗"和"愚弄"观众的心理,让他们的判断一次又一次地失准,不到万不得已,不将谜底揭穿。不过,观众在此过程中的心理却是"我被骗了,但我很满意"。

　　电视连续剧《红色康乃馨》就是情节悬念运用上的杰出一例——警长刘志明因涉嫌强暴案犯家属而被告上法庭,青年律师周若冰在释洗刘志明嫌疑时不断收到表妹徐晓晴的告急电话。就在周若冰决意从刘志明案中抽身去见晓晴时,晓晴突然在钢厂被电磁盘跳闸掉落的钢锭活活砸死。来自大华现场的报告无懈可击地确定这是偶发的工伤事故。然而众目睽睽之下,竟然有人把周若冰放在死者身上的白菊花偷换成红色康乃馨。这红色康乃馨的神秘出现,激活了周若冰心底被痛失表妹的内疚所淹没的疑惑,为什么身为大华集团财务的表妹尸首未寒,设备科长就因为不肯承认设备事故被调离出国?为什么大华集团刚提交 3.7 亿收购项目的破产申请,主管财务的集团副总裁就畏罪潜逃?为什么周若冰刚开始接近晓晴之死的真相时就被指控为潜逃者通风报信?围绕着这些"为什么",编剧在情节上为观众制造了一个又一个悬念,把观众的胃口成功地吊了起来,开始和剧中的主人公周若冰一起,抽丝剥茧,深入思索,以求破解这极其诡异的谜团……

　　电视连续剧《大江东去》亦是如此,故事一开场,观众就被疑窦丛生的剧情压得几乎喘不过气来——北方某省会级大都市,两位副市长沈培林和罗一群正在参加常务副市长的竞选,而沈的女儿沈冰冰突然被一绑匪绑架。绑匪是谁?为何绑架沈副市长的女儿?绑架的目的是什么?与正在召开的竞选会有无关系?更令人感到蹊跷的是,公安局局长高大林组织围捕,绑匪先是故弄玄虚,接了一个电话后竟然开枪自毙;而沈培林虽因突发事件请假离开了竞选会场,却超过罗一群两票当选了常务副市长。当天,还有一伙衣着光鲜的人,去医院看望了受伤的沈冰冰,给了一个大大的礼包不说,脸上还不时掠过一丝丝神秘的、同时又心照不宣的微笑。这伙人又是谁?与这场绑架案有无干系?如果有,他们又为什么要这么做?所有这些,都刺激着观众的神经,使他们精神紧张,欲罢不能,急于探究究竟,从而完美地达到了编导想要达到的目的。

　　二、命运悬念

　　与情节悬念有所不同,命运悬念关注的是剧中人物的命运。

　　相对而言,命运悬念比情节悬念更胜一筹。原因在于,情节悬念只是"利用了观众一时的好奇心,故意吊人胃口,常露出人为的痕迹。当这种悬念一露底,好奇心随之烟消云散,人们往往少有所得。所以这种悬念多出现于娱乐性强的或索性以追求商业为目的的影片之中"①。命运悬念则不然,它与人物的未来走向息息相关。这种悬念的构成,主要依靠以下两个条件:(1)人物命运中潜伏着危机;(2)生与死、成功与失败均有可能出现,存在两种命运、两种结局。

"命"是与生俱来的,但"运"却会随时空的转变而转变。"运"是人一生之历程,在某些时段或顺或逆、或起或伏,有时陷入低谷,有时站上顶峰,有时幸福美满,有时坎坷多舛……而观众正是在这"不知道明天和意外哪个先来"的好奇心驱使下,借他人之酒杯,浇自己之块垒,体验人生百态,感悟世态炎凉。

贝多芬有句名言:"我要扼住命运的咽喉。"很多人也都大言不惭地说自己不信命,希腊神话中也不乏与命运抗争的英雄,如普罗米修斯、俄狄浦斯、帕里斯等,杨绛先生却语重心长地道:"人再倔强,也不过命。……不知命,无以为君子……我认为命运最不讲理。傻蛋、笨蛋、浑蛋安享富贵尊荣,不学无术的可以一辈子欺世盗名。有才华、有品德的人多灾多难,恶人当权得势,好人吃苦受害。所以司命者称'造化小儿'。'造化小儿'是胡闹不负责任的任性孩子。"②可见,人与命运的冲突,其实反映的就是人与世界、人与人之间的冲突。在时代洪流面前,在浩渺的宇宙中,个体命运是渺小的,也是无力的,面对无法掌控的命运,有的人选择了"无奈""无解"和"无争",但更多的人选择的却是抗争,哪怕为此悲壮地牺牲,却会赢得广大读者与观众的尊敬、同情与共鸣。

日本电视剧《血疑》在国内播出,至今已近四十年,仍被一些观众津津乐道,并称其为不可超越的经典。为什么?就因剧中主人公幸子的命运,牵扯着每一位观众的心。一个漂亮、可爱,本该有着美好前程的女孩子,却因为一次偶然的事故,染上了白血病,命运何其不公正也。偏又了解到自己的真实身世,更是屋漏偏逢连夜雨,整个人处在了崩溃边缘,再也没有了活下去的勇气。但最终,她在父母、亲人、恋人的帮助下活了过来,既战胜了身体的病魔,也战胜了心灵的病魔。她与命运抗争的故事,映照出永不消失的生命之火,教会了人们在灾难与困苦面前,如何善良、阳光、不怨天尤人,永远充满希望。正像她临终前所说的那样:"即使我的生活是短暂的,也要活下去。即便没有生活的希望,也要活。"

三、性格悬念

所谓性格悬念,是指在情节发展过程中,人物相互之间的关系因受不同性格的驱使和制约,而变得矛盾不断、冲突不止,且扑朔迷离、结果难测,并引起观众极大的关注和兴趣。

《潜伏》便是性格悬念运用极其典型也是极其成功的一例。谨小慎微、思维缜密的我党潜伏特工余则成,遇上了大大咧咧、风风火火的女游击队队长出身的翠平,自然上演了一出因性格碰撞而火花四射的好戏;而《父母爱情》里的江德福和资本家大小姐出身

---

① 刘一兵:《你了解这门艺术吗?——电影剧作常识100问》,北京:中国电影出版社,1986年,第161页。
② 杨绛:《走到人生的边上——自问自答》,北京:商务印书馆,2008年,第56、63页。

的安杰,也构成了一对性格矛盾体。他们接下来的命运如何? 情节走向如何? 自然引起观众一探究竟的浓厚兴趣。

说起性格悬念,不得不提美国电影巨匠奥逊·威尔斯,他于1941年拍摄的电影《公民凯恩》被誉为"现代电影的里程碑"。片中,他创造性地把悬念用于"人学",使其为刻画人物性格服务,从而第一次显示了性格悬念的审美价值。

《公民凯恩》顾名思义,整部影片可以说只描写了一个人——一个在美国报界被资本巨富、政治野心,以及极端自私的爱情占有欲驱赶着,走完了自己全部人生历程的人——凯恩。对于这样的人物,威尔斯是如何塑造呢? 我们看到,影片为了引人入胜地展现凯恩复杂的性格历程,巧妙地把凯恩一生的意义缩小为一句弗洛伊德式的警句——"rosebud"(玫瑰花蕾),并在影片一开始,就以鲜明的造型出现在画面中,突出临终前的凯恩那将死的、毫无血色的嘴唇,让他沉重地、呻吟般地吐出了一个单词——"Rosebud"! 于是,这个"rosebud"在开头就造成了一个巨大的悬念——一个设置在凯恩性格上并笼罩着凯恩形象的巨大的谜,强烈地吸引观众去猜测、去揣摩"rosebud"究竟是什么东西。它的特殊含义是什么? 凯恩为什么直到临终还对它念念不忘? 这一连串直接关系到凯恩性格的秘密,一下子摆在了广大观众的面前。

确实,性格悬念有助于深入刻画人物性格,也往往能引起更为持久的、耐人寻味的艺术效果和感染力。正像电视连续剧《老酒馆》里的大掌柜陈怀海,起初像是一个谜,他打哪儿来? 有什么样的过去? 又是从哪儿搞到了开酒馆的本钱? 他和几个兄弟为什么亲如一家人? 在竞争激烈、商铺鳞次栉比的大连好汉街上,他又是靠什么站稳了脚跟? 渐渐地,剧情开始有条不紊、环环相扣地解开这些悬疑,一个关乎生计,更关乎大义,充满豪气的关东大汉的形象由此确立。

老一辈电影艺术家张骏祥说得好:"作者运用悬念的技巧,其目的正是要通过悬而不决的剧情的发展,深入地刻画人物,爆发出人物的性格冲突的瑰丽的火花。"[1]性格悬念用好了,就会渐次展示出一个人性格的多个层次,多个侧面,使之变得形象而又立体。

四、心理悬念

所谓心理悬念,多指人物在实现自己的目的或需求的过程中,内心所充满的异常激烈的斗争,由于这种斗争难料结果,从而带来一种极大的不确定性。

电视连续剧《最后诊断》[2]讲述的是海归派神经外科医学博士沈知鱼来到地方某大医院工作,初一到岗,便完成数例高难度神外手术,因此受到了神外主任兼院长叶南山的器重,并被委以神外副主任的重任,同时还赢得了院长千金叶如琴的芳心。但是,这一切也引起了神外另一副主任马培德的不满。马培德是叶南山的学生,几年来一直锲而不舍地追求叶如琴,眼看着唾手可得的一切即将被沈知鱼轻而易举地拥有,他对沈知鱼

---

① 张骏祥:《关于电影的特殊表现手段》,北京:中国电影出版社,1959年,第77页。
② 林黎胜编剧,王瑞执导,苏可、陈建斌、高明、伊春德、潘晓莉等主演的20集悬疑涉案题材电视连续剧。

嫉恨交加,于是在给沈知鱼接诊的一位病人的治疗过程中动了一点手脚。整个事件随即从一起简单的医疗事故变成了蓄意谋杀的犯罪,由陈建斌饰演的马培德为了掩饰罪行杀人灭口越陷越深,其心理戏既准确又丰富。

更值得一提的是,该剧第一集就向观众全盘推出杀人者的面目,不靠案情取胜,却以紧张的心理悬念始终将观众锁定在电视机前。

20 世纪 90 年代轰动一时的电视连续剧《不要和陌生人说话》[①]也是紧扣人物的心理:身为医界翘楚,始终以光鲜体面形象示人的安嘉和为什么心理如此变态,又是什么让他从原本的温文儒雅变成后来动不动就暴力相待的家暴狂? 为什么他的妻子梅湘南但凡与他人有过单独相处,就会遭到他的暴打? 为什么他说得最多的一句话就是:不要和陌生人说话?

由上述例证可以看出,性格悬念和命运悬念一样,也主要是为了塑造人物而服务的,尽管其情节的悬念性不是那么强烈,但在悬念释明之后,却有助于刻画出鲜明的人物形象。

五、细节悬念

所谓细节悬念,是指剧作者在设置剧情时,通过对细节的强化处理,预示并建立其与情节发展的关键性联系。

这里有两点需注意:(1)细节悬念里的细节,可以有多种,既可以是人物的行动,包括动作和台词等,也可以是某种道具(不论是大的还是小的),还可以是某个画面暗示或镜头运动轨迹、某种特定的环境与气氛,甚至是某种色彩、某种声音等。(2)所选择的细节必须能推动情节向前发展或产生突变,并且要与人物的命运息息相关。

根据 20 世纪 90 年代中期发生在东北工业重镇鹤岗市的一起特大杀人抢劫案改编的电视连续剧《犯罪升级》[②],其案件的最终侦破就与一个细节悬念有关:国庆节即将来临,数月未发工资的南山煤矿筹措来数百万元工资款准备发放,然而,这天晚上,虽然有矿保卫科荷枪实弹的重兵看守,但 4 名歹徒还是以迅雷不及掩耳之势,开枪打死 11 名看守人员,用不到两分钟的时间抢走了百万巨款。犯罪分子既凶残又狡猾,精心策划实施的这个杀人劫案,与以往同类案件相比,犯罪手段升级了不少,以至于公安在侦破此案的过程中,遇到了前所未有的重重难关。当时,犯罪现场留下了 11 具尸体,其中 10 具尸体的身份已经被确认,都是南山煤矿的员工。而无法确认的那一具尸体却极为诡异,身体多处中枪不说,面部还被烧得血肉模糊。经分析,这具尸体很有可能是犯罪嫌疑人中枪后,其同伙由于怕他被抓住供出自己,便在其身上补枪灭口,并且进行了毁容处理。警方随即请来北京专家对其进行"特殊"处理,最终发现此人生前曾在胳膊上纹过龙的图

---

① 薛晓路、姜伟编剧,张建栋、姜伟导演,梅婷、冯远征、董晓燕等主演的,中国第一部直观反映家庭暴力的 23 集电视连续剧。

② 胡平、远方剧,陈国军导演,根据 1995 年鹤岗"1·28"大案改编,是一部关于刑警与罪犯在更高智商、更高级别上进行的一场生死较量的电视剧。

案,专案人员随即开始让全市范围的劳改所等各个机关单位进行大规模辨认。不久,在各部门的通力合作下,这具尸体的真实身份被确认,警方顺藤摸瓜,将其余罪犯一一抓捕归案,案件成功告破。

另一个反映白宝山案的电视剧《末路1997》(原名《中国刑侦一号案》)①,也在细节悬念上大做文章。该剧讲的是1996年3月至12月,北京、河北连续发生多起袭击武警、驻军哨兵,抢劫武器弹药、持枪抢劫杀人案,犯罪嫌疑人采用暗中埋伏、暴力偷袭的作案手法,打死、打伤军警人员10名,引起了中央军委的高度重视。到了1997年七八月间,新疆又接连发生3起持枪抢劫巨额现金案。连续发生的案件震惊全国,但在北京、河北、新疆三地是否并案的问题上,公安内部出现了较大的分歧。原因在于,新疆警方认为,发生在新疆的案子,歹徒所持的枪械是56式半自动步枪,而发生在北京和河北的案子,用的枪支则是81-1自动步枪。案件侦破自此陷入僵局,不久,一个操着东北口音的老人火急火燎地飞赴乌鲁木齐,此人正是公安部刑侦局从黑龙江紧急调派到新疆的枪弹痕迹鉴定专家崔道植。崔道植到新疆后,与同事经过4天连续工作,凭借精湛的专业水准,最终得出结论:新疆和北京案实为同一支81-1式自动步枪发射;根据作案者熟悉两地的情况分析,歹徒很可能是在北京犯罪后被送往新疆服刑的人员。崔道植的意见为指挥部作出并案侦查的重大决策提供了科学依据,指明了侦查方向,刻画了犯罪嫌疑人的形象。果然,一周后案件告破,犯罪嫌疑人白宝山的情况与崔道植的判断完全符合。

不只是侦破剧将细节悬念作为破解全剧未解之谜的关键,一些其他类型的剧,也会在细节悬念设置上下功夫。例如,我们在一些描述某人身世之谜的电视剧中经常可见到这样的桥段:某人从小因某种原因丢失,若干年后与亲人相认,靠的就是身上的某个特殊印记或某个信物等。

六、镜头悬念

电影、电视剧是用画面讲故事的艺术,画面本身就负载着叙事的任务,因此,通过镜头的巧妙设伏,有时也可造成令人紧张生疑的悬念效果。

以下是几种常见的,同时也是行之有效的利用镜头和画面来营造悬念的手法。

(一)采用升格镜头

升格,电影拍摄术语,又称高速摄影,指提高摄影机运转频率的一种拍摄方法。频率可用胶片每秒通过的画幅格数来表示,正常频率为24格/秒,高于24格即为升格。格数升得越多,放映时(24格/秒不变)画面上运动物体的运动速度越慢,也就出现了我们常见的"慢动作"。

升格是一种十分有效的营造悬念的手法,它可以起到暗示并吊足观众胃口的作用,提醒观众下个画面有事要发生,引起观众的好奇心,并制造出很大的不确定性。

比如,在一些武打或战争片中,会出现双方对打的场面,其中一方投出一暗器,或射

---

① 陈国军执导,丁勇岱、余小雪、卫晓嵩等主演,根据轰动一时的白宝山袭警,抢劫枪支、钱财案改编。

出一子弹,此时若采取升格镜头处理,就会将暗器或子弹在空中游弋的轨迹拉长,那么,对方是成功躲闪还是中弹中招,便成了牵扯观众急于知道结果的悬念。

体育片也是如此,比如篮球场上,选手纵身一跃,投出决定乾坤或扭转败局的一球,所有观众的焦点都会集中在空中运动的球上,若此时把这一真实生活中稍纵即逝的球入篮或不入篮的动作拉长,就能大大强化悬念感。

(二)插入特写镜头

特写镜头可以将场面中所有其他元素排除在框架之外,而只把重要的叙述点有效且精准地传达给观众,突出场面细节。因此,当电影或电视剧需要传达某个需强调的信息或传达某个重要的情节点时,一定会在全景或中景画面中插入特写镜头,以引发观众对这一细节的好奇与关注。

比如,《暗算》之《捕风》中有这样一场戏,黄一彪走进自己的办公室,不知是大意,还是出于习惯,随手把枪放在了桌上,这一幕被"小马驹"看在眼里——后期剪辑时,专门在此插入了枪的特写镜头——随后,小马驹发现"断剑"叛变,正欲向敌人供出重要情报,便以落了东西为由,跑回黄一彪房间,迅速抽出这把手枪,向"断剑"连开几枪,自己也壮烈牺牲。

同样,在代主任试探钱之江的那场戏里,也适时插入特写镜头,突出了叛徒"断剑"手上长着的六个指头。

> 伤员半睁开混浊的眼睛。
>
> 钱之江就地打起坐来,双手合十,口中喃喃自语的,开始念起经来。
>
> 汪、唐、裘互相看看。
>
> 黄一彪摸出枪来,上了膛。
>
> 钱之江念完了,轻轻地:"跟我一起祈祷吧,佛祖会在西天迎着你去的。"
>
> 伤员似乎心有戚戚然,他终于也伸出手来,合十,嘴里喃喃念了一句什么。
>
> 钱之江突然睁开了眼睛——
>
> 伤员的右手,分明是六指……
>
> 钱之江证实了,所谓伤员,实际上是叛徒"断剑"。他站了起来,对代主任,平静地:"好了,你可以送他上路了。有我给他做的临终祈祷,他会安详地离开肉身,到达西天另一个世界的。"
>
> 代主任:"钱之江,你真把自己当成牧师或庙里的和尚了,别拿菩萨吓唬人,我这就送他走。"
>
> 钱之江慢慢往后退去,代主任看着钱之江一直退到人群当中。
>
> 钱之江冷冷地看着。
>
> 代主任气急败坏地喊了一声:"拉上去!"
>
> 木笼又升了上去。
>
> 黄一彪把枪放回枪套里。

木笼里的"断剑"团在那里,一动不动,耷拉着脑袋。

代主任急了:"'毒蛇'的同伙,你到底站不站出来?经也念了,我真送他上西天了。"

没有人再应声。

代主任:"我喊了,一——二——三——"

"断剑"又念起了《共产党宣言》,他有气无力地:"……一个幽灵,共产主义的幽灵,在欧洲游荡……为了对这个幽灵进行神圣的围剿……"

代主任:"我马上就喊'放'了,我只要喊出这个字,一切都完了。"他的手高高地扬了起来。

钱之江平静的眼神。

代主任的手又慢慢放了下来,他沮丧地轻叹了一口气——

说时迟那时快,钱之江突然从黄一彪腰里抽出他的手枪,手起枪响!

绳子被击中,木笼从高处掉了下来。[①]

(三)采用摇镜头

在很多电影或电视剧中,编导者为了营造悬念效果,有时会适时地将镜头由甲处摇到乙处,框入(或对准)某个区域或某个人物,此时,虽然没有任何台词或解说,但观众必然会感觉到,这个区域或这个人对接下来的情节发展将起到极大的推进作用。

比如,电视连续剧《杨贵妃秘史》的最后几集,梨园的乐师李龟年受太上皇李隆基的委派,远渡重洋到日本去探寻贵妃娘娘的下落。上岸后,行走间总是不经意地感觉到有人跟在身后。原来是当朝丞相李辅国也派了杀手尾随而来,打算将贵妃娘娘就地处死,以绝后患。这一情节,并无台词交代,仅仅靠画面和镜头运动,便表现出危机四伏,悬念丛生。最大的悬念便是,杀手会杀了杨贵妃吗?李龟年察觉了这个阴谋,他又将起何种作用?

七、声音悬念

声音悬念,顾名思义,就是观众看不到直接的画面,仅仅从声音中即能感受到即将到来的危机和凶险。

声音悬念在很多影视剧中,也常被使用。例如,漆黑的夜晚,空旷的屋子里,寂寥无声,突然楼梯处传来沉重的有规律的脚步声,望去,却无任何身影,正惊悚间,身后又传来门被打开的声音,回头看去,门确实洞开,然而依旧不见人的行踪。正惶恐间,空中突然传来一阵凄厉而又瘆人的笑声……说到这儿,别说剧中的人物早被吓得魂飞魄散,恐怕观众也早已汗毛直竖了吧。

---

① 麦家、杨健:《暗算》,北京:作家出版社,2006年,第462页。

八、期望式悬念和突发式悬念

期望式悬念是在观众对人物命运和事态发展有一定预感和了解的情况下造成的期待,一般建立在对观众不保密的基础上。

希区柯克一向都预先将答案告诉观众。最著名的是《迷魂记》[①]中,朱迪与玛德琳是同一个人的谜底在情节中间就被揭示——在当时曾引起过许多争议,因为原著中这个谜底在最后才被揭穿。然而预先告知答案后,观众自然而然将焦虑的心情对准了主人公的命运。同样,《夺命狂凶》[②]《西北偏北》[③]《电话谋杀案》[④]等也都是将真相预先透露,然后将焦点集中在人物的命运与选择上。

与期望式悬念不同,突发式悬念的手法是先对观众保密,然后再通过对剧情发展过程中,出乎观众意料而又在情理之中的复杂情况和险要转折事件的描述,达到使观众大吃一惊的效果,某种程度上,也就是希区柯克所说的"惊栗"。

比如《狂飙》的第六集,尽管白江波已经告知徐江杀害其儿子的凶手是唐家兄弟,而且在泰叔的斡旋下两人也已握手言和,岂料,在逃亡的路上,车还是在半道上停了下来,随着司机的一声"老板,到了",他不安地探头向外望去,就见十几个穿黑色衣服的大汉将头贴在车窗上,眼珠个个瞪得溜圆,好比阎王派来索命的黑无常,白江波顿时被吓出一身的冷汗……这个镜头的效果十分瘆人,成了《狂飙》里最值得称道,也最值得观众回味的妙笔之一。

需要说明的是,在实际创作中,不同风格类型的剧本,对这两种悬念的运用也各不相同。侧重于性格和命运描写的,多用期望式悬念;侧重于情节多变的,则更多地采用突发式悬念。

另外,在实际运用中,二者也多会呈现出相辅相成的关系。一般情况下,编剧总是通过期望式悬念维持观众的情绪,又通过突发式悬念造成一定的紧张,使戏剧情节和观众情绪产生跌宕,从而取得不错的观赏效果。

至此,我们结束了对悬念分类的讲解,需要指出并说明的是,这些悬念类型在具体的写作实践中,并不是孤立存在的,而是相互包容,在一部电影或电视剧中,可以用一种,也可以同时用两种,甚至多种并用。

---

① 阿尔弗雷德·希区柯克执导,詹姆斯·斯图尔特、金·诺瓦克等主演的悬疑片,于 1958 年 5 月 9 日在美国上映,讲述了私家侦探斯考蒂受加文·艾斯特所托去跟踪马伦,并由此引出一桩命案的故事。

② 阿尔弗雷德·希区柯克执导,乔·芬奇、巴里·福斯特等主演的犯罪惊悚电影,于 1972 年 6 月 21 日在美国上映,讲述了理查德被诬陷为多起领带杀人案的凶手,他设法逃脱警方的追捕,为洗刷自己的冤屈而孤军奋战的故事。

③ 阿尔弗雷德·希区柯克执导,加里·格兰特、詹姆斯·梅森、爱娃·玛丽·森特等主演的惊悚悬疑片,于 1959 年在美国首映,讲述了罗杰·索荷误被当作特工而展开的一段奇特的冒险经历。

④ 阿尔弗雷德·希区柯克执导,格蕾丝·凯利、雷·米兰德等主演的惊悚片,于 1954 年 5 月 29 日在美国上映,讲述了汤尼发现妻子玛戈有婚外情以后,雇凶以电话为信号杀害玛戈却自食其果的故事。

第三节　写好悬念的几个小窍门

在上一节里,我们分析了悬念的分类及其重要性,那么,电视连续剧悬念如何设置?有无技巧可参考使用呢?

我们认为,以下几点对编剧在剧本中设置悬念有一定的指导作用。

一、既要"设悬",又要"释悬"

悬念,其实由前后两部分组成,前边的叫"设悬",后边的叫"释悬"。这一点,与上文所讲的伏笔与照应相似,或者说伏笔与照应其实就是悬念的一种表现。具体来讲,它的设置规律是:故事发展中间只亮谜面,而不透谜底,到了故事快结束时再予点破,如此方可满足读者期待的心理。

比如,电视连续剧《人民的名义》开场,最高人民检察院反贪总局侦查处处长侯亮平接到实名举报,称国家部委项目处处长赵德汉与汉东省京州市副市长丁义珍涉嫌巨额受贿,为了不让相关人员得到风声逃跑,侯亮平在北京展开对赵德汉调查的同时,让汉东省反贪局局长陈海协助他们抓捕嫌疑人京州市副市长丁义珍。

不料,陈海带汉东省检察院反贪局处长陆亦可及其两个手下林华华和周正,刚一出门口,就被汉东省人民检察院检察长季昌明以兹事体大为由拦了下来,无奈,陈海只好让陆亦可带林华华、周正等盯住丁义珍。

林华华和周正以领导跟班的身份,混进了汉东国际酒店,死盯着在那里喝酒的丁义珍。哪想到在所有人围过来向丁义珍敬酒之时,丁义珍突然接到了电话,得知了举报的事情,他以帮刘省长准备资料为名,悄悄地离开了酒会,而且还把手机的 SIM 卡取下来,扔进马桶,顺水冲走了。

这便是在"设悬"了,这个电话是谁打的? 他为什么要给丁义珍通风报信,丁义珍会顺利出逃吗? 如果出逃了,后面的剧情又将会向什么方向发展? 总之,种种疑问到全剧结束时才水落石出,迎刃而解,真相大白,"释悬"完毕。

二、既要有大悬念,也要有小悬念

每出戏剧都要有一个大悬念,也就是该剧主人公最终想要达到的目标,最终想要解决的问题。

《借枪》的大悬念是:"砍头行动"能否取得最终的胜利。《暗算》之《捕风》的大悬念是:钱之江能不能将"取消特使行动"的情报送出去。《跨过鸭绿江》[1]的大悬念是:中国

---

[1]　余飞、辛志海、韩冬、郭光荣、王乙涵编剧,董亚春执导,唐国强、丁勇岱、王志飞、刘之冰、姚刚等主演的全景式反映抗美援朝历史的 40 集战争题材电视连续剧。

人民志愿军能否取得抗美援朝的最终胜利。

大悬念是一个大问号、大问题。这个问题提出之后,编剧一不能马上解答,二要想方设法引诱观众去解答,只有观众"上当了",心甘情愿地当上了本剧的"波洛"或"福尔摩斯",本剧才会变得生动有趣。

换言之,编剧是本剧的"上帝",但要想办法做"上帝的上帝",把剧情的一部分告诉观众,使他们成为"上帝",却又不把全部告诉他们,而是故意留下一些事情,好让观众猜测和想象,并使之产生急切期待的心理状态。

为什么观众会产生期待呢?首先,他们一定是对剧中的人物产生了兴趣,产生了感情,产生了爱憎,这才有心期待将会发生在他们身上的事。其次,他们一定是对剧中的问题产生了兴趣,产生了解题的欲望和动力,产生了好奇。好奇心促使他们追剧,想知道究竟发生了什么事。

解开大悬念是一个相对漫长的过程,如果中间没有小悬念起作用,无疑会使观众"猜谜"的过程沉闷而又乏味。正是由于小悬念充斥其间,才使全剧的整体悬念框架得以充实,使全剧的发展环环相扣,充满内在的、持久的戏剧张力。

一部好的电视剧,总是能做到既有大悬念,又无处不在地密布着各种小悬念,而且小悬念似东去的河水,一浪连着一浪,滚滚向前,不入大海,永不停息。

以电视连续剧《家有九凤》[①]为例,剧情一开始,便悬念四起,接连不断。先是,大年初一,已经8年没回家的七凤回家了,她为什么回来?这8年间她在北大荒经历了什么?又为什么吞吞吐吐,似有难言之隐?后来,九凤偶然得知,七凤原来是怀孕了,这虽然部分解答了之前的疑问,但新的悬念又蜂拥而至:七凤怀孕的事情,会不会被初家老太和姐妹中痛恨资产阶级作风的五凤知道?五凤的身份可是革命街道的人保组组长啊!观众的焦虑感产生了,急切地想看到剧情将向什么方向发展,以及走向怎样的结局。再往后,小九凤未能抵御住食物的诱惑,将七凤怀孕的事情告诉了五凤,观众的心顿时收紧了,带着紧张的情绪继续观看事态的进展。果然,五凤多次劝解七凤堕胎未果,便将七凤怀孕之事告诉了初老太。初老太闻言犹如晴天霹雳,和8个女儿一起,对怀孕的七凤口诛笔伐,摆出了一副不把孩子做掉誓不罢休的架势,由此新的悬念又产生了:七凤顶得住全家的压力吗?她会被迫做掉这个孩子吗?如果不做掉她又将如何应对呢?她挺着大肚子,在风雪交加中去北大荒寻找恋人,会不会出危险,以及她还会回来吗?等等。

就这样,旧的悬念解决或未完全解决,新的悬念又产生,大的悬念包含着小的悬念,小悬念又不断丰富和加强大悬念,并在每一场或每一集结束时,把观众的注意力和兴趣引向下一场或下一集,全剧便在不停地营构和释放悬念过程中向前发展。

三、既要写情节与情节之间的悬念,也要写集与集之间的悬念

电视连续剧仅仅写情节与情节之间的悬念是不够的,还要注意写好集与集之间的

---

① 高满堂编剧,杨亚洲执导,李明启、张英、朱媛媛、姜武、盖克等主演的26集电视连续剧,讲述了初妈妈含辛茹苦养大的9个女儿之间的故事。

悬念。这是因为,电视剧是按集播出的,要想牢牢锁定观众的目光,使观众形成与剧集约会的意识,编剧就必须在每集结尾处设置足够吸引人的悬念,形成类似中国古典章回小说所主张的"欲知后事如何,请听下回分解"结构,才能稳固收视率。

四、既要用好"疑",也要用好"拖"

"疑"者,困惑也,对于编剧来说,可称之为"玩弄观众于掌上"。当然,这个"玩弄"并非"捉弄",也非恶意的"欺骗",而是想方设法动用起一切可以引起观众看戏兴趣的手段,比如声东击西,调虎离山,围魏救赵,明修栈道、暗度陈仓,虚则实之、实则虚之,虚虚实实等。

观众之所以会"疑",是因为被编剧牵扯着,一步步带到了无法找到出路和出口的迷宫,虽然他们也知道一个或几个关键的谜面,并在脑海中认真组织和研究过这些谜面,但没有几个能迅速地、准确无误地将谜底猜出来,所以他们好奇,他们愿意在迷宫里开始一场破"疑"之旅,并在这一过程中既觉好玩,又感陶醉。

除了"疑",还要"拖"。所谓"拖",是指悬念的形成、保持和加强。"拖"最有效的手段,是"抑制"和"拖延",也有的剧作理论称之为"延宕"或"缓解",指的是在尖锐的冲突和紧张的剧情进展中,编剧利用矛盾诸方各种条件和因素,以副线上的某一情节或穿插性场面,使冲突和戏剧情势受到抑制或干扰,出现暂时的表面的缓和,实际上却更加强了冲突的尖锐性和情节的紧张性,加强了观众的期待心理。

《暗算》之《捕风》是这一手法运用的典范,每当剧情进展到关键时刻,例如代主任要和钱之江正面交锋了,或者交锋处在剑拔弩张的时刻,编剧都会不失时机地将笔触移开,转而去写全剧的副线,或写代号为"大白兔"的罗进如何与代号为"公牛"的罗雪见面,焦急地向她询问"毒蛇"的下落,或写代号为"飞刀"的地下党如何潜入壁垒森严的医院内部暗杀叛徒"断剑"等,这些都有效地延宕了剧情的总悬念。

值得注意的是,太多故弄玄虚的拖延会遭致观众的反感,电视连续剧《人民的名义》之所以被观众吐槽,就是因为中间"注水"严重,该解"疑"时不解,影响了戏剧的张力,也影响了编剧的口碑。

五、制造悬念小窍门

(一)确定一个目标

创造悬念的第一步是人物一定要有一个目标。一旦他们拥有了目标,我们便会想知道他们能否实现目标。悬念也就随之诞生了。

(二)提高目标的筹码

目标只是设置悬念重要的第一步。一个人到了谈婚论嫁的年龄,想找个对象结婚也算是目标,但是这并不构成让我们心跳加速的悬念。制造悬念的方法之一是提高筹码。让我们假设这个人一没房二没车,还没有正式的工作,更遑论稳定的收入,这样一来,观众的胃口才算是被编剧给吊起来了。

(三)让人物处在危险之中

毫无疑问,把人物置于危险之中,是制造悬念最为有效的方法。这个道理浅显易懂,关键是如何做到并且做好。

危险有多种,包括人物自身的危险、人物对他人构成的危险、感情方面的危险、事业方面的危险、精神方面的危险等。

(四)让人物充满对未知的恐惧

有句名言说得好,"人类最古老而又最强烈的情感是恐惧,而最古老又最强烈的恐惧是未知"。把人置身于未知的世界吧,待在黑暗中,给我们时间去尽情想象各种可能性,这便是最好的悬念——对糟糕情景的预期。

(五)加入时间限制

加入时间限制对于制造悬念大有帮助。一个炸弹在 30 秒内就要爆炸了,观众看到炸弹,又看到正在一秒秒倒数的计时画面,很明显会坐立不安,呼吸加重,手心出汗。一些作品,尤其是动作类、惊悚类作品,完全靠这种手法推进。例如电视连续剧《长安十二时辰》[①],便很能说明问题。天宝三载上元节前夕,负责长安城治安的靖安司发现了混入城内的可疑人员,由于张小敬通多国语言,对长安城内人事、地理熟悉,因此靖安司司丞李必破例将张小敬调出死因牢,并允许他戴罪立功、侦破此案。经过张小敬的一番调查,发现敌人的阴谋是在上元节晚上的集会中制造混乱。距离上元节花灯大会只剩下短短的几个时辰了,张小敬必须在上元节花灯大会前抓住搞破坏的刺客。

(六)保持一个秘密,不到万不得已不要揭开谜底

如果使用得当,一个秘密足以制造推动整部作品的悬念。《搭错车》里的阿美,直到长大到 18 岁,才知道自己的身世,而在这之前,父亲一直保守着这个秘密。《渴望》里的刘小芳也是如此。最典型的是日本电视连续剧《血疑》,天真善良的大岛幸子,在父亲的研究室里不幸受到生化辐射,患上血癌,需不断换血,可是,她的父母和她的血液都不同,她的男朋友相良光夫的血型与她相符,而幸子的特殊 RH 阴性 AB 血型又引出了她的身世之谜,并由此演绎出一幕幕感人肺腑的动人故事。

以上我们介绍了悬念的设置方法和技巧,还需说明的是,设置和运用悬念需要用到技巧,然而又不只是纯技巧的问题。悬念设置得好,运用得巧妙,关键在于编剧是否真正熟悉生活、熟悉人物,是否对剧中的所有戏剧冲突了然于心。还要记住,悬念产生于戏剧冲突的发展过程中,以人物性格矛盾为基础,归根结底是要为揭示人物性格和作品的主题思想服务。

---

① 爪子工作室编剧,曹盾执导,雷佳音、易烊千玺等主演,改编自马伯庸的同名小说,讲述了唐朝上元节前夕,长安城陷入危局,长安死因张小敬临危受命,与李必携手在十二时辰内拯救长安的故事。

第十一章　台词与动作　场面和段落

第一节　写台词的注意事项与原则

要想写好电视连续剧的人物和情节,关键在于写好人物的台词和动作。

关于台词对于一部电视连续剧的重要性,我们在本书第二章已经提及,在此不再赘述,只讲写台词和动作时的一些注意事项和原则。

一、台词要起作用

在电视连续剧中,人物的台词既是从人物性格间产生的矛盾与冲突中迸发出来的,也是从人物的内心世界抒发出来的。有此时,有此地,有此人,有此事,有此情,有此境,有此想,有此动,就有此"话";有此"话",就有此"答"。因此,编剧不必绞尽脑汁地寻找该写什么对白,只需把创作的焦点放在剧情应如何进展,以及如何使人物性格间产生矛盾和冲突方面,台词便可自然而然地从人物(角色)嘴里说出来。

这也从另一个侧面间接说明了,好的电视剧人物语言,必须起到两个方面的作用:(1)能体现人物性格;(2)能推动剧情向前发展。

只有做到这两点,才算是好的人物语言,才算是最富有戏剧化的人物语言。所以,编剧在写台词时或台词写毕后,一定要检查是否满足了以上两功能——如既描画了人物性格,也推动了剧情发展,即起到了"一石二鸟"的作用;如只满足了其中一项功能,也不错;但若一项功能也未满足,不要犹豫,果断地将其删除重写便是了。

我们以电视连续剧《老农民》为例。

一大早,雾气还没有散尽,外号"牛三鞭"的牛占山和外号"老驴子"的杨连地就来到黄河滩上较起劲儿来。牛三鞭单手拽着鞭子杆,老驴子单手拽着连枷柄,鞭子和连枷缠绕在一起,两人较着力,就像俩蛐蛐儿龇牙咧嘴地咬着不松口。

这时候,村上的许多人围着看,谁也不理会不远处滔滔东流的黄河水。在刚露脸的日头照射下波光潋滟的黄河水,也按照老辈子的模样,不理会它身边的芸芸众生,不紧不慢地奔向大海。

牛三鞭喘着气说:"老驴子,你真是越老越驴性,非要跟我见个高低短长吗?"

老驴子瞪着眼喊:"牛三鞭,今儿个你要是胜了我,你儿子牛有草和我闺女杨灯儿,就是两个巴掌拍出了响儿! 你要胜不了我,只能怪你老牛家眼高手低!"

牛三鞭皱着眉头说:"老伙计,你要想找我报仇,咱就单讲报仇的事,你把孩子的婚事搅和进去,不地道!"老驴子咬着牙说:"牛三鞭,有劲儿别使在嘴上,我闺女的婚事,我说了算!"

老驴子一使劲,连枷发出吱吱的声响,牛三鞭的手紧紧拽着鞭子杆,两人眉头拧着运气,互不相让。

说来话长,老驴子和牛三鞭的仇出在当年村东、村西械斗上。麦香村村东住的是大户人家,村西住的是穷人。当年村东、村西械斗,老驴子和牛三鞭带头对付村东财主马敬贤,谁知道老驴子被马敬贤施计收买,村西吃了大亏。为这件事,牛三鞭教训老驴子,一鞭子下去,想不到当时他喝多了酒,鞭子没准头,不小心把老驴子的子孙布袋抽散了黄儿,后来老驴子就不能传宗接代,这仇算是结下了……

老驴子使劲拽着连枷,牛三鞭使劲拽着鞭子。牛有草、杨灯儿、灯儿娘在一旁紧紧盯着。突然"咔吧"一声,连枷头断了,牛三鞭和老驴子都后退好几步。牛有草扶住牛三鞭,灯儿娘和灯儿则扶住老驴子。

牛三鞭一笑:"老伙计,这一仗咋算哪?"老驴子望着断了头的连枷柄,憋气不吭。灯儿趁机说:"爹,咱自己的家什儿不应手,怪不得旁人。"灯儿娘也敲边鼓:"她爹,咱不能说话不算数。"

老驴子黑丧着脸不吭声。牛三鞭退一步说:"老伙计,你要是想反悔,我就当你啥都没讲过,咱们再换着法儿比试,行不?"

事已至此,老驴子也只好退半步说:"拿三升麦子做聘礼,我闺女就是你牛家的人!"他说着转身就走,灯儿娘急忙跟着。[①]

这场戏的台词,准确地把握住了人物的性格。牛三鞭得胜后的洋洋自得,老驴子失败后虽不服输却也认账的耿直脾气,灯儿想让爹早点同意她嫁给牛有草的撺掇心理,灯儿娘既想让女儿早点出阁,又不敢忤逆丈夫的内心世界,都表现得淋漓尽致。

不仅如此,台词还有机地推动了剧情向后发展——三升麦子做聘礼,可三升麦子上哪儿弄去?牛三鞭觉得,"人家就一个闺女,多要点聘礼没啥。他告诉儿子,现如今在麦香村,除了马敬贤,谁家也拿不出多余的粮。趁着老驴子的话还热乎,赶紧去!"[②]牛有草按爹的吩咐去了,哪想到从马敬贤那儿借来的麦子不仅不够数,还受过潮,这下老驴子

---

① 高满堂、李州:《老农民》,北京:作家出版社,2015年,第1—2页。

② 高满堂、李州:《老农民》,北京:作家出版社,2015年,第2页。

震怒了,觉得牛有草糊弄他。虽然牛家后来查清是马敬贤在量米的升上做了手脚,但因为老驴子和牛三鞭在年轻的时候就有很深的过节,老驴子还是死活不愿将女儿出嫁,如此反反复复,终于酿成了牛三鞭死、牛有草在坟前发誓这辈子不娶灯儿的悲剧。

二、写台词时编剧要设身处地

电视连续剧的台词,一定要符合人物的身份和地位,如此才会显得真实、不虚伪、不矫饰。大学教授大多说话文雅,讲究遣词造句;农民则大多说俗语俚语,还可能夹带不少源自民间的生动有趣的俏皮话。

优秀的台词一定建立在对人物身份、地位高度熟悉的基础上。而要很好地做到这一点,编剧就必须设身处地。而所谓设身处地,是指编剧在写台词时,要将自己等同于说台词的那个人(角色),还要将自己放在那个人所处的特定的境地。比如你笔下即将开口的是一个类似牛有草般的农民,他想娶灯儿,却在老驴子这儿碰了钉子,那他该怎么办呢?

第二天上午,牛有草就来到老驴子家,对着老驴子长跪不起。灯儿和娘躲在门后听动静。

老驴子冷冷地说:"你也不用给我闹这些光景,我说出去的话,泼出去的水,你能收回来,还是我能收回来?"

牛有草抬头看着老驴子恳求道:"叔儿,顶着太阳说话,我真的是被马大头耍了,我要是撒谎,你把我剐了剐了也没怨言。咱撇开这些不说,就说我和灯儿打小就要好,她愿意嫁我,我愿意娶她,您就成全我们吧!"

老驴子摇着头:"你俩要好不一定是姻缘,起先我反对你们的亲事吗?你爹先前几次定好日子要给灯儿提亲,我家为了这,回了好几家提亲的,可你家来提过吗?"

牛有草辩白说:"叔儿,那几次我家不都是摊上事了嘛!一次是我爹到土匪那儿,给菜包子他爹赎票,被土匪扣下耽误了;还有一回是我爹去找我娘,又耽误了。回头再来找您,您说红烧肉凉透了,回锅肉就不好吃了,把我们挡到门外,这也不怨我们啊!"

老驴子冷冷地说:"我就是看不惯你们家人说了不算,算了不说,不讲信用!这辈子你就死了这条心吧。就说这回,你说你被马大头耍了我信,可你爹一辈子精怪,他亲口对我说过,眼前飞过只蚂蚱,他都能分出公母,老牛隔山放个屁,他能听见动静。他也能被耍?我不信!我就认准一条,我闺女不能嫁无信无义的人家,那样我会叫全村儿的人戳烂脊梁骨,说我把闺女扔进火坑里去了。"

牛有草继续哀求:"叔儿,你们老人的事是老人的事,我们的事是我们的事,不能扯起葫芦带起瓢。"

老驴子瞪眼说:"屁话!没有葫芦哪来的瓢?你是不是牛三鞭的种?实话告诉你吧,我看不惯你爹,你也没入我的眼!"

牛有草忽地站起来说:"叔儿,我也实话告诉您吧,不管您同不同意,我这辈子和灯儿拆不开了！这么说吧，也就是您不知道，灯儿已经是我的人了，我要是不娶，就没人要了！"

老驴子腾地一下站起来说："你小子的手挺能抓刷啊，好，就算是这么回事，你也别做梦，我宁可把她嫁到猪圈里，也没你的份儿！"

他抄起连枷挥舞着，"你给我滚，回去告诉你爹，他不是鞭子使得好吗？告诉他，黄河滩我和他再斗一场，他要是斗过我，我麦子不要了，闺女还给你白送过去；他要是不敢比试，那说句软话也成，闺女我照样给你牛家！"①

可见，编剧写台词的时候，越是忘我，越是把心贴近笔下人物的心，就越容易写成功，人物也会鲜活。相反，编剧若总是超然物外，让人物服从于自己笔下，那人物说的话只不过是编剧的传声筒而已。

编剧写台词时设身处地，意味着还要注意区分人物所处（或来自）的地域，如果人物在（或来自）北京，比如《贫嘴张大民的幸福生活》里的张大民，则说话爱侃大山、耍贫嘴，《我爱我家》里儿子、儿媳、孙女之类，台词听起来很俗，骨子里却浸润着京城特有的文化味儿。如果人物在（或来自）江浙沪一带，台词则应是吴侬软语，细声细气。同样，在香港、台湾等地生活的人，对于某些事物的称谓，某些语法的运用，与在内地生活的人相比，也可能会表现出很大的不同。

编剧还要注意人物所处的时代，是古代、近代，还是当代？不同时代有不同的说话方式，也有独属于那个时代的词汇。比如，今天所说的"小姑娘"，在古代就有"黄口""髫年""金钗""豆蔻""及笄"等多个称谓，而近代或当代人所称的"沙发""咖啡""德先生""赛先生""拜拜""爹地""妈咪"之类，除非是穿越，否则绝不可能从古代人的口中讲出来；即使都在古代，同样的事物也会因朝代的不同而有多个叫法，比如"丞相"一词，就又被称作"相国""宰相""中堂""枢密使""司徒""中书令""太尉"等。

设身处地还意味着说话要看对象。长辈对晚辈，往往谆谆教诲，语重心长；晚辈对长辈，则毕恭毕敬，谦卑有礼；没上过学或涉世不深的人，见了有文化的人，会毕恭毕敬，就好比电视连续剧《白鹿原》第一集，主人公白嘉轩见到关学②名士朱先生时的情景。

祠堂　夜　内

白嘉轩（虽然娶了仙草，却因前几任妻子被自己"克"死的缘故，新婚夜不敢与之圆房，）靠在祖宗牌位下痴痴发愣。

沉重的门发出咯吱的声响，一长袍身影站立在祠堂大门外，被光影拉得很长。白嘉轩回身愣住："姐夫？"

朱先生背手踱进，不慌不忙："洞房夜猫在祖宗祠堂睡，你兴许是千百年来头一个。"

---

① 高满堂、李州：《老农民》，北京：作家出版社，2015年，第7—8页。

② 儒学重要学派，因其实际创始人张载是关中人，故称"关学"。

白嘉轩："姐夫你啥时回的。这几天憋死我了，你不在都没人能说掏心窝子的话。"

朱先生："以后再说，你先随我回家去。真想让人家守一夜空房？"

白嘉轩苦笑："我不想害了她。"

朱先生无奈："你咋会害了她？"

白嘉轩嘴唇颤了一下："姐夫，仙草是个可怜女子，饥荒没饿死她，瘟疫没病死她，大雪没冻死她，到我这了，别被我祸害了。"

朱先生苦笑："真以为你有多大本事！愚昧！随我回家去！"

白嘉轩抱头不动："我真不想害她！"

朱先生叹了声，皱眉看着白嘉轩："你掏心窝子说，这女子你喜欢不？"

白嘉轩迟疑地点了下头："正因为喜欢，我不想害死她。"

朱先生无奈指着白嘉轩说不出话，踱了两步突然停住。

朱先生："听鹿三说，你是在那坡下捡的？"

白嘉轩："是。"

朱先生沉吟围着白嘉轩又踱了一圈，猛地一拍他背："随我来！"

白嘉轩生生被拽出门去。

……

白鹿原坡　夜　外

一行人举着火把急匆匆在坡上走着。

朱先生："仙草是在这坡底下被你寻着的？"

白嘉轩："对，就这坡下。"

朱先生："鹿三，挖！"

鹿三摸不着头脑："挖？挖啥哩朱先生？"

朱先生用脚踩踩："就这，让你挖你就挖！"

鹿三狠劲刨下去，众人眼巴巴望着。白嘉轩也满脸疑惑。

朱先生盯着地："慢！你们来瞧。"

朱先生抢过火把照亮地面，

雪下面竟匍匐着一株绿叶！

众人惊叹："这雪底下咋还有绿叶子？"

白嘉轩也懵："姐夫，这咋回事？"

朱先生默不作声蹲下来用手挖刨湿土，猛然间出现了奇迹，土层露出来一个粉白色的蘑菇似的叶片。他愈加小心地挖刨着泥土，又露出来同样颜色的叶片。再往深层挖，露出来一根嫩平平的同样粉白的秆儿，直到完全刨出来，那秆儿上缀着五片大小不一的叶片。

众人更是哗然。

"这大雪天的咋还能活下来?"

朱先生释然一笑,起身:"因为白鹿要来了。"

白嘉轩、鹿子霖都愕然站在那瞧着朱先生,鸦雀无声。

白嘉轩:"白鹿?"

朱先生点点头:"咱原上祖祖辈辈传说中的白鹿。给咱乡民带来平安福气的白鹿。白鹿所过之处万木繁荣,禾苗苗壮,五谷丰登,六畜兴旺,疫疠廓清,毒虫灭绝,万家乐康!这就是征兆! 你娶回这女子,白鹿就能进到咱原上! 白嘉轩你信不信? 你们信不信?"

鹿子霖不可思议地瞪着那地。众人都目瞪口呆不语。

白嘉轩:"可我……我能娶她?"

朱先生故意大声:"这天寒地冻雪有多厚都被这女子给捂暖了! 你白嘉轩算个啥! 你比天地还大?"

白嘉轩大口喘着粗气,激动地看着姐夫。

鹿子霖咽口唾沫,颤着声:"嘉轩?"

白嘉轩二话不说转身狂奔而去。

鹿子霖回身将信将疑看朱先生:"朱先生,您说这话……真的假的?"

朱先生:"你说呢?"

鹿子霖呆在那,朱先生嘴角露出一丝不易察觉的欣慰的笑……①

三、台词既要生活化,也要追求生动,追求美

这里所说的"生动"和"美",并非指台词要辞藻华丽,段落工整,逻辑缜密,而是指要准确、贴切和富含文学性,这也就意味着人物对话不可太苍白、太无力、太直白。过于直白的语言让人听了索然无味不说,还会使作品的艺术品位大打折扣。

比如,电视连续剧《楚汉传奇》②写刘邦,就多处使用了这样既直白又无趣的台词。

一男子调戏曹氏,刘邦率众将其堵在草棚中,男子掏出写有"秦"字的令牌,刘邦知道自己闯了祸,忙换了一副嘴脸,好吃好喝招待不说,还去做曹氏的工作,希望她能忍辱负重,救村民出水火。曹氏无奈,含恨答应。事毕,刘邦问曹氏:

刘邦:"你给了?"

曹氏:"他非要!"

刘邦:"你给了?"

曹氏:"他非要!"

刘邦:"你就给了?"

---

① 此剧本片段由本书作者根据完成片整理。

② 汪海林、阎刚编剧,高希希执导,陈道明、何润东、秦岚、段奕宏等主演的80集古装历史题材电视连续剧,讲述了秦朝末年,各英雄豪杰逐鹿中原,最终刘邦得胜,建立了统治天下长达400余年的大汉帝国的故事。

曹氏："我和他说我来了。"

刘邦："(兴奋,笑)没给成? 哈哈,没给成!"①

又比如,吕雉一家由山东单县搬至丰县落脚不久,一帮人找上门来寻衅滋事,刘邦摆出一副浑不吝的样子,跟人家大骂起来。

刘邦："我姓刘,名爹,大家都叫我爹。叫啊! 叫啊!"

还有"我要命! 我要什么脸啊!"

以及"唉哟,一点都不疼……不疼""痒痒,你就把我当个屁给放了吧。"②

甚至,刘邦和吕雉婚后,他也是用这样的话来表白的:你爱哭吗? 以后只准对我哭! 你爱生气吗? 以后不能跟我生气。③

诸如此类,不胜枚举。

固然,刘邦在未起事之前,是一市井小人,低俗、野蛮,只会忙着应付生活中的各种捉襟见肘和出其不意。然而,他的血管里毕竟流淌着帝王的鲜血,故也应该写出属于英雄的胆识与豪气。很难想象这样一个混蛋与痞气之人,在接下来的日子里,如何张扬起反秦的大旗,又如何展开楚汉之战,并取得"威加海内兮"的胜利;更难想象萧何、曹参、周勃等,又如何会甘心屈于他的麾下,一直打出一个国祚延续了四百年的汉天下。

与《楚汉传奇》不同,电视连续剧《大明宫词》里的人物语言文雅、华丽,诗意盎然,富有音乐性,不仅与时代相吻合,与人物的内心世界相和谐,还有效地展示了盛唐时期发达的经济和文化,描绘出一幅诗、词、歌、赋均发达的繁荣情景。比如该剧第一集第5场。

武则天寝宫　白天　内景

武则天梦境。

武则天躺在卧榻上,突然被一种神秘的感应惊醒,她睁开眼,发现自己置身于大殿之中,一排排光柱诡秘地穿过大殿的窗子倾泻下来,将她置于光柱的中心。李治高高端坐在龙椅上,望着满案的奏折,轻抚双额。

武则天:(跪伏)皇上,我要做您的皇后。

李治:(惊讶地看着她)抬起头,你是谁?

武则天:武则天,山西并州人氏,千里迢迢赶来做您的皇后。

李治:皇后? 我自己有皇后。

武则天:您的皇后不称职,上苍让我来辅佐您。

---

① 此剧本片段由作者根据完成片整理。

② 此剧本片段由作者根据完成片整理。

③ 此剧本片段由作者根据完成片整理。

李治：(略显兴趣)那你说说，什么样的皇后才算称职，我的皇后又怎么不称职了？

武则天：(站起来，意气昂扬)皇后的使命是管理繁杂纷乱的后宫，给皇帝以最清明的生活，使他远离妖媚淫荡的女人；远离倾轧的家庭纷争；远离随时都会出现的堕落的引诱。当皇帝暴怒的时候，皇后要帮他恢复理智；当皇帝怯懦的时候，要帮他恢复勇气；当皇帝意志消沉的时候，要时刻提醒他一个英君明主应尽的职责。一个皇后所做的一切都不是为了她自己，而是为了一个伟大帝国的事业；为了一个天赐皇族的万世荣光。造就另一个贤君明主，这是上苍赐予我的使命，只不过完成这使命会更艰难，更费周折，但只要能够完成它，不论做什么，我都在所不惜！

武则天坚决的声音在大殿内回荡着……

一个白衣女人突然出现在她身边，头发披散，戳指武则天。

萧淑妃：(怒喝)皇上，她怎么能做皇后？ 她心如蛇蝎，连自己亲生女儿都会杀死，她怎么能做皇后？

武则天：(转身，语气轻蔑)萧淑妃，你真是可恶，看来对你的处罚还是太轻了。我早知道要让你这个在皇上床头枕边天天进谗言的妖妇闭嘴，最好的办法就是割掉你的舌头。来人，把她给我拉下去，先掌嘴五十，再割掉舌头！

声音在空旷的宫殿里回荡，没有人出现，武则天有些惶惑地环顾四周，继而有些失控。

武则天：(大叫)来人，快来人！ 你们这些无用的奴才，都躲到什么地方去了？！

萧淑妃：(诡异地轻声说)你不用白费力气了，看，我的舌头不是早就被你割了吗？

她张开嘴，武则天看见里面黑洞洞的什么也没有，只见血缓缓地从萧淑妃的嘴角流下

另一个白衣女人出现，站在第一个女人身边。

王皇后：媚娘，为了得到现在的地位，你害死了多少人？ 他们在冥冥之中会放过你吗？你有多少个夜晚是在恐惧和噩梦中度过的，只有你自己最清楚。你难道不想获得一个平静安稳的内心生活吗？你从现在积德行善还来得及。上天是会宽恕那些悔过的罪人的。

萧淑妃：(空洞的嘴中发出混沌的声音，好像代表着冥冥之中一股神秘的力量在宣布一个不可告人的重大阴谋)武媚娘，你再能言善辩，再计划缜密，也掩藏不住亲手掐死自己尚在襁褓中的亲生女儿的事实，你为了嫁祸于我，干尽了灭绝人伦、丧尽天良的丑事。皇上，这样的人怎能当皇后呢？

武则天：(有些神经质)住嘴！圣上，我从未杀死自己的女儿，我只不过为了给她一个更安稳的生活，推迟了她降生的时间，这是上天的旨意，现在上天又把她还给我了，我永远爱她，要给她最幸福的生活。我怎么能杀死我最爱的人呢？

李治疑惑地看着三个人。

王皇后：你杀了，我看见你杀了，我看见你掐住她的脖子，看见了她涨紫的面孔。一度你也曾良心发现，如果你在那时候停止，以后所有的罪过都不会发生。然而野心使你

疯狂,我看见她终于在你的双手间停止了挣扎,我听见你终于控制不住发出了一声惨叫,然后昏了过去。我知道为什么,因为恐惧、悔恨和良心在一起打击你的身体。没有人怀疑过你,你的悲痛欺骗了皇上,欺骗了我,欺骗了所有的人,甚至包括你自己。你这个疯狂的女人,你把这一切丧女的怨恨都集中在我们两个可怜的女人身上,对我们进行疯狂的报复,以平息自己的愧悔。

武则天:(对着王皇后嚷叫)你胡说,你不可能看见! 不可能知道!

王皇后:我没看见,但神灵看见了,神灵永远明鉴,他永远会提醒你,是你亲手杀死了自己的女儿!

武则天:(用双手捂住耳朵大叫)圣上,我没有杀死我自己的女儿! 我没有杀死她,我没有,我没有!

武则天:(被噩梦惊醒,她喂嚅着)我没有……我没有……

最终,她睁开眼睛,环视着在周围肃立的表情呆滞的太监们,逐渐恢复了往日的端庄和威仪。她坐起身。

武则天:我睡了多久?

太监:没多会儿。

武则天:没多会儿是多会儿呀? 睡个觉都不安生,我好像做了噩梦……

太监:噩梦伤身,您可得注意着点儿!

武则天:这么说你知道我做了个噩梦,你听见什么啦?

太监:我什么也没听见!

武则天:(板起面孔)说谎,什么没听见,怎么知道我做了个噩梦?

太监:(把头俯得更低了)奴才不知,是皇后自己说的。

武则天:没听见,那就是看见了,那更有意思了。

太监:奴才只看见皇后在床上辗转反侧……

武则天:这么说,你是真的什么也没听见?

太监:奴才是真的什么也没听见。

武则天走到窗前,两个太监赶紧诚惶诚恐地走过来扶她。她看着窗外烟雨迷蒙的天空。

武则天:(嘟囔)没听见,要你们的耳朵有什么用,都下去吧。

望着太监们战战兢兢离去的背影,武则天表情若有所思。

武则天:慢着……

众太监一起打了个寒战,转过身。

武则天:你们这群人还是阳气太重,呆头呆脑地站在那儿伤我的胎气,今几个就都走吧。权当放假,从今儿起,后宫只留女官,我身边,不需要男人伺候![1]

---

① 郑重、王要编剧:《大明宫词》,北京:人民文学出版社,2010年,第4—7页。

《大明宫词》的台词之所以生动、精美,首先是大量运用了平仄相间或相连的四字短语,体现出汉语声调特有的节奏感和音乐美,读起来抑扬顿挫、绵长、谦和、华丽飘逸;其次是大量运用了排比、对偶等句式,最大限度地扩张了句子的气势,将情感表达得更精确、更细腻。

当然了,也有人对《大明宫词》的台词质疑,觉着过于工整、文雅,书面化,不生活,脱离实际,显得浮夸,这样讲也有一定道理。但无论怎样,台词要追求生动和美,这是写电视连续剧必须遵守的原则,也是颠扑不破、放之四海而皆准的道理。

四、台词不可太零碎

生动和美,还意味着台词不可过于零碎,比如下面这段台词。

女:我饿了
男:我也是。
女:出去吃饭吧?
男:好,我们去吃肯德基。

这样的对白,倒是做到生活化和口语化了,但一点不生动,也不优美。观众看这样的电视剧,听这样的台词,自然会觉着鸡零狗碎,如喝白开水般索然无味。

五、写好潜台词

平庸的电视剧人物台词与优秀的电视剧人物台词之间的鲜明差距之一,就是看有没有写出精彩的潜台词。

所谓潜台词,是指"潜在于角色台词中的真正含义,反映出角色说话的目的和实质,以及蕴含在台词中的言外之意或隐藏和包含在演员的动作中有一定意义而未说出来的台词"[1]。

换言之,潜台词是人物真实的内心,它是人物台词中没有直接说出,但是观众可以凭借思考或者理解得出的潜在语言,也就是演员台词没有直接或者明确表达出的那层意思。

潜台词是未经明言的东西。在现实生活中,除非是直性子,否则,一般人们不会把自己的想法像竹筒倒豆子般一五一十地全说出来。这或是出于爱面子的需要,或是出于保护自己。多数时候,人们会有意隐瞒真相,闪烁其词,欲言又止,嘴上说的不同于心里想的。而编剧如果能准确地把握人物的这一心理,写出的台词既有明面的意思,又能读出潜在的味道,则台词必然会是精彩的语言,剧本也必会是精彩的剧本。

比如之前我们提到过的电视连续剧《暗算》里的一段台词。

---

① 朱玛主编:《电影电视辞典》,成都:四川科学技术出版社,1988年,第86页。

钱之江:"有这么一个故事,晏子的车夫当初执鞭时春风得意,不料他老婆不以为然,说晏子身不够五尺而为齐国丞相,你生得堂堂七尺之躯却为之御,不怕丢人吗? 车夫之后便发奋努力,终于成为大夫。"说着,他孩子气地笑了,"男人对世界的欲望都是因女人而起,所以我更愿意成为我太太的国王。"

唐一娜酸溜溜地:"我好羡慕你……太太……"①

很明显,唐一娜的本意是想表达对钱之江的爱,但一想到这句话并不合时宜,便赶紧修正,临时加了一个言不由衷的词——"太太"。而这"太太"一句,便是典型的潜台词,虽然短短只有一句,背后却蕴藏了千言万语。可见,"潜台词"和"内在语"背后蕴含的信息量是台词本身所无法比拟的。

又比如,电视连续剧《雷雨》(也是戏剧《雷雨》)里周朴园那段著名的对白。

周朴园:嗯,(沉吟)无锡是个好地方。
鲁侍萍:哦,好地方。②

周朴园说"无锡是个好地方",不是在说无锡山美水美,而是回忆起自己三十年前曾经历过的一段美好的时光,如今成了一段美好的回忆。而鲁侍萍回应说"好地方",表面上是附和他的说法,实际却是一句双关语。无锡,对于周朴园来说,是个好地方,但对于鲁侍萍来说,却是为了他受尽了苦难、流尽了血和泪的伤心地。

再比如,电视连续剧《婆婆的镯子》③里,未来婆婆李霜清和未来儿媳刘茵初见面时的对话,就处处语藏机锋。归根结底,是上海人李霜清看不上这个要啥没啥的外地儿媳妇,压根就没想着让这两个人结婚。

李霜清:刘茵,你在上海多久了?
刘茵:(不卑不亢)我在上海九年了,阿姨。
李霜清:一个女孩子,在这么大一个城市,独自打拼,阿姨懂。一定是经历了不少,很不容易。可能你身体有什么状况啊,你自己都还不清楚呢吧。现在不是提倡婚前检查吗? 我建议你去做一个,万一要有什么情况的话,咱们提前知道,提前准备。
石磊:(见状赶紧站出来打圆场)我和刘茵我们认识很多年了,刘茵这个样子一看就没有什么问题,不用检查的。
李霜清:(不依不饶)毛病是看出来的呀,毛病是检查出来的! 你妈是干什么的? 护士长! 我看的人多了。看上去挺健康的,检查出来,未必那么回事儿。

---

① 麦家、杨健:《暗算》,北京:作家出版社,2006年,第391页。
② 曹禺:《曹禺选集》,北京:人民文学出版社,2004年,第86页。
③ 许璐艳、储敏、朱紫薇编剧,李昂导演,改编自陈果的小说《婆婆的镯子很值钱》,蓝盈莹、牛骏峰、邬君梅等主演的14集都市家庭题材电视连续剧。

刘茵:阿姨说得对,婚前检查是对我们双方负责任,我检查,(瞪石磊一眼)你也要检查。尤其是你石头,你自己说,你都几年没有体检了?①

李霜清之所以提出要刘茵做体检,系出于对刘茵私生活的不信任,其潜在的意思是:你在上海都九年了,这么长时间应该谈过不止一次恋爱,难保没怀过孕,打过胎,甚至身体早已搞坏,那样的话,凭啥让我儿子娶你? 而刘茵的反唇相讥,也含着很深的寓意:凭啥只怀疑我啊,要检查也是两人的事,我对自己有底气,可你对你儿子就那么放心? 万一他检查出事情来,岂不搬起石头砸自己的脚,这尴尬场面我看你将来怎么收拾?!

可见,潜台词是创意写作的第三个维度。正是潜台词让剧本变得生动、有趣,并且拥有了朦胧的诗意。

六、台词不可犯常识性的错误

电视连续剧的人物台词,不可犯常识性的错误,那样会显得很低级,也会饱受观众诟病。

比如,在电视连续剧《楚汉传奇》中,太监赵高向秦二世胡亥报告:"皇上,不好啦! 陈胜、吴广在大泽乡起义了!"其中"起义"一词,就是常识性的错误,原因在于,任何朝代当政者都不会把"造反"说成是"起义"。

除"起义"外,《楚汉传奇》中还出现了只有在明朝才实行的圣旨标准"奉天承运,皇帝诏曰",以及秦始皇焚书坑儒后学堂内竟然传来了学生朗诵宋代才有的《三字经》的声音等,这些都属于不该犯的常识性错误。

七、台词不可太冗长

无论是看电影,还是看电视连续剧,抑或是看戏剧,观众的注意力都是难以持久的,除非不断给观众以新鲜的刺激。然而过于冗长的对白,使画面、情节和人物长久停留在一场戏上,势必导致剧中人物行为停滞不前,情节也很难有所发展,故为写台词之大忌。

比如,在小说《红楼梦》中,大量的人物对话写得极为精彩,人们往往"反复咀嚼,美而不觉其长"②。然而一旦用于剧本,还似这般长的话,却未必适宜。

比如第二集第 18 场,就是一个很能说明问题的例子。

正房里间　日　内
宝钗穿着家常衣服,头上只散挽着髻儿,坐在炕里边,正伏在小炕桌上同丫鬟莺儿描花样子。

周瑞家的走近。

---

① 此剧本片段由本书作者根据完成片整理。
② 周雷、刘耕路、周岭:《红楼梦:根据曹雪芹原著改编》,北京:中国电影出版社,1987 年,第 10 页。

宝钗抬头，放下笔，转过身来，满脸堆笑着让座："周姐姐坐。"

周瑞家的忙赔笑："宝姑娘好？"一面在炕沿上坐了，"这有两三天也没见姑娘到那边逛逛去，只怕是你宝兄弟冲撞了你了？"

宝钗笑笑："哪里的话。这两天我那种病又发了，所以没出屋子。"

周瑞家的："正是呢，姑娘到底有什么病根儿，也该趁早请个大夫来，好生开个方子，认真吃几剂，一势儿除了根才是。小小的年纪倒作下个病根儿，也不是玩的。"

薛宝钗："再不要提吃药，为这病请大夫吃药，也不知白花了多少银子钱呢。凭你什么名医仙药，从不见一点儿效。后来得了一个海上方儿，吃了倒有效验。"

周瑞家的："不知是什么海上方儿？姑娘说了，我们也记着，说与人知道，倘遇见这样病，也是行好的事。"

薛宝钗："不用这方儿还好，若用了这方儿，真真把人琐碎死。东西药料一概都有限，只难得'可巧'二字：要春天开的白牡丹花蕊十二两，夏天开的白荷花蕊十二两，秋天的白芙蓉蕊十二两，冬天的白梅花蕊十二两。将这四样花蕊，于次年春分这日晒干，和上药末子，一齐研好。又要雨水这日的雨水十二钱……"

周瑞家的忙道："哎哟！这就得三年的工夫。倘或雨水这日竟不下雨，这可怎么办呢？"

宝钗："所以说哪里有这样可巧的雨，没雨只好再等。白露这日的露水十二钱，霜降这日的霜十二钱，小雪这日的雪十二钱，把这四样水调匀，和了药，再加十二钱蜂蜜，十二钱白糖，丸了龙眼大的丸子，盛在旧瓷坛内，埋在花根底下。若发了病时，拿出来吃一丸，用十二分黄柏煎汤送下。"

周瑞家的听了笑道："阿弥陀佛，真坑死人的事儿！等十年未必都这样巧的呢！这药可有个名字？"

宝钗："有，叫作'冷香丸'。"

周瑞家的还欲说话时，忽听正房内王夫人问话："谁在屋里呢？"

周瑞家的忙出去答应了。[①]

在这段对白中，宝钗对冷香丸的描述，对于拍摄剧本来说，实在是过于冗长，又无甚实际意义，故应简化或删除。

需要说明的是，并非所有的长篇大论都不受欢迎，关键在于是否言之有物。《大明宫词》里的许多对白都很冗长，观众却听得津津有味，究其原因，还是在内容。

八、台词要慎用独白

独白指人物的自言自语，编剧之所以让人物讲独白，主要是想通过人物之口给观众以交代。

---

① 周雷、刘耕路、周岭：《红楼梦：根据曹雪芹原著改编》，北京：中国电影出版社，1987年，第61—62页。

在一些特定的文学体裁中,独白往往是需要的,例如莎翁戏剧《哈姆雷特》里的"生存还是毁灭"(也有人译作"活着还是死去"),就是一段脍炙人口的著名独白。然而独白用在电影或者电视连续剧中,却越来越暴露出它的短板所在。主要原因在于,一个人在镜头面前自说自话,会让观众感觉不真实,也不自然。就好比在公交车站等车,车迟迟不来,等车的人们顶多会做踮脚尖向远处张望,或者着急地看腕上的手表的动作,却不会自言自语地说什么"车怎么还不来啊""再这样等下去我会迟到啊""这公交公司发车也太不守时了",以及"会不会前一站出什么事了"等话语。生活中,人们心里有话,当身边没有可倾诉的对象时,往往会憋在心里。而身边没有可倾诉的对象却还要把话讲出来,那问题一定出在编剧那里。我们来看电视连续剧《小敏家》的这两场戏。

第一集开场没多久,陈卓送女儿到前妻李萍家,在门口遇到了李萍现在的丈夫洪卫。

洪卫:好久不见了,你这忙什么呢?

陈卓:我……我还能忙什么? 就上班呗。你呢,忙……忙什么?

洪卫:我这刚收了两个教育公司,国外上市,最近这国内国外地来回跑,得给中介准备点材料,讲讲故事。

陈卓:(略显醋意地)你……你这做大事儿,弄教育好。为国家做贡献。

洪卫:做什么贡献? 瞎忙,挣点小钱,那个……(回头往屋里看了看)每次这佳佳过生日,他妈都得整个大的,我就不陪你聊了,咱改天?

陈卓:谢谢你啊,每年你们都给佳佳张罗这么大的生日……

洪卫:(摆出财大气粗的架势)这也花不了几个钱……

陈卓:(欲走,突然似又想到什么,问)哎,李萍她……怎么她身体不太舒服?

洪卫:(愣了一下,否认)她身体……很好啊。

陈卓:(尴尬)那你忙,再见啊。

洪伟:好,好,再见。(转身回屋去了)

陈卓:(一边开车门,一边自言自语道)我瞎打听什么啊?[①]

再比如,第二集开场,晚上,陈卓提着一篮玫瑰花来找小敏庆祝纪念日。由于小敏妈妈在楼上,两人不便上去,便在楼门口坐了一会儿,之后小敏要回楼上房间去。

陈卓:这花你拿着。

小敏:这花儿我不能拿,家里突然出现这么一大篮玫瑰花,我怎么说呀? 你拿回去吧。

陈卓:我拿回去? 佳佳看我拿一篮子玫瑰,我也说不清楚啊。

小敏:那怎么办?

---

① 此剧本片段由本书作者根据完成片整理。

陈卓:要不然搁你们家楼下吧。(说着把花放到了楼门口),让它今夜为你绽放,只能这样了。

小敏:那搁这儿不就被人拿走了?

陈卓:拿走就拿走吧。谁拿走谁就是有缘人。

小敏:(似想起什么,从口袋里掏出一把钥匙)哦,对了,你的钥匙。锁里边儿了。

陈卓笑,将钥匙接过来。

小敏上楼去了。陈卓望着她背影消失,欲离开,看见玫瑰花,脚步停了下来。

陈卓:(自言自语道)这有点可惜呀。不少钱呢……(欲拿又止)就这样吧。(离开了)①

以上两场戏中,陈卓的两次自言自语,对于剧本来讲可以适当删减,这样电视剧才会更真实,更接地气。

第二节　写好剧中人物的动作

早在 2000 多年前,古希腊的亚里士多德就在他著名的著作《诗学》中指出,戏剧是动作的艺术,"它的模仿方式是借助人物的行动,而不是叙述"②。

20 世纪 20 年代,在美国耶鲁大学任教授并主持该校"戏剧学院"工作的乔治·贝克,在他的著作《戏剧技巧》一书中也进一步指出,"戏剧是用动作表现的思想",动作是"能赢得观众注意并保持下来的主要因素"③,也是激起观众感情最快的手段,在刻画人物性格、展示情节发展等方面起着十分重要的作用。

贝克还将动作和性格描写及对话相比,认为动作比性格描写和对话更有意义,他说:"在莎士比亚时代里,观众在看戴克和海伍德等等剧作家的剧本时,一次又一次地甘心情愿接受他们那不充分的性格描写和无力的对话,只要它的动作能吸引人就行。"④

《电影剧本写作基础》一书的作者,美国最畅销的电影编剧理论书作家悉德·菲尔德也十分重视动作在剧本中的作用。他如此说:

记住,电影剧本就像一个名词——指的是某一个人在某一个地方去做他(她)的事情。这个人就是主人公。而去做他(她)的事情就是动作。当我们谈论电影剧本的主题

---

① 此剧本片段由本书作者根据完成片整理。
② 亚里士多德:《诗学》,北京:商务印书馆,1996 年,第 63 页。
③ 乔治·贝克:《戏剧技巧》,余上沅译,北京:中国戏剧出版社,2004 年,第 18 页。
④ 乔治·贝克:《戏剧技巧》,余上沅译,北京:中国戏剧出版社,2004 年,第 19 页。

时,我们实际谈的是剧本中的动作和人物。

　　每个电影剧本都把动作和人物加以戏剧化了。作为编剧,你必须清楚你的电影讲的是谁,以及他(她)遇到了什么事情。这就是写作的基本观念。不仅仅适用于电影剧本写作,更广泛适用于任何形式的写作。[①]

　　悉德·菲尔德所说的任何形式,自然也包括了本书所讲的电视连续剧。

　　既然动作如此重要,我们在写电视连续剧剧本时,就要十分重视对人物动作的描写。

一、动作要充分体现人物的性格

　　生活中,人物的任何一个或明显或细微的动作,都在体现着这个人的性格。因此,编剧在写作中,就要努力写对人物最可能采取的那个动作。

　　比如,一个人生性胆小,你却写他动辄和别人口角,甚至还骂骂咧咧地砸碎酒瓶,脱了上衣,瞪着血红的大眼,不顾死活地欲冲上前去跟对方拼命,这肯定是不正确的。

　　再比如,一个人有洁癖,经常端一盆水,拿个抹布擦来擦去,洗来洗去,把自己家里弄得纤尘不染,可突然有一天,来到一家卫生条件极差的小面馆,要了一碗面,一边轰赶着头顶飞来飞去的苍蝇,一边吸溜吸溜地将面碗吃了个底朝天,这也是不正确的。

　　我们来看电视连续剧《走向共和》第一集第1场这场戏。

　　天津　李鸿章官邸
　　李鸿章在吃饭,不断有属下来禀报。
　　甲:中堂,丁汝昌又来信催银子了,说是咱们北洋水师'定远''镇远'两艘主力舰,原设大小炮位,均系旧式,'经远''来远'尚需尾炮;'威远'须改换克虏伯新式后膛炮。
　　李鸿章:(继续吃饭,一副爱搭不理,漫不经心的样子)唔。
　　乙:大人,前些日子传闻的日本制定'征讨清国策'的消息已经被证实。日本人的具体步骤:第一步攻占朝鲜,作为进攻清国大陆的跳板;第二步占领清国台湾,控制东南亚地区;然后……
　　李鸿章:(依旧无动于衷地细咀嚼慢咽)知道了!
　　丙:禀中堂,湖广总督、南洋大臣张之洞上了折子,由法国人督建的汉阳铁厂已经出铁,共耗资官银贰佰捌拾万两,张之洞上的折子说,此后我大清军工生产,铁路铺设,乃至我北洋新造招商轮船,皆可由他汉阳铁厂供应生铁,保证数十年供应不辍,据闻,朝野喧嚣,说,张香帅此举,到底压过我北洋一头……
　　李鸿章:袁世凯从朝鲜跑回来,怎么就不见了人影?
　　丙:袁世凯?

---

　　①　悉德·菲尔德:《电影剧本写作基础》,钟大丰、鲍玉珩译,北京:世界图书出版公司北京公司,2012年,第18页。

李鸿章:(继续吃着饭)行了,你下去吧!

戊:大人,英国人来电,我北洋水师定制的铁甲舰几近完工,可这款项……(话未说完)

戊:(喊)老爷——老爷——准备进贡给太后的那只鹦鹉已经一天多不吃不喝了……

李鸿章:(一愣,停止咀嚼)啊?——

戊:拉的粪便颜色也有点不对啊。

李鸿章惊愕地抬起头,望向手下:啊?(急急看鸟去了)①

与一只进贡的鹦鹉比起来,重大国事都不算什么,把握好慈禧的所思所好才是立命之本。就在这看似平淡实则饱含玄机的台词与动作中,一个立体的、性格鲜明突出的李中堂便跃然纸上了。

二、动作要充分体现人物的心理

动作分为两种:有形的和无形的。前者指人物的外部动作,后者指人物的内心活动。

外部动作是看得见的、具体的、身体四肢的活动,如打、拉、扯、推、扔、跑、跳、踢、趴、跨、跪、滚、吃、喝等,也包括言语动作,如说、唱、骂等。内心活动是看不见的,包括人物内心的所思、所想、回忆、思考、激烈斗争等。

外部动作的产生和进行是以内心活动为依据的,内心活动又必须通过外部动作方能显现出来。

即便一个人的内心世界再丰富多彩,若没有外部动作,外人也根本无法了解他的所思所想;反之,一个人的外部动作多姿多彩,却无内心依据,也是无根之木、无源之水,仅表现为一连串无意义的活动图案罢了。

从这个意义层面说,一个好的电视连续剧剧本,在写人物动作时,一定要将人物的外部动作与内心活动都照顾到,两者是一个统一体,相互依存,缺一不可。

电视连续剧《潜伏》在这方面就做得很出色,比如,该剧的第二十八集第35—37场。

福州茶馆　夜　内

掌柜的紧张地:先生,我们已经打烊了。

余则成冷冷地:给你加钱,我要在这等人。

掌柜的:晚上,没有人再来了。

余则成从包里拿出手枪,放在桌子上。

掌柜的急忙走开。

这时,站长和太太出现,站长同情地:则成,走吧。

余则成回头:我要等。

站长:他们不会来了,人已经都找到了。

---

① 此剧本片段由作者根据完成片整理。

余则成大惊起身:找……找到了? 翠平?

余则成办公室　夜　内

余则成看着手里的照片,心情沉重,然后打开一个大纸盒子,拿出烧焦的包,然后又拿出烧焦的高跟鞋,都是翠平的东西。

站长夫妇、李涯等人站在一边。

站长示意一特务把照片和纸盒子抱走,然后又示意大家坐下。

站长:则成,你要节哀。

余则成木然地看着空气中的一个点。

(旁白:真的,还是圈套? 多年的潜伏让他的神经像寒毛一样随时竖立,余则成希望这是个圈套,希望翠平还活着,可是他知道这种沉重的爆炸,只有翠平身上的那颗手雷能制造出来,他心里只剩下微弱的侥幸了。真的? 还是圈套?)

余则成收拾起自己的包,走了。

余则成家卧室　夜　内

收音机在播报信号,余则成在抄,抄完后开始拿书翻译。

翻译出来。

(旁白:翠平牺牲,你已危险,速撤离。)

余则成呆滞了,他把纸条靠在蜡烛上点燃。电文旁白反复在响着。

余则成起身,看着整齐的床,翠平的衣服。

余则成热泪盈眶,他身体一软,跪坐在地上,他使劲要站起来,反复几次,可是没有成功,他只好索性躺在了地上。

空洞苍白的眼神。[①]

在这场戏中,编剧赋予了主人公余则成极其丰富的外部动作和内部活动。外部的,如"大惊起身""打开一个大纸盒子,拿出烧焦的包""热泪盈眶""身体一软""跪""躺"等;内部的,虽然看不到,但余则成由最初担心翠平能否平安脱险,到得知翠平牺牲后的悲痛欲绝,却能被每一位观众(读者)深深地感知。

三、注重人物细微动作的描写

与舞台化的表演不同,电影、电视剧依赖画面和声音来叙述剧情、塑造人物、展开命运,因此,在拍摄演员的表演时,更善于通过景别的变化来捕捉人物的细微动作,包括身体姿势、手势、眼神、表情等。这些细微的动作,以中景、近景、特写的方式呈现出来,鲜明而又微妙地传达了人物的所思、所想、意志、愿望、情感、情绪,以及同他人交往中的种种

---

① 姜伟、华明:《〈潜伏〉创事纪》,广州:南方日报出版社,2008 年,第 399－400 页。

关系等。

掌握了这个特点,电影、电视剧编剧在写作时,就要有意识地加强对这种细微动作的撷取和表现,力争通过这些细微的动作描写,使观众(读者)既能感受人物的感情倾向,又可以揣度人物的真实动机。

比如,电视连续剧《大明王朝 1566》[①]的第一集第 1 场,对动作的描写就十分细致。

北京紫禁城午门

太阳是如此耀眼,没人能想到这一天是大明嘉靖三十九年的腊月二十九。

一个被取下了官帽的官员抬着头望着天空那颗"异象"的太阳,刺目的阳光把他满脸满身照得金光四射。

字幕:钦天监监正周云逸

镜头从周云逸身上拉开——

他的左边显出了两根巨大的廷杖。他的右边也显出了两根巨大的廷杖。

四根廷杖一头着地,呈四十五度斜杵在他身子的两侧,每根廷杖的另一端都握在一名东厂的行刑太监手中。

四名东厂太监两侧的不远处钉子般站着两行挎刀的锦衣卫。

"最后问你一次。"声音从周云逸身后不远处传来,"今年腊月为什么不下雪?"

"朝廷开支无度,官府贪墨横行,民不聊生,上天示警!"周云逸仍然望着太阳。

"唉!"那个声音的一声叹息虽然不大,但透着恐怖。

四个东厂太监的四根廷杖立刻动了,前两根从周云逸的腋下穿过去,架起了他的上身,后两根分别朝周云逸的后腿弯处击去。

周云逸先是跪了下去,随着前两根架着他的廷杖往后一抽,他整个身子趴在了午门的砖地上。

四个太监的四只脚分别踩在他的两只手背和两个后脚踝上,周云逸呈"大"字形被紧紧地踩住了。

四个东厂太监的目光都望向了午门方向。

阳光洒照下显出一个太监背负午门的身影。

那个太监先是犹疑了片刻,接着一步一步向周云逸这边走来,走到周云逸的身边站住了。

字幕:东厂提督太监冯保

冯保又站了片刻,接着竟在周云逸的头前蹲下了,声音透着悲悯:"明天就是大年三十了,你的家人都在等你过年呢。你就不能改个说法?"

周云逸的脸贴在地上,他慢慢闭上了两眼,两滴泪珠从眼角冒了出来。

---

① 刘和平编剧,张黎执导,陈宝国、黄志忠、王庆祥、倪大红等主演的 46 集历史题材电视连续剧,讲述了明朝嘉靖皇帝与大臣海瑞的故事。

冯保最后失望了，倏地站了起来："我再问你一句，这些话是谁教你对皇上说的？"

周云逸贴在地上的脸："我是大明的官员，尽自己的职责，用不着别人教我。"

冯保退后了一步，不再看他："廷杖吧。"

四个太监举起了廷杖，眼睛却仍然望着冯保。

冯保那双原来呈外八字站立的脚慢慢移动了，两只脚尖一寸一寸往内挪，那双外八字站立的脚，换成了内八字。这是"死杖"的信号！

四个太监的目光一碰，然后四双眼睛都闭上了，四根廷杖猛地击向周云逸的后背。沉闷的廷杖声立刻在午门那偌大的空坪里回响。

鲜血透过周云逸的衫袍迸了出来，喷向镜面。一记一记沉闷的廷杖声停了。

前面的两根廷杖从周云逸的两腋下穿了进去，把他的上半身往上一抬——周云逸的身子软软地垂着。

冯保又蹲了下去，捧起他的头，扯下他的一根头发伸到他的鼻孔前。

那根头发纹丝未动。

冯保叹了一声，站了起来："通知他的家人收尸吧。"[①]

在本场戏中，对各种动作的描写，如周云逸"抬着头望着天空那颗'异象'的太阳"，冯保"竟在周云逸的头前蹲下了，声音透着悲悯"以及"周云逸的脸贴在地上，他慢慢闭上了两眼，两滴泪珠从眼角冒了出来"，"冯保最后失望了，倏地站了起来"等，都写得很细腻，既凸显了人物性格，也外化了人物的内心。

四、选用那些可以制造冲突的词语

在电影、电视剧中，人物有目的的行动，往往不能一帆风顺、马到成功，总是要设置这样或那样的障碍，以延宕这一过程。如此一来，哪怕一件平时看起来很容易办到的事情，也总是会困难重重，过程充满变化，人物激烈冲突。主动一方的动作引起被动一方的反动作，动作和反动作此消彼长，如多米诺骨牌一般，一张接着一张，构成事件发生、发展和解决的全过程。

既然动作可以产生冲突，编剧在写人物的动作时，就要多选用那些能够制造冲突的语汇，以加强全剧的戏剧性。比如"他开车往银行方向去了"，就远不如"他一手揩着额头上浸出的冷汗，一手驾驶着方向盘，急促地按着喇叭，望着前面堵成一团的车流，显得焦急而又慌乱"这样的语言更能有效地推动剧情向前发展，把人物的内心波澜精准地刻画出来。

当然，人物动与不动，最终还是要由剧情来决定，但基本的原则是：即便你笔下的人物站在窗前一动不动地发呆，他的内心世界也应似大海般波涛汹涌。

[①] 此剧本片段由作者根据完成片整理，参考刘和平：《大明王朝 1566》，南京：江苏人民出版社，2011年，第 1—2 页。

第三节　写好电视连续剧的场面

一、什么是场面

场面是编剧讲故事的地方,在这里发生了某些事。

《大明王朝 1566》的开场戏,发生在北京紫禁城午门广场。那天是大明嘉靖三十九年的腊月二十九,因周云逸死不改口,笃定天不下雪的原因是朝廷开支无度,官府贪墨横行,民不聊生,结果被杀了。

《白鹿原》里朱先生第一次出场,是在白家祠堂。那天是白嘉轩的新婚之夜,他却不敢和妻子仙草圆房,好不容易才被朱先生给说通了。

《大明宫词》武则天做梦,是在唐高宗李治的宫殿之上。那时她还年轻,就勇敢而又果断地对李治说,她想嫁给他,当皇上的皇后。不料萧淑妃、王皇后等都出现了,对着她一顿口诛笔伐。

好的场面产生好的影视剧。当你想到一部好的电影或好的电视连续剧时,你记得的是场面,而不是整部影片或整个剧集。电视连续剧《人民的名义》里侯亮才率部下搜查贪官赵德平家那个场面,当帘子卷起,整个夹壁墙里全是整捆整捆的人民币,清点时竟烧坏了好几台验钞机,多么的震撼,多么的刺激,也是多么令观众气愤;电视连续剧《射雕英雄传》[1]里的华山论剑那场戏,刀光剑影闪过,确定了东邪、西毒、南帝、北丐、中神通的武林地位。

场面的写作,最能体现编剧的创作功力。一个导演或制片商选剧本,常常是看场面写得精彩不精彩。一集电视剧 45 分钟,共 30 到 40 场戏,如果能有四五场精彩的戏,这集剧本就算基本成立了。

二、为什么要写场面

场面的写作不是没有意义的,它的目的是推动故事前进。

任何一个场面的故事,都不应该停滞,要么为下一场戏埋下伏笔,要么为剧情的进展助推一把力。

比如电视连续剧《北京人在纽约》开场的戏。

---

①　根据金庸同名小说改编的电视连续剧,内地、香港等有多个版本。

车子驶向市区。

镜头由王起明的特写拉至王起明与郭燕的近景,两人相互对视拥抱微笑。王起明兴奋地抱着郭燕喊,"纽约！曼哈顿"。

俯拍纽约城夜景。

车子向前。

车内,旋律起,王起明随着音乐兴奋起来,挥舞双手作指挥状。郭燕向外张望,目不暇接。

纽约夜景,高楼大厦林立。

王起明仿佛指挥着一支乐队。

纽约街道夜景,灯火辉煌。

王起明继续指挥,郭燕兴奋地微笑。

纽约街道夜景。

王起明大声喊:"美国！纽约！"

纽约街道夜景,霓虹灯广告牌。

王起明高声喊:"王起明来了！"郭燕高兴地依偎着。

镜头跟随车子向前推,路边行人的全景移动。

王起明向车外招手。

姨妈的后脑勺,她微转头瞧后面,她有点奇怪这对年轻人的大惊小怪。

王起明和郭燕丝毫没有感觉到姨妈的反应,全身心沉浸在兴奋中。

仰视纽约夜景。

王起明在车里更加起劲地伴着无声源音乐指挥。郭燕仍然自顾自地到处张望。

车子向前……①

这场戏至少在以下几个方面起作用。

首先,展现了异域风光,交代了人物所处的环境。这场戏除了拍演员,还拍了大量的纽约夜景空镜头——林立的高楼大厦,灯火辉煌的霓虹灯广告牌,路边的行人,车水马龙等——既给观众以视觉的震撼,也给观众以心灵的震撼。要知道,该片播出的时候,还是 20 世纪 90 年代初期,中国改革开放的大门刚开启不久,国外的一切,尤其是发达的西方国家的一切,对于当时大多数的中国人来说,还是一个未解开的谜。电视剧满足了他们在这方面的好奇心。

其次,情由景生、情景交融,写景也是为了写人。这场戏虽拍景,中心目的还是为了塑造人。它不像某些影视剧,到了某个漂亮的场景,只顾展示美丽的风光,却忘了故事里的人物、情节才是应该表现的重心,于是成了风光、故事两张皮。而这场戏则不然,情由景生、情景交融,写景也是为了写人,表现了王起明和郭燕初到美国后的兴奋心情,也为

---

① 此剧本片段由作者根据完成片整理。

接下来两人在姨妈这里受到冷遇后的情绪变化埋下了伏笔。

再次，突出了人物的地位和身份。主人公王起明在来美国之前，是北京一家专业乐团的大提琴手，他放弃了国内令人羡慕的工作，打算到美国淘金。都说纽约是天堂，你如果爱他，就应该把他送到这个地方，如何不令人兴奋？夜幕中灯火辉煌的摩登景象，刺激了王起明的职业神经，让他的内心一下子爆发出独属于艺术家的激动和兴奋，于是交响乐《自新大陆》似一股感情的洪流，奔腾而不可抑制。王起明狂热地"挥舞双手作指挥状"，既是向欢迎他的新大陆表示敬意，也是在向观众们交代他的地位和身份。

最后，本场戏是剧情进展过程中不可或缺的一部分。电视连续剧《北京人在纽约》第一集故事讲的是王起明和郭燕初到美国，人生地不熟，言语也不通，下了机场等姨妈来接机，姨妈和姨父却姗姗来迟。好不容易到了，也见识了发达国家的繁华与灯红酒绿，然而，路途上的尽情高扬不过是虚幻的空中楼阁，目的地的当头棒喝才让他们懂得了什么是脚踏实地。

车驶入昏暗的贫民区，停下。

姨妈：到了，下车吧。

郭燕怀疑地：姨妈，咱们就住在这儿吗？

姨妈：不，你们住在这里，考虑到你们的经济情况，这里的租金比较便宜。起明，过来一下。这儿有一份为你联系的工作，明天一早就能上班了。

王起明：哎哟，姨妈，你这让我说什么好呢。

姨妈递给起明一个信封：噢，对了，信封里还有我借给你们的五百元钱，加上房屋的四百元，一共是九百元。先不要着急还，你们先安定下来再说吧。

王起明愣了一下，明显低了声调：噢，好吧。

姨妈：对了，今天晚上我和你姨父还有应酬，就不陪你们进门了。有什么问题，我们在电话里联络。威廉姆，咱们走吧。

威廉姆：起明，这是地下室的钥匙。楼上太贵了，你们就住在地下室。52号地下室，记住。

王起明：好，谢谢你。[①]

这场戏，犹如上文所说的那句话的下半句，"如果你恨他，也把他送纽约吧，因为这里是地狱"。极大的落差让王起明感到愤慨和失望。而叙事技巧上，上一场面的描写完全是为了衬托这下一场戏。两场戏交相辉映，相得益彰，既塑造了人物，交代了情节，也深刻地喻示了全片的主题。

可见，场面的目的就是要推动着故事一步一步地、一个场面一个场面地向结局发展。如果一个场面的故事停滞不前了，那就要毫不犹豫地重写或者删去。

---

① 　此剧本片段由作者根据完成片整理。

三、场与场如何划分

所有的场面都包含两个因素——地点和时间,场面也因这两个因素的转换来划分。也就是说,在同一空间中展示的内容为一个场面,换了一个空间则为另一个场面;而同一空间的时间若发生大的改变,例如之前是白天,之后是夜晚,或者昨天在这里上演了一场戏,今天又在这里上演了一场戏,也被视为场面发生了变换。

任何场面都处在特定的空间和特定的时间中。你需要做的是,在剧本里清楚地标明这一切。比如,你的场面发生在百货商场,白天,其格式是:

商场　日　内

如果你的故事发生在校园,黑夜,其格式是:

校园　夜　外

有时候,为了拍摄的需要,可以把场景分得更细一些。比如,你从商场二楼男装部出来,乘坐商场的观光梯上了七楼,在七楼的体育用品部,买了一件健身器材。那么,这就是三个不同的场景,分别为"二楼男装部　日　内""观光梯　日　内""七楼体育用品部日　内"。

同样,你的场面发生在卧室一对男女之间,夜晚,他们含情脉脉地对视,男的走到窗前,把窗帘拉上,然后出画(回到床边),镜头不变,女的穿睡衣入画,把窗帘打开,我们发现天已大亮,时间已从黑夜变成白天。那么,这也是两个场面,分别为"卧室　夜　内"和"卧室　日　内。"因为你改变了场景的时间。照明组为此要改变灯光和重新定位,比如要将夜光灯改成日光灯之类。

如果你的人物在夜间开着车在山路上行驶,而你又要表现他是在不同的地点。那就必须这样来变换场面:"山路　夜　外"到"更远的山路　夜　外"。

四、场面写多长合适

场面要写多长,这个无一定之规,决定权掌握在内容手里。根据内容的需要,场面可长可短。"它可以是一个复杂的、长达3页纸的对话场景,也可以简单到仅是一个单个镜头——如一辆汽车在高速公路上飞驶。"[①]

就好比电视连续剧《大明宫词》武则天做梦那场戏,编剧洋洋洒洒写了两千字,而紧接着这场戏的下一场戏,却寥寥数语,还不到百字。

---

① 悉德·菲尔德:《电影剧本写作基础》,钟大丰、鲍玉珩译,北京:世界图书出版公司北京公司,2012年,第145页。

后宫长廊　日　外

两侧的走廊上各自行进着一个奇异的队伍。一侧是老少混杂,高矮不一的太监们,另一侧是服饰艳丽,悄然无声的宫女们,他们时不时互相遥望,太监们悄悄地开着不咸不淡的玩笑。[①]

没必要为所有的事情订出个规矩来,比如必须在自己的某个剧本的某集里设计 2 个情节点、3 个段落、18 个场面之类。其实,一切只需遵循一个原则,那就是相信你的故事。故事决定场面内容的长与短。

五、找出场面内的成分和元素

场面是构成情节发展过程的基本单位,一个场面只表现一个局部的事件或动作,俗称"一场戏"。

这一场戏,可以相对完整,就像一部电视连续剧的剧本一样,也有起、承、转、合四个阶段,但也可以只表现整体的一部分。比如:

山路　夜　外

一辆车飞速地驶了过去。

当你着手写一个场面时,可以从以下几方面着手。首先,找出这一场面的目的;其次,给它地点和时间;最后,找出场面内的成分或元素并使它运转起来。什么是场面内的成分和元素呢?

比如,在电视连续剧《老农民》中,乔月想追求牛有草,就在大年初一这天晚上,来到牛有草家,坐在炕头上,和他喝起了酒,不料,喝到酒酣耳热时,杨灯儿来了。

乔月幽怨地看了一眼牛有草说:"组长,你也盼着我早点嫁人? 我嫁就嫁个喜欢的人。"她有醉态了,"牛组长,你的一片心我领了。你饺子馅调得真好,咸淡也合适,吃进肚里热乎乎的。"

牛有草不明白,皱着眉头问:"喝醉了吧,你啥时吃我包的饺子了?"乔月红着脸说:"牛组长啊牛组长,你就别装糊涂了,来喝酒!"

乔月醉了,站在炕上唱吕剧腔:"风吹柳叶哗啦啦,一轮明月天上挂。月亮圆时月宫好,月残嫦娥泪哗哗。天上虽好太寂寞,哪比人间好风华⋯⋯"

乔月唱到这儿动情得流泪了。

这时候,杨灯儿挎着篮子来了,听到屋子里唱戏,停下脚步听着。屋里传来乔月咯咯的笑声。杨灯儿忍不住一把推开门走进去,把篮子放在炕上说:"你俩挺热闹啊! 有酒没

---

① 　郑重、王要编剧:《大明宫词》,北京:人民文学出版社,2010 年,第 7 页。

菜不成局,我都给你们备好了。"说着从篮子里拿出菜和酒。

乔月挑衅道:"灯儿,你这是拜年来了? 只有黄鼠狼才晚上拜年呢!"杨灯儿更是要强:"谁是黄鼠狼谁知道,黄鼠狼就怕喝多酒,喝多了藏不住尾巴。"她说着,给乔月倒上酒,"还敢喝吗?"

乔月端起酒杯,一口把酒喝了。灯儿也把酒喝了,接着又倒酒。俩女人拼酒。

牛有草忙说:"灯儿,乔月酒量不行,再说,你来之前,她都喝不少了。"灯儿瞪了一眼说:"牛有草,你啥意思,心疼她了?"说着拿起酒瓶,一口气灌了半瓶,然后把酒瓶蹾在饭桌上,"这回公平了吧?"

牛有草劝道:"灯儿,你别闹了,赶紧回家吧。"杨灯儿微醉了,笑着说:"还早着呢,你急啥啊! 来,乔月,咱俩继续喝,看看到底谁是黄鼠狼!"

杨灯儿和乔月继续拼酒。乔月醉倒趴在饭桌上,杨灯儿也醉了,她扶着饭桌说:"乔月,你别装醉啊,有本事起来接着喝! 牛有草,你把她翻过去,我要看看她腚后头长没长尾巴!"

牛有草劝阻说:"净说胡话。灯儿,她喝不过你,你赶紧回家吧。"杨灯儿哈哈大笑:"咋啦,你怕我睡这儿? 牛有草,我告诉你,我杨灯儿不是喝多就随便找地儿睡的人! 我瞧上眼儿了,服服帖帖怎么都成,我要是瞧不上眼儿,你就是拿铡刀按我的脖子,我也得踹你两脚!"她说着就下了地,身子忽然一侧歪。

牛有草赶紧扶住杨灯儿。灯儿一甩手,把牛有草甩到一边,拉起乔月挽着走进西厢房。①

在这场戏中,酒和酒瓶,以及灯儿带来的菜,都是本场的成分和元素,抓住这些成分和元素,使之充分为塑造人物、推动情节、制造矛盾和冲突服务,比起单纯地让人物干坐着说话,效果会好很多,也会给故事添加质感和灵性。

电视连续剧《暗算》之《捕风》中,也有充分利用场面中成分和元素的绝佳例子。

罗雪拿来钱之江的皮鞋,把他的拖鞋换了下来:"近来出事太多了,同志们被杀的杀,抓的抓,生死都是那么猝不及防,那么无常莫测……"

"做一名地下工作者,就是把一只脚送进了地狱的门槛,另一只在某天清晨或傍晚,随时也都可能跟着进去。"

罗雪给他系着鞋带:"可我希望,你最后能把那只脚,重新从地狱的门里退回来。我们能死吗? 我们都死了,天天怎么办?"

钱之江握住了她的手:"所以我经常后悔我们生了天天,担心他终有一天会成为一名孤儿。因为生命对于我们,就像天上的彩虹一样容易消失,阳光、水汽、站的角度、位置,稍有偏差,彩虹就会转瞬即逝。甚至有时候,我们不得不用自己的手切断动脉、喉管,

---

① 此剧本片段由作者根据完成片整理。

用自己的牙齿咬碎舌头,或者用一粒毒药结束生命。"[1]

由鞋至脚,由脚谈及生命和牺牲,运用得巧妙,而且自然又深刻,真是一石三鸟,体现出编剧极高的创作水平。

第四节　写好电视连续剧的段落

一、什么是段落

段落相对于场面而言,指的是用单一的思想把一系列场面联结在一起。

所谓单一的思想,是指这一系列场面表现的是同一性质的事情,比如听课、开会、婚礼、葬礼、追逐、竞赛、竞选、团聚、到达、出发、加冕、抢劫等,都是戏剧性动作的单元或单位。

从结构上来讲,一部电视连续剧剧本的逻辑,是若干镜头组成场面,若干场面组成段落,若干段落组成一集剧,若干集剧再组成全部的电视连续剧。所以,段落对于电视连续剧剧本的意义十分重要,它是整个剧本的骨架,把一些场面"串"起来,集中表现整段的动作。

二、段落的特征

段落的特征,有点像一整部电视连续剧的缩影,整部电视连续剧有开端、发展、高潮、结局,每个段落也都有起、承、转、合四个阶段,就好比一个太阳系亦包含着一个宇宙空间的基本特点一样。

比如,电视连续剧《北京人在纽约》第二集写王起明去阿春的餐馆应聘工作,就是先从"起"开始。

厨房。
王起明给自己的长发在后脑勺扎了一根小辫,显摆地:瞧瞧我的头,怎么样?
郭燕:你怎么弄这么难看的头,难看死了。
王起明:不懂,这叫派,艺术家,知道吗?!不信,你到大街上去瞅瞅。
郭燕:你今天是第一天去找工作,你应该系个领带,穿个西装,显得正式一点。
王起明:干嘛啊,咱们去打工,穿得那么正式干嘛,不是接客。

---

[1]　麦家、杨健:《暗算》,北京:作家出版社,2006 年,第 324 页。

郭燕：那信封，姨妈给的地址。

王起明拿过信封，看：你瞧，湘院楼，这名活像个妓院。

郭燕：你这个人说话怎么这么难听，又不是姨妈请我们来的，本来我们就是穷亲戚，要什么威风。

然后，是"承"。

湘院楼中餐馆。

王起明推门进。

大李：Welcome.

王起明：Good morning. Thank you.

大李：You are welcome. Can I help you?

王起明一下子没有听明白，没有反应过来……

大李：You are Chinese?

王起明：对，Chinese，中国人。

大李：听你的口音，你是北京人？

王起明：我操，对不起，我说话有点糙。北京人，你在什么地方？

大李：中关村。

王起明：我知道。我在和平里，三环路里面，知道吗？

大李：我知道，我弟弟住在那里。

王起明：是吗，来几年了？

大李：五年了。

王起明：老美国了。

大李：你呢？

王起明：刚来，不错吧？

大李：不错。对不起，有什么事？

王起明：老板在里面吗？

大李：在，什么事？

王起明：我姓王，是他的一个朋友让我来的，办点事。

吧台。

大李：来，来，里面来。

王起明跟着走进。

大李对 Frank 介绍：老板的朋友。（对王起明）你先坐，我给你找老板去。

王起明：谢谢。

Frank 对王起明指指可乐，王起明摇摇头。Frank 拿出一瓶啤酒，王起明点点头。Frank 打开啤酒盖，倒了一杯给王起明。

阿春走进:你好!

王起明:你讲北京话?

阿春:我说的是国语。

王起明:你不是从北京来?

阿春:未必只有从北京来的,才会说国语吧。王先生,做什么生意?

王起明:我不是生意人,我是拉大提琴的。

阿春:这么说,你是位艺术家。

王起明:算是吧,但谈不上。

阿春:我可以理解你是一个很有品位的人,而且很有艺术家的气质。你是第一次来我们这里吧? 说说你的印象。

王起明:总的来说,不错。我觉得,你们这里的音乐……你们是不是逮着什么放什么?!

阿春:怎么讲?

王起明:实话实说,我觉得有点太闹,不讲究。

阿春:哦,Frank,请你照顾一下王先生。对不起,失陪了。

Frank:是,经理。

王起明:经理?! 你是老板娘?

接下来,是"转"。

阿春停下脚步。

王起明:我是不是可以见你老板?

阿春:这里的事,我做主。

王起明:是这样,孙先生让我来找你一下,带一封信给你,说这儿有一份工作……

阿春:你想干什么?

王起明:当然啰,我不想在你里面拉大提琴,怎么说呢,随便找一个……就算是个过渡吧。

阿春:总会干点什么吧?

王起明:其实也无所谓,你看着安排。抱歉,我以前到餐馆来,总是吃饭,从来没有想到……

阿春:那就请你马上离开这个地方。

王起明愕然:你这是什么意思?

阿春:我的意思是说,坐在这里要付钱的。

王起明:你可以从我工钱里扣。

阿春:我并没有说要付给你工钱呢。

王起明:这么说,你是不想要我?

阿春:我的意思是,如果你还能唱两句的话,我真的可以考虑。

众人哄笑。

王起明压低了火气,问:你贵姓?

阿春:叫我阿春就行了。

王起明迸发地:你还知道你叫什么!

王起明转身就走。

最后,是"合"。

阿春:哎,你回来。

王起明:干什么?

阿春:你还没有付酒钱呢。

王起明:我会付的。

阿春:我相信你的能力,但是本店概不赊欠。

王起明一时被窘住了,情急之下一把脱下手表,往吧台上一搁:这……总可以了吧?

阿春接过看了一眼:嗫,还是瑞士的呢。(递给身后看热闹的店伙计)你们看这只表值多少钱?

店员跟着搭腔:两块钱。

王起明:我可以走了吧?

阿春把表扔了过去:对不起,王先生,我们这里不是当铺。

王起明横下心来:那你到底想怎么着?

阿春:很简单,你给我打工!

阿春说完扭身就走。

王起明无奈的脸。

这个段落,有起点,有落点,有张有弛,从容不迫,过程完整,层次分明。更重要的是突显了人物性格,阿春从虚情接待,到发火轰人,再到巧妙收留,喜欢掌控他人的强势性格跃然纸上;而王起明,高高抛起,狠狠摔下,从美好的想象到严酷的现实,当头棒喝,终到梦醒时刻。

三、一集剧本的段落

掌握段落的知识是电视连续剧剧本写作的基本功。一集电视剧本,总是由若干个段落构成,但写几个段落却没有固定的规定。还是那句话,内容为王,内容会决定本集段落数量的多寡。

比如电视连续剧《当婆婆遇上妈》第一集,共写了约三个段落。

第一个段落:陈大可携罗佳私奔,罗妈妈听说后,欲跳楼死拼。

1－1. 罗家小区居民楼楼道通向楼顶处　日　内

一双脚。

一双中年女人的脚。

脚迈着沉重的脚步,一层层地上着楼道里的台阶。

老式的居民楼顶层,开着一个天窗,天窗下墙壁中嵌着几个钢管筑成的简易梯子,从此可以爬上屋顶。

楼道很黑,所以阳光从天窗上方透下来,让一步步走上楼来的罗妈妈感到阵阵的炫目。

天在摇地在转。镜头有机地过渡到下一场。

1－2. 罗家小区居民楼楼外的小道　日　外

陈大可与罗佳快步往小区外走着,相对于陈大可的决心下定,罗佳显得有些犹豫。

罗佳:咱就这么走了?

陈大可:不这么走还想咋走?

罗佳:可我妈……我爸……

陈大可:哎呀,做不通工作的,走,快走,再不走车可就要开了。

罗佳:可我还是……

正说着,罗父从后面一路小跑气喘吁吁地追了上来。

罗父:佳佳……佳佳,等等,你等等!

罗佳:(回头)爸……

陈大可看见了,一拉罗佳:不能停,停了就走不了了,还愣着干什么? 走,快走!(说罢,带头先跑起来)

罗佳犹豫片刻,不知是该停下脚步等父亲还是该随陈大可一起奔跑,终于,她似下定了决心一般,跟着陈大可跑了起来。

罗父:回来,回来! 你们快回来! 你妈她……你妈她出事啦,出大事啦!

罗佳:(停下脚步,回头)我妈她咋啦?

1－3. 罗家小区居民楼下的小广场　日　外

老旧的居民小区里人声鼎沸,七姑八婶们聚在一起仰着脖子往上看,下巴都快掉到地上了。

义务讲解员唾沫横飞地介绍着情况——

呀,那不是罗大婶吗? 这又唱哪出啊!

闺女要跟人私奔,当妈的活不了啦!

唉呦,你们说的都不对,是这么回事儿——

楼顶平台上,罗妈妈把着栏杆,摇摇欲坠。

一个险情发生,众人发出一声惊呼。刚刚赶到这里的罗佳大叫一声。

罗佳:妈——

听见罗佳这一声喊,罗妈妈表情马上变得镇静了许多,她知道她的这一举动奏效了,女儿已被丈夫成功地追回。

罗佳:妈,你这是干什么呀?

陈大可:是,阿姨,您这是干什么呀?快退回去,退回去! 等着,我这就去接您啊!(快步跑进楼道)

罗妈妈:(声嘶力竭地)别过来! 别过来! 有本事谁也别管我! 让我跳下去! 我死了就顺你们意了!

罗妈妈说着把一只脚已经跨出来,下面看热闹的立刻发出一声惊呼,整齐地向后退了一步,正好空出个圈来让罗妈妈摔。

这么老高摔下来,脑浆子崩你一身!

哎呀! 闪开闪开!

罗爸爸此时也匆忙赶到,老头子年纪大了,又胖,跑不快不说,还跑出一身大汗,看着楼顶的老伴一阵阵发晕。

罗爸爸:哎哎,女儿追回来了,你就赶紧下来吧,有话好好说,快下来,听见啦? ——

罗妈妈丝毫不为所动,还试探着再把另一只脚也伸出来。

楼下又是一声惊呼,人群又自动后退一步,但看热闹的热情高涨,丝毫没有散开的意思!

陈大可犹豫着,不知是该进楼道,还是在下面守护。

罗佳:(着急地)你还愣着干什么? 快! 快上去拦住她,我妈有恐高症,别说这是六层楼,平常就是踩个凳子身子也会直晃悠!

陈大可一听,慌里慌张往楼上跑去。

1—4.半裸男的家 日 内

对面窗口有个披着毛巾被的半裸男,举着望远镜一边看一边嚷嚷:老婆! 来看来看! 有人跳楼! 快打110!

1—5.楼顶平台 日 外

罗妈妈抱着栏杆,哆哆嗦嗦地不敢往下看,但又试探着向前迈了一步!

楼下的众人再次发出一阵惊呼。

陈大可出现在天窗处,紧接着罗爸爸也拖着肥胖而又笨拙的身体赶到了。罗爸爸汗流浃背,不住擦着额上打绺的头发。

陈大可:阿姨,我来救你来了!

罗妈妈:别过来! 过来我就跳!

陈大可：阿姨，您……您这么做值当吗？

罗妈妈：值当，当然值当，敢情走的不是你女儿！（冲楼下的女儿喊）罗佳，舍得下你妈，就跟他走一个试试！让全院儿人看看我生了个什么东西！

陈大可：阿姨您冷静点儿，听我解释，我不是带佳佳私奔，就是回老家看看，认个门儿，过两天就把她送回来！将来我还是要在北京发展的——

罗妈妈：你当我傻子啊？陈大可，我早看透你了，你就是一彻头彻尾的大骗子，你骗别人我不管，可不能骗到我女儿头上！

陈大可：我咋骗你女儿了？

罗妈妈：你口口声声说留北京，都过去仨月了，你正经投过一份儿简历吗？没有工作你怎么留北京？别以为我不知道你打得什么小算盘，你就是黑了心的要把我闺女骗回老家去，让我们妻离子散家破人亡！

陈大可：这……这都挨得上吗？（有些心虚，可还嘴硬）阿姨……说到这简历，不是我没投，实在是——

罗妈妈：你小王八蛋少在这儿天花乱坠，我闺女耳根子软，老娘可不傻！到了那边一个电话说不回来了，天高皇帝远，谁逮得着你？！（冲丈夫）罗海生，打110，就说陈大可拐骗妇女，不对，是拐骗无知少女！

楼下一直没吱声的罗佳一听这话就急了。

罗佳：（扯着嗓子喊）妈，你说啥呢？当着这么多叔叔阿姨的面丢不丢人？说我无知？你女儿要是无知！能以580的高分考上人大中文系？！再说了，我们是自由恋爱、情投意合，你管得着吗？今儿我还走定了，有本事你就跳！

罗妈妈：嗨，小兔崽子，我还不信了！你逼我是吧，好，我跳——我这就跳！

罗佳：跳吧，没人拦你！（冲楼顶的陈大可喊）大可，别拦她，让她跳！

陈大可听话地退后两步。

罗妈妈骑虎难下了，往下一瞧，六层小楼底下黑脑袋攒动，看得她直眼晕。

罗佳故意使激将法：妈，你跳啊，跳啊，赶紧啊，这个叔叔待会还急着上班，那个阿姨还急着去幼儿园接孙子呢！

罗爸爸：罗佳，催命啊！盼你妈死啊！

罗佳：爸，您放心，她没这魄力，你问她，除了吓唬人还有什么本事？一哭二闹三上吊，绳子还得换成松紧带儿的！

罗妈妈：王八羔子，养条狼都比你有良心！生下你就该直接掐死！

罗佳：没错！后悔了吧？悔不当初吧？晚了！

罗妈妈气得眼泪都快下来了：罗海生！你是死人啊！看着你闺女欺负我？！

罗爸爸赶紧两头说好话：佳佳，快给你妈服个软，别跟她一般见识，先把她弄下来再说，爸爸求你了佳佳——

忽然传来警笛声，110民警赶到，在楼下忙活着给气垫充气，罗妈妈这才有了底。

罗妈妈：说吧，你到底跟不跟他私奔？

罗佳:跟,我跟定了!实话告诉您,我还非陈大可不嫁了,您拦着就是给我死路一条!(看看周围)要不这样吧,我也上去,怎么着,咱娘儿俩来个手牵手啊?(转身也跑进了楼道)

1－6.罗家小区　日　外

楼下,民警举着步话机安排救援,一群戴红袖箍的老头老太鲨鱼见血似的围上来,

领头的干瘦老太太拽着民警讲解着:"警察同志啊你们可来了,是这么个情况,他们家住4门201的,那女的是百货大楼卖服装的,05年内退了——"

旁边还有纠错的——

不对,是06年!

06年内退了开了个棋牌室,就在小区后头,老爷们儿有本事,国营大饭店的厨子,不过也退休了——

听说又返聘了!

哪儿啊,让鬼子开的饭店挖墙脚了!这不刚培养出个大学生来,闺女就要跟小白脸私奔,哪儿说理去啊!您说是吧民警同志?您可得劝劝啊,您是人民的好公仆,您说话她指定得听!

一群老太太苍蝇似的嗡嗡,民警听得晕头转向,抬头向上一看,大惊失色。

民警:刚才还一个,这会儿咋变俩啦?

1－7.楼顶平台　日　外

罗佳从天窗爬上来,大步上前,和罗妈妈站到了一起,也摆出了要跳楼的架势。

罗妈妈一见闺女玩真的,也害怕了。

罗妈妈:你干什么?干什么?不要命啦?

罗佳:你干吗说我呀,你这命不也不要了吗?

罗妈妈:快回去!佳佳,知道你心疼妈,这不是闹着玩儿的,快回去!

罗佳:不是心疼您,是心疼我自个儿!长这么大了,我就没一天挣脱过您的独裁专政!妈,您怎么就不能为我想想,我都二十三了,五年前就行过成人礼了,这小鸡还得学会自己到外面叨食呢,这雏鹰还得在天上练上几回飞呢,您能不能放我一回?就一回!让我自己做一回主?!

罗妈妈:作主可以,可也不能往虎狼窝里扑!

陈大可:哎,阿姨,这话我可就不爱听了,我陈大可长得再砢碜,也不至于跟动物园的老虎狗熊打PK吧。

罗妈妈:我没说你,说你家。

陈大可:我家,我家又咋啦?我家可是清白之家,不敢说是书香门第,至少我爸妈也都知书达理。

罗妈妈:照你这么说,是我不通情达理对不对?陈大可,我告诉你,你少揣着明白装糊涂,这报上咋儿还说呢,小两口生了一儿子,爷爷奶奶、姥姥姥爷为让孙子取谁家的姓

打起来了。

陈大可:取谁家的姓? 当然是取夫家的姓了。

罗妈妈:想得美,家家都是一个独生子女,凭啥你家有后别人家就得绝户啊?

罗佳:妈,这都啥年代了,您老的思想还这么封建?

罗妈妈:我封建? 我就封建,怎么着吧?,陈大可,你给我听着,我们老两口就这一个闺女,要是跟你走了,剩下我们老两口咋办? 你想让我们"执手相看泪眼,竟无语凝噎"啊? 知不知道"凄凄惨惨戚戚","多情自古伤离别"啊?

罗佳:妈,你这都从哪学来的?

罗妈妈:哪来的? 你念课文的时候灌的,想听吗? 还有一大堆呢。

罗佳:行了妈,我说了就是到他们家看看,也没说"黄鹤一去不复返"了。

罗妈妈:返,返你个屁,我心里清清楚楚,你一走,这地方就空余一座楼!

陈大可:要不,阿姨,您和叔叔搬我们那儿去住?

罗妈妈:说啥? 你说啥? 告诉你,你这就叫天子脚下挥拳,皇城根下动武! 想让我们离开京城去你们那小地方! 哼! 也不撒泡尿照照自己!

罗父:(半天没插上话,此时上前劝说)好了,好了,佳佳不会的,她都答应你了。你就先消消气,回家去,别让街坊四邻看笑话啦!

罗妈妈:她答应我? 答应我啥啦? 你个老糊涂,你个整天不管家的,她连咱家户口本都带走了,这啥意思,这就是想先斩后奏,把生米做成熟饭,把咱家的女儿变成人家的媳妇。我可怜的女儿啊!(说着,一屁股坐在房檐旁,哭了起来)

罗佳:妈,你闹够了没有?!

罗妈妈:没有!

罗佳:那你闹吧,我没工夫伺候,(对大可)大可,我们走!

罗妈妈上前一把拦住:敢?(一抹鼻涕和眼泪,冲罗佳一伸手)拿来!

罗佳:啥?

罗妈妈:户口本!

罗佳下意识地捂了一下自己的背包,仿佛忘了自己所在的位置一般,后退两步:我没拿!

罗妈妈似乎也忘了自己所在的位置一般,大步上前。

罗妈妈:胡说,拿包给我看!

罗佳:不给不给就不给!

罗妈妈:给我,给我,你快给我!

就这样,两人就在房顶上展开了拉锯战。

1—8.罗家小区　日　外

楼下的民警看着两人一会儿往左一会儿往右,只好抬着充气垫跟着他们移动。围观群众也呼呼啦啦地跟着左边挪了右边挪! 并不时发出惊呼声。

群众:啊!——啊!——

1—9. 半裸男的家　日　内

对面窗口的半裸男一边拿望远镜看着,一边嘴里赞叹。

半裸男:嘿,好玩,真好玩。比美国大片好看多了。

没错,在他身后,电视上正放美国大片《珍珠港》呢。

1—10. 楼顶平台　日　外

渐渐地,罗妈妈占了上风,上前一把揪住了罗佳的背包。

罗妈妈:少废话,拿来吧你。

由于过于用力,罗佳的背包带子断了,罗妈妈毫无防备,一个趔趄,站立不稳,身子向后仰去。

1—11. 罗家小区　日　外

群众看见了,惊呼一声:啊——

气垫赶紧移向罗妈妈有可能坠落的地方。

1—12. 楼顶平台　日　外

陈大可眼疾手快,高喊一声。

陈大可:阿姨——妈——(情急之下也不知该喊什么了)

陈大可一个箭步上前,一把抓住了罗妈妈胸前的衣襟。

罗妈妈站稳了,化险为夷,但很快意识到陈大可抓的不是地方,恼羞成怒地猛一推他。

罗妈妈:小王八蛋,往哪儿抓呢?

这一推不要紧,陈大可晃了两晃,身子向楼下掉去。(高速摄影)

罗佳:(惊呼)大可——

罗爸爸:(也惊呼)大可——

罗妈妈见状,吓得倒地晕过去了。

1—13. 罗家小区　日　外

一片寂静无声——

1—14. 半裸男的家　日　内

对面窗口的半裸男还举着望远镜看,已经入神,毛巾被也掉了,嘴里的烟头一松,掉进裤裆里。老婆哪有工夫管他?一把抢过望远镜自己看过去!

半裸男烫得大叫:啊——

随着半裸男的惊叫,楼下群众也是一阵惊呼:啊——

1—15.楼顶平台　日　外

罗妈妈醒过来了,恍恍惚惚地睁开眼睛,见罗佳、罗爸爸趴在楼檐向下张望,便也爬过去,战战兢兢地向楼下望去——

楼下的气垫上,空无一人,所有的围观的人头都向上仰着,和他们形成了对视。

罗妈妈:小……小王八蛋呢?!

罗佳哭了:大可! 大可?! 大可你在哪儿啊,你不能死,你死了我也不想活了……你可是对我发过誓,天地合,才敢与我绝的啊……

罗妈妈:(也喊)大可,大可,你在哪儿? 阿姨不跳楼了,你快现身,快现身让阿姨看看行不行啊?(慌张地、难过地)这咋生不见人,死不见尸呢? 该不是来了外星人把他给劫走了吧?

罗父无可奈何地摇头,同样为看不见大可而着急。

正焦虑间,忽然,从四楼处伸出一只手来,无力地晃了晃,罗佳这才看清,原来大可在下落的过程中裤子被挂在了伸出来的空调外机上!

罗佳:大可——大可你还活着,太好了,大可还活着,大可你没事儿吧! 大可!

大可被撞得神志不清,勉强冲罗佳笑笑:我——我没事——能——拉我上去吗?

罗佳和罗父急忙向下伸手,大可刚要把手伸向他们。

忽然"刺啦——"一声,大可的裤子撕开了,整个人从空调外机上摔下去。

楼下群众炸开了锅!

1—16.半裸男的家　日　内

望远镜的小圆镜头里,大可穿着一条鲜红的裤衩划过天空,重重地摔在气垫上!

半裸男家的电视里,正演着《珍珠港》飞机俯冲扫射海面那一段,那音响里的音乐与大可落地正好匹配。

1—17.罗家小区　日　外

气垫上,大可四仰八叉。

罗佳第一个从楼道处冲下来,一路大呼小叫,后头跟着罗妈妈和罗爸爸,大伙都吓坏了,围上去谁也不敢动他。

四周群众再次炸开了锅:"死了?""快叫救护车! 兴许还有救!""怎么没出血啊?""有内伤吧!"

罗佳连呼带喊:大可! 大可——你醒醒,你醒醒啊,都是我家人不好,都是我不好,是我们害了你啊。

罗妈妈:(同样难过地)是我,是我把他给害了。

大可紧闭的双眼微微睁开,有气无力地:知道就好,阿姨啊,害我——就是害你女儿,这个道理你懂吧?

罗妈妈:懂了,我现在懂了。

大可:那,您同意我带她去南滨了?

罗妈妈:你们想去就去吧?

大可兴奋地:佳佳,你听见了吗? 你妈她同意我们走了!(猛地坐起,想从气垫上下来。众人一见,纷纷上前帮忙,将他抬了起来。)

外围民警突然喊了一句:别动! 骨折了就接不上啦!

众人条件反射似的集体撒手,往后一撤,可怜的大可又被从气垫上直接摔到了地上!

大可一声撕心裂肺的嚎叫"啊——"

1-18. 空镜　马路　日　外

一辆救护车拉着号角呼啸而过!

1-19. 医院急救室门口　日　内

急救室门外,罗佳恨不得从门缝里钻进去。

一个大夫从手术室门前经过,罗妈妈一把拉住他。

罗妈妈:大夫,他怎么样,他怎么样?

大夫丈二和尚摸不着头脑地:谁? 谁怎么样? 咳! 又不是我给他做手术!

罗爸爸好心好意上前规劝女儿:佳佳,喝口水吧——

罗佳:爸,你说大可他会不会摔成植物人啊?

罗父:应该不会吧,送来的时候挺清醒的。

罗佳:就是摔成植物人我也一样爱他,嫁他,我要照顾他一辈子,直到把他唤醒为止。

罗佳说着说着就抹起眼泪来,罗妈妈看见了,赶紧上前掏手绢给闺女擦,罗佳瞪她一眼,选择了罗父送过来的纸巾。

罗妈妈:行,有你的,我知道你恨我,可妈这样做,还不是为了你好!

罗佳:为我好? 为我好你就该成全我俩,干吗他一进咱家门,你就总是鼻子不是鼻子眼睛不是眼睛啊?

罗妈妈:我啥时候这样了,啊,你说我啥时候这样了? 以前哪次他到咱家,我不是好吃好喝地招待,上回,你爸被请去做婚宴,人家开出两千块的价码,还不包括烟啊酒啥的,结果怎么样,为了我这未来的姑爷,这钱,咱不挣了。

罗佳:那是以前,可现在呢? 现在你见他就生气,甚至连门都堵着不想让他进了。

面对闺女机枪似的咄咄逼人,罗妈妈一肚子委屈:妈不让你俩好,也是舍不得你,都毕业仨月了,他也没个正经工作,自个儿也不着急,这不明摆着不想留北京吗? 他这一走,要么你们两地分居,要么咱娘儿俩就得分开,你说妈能让你——

罗佳:妈,他是不想留北京,那是因为他在他老家找好工作了,她妈给找的,堂堂市财政局计财科,专业对口不说,还是人人艳羡的公务员,端的是铁饭碗!

罗妈妈:他端金饭碗我也不稀罕,我疼的是你。你的工作呢? 你在北京已经找到好工作了,白领、外企,风光无限,前途无限,薪金无限,跟他这一走,不全鸡飞蛋打啦!

罗佳:妈,别说了,我一直没敢告诉你,那工作,早over了。

罗妈妈:欧……什么?

罗佳:就是黄了。

罗爸爸:黄? 为啥黄的? 啥时黄的?

罗佳:咳,你就别问了。

罗爸爸:不问,干吗不问,爸是关心你。

罗妈妈:对,妈也关心你。

罗佳:怎么说呢,我和上司不和,那个家伙,对女职员,总是色迷迷的,老想着揩油……

1—20. 一家外企公司所在的写字楼　日　内(闪回)

随着罗佳的声音继续,画面切入一家外企公司大楼。

一个女主管迎面走来,与正在打扫整理办公桌的罗佳等职员亲切地打着招呼。

女主管:佳佳,早,你今天好漂亮。

罗佳兴奋地:谢谢主管。

罗佳:(O.S.)发薪的时候,还这扣那扣的……

1—21. 一家外企公司所在的写字楼主管办公室　日　内(闪回)

女主管拿出一个红包给站在她对面的罗佳。

女主管:鉴于你上个月卓越的表现,公司决定额外发给你两千元的奖金。

罗佳兴奋地:谢谢主管!

1—22. 医院急救室门口　日　内

罗妈妈和罗爸爸听完了罗佳的讲述,沉思着。

罗妈妈:要这么说,不干也罢,可那儿不行,还有别处啊,这北京这么大,机会这么多……

罗佳:机会多,人才也多,竞争也残酷,妈,我累了,我想换个方式过恬淡一点的生活了,我的要求不多,你们就满足我一次,不行吗?

罗妈妈:可你走了,我们老两口怎么办啊?

罗佳:我到了那儿,努力工作,将来买房子,接你们一起过来,咱们挨着海住,每天醒来,第一眼看到的就是碧蓝的海水,还有在天空与海洋间飞翔嬉戏觅食的海鸥,呼吸的是略带着咸味的海风,还可以游泳、冲浪,少了城市的喧嚣、浮躁、灰尘、污染,真是要有多舒服就有多舒服!

罗妈妈:这个嘛……也不是不行……就是……就是……他工作落实了,你的工作呢,总不至于到他们家洗碗端盘子,当专职保姆吧?

罗佳:妈,瞧您说的,南滨不大,大可他爸妈在那儿生活多年,人脉一定很足,还能不给我解决了?常言道,爱屋及乌,没有母亲不爱自己的儿子,她也一定会爱我这未来的儿媳妇!

话音刚落,身边传来大可虚弱的声音。

大可:你们,你们在说什么呀?

三人一看,原来急救室的门不知何时开了,躺在床上的大可被医护们推着走了出来。

罗佳:大可,大可你没事吧?

罗父:大夫!他怎么样了?有没有内伤?

大夫:目前没有发现大问题,就是前小臂扭伤,轻微脑震荡。再作个全面检查,留院观察四十八小时。

罗妈妈一听,心里一块石头算是落了地:那就好,那就好啊!大可啊,今天是阿姨的不是,我在这儿给你赔礼道歉啦!

大可:没事,阿姨,是我不好,我不该硬带罗佳走……对了……(问罗佳)刚才,大夫说……得观察多长时间?

罗佳:四十八小时?咋啦?

大可:四十八小时,我的妈啊!那她还不得急死啊!

第二个段落:这天晚上,公公、婆婆、爸爸、妈妈,还有小两口,都没闲着。

1－23. 一家高档餐厅雅间　夜　内

桌子上摆满了丰盛的饭菜,财政局李局长正襟危坐,坐在买单的位子上。婆婆在一个女服务员的引领下走进雅间。

李局长:(略微欠了欠身,期待地望着婆婆身后,当发现进来的只是婆婆一人时,略显失望)

婆婆:李局长,您早到了?

李局长:怎么?就你自己?坐吧。

婆婆:哦,是这样的,本来大可今天下午就能到家,参加这晚宴毫无问题,可不巧,他的档案落在人才市场了,去拿,人家这两天电脑出了故障,调不出来,只好缓两天,你说现如今也真是的,怎么人脑离了电脑就啥也玩不转了呢?

李局长:这个嘛,退化了呗,不是进化而是退化了。

婆婆:感觉挺不好意思的,好不容易能和局长一起坐坐,请你给他多指教指教,结果,还缺了席。

李局长:没什么,反正我女儿今晚也有事没来。

婆婆听了这话一愣:您说什么?

李局长:哦,没什么……我女儿,笑笑,我本来要带她一起来的,凑个热闹,要不,光咱俩吃多无聊啊,你说是吧?

婆婆:那,赶紧打电话,让她再过来,让笑笑妈也来。

李局长:算了,她们这会已经吃上了,咱们也开吃吧。

婆婆坐了下来,脑子里似乎在琢磨局长请女儿作陪的意思。

婆婆:李局长,我好像记着笑笑她是出国了……

李局长:当年上学,成绩不好,觉着在国内不会有啥前途,就把她送到德国去了,毕竟,那儿上大学免费不说,还可以开阔自己的眼界,至少可以学会一门外国语言吧? 不承想,你也送,我也送,大家想到一块了,结果,德国的老师去上课,一进教室门,就被吓了一大跳……

婆婆:吓一跳? 为啥啊?

李局长:还用问吗? 满屋的黄皮肤、黑头发,老师还以为走错教室了呢。

婆婆笑了:原来是这样啊。

李局长:你想在这样的环境里,还学什么德文啊,结果,越往高年级升,就越听不懂,半途而废了,算是花重金生产了一个留学垃圾。

婆婆:可别这么说,笑笑挺优秀的,在德国没学成,还可以回国接着学嘛,不知她对什么专业感兴趣,要是也爱好金融,等我们家大可回来了,可以好好地帮帮她。哦,不,我是说他们俩可以好好地切磋切磋。

李局长满意地点点头:好,我也是这个意思啊!

两人一边慢条斯理地吃菜、喝酒,一边聊起了家常。

李局长:老方啊,说起咱这财政局,街门不大,却是众人眼睛溜圆溜圆盯着的地方。你知道吗? 上个月,国税局的张局长找我,想把他公子给安插到办公室,让我一口给回绝了……

婆婆:哦,是吗? 为……为什么呢?

李局长:哼,不学无术,纨绔子弟,来了能干什么? 只会把咱们的大楼给搅和成一锅粥。

婆婆:是是,您放心,我们大可不会,他一定不会,他从小老实,学习还刻苦,在学校,那成绩一直拔着头筹,毕业的时候,有好多单位争着要他……

李局长:哦,那为什么不留在北京呢?

婆婆:这个,您是知道的,我和老陈,就这一个儿子,当然,还有一个老姑娘,可老姑娘总是要出嫁的,女儿大了不中留嘛,将来我们两口养老,可不就只能指望他。

李局长:你我都一样,都是为儿女操心的命啊。

婆婆:李局长,为了大可进财政局的事,我还没好好谢谢您呢,这样,我给您把杯满上,敬您一杯。(恭敬地举杯站起)

李局长:好,谢谢,谢谢,坐,请坐。(碰杯,喝酒)

婆婆没坐,又满上一杯,恭敬地端起:这杯,是代表大可敬您的。

李局长:好好好,我喝,我喝。

婆婆又倒上第三杯:这个代表我家老头子,等回头没事了,咱两家可得多走动啊。

李局长呵呵笑着:走动,走动,能不走动吗?没准越走动越亲,还能联姻呢。

婆婆犹豫片刻:那敢情好。

李局长看她一眼,似乎对她这不冷不淡的回答不太满意。

李局长:老方啊,你知道吗?除了国税局的张局长,祁副市长的条子也来了,让我看着安排他的一个远房侄子,那侄子倒是大学毕业,可只是在一个不入流的民办大学混了个本科而已……

婆婆:您也回绝了?

李局长:这个嘛,没有……

婆婆抬头望望李局长,李局长也正讳莫如深地望着他,两人笑了。

婆婆笑得有些尴尬,仿佛不好猜出局长葫芦里卖的是什么药。

李局长:人才难得啊,人才难得啊,财政局要发展,要办事有高效率,还是得找那些有真才实学的人,所以,我是极其看好你们家大可啊。

婆婆:谢谢李局长,谢谢李局长。回头等大可到了单位,还指望着李局长多多指导,一手栽培呢。

李局长:这个嘛,好说,好说,谁叫我一见他就喜欢呢,哎,对了,我们家笑笑虽然没见过你们家大可,但也对大可这人充满了好奇,尤其是那天在我办公室看到了你给我的那几张大可的照片,眼睛当时就有些发直……

婆婆:是……是吗?

李局长:老方啊,我还记得你曾经说过,你们家大可在大学是没有谈过恋爱的……

婆婆:是……没……(有些底气不足,抬头见李局长望着她,忙鼓足勇气喊一般地道)是,没谈过,他才多大啊,胡子都还没长出来呢,就想谈恋爱,哼!

李局长:他都二十五了,竟然还没长胡子?

婆婆:不是,我是说,我是做个比喻……就是乳臭未干的意思……事实上,他的胡子长得又快又浓密,挺男子汉气的。

李局长笑了:好,好,笑笑喜欢的就是这种男子汉气质。你们大可个头有……

婆婆:一米七五?

李局长:好好,等大可到了,去家里串个门吧,多创造点他们接触的机会,嗯?

婆婆:(犹豫片刻,点头哈腰地)是……是……

1—24.陈大可家　夜　内

公公包着头巾、捂着口罩、戴着套袖,正在全副武装挥汗如雨地打扫屋子,已然窗明几净,可他仍不满意,恨不得桌面都照出人影来。

这是一所老式的小三居,门厅狭窄,只够摆个餐桌,最大的房间布置成客厅,另外两个小屋分别是老人和大可的卧室。

响起钥匙开门的声音,婆婆回来了,公公一见,赶紧放下手里的活,迎了上去,想着为婆婆脱外套。

婆婆:行了行了,我还是自己来吧,省得你的手脏了我的衣服。(一边说一边打量着战果)里屋打扫过了吗?

公公:打扫过了,请检查吧,不敢说一尘不染,至少窗明几净。

婆婆看看里屋为大可和罗佳铺的双人床:搭把手,把这双人床再抬出来吧?

公公:抬出来? 抬出来怎么睡?

婆婆:什么怎么睡? 各睡各的呗,两人还没结婚呢,少犯自由主义懂不懂。

公公:现如今年轻人,都是上了船再买票的。

婆婆:你挺羡慕是不是,你是不是哪天也想玩点新花样,寻求点婚外刺激啊?

公公:要说呢,我是有那心……

婆婆眼睛瞪了起来:嗯? ……

公公:可我有那胆吗?

婆婆:少废话,快抬床吧。

公公:我都干了一天了,好不容易才拾掇停当,你又要折腾,哎哟,我是干不了了,腰疼,腰疼,要不,明天请个钟点工一起帮着弄吧。

婆婆:哼,我就知道你这是在纵容。

公公:我纵容,你就不纵容,那儿子是咱俩的,谁不想早点让他娶媳妇,否则,啥时候才能实现抱孙子的美梦?

婆婆:媳妇媳妇,唉,烦死我了,(捂头坐在沙发上,一语不发了)

公公:(为其倒了一杯茶水)怎么了,出什么事了?

婆婆不语。

公公:李局长训你了?

婆婆:比训还难受。

公公:不就是大可缺席嘛,这计划赶不上变化,这顿饭是咱请的不就得了,该给他送的也都送了呀。礼数上咱不亏。

婆婆:你懂什么? 事情发生变化啦!

公公:变化,什么变化?

婆婆:去,跟你一时半会说不清。大可有打电话来吗?

公公:有,刚放下没多久,说明天就能上路。

婆婆:把电话给我。

公公:刚打过了,就别再打了,省点电话费,咱那房子可只交了首付。

婆婆:少废话,快给我。

公公无奈,把电话给婆婆。

婆婆拨号:大可吗? 我是妈妈,我问你,你到底因为什么推迟了?

1—25. 医院病房　夜　内

大可躺在病床上,身上裹着绷带在打手机。罗佳碰又不敢碰,看着心疼死了。

大可:不是给您说了吗?人才市场这两天电脑坏了,档案怎么提也提不出来。你说我总不能不带着档案回南滨吧?

1—26. 陈大可家　夜　内

婆婆:真是这样吗?

1—27. 医院病房　夜　内

大可:妈,我干吗要骗你啊?

1—28. 陈大可家　夜　内

婆婆:你不是个会撒谎的孩子,妈听得出来。

1—29. 医院病房　夜　内

大可:那你说,是啥原因?

此时有护士喊:六床,过来拿药了。

罗佳一听,走出病房。

婆婆:(O.S.)该不会是罗佳爸妈不同意你回南滨工作吧?

大可看看身旁罗佳不在,压低了嗓门:妈,你可真够绝的,是有这么点意思,不过,现在问题解决了。

1—30. 陈大可家　夜　内

婆婆:其实,要我说,不同意也好,你就让她留在北京别过来了。

1—31. 医院病房　夜　内

大可一愣:妈,你啥意思?

1—32. 陈大可家　夜　内

婆婆:你一个人回来呗。

大可:(O.S.)我一个人回来?佳佳留北京?

婆婆:对啊,人家有更好的前途,就像爸妈在南滨好做事情一样,人家是土生土长的北京人,根脉厚,关系足,咱别耽误了人家的前程。

公公在一旁听着,也有些发愣。

公公:你在胡说些什么呀?

婆婆:去,你少管!

1—33. 医院病房　夜　内

　　大可：妈，你说什么呀，票都买好了，不会有变了，都到了再说吧，(见罗佳进来，高声道)先放了啊，拜——

　　罗佳：你妈说啥了？

　　大可：还能说啥？欢迎你第一次到我家，哦不，回咱家。

　　罗佳：她真这么说了？

　　大可：那还有假？

　　罗佳：哦，未来的婆婆，妈妈，我一定会喜欢上她。你说，你妈会喜欢我吗？

　　大可：我喜欢你吗？

　　罗佳：当然喜欢。

　　大可：那她也喜欢。

　　罗佳：嗯，我也是这么对我妈说的，爱屋及乌嘛，可我就奇了怪了，我这么喜欢你，我妈为啥还要闹跳楼这一出呢？

　　大可：很简单，那是因为我把你从她身边带走了。

　　罗佳：明白了，你妈不一样，你是把我从外面给带回来了。

　　大可：对头，很聪明嘛。(一抬胳膊，想抚摸罗佳一下，触痛了伤口，禁不住哎哟一声。)

　　罗佳：大可，大可，你没事吧？

1—34. 陈大可家　夜　内

　　婆婆躺在原本该大可睡的单人床上，公公则睡在卧室里摆的一个沙发上。

　　公公：你今天到底怎么了，遇到什么事了，我咋感觉有些不对头呢？

　　婆婆：有一句话叫"恨不相逢未嫁时"，对吧？

　　公公：你想说啥？

　　婆婆：这恋爱，为啥有越来越早的趋势呢？早恋早恋，害了个人，害了家庭，真可谓贻害无穷啊。

　　公公：咱儿子二十大几了才开始谈恋爱，那也算早？想当年，二十好几的男人当七八岁孩子的爹的，有的是。

　　婆婆：早，就是早，假如他再忍一忍，那前途该有多美好。

　　公公：前途？

　　婆婆：你知道吗？今天李局长都对我说了些啥？

　　公公：说啥？

　　婆婆：我说这回大可进财政局咋办得这么顺呢，今天他才算是交了底，敢情他女儿笑笑对咱大可有意思。

　　公公：是吗？这么说他想让咱大可当他的乘龙快婿？

　　婆婆：就是这个意思！

公公先是兴奋了一下,继而沮丧:有意思也没用,大可和佳佳都到了谈婚论嫁的时候了。那笑笑再优秀,也是人死郎中到——晚啦!（说着,倒头便睡,很快便传出如雷般的鼾声）

婆婆踹了公公一脚:醒醒,醒醒,就知道沾枕头就着。

公公:还有啥事啊?

婆婆:啥事,你不想跟着我分析一下这事情的利弊啊。

1－35. 医院病房　夜　内

大可睡着了,罗佳望着他沉睡的身影,充满爱恋。

仿佛看见了一根白发,罗佳俯下身去,想轻轻地为他拔掉,不承想,手刚伸过去,便被大可一把攥住了。

罗佳:你没睡啊?

大可:听你妈说,你那个单位的主管总想吃你的豆腐?

罗佳犹豫了一下,点点头:不光吃我的,所有漂亮女孩全通吃。

大可:妈的,等我好了,看我找他算账去。

罗佳:算了,有你这句话就够了,你知道吗?上次,他又想占我便宜,我就说了一句话,他就望而却步了。

大可:你说啥了?

罗佳:我说,知道我男朋友是练什么的吗,跆拳道二段。

大可:傻姑娘,你下围棋呢,跆拳道以腰带的颜色论级别,哪有什么段啊?

罗佳:你别管,反正我这么一说,他立刻给吓跑了。怎么样,你女朋友有智有谋吧?

大可:不是女朋友,是未婚妻。

罗佳:不是未婚妻,是准妻子。

大可:干脆,把"准"字也去掉吧。

罗佳:我举双手同意。

两人互望着,继而深情地接吻。

大可一边接吻一边嘴里含混不清地:回去,回去就结婚。

1－36. 陈大可家　夜　内

公公一激灵,猛地从沙发上坐起。

公公:你说啥?你想拆散他俩?

婆婆:那得看罗佳跟笑笑比,谁对大可的前途更有利,谁更符合我的要求。你说,这大可真要是咱大可成了局长大人的女婿,那仕途岂不是一好百好,一顺百顺?

公公:你呀你呀,你可不能干那棒打鸳鸯的事情,大可无论是写信,还是电话,总是谈到他们很恩爱,甜甜蜜蜜。再说了,人家一个生长在京城的小姑娘,能抛家舍业跟着咱大可到咱家来,咱得感恩,可不能干对不起人家的事情……

婆婆：我也不想这么做，可李局长……

公公：你也是，当初干吗告诉李局长说大可在学校没谈对象呢？

婆婆：咳，还不是想给局长造成一个孩子在学校一心苦读书，死读书的印象吗，哪想到这后面还设着这么一个套呢？唉，也不知这套越结越死的时候，是会把咱大可给勒得喘不过气来呢，还是会提溜着他一步登天……（正说着，又听着了公公如雷般的呼噜声，不禁生气地大叫）哎，你咋又睡着啦？

公公：没，我没睡着，你说，你接着说。

婆婆：听说罗佳这孩子，是他们中文系的系花，长得一定很漂亮。

公公：应该是。

婆婆：笑笑呢，这几年虽然没见，但小的时候见过，那就是一个美人坯子，长得一定不差，有人家李局长和他夫人在那儿摆着呢。

公公：是是。

婆婆：所以说，这该如何权衡呢？

公公：权衡什么呀？古话怎么说来着，弱水三千，我只取一瓢饮。

婆婆：你倒是多饮饮试试，看我不拿擀面杖打折你的腿。

公公：哎，说着咱儿子，咋又扯到我头上啦！

婆婆：哎哟，头疼，这个问题可真是让我头疼啊！

1－37．罗佳家　夜　内

罗爸爸和罗妈妈躺在床上，正在合计今天发生的这些事。

罗爸爸：怎么样，这事就按我说的办吧？

罗妈妈：我还是有点不大情愿……

罗爸爸：好了，老伴，遇到问题，你得这么想，首先，咱孩子态度很坚决，为啥呢，那大可是个好孩子，就冲他危难关头，舍己救人，就说明这孩子思想品质还是好的，对不对？

罗妈妈：我孩子能看错人？

罗爸爸：一个人只要思想品质没问题，旁的也差不到哪儿去，我敢保证，佳佳嫁给他了，他一定会以真心换真心，你说，这么好的一对恋人，咱非以不让他们回老家为理由把他们活活给拆散了，于心何忍？

罗妈妈：那咱们就撒手让他们走？

罗爸爸：咱是一个孩子，人家那儿也是一个孩子……

罗妈妈：不对，俩！

罗爸爸：俩？

罗妈妈：大可还有一个姐姐，好像是叫……叫大芸。

罗爸爸：姐姐早晚要出嫁，按咱中国的传统老理儿，这父母就是得跟着儿子，所以说，大可想回家的理由也不是不充分，更何况北京这几年的就业形势也确实严峻，就算是找到了一份工作，朝不保夕的，哪有端着公务员的铁饭碗安稳……

罗妈妈:照你这么说,咱就答应他们?

罗爸爸点头。

罗妈妈犹豫片刻,难过地:可我还是舍不得,不忍心,她从小在咱身边长大,没吃过苦,没受过累,到了人家家,受点委屈,都不知该往哪诉啊……

罗爸爸听着,也是难过万分……

第三个段落:第二天,大可还是带罗佳走了。

1-38. 棋牌室　日　内

麻将桌前,罗妈妈和三个牌友正在混战,另外三个牌友嘴里叼根牙签,一只脚踩在凳子上,两只手上下翻飞的码牌,颇有赌神风采。唯罗妈妈显得闷闷不乐,精神恍惚。

一通牌出过,牌友A高喊一声:南风! 和了!

众人掏钱,洗牌。

牌友A:我说老王,你今天可是有点发挥不正常啊,往常打牌,那是什么水准,呼东风来东风,呼九饼来九饼,动辄清一色,九条龙,杀得我们人仰马翻,乖乖放血,又不得不伸出大拇哥称道佩服佩服,可今天倒好,这一半天,把前半个月赢的钱全给输了个精光吧?

牌友B:别说了,人家家今天有事。

牌友C:有事? 有啥事,三天前楼都跳了,未来的女婿也没啥大碍,一切不都过去了吗? 来来来,收收心,收收心,打,认真打,再不认真,输的可就是老底啦!

罗妈妈:好,认真打! 妈的,老娘就不信,(用双手在脸上搓了几下)来,打!

精神了没一小会儿,又输了。而且还点了炮。

牌友A:老王,今天到底怎么了吗? 这点可真是够背的?

牌友B:行了行了,你就少说两句吧,闺女今天跟女婿要走啦,这一走,可能就定居在那个海滨小城市,再也回不到咱北京啦!

牌友A:啊,老王,那得送送啊!

牌友们:是啊,老王别打了别打了,去送送,去送送。

罗妈妈高喊一声:少废话,打牌,接着打! 谁不打我跟谁急!

众人只好重新落座。

几圈牌过后,罗妈妈咬牙切齿地:看我自摸啦!(摸了一张牌,高声叫喊)果不其然,说曹操曹操到,自摸!

众牌友:厉害,厉害,这老王总算又找回英雄本色了。

众人刚要洗牌玩下一局,牌友C发现了问题。

牌友C:等等,你和什么呀?

罗妈妈:五饼啊!

牌友C:可你摸的是五万!

众牌友:啊? 诈和啊!

罗妈妈:是五万吗？我明明摸的是五饼啊,咋是五万呢……得,我的错,我认罚,我认罚……

牌友 B:算了,看在你女儿要走的份上,不跟你计较就是啦。

牌友 A:老王,听我一句劝,还是去送送孩子吧。

罗妈妈突然泪流满面了:不去不去,就不去,随她爱上哪儿就上哪儿吧,就当我没生养过这闺女……

1-39. 小区门口　日　外

罗爸爸在送别即将打车前往车站的罗佳和大可。

罗爸爸:到了那,到了那,一定要懂礼貌,要嘴勤脚勤手勤,人家家不比咱自己家,凡事要让着点,不可要小性子,还有,这几坛陈年老酒是我送给大可父母的,你们代我向他们问好……

大可:叔叔,您就放心吧,佳佳到了我们家,肯定会一切如意,一切顺心的……

罗爸爸:那就好,那就好,大可啊,这佳佳,我可就算是交给你了,你可一定要照顾好她,要是遇到啥事,多让着她点。

罗佳:爸,我妈她……她真的不来送我了?

罗爸爸强烈抑制着自己内心的激动:去,去吧,别让人家司机一直等着,人家还要拉活呢!

罗佳:爸,你多保重……

罗爸爸老泪纵横地连连点头。

大可:叔叔,再见了……

罗爸爸:再见。

罗佳在大可的搀扶下,一步一回头地走向出租车,临上车的一刹那,又挣脱开大可,跑向罗爸爸。

罗佳:爸……

罗爸爸与女儿涕泪纵横地拥抱在一起。

1-40. 行驶的出租车上　日　内

出租车上,罗佳望着远去的家园,望着已显苍老之色正向他们挥手告别的父亲,禁不住心潮起伏,泪如泉涌,大可紧搂着她,安慰着她。

突然,罗佳看见,不远处的一个隐秘处,罗妈妈也像父亲一样在望着自己远去的车影。微风吹来,拂动着她的白发,让她显得那么赢弱、那么瘦小,仿佛一夜间失去了生活的支柱……

罗佳:停,快停车,调头,快调头!

司机:小姐,开什么玩笑,这是单行道!

罗佳:司机师傅,求你,求你,咱到前面调,到前面调,只求你快一点,快一点,晚了,我就看不到了!

　　大可:看,看什么呀?

1-41.小区门口　日　外

　　出租车来到刚才罗爸爸送别罗佳的地方,停下,罗佳下车,看见——

　　罗爸爸正挽着罗妈妈一步步地往回走,一边走,一边为她揩着眼角的泪花,两人的脚步都不再像以前那样硬朗了,而是变得步履蹒跚了……

　　罗佳喃喃地:爸……妈……

1-42.大巴车上　日　外

　　罗佳和大可相互依偎着坐在车里,窗外景色宜人,两人内心却很不平静。

　　陈大可:过了刚才的收费站,咱们就算出北京了。

　　罗佳一听,却突然有些伤感,望着窗外快速后退的景色。

　　罗佳:这就算是——走了? 长这么大,我还没一个人出过北京城呢。

　　大可体贴地把罗佳抱紧了一些。

　　罗佳:万一你爸妈不喜欢我怎么办? 你不是说你妈看了咱俩的照片,觉得我太瘦吗?

　　陈大可:没办法,丑媳妇总得见公婆吧?

　　罗佳柳眉一挑:你说谁是丑媳妇? 大可,为你我都跟家里决裂了,你可不能对不起我!

　　陈大可:唉呦,开个玩笑你还当真了。我妈是我妈,我是我,我不嫌你瘦,咱这不是瘦,这叫娇小玲珑! 再说了,我妈脾气特别好,对人特别宽容,特会照顾人——

　　罗佳一听他夸起自己妈来,撇了撇嘴。

　　大可立即话锋一转:你跟我妈有这么多共同点,你俩肯定特投缘!

　　罗佳:但愿吧,可我这心里咋一个劲地打鼓呢?

　　(第一集完)

　　以上就是段落的例子。正如一开始所说,所谓段落,是一个戏剧性动作的完整单元;是由单一的思想串起来的一系列场面,并且有明显的开端、发展、高潮和结尾。

下篇

案例

电视连续剧《横渠先生》的创意[①]

一、主题和立意

张载这个人，一生的故事很值得写，也很值得我们敬仰，为什么？因为他有思想，有作为，有担当，有气魄。

作为读书人，绝大多数人一定听过他的"四句教"：为天地立心，为生民立命，为往圣继绝学，为万世开太平。这四句话代表了中国士大夫的气节，彰显了儒家治国平天下的志愿，更是成了中华优秀传统文化的重要内容。

张载以经世致用为学问的目的，主张"学贵于有用"，重视对社会现实问题的研究，这是关学学风的最重要的特点之一。

张载推行德政，重视道德教育，提倡尊老爱幼的社会风尚，其学说中的"尊礼贵德"成了中华民族宝贵的精神文化遗产。

他是为民着想的好官，关心和同情人民的疾苦。他说："利，利于民则可谓利，利于身利于国皆非利也。"所谓国当指君主政权而言，张载区别民与国之利，认为只有利于民才是利，利于国、利于身都不是利，强调民的利益，他还强调"民胞物与"，表现了张载思想的人民性。

张载倾力建构的关学思想体系具有高度的原创性和思辨性，大气磅礴、开放包容，虽然没有程朱的"理学"与陆王的"心学"那么出名，但是其苦心孤诣、百折不挠的治学精神与心怀天下，济世安民的情怀值得我们每一个后学尊重与敬仰。

张载"少喜谈兵，至欲结客取洮西之地"；21岁时，向任陕西经略安抚招讨副使的范仲淹呈上自己写的《边议九条》，陈述自己对西北局势的见解和意见，展现自己为国家收复失地、建功立业的抱负；做云岩县令时关心民间疾苦，注重教化；在渭州，协助渭帅蔡挺谋划边事，深得蔡挺倚重。张载还曾与学者共同买田一方，并划为数井，准备在家乡试验井田制度，虽然最后失败了，但败亦英雄。

张载的事迹于今天的目的和意义究竟是什么？这不仅涉及对张载的基本评价问题，也关系到张载的境界站位和道德站位。以史实为依据，艺术化地展现张载儒家思想

---

① 引自笔者所著40集电视连续剧剧本《横渠先生》的编剧阐述。

的形成过程,精心塑造张载作为理学大家的崇高境界,强调士大夫的使命与责任,既是我们创作的基本出发点,最终也可使作品令人信服,获得热捧。

当前,中华民族伟大复兴之梦近在咫尺,张载提出的那种立天、立命、开太平的精神,依然是中华民族最坚强的精神支柱。历史应该为现实提供借鉴,这是创作此部电视剧的最大意义,也是创作这部作品的初衷和主题。

二、背景与历史

写张载,首先要搞清楚张载生活在一个怎样的时代。

宋太祖重用文臣的治国方略,进一步提高了文人士大夫的社会地位。他们热衷于入仕做官,为朝廷效命。

962年,宋太祖在太庙寝殿的夹室中立下一座誓碑,其中一条就是"不得杀士大夫及上书言事人",提醒自己对文臣要宽容、重视。与此同时,民间社会也形成了"好男不当兵,好铁不打针"的风尚,足见"重文抑武"的社会影响。

宋仁宗时期,中国历史上出现了被后人津津乐道的皇帝与士大夫共治天下的局面。

官多了,也多出了许多事情,有关宋朝贪官的故事非常多。但廉官的故事也不少,出现了包龙图这样刚正不阿的人物。

再就是,文人相轻,士大夫参政必然引发更多的政治斗争。仁宗朝的政争主要有两种表现形式,一个是元老与新进的交锋,另一个是派系内部因个人行事风格不同而产生的冲突。

这是一个混乱的时代,也是一个重构价值、理想、信念的时代,为官者何如?"为天地立心,为生民立命,为往圣继绝学,为万世开太平",张载思考的是治国安邦的形而上的大事情。

宋朝官员中,朋党现象十分严重,范仲淹虽然在宋朝政坛上是开风气之先的人物,史书说他每激论天下事,奋不顾身,堪为士大夫之千古楷模。然而,这样一位心怀天下、一身正气的君子,也不可避免被卷入了朋党之争。

不是以国家前途为重,而是出于党争,党同伐异,这是一种狭隘的利己主义。

儒家的至高理念是什么?朋而不党,友而不私,和而不同,是为君子。

此时张载倡导什么?倡导大忠。这个忠诚,不是对着宝座上那个人的,而是对着江山社稷,对着皇帝所代表的朝廷的长远利益,这叫"大忠";大忠站的那个位置比皇帝高,所以他可以去批评皇帝,可以去批评宰相,可以去做他认为对的事情,而不是皇帝、宰相想要他做的事情,这是那个时代宋朝士大夫的共同品质。所谓"居庙堂之高则忧其民,处江湖之远则忧其君",国家如何会没希望?

宋仁宗的时代,同样也是宋朝积贫积弱的时代。

什么是"积贫""积弱"?"积贫"即财政危机,"积弱"即军力衰弱不振。而造成"积贫""积弱"的根本原因就是"三冗",即冗官、冗兵、冗费。

冗官、冗兵导致军费直线上升,成为财政支出的大宗,加之财政管理不善,机构重叠,皆使财政危机日益严重。宋真宗至宋仁宗前、中期,财政尚能应付,到宋仁宗末年至宋英宗初期,就出现了赤字,且连年亏空。

更具讽刺意味的是,宋廷虽斥巨资养兵,却未得其用,对外被动挨打,屡战不胜。宋、夏历时七年的战争,宋军实力虽远胜于西夏,然而却是"师惟不出,出则丧败"。

然而无论是冗官、冗兵,抑或是冗费,最终遭殃的都是老百姓,因此,农民起义在这一百年间亦从未间断过。

仁宗庆历三年(1043)夏,陕西大旱,饥民数百万,广大农民和工匠以辛勤的劳动,发展了农业和手工业生产,但生产的果实却被地主阶级所剥夺。地主、富商争相榨取农民和工匠的膏血,劳动群众陷于残酷的地租剥削和赋役压榨之中,被断绝了生路。张海、郭邈山领导农民揭竿而起,开始了宋代陕西境内规模最大的一次农民起义。

这种矛盾又当如何化解? 张载作为大思想家,他在思索,他在想着破解这一切的良方。也许井田制只是隔靴搔痒,无济于事,但他做了,这就是他的伟大与可爱之处。

何谓"为生民立命"? 为民众谋福祉,让人民在物质上走向富强,在精神上走向独立,此乃为生民立命也。

从这个角度说,无论史书如何说他与王安石不睦,在本剧中依旧编入了他们之间的惺惺相惜的内容。所谓"我可以不同意你的观点,但我誓死捍卫你讲话的权力"即指此,毕竟,仁宗统治后期,外敌入侵、弊政横行、农民起义、资金紧缺,整体形势不容乐观。大臣们纷纷上奏,相继提出改革主张,已成主流。

仁宗时代,也是一代理学大师对自然万物规律穷究探索的时代。对天的认识、对科学的认知,也是张载思考的命题。张载创立了气本位说,即宇宙的本原为"气",气本位说也是对佛家万事皆空的否定。关于这一内容也引出了另外一个事件。

宋朝冤案不少,狄青之案便是其中之一。

狄青一生经历二十五战,包括夜袭昆仑关、平定侬智高……功勋卓著,然而当上枢密使后,却在宋朝重文抑武背景下,受到文官集团猜忌,出判陈州、同平章事,抑郁而终。

文官猜忌狄青,仅仅因为枢密院是负责军政的最高领导机关。长官枢密使又叫枢相,与参知政事同为执政,历来由文官担任。狄青打破这一惯例,便引起了文官集团的愤怒。他们集体表示不满,甚至称狄青为赤枢。

而打压狄青,谁是先锋? 谁都想不到,竟然是张载的伯乐、文学史上唐宋八大家之一的欧阳修,一个积极提倡改革文风的人,一个在上任之初便十分活跃,遇事必奏,弹劾官吏,无所顾忌之人。然而弹劾狄青的理由是什么呢?

史载,宋仁宗至和三年(1056)七月,时任翰林学士的欧阳修上万言书,一口咬定发生水灾是因为让狄青担任了枢密使。其逻辑是水和武将在阴阳五行中都属阴。那么,招来水灾的不是狄青,又能是谁? 更何况水灾年年都有,却从来没有冲破国门,淹没首都的。"如果不是上天在发出警告,请问又能是什么?"

狄青的死,可以构成一个大的情节事件,在写剧本时,我们不一定写历史中真实的狄青,而可以虚构一个以狄青为原型的英雄。

王安石也有同样遭遇,"熙宁五年十月华山山体崩塌之后,熙宁六年七月开始不再下雨。因此到熙宁七年三月,天怒人怨的说法便甚嚣尘上。"矛头直指变法的王安石。王安石变法是个大事件,与其生活在同一时代的人,都无法置身事外。那么张载居其中,他会思考什么?为天地立心一句,是否就在此时喊出来?

何谓"为天地立心"?当代哲学家冯友兰谈到对"为天地立心"的理解时,举了"天不生仲尼,万古长如夜"的例子,他认为此句当改成"天若不生人,万古长如夜"。他指出:在一个没有人的世界中,如月球,虽然也有山河大地,但没有人了解,没有人赏识,这就是"长如夜"。自从人类登上月球,月球的山河大地方被了解,被赏识。万古的月球,好像开了一盏明灯,这就不是"长如夜"了。地球和其他星球的情况,也是如此。地球上的山河大地是自然的产物,历史文化则是人的产物。人在创造历史文化的时候,也就为天地"立心"了。冯友兰理解的天地是客观的天地,它只能被人认知,由人赋予意义,这一过程就是"为天地立心"。

与此同时,一个格物致知的人,一个在黑暗中苦苦思索的人,像歌德笔下的浮士德爱玛甘泪,爱这个可爱的世界,却与魔鬼靡菲斯特有约,终斗争到底,奋斗不息,目标所指:为万世开太平。

总而言之,这是中国历史上文化自由、社会科技发展进步的时代,中国伟大历史学家司马光的著作《资治通鉴》完成的时代,中国封建王朝名相范文正彪炳史册的时代。"处庙堂之高则忧其民,处江湖之远则忧其君","先天下之忧而忧,后天下之乐而乐",是中国历史上士大夫修身治国平天下的初心使然。就是这样一个时代,成就了张载的一生。

三、故事的大与小

写张载,可写大,也可写小。

电视剧的章法从来不一样,有人喜欢大江东去,有人喜欢小桥流水,恰如宋词,豪放婉约,各成体系;也有将两者融合的,比如苏东坡,以豪放为主,以婉约为辅,锻造一代词宗。有意思的是,本剧的写作,也可追求这种豪放婉约相融合的风格,乃因张载一生,也"既大又小"。

说大,因其三次为仕,与苏轼、苏辙兄弟同登进士;受到宰相文彦博支持,在开封相国寺设虎皮椅讲《易》;神宗慕名召见,问他治国为政的方法;王安石执政变法,也想得到他的支持。

说小,因其远离庙堂,偏安一隅,在横渠这样一个名不见经传的小地方,耕耘一生。

再回到之前的那句"居庙堂之高则忧其民,处江湖之远则忧其君",用于张载身上,恰如其分。

也因此,本剧的写作方式,既可以大开大合,也可娓娓道来。上,可写庙堂殿宇、皇帝妃嫔;中,可写士大夫阶层、同朝幕僚;下,可写黎民百姓、草芥苍生。恰如宋朝那幅著名的画卷——《清明上河图》,徐徐展开之际,最夺人耳目,又连缀左右的,不是那座木拱桥,而是宋朝的历史,本剧最吸引人的也是张载的一生。

四、真实与虚构

与立功立德立言的大儒王阳明不同,张载的历史记载很少,他的人生经历没有那么多百死千难的里程碑事件,少有跌宕起伏的冲突。他通过沉浸式的读书躬行,对真理的研习与践行,往往是十年如一日以变化气质。这就给本剧的写作带来了极大的困难,实写,内容不多,缺乏矛盾与冲突;虚构,会贻人口实,被指责为戏说。

在既不能靠评书式的冲突来设计悬念,又不能花费大量笔墨做学术论述来描画人物思想轨迹的多重束缚下,唯一能戴镣铐跳出优美舞蹈的做法,便是被无数历史正剧证明了的行之有效的写法:大事不虚,小事不拘。做到历史真实与艺术虚构完美结合。

所谓"大事不虚,小事不拘",是时下大家都认可的历史剧创作原则,即大的历史事件必须真实,小的细节可以进行艺术创作。

写大儒张载,难在写其独树一帜的风骨。既然史料不多,就可对其文脉地缘进行深入挖掘。通过巧妙的构架和流畅自如的叙事风格,处处生动地还原出关学鼻祖一路走来的生活场景。比如张载早年丧父,历经风雨,勇闯边关,师承范帅,专攻中庸,精研绝学;任县令大兴尊老爱幼之风;与改革家王安石的冲突;返回家乡后恢复古礼井田制;以己意解经,称为义理;贤山夕照,大器终成等,均应浓墨重彩地展现,目的是使张载的谦逊好学、气度非凡的大儒形象跃然纸上,呼之欲出。

在此基础上,进行大胆的想象与合理的虚构是有必要的,例如史料没有对张载与苏轼交往的过多记载,但二人不仅同年登科,还都曾在太白山下生活,这就给了编剧依据和灵活驾驭的空间。

还有,史书上载,张载父在涪州为官期间,深受当地百姓爱戴,这些话都没有明确的史料做依据,需要我们去合理地想象,戏剧化地补充,更重要的是写出父亲对孩子的教诲,对张载成人后安身立命所起的奠基作用。

五、人物小传

(一)张载(略)①

(二)张戬

男,5～30岁,比张载小10岁的弟弟。

张戬5岁时,父张迪去世,哥哥张载成了他人生道路上的第一个导师。张戬小时候调皮,不爱学习,哥哥张载就做他的思想工作,动之以情,晓之以理。张戬24岁时考中进士,被派往陕西蒲城当了县令,虽每日鞠躬尽瘁,宵衣旰食,却不见成效,就向哥哥讨教。张载带着新收的弟子吕大钧到了蒲城,从教化入手,深入剖析是非曲直、祸福利害,使人

---

① 见本书第175至179页。

不犯法违令。未几,蒲城面貌一新,张戬也荣升新的职位。

(三)陆夫人

女,30~60岁,张迪夫人,张载和张戬的母亲。她温良贤淑,知书达理,深明大义,正气凛然。

她和张载的父亲张迪一起,成了张载人生成长过程中的导师。张载对母亲也极尽孝道,承欢膝下,晨昏定省,寸草春晖。

(四)张安

男,50~70岁,张载家老仆。

张迪死后,和张载、陆夫人一起扶老爷灵柩归葬开封。将张迪安葬到眉县横渠南大振谷迷狐岭后,张安也跟着在横渠定居下来,帮着陆夫人料理家事,垦荒种植,且任劳任怨,忠心耿耿,始终如一。

张载考科举那年,张安因年迈体衰病倒了。尽管张安只是家里的一个老仆,张载却马上放下书本,悉心照料,端汤煎药,如同照料自己的父母一般。直到张安去世,并将其安葬后,才赶去考试。

(五)高延年

男,30~50岁,为人奸猾、狡诈,心狠手辣,善于伪装自己。

在涪州任钱粮官时,设计害死了张载父亲张迪,由地方升至中央后,坐上了局务官的高位,竟还不满足,觊觎着更高的位子。

武将出身的狄青当上了枢密使,文官集团很不满意,一心想把水搅浑,以便火中取栗的高延年上蹿下跳,利用水火等自然灾害,制造对狄青不利的谣言和舆论。

(六)焦演

男,20~40岁,本是川陕一带的剪径(劫匪),会武功,身手不凡。

蜀道上,遇张载扶父灵柩归葬,本想劫其家财,不料,一路上被张载所讲内容吸引,迟迟没能下手。到定军山,听了张载所讲的诸葛故事,更是深受感动,觉着与诸葛等圣人君子比,自己真是猪狗不如,遂决心洗心革面,重铸人生,并愿拜张载为师,聆听人生教诲。

张载一家在横渠定居后,焦演加入了宋军,先是跟着李士彬,三川口战役失败后,他又和狄青一起成了范仲淹的部下,冲锋陷阵,征战沙场。

范仲淹死后,他做了狄青的副将,在平定侬智高等战役中表现不俗,为保大宋江山立下了赫赫功勋。

狄青被革职后,张载被逐出京城,高延年得意忘形,酒后吐真言,既讲了自己如何迫害狄青,也交代了当初如何在涪州陷害张迪之事,焦演听后大怒,一刀将其捅死,不幸的是,自己也被高延年的手下乱箭穿心。

(七)红巾儿

女,16~20岁,陕西眉县横渠镇农民,李运来女儿,长得端庄美丽,性格刚烈倔强。

村子里发生了瘟疫,愚昧而又恐惧的村民们为求自保,竟要将红巾儿献祭给所谓的"神灵"。张载挺身而出,戳穿了"神灵"的真面目,救下了红巾儿,又通过《黄帝内经》《神农本草经》《千金方》等书,治好了全村人的病。红巾儿和张载一见倾心。

张载要去参加科举考试,红巾儿听说后,心里五味杂陈,既担心张载考上了就会远走高飞,又希望张载金榜题名、大展宏图。

因欠债,父亲李运来被地主梁有嗣暗算,抓进大牢,官府又以李运来签了女儿的卖身契为由将红巾儿押解进梁家,强逼成婚。李运来在牢里听说后,又急又气,头撞南墙,气绝身亡。红巾儿得知父亲已死,万念俱灰,用匕首捅死对她极尽污辱的梁有嗣,又放火烧了梁有嗣的家,先是亡命天涯,后加入农民起义军。

几年后,农民起义失败,红巾儿被官军追杀,她将自己生的孩子托付给了张载,然后纵身跃下山崖,香消玉殒。

(八)李运来

男,30～40岁,陇西眉县横渠镇农民,红巾儿父亲。靠租种地主梁有嗣家土地为生,整日劳作,却不得温饱,交不起沉重的赋税,目光短浅,胆小怕事。

因欠债,遭地主梁有嗣暗算,抓进大牢,官府又以他签了女儿的卖身契为由将红巾儿押解进梁家,强逼成婚。李运来在牢里听说后,又急又气,头撞南墙,气绝身亡。

(九)麦先生

男,50～60岁,陕西眉县横渠镇崇寿院先生。

张载扶父亲灵柩回开封路过横渠时,曾得到其热心帮助。张载和弟弟张戬在横渠安家后,到崇寿院学习,拜麦先生为师。后因麦先生独尊道教,与张载在学术上发生争执,一怒之下,竟将张载逐出校门,此举遭到以吕大钧等为首的学生反对。门可罗雀时,麦先生离开了崇寿院,但把钥匙留给了张载。之后他去镇上开了一家雕版印刷作坊,印刷出版了不少张载写的书籍。

(十)梁有嗣

男,40岁。陕西眉县横渠镇地主。为富不仁,贪婪好色。

梁家祖上跟石守信有关系,当年宋太祖杯酒释兵权,剥夺了石守信等开国将领的军事指挥权。作为补偿,宋太祖对于这些高级官员对土地的大肆占有始终持放任态度,这也是梁家日子越过越好,村子里其他人家越过越穷的主要原因。

他看上了村子里长相美丽的姑娘红巾儿,就以还债为由相逼,红巾儿父亲李运来不从,梁有嗣就买通官府,将其抓进大牢,又将红巾儿押进梁家,强逼成婚。李运来在牢里听说后,又急又气,头撞南墙,气绝身亡。红巾儿则在受尽梁有嗣百般污辱后,又听说父亲已死,一怒之下,将其一刀捅死,从此亡命天涯。

(十一)梁化冰

男,10～20岁。横渠镇大地主梁有嗣的儿子,从小过着养尊处优的生活,不料一场变故改变了他的人生,他从公子哥儿沦落到社会底层。

饥馑之年,哀鸿遍野,梁化冰和几个同道走投无路之际,铤而走险,蒙面抢了县令张载的官印,骗开县府粮仓,取出仅有的几百石粮食以赈济灾民,自己却在被抓进监牢后活活饿死。

(十二)范仲淹

男,50~60岁。北宋政坛上开风气之先的人物,政绩卓著,文学成就突出。他倡导的"先天下之忧而忧,后天下之乐而乐"思想和仁人志士节操,浓缩了士大夫的精神追求,对后世影响深远。

本剧中,21岁的张载给主持西北防务的范仲淹上书《边议九条》,陈述自己的见解和意见。在张载欲投笔从戎、报效国家时,范仲淹却鼓励他成为一名将经学钻研透彻、发扬光大的大儒。张载受其鼓励,经过十多年的攻读,终于悟出了儒、佛、道互补和互相联系的道理,建立起自己的学说体系,更从范仲淹那里,获得了闪烁异彩的精神财富。

(十三)狄青

男,20~40岁。北宋时期名将。

他英勇有谋,师从范仲淹学习《左传》,折节读书,精研兵法,一生经历二十五战,以皇祐五年(1053)正月十五日夜袭昆仑关平定侬智高之乱最著名。然任枢密使后,受到以欧阳修为代表的文官集团猜忌,出判陈州、同平章事,竟郁郁而终。

(十四)胡古里

男,20~30岁,是张载和焦演从军期间偶遇的一个西夏士兵。

和张载一样,在西夏国,胡古里也是一个文化人,画得一手好壁画。因此,虽然两人言语不通,但惺惺相惜,成了好朋友。宋与西夏签订边境停战协议后,胡古里专程到横渠拜访张载,并从他那里带走了不少汉学书籍,极大地促进了汉与边疆少数民族间的文化交流。

(十五)郭夫人

女,20~50岁。河南南阳人氏,张载妻子。比张载小1岁,生子张因。

郭夫人小时,父母和张载父母约定了儿女的婚姻。成长过程中,她听到了不少有关张载的事,心生爱慕,一心想嫁给他,不料张载却因心中有红巾儿,竟以自家家道中落为由写信要求退婚。郭夫人收到退婚信很生气,在两个表侄程颐、程颢的陪伴下,也不提前打招呼,直接驾车来到了横渠,等见了张载,痛痛快快地把张载骂了一顿,说那封信把她给看扁了、看低了,张载听了,对郭姑娘虽深感敬佩,但因心中有红巾儿,讷讷不言,沉默不语。

郭姑娘成婚后,视张载带回来的红巾儿的孩子张令为己出,照顾得无微不至。张载和郭夫人的感情坚冰也在那一时刻得以融化,后两人白头偕老,共度余生。

(十六)欧阳修

北宋政治家、文学家。比张载大13岁。欧阳修领导了北宋诗文革新运动,继承并发展了韩愈的古文理论,在变革文风的同时,也对诗风、词风进行了革新。

本剧中,张载38岁时,与苏轼、苏辙、程颢等同登进士,主考官即为欧阳修。政治方面,欧阳修一直是范仲淹最坚定的支持者。庆历三年,宋仁宗调整谏官人选,以天下名士为之,欧阳修位列首选,被任命为知谏院。上任伊始,他十分活跃,遇事必奏,弹劾官吏,无所顾忌。后来,大将狄青当了枢密使,竟惹恼了以欧阳修为首的文官集团,欧阳修上书仁宗,欲革狄青之职。张载不顾自己人微望轻,也不顾与欧阳修的师徒情谊,上疏仁宗,抨击文官排挤狄青的行为无耻,欧阳修气极,请仁宗贬黜张载,仁宗许,张载被贬到陕西延州任云岩县令,意味着他与欧阳修分道扬镳,师徒间再无情分。

(十七)苏轼

北宋著名文学家、书法家、美食家、画家,历史治水名人。比张载小17岁。嘉祐二年(1057),和张载一起中进士。

受张载井田制影响,苏轼和父亲以及弟弟也开始探讨相同的问题,还提出了类似的设想,并起了个名字,叫限田制。所谓限田,即确定一个合适的百姓占田限额,对目前田主超过限额的土地,国家不予剥夺,让其子孙因分产或出售而自然减少。

苏轼的限田制和张载一样,都是为了缓和社会矛盾,而且也都是采取渐进式的使旧制度自然消亡的方法。这些方法也许仅是一些空想方案而已,但这些空想方案具有积极的意义。

(十八)宋仁宗

北宋的第四位皇帝。

在位期间,朝廷人才济济,文官群体享有崇高的政治地位。范仲淹、韩琦、文彦博、包拯、欧阳修等,都成为宋朝历史上的一代名臣,中国出现了被后人津津乐道的皇帝与士大夫共治天下的局面,但仁宗时期同样也是宋朝积贫积弱的时代,而"积贫""积弱"的根本原因是"三冗",即冗官、冗兵、冗费,故社会矛盾不断,边境烽烟四起。

六、剧情梗概

北宋,仁宗景祐元年(1034),夏。素有"扼西南咽喉,锁长江、乌江天险"之称的古埠涪州,遭受百年一遇暴雨,洪水泛滥,田地荒芜,江岸告急。

夏夜,望着滚滚长江,15岁的张载和父亲张迪就"生与死"展开了一场睿智的对话,张迪告诉儿子,生死寻常事,关键是如何看待生,如何看待死。他鼓励张载,以后要做一颗比父亲更加闪亮的星星,去照亮和守护黎民百姓,为百姓谋福祉。

当晚,知州张迪率领群众抗洪抢险救灾时遭奸人高延年陷害,不幸离世。15岁的张载自此挑起照顾全家的重担。他和5岁的弟弟张戬及母亲陆夫人,在新结识的好友焦演一路护送下,越巴山,奔汉中,出斜谷,一路艰辛,打算将父亲灵柩归葬开封祖茔。

行至陕西眉县横渠时,遇村民染疫,发现愚昧而又恐惧的村民们为求自保,竟要将村子里最漂亮的女孩红巾儿献祭给所谓的"神灵"。张载挺身而出,戳穿了"神灵"的真面目,救下了红巾儿,又通过《黄帝内经》《神农本草经》《千金方》等书,治好了全村人的病,还和红巾儿萌生了美好的爱情。

因路资不足和前方发生战乱,无力返回故乡开封,张载在红巾儿、麦先生等横渠百姓帮助下,将父亲葬于横渠南大振谷迷狐岭上,全家也就定居于此,焦演则去参加了抗击李元昊的宋军队伍。

当时李元昊的部队经常侵扰宋朝西部区域,宋廷向李元昊部"赐"绢、银和茶叶等大量物资,以换和平。这些事对"少喜谈兵"的张载刺激极大,张载 21 岁时,写成《边议九条》,向当时主持西北防务的范仲淹上书,陈述自己的见解和意见。范仲淹在延州军府召见了这位志向远大的儒生。

张载谈论军事边防,其保卫家乡、收复失地的志向得到了范仲淹的热情赞扬,范仲淹认为张载可成大器,劝他作为儒生不须去研究军事,而应去读《中庸》,在儒学上下功夫。张载听从了范仲淹的劝告,回到横渠后,劳作之余,发愤读书,以图功名。

北宋采取不抑兼并的土地政策,地主和农民间充满各种尖锐的矛盾。横渠村民李运来这天来还欠地主梁有嗣家的高利贷,却发现利滚利,已到难以还清的地步,只好恳求他高抬贵手。不料,梁有嗣非但不减租税,还趁火打劫,变本加厉,提出没钱没粮就拿其女儿红巾儿抵。李运来不从,官府以抗租抗税为由将其抓进大牢。红巾儿来向张载求助,张载去找梁有嗣,想通过言语感化他,不料,张载所讲的那些儒家思想、儒家言论、儒家故事对梁有嗣非但不起作用,还被其视若粪土,张载大败而归。

接下来,官府又与梁家沆瀣一气,以李运来签了女儿的卖身契为由将红巾儿押解进梁家,强逼成婚。李运来在牢里听说后,又急又气,头撞南墙,气绝身亡。红巾儿得知父亲已死,万念俱灰,用匕首捅死对她极尽污辱的梁有嗣,又放火烧了梁有嗣的家,先浪迹天涯,后加入了以张海、郭邈山为首的农民起义队伍。

这件事给了张载以极大刺激,自此开始考虑民生问题。

几年后,张载弟弟张戬早于哥哥考中进士,被派往陕西蒲城当了县令。张载娶河南老家南阳郭氏为妻。

这段时间,张载刻苦攻读《中庸》,仍感不足,于是遍读佛学、道家之书,但觉得这些书籍都不能实现自己的宏伟抱负,便又回到儒家学说上来,经过十多年的苦读,终于悟出了儒、佛、道互补和互相联系的道理,逐渐建立起自己的学说体系。

庆历二年(1042),范仲淹为防御李元昊部南侵,在庆阳府城西北修筑大顺城竣工,特请张载到庆阳,撰写了《庆州大顺城记》以资纪念。张载向恩师范仲淹讲了这段时间发生在他身边的不少事,尤其是红巾儿的遭遇,当讲到官府丝毫没有放松赋税的催缴,没有饭吃的农民只能要么逃荒,要么造反时,他问范仲淹该怎么办才好。范仲淹深思片刻,回答了两个字:变革!这正说到了张载的心坎里。

不久,范仲淹奉调回京,开始推行庆历新政,张载一边积极参与,一边关注着红巾儿及其起义军的消息。

农民起义军失败,红巾儿被官军追杀,临死前,她将自己生的孩子托付给张载,张载视为己出,并为其起名张令。

张载弟弟张戬就任蒲城县令后,虽每日鞠躬尽瘁,宵衣旰食,却不见成效,不知该怎么办才好,就向哥哥讨教。张载带着新收的弟子吕大钧到了蒲城,从教化入手,深入剖析是非曲直、祸福利害,使人不犯法违令,未几,蒲城面貌一新。

庆历新政如火如荼之际,遭到反对派疯狂攻击,范仲淹因被皇帝猜忌,不得已离开朝廷再赴陕西。张载与恩师再度见面,范仲淹对其谆谆教导,鼓励其参加科举考试,走进庙堂,高举儒家的旗帜,以继承他未竟的事业,为大宋继续打下稳固的根基。

张载从师命,参加考试,见考题居然是抨击庆历新政的《论朋党之害》,大为光火,大声说:"君子怎么可以为了高官厚禄背弃师门呢?"毅然决然地放弃了考试。

宋仁宗皇祐四年(1052),范仲淹逝世。张载第一时间赶到范府祭奠,并帮着范仲淹长子范纯祐料理后事。

范纯祐因不满欧阳修为其父写的神道碑文中有"范仲淹生前,与当初把持朝政的吕夷简握手言和了"一句,与欧阳修产生争执。张载起初站在范纯祐一边,但经多方调查,深入思考,发觉欧阳修这么做是出于大局意识,是为江山社稷,遂替欧阳修说话,夸其为真君子,引起范纯祐不悦,欧阳修却对张载赞赏有加。

嘉祐二年(1057),38岁的张载赴汴京应考,与苏轼、苏辙兄弟等同登进士。候诏待命之际,张载受宰相文彦博和欧阳修支持,在开封相国寺设虎皮椅讲《易》,其间遇到了程颢、程颐兄弟。他虚心待人,静心听取二程对《易》的见解,感到自己学得还不够。第二天,他对听讲的人说:"易学之道,吾不如二程。可向他们请教。"其谦逊之风,溢于言表。

殿试结束,张载留在京城,任著作佐郎,在此期间结识了司马光、邵雍等名士,又与陷害父亲的奸佞高延年不期而遇。高延年此时已由地方升至中央,并觊觎更高的职位。

焦演自参加宋军,为大将狄青鞍前马后,征战各个沙场,为保大宋江山立下汗马功劳。这天焦演和狄青一起从广西平定侬智高叛乱回来,与张载见面并叙旧,第二天,张载听说,仁宗封狄青当了枢密使,可谓实至名归。

北宋的枢密使例由文官担任,狄青打破这一惯例,引起了文官集团的不满,一心想把水搅浑,好从火中取栗的高延年开始上蹿下跳,利用水、火等自然灾害,制造对狄青不利的谣言和舆论。

高延年所讲,本系无稽之谈,欧阳修却为其所惑,竟上书仁宗,欲革狄青之职。

张载不顾自己人微望轻,也不顾与欧阳修的师徒情谊,为了真理和正义,上疏仁宗,先从自己的科学研究开始讲起,得出"天地有伦,四时有序。即使灾祸,也是由于气象变异造成的,完全不必跟君王大臣施政优劣结合起来"的结论,后又发出了"天本无心,我为天地立心"的铮铮言语,告诫大家,只有"知天",才能"事天",亦即知道怎样做才能履行对天的承顺不违的使命。

欧阳修气极,请仁宗贬黜张载,仁宗许,张载被裁撤著作佐郎一职,贬到陕西延州任云岩县令。

狄青被革职,张载被逐出京城,高延年得意忘形,酒后吐真言,既讲了自己如何迫害狄青,也交代了当初如何在涪州陷害张迪,焦演大怒,一刀将其捅死,不幸的是,自己也被高延年手下乱箭穿心。

张载到云岩上任,深感大宋江山已是矛盾四起,危机四伏,百姓流离失所,官员尸位素餐。他想搞农田水利建设,却得不到上面的支持,好不容易想甩开上面自己干,西夏的军队又来袭扰,真是四面楚歌,举步维艰。

几年后,云岩又大旱,请求赈灾的札子像雪片般递上去,全无回音,走投无路之际,面对全县 30 万灾民,张载不得已强抢军粮,犯下死罪。

行刑时刻,张载引颈待戮,当刽子手的鬼头刀即将砍下的时刻,他高声叫道:"为生民立命,虽九死犹未悔!"

好在他的学生吕大钧及时赶到,将他救下。丢了官职的张载回到了横渠,打算在原崇寿院的基础上创办横渠书院,将全部精力放在教书育人中。

办学院缺钱,蓝田四吕(吕大临、吕大钧、吕大防、吕大忠)慷慨解囊,已任监察御史的张戬也捐出了自己的俸禄,陆夫人还卖掉了自己十分中意的宅院。

张载一边扩建书院,一边拿出当年早就画好的图纸,号召大家大搞农田水利建设。结果,全村老少齐上阵,很快便修成两条大渠,并使"八水验井田"。在此过程中,张令与张载在云岩救下的孤女岩生萌生了情愫,虽历经波折,但有情人终成眷属。

横渠书院开学典礼那天,四方学子云集。张载发表了热情洋溢的讲话,他先从自己为什么要办学讲起,又讲到官员和士大夫的责任,既强调了"民胞物与",也谈了自己对仁和政的理解。当有学生问官员的理想与信仰应该是什么时,他沉吟片刻,掷地有声:"为天地立心,为生民立命,为往圣继绝学,为万世开太平!"很快,这四句话便流传开来,成为无数仁人志士实现自身人生价值、勇于担当、积极实践的座右铭。

1077 年 12 月 6 日,一代大儒结束了光辉而又灿烂的一生,但他苦心孤诣、百折不挠的治学精神与心怀天下、济世安民的情怀,尤其是"为天地立心,为生民立命,为往圣继绝学,为万世开太平"的抱负和主张,却万古长青,为一代又一代知识分子所尊崇。

电视连续剧《水木清华》第一集剧本①

1－1. 美国华盛顿　街道　夜　外

静谧的夜，没有几个行人，显得很安静。

刚下过雨，在灯光的映照下，石砌的马路上人的倒影修长而又清晰。

旁白：1900 年 6 月，八国联军对中国发动了侵略战争，强迫清政府签订了丧权辱国的《辛丑条约》，并勒索清政府赔款白银四亿五千万两。不久以后，中国驻美国公使梁诚，因美国国务卿"海约翰"（John Milton Hay）有"美国所收庚子赔款原属过多"之语，一方面向美国劝请核减，另一方面上书清廷请以此款设学育才。中间虽因发生粤汉铁路废约之事而受阻，但梁氏努力不懈，终得美国国会之赞同，决定将当时尚未付足之款项，从 1909 年 1 月起退还中国，中国则同意将此退款用于派遣学生赴美留学。

1909 年 8 月，学务处在史家胡同招考了第一批学生，从 630 名考生中，录取了 47 人，于 10 月份赴美。这就是首批庚款留美学生。之后，游美学务处又于 1910 年 8 月、1911 年 6 月，招考了第二批、第三批直接留美学生，后来的清华校长梅贻琦、语言学家赵元任、气象学家竺可桢，以及大名鼎鼎的胡适等，皆在其中……

1－2. 美国华盛顿　中国政府驻美公使馆　夜　外

雨后初霁，驻美公使馆馆内馆外灯火通明、热闹非凡，从大厅里不断传出阵阵欢笑的声音。

字幕：1913 年　夏　美国华盛顿　中华民国政府驻美公使馆

那个人走进院子，驻足听了听馆里面传出的喧闹的声音，笑笑，沿曲折小径步向大厅，镜头从背后紧跟着他的身影。

1－3. 美国华盛顿　中国政府驻美公使馆　夜　内

大厅里，1909 年到 1912 年四年里来美的清华庚款留美生们正在联欢，性格外向的

---

① 选自笔者 2010 年为清华大学百年校庆创作的 30 集电视连续剧《水木清华》剧本。

王世杰正在拿胡适"开涮"。

王世杰：适之这个人哪，别看平素给人们留下的总是一副谨肃老成、理性节制的印象，内心深处其实也是放肆不惮、毫不自制的，哎，你们知道吗？在考上庚款留学生以前，他还喝过花酒呢。

众人夸张地：哦？

赵元任：（吃惊地问站在自己身旁的胡适）适之兄，这是真的？

胡适：（点头）宣统元年十月，我寄身的上海新公学解散，不愿回老公学，又不想回家乡，前途不明，忧愁苦闷，心绪灰冷，百无聊赖，结果，遇上一班"浪漫的朋友"，一起胡混。吃喝嫖赌，都学会了。后来甚至"酗酒闹事，殴伤巡捕"，被关进了班房。不过，也正因这事，我深受刺激，想起对慈母教诲的辜负以及"天生我材必有用"的名句，下决心痛改前非，这才有了后来的北上考官费留美学生，目的就是脱离这班酒肉朋友，结束"个人黑暗的历史"。

众笑。

周诒春此时步入大厅，并未引起过多人的注意，只有一个名叫张准（张子高）的人发现了，忙起身欲向其鞠躬致敬。

张子高：周副校长……

周诒春向张子高做了一个"嘘"的动作，示意他不要打搅众人，随即找了个不显山不露水的地方，端了把椅子，悄然坐了下来，饶有兴致地听着大家的谈话。

胡达：哎，哎，诸位，诸位，适之考学发榜那段，是很有意思的，你们听说过吗？

竺可桢：没听过，快讲来听听。

胡适：（羞涩地）明复，算了。

胡达：哪能算呢，要讲，一定要讲，我觉着日后若有人写留洋史，这段不但不能抹去，反而定要大书特书，否则，就不完整，有缺陷。（对众，用讲评书的味道）说，庚款名单张榜公布那天，适之坐了人力车去看榜，到史家胡同，天已黑了。就拿了车上的灯，从榜尾倒看上去。为什么要从榜尾看呢？那是因为适之兄刚刚浪子回头，总觉着自己之前光阴虚度，没下够工夫，考得不会太好，所以从头看起无用……

众笑。

胡达：（一边讲一边夸张地模仿胡适当时的动作）就这么看啊看啊，看完了一榜，没有他的大名，很是失望。刚要败兴而归，才发现那原来是一张"备取"的榜，不禁大喜，觉着又有了希望，拿灯再照那"正取"的榜，仍是倒读上去，读着读着，眼前一亮……

钱崇澍：看到了？

胡明复：看是看到了，不过，却是"胡达"，我的名字，不是"胡适"。得，适之兄再一次好不失望！

众笑。

胡达：适之兄战战兢兢再往上看，在第五十五名上，终于看到了自己的名字，这才抽了一口气，放下灯，仍坐原车回去了，心里却想着，"那个胡达不知是谁，几乎害我空高兴一场!"

这一次,众人变得哄堂大笑了。

周诒春也笑得很开心。

金邦正:好了,英雄莫问出处,富贵当问缘由。现在的适之兄可是大名鼎鼎,自入美国,成绩优秀,近日,还与明复兄、元任兄一起,被推选为美国大学联谊会会员。这可是康奈尔大学稀有的荣誉,我提议,全体鼓掌,向他们三个表示祝贺!

众人热烈鼓掌。胡适、胡达、赵元任向大家鞠躬致谢。

周诒春也热烈鼓掌,眉宇间流露出对留学生的欣赏与喜爱之情。

张彭春:哎,哎,哎,我们今晚的联欢,要庆祝的可不能只适之、明复、元任三个,(走进人群,将梅贻琦拉出),瞧,瞧啊,还有梅贻琦,吴斯脱工业学院①的高才生,既是留美学生会的书记,又是吴斯脱世界会的会长,还任《留美学生月报》的经理等职,是咱们留学生中最受欢迎的"fellow"②。最近他也被选入"Sigma Xi"③。请问,设若不是优秀的大学生,如何能进此组织?

众人听罢,热烈鼓掌,梅贻琦羞涩万分,站在会场当中,颇有些不知所措。

赵元任:梅贻琦,来一个!

竺可桢:对,梅贻琦,来一个!

众人跟着:梅贻琦,来一个! 梅贻琦,来一个!

梅贻琦更加慌乱,手脚都不知该往哪儿放了。

张彭春:(上前解围)好了,好了,月涵是寡言君子,让他说话,好比赶鸭子上架,要不,我演一出小剧来替他?

金邦正:那怎么可以? 不行,决不能越俎代庖。月涵兄,讲,一定要讲,别忘了当年在南开,你就因成绩优异,名字被刻了门前纪念碑第一名的位置上。

众人听了这话,掌声更加热烈了。梅贻琦推脱不过,只好摆手请大家静下来。

梅贻琦:我这个人,一不像元任兄那样通音律,二缺少世杰兄那样的辩才,更不具适之兄的华丽文采,无以推托,干脆,诵诗一首,为大家助兴。(沉吟片刻,开始朗诵)折戟沉沙铁未销,自将磨洗认前朝,东风不与周郎便,铜雀春深锁二乔。

话音刚落,张彭春就热烈鼓掌:好!

鼓着鼓着,见众人反响一般,不免茫然四顾,有些尴尬。

金邦正:月涵兄,这诗嘛,好是好,就是简单了点,好比烹饪,在炒、切、蒸、煮之外,还应该再添加点佐料。什么葱、姜、蒜、花椒、大料之类,方能入味嘛。

梅贻琦:别急,问题在下面,谁能告诉我,这是一首什么诗?

话音刚落,众人皆笑。

---

　　①　即伍斯特理工学院(Worcester Polytechnic Institute,WPI),成立于 1865 年,位于美国马萨诸塞州伍斯特市的世界知名私立研究型大学。

　　②　意为"哥们儿"。

　　③　Sigma Xi,美国自然科学荣誉学会。

胡适:听月涵兄的意思,莫非是想在这美利坚合众国的土地之上,面对着国内选出的精英才俊,开设一个普及国学的小课堂吗?

梅贻琦:你先别打岔,这问题看似简单,你却未必能回答得上来。

侯德榜:话说到这个份上,想必不会是绝句、七律、咏史那么简单,既然你我猜不出,就请月涵兄早早把底揭了吧!

梅贻琦:好。我来公布答案,在我看来,这是一首物理诗。

此言一出,众皆沸然,纷纷议论起来。

周诒春也颇感兴趣地坐直了身板,准备聆听梅贻琦的惊人之言。

梅贻琦:之所以说它是物理诗,乃因诗中充满了物理过程,还有化学过程。比如,诗中的这支铁戟经过战事的淬变,跌落在滔滔江水之中,从人之手进入自然之手,就回到了纯粹的物性和物化阶段。沉入江水后,江水川流不息推动着泥沙,不断冲刷磨洗它的过程,又是一个物理过程,至于它从一支闪亮锋利的兵器变得锈迹斑斑,自然便是化学过程了。所以说,你们从这首诗中想到的是汉末分裂动乱的年代,想到的是赤壁之战的风云人物,抒发的是对国家兴亡的感慨。而我看到的却是,世间万物概由物质构成,人文也罢,数理也罢,都离不开玄妙和变幻莫测的"理学",你们说,我这个说法对吗?

此言一出,众人先是愣怔半晌,随即再次爆发出热烈的掌声。

周诒春:(一边鼓掌情不自禁地站了起来)好,不愧是学物理的高才生,三句不离本行。

梅贻琦:(一愣)周副校长?

众纷纷上前打招呼:周副校长,您什么时候到的?怎么也不打声招呼啊?

周诒春:(示意大家稍静,继续刚才的话题问道)我要提前打招呼了,哪还能看到如此精彩热闹的场面哪,(对梅贻琦)月涵哪,接着刚才的话题往下说,我问你,知道"物理"两字的出处吗?

梅贻琦:知道。唐肃宗乾元元年,杜甫作《曲江二首》,其中有诗句云"细推物理须行乐,何用浮名绊此身",如果不出意外,这应该是汉文"物理"一词的最早出处了。

周诒春:(情不自禁地用英文夸道)完全正确,完全正确啊!

众人掌声再起。

程义法:欢迎校长训话!

众鼓掌。

周诒春:(摆手)不必了吧?我今天只是来看望大家……

众:讲的,要讲,要讲。

周诒春:(推托不过,站到高处)好吧,那我就讲讲……

1—4. 美国华盛顿　街道　夜　外

一辆马车在寂寥的街道上飞奔。

车内,清华驻美学生监督处的工作人员催促着马车夫:(英语)快,请再快一点!

马车夫听了,晃动缰绳,马蹄声碎,车轮疾驰。

周诒春:(O.S.)……在座诸生,作为来自国内的精英才俊,自到美国,刻苦攻读、勤奋好学,令国人骄傲,使家人自豪……

1—5.美国华盛顿 中国政府驻美公使馆 夜 内

周诒春:(继续着他的讲述)……倏忽之间,第一批在美已近四年,即将毕业学成,结果,是继续留洋深造还是回国报效的问题就出现了……

众学子听着。

1—6.美国华盛顿 中国政府驻美公使馆 夜 外

辉煌的灯火依旧,周诒春讲话的声音从大厅里时断时续地传了出来。

周诒春:(O.S.)……在寄梅看来,设若回国报效,则了解一下今日祖国之形势是非常有必要的,祖国现在是个什么情况呢?……

载有驻美学生监督处工作人员的马车飞奔到公使馆门口停下,工作人员匆匆下车。

工作人员:周副校长呢?

门卫:在里面。

工作人员冲了进去。

1—7.美国纽约 驻美公使馆 夜 内

周诒春:(继续着他的讲述)……革命已然成功,大清业已灭亡,你们走之前,由清政府外务部和学部在北京设立的游美学务处和游美肄业馆,现已改名为清华学校……

正说着,工作人员冲了进来,一个劲地喊:周副校长,周副校长……

周诒春:什么事?慌里慌张的?

工作人员:国内来电报!您快看看吧!(将电报交给周诒春)

周诒春接过电报一看,脸色陡变,众学子见状,也纷纷关切地凑上前来……

(唐国安的画外音:外交部总……次长阁下鉴:余……自任清华校长以来,因学风之……嚣张,今非昔比,学款之……支绌,罗掘俱穷,一年之间,精力耗于……教务者半,耗于……款务者亦半,入春以后,陡患心疾……)

1—8.国内 协和医院病房 日 内

清华学校第一任校长唐国安躺在病床上,已是奄奄一息。他的夫人、嗣子在病榻旁守候着。

唐国安的话继续着:(O.S.)……比时旋轻旋重,方冀霍然,讵料……渐入膏肓,势将不起,校长……职务重要,未可一日虚席,查……有留美文科硕士……周诒春,老成练达,学识……皆优,自充任……副校长以来,苦心孤诣,劳怨弗辞……国安虽病,该副校长……兼理一切,颇能措置裕如。若以之升任……校长,必能胜任愉快……敬谨辞职,并荐贤自代……

门开了,清华学校教务长胡国材走进病房,向守候在病榻前的唐国安夫人、嗣子等点头示意。

胡国材:(低声问唐夫人)如何?

唐国安夫人:还好吧,半个时辰前清醒了一会儿,一个劲念叨寄梅的名字,这阵又昏了过去……

胡国材没说话,叹口气,将自己带的礼品放至一旁,贴病榻坐了下来,为唐国安掖了掖被角,又拿一块毛巾去润唐国安的嘴角。

唐国安:(有了反应,眼睛困难地睁开了)你……你来了?

胡国材:校长……

唐国安:(含混地)……给外交部的信……

胡国安:已经呈上去了,您放心好了。

唐国安:给……给寄梅的呢……

胡国材:发了,都发了,校长,您放心吧,我估计,这会儿要是不出意外,周副校长应该已经在回国的船上了……

唐国安听了这话,头一歪,又昏过去了……

1－9. 海上　日　外

茫茫大海,"中国"号轮船正在海浪中颠簸着行进,周诒春站在船舷四周,心急如焚。

一件外套披在了周诒春的肩上。

周诒春夫人:还是回舱里去吧,这甲板上风大……

周诒春:我们……走了几天了?

周诒春夫人:你急有用吗?既然不是海鸥,插不上翅膀。就少安毋躁,随遇而安吧,这船,总归是要靠岸的。

周诒春:可校长,唐校长……唉,我真怕赶不上见校长最后一面啊!

1－10. 北洋政府财政部大楼门口　日　外

一辆洋车拉到这里,孟格非挂着文明棍,矜持地拎着一个公文包下了车,给了车夫一个小钱,环顾四周,缓步向办公楼里走去。

1－11. 北洋政府财政部大楼楼梯处　日　内

孟格非走进大楼,缓步踏上木质阶梯,向自己的办公室走去。

不时有人从他身旁经过,也有一些人站在某个地方,低声地议论着,虽是窃窃私语,但内容也八九不离十地传进了他的耳朵。

甲:哎,听说了吧,就是他把清华的唐校长给气病了……

乙:岂止是病,没准连命都保不住了。

丙:唉,说起来,这已经是唐校长今年以来第三次发病了……

孟格非听着这些言语,既不反驳,也不恼恨,只是面无表情地走到自己的办公室门前,开门进去了。

他的办公室的门楣上写着:会计司。

1－12.北洋政府财政部大楼孟格非办公室　日　内

孟格非走进自己的办公室,在办公椅上坐稳,长吁了一口气,想了想,在一张纸上写了几个小楷字,之后摇响了桌上的小铃……

杂役:(随铃声进入)司长……

孟格非:(把写有小楷字的纸给杂役)拿这个单子,采购去吧。

1－13.范府　日　外

这是一个富裕之家,有几进深的院子,高高的围墙,遮云蔽日的茂盛树木。

镜头俯拍,十六岁的女孩范瑞娴紧紧追赶着向前奔跑的哥哥范元增,从院外一直跑到了院子当中。

树荫下,范元增的手里攥着一把鸟蛋。

范瑞娴:哥,哥,你给我,你给我嘛! 这鸟窝是我发现的,这鸟蛋也是我登高爬低,冒了好大的危险取下来的。你凭什么霸占人家的劳动成果?! 再说了,人家要鸟蛋,又不是为了吃,是为了了解小鸟是如何孵出来的。

范元增:想要回鸟蛋不难,有件事情你得帮我。

1－14.田野　日　外

山坡上的丛林中,一帮男孩子望着向他们走来的范元增、范瑞娴,起哄一般地嗷嗷乱叫起来。

男孩甲:不行了吧,自己没种,带个丫头片子来能起什么作用啊?!

男孩乙:哎,范元增,你带你妹妹来,是想让她看你如何在我们面前出丑吗?

范元增:你们少隔着门缝瞧人,不就是拿诗词文赋来做"对决"吗? 我不行,有比我行的,你们放马过来吧! 保准来一个,败一个,来两个,败一双。

男孩丙:呵,屎壳郎打哈欠——好大的口气,范元增,你知不知道这牛皮是用来做打鼓乐器的,不是用来吹的?

范元增一时被说得无语。

范瑞娴:(马上道)那,这位小哥哥,你知不知道有一种"弯弓"不是用来射雁的,而是用来拉胡琴的?

男孩丙:嘿,小姑娘,可以啊,你要真觉着自己有两下子,那咱就真刀真枪地来上几个回合试试?

范瑞娴:废话少说,我等着呢。

男孩甲:好,先从对子对起。听着,上联是:庭前生瑞草。

范瑞娴:(微微一笑)池养化龙鱼。

男孩乙:北雁南飞,翅分东西翻上下。

范瑞娴:前车后辙,轮摆左右走高低。

男孩丙:听这个——游西湖,提锡壶,锡壶落西湖,惜呼锡壶。

范瑞娴:到桐城,买铜秤,铜秤出桐城,同称铜秤。

男孩丙无语。

范元增得意。

男孩丁:我来,听这个,上联是——南通州,北通州,南北通州通南北。

范瑞娴:我给你对——春读书,秋读书,春秋读书读春秋。

男孩甲:画庙庙画妙化庙。

范瑞娴:名园园名圆明园。

男孩乙:士农工(宫)商角徵羽。

范瑞娴刚要答,男孩甲突然道:等等,这个下联不许说"寒热温凉(良)恭俭让。"

范元增:(一愣)这是为啥?

男孩甲:不为啥,这答案谁都知道,你得让她出新的,属于她自己的。

男孩乙、丙、丁等:(嚷了起来)对,范元增,你得让你妹妹出新的。

范瑞娴思考着。

男孩甲:(颇显得意地)怎么样? 新的,不会了吧? 我看你啊,你也就是墙上芦苇,头重脚轻根底浅,山中篓竹,嘴尖皮厚……

范瑞娴:(突然地)有了,下联是——铝铜金钼(木)水火土。

男孩甲:(一愣)啥?

范瑞娴:(又重复了一遍)铝铜金钼(木)水火土。怎么啦,难道我对得不好吗? 你的上联分两部分,"士农工商""宫商角徵羽"。前为四业,后为五音,有一个字重复,一个字谐音。原对"寒热温凉"为四觉,"温良恭俭让"为君子的五种德行。同样是一个字重复,一个字谐音,而我的"铝铜金钼"为四种金属,"金木水火土"为五行。其中"金"重复,"钼"同音,你说,算不算一工整之绝对?

男孩甲:算……算……想不到,你……你竟然还懂金属,知五行,简直中西合璧嘛。

范瑞娴:(笑了)当然了,你们的学堂不是也开物理课吗?

男孩甲:可你又没上过学堂。

范元增:是啊,妹妹,你只在家里认了几天字,读过几本书,怎么就……就……

范瑞娴:哥,这些话留着回家以后说,现在可别长他人志气,灭自家威风。(对众男孩)还有什么题目,一并发过来吧。

男孩乙:疏影横斜水清浅,下一句。

范瑞娴:暗香浮动月黄昏。

男孩丙:腊后花期知渐近,下一句。

范瑞娴:寒梅已作东风信。

男孩甲:昔我往矣,杨柳依依。

范瑞娴:今我来思,雨雪霏霏。

男孩丁:不是花中偏爱菊。

范瑞娴:此花开尽更无花。

男孩甲:蝉噪林愈静,下一句,还有,作者是谁? 等等,出自哪里?

范瑞娴:鸟鸣山更幽,作者王籍。出自《入若耶溪》。

男孩乙:孟子见梁惠王。王曰,"叟,不远千里而来,亦将有以利吾国乎?"

范瑞娴:孟子对曰,"王何必曰利? 亦有仁义而已矣"。

众男孩无语。

范瑞娴得意,范元增高兴地喊:还有吗? 还有吗? 哎,你们还有吗?

男孩甲沉默片刻,突然道:"扬之水,不流束薪"什么意思?

范瑞娴一愣,不语。

男孩甲笑了:这回遇到坎了吧?

范瑞娴:扬之水,不流束薪,一个美丽的比兴,错指方向,我读着这样不移的念想,倚在树边,山之北,水之南,游人找不到的地方,虽然知道在每年春天,你还会再来,可是啊,那时的你还是你,我还是我吗?

男孩子们:(再不敢说什么,一个个弯腰鞠躬,同声道)吾等甘拜下风。

范元增和范瑞娴相视,情不自禁地笑了。

1－15.北京城　曲里拐弯的胡同　日　外

在离唐国安家门口不远的地方,杂役手里提着一大堆礼品,正在和孟格非磨叽。

杂役:孟司长,您说您自己去多好啊,干吗非要指使我呢,我一不会说,二不会做,万一哪句话说不到位了,事儿做不得体了,岂不误了先生您的大事?

孟格非:(一瞪眼)让你去你就去,哪来的这么多废话?

杂役:好好好,我这就去,可,可假如人家问我,这些个东西,还有那些钱是哪位先生让送来的? ……

孟格非:(打断了他)你就说,是一位表面有愧、内心无愧的先生送来的。

杂役:是,(嘴里嘟囔着)表面有愧、内心无愧……(不解)这都啥意思啊?

杂役离开了,可没过多大会儿就又折了回来。

孟格非:(奇怪地)怎么这么快?

杂役:人家说,不用去了。

孟格非:什么意思?

杂役:您自个儿看吧。(将一张纸递给孟格非)

孟格非一看,原来是一张写有"不孝某某等罪孽深重,不自陨灭,祸延显考……谨择于某年月日安葬"等内容的讣告。

孟格非愣住了……

1－16. 唐府　日　外

唐府的大门猛地被推开了，风尘仆仆的周诒春高声叫着跑了进来。

周诒春：校长、唐校长！我回来了，我回来了！

厅内一片沉寂，无人应答，只有唐国安的寡妻、弱弟、嗣子跪坐在大厅两旁。

望着客厅中央唐国安的灵位，周诒春愣怔片刻，跪倒在地。

周诒春：(痛哭流涕)校长，我来晚了，我来晚了啊！

1－17. 清华学校　工字厅　日　外

（旁白：这片房子，房间到底有多少，很难数得清，从天上看，它的主体是用一条游廊把前后两排房子连成一体，形成一个"工"字，所以被称作"工字厅"。1909 年夏天，就是在这里，清朝外交部设置"游美学务处"，向美国派遣留学生，为今日清华大学之前身。）

此时，在工字厅校长办公室，周诒春正用英语朗诵着一大段的演讲词，他的发音准确，声音低沉哀回。

周诒春：(英语，O.S.)群众的激情预示着民族正义的伟大复活，它普及到每一方面——政治的、社会的、商业的。虽然中国旧式教育制度有其所有的一切缺点，但是有一点是值得赞扬的——它坚持了对孔孟之道的彻底研究，其结果是培养了极为高尚的道德情操。这是我们进入这场斗争时所拥有的伟大力量……

念着念着，胡国材的声音加了进来。

周诒春、胡国材：(两人共同)(英语，O.S.)……有了这些伟大的力量作为我们的后盾，我们就能满怀信心地进行一场我们有理由称之为二十世纪最伟大的道义上的改良运动。因为世界各国不管它们采用什么法则来处理相互之间的关系，我们总不可忘记，有一项法则高于人类所有的法则，这项法则比所有的经济法则伟大，这项法则甚至凌驾于自然法则之上，那就是永恒的上天法则，这项法则按孔子的说法是"己所不欲，勿施于人"……

1－18. 工字厅　校长室　日　内

周诒春回过头来，激动地望着站在自己身后的胡国材。

周诒春：这么说，这份演讲词，你也会念？

胡国材：在清华，学子们已经把它当作练习英文演讲的模本了。

周诒春：那，学子们也必然知道它的出处喽？

胡国材：已经不止一次地讲过，宣统元年，在上海汇中饭店召开了第一次万国禁烟会，在那个会上，时任外交部候补主事的唐校长代表中国政府做了长篇总结性禁烟演说，结果，被全球舆论界誉为"一篇有说服力的演讲""一份杰出的、逻辑性很强的报告"。有人甚至还把这篇演讲与亚里士多德的演说相提并论呢。

周诒春:可惜啊,如此有德有才之人,怎么在区区五十壮年之际,就积劳成疾,猝然长逝了呢?

胡国材刚要说话,突然窗外响起一阵喧嚣,似乎有学子们在闹事。

周诒春:(一愣)外面什么声音?

周诒春冲到窗口处将窗户打开,学子们的声音清晰地传了进来。一帮学子正群情激愤地向校方责难。

学生甲:我们要放洋!赶紧放我们出洋!

学生乙:前面几届都走了,我们也已经学完了高等科的课程,通过了各项考试,为什么还不放我们出洋?

周诒春:(不解地望向胡国材)这……这是怎么回事?

胡国材:唉,我跟您交了实底吧,唐校长就是因为这个给气死的。

1－19. 北洋政府财政部大楼孟格非办公室　日　内

门猛地被推开了,周诒春走进来,目光如炬地望着端坐在办公椅前的孟格非。

而孟格非也毫不示弱地望着周诒春。

孟格非:进我的门,应该先让杂役通报一声。

周诒春:你不觉着程序太烦琐,时间等不及吗?

孟格非:这么说,来人也算惜时如金之士?

周诒春:国家危亡,百废待举,自然时不我待,只争朝夕。

孟格非:哦,是吗? 好,好,好志向,好词语。只可惜,话全是虚的,我们要做的是实事。

周诒春:那,你都做过哪些实事呢?

孟格非:什么意思?

周诒春:请问孟司长,您知道我是哪位吗?

孟格非:新任清华校长周诒春,唐国安在临终前力荐了你。

周诒春:想不到孟司长对我如此熟悉,那想必也一定知道我来这儿找你的目的。

孟格非:知道。和唐国安一样,要钱。除了要不容少缓的全堂上课之学生膳费,还有三万余游美之学费,另外,贵校堂中有洋教习十八员,也要按所定合同索取薪金,一旦不予支付或拖延,则与国体有损……总计下来,财政部欠你学堂经费已有二十万两余,我说的没错吧?

周诒春:既然孟司长洞悉一切,我也就不弯着绕着了,你看,这二十万两余,我方何时可以领取?

孟格非:这个……我不清楚。

周诒春:这我就奇了怪了,你是财政部会计司司长,怎么会不清楚何时可以支账呢?

孟格非:钱未到我手上,我如何能发到你的手中? 我就是再能干的巧妇,恐怕也难做这无米之炊之事吧?

周诒春:无米之炊? 怎么会是无米之炊? 据我所知,在此之前,因国内局势动荡,庚款退款曾被袁大总统挪用做了经费,政府财政确实有一度异常拮据,可现在,危机已过,局势已稳,事情已顺,美国人已经把款退还给了我们,不知你这无米之炊的说法,又是出自哪里?

孟格非:这个问题问得好,请问周诒春,这说法究竟出在哪里呢?

周诒春愣了一下:我在问你。

孟格非:我就不可以反问一下你吗?

周诒春:这个问题,跟我有关系吗?

孟格非:照你这么说,这个问题跟我有关系喽?

周诒春:当然……当然跟你们财政部有关系。

孟格非:(变了脸色)是吗?哼!(不再理周诒春,埋头看起了桌上的公文,看了一小会儿,晃了晃铃)

杂役进门:大人……

孟格非:(晃着手里的批文)这篇文章是谁写的?

杂役:计财处李处长,怎么了?

孟格非:哼,写的什么狗屁文章,简直懵懂无知,信口雌黄!(起身拿文章离开座椅往屋外走)

周诒春:(急忙拦住)哎,孟司长,您上哪儿?

孟格非:哦,实在对不住,我还有许多公务要办,周校长要是无他事,就请先回吧。

周诒春:可这钱……

孟格非:(唤杂役)老段——

杂役:小的在。

孟格非:代我送一下客人。

杂役:是。(对周诒春)先生,请,请吧。

周诒春愣住了。

1-20. 范府　客厅　日　内

桌子上摆满了丰盛的饭菜,范元增父亲与古诗槐正杯觥交错地对酌着。

范元增父亲:诗槐啊,到今年十月上,元增就算成人了,这之后的事情,我想了又想,如果就这么平庸地娶妻生子,一辈子也就这样过下去了,不会有大的出息,这不是我的愿望,不是。我虽不才,也是有点新思想的,维新变法那年,我是将张之洞的《劝学篇》学了又学啊,至今还记得里面的话——出洋一年胜于读西书五年,此赵营平"百闻不如一见"之说也。入外国学堂一年胜于中国学堂三年,此孟子"置之庄岳"之说也。游学之益,幼童不如通人,庶僚不如亲贵,尝见古之游历者矣。晋文公在外十九年,遍历诸侯,归国而霸;赵武灵王微服游秦,归国而强。春秋、战国最尚游学,贤如曾子、左丘明,才如吴起、乐羊子,皆以游学闻,其余策士、杂家不能悉举。对吧?

古诗槐:天哪,如此大段文章竟能如数家珍般地背出来,我以前怎么就没发现姐夫还有这般才能呢？

范元增母亲：他呀，是真人不露相。

范元增父亲：别管怎么说吧，反正我决定了，让犬子出洋去，沐沐欧风，淋淋美雨，将来归国，怎么着也能在政府机关谋个高职做，到那时，不但全家可以跟着他沾光，他自己也一跃成了人上人，你看，我这个想法怎么样？

古诗槐：这个嘛……

范元增母亲：兄弟啊，你姐夫是这样想的，看周围的几户人家，都因为沾了一个洋字，就都开始说洋话，穿洋衣，洋眼看人低了，那你说，咱家不比别人家差，咋就不能也出这样一个人呢？

古诗槐：出，当然能出。只是这出洋，有官费和自费之说，不知姐姐姐夫想走哪条路呢？

范元增父亲：这还用问吗？当然是官费，咱家情况你是知道的，虽也殷实，但也没那么多的钱往洋人那里扔啊。

古诗槐：既然走官费，最好的途径恐怕就是考上清华学校了。

范元增父亲：说的是啊，你跟我想到一块了，今天来，就是找你谈这个问题。

古诗槐：那还有什么说的，就让元增考呗。

范元增父亲：这个，每年留学名额有限，你也想出洋，我也想出洋，还不挤破了头去？

范元增母亲：你姐夫的意思是说，元增是优秀，可没门路，也有可能进不去。

古诗槐：你们的意思，是想通过我找门路？

范元增父亲：可不就这意思，兄弟啊，我早就知道你是个明白人。一点就透了。

古诗槐：问题是，这清华，我……我跟他们扯不上关系啊。

范元增母亲：弟弟，你这话我可不爱听，你也算是官府的人，常言说得好，这官官相护，官官也该都认识吧？我可告诉你，反正我和你姐夫就这么一个儿子，你也就这么一个宝贝亲外甥，不托付给你又托付给谁？

范元增父亲：(喊)元增啊！

范元增：(走进客厅)爹爹、母亲。见过舅父大人。

范元增父亲：来，给你舅舅磕头，你舅舅说了，你的将来全包在他身上了。

范元增磕头。

范元增父亲：使点劲儿，最好能磕出血，方能见到你的诚意。

范元增听了，加劲磕头，古诗槐一见，忙上前阻拦。

古诗槐：哎哎哎，行了，行了，快起来，快起来吧。

范元增母亲：磕，继续磕，直到你舅父答应管你的事为止。

范元增继续磕着……

古诗槐：(无奈地)好了，我管，我管，我没说不管嘛。

范元增：(停止了磕头)谢谢舅父，爹爹，这下我可以不磕了吧？

范元增父亲：胡说，哪有光嘴上谢谢就行了的道理？继续磕，实实在在地磕。

范元增:(一咧嘴)啊,还要磕啊?

门口处传来笑声,众人循声望去,就见范瑞娴捂着嘴一溜烟地跑走了。

1－21.北京　某西式场所　夜　内

(旁白:1871 年至 1889 年间,在容闳的倡导和推动下,清政府遣派 120 名幼童先后赴美国留学之后,政府每年都选派留学生出国学习欧美先进国家的科学技术知识。当这些留学生学成归国后,分别在北京和天津成立了留美、留英、留法、比、德等同学会。

1913 年,在当时著名留学生领袖颜惠庆、周诒春、顾维钧、詹天佑等先生的发起和赞襄之下,京、津两地的上述三个同学会准备合并,成立欧美同学会。)

此时,欧美同学会的会员们正三三两两地聚在一起,议论此事。

会员甲:我认为,学会成立的宗旨应该是以下八个字:修学、游艺、敦谊、励行。

会员乙:为了体现出洋为中用的精神,我建议我们的会标由一支中式毛笔和一支西洋鹅毛蘸水钢笔组成,以此代表中西两种不同文化的融合交汇……

会员丙:说得对,中国的毛笔位于前方,笔杆的上方写上"欧美同学会"五个中文字,笔杆的下方写下咱欧美同学会的英文缩写"W. R. S. C.",诸兄认为如何?

众会员纷纷用中文、英文等表示赞同:同意,妙极了。(甚至还有法语、德语等)

颜惠庆用银勺敲响了手中的咖啡杯,众人随即安静下来。

颜惠庆:安静,请安静一下,在以上几个问题解决之后,接下来,我们就要考虑迫在眉睫的几件事了。首先,欧美同学会成立以后,要建立一个图书馆,以解诸位研究问题之急需,可问题在于,会员缴纳会费有限,在北京也无法为此筹募基金。图书馆经费问题如何解决,还请各位多出主意。再有,大家既然聚在一起,就要有一个适合搞社交活动的地址。地址如何解决,也请大家考虑。

顾维钧:关于成立图书馆的经费问题,我想,我可以去找一下美国驻北京公使瑞恩施,在此之前,他曾经对我说过他对我们成立欧美同学会的想法很感兴趣,还说,有什么需要可以帮我们和卡内基基金会联系。至于活动的地点嘛,我记着寄梅有几个满族朋友,可不可以通过他们,找几间不花钱的房子呢?

众人把目光投向周诒春,周诒春却有些精神恍惚,不在状态。

顾维钧:寄梅……寄梅兄……

周诒春还是没反应,直到身边的一个人捅了捅他,他方如梦方醒。

周诒春:啊?

顾维钧:你想什么呢?

周诒春:对不起,走神了,你们刚才在说什么?哦,对,房子,房子,这事我去办,我去办好了,应该没多大问题……

1－22. 北京　某西式场所草坪　夜　内

同学会的正式会议结束以后,就到了冷餐会的时间,顾维钧端着两个倒有红酒的高脚杯向周诒春走来。

顾维钧:(递给周诒春一杯)寄梅兄,遇到什么难事了,讲来一起听听,没准我们大家伙可以帮忙,也省得你一个人如此烦忧了。

周诒春:少川啊,听说,你马上就要成为唐总理的乘龙快婿了?

顾维钧笑了:想不到,你们的消息如此灵通。

周诒春:少川啊,西方有论,唐氏第一为唐国安,而唐绍仪才为唐氏第二,你这排名第二的唐门女婿,可不能对第一唐氏的死无动于衷,不管不顾啊。

顾维钧:我知道你是为何事烦忧了,不过,这事有你说得那么难吗?

周诒春:难。

顾维钧:不会吧? 我听说那钱已经批下来了啊。

周诒春:可孟格非告诉我,他还没有见到。

顾维钧:不,不可能。

周诒春:他就是这么说的。

顾维钧:(沉思片刻)寄梅兄,有关庚子赔款中,美国自认为多出来的那部分,是如何退还国内的,这一具体操作过程,你了解吗?

周诒春:这个,我还真不太清楚,请讲当面。

顾维钧:庚子一战,列强胁迫清政府赔款白银四亿五千万两,分三十九年还清,加上利息共达九亿八千万两,其中美国分得三千二百多万两,比实际损失超出了一千一百多万美元。超出的部分,他们同意归还中国,但要求这笔钱必须用作派遣中国学生留学美国之用,所以才有了你们清华这所"赔款"学校。

周诒春:这个,人人皆知,不必多述。还是抓紧说退款的具体操作方法。

顾维钧:按照 1909 年 4 月美国政府的规定,清政府也好,现在的民国政府也好,每月仍须按原数向上海花旗银行缴付赔款,汇往美国后,再由美总领事签字核明将余下之款退还上海海关转交外务部,外务部再呈财务部,之后才会发到你们手中,你听明白了吗?

周诒春:真没想到这一过程如此烦琐,难怪领取资金一事,充满周折。

顾维钧:烦琐? 周折? 你错了,不是烦琐、周折,而是简练、明确。

周诒春:简练? 明确?

顾维钧:没错,是简练、明确。这套手续,看似繁杂,却保证了"退款"的用途,因为,"在这个制度下,只要国内浪用一个月以上的款项",就有可能被美方发觉,而根据决议,一旦美国总统查出中国政府用款不当,下个月美国公使就会发难,甚至可以通知领事不再交还余下之款了。其中的弦外之音,你听明白了吗?

周诒春:明白了,这回,我算彻底搞明白了。

1－23. 北洋政府财政部大楼孟格非办公室　日　内

孟格非:(问坐在他对面的周诒春)你搞明白什么了?

周诒春:我搞明白了这钱,一不是没到账,二不是手续烦琐,三也没人敢挪用。它就原原本本,一厘不少地放在你处,被你卡住了。

孟格非:好,就算是你说得对,那又怎么样呢?

周诒春:怎么样? 很简单,请照单支付。

孟格非:如果我继续说不呢?

周诒春:孟司长,我再说一遍,清华学子中有一批人已经因为这笔款项迟迟到不了账,无奈休学了一年,这一年当中,他们前进不得,后退不得,前途无比堪忧,家人也心急如焚。你也是个父亲,你也有自己的儿女,假如这些出洋的学子中也有你的子女,你忍心眼睁睁地看着他们陷入如此难堪的境地而无动于衷吗?

孟格非:周诒春,你是真不知道还是假不知道,那里面还真的就有我的儿子。

周诒春:(吃惊)你说什么? 那……那你更该把这钱给我了。

孟格非:不,不能给。

周诒春:为什么,你这是为什么? 孟格非,我实在搞不明白,你一而再再而三地扣着这笔款项,甚至连自己的亲生骨肉也不顾,这到底是为了什么? 这样做对你能有什么好处? 换句话说,你究竟想得到怎样的好处?

孟格非:好处? 你以为我这么做,是为了我自己吗? 周诒春,你错了,你大错特错了。这样做,对我个人没任何好处,但对国家有好处,对华夏子孙,对中国人民大有好处!

周诒春:我不懂你在说什么。

孟格非:那是因为你在美国待得太久了,不过,会懂的,很快你就会懂了。

两人对视着,像好斗的公鸡一般,互不相让。

1－24. 清华学校　日　内

教室里,夏浦女士在教唱歌。她先一句一句念给大家听:

O come and join our hearty song.

同学们跟着她一齐诵读。

As proudly here we stand.

吴宓感到发音有些困难。

夏浦女士鼓励他读出来:大声点,(英文)小伙子。

For Tsing Hua College let us sing.

杨石先、汤用彤读得不错,夏浦女士做手势鼓励大家大声读出来:

The best in all the land.

众人读,吴芳吉无动于衷。

夏浦女士:(英语)吴芳吉,请注意。

然后,夏浦女士回到钢琴前,弹奏起音符,唱起来:

O come and join our hearty song,

As proudly here we stand.

For Tsing Hua College let us sing,

The best in all the land.

很多同学跟不上,夏浦女士没有停下来,她一遍一遍地反复教唱,清华英文校歌的钢琴声在教室里回荡,渐渐地有些学生跟上了节奏,夏浦女士快乐地鼓励大家大声唱:Don't worry! Boys,do your best!

吴宓在她的影响下,逐渐放开,跟着大家齐唱,曲调渐成形,学生的声音盖住了钢琴声。

We'll spread her fame and win a name,

And put our foes to shame.

If you don't agree,come on and see,

And you will say the same,the same.

And you will say the same.

O Tsing Hua,fair Tsing Hua,our College bright!

May we be loyal to the Purple and the White.

O Tsing Hua,fair Tsing Hua,our College pure,

We are loyal,we're faithful,we stand for you.

……

一曲唱罢,夏浦女士:来,我们再用中文歌词唱一遍。

于是同学们又开始用中文歌唱:

同学少年肝胆相亲,荟萃一堂豪爽;

我歌于斯汝其和予,斯校一时无两。

广播令闻树立荣名,群雄莫与争衡,

谓予不信请君来临,会当赞和同声。

同声,同声,会当赞和同声。

……

很多同学唱着,唯吴芳吉面露不屑。吴宓见一个名叫沃尔德的美籍老师在瞪着他们,忙捅了捅吴芳吉,示意他跟着唱。

唱罢、奏罢,夏浦回过头来问在一旁旁听的周诒春。

夏浦:(英语)校长,你听这首歌怎么样?

周诒春:(英语)怎么说呢,总体听来,不错,中文译词稍显蹩脚,英文原词则流畅可咏,问题在于,问题在于……

夏浦:(英语)什么?

周诒春:(英语)我在想,它有没有传达出清华学校之精神……

沃尔德:(英语)周校长,那您认为什么才是清华学校之精神呢?

周诒春：(英语)这个，我也正在想，正在想……

正说着，教务长胡国材匆匆走了进来。

胡国材：校长，有一个名叫古诗槐的人求见。

周诒春：古诗槐？做什么的？

1—25.工字厅 校长办公室 日 内

古诗槐恭恭敬敬地向周诒春递上了自己的名片。

古诗槐：在下古诗槐，民国北洋政府财政部会计司司长。

周诒春：(一愣)会计司司长？会计司司长不是孟……

古诗槐：哦，他解职了，我算是他的继任。

周诒春：他解职了？(兴奋地)他果然被撤职了，解职得好，解职得好啊，要是再早一点，那就更好了。

古诗槐：是啊，说起来，都怪美国公使，直到最近才发话，否则，哪还用得着等这么长的时间。

胡国材：你说什么？他解职是因为美国公使发了话？

古诗槐：没错啊，人跟人斗可以，不过你得看对方是谁，那西方文学里描写的堂吉诃德氏，非要去和风车决斗，到头来，可不就像我们中国人所说的螳臂当车，不自量力嘛。说来说去，就是不知趣。好在我古诗槐没那么傻，放心，自我继任以后，可以向你方保证的是，决不会再出现孟格非那样的事情。每月所需款项，必将一文不少地按时拨付到你方账中，敝人今日来清华，就是给你们吃这颗定心丸的。

周诒春：那太好了，照这么说，这放洋的几万大洋，马上就可以支取？

古诗槐取出一张汇票放到了桌上。

古诗槐：岂止是放洋的钱，连同你说的其他款项，共计二十余万，我一并带来了。

周诒春：太好了，古先生，哦，不，古司长，我代表清华学校，谢谢您，太谢谢了。

古诗槐：哪里哪里，客气什么，这是我应该做的。我不是说了吗，我可不是姓孟的，那个倔老头子，哎，知道他临走之际还放了个什么屁吗？这老家伙，不但不悔过，反而大笑三声，念了一句谁也不懂的诗，叫"四万万人齐下泪，天涯何处是神州"。嘴里还不断地念叨什么戊戌六君子，说什么"各国变法，无不从流血而成。今日中国未闻有因变法而流血者，此国之所以不昌也，有之，请自嗣同始"。

周诒春：是吗？他这话什么意思？

古诗槐：还能有什么意思？神经病呗，不瞒两位，在财政部，我们早把他当神经病看了，此次他被撤职，亦算大快人心。(走到窗口处，向外张望，由衷地赞叹道)清华真是个好地方，我有个外甥，对贵校早已心向往之，只是不知他有无到贵校上学的福分啊……

1—26.清华学校男生宿舍 夜 内

众学子就要放洋了，此时，他们一边收拾行装，一边与校长、老师们依依惜别。

斋务长程筱田在向他们分发着出国的东西,一边发一边喊着学生的名字。

程筱田:戴芳澜、钮树楘、潘翷安、王景贤、范铎、应尚才……

有几个孩子忍不住哭了起来,周诒春逐个劝着。

周诒春:好了,要走了,应该高兴才是,哭什么嘛。

钮树楘:校长,对不起,我们那天,不该意气用事,不该以罢课威胁你。

周诒春:都过去了,过去了,记住,到了国外,认真学习,有什么问题,可以找驻美监督处,还有,你们的学兄也会帮助你们,他们都已经是美国通了,处理任何事都游刃有余。还有,你们到国外后,切记一点,无何所处何时何地,都不要忘记自己的祖国,无论看到是多么新奇的社会,也都不要忘掉自己,至于在求学时遇到疑难问题的时候,务要保持科学的态度,研求真理。

学子们纷纷点头。

戴芳澜:校长,自你回国,为我们放洋事,殚精竭虑,马不停蹄,瞧,您人都累瘦了。

周诒春:只要你们顺顺当当走了,吃多大苦,受多大累,我也心甘啊,哎,对了,你们当中有姓孟的吗?

学子甲:有一个姓孟的,可他已经放弃了留洋,听说,到国内一所商业学堂任临时教员去了。

周诒春:哦,是……是吗?

1—27.孟格非家 夜 内

家里气氛沉闷,孟格非坐在太师椅上,很是生气,他的妻子则在一旁低声嘤嘤地哭泣。

孟格非:(再也听不下去了,猛地起身)这都多长时间了,你也该哭够了吧?

孟格非妻子:你对我凶什么凶? 有本事,接着跟人家美国人横啊,这倒好,别人家的孩子都走了,偏咱自己家的孩子窝在了国内,你自己呢? 连差事也丢了,看今后咱全家喝西北风去!(越说越伤心)呜……呜……

孟格非:够啦。够啦!(刚要再说什么,听见门口有人敲门)还不快开门去?

孟格非妻子连忙抹去脸上的眼泪,整理了一下衣服,到院子里开门。

1—28.孟格非家院子 夜 外

孟格非妻子:谁呀?

门外传来周诒春的声音:请问,孟先生在吗?

孟格非妻子把门打开:你是?

此时孟格非也来到了院子当中,看见手里提着一些礼品的周诒春,愣了。

孟格非:是你?

周诒春:没想到吧,怎么,不肯请我到家里坐吗?

1－29.孟格非家　客厅　夜　内

孟格非和周诒春分宾主落座,孟格非满腹疑虑,周诒春倒心境坦然。

孟格非:你来,是想看我的笑话吗?

周诒春:哪里,我是真心想讨教。

孟格非:讨教什么?

周诒春:当然是你拒绝付款的原因,我想你这么做,肯定有你这么做的道理。

孟格非:道理? 道理其实再简单不过,美国退还大笔庚款,足以建一大学而有余,但政府舍本逐末,不知振兴国内教育,而惟知派遣留学。结果,岁掷巨万之款,而仅为美国办一高等学校,岂非大误也哉?! 再加上美之返岁币,只是以助中国兴学为辞,实则是鼓铸汉奸之长策,而清华不明白这一点,每年将大把好不容易退回来的白花花的银子扔在美国,造就那有限的几个留学生,再回来教化我泱泱中华民国之子民,这不是什么光彩的事,相反,此乃吾国之大耻。(由于气愤,喊叫起来)你听明白了吗? 这不是什么光彩的事,此乃吾国之大耻啊!

声音轰鸣。震耳欲聋。

周诒春愣住了。

定格

(第一集完)

后　记

还想再多说两句。

坦率地讲，我本人在创作影视剧本时很少（或几乎从来没有）参考讲解影视剧创作技巧类的书籍。原因在于，我始终认为，创作是一种感性的东西，来源于对生活的参与和认知，是灵感大发时的一蹴而就，根本不需要什么方法论。而那些讲创作技巧的书籍，在给编剧的脑子里塞满了太多的框架和方法论的同时，更像是一盆冰水迎头泼下，把作家个体独特的灵感火花浇灭殆尽，这实在是一件令人沮丧且得不偿失的事。然而，在长期的教学实践中，我却又必须给学生教各种行之有效的理论和方法，而不能仅靠感性行事，这使我不得不回过头来，重新审视这一问题和矛盾。结果发现，在创作中，完全不考虑方法和技巧，或者亦步亦趋地照搬方法和技巧都是错误的，两者都可能会使创作者步入误区。

过于看重理论，导致作品像是一个机器，仿佛是工厂的生产线，机械地将其组装成了一个毫无生机的整体。这将是一个什么样的整体啊?! 正像电影《死亡诗社》①里，基廷老师给学生讲莎士比亚，学生一听到这名字就唉声叹气，因为之前的语文老师和课本早已把他的诗分析得支离破碎，仿佛一道枯燥的数学题，甚至还附加了许多刻板的公式，什么第几行你要用哪个单词，以及在第几页要达到某个高潮之类。想想市场上流行的一些讲影视剧本创作技巧的书，是不是也是如此?

好在基廷老师随即脱口而出莎士比亚戏剧中的名句，并模仿各种演员的口气表演出来，学生一下子来了兴趣。他鼓励学生撕掉书页，这不仅仅是对一种诗歌解读方法的否定，更是告诉学生：诗歌需要生命去体验，而不是去做什么生硬的理论分析。于是学生沸腾起来了，托德的心灵获得自由，想象力得以释放，"原始的激情"以语言的形式爆发出来，一部"作品"由此诞生。它是如此精彩，竟连托德自己也无比震惊，难以置信。

话说回来，完全不看重理论，不探究方法和技巧，也会使作品如无头苍蝇般乱撞，稍不小心就被审稿者或资方"枪毙"。理论是什么? 是一盏黑夜里行进时的灯，也许它没多少光亮，却可以使你少走弯路，节约行程，更会时时提醒你前面有沟或有坑。

从这个角度说，了解并研究电视连续剧的创作理论，总结其方法和技巧，肯定是有

---

①　汤姆・舒尔曼编剧，彼得・威尔执导，罗宾・威廉姆斯、伊桑・霍克、罗伯特・肖恩・莱纳德等主演。又译为《春风化雨》，曾获第 62 届奥斯卡金像奖最佳原创剧本等多个奖项。

用的。但如果沉迷于这些技巧,你一样写不出好作品。生活是创作的源泉,技巧可使你如虎添翼,这才是两者间最为正确的关系。

既不能不相信书对写作的指导作用,也不能迷信这些书的作用,这便是我在多年写作和教学中最大的心得与体会。

本书讲的是理论,但这是"从客观实际抽出来又在客观实际中得到了证明的理论"[①];本书讲的是技巧,好在是避免了空泛的和脱离实际的夸夸其谈的技巧,应该对读者和观众更具实践和指导意义。

所以,本书可以看,可以读。在看读的基础上,还要多观摩、多分析、多练习。观摩他人的成功作品肯定是有用的,所以才有"熟读唐诗三百首,不会作诗也会吟"这样的说法;能一针见血地指出别人作品的缺点也是有用的,这至少意味着你在创作时不会犯同样的毛病,会躲开类似的误区。

多练习的前提是多观察生活和多体验生活。生活才是你取之不竭、用之不竭的创作源泉,而技巧和格式不过是一个辅助工具罢了。

是为后记。

张险峰

2023 年 6 月 9 日

---

① 毛泽东:《整顿党的作风(一九四二年二月一日)》,《毛泽东选集(第三卷)》,北京:人民出版社,1991年,第 812 页。